CHARLOTTE BRONTË

TEXTO INTEGRAL
EDIÇÃO ESPECIAL DE 177 ANOS

GARNIER
DESDE 1844

Esta edição faz parte da coleção SÉRIE LUXO,
conheça o título desta coleção.

JANE EYRE

Edições que fazem parte da SÉRIE OURO,

1984
A ARTE DA GUERRA
A INTERPRETAÇÃO DOS SONHOS
A MORTE DE IVAN ILITCH
A ORIGEM DAS ESPÉCIES
A REVOLUÇÃO DOS BICHOS
ALICE NO PAÍS DAS MARAVILHAS
ALICE ATRAVÉS DO ESPELHO
CONFISSÕES DE SANTO AGOSTINHO
DOM CASMURRO
DOM QUIXOTE
FAUSTO
IMITAÇÃO DE CRISTO
MEDITAÇÕES
O DIÁRIO DE ANNE FRANK
O IDIOTA
O JARDIM SECRETO
O MORRO DOS VENTOS UIVANTES
O PEQUENO PRÍNCIPE
O PEREGRINO
O PRÍNCIPE
ORGULHO E PRECONCEITO
OS IRMÃOS KARAMÁZOV
SOBRE A BREVIDADE DA VIDA
SOBRE A VIDA FELIZ & TRANQUILIDADE DA ALMA

SUMÁRIO

PREFÁCIO 5
CAPÍTULO 1 7
CAPÍTULO 2 11
CAPÍTULO 3 16
CAPÍTULO 4 23
CAPÍTULO 5 34
CAPÍTULO 6 44
CAPÍTULO 7 49
CAPÍTULO 8 56
CAPÍTULO 9 62
CAPÍTULO 10 68
CAPÍTULO 11 76
CAPÍTULO 12 88
CAPÍTULO 13 96
CAPÍTULO 14 105
CAPÍTULO 15 114
CAPÍTULO 16 124
CAPÍTULO 17 131
CAPÍTULO 18 146
CAPÍTULO 19 157
CAPÍTULO 20 165
CAPÍTULO 21 177
CAPÍTULO 22 194
CAPÍTULO 23 199
CAPÍTULO 24 208
CAPÍTULO 25 223
CAPÍTULO 26 233
CAPÍTULO 27 241
CAPÍTULO 28 262
CAPÍTULO 29 275
CAPÍTULO 30 284
CAPÍTULO 31 291
CAPÍTULO 32 296
CAPÍTULO 33 305
CAPÍTULO 34 315
CAPÍTULO 35 332
CAPÍTULO 36 340
CAPÍTULO 37 347
CAPÍTULO 38 — FINAL 363

GARNIER
DESDE 1844

Fundador: **Baptiste-Louis Garnier**

Copyright desta tradução © IBC - Instituto Brasileiro De Cultura, 2023

Título original: Jane Eyre
Reservados todos os direitos desta tradução e produção, pela lei 9.610 de 19.2.1998.

1ª Impressão 2024

Presidente: Paulo Roberto Houch
MTB 0083982/SP

Coordenação Editorial: Priscilla Sipans
Coordenação de Arte: Rubens Martim (capa)
Produção Editorial: Eliana S. Nogueira
Tradução: Bruna Fortunata
Diagramação: Lucila Pancracio
Revisão: Cláudia Rajão

Vendas: Tel.: (11) 3393-7727 (comercial2@editoraonline.com.br)

Foi feito o depósito legal.
Impresso na China

Dados Internacionais de Catalogação na Publicação (CIP)
de acordo com ISBD

E23j   Editora Garnier

Jane Eyre - Charlotte Bronte: Edição Luxo (Capa Almofadada) /
Editora Garnier. - Barueri : Garnier, 2024.
368 p. ; 15,1cm x 23cm.

ISBN: 978-65-84956-57-5

1. Literatura inglesa. 2. Romance. I. Título.

2024-396
                                    CDD 823
                                    CDU 821.111-31

Elaborado por Odilio Hilario Moreira Junior - CRB-8/9949

IBC — Instituto Brasileiro de Cultura LTDA
CNPJ 04.207.648/0001-94
Avenida Juruá, 762 — Alphaville Industrial
CEP. 06455-010 — Barueri/SP
www.editoraonline.com.br

PREFÁCIO

Como não era necessário um prefácio para a primeira edição de Jane Eyre, não escrevi nenhum. No entanto, essa segunda edição exige algumas palavras, tanto de reconhecimento como de certas observações.

Meus agradecimentos são três:

Ao Público, pela indulgente atenção que prestou a uma história simples e sem pretensões.

À imprensa, pelo espaço que foi aberto a um aspirante desconhecido.

Aos meus editores, pela ajuda que seu tato, energia, senso prático e franca liberalidade proporcionaram a um autor desconhecido e sem recomendações.

A Imprensa e o Público são apenas vagas personificações para mim, e devo agradecê-los em termos vagos, mas meus editores são definidos. Assim como certos críticos generosos que encorajaram-me como apenas homens de grande coração e mente elevada sabem como encorajar um estranho dedicado. Para eles, ou seja, aos meus editores e seletos revisores, digo cordialmente: senhores, eu lhes agradeço de coração.

Tendo assim reconhecido o que devo àqueles que me ajudaram e aprovaram, dirijo-me a outra classe, uma pequena, até onde sei, mas que não deve ser ignorada. Refiro-me aos poucos acovardados ou lamentosos que duvidam das intenções de livros como Jane Eyre. A cujos olhos tudo o que é incomum é errado, cujos ouvidos detectam cada protesto contra o fanatismo — mãe do crime — um insulto à religião, regente de Deus na terra. Eu sugeriria a tais céticos certas distinções, gostaria de lembrá-los de certas verdades simples.

Convencionalismo não é moralidade. Hipocrisia não é religião. Atacar o primeiro não é atacar o último. Arrancar a máscara do rosto de um fariseu, não é levantar uma mão ímpia contra a Coroa de Espinhos.

Essas coisas e ações são diametralmente opostas: são tão distintas quanto o vício é da virtude. Os homens muitas vezes os confundem, não devem ser confundidos. A aparência não deve ser confundida com a verdade, e estreitas doutrinas humanas, que apenas tendem a exaltar e engrandecer alguns, não devem ser substituídas pelo credo redentor de Cristo. Há — repito — uma diferença, e é uma boa ação, e não uma má, marcar ampla e claramente a linha de separação entre elas.

O mundo pode não gostar de ver essas ideias separadamente, pois está acostumado a misturá-las, achando conveniente fazer com que a aparência valha pelo conteúdo, deixar as paredes caiadas de branco se passarem por santuários limpos. Pode-se odiar aquele que se atreve a escrutinar e expor, a descascar o dourado e mostrar o metal simples sob ele... penetrar no sepulcro e revelar relíquias das urnas, mas, por mais que odeie, está em dívida com ele.

Ahab não gostava de Micaías, porque ele nunca profetizava nada bom para ele, só más, provavelmente gostava mais do filho bajulador de Chenaannah. Ainda assim, ele poderia ter escapado de uma morte sangrenta se não tivesse dado ouvidos para bajulação, e escutado os conselhos fiéis.

Há um homem em nossos dias cujas palavras não agradam ouvidos delicados, que, a meu ver, vem antes dos grandes da sociedade, tanto quanto o filho de Imlah veio antes dos reis entronizados de Judá e Israel, e que fala a verdade tão profunda, com um poder como o de um profeta, tão vital, e com um semblante tão destemido e ousado quanto. Será o satírico de *Fanity Fair* admirado na alta sociedade? Não posso saber, mas acredito que se alguns daqueles entre os quais ele arremessa o fogo grego de seu sarcasmo, e sobre os quais ele mostra a marca de sua denúncia, fossem receber seus avisos... eles e seus descendentes ainda poderiam escapar de um destino fatal *Ramote Gileade*.

Por que aludi a esse homem? Eu aludi a ele, Leitor, porque penso ver nele um intelecto mais profundo e mais original do que seus contemporâneos já reconheceram, porque o considero o primeiro regenerador social da atualidade, como o próprio mestre da corporação de trabalhadores que restauraria a retidão do sistema pervertido das coisas, porque eu acho que nenhum comentarista em seus escritos ainda encontrou a comparação que lhe convém, os termos que caracterizam o seu talento. Dizem que ele é como Fielding, falam de sua genialidade, humor, poderes cômicos. Ele se parece com Fielding como uma águia se parece com um abutre. Fielding poderia se inclinar sobre carniça, mas Thackeray nunca o faz. Sua sagacidade é brilhante, seu humor atraente, mas ambos têm a mesma relação com seu gênio que o mero relâmpago cintilante tocando sob a borda da nuvem de verão tem com a centelha elétrica da morte escondida em seu interior. Finalmente, aludi ao Sr. Thackeray, porque é a ele, caso aceite o tributo de um completo estranho, que dedico esta segunda edição de JANE EYRE.

CURRER BELL
21 de dezembro de 1847.

CAPÍTULO 1

Não havia possibilidade de dar um passeio naquele dia. Na verdade, passeamos por uma hora durante a manhã, pelos arbustos desfolhados, mas desde o jantar (quando não tinha visitas, a Sra. Reed jantava cedo) o vento frio do inverno trouxe consigo nuvens tão escuras e uma chuva tão forte, que qualquer exercício ao ar livre estava fora de questão.

Fiquei feliz, nunca gostei de longas caminhadas, especialmente em tardes frias. Achava terrível voltar para casa no crepúsculo gélido, com os dedos dos pés e das mãos congelados, o coração entristecido pelas repreensões de Bessie, a enfermeira, e humilhada pela consciência da minha inferioridade física em relação à Eliza, John, e Georgiana Reed.

Os ditos Eliza, John e Georgiana estavam juntos ao redor da mãe na sala de estar. Ela, reclinada no sofá perto da lareira, com seus queridos sobre ela (naquele momento, nem brigando nem chorando) parecia perfeitamente feliz. Quanto a mim, fui proibida de juntar-me ao grupo. Ela disse que "lamentava a necessidade de me manter à distância, mas enquanto não falasse com Bessie e não percebesse por conta própria que eu estava realmente me esforçando para ser mais sociável e infantil, e para ser mais cativante e alegre — mais leve, mais franca, mais natural, por assim dizer — ela precisaria me privar dos privilégios destinados apenas às crianças alegres e contentes.

— O que a Bessie falou que eu fiz? — perguntei.

— Jane, não gosto de objeções e perguntas. Além disso, há algo extremamente censurável em uma criança falando dessa forma com os mais velhos. Sente-se em outro lugar, e enquanto não aprender a falar de forma mais agradável, fique calada.

Esgueirei-me para a sala de desjejum conectada à sala de estar. Havia uma biblioteca, logo peguei um livro, cuidando para que tivesse gravuras. Subi no batente da janela e, recolhendo meus pés, sentei de pernas cruzadas, como um turco. Como quase fechei a cortina vermelha de morim, fiquei duplamente protegida.

As dobras da cortina escarlate tampavam a minha visão à direita; à esquerda, estavam as janelas de vidro, me protegendo, mas não me separando do triste dia de novembro. Vez ou outra, enquanto virava as páginas do livro, eu observava o aspecto daquela tarde de inverno. Ao longe, parecia uma pálida cortina de neblina e nuvens, de perto, a visão era a grama molhada, com a chuva forte e incessante impelida por uma longa e lamentosa ventania.

Voltei ao meu livro — a *História dos pássaros britânicos de Bewick*. De forma geral, não me importava muito com as letras impressas, ainda assim havia algumas páginas introdutórias que, como criança que eu era, não poderiam passar despercebidas. Eram aquelas que tratavam das zonas das aves marinhas, das "solitárias rochas e promontórios" habitados apenas por elas, da costa da Noruega, repleta de ilhas desde a sua extremidade sul, a Lindeneses, ou Naze, até o Cabo Norte:

Onde o Oceano do Norte, em grandes redemoinhos,
Ferve nas ilhas nuas e melancólicas
Do mais distante Thule; e a onda do Atlântico
Derrama-se entre as tempestuosas Hébridas.

Nem poderia passar despercebida a sugestão das praias desertas da Lapônia, Sibéria, Spitzbergen, Nova Zembla, Islândia, e Groenlândia, com "a vasta extensão da Zona Ártica e aquelas regiões abandonadas e tristes — esse reservatório de gelo e neve, onde sólidos campos de gelo acumulados por centenas de invernos, vitrificados nas alturas alpinas, cercam o polo, e concentram os múltiplos rigores de frio extremo." Criei minha própria ideia desses reinos brancos como a morte: vaga, como todas as noções apenas meio compreendidas pelos cérebros das crianças, mas curiosamente impressionante. As palavras dessas páginas introdutórias se conectaram com as imagens seguintes, dando significado à rocha que se erguia solitária no mar de ondas e espuma, ao barco quebrado encalhado na praia desolada, à lua fria e fantasmagórica que iluminava, através das nuvens, as ruínas de um navio naufragando.

Eu não sei dizer que sentimento assombrava o solitário cemitério com sua lápide inscrita, seu portão, suas duas árvores, seu horizonte baixo, circundado por um muro quebrado, e a lua crescente surgindo, atestando o entardecer.

Os dois navios calmos em um mar entorpecido pareciam ser fantasmas marinhos.

Passei rapidamente pela figura do demônio preso na mochila que um ladrão carregava nas costas. Era assustador.

Assim como a coisa preta com chifres sentada ao longe numa rocha, observando uma multidão, distante, em torno de uma forca.

Cada imagem contava uma história muitas vezes misteriosa demais para minha compreensão e meus sentimentos imperfeitos, mas sempre muito interessante. Tão interessante quanto as histórias que Bessie contava às vezes nas noites de inverno, quando estava de bom humor. Ela trazia a tábua de passar para o quarto das crianças e nos deixava sentar ao seu redor, e enquanto passava os babados de renda da Sra. Reed e preguueava as abas de suas toucas de dormir, alimentava nossa ávida atenção com trechos de amor e aventura tirados de contos de fadas e outras histórias. Ou (como descobri depois) das páginas de *Pamela e Henry, Conde de Moreland*.

Com Bewick sobre meu joelho, eu estava feliz. Feliz à minha maneira, pelo menos. Não temia nada, apenas a interrupção, e essa veio cedo demais. A porta da sala se abriu.

— Ei! Dona chorona! — gritou a voz de John Reed. Então ele parou, achando que a sala estava vazia. — Onde diabos ela está? — continuou, chamando as irmãs. — Lizzy! Georgy! Jane não está aqui. Diga à mamãe que ela saiu na chuva... aquela peste!

"Ainda bem que fechei a cortina", pensei. Torcia para que ele não descobrisse meu esconderijo, e John Reed não o descobriria sozinho, não tinha a visão nem a mente rápidas. Mas bastou Eliza colocar a cabeça pela porta e logo disse:

— Ela está sentada na janela, com certeza, Jack.

Apareci na mesma hora, pois tremi com a ideia de ser arrastada de lá pelo "Jack".

— O que você quer? — perguntei, com uma desconfiança desajeitada.

— Fale direito. "O que você quer, Senhor Reed?" — foi a resposta. — Eu quero que você venha aqui. — E sentando-se em uma poltrona, fez um gesto para que eu me aproximasse e ficasse diante dele.

John Reed era um colegial de quatorze anos. Quatro anos mais velho do que eu, pois eu tinha apenas dez anos. Era grande e robusto para sua idade, com uma pele pálida e doentia, traços grosseiros em um rosto largo, membros pesados e mãos e pés grandes. Normalmente se empanturrava à mesa, o que o tornava bilioso e deixava-o com um olhar turvo e sombrio e o rosto flácido. Deveria estar na escola, mas sua mãe o trouxe para casa por um ou dois meses "por causa da sua saúde delicada". Sr. Miles, o professor, dizia que ele ficaria bem se comesse menos dos bolos e doces que recebia de casa, mas o coração da mãe se recusava a aceitar uma opinião tão severa, e inclinava-se para a ideia mais refinada de que a pele amarelada de John era causada pelo excesso de estudos e, talvez, por sentir saudade de casa.

John não tinha muito carinho pela mãe ou pelas irmãs, e não gostava nada de mim. Ele me intimidava e me batia, não duas ou três vezes na semana, nem uma ou duas vezes por dia, mas o tempo todo. Cada nervo do meu corpo o temia e cada músculo do meu corpo se contraía quando ele se aproximava. Havia momentos em que eu ficava perplexa com o terror que ele inspirava, porque não tinha qualquer recurso contra suas ameaças e castigos. Os criados não queriam ofender o jovem patrão tomando meu partido contra ele, e a Sra. Reed era cega e surda quando se tratava daquilo, nunca o via batendo em mim nem escutava os insultos que ele me fazia, embora de vez em quando ele fizesse ambas as coisas em sua presença, e mais frequentemente ainda, pelas suas costas.

Como estava acostumada a obedecer a John, fui até a poltrona. Ele passou uns três minutos mostrando a língua para mim, a colocava para fora o máximo que conseguia sem arrancá-la da garganta. Eu sabia que logo ele iria me bater, e enquanto temia o golpe comecei a pensar na sua aparência feia e repugnante. Imagino que ele tenha percebido esse pensamento no meu rosto porque de repente, sem falar nada, me bateu com força. Cambaleei e, ao recuperar meu equilíbrio, afastei-me um ou dois passos da poltrona.

— Isso é pelo seu atrevimento em responder à mamãe agora há pouco — disse ele — e por ficar se escondendo atrás das cortinas, e pelo jeito que me olhou há dois minutos, sua rata!

Acostumada aos maus tratos de John Reed, nem pensava em responder. Estava mais preocupada em suportar o golpe que certamente viria depois do insulto.

— O que estava fazendo atrás da cortina? — perguntou.

— Estava lendo.

— Mostre o livro.

Voltei para a janela e fui buscá-lo lá.

— Você não tem direito de pegar nossos livros, é uma dependente, segundo mamãe. Não tem dinheiro, seu pai não deixou nada para você. Você deveria estar pedindo esmolas, e não vivendo aqui com os filhos de cavalheiros, como nós, comendo a mesma comida que comemos e se vestindo às custas da mamãe. Agora vou te ensinar a mexer nas minhas estantes, porque elas são *minhas*, entendeu? A casa toda é minha, ou será, em alguns anos. Fique em pé ao lado da porta, longe do espelho e das janelas.

Obedeci, sem perceber a princípio qual era sua intenção. Mas quando o vi levantar o livro e se preparar para atirá-lo em mim, instintivamente me desviei, gritando alarmada. Não rápido o bastante, no entanto. O livro foi arremessado, me acertou, e eu caí batendo a cabeça na porta e fazendo um corte. O machucado começou a sangrar e a dor era aguda, mas o terror que eu sentia atingiu seu limite e outros sentimentos surgiram.

— Garoto malvado e perverso! — bradei. — Você é como um assassino, como um capataz de escravos... como os imperadores romanos!

Eu havia lido a *História de Roma*, de Goldsmith, e formado minha opinião sobre Nero, Calígula etc. Também havia feito essas comparações em silêncio, mas nunca pensei em dizê-las em voz alta.

— O quê? O quê? — gritou ele. — Como ela se atreve a dizer essas coisas? Eliza, Georgiana, vocês ouviram? Não devo contar tudo à mamãe agora mesmo? Mas primeiro...

Ele se atirou contra mim, senti que agarrava meu cabelo e meu ombro, estava desesperado. Eu realmente o via como um tirano, um assassino. Senti uma ou duas gotas de sangue escorrerem pelo meu pescoço e me dei conta do sofrimento que estava enfrentando, essas sensações foram maiores que o medo, e eu o recebi de forma frenética. Não sei muito bem o que fiz com as mãos, mas ele me chamava de "Rata, rata!" e gritava. A ajuda estava chegando: Eliza e Georgiana haviam corrido para chamar a Sra. Reed, que estava subindo as escadas. Ela chegou à sala, seguida por Bessie e pela sua criada, Abbot. Fomos separados e ouvi as palavras:

— Menina! Menina! Que fúria é essa contra o Sr. John?

— Alguém já viu tanta raiva?

Então a Sra. Reed acrescentou:

— Leve-a para o quarto vermelho e tranque-a lá. Na mesma hora quatro mãos foram colocadas sobre mim e fui carregada escada acima.

CAPÍTULO 2

Resisti até o fim. O que era novidade para mim, e uma circunstância que fortaleceu a péssima opinião que Bessie e Srta. Abbot tinham a meu respeito. O fato é que eu estava um pouco fora de mim, ou melhor, *completamente* fora de mim, como diriam os franceses. Estava ciente de que aquele instante de revolta já me condenara a castigos fora do comum, e, como qualquer prisioneiro rebelde, estava disposta a ir até o fim.

— Segure os braços dela, Srta. Abbot. Parece uma gata brava.

— Que vergonha! Que vergonha! — exclamou a criada. — Que comportamento chocante, Srta. Eyre, bater em um jovem cavalheiro, filho da sua benfeitora! Seu jovem patrão.

— Patrão! Meu patrão? Por acaso sou uma criada?

— Não, a senhorita é menos que uma criada, pois não faz nada para se sustentar. Vamos, sente-se e pense sobre sua maldade.

A essa altura, elas já haviam me levado para o quarto indicado pela Sra. Reed e me jogado sobre um banco. Meu impulso foi saltar dele como uma mola, mas os dois pares de mãos me seguraram no mesmo instante.

— Se não ficar quieta, será amarrada — disse Bessie. — Srta. Abbot, empreste-me suas ligas, ela rasgaria as minhas na mesma hora.

A Srta. Abbot se virou para tirar da perna robusta a necessária ligadura. Essa preparação para me amarrar e a humilhação contida nesse ato, diminuiram um pouco minha excitação.

— Não tire — gritei. — Não vou mexer.

Como prova, agarrei-me ao assento com as mãos.

— Pense bem! — disse Bessie, e quando teve certeza de que eu estava cedendo, soltou-me. Então ela e a Srta. Abbot ficaram de braços cruzados, olhando de forma ameaçadora e duvidosa para meu rosto, como se desconfiassem da minha sanidade.

— Ela nunca fez isso antes — disse finalmente Bessie, voltando-se para Abigail.

— Mas sempre teve isso dentro de si — foi a resposta. — Eu já falei minha opinião sobre essa menina muitas vezes para a patroa, e ela concordou comigo. É uma coisinha dissimulada, nunca vi uma menina dessa idade ser tão fingida.

Bessie não respondeu, mas olhou-me demoradamente, e disse:

— Saiba, senhorita, que deve muito à Sra. Reed. Ela sustenta você. Se mandá-la embora daqui, você teria que ir para o orfanato.

Eu não tinha nada a dizer sobre essas palavras, não eram novidade para mim. As primeiras memórias que eu tinha da vida estavam cheias de insinuações desse tipo. Essa repreensão à minha dependência se tornara uma vaga ladainha em meus ouvidos, muito dolorosa e arrasadora, mas apenas meio inteligível. A Srta. Abbot acrescentou:

— E não pense que é igual às Srtas. Reed ou ao jovem Sr. Reed só porque a patroa teve a bondade de permitir que fosse criada com eles. Eles terão muito dinheiro, e você não terá nenhum. É sua obrigação ser humilde e tentar tornar-se agradável para eles.

— Dizemos isso para o seu bem — acrescentou Bessie, num tom menos ríspido.

— Deve tentar ser útil e agradável e então, talvez, tenha um lar aqui. Entretanto, se for violenta e rude a patroa vai mandá-la embora, tenho certeza.

— Além disso — disse a Srta. Abbot — Deus vai puni-la. Ele pode matá-la no meio de um de seus acessos de raiva, e então para onde iria? Venha, Bessie, vamos deixá-la. Não queria ter o coração dela por nada no mundo. Reze, Srta. Eyre, reze quando estiver sozinha, porque se não se arrepender, algo muito ruim vai descer a chaminé para pegar você.

Saíram. Fecharam e trancaram a porta.

O quarto vermelho era um aposento quadrado, onde raramente alguém dormia. Poderia até dizer nunca, na verdade, a menos que houvesse uma quantidade enorme de visitantes em Gateshead Hall, tornando necessário o uso de todas as acomodações da casa. Ainda assim era um dos maiores e mais majestosos quartos da mansão. A cama ficava no meio destacando-se como um tabernáculo, apoiada em pilares maciços de mogno, fechados por cortinas de um damasco vermelho-escuro. As duas janelas enormes, com suas persianas sempre fechadas, estavam meio encobertas por pregas e cortinas do mesmo tecido. O tapete era vermelho. A mesa ao pé da cama, coberta por uma toalha carmesim. As paredes, de um marrom-claro, com toques de rosa. O armário, a penteadeira e as cadeiras eram de mogno antigo, escuro e polido. As sombras profundas circundantes destacavam os grandes e brancos colchões e travesseiros empilhados da cama, coberta por uma colcha de marselha. Um pouco menos proeminente, havia uma ampla poltrona acolchoada à cabeceira da cama, também branca, com um banquinho para os pés à frente. Na minha imaginação, parecia-se com um trono pálido.

O quarto era frio, porque a lareira raramente era acesa; silencioso, porque ficava longe do quarto das crianças e da cozinha; solene, porque sabia-se que quase nunca entravam ali. Só a criada entrava aos sábados para limpar dos espelhos e dos móveis a quieta poeira que se acumulara durante a semana. A própria Sra. Reed, muito de vez em quando, visitava o quarto para examinar o conteúdo de uma certa gaveta secreta do guarda-roupa, onde estavam guardados diversos documentos, seu porta-joias, e uma miniatura do seu falecido marido. Nessas últimas palavras residia o segredo do quarto vermelho... o feitiço que o mantinha tão solitário, apesar de sua grandeza.

O Sr. Reed estava morto há nove anos, naquele quarto ele dera seu último suspiro, ali ficara deitado até que o caixão fosse levado pelos agentes funerários, e, desde aquele dia, uma espécie de consagração sombria o protegera de intrusões.

O banco no qual Bessie e a amarga Srta. Abbot me haviam deixado imóvel, era uma otomana baixa, próxima ao batente de mármore da ladeira. A cama erguia-se diante de mim; à direita estava o guarda-roupa alto e escuro, cujos painéis refletiam tênues e fragmentados; à esquerda estavam as janelas com as cortinas abafadas; um grande espelho entre elas refletia a vazia majestade da cama e do quarto. Eu não sabia ao certo se elas haviam trancado a porta, e quando ousei me mover fui confirmar. Ai de mim! Nenhuma prisão seria mais segura. Voltando, tive que passar em frente ao espelho, e meu olhar fascinado involuntariamente explorava a profundidade revelada. Tudo parecia mais frio e escuro naquele vazio fantasioso do que na realidade. E a pequena figura estranha olhando para mim com o rosto branco e braços na escuridão, os olhos brilhantes de medo movendo-se enquanto todo o resto estava imóvel, pareciam uma verdadeira assombração. Parecia-me com os pequenos fantasmas, meio fada, meio diabinho, que nas histórias de Bessie eram vindos dos pequenos e solitários vales cobertos de fetos nas charnecas e apareciam para os viajantes retardatários. Voltei ao meu banco.

A superstição estava comigo naquele momento, mas ainda não chegara a hora da sua vitória completa. Meu sangue ainda estava quente. A ira do escravo rebelde ainda me preenchia com seu amargo vigor. Tinha que fazer uma rápida retrospectiva antes de voltar ao triste presente.

Todas as violentas tiranias de John Reed, toda a orgulhosa indiferença de suas irmãs, toda a aversão de sua mãe, toda a parcialidade das criadas apareceram em minha mente perturbada como um depósito negro num poço turvo. Por que eu estava sempre sofrendo, sempre amedrontada, sempre acusada, eternamente condenada? Por que eu nunca agradava? Por que era inútil tentar ganhar o apoio de alguém? Eliza, que era obstinada e egoísta, era respeitada. Georgiana, com o jeito mimado, o rancor extremo, as maneiras ardilosas e insolentes, era tolerada por todos. Sua beleza, as bochechas rosadas e os cachos dourados, pareciam encantar todos que a olhavam e garantir que todos os seus erros fossem perdoados. John, ninguém contrariava, muito menos punia; embora ele torcesse os pescoços dos pombos, matasse os pintinhos, atiçasse os cachorros contra as ovelhas, tirasse os frutos das parreiras e destruísse os botões das melhores plantas da estufa. Também chamava a mãe de "velha", às vezes a insultava por ter a pele escura, parecida com a dele próprio. Desrespeitava seus desejos abertamente, e muitas vezes cortava e estragava suas roupas de seda. Ainda assim, era seu "queridinho". Eu não me atrevia a cometer falta alguma, fazia o máximo para cumprir todas as minhas obrigações, e era chamada de desobediente e cansativa, rabugenta e traiçoeira, da manhã ao meio-dia e do meio-dia à noite.

Minha cabeça ainda doía e sangrava com o golpe e a queda. Ninguém repreendeu John por ter batido tanto em mim, mas fui condenada por todos por ter me voltado contra ele para evitar mais daquela violência irracional.

"É injusto! Injusto!" dizia minha razão, forçada pelo agoniado estímulo de um poder de raciocínios precoce, embora transitório. E a Determinação, igualmente arrancada à força, sugeria algumas estranhas estratégias para conseguir escapar daquela insuportável opressão... Como fugir, ou, se isso não pudesse ser feito, nunca mais comer ou beber, até morrer.

Como minha alma estava consternada naquela triste tarde! Como minha mente estava tumultuada por inteiro e meu coração completamente revoltado. No entanto, em que escuridão, em que densa ignorância foi travada aquela batalha mental! Não podia responder à incessante pergunta que surgia dentro de mim... *Por que* eu sofria assim? Agora, há uma distância de — não sei ao certo quantos anos — percebo claramente.

Eu era uma divergência em Gateshead Hall. Era diferente de todos ali. Não tinha nada em comum com a Sra. Reed ou seus filhos, ou com sua seleta criadagem. Se não me amavam, eu, na verdade, tampouco os amava. Não conseguiriam sentir afeição por uma coisa que não simpatizava com nenhum deles; uma coisa heterogênea, oposta a eles em temperamento, capacidades e propensões; uma coisa inútil, incapaz de servir aos seus interesses ou aumentar seus prazeres; uma coisa nociva, que alimentava os germes da indignação contra o tratamento que recebia e do desprezo pela sua opinião. Sei que se eu tivesse sido uma criança otimista, brilhante, descuidada, exigente, bonita e brincalhona — ainda que dependente e sem amigos — a Sra. Reed teria suportado minha presença com mais satisfação; seus filhos teriam sido mais companheiros e cordiais; e os criados estariam menos propensos a me usar como bode expiatório das crianças.

A luz do dia começou a deixar o quarto vermelho. Passava das quatro horas, e a tarde nublada dava lugar ao sombrio crepúsculo. Eu ouvia a chuva caindo continuamente na janela da escada, e o vento uivando no bosque atrás da sala. Fui ficando fria como pedra e então minha coragem me abandonou. Meu estado habitual de humilhação, dúvida e tristeza retornou, extinguindo a ira. Todos diziam que eu era má, e talvez eu fosse. Não estava agora mesmo pensando em morrer de fome propositalmente? Isso certamente era um crime. E eu estava preparada para morrer? Seria a cripta sob a igreja de Gateshead um destino convidativo? Haviam me dito que o Sr. Reed estava enterrado ali, e levada por essa lembrança, pensei nele, e isso me apavorou. Não conseguia me lembrar dele, mas sabia que era meu tio — irmão da minha mãe — e que me levara para sua casa quando ficara órfã, e que nos seus últimos momentos exigira que a Sra. Reed prometesse que iria me criar e me manter como um de seus filhos. A Sra. Reed provavelmente considerou que tinha cumprido a promessa, e realmente tinha, tanto quanto sua natureza permitia. Mas como poderia gostar verdadeiramente de uma intrusa, que não era da sua família, com quem não tinha nenhuma ligação, após a morte de seu marido? Deve ter sido muito irritante encontrar-se presa por uma promessa feita à força, e tendo que representar o papel de mãe para uma criança estranha que ela não podia amar, e ver uma estranha permanentemente intrometida na sua família.

Um pensamento singular me ocorreu. Não duvidava — nunca duvidei — que se o Sr. Reed estivesse vivo, ele teria me tratado com bondade. E agora, sentada observando a cama branca e as sombras na parede, e de tempos em tempos olhando fascinada para o espelho brilhante, comecei a relembrar o que eu tinha ouvido a respeito dos homens mortos que, perturbados em suas sepulturas pela violação de seus últimos desejos, visitavam a terra para punir os perjurados e vingar os oprimidos. E pensei no espírito do Sr. Reed que, atormentado pelas injustiças sofridas pela filha de sua irmã, poderia muito bem deixar sua morada, fosse ela a cripta ou o mundo desconhecido dos que partiram, e aparecer diante de mim nesse quarto. Sequei minhas lágrimas e engoli meus soluços, temendo que qualquer sinal grande de sofrimento despertasse uma voz sobrenatural para me confortar ou atraísse da escuridão um rosto com uma auréola, curvando-se sobre mim com estranha piedade. Senti que esse pensamento, que teoricamente era consolador, seria horrível se fosse realizado, e comecei a sufocá-lo com todas as minhas forças e me compeli a ser firme. Afastei o cabelo dos olhos, levantei a cabeça e tentei olhar corajosamente ao redor do quarto escuro; nesse momento, uma luz brilhou na parede. Seria a luz do luar entrando por alguma abertura na cortina? Não, a lua estava parada, e aquela luz estava se movendo. Enquanto eu olhava, ela deslizou até o teto e estremeceu sobre minha cabeça. Hoje, posso dizer que provavelmente aquela luz era o brilho de uma lanterna segurada por alguém no gramado, mas naquele momento a minha mente estava tão inclinada para o terror e meus nervos estavam tão abalados pelo nervosismo, que pensei que o rápido feixe de luz era um prenúncio de alguma aparição do outro mundo. Meu coração acelerou, minha cabeça ficou quente, um som parecido com o bater de asas surgiu em meus ouvidos, tive a sensação de que algo estava perto de mim. Eu estava oprimida, sufocada, logo a determinação cedeu. Corri para a porta e sacudi a maçaneta, num esforço desesperado. Passos vieram correndo do lado de fora, a chave se virou, Bessie e Abbot entraram.

— Srta. Eyre, você está doente? — perguntou Bessie.

— Que barulho horrível! Arrepiou até minha alma! — afirmou Abbot.

— Me tirem daqui! Deixem-me ir para o quarto das crianças! — foi o meu grito.

— Por quê? Está machucada? Viu alguma coisa? — mais uma vez questionou Bessie.

— Ah! Vi uma luz e pensei que um fantasma estava vindo. — Agarrei a mão de Bessie, e ela não soltou.

— Ela gritou de propósito — declarou Abbot, com desgosto. — E que grito! Seria compreensível se estivesse com alguma dor forte, mas ela só queria que viéssemos aqui. Conheço seus truques travessos.

— O que está acontecendo aqui? — exigiu outra voz, rigorosamente; então a Sra. Reed veio pelo corredor, a touca esvoaçando, o vestido farfalhando ruidosamente.

— Abbot e Bessie, acredito que ordenei que Jane Eyre fosse deixada no quarto vermelho até que eu fosse buscá-la.

— A Srta. Jane gritou tão alto, senhora — clamou Bessie.

— Solte-a — foi a única resposta. — Solte a mão da Bessie, filha. Não sairá dessa forma, pode estar certa disso. Eu abomino truques, principalmente de crianças; é meu dever te mostrar que não vão funcionar. Agora, você ficará aqui mais uma hora, e só será libertada quando estiver submissa e quieta.

— Ó tia! Tenha piedade! Me perdoe! Não posso suportar isso... deixe que eu seja castigada de outra forma! Morrerei se...

— Calada! Esta violência é repulsiva.

Sem dúvida era o que ela sentia. Aos seus olhos, eu era uma atriz mirim; acreditava sinceramente que eu era um misto de paixões violentas, espírito mesquinho, e falsidade perigosa.

Bessie e Abbot se retiraram, e a Sra. Reed, impaciente com a minha angústia agora frenética e com meus fortes soluços, empurrou-me abruptamente para o quarto e trancou a porta, sem mais conversa. Ouvi-a indo embora, e logo depois que ela foi, acredito que eu tenha tido uma espécie de ataque, pois a inconsciência entrou em cena.

CAPÍTULO 3

A próxima coisa que me lembro foi de acordar com a sensação de que tinha acabado de ter um pesadelo terrível, e de ver um terrível clarão vermelho diante de mim, cortado por grossas barras pretas. Ouvi vozes, também, falando com um som oco, como se estivessem abafadas por uma rajada de vento ou água. Agitação, incerteza e uma sensação dominadora de terror confundiam minhas faculdades. Não demorei a perceber que alguém me pegou, levantou, e colocou-me sentada de maneira mais cuidadosa do que fora erguida ou levantada antes. Deitei minha cabeça em um travesseiro ou braço, e me senti tranquila.

Cinco minutos depois, a nuvem de confusão se dissolveu. Eu sabia muito bem que estava na minha própria cama, e que o clarão vermelho era a lareira do quarto. Era noite, uma vela estava acesa na mesa; Bessie estava ao pé da cama com uma bacia na mão, e um cavalheiro sentou-se em uma cadeira perto do meu travesseiro, inclinando-se sobre mim.

Senti um alívio inexprimível, uma convicção calmante de proteção e segurança quando soube que havia um estranho na sala, um indivíduo que não pertencia a Gateshead, e não relacionado à Sra. Reed. Desviando o olhar Bessie (embora sua presença fosse muito menos desagradável para mim do que a de Abbot, por exemplo), examinei o rosto do cavalheiro. Eu o conhecia, era o Sr. Lloyd, um boticário que a Sra. Reed chamava quando os empregados estavam doentes, para si mesma e para os filhos, ela chamava um médico.

— Bem, quem sou eu? — indagou ele.

Pronunciei o nome dele ao mesmo tempo que lhe ofereci minha mão, ele a pegou, sorriu, e disse:

— Ficaremos muito bem logo.

Então ele me deitou e, dirigindo-se a Bessie, orientou que ela tivesse muito cuidado para que eu não fosse incomodada durante a noite. Deu mais algumas instruções, disse que viria novamente no dia seguinte, e se foi, para minha tristeza.

Eu me senti tão protegida e querida enquanto ele estava sentado perto da minha cabeceira. Quando ele fechou a porta, todo o quarto escureceu e meu coração ficou apertado de novo, tomado por uma enorme tristeza.

— Está com sono, senhorita? — perguntou Bessie, suavemente. Mal me atrevi a responder, pois temia que a resposta pudesse ser rude.

— Vou tentar dormir.

— Gostaria de beber ou comer alguma coisa?

— Não. Obrigada, Bessie.

— Então acho que devo ir para a cama, pois já passa da meia-noite, mas pode me chamar se quiser algo durante a noite.

Quanta educação! Encorajou-me a fazer uma pergunta:

— Bessie, o que há de errado comigo? Estou doente?

— Creio que a senhorita ficou doente no quarto vermelho, de tanto chorar. Mas estará melhor logo, sem dúvida.

Ela entrou no quarto da criada, que ficava ao lado. Ouvi-a dizer:

— Sarah, venha dormir comigo no quarto das crianças. Não ouso por nada nesse mundo ficar sozinha com aquela pobre criança esta noite, ela poderia morrer. É uma coisa tão estranha que ela tenha tido esse ataque... fico imaginando se ela viu alguma coisa. A patroa foi severa demais.

Sarah veio para o quarto com ela e as duas foram deitar, ficaram cochichando por meia hora antes de dormir. Ouvi apenas algumas partes da conversa, e a partir disso tentei perceber, sem muito sucesso, sobre o que falavam.

— Alguma coisa passou por ela, toda de branco, e desapareceu.

— Com um grande cachorro preto atrás.

— Três batidas fortes na porta do quarto.

— Uma luz no cemitério bem acima de seu túmulo.

Por fim, ambas dormiram; a lareira e a vela se apagaram. Para mim, as horas daquela longa noite passaram em uma terrível insônia. Estava tensa de tanto medo, o medo que só as crianças são capazes de sentir. Nenhuma doença grave ou prolongada se seguiu após o quarto vermelho; toda a situação só causou um enorme choque cuja reverberação sinto até hoje. Sim, Sra. Reed, à senhora devo algumas dores terríveis de sofrimento mental, mas devo perdoá-la, pois a senhora não sabia o que fazia. Enquanto despedaçava meu coração, acreditava estar apenas me livrando das minhas tendências ruins.

No dia seguinte, ao meio-dia, eu estava de pé, vestida, e sentada enrolada em um xale perto da lareira do quarto. Sentia-me fisicamente fraca e cansada, mas o pior era a infelicidade que ocupava minha mente. Uma infelicidade que arrancava lágrimas silenciosas de mim, assim que eu enxugava uma gota salgada, outra caía. Ainda assim, pensei, eu deveria estar feliz. Nenhum dos Reed estava lá, todos saíram de carruagem com a mamãe. Abbot estava costurando em outro quarto, e Bessie andava de um lado para o outro guardando brinquedos e arrumando gavetas, às vezes dirigia a mim uma palavra gentil nada habitual. Acostumada como estava a uma vida de repreensão sem fim e tarefas mal-agradecidas, esse estado de coisas deveria ter sido para mim uma espécie de paraíso repleto. Mas na verdade, meus nervos em frangalhos estavam em tal estado que nenhuma calma poderia aliviá-los, e nenhuma satisfação poderia agradá-los.

Bessie havia descido para a cozinha, e na volta trouxe uma torta num certo prato de porcelana cuja pintura brilhante de uma ave do paraíso aninhada numa grinalda de convóculos e botões de rosa costumava despertar minha admiração. Frequentemente pedia permissão para segurá-lo, a fim de examinar o prato mais de perto, mas sempre fora julgada indigna de tal privilégio. Agora esse precioso prato estava no meu colo, e fui cordialmente convidada a comer o delicado pedaço de torta que estava sobre ele. Favor inútil! Vindo tarde demais, como a maioria dos outros favores há muito desejados e muitas vezes adiados! Não consegui comer a torta; e a plumagem do pássaro e os matizes das flores pareciam estranhamente desbotados. Deixei a torta e o prato de lado. Bessie perguntou se eu queria um livro. A palavra *livro* agiu como um estímulo passageiro, e eu lhe pedi que buscasse "As Viagens de Gulliver" na biblioteca. Já folheara esse livro prazerosamente tantas vezes. Considerava-o uma narrativa de fatos, com ele descobri um interesse maior do que aquele que encontrara nos contos de fadas. Depois de procurar, em vão, os duendes entre as folhas e campânulas de dedaleiras, debaixo dos cogumelos e das trepadeiras que cobriam os muros velhos, finalmente cheguei à triste conclusão de que deixaram a Inglaterra para viver em algum país mais selvagem, onde as florestas eram mais desconhecidas e densas, e a população mais escassa. Ao passo que, para mim, Lilliput e Brobdingnag eram lugares bem reais existentes na superfície terrestre, e não duvidava de que um dia poderia fazer uma longa viagem e ver com meus próprios olhos os pequenos campos, casas e árvores, o povo minúsculo, as vaquinhas, ovelhas e pássaros em um reino. E no outro, ver os campos de milho da altura de uma floresta, os cães gigantescos, os gatos monstruosos, os homens e mulheres da altura de torres. No entanto, quando este precioso livro foi colocado em minhas mãos, quando passei as páginas e procurei em suas maravilhosas gravuras o encanto que até agora jamais deixara de encontrar... tudo se mostrou assustador e sombrio. Os gigantes eram duendes esqueléticos, os pigmeus eram malévolos e medonhos diabinhos, e Gulliver era um triste andarilho na mais terrível e perigosa das regiões. Fechei o livro, que não ousei mais ler, e coloquei-o sobre a mesa, ao lado da torta intacta.

Bessie acabara de espanar e arrumar o quarto, e depois de lavar as mãos, abriu uma pequena gaveta cheia de lindos retalhos de seda e cetim, e começou a fazer uma nova touca para a boneca de Georgiana. Enquanto isso, cantava assim:

Nos dias em que andávamos feito ciganos, muito tempo atrás.

Eu já tinha ouvido a canção muitas vezes, e sempre com muito deleite, pois Bessie tinha uma voz doce, pelo menos era o que eu achava. Mas agora, embora sua voz ainda fosse doce, eu descobria na melodia uma tristeza indescritível. Às vezes, preocupada com seu trabalho, ela cantava o refrão baixinho, bem devagar. "Muito tempo atrás" soava como a mais triste cadência de uma música fúnebre. Ela passou para outra balada, desta vez uma realmente triste.

Meus pés estão doloridos e minhas pernas estão cansadas;
Longo é o caminho e as montanhas são selvagens;
Em breve virá o crepúsculo, sem lua e triste
No caminho da pobre criança órfã.

Por que me mandaram tão longe e tão sozinha,
Lá em cima, onde os pântanos tudo cobrem e as rochas cinzentas se amontoam?
Os homens são cruéis, só os anjos bondosos
Guardam os passos de uma pobre criança órfã.

No entanto, distante e suave a brisa noturna sopra,
Nuvens não há nenhuma, e claras estrelas brilham suavemente,
Deus, em Sua misericórdia, a proteção está mostrando,
Conforto e esperança para a pobre criança órfã.
Mesmo que eu caísse da ponte quebrada,
Ou me perdesse nos pântanos, atraída por falsas luzes,
Ainda assim, meu Pai, com promessas e bênçãos,
Levaria em Seu seio a pobre criança órfã.

Há um pensamento de que a força deve me valer,
Embora privada de abrigo e família;
O céu é um lar e o descanso não me faltará;
Deus é amigo da pobre criança órfã.

— Ora, senhorita Jane, não chore — disse Bessie, quando acabou.

Ela poderia muito bem ter dito ao fogo: "Não queime!" Mas como ela poderia adivinhar o sofrimento mórbido que eu sentia? No decorrer da manhã, o Sr. Lloyd voltou.

— O quê, já está de pé? — disse ele, ao entrar no quarto.

— Bem, enfermeira, como ela está?

Bessie respondeu que eu estava indo bem.

— Então ela deveria estar mais alegre. Venha cá, senhorita Jane. Seu nome é Jane, não é?

— Sim, senhor. Jane Eyre.

— Bem, andou chorando, Srta. Jane Eyre. Pode dizer o que aconteceu? Está sentindo dor?

— Não senhor.

— Ah! Atrevo-me a dizer que ela está chorando porque não pôde passear de carruagem com a patroa — interpôs Bessie.

— Claro que não! Ora, ela é grandinha demais para fazer pirraça por isso.

Eu concordava com ele, e com a autoestima ferida pela falsa acusação, respondi prontamente:

— Nunca chorei por tal coisa na minha vida! Odeio passear de carruagem. Chorei porque estou infeliz.

— Que absurdo, senhorita! — disse Bessie.

O gentil boticário pareceu um pouco confuso. Eu estava de pé diante dele, que me encarava com muita firmeza. Seus olhos eram pequenos e cinzentos, não muito brilhantes, mas que julgaria astutos hoje. Tinha traços fortes e ainda assim um rosto bem-humorado. Após me observar com calma, disse:

— O que a deixou doente ontem?

— Ela caiu — disse Bessie, novamente falando por mim.

— Caiu? Ora! Como se fosse um bebê de novo! Com essa idade ainda não consegue andar direito? Deve ter oito ou nove anos.

— Eu fui derrubada — foi a explicação franca que soltei depois de sentir meu orgulho sendo ferido de novo. — Mas não foi isso que me deixou doente — acrescentei, enquanto o Sr. Lloyd se servia de uma pitada de rapé.

Quando ele estava devolvendo a caixa ao bolso do colete, a sineta soou alto, chamando para o jantar dos criados. Ele sabia o que era.

— Esse chamado foi para você, enfermeira — disse ele. — Pode descer. Conversarei com a Srta. Jane até que você volte.

Bessie preferia ter ficado, mas foi obrigada a ir porque a pontualidade das refeições era rígidamente aplicada em Gateshead Hall.

— Se não foi a queda que a deixou doente, o que foi? — persistiu o Sr. Lloyd, quando Bessie partiu.

— Eu estava trancada num quarto onde há um fantasma, até anoitecer.

O Sr. Lloyd sorriu e franziu a testa ao mesmo tempo.

— Fantasma! Bem, você realmente é um bebê! Tem medo de fantasmas?

— Do fantasma do Sr. Reed eu tenho. Ele morreu naquele quarto e ficou deitado lá. Nem Bessie nem qualquer outra pessoa entra lá depois que escurece, se puder evitar. Foi crueldade me deixarem lá sem sozinha sem ao menos uma vela... tanta crueldade que acho que nunca serei capaz de esquecer.

— Tolice! E foi isso que a deixou tão infeliz? Está com medo agora, em plena luz do dia?

— Não. Mas a noite voltará em breve. Além disso, estou infeliz... muito infeliz, por outras coisas.

— Que outras coisas? Pode me contar alguma delas?

Como eu gostaria de responder completamente essa pergunta! Como era difícil formular qualquer resposta! As crianças podem sentir, mas não conseguem analisar seus sentimentos, se analisam parcialmente em pensamento, não conseguem expressar o resultado em palavras. No entanto, com medo de perder essa primeira e única oportunidade de aliviar minha dor desabafando com alguém, eu, após uma pausa apreensiva, consegui formular o princípio de uma resposta, que apesar de tudo era verdadeira.

— Para começar, não tenho pai ou mãe, irmãos ou irmãs.
— Você tem uma tia e primos bondosos.

Fiz uma pausa mais uma vez, então desajeitadamente, falei:
— Mas John Reed me derrubou, e minha tia me trancou no quarto vermelho.

O Sr. Lloyd pegou a caixa de rapé de novo.
— Não acha que Gateshead Hall é uma casa muito bonita? — indagou ele. — Não é grata por ter uma casa tão agradável assim para morar?

— Não é minha casa, senhor. E Abbot diz que tenho menos direito de estar aqui do que uma criada.

— Ora! Não é possível que seja tão tola a ponto de querer mudar de um lugar tão esplêndido assim?

— Ficaria feliz em mudar se eu tivesse outro lugar para ir. Mas nunca poderei fugir de Gateshead até que me torne adulta.

— Talvez você possa... quem sabe? Tem outros parentes além da Sra. Reed?
— Acho que não, senhor.
— Nenhum da parte do seu pai?
— Não sei. Perguntei à tia Reed uma vez, e ela disse que é provável que eu tenha alguns parentes pobres e inferiores, com o sobrenome Eyre, mas não sabia nada sobre eles.

— Se os tivesse, gostaria de morar com eles?

Eu refleti. A pobreza parecia algo terrível para os adultos, mais ainda para as crianças. Elas não têm muita noção do que é uma pobreza trabalhadora, digna e respeitável. Só pensam na palavra relacionada a roupas esfarrapadas, comida escassa, lareiras apagadas, maneiras grosseiras e vícios desprezíveis. Pobreza, para mim, era sinônimo de degradação.

— Não. Eu não gostaria de morar com pessoas pobres — foi a minha resposta.
— Nem mesmo se elas fossem gentis com você?

Sacudi a cabeça. Não conseguia ver como pobres poderiam ser gentis. E preciso aprender a falar como eles, a adotar seus modos, deixar a educação de lado, crescer como uma das pobres mulheres que algumas vezes vi cuidando dos filhos ou lavando as roupas nas portas dos casebres da aldeia de Gateshead... não, eu não era corajosa o suficiente para comprar a liberdade ao preço daquela casta.

— Mas seus parentes são tão pobres assim? Não são pessoas trabalhadoras?
— Não sei. A tia Reed diz que, se é que tenho algum parente, eles devem ser um bando de mendigos. Eu não gostaria de mendigar.

— Gostaria de ir para a escola?

Mais uma vez, refleti. Mal sabia o que era a escola. Bessie às vezes falava como se fosse um lugar onde as jovens se sentavam em bancos, usavam tábuas presas às costas para corrigir a postura, e era esperado que fossem sempre gentis e formais. Já John Reed odiava a escola e xingava o professor, mas seus gostos não serviam como parâmetro para mim, e apesar das histórias de Bessie sobre a disciplina escolar (reunidas dos relatos das jovens de uma família com quem vivera antes de vir para Gateshead) serem um tanto quanto apavorantes, os detalhes de certas realizações alcançadas por essas mesmas meninas eram igualmente atraentes, a meu ver. Ela falava das belas pinturas de paisagens e flores que as duas faziam, das músicas que sabiam cantar, das peças que sabiam encenar, das bolsas que sabiam tricotar e dos livros franceses que sabiam ler. Até meu espírito ficava tocado pela vontade de imitá-las. Além disso, a escola seria uma mudança completa. Implicava uma longa viagem, uma separação completa de Gateshead, uma entrada numa nova vida.

— Eu gostaria muito de ir para a escola — foi a conclusão das minhas reflexões.

— Bem bem... quem sabe o que pode acontecer? — disse o Sr. Lloyd, ao se levantar.

— A menina precisa mudar de ares e de cenário — acrescentou ele, falando consigo mesmo. — Os nervos não estão em um bom estado.

Bessie estava de volta, ao mesmo tempo em que se ouviu a carruagem passando pelo caminho de cascalho.

— É a sua patroa, governanta? — perguntou o Sr. Lloyd. — Gostaria de falar com ela antes de ir.

Bessie o convidou à sala de café da manhã e liderou o caminho. Pelo que aconteceu depois, imagino que na conversa que teve com a Sra. Reed, o boticário recomendou que me enviassem para a escola. Recomendação que, sem dúvida, foi prontamente aceita, pois como disse Abbot à Bessie certa noite quando estavam costurando no quarto das crianças depois de eu estar deitada (e pelo que achavam, dormindo):

— Apostava que a patroa estava feliz por se livrar de uma criança tão irritante e mal-educada que parecia estar sempre vigiando todo mundo e planejando alguma coisa.

Acho que Abbot acreditava que eu era uma versão mirim de Guy Fawkes[1].

Nesse mesmo dia eu soube pela primeira vez, através da conversa entre a Srta. Abbot e Bessie, que meu pai fora um pastor pobre, e que minha mãe se casara com ele contra a vontade de seus amigos, que consideravam o casamento abaixo dela. Meu avô Reed ficou tão irritado com a desobediência que a deserdou e a deixou sem um xelim. Quando estavam casados há um ano, meu pai pegou a febre tifoide quando visitava os pobres de uma grande cidade industrial onde sua paróquia ficava, e onde havia uma epidemia. Então minha mãe pegou a doença dele e, com um mês de intervalo, ambos morreram. Bessie, ao ouvir a história, suspirou e disse:

— A pobre Srta. Jane também é digna de pena, Abbot.

---

[1] Soldado inglês que participou da Conspiração da Pólvora e planejou assassinar o rei protestante Jaime I e os membros do Parlamento inglês, dando início a um levante católico.

— É mesmo — respondeu Abbot. — Se fosse uma criança bonita e boazinha seria possível ter compaixão pelo seu desamparo, mas quem vai se importar com uma criança tão horrível como ela?

— Não muitos, com certeza — concordou Bessie. — De qualquer forma, uma beleza como a de Srta. Georgiana despertaria muito mais comoção na mesma situação.

— Verdade, eu sou louca pela Srta. Georgiana! — exclamou a apaixonada Abbot.

— Queridinha! Com os longos cachos e olhos azuis, e com uma cor de pele tão linda. Igualzinha uma pintura! Bessie, eu gostaria de um coelho galês para o jantar.

— Eu também... com uma cebola assada. Venha, vamos descer.

E foram.

CAPÍTULO 4

Da minha conversa com o Sr. Lloyd e da conversa entre Bessie e Abbot relatada acima, reuni esperança suficiente para desejar ficar boa. Uma mudança parecia próxima, e eu a desejava e esperava em silêncio. Mas demorou. Dias e semanas se passaram. Recuperei meu estado normal de saúde, mas o assunto sobre o qual eu tanto pensava não foi mencionado novamente. A Sra. Reed às vezes me observava com um olhar severo, mas raramente se dirigia a mim. Desde a minha doença, havia traçado uma linha de separação mais profunda que nunca entre mim e seus filhos. Colocou-me para dormir sozinha num pequeno cubículo, condenou-me a fazer as refeições sozinhas e a passar todo tempo livre no quarto, enquanto meus primos ficavam sempre na sala de visitas. Não deu nenhuma pista, no entanto, de que me mandaria para a escola, ainda assim eu tinha uma certeza instintiva de que ela não me toleraria sob o mesmo teto por muito tempo. O olhar que tinha quando se voltava para mim, agora mais do que nunca, expressava uma aversão profunda e insuperável.

Eliza e Georgiana, seguindo suas ordens, falavam o mínimo possível comigo. John mostrava a língua para mim sempre que me via e uma vez tentou me bater, mas quando reagi na mesma hora, despertada pelo mesmo sentimento de profunda ira e desesperada revolta que causou minha explosão anterior, ele achou melhor desistir e fugir de mim soltando pragas e jurando que eu havia quebrado seu nariz. Na verdade, eu tinha mesmo erguido a mão com o punho fechado para dar um golpe com o máximo de força que meus nós dos dedos pudessem infligir, e quando vi que o gesto ou minha expressão, o assustava, senti a maior vontade de aproveitar minha vantagem para esse propósito, mas ele já tinha corrido para a mamãe. Ouvi quando começou a contar num tom choroso como "aquela malcriada Jane Eyre" avançou nele como um gato bravo. E foi interrompido asperamente:

— Não fale comigo sobre ela, John. Já disse para não chegar perto dela. Não é digna de atenção. Não quero você ou suas irmãs se associando a ela.

Ali, inclinada sobre o corrimão, gritei de repente e sem pensar nas minhas palavras:

— Eles não são dignos de se associar comigo.

A Sra. Reed era uma mulher gorda, mas ao ouvir essa declaração estranha e audaciosa ela correu agilmente escada acima, me arrastou como um furacão para o quarto das crianças, e me empurrando contra a cama, desafiou-me em voz enfática a sair dali ou a falar uma única palavra, durante o resto do dia.

— O que o tio Reed diria à senhora, se ele estivesse vivo? — foi a pergunta involuntária que fiz. Digo involuntária porque minha boca parecia pronunciar as palavras sem minha permissão. Algo falava por mim sem que eu tivesse controle.

— O quê? — disse a Sra. Reed, baixinho. Seus olhos frios, normalmente compostos, foram tomados por algo que parecia medo. Ela soltou meu braço e olhou para mim como se não soubesse se eu era uma criança ou um demônio. E eu estava disposta a tudo.

— Meu tio Reed está no céu e consegue ver tudo que você faz e pensa. Assim como papai e mamãe. Eles sabem que você me deixa o dia inteiro trancada, e que queria que eu estivesse morta.

A Sra. Reed logo se recuperou, me sacudiu, deu tapas fortes nos meus ouvidos, e saiu sem dizer uma palavra. Bessie preencheu o intervalo com um sermão de quase uma hora de duração, na qual ela provou, sem sombra de dúvida, que eu era a criança mais perversa e maldosa já criada debaixo de um teto. Meio que acreditei nela, pois na verdade eu só tinha sentimentos maus no peito.

Novembro, dezembro e metade de janeiro passaram. O Natal e o Ano Novo foram celebrados em Gateshead com a alegria festiva habitual; presentes foram trocados, jantares e festas noturnas foram dados. Fui excluída de todos os divertimentos, é claro. Minha parte na alegria consistia em assistir às trocas de roupa diárias de Eliza e Georgiana e vê-las descerem para a sala de estar usando vestidos finos de musselina e fitas escarlates, com os cabelos elaboradamente cacheados. Depois, em escutar o piano ou a harpa lá embaixo, as idas e vindas do mordomo e do lacaio, o tinir das taças e das porcelanas quando as bebidas eram servidas, o zumbido de conversa quando a porta da sala se abria e fechava. Quando me cansava dessa ocupação, saía da escada e ia para o quarto solitário e silencioso. Lá, ainda que um pouco triste, não me sentia infeliz. Para falar a verdade, não tinha a menor vontade de juntar-me aos outros, porque raramente me notavam, se a Bessie ao menos fosse gentil e amigável, eu teria prazer em passar as noites tranquilamente com ela, em vez de passá-las sob o formidável olhar da Sra. Reed, numa sala cheia de damas e cavalheiros. Mas assim que Bessie vestia suas jovens patroas, costumava se retirar para a agitada cozinha ou para o quarto do chefe dos criados, geralmente levando a vela consigo. Então, eu me sentava com minha boneca no colo até que o fogo da lareira diminuísse, olhando ao redor de vez em quando só para ter certeza de que nada pior estava assombrando o quarto escuro. Quando as brasas se tornavam vermelhas escuras, me despia às pressas, puxando os laços e cordões o melhor que podia, e buscava refúgio do frio e escuridão na minha cama, e sempre levava minha boneca. Seres humanos precisam amar alguma coisa, e na falta de objetos mais dignos de afeição, eu conseguia encontrar prazer amando e cuidando de uma desbotada imagem pintada, esfarrapada como um espantalho em miniatura. Hoje fico intrigada ao lembrar de como, com uma sinceridade absurda, eu adorava aquela pequena boneca, a imaginava viva e capaz de sentimentos. Era capaz até de não dormir se ela não estivesse grudada na minha camisola, e quando estava lá, segura e protegida, eu ficava relativamente feliz, e por isso acreditava que ela também estivesse feliz.

As horas pareciam longas demais enquanto eu esperava as pessoas irem embora, e ficava à escuta dos passos de Bessie na escada. Às vezes ela aproveitava alguma pausa para buscar o dedal ou a tesoura, ou talvez para trazer-me algo em lugar do jantar, como um pão ou um cheesecake, então se sentava na cama enquanto eu comia, e quando eu acabava, ela arrumava os cobertores à minha volta, beijava-me duas vezes e dizia:

— Boa noite, Srta. Jane.

Quando era assim bondosa, Bessie me parecia ser a melhor, a mais bonita, a mais gentil pessoa no mundo. Desejava profundamente que ela fosse sempre tão agradável e amigável, e jamais me incomodasse, repreendesse ou questionasse sem motivo, como costumava fazer. Acho que Bessie Lee deve ter sido uma garota naturalmente bem dotada, pois era esperta em tudo que fazia e tinha um jeito admirável de contar histórias. Ou pelo menos foi a impressão que ficou, fruto das histórias infantis que contava. Era bonita também, se minhas lembranças de seu rosto e pessoa estiverem corretas. Lembro-me dela como uma jovem esbelta, de cabelos pretos, olhos escuros, traços muito bonitos e pele clara e saudável; mas tinha um temperamento caprichoso e insensato, além de ideias indiferentes do princípio da justiça. Mesmo sendo desse jeito, eu ainda a preferia a qualquer outra pessoa em Gateshead Hall.

Era quinze de janeiro, por volta das nove horas da manhã. Bessie desceu para tomar café; meus primos ainda não tinham sido chamados pela sua mamãe; Eliza estava colocando uma touca e um casaco quente para alimentar suas galinhas, o que era algo que gostava muito de fazer, não mais do que gostava de vender os ovos para a governanta e guardar o dinheiro conseguido. Tinha uma vocação para o comércio e uma forte tendência a economizar, mostrada não apenas na venda de ovos e galinhas, mas também nas duras negociações que tinha com o jardineiro sobre raízes de flores, sementes e mudas de plantas. O empregado tinha ordens da Sra. Reed para comprar todos os produtos de seus gramados e canteiros que a jovem desejasse vender. E Eliza teria vendido até o cabelo da cabeça se pudesse ter um bom lucro com isso.

Quanto ao seu dinheiro, primeiro ela o escondeu em cantos estranhos, embrulhado em trapos ou em papéis velhos, mas como alguns desses esconderijos eram descobertos pela arrumadeira, Eliza ficou com medo de perder seu valioso tesouro e concordou em confiá-lo à mãe, a uma taxa de juros usurária (cinquenta ou sessenta por cento) que ela cobrava a cada trimestre, mantendo controle da sua conta em um caderno com cautelosa precisão.

Georgiana estava sentada em um banquinho alto, penteando o cabelo no espelho e entrelaçando seus cachos com flores artificiais e penas descoradas que havia encontrado aos montes numa gaveta no sótão. Eu estava arrumando minha cama porque recebi ordens estritas de Bessie para organizar tudo antes que ela voltasse (Bessie agora frequentemente me usava como uma espécie de criada assistente do quarto das crianças para arrumar o quarto, espanar as cadeiras, etc.) Depois de estender a colcha e dobrar minha camisola fui para a janela organizar alguns livros ilustrados e móveis de bonecas espalhados por lá, até que uma ordem abrupta de Georgiana para deixar seus brinquedos em paz (as pequenas cadeiras e espelhos, os pratos e xícaras de fadas, eram propriedade dela) interrompeu meus movimentos. Então, por não ter mais nada para fazer, comecei a bafejar a fina camada de neve que cobria a janela, abrindo um espaço para que eu pudesse olhar para o jardim, onde tudo estava imóvel e petrificado depois de uma forte nevasca.

Desta janela era possível ver o alojamento do porteiro e a entrada, e bem quando eu havia acabado de dissolver gelo o bastante para poder olhar para fora, vi os portões serem abertos e uma carruagem entrar. Observei-a com indiferença, carruagens sempre vinham a Gateshead, mas nunca com algum visitante que pudesse me interessar. Parou em frente a casa, a campainha tocou bem alto, e o recém-chegado foi recebido. Como isso não significava nada para mim, logo minha atenção se desviou para o espetáculo de um pequeno tordo faminto, que veio chilrear sobre os galhos da cerejeira sem folhas, plantada contra a parede perto do caixilho da janela. Os restos do meu desjejum de pão e leite estavam sobre a mesa e, tendo esfarelado um pedacinho de pão, eu tentava abrir a janela para colocar as migalhas no parapeito, quando Bessie subiu as escadas correndo e entrou no quarto.

— Srta. Jane, tire o avental. O que está fazendo aí? Lavou o rosto e as mãos esta manhã?

Dei outro empurrão antes de responder, pois queria que o pássaro pegasse o pão. A janela cedeu e espalhei as migalhas, algumas no peitoril, outras no ramo da cerejeira, então fechei a janela e respondi:

— Não, Bessie. Acabei de tirar o pó.

— Menina difícil e desleixada! E o que está fazendo agora? Está muito corada, como se estivesse aprontando alguma coisa. Para que estava abrindo a janela?

Fui poupada do trabalho de responder, pois Bessie parecia estar com pressa demais para ouvir as explicações, ela me puxou para o lavatório, onde recebi uma impiedosa, mas felizmente rápida, esfregada no rosto e nas mãos com água, sabão e uma toalha áspera. Penteou meu cabelo com uma escova, tirou meu avental e levou-me às pressas para o alto da escada, depois mandou que eu descesse imediatamente, pois era esperada na sala de desjejum.

Eu teria perguntado quem é que me queria. Teria questionado se a Sra. Reed estava lá, mas Bessie já tinha saído e fechado a porta do quarto. Desci devagar.

Fazia quase três meses que eu não era chamada à presença da Sra. Reed. Presa por tanto tempo no quarto, as salas de desjejum, jantar e de visitas tornaram-se lugares assustadores para mim, nos quais eu não gostava de me intrometer.

Agora estava no corredor vazio. À minha frente estava a porta da sala de desjejum, e parei, intimidada e trêmula. Que pobre covarde eu me tornara na época devido ao medo causado pelo castigo injusto! Tinha medo de voltar para o quarto e tinha medo de entrar na sala. Fiquei parada por dez minutos, hesitante. O toque insistente da campainha da sala de desjejum decidiu por mim. Eu *precisava* entrar.

"Quem poderia querer me ver?" perguntava a mim mesma enquanto girava, com as duas mãos, a dura maçaneta da porta, que resistiu aos meus esforços por um segundo ou dois. "Quem estaria na sala além de Tia Reed? Um homem ou uma mulher?" A maçaneta virou, a porta abriu e ao passar por ela fazendo uma mesura, olhei para cima e vi uma pilastra negra! Pelo menos foi o que me pareceu à primeira vista, a forma reta, estreita, coberta de preto, sobre o tapete. O rosto sombrio em cima era como uma máscara esculpida, colocada sobre a coluna como um capitel.

A Sra. Reed ocupava seu lugar habitual ao lado da lareira e fez um sinal para que eu me aproximasse. Obedeci, e ela me apresentou ao estranho pedregoso com as palavras:

— Esta é a menina de que falei.

Ele, pois era um homem, virou a cabeça lentamente para onde eu estava, e tendo me examinado com os dois olhos cinzentos indagadores que cintilavam sob um par de sobrancelhas espessas, disse solenemente numa voz baixa:

— Ela é pequena. Que idade tem?

— Dez anos.

— Isso tudo? — foi a resposta duvidosa. Prolongou sua inspeção por alguns minutos. Até que se dirigiu a mim

— Seu nome, garotinha?

— Jane Eyre, senhor.

Ao proferir essas palavras, ergui os olhos. Ele me pareceu um cavalheiro alto, mas eu também era muito pequena. Tinha traços fortes, assim como todas as linhas da sua constituição, que eram igualmente severas e recatadas.

— Bem, Jane Eyre, e você é uma boa menina?

Impossível responder afirmativamente, meu pequeno mundo tinha uma opinião contrária. Fiquei em silêncio. A Sra. Reed respondeu por mim com um expressivo aceno de cabeça, acrescentando em seguida:

— Talvez quanto menos falarmos sobre o assunto, melhor, Sr. Brocklehurst.

— Que pena saber disso! Eu e ela devemos ter uma conversinha. — Inclinou-se, e sentou na poltrona em frente à Sra. Reed.

— Venha cá — falou.

Atravessei o tapete, ele me colocou bem à sua frente. Que rosto tinha, agora que estava quase na mesma altura que o meu! Que narigão! E que boca enorme! E que dentes grandes e saltados!

— Nada tão triste quanto uma criança malcriada — começou — especialmente uma menininha malcriada. Sabe para onde os malvados vão após a morte?

— Vão para o inferno — foi minha resposta pronta e ortodoxa.

— E o que é o inferno? Pode me dizer isso?

— Um poço cheio de fogo.

— E você gostaria de cair nesse poço e ficar lá queimando para sempre?

— Não, senhor.

— O que deve fazer para evitar isso?

Refleti por um momento. Minha resposta, quando veio, era questionável:

— Devo me manter em boa saúde e não morrer.

— Como pode manter uma boa saúde? Crianças mais novas do que você morrem todos os dias. Enterrei uma criança de cinco anos há apenas um ou dois dias. Uma boa criança, cuja alma agora está no céu. Receio que o mesmo não possa ser dito de você, se fosse chamada dessa vida.

Não estando em condições de tirar sua dúvida, apenas baixei os olhos para os dois grandes pés plantados no tapete, e suspirei, desejando estar bem longe dali.

— Espero que esse suspiro venha do coração, e que se arrependa de alguma vez ter sido motivo de desconforto para a sua excelente benfeitora.

"Benfeitora! Benfeitora!" Pensei. "Todos chamam a Sra. Reed de minha benfeitora, se ela realmente é, então benfeitora é uma coisa desagradável."

— Você faz suas orações à noite e pela manhã? — continuou meu interrogador.

— Sim, senhor.

— E lê a Bíblia?

— Às vezes.

— Com prazer? Gosta dela?

— Gosto de Revelações e do livro de Daniel, e de Gênesis, e de Samuel, e um pouco do Êxodo, e algumas partes dos Reis e Crônicas, e Jó e Jonas.

— E dos Salmos? Espero que goste deles?

— Não, senhor.

— Não? Ah, mas o que é isso! Tenho um garotinho, mais novo que você, que sabe seis salmos de cor. Quando pergunto o que ele prefere, um pedaço de bolo de nozes ou aprender um salmo, responde: "Oh! O versículo de um Salmo! Anjos cantam Salmos", responde. "Desejo ser um anjinho aqui embaixo." Então ganha duas nozes como recompensa por sua devoção infantil.

— Salmos não são interessantes — observei.

— Isso prova que você tem um coração perverso, e deve orar a Deus para mudá-lo. Para lhe dar um novo e puro, para tomar o teu coração de pedra e dar-lhe um de carne.

Eu estava prestes a fazer uma pergunta sobre como se daria aquela operação para mudar meu coração, quando a Sra. Reed interveio, dizendo-me para sentar. Então continuou a conversa.

Jane Eyre

— Sr. Brocklehurst, creio ter deixado claro na carta que escrevi há três semanas que esta menina não tem exatamente o caráter e a natureza que eu desejaria. Se o senhor recebê-la na escola Lowood, eu gostaria que o superintendente e professores mantivessem uma vigilância rigorosa sobre ela, e acima de tudo, que se prevenissem contra seu pior defeito, uma tendência à dissimulação. Digo isso para que você ouça, Jane, e não tente enganar o Sr. Brocklehurst.

Bem, eu devia mesmo temer, devia mesmo desgostar da Sra. Reed, pois estava em sua natureza ferir-me cruelmente. Nunca me senti feliz em sua presença. Por mais que tomasse o cuidado de sempre obedecê-la, por mais que me empenhasse para agradá-la, meus esforços eram sempre repelidos e retribuídos por frases como essa acima. E agora, dita diante de um estranho, a acusação cortou meu coração. Percebia vagamente que ela estava destruindo a esperança de uma nova fase de vida que me era destinada. Sentia, embora não conseguisse exprimir meu sentimento, que ela semeava aversão e crueldade ao longo do meu futuro caminho. Vi-me sendo transformada, aos olhos do Sr. Brocklehurst, em uma criança nociva e mentirosa. E o que eu poderia fazer para remediar o prejuízo?

"Nada, na verdade" pensei, enquanto lutava para reprimir um soluço e enxugava algumas lágrimas rapidamente, provas impotentes da minha angústia.

— A dissimulação é, de fato, um defeito triste em uma criança — disse o Sr. Brocklehurst — É semelhante à falsidade, e todos os mentirosos terão seu lugar no lago ardente de fogo e enxofre. Ela será vigiada, Sra. Reed. Falarei com a senhorita Temple e com as professoras.

— Eu gostaria que ela fosse educada de uma maneira condizente com suas perspectivas — continuou minha benfeitora — para que se tornasse útil e mantivesse a humildade. Quanto às férias, com sua permissão, ela passará sempre em Lowood.

— Suas decisões são perfeitamente sensatas, senhora — retornou o Sr. Brocklehurst. — A humildade é uma graça cristã, e uma peculiarmente adequada às alunas de Lowood. Eu, portanto, cuido especialmente para que seja cultivada entre elas. Tenho estudado a melhor forma de mortificar nelas o sentimento mundano de orgulho, e há alguns dias tive uma agradável prova de meu sucesso. Minha segunda filha, Augusta, foi visitar a escola com sua mãe, e ao retornar, exclamou: "Ah, querido papai, como todas as meninas de Lowood parecem quietas e simples, com os cabelos penteados para trás das orelhas, os aventais compridos e os bolsinhos de linho em seus vestidos... quase parecem filhos de pobres!" Também falou: "Elas olharam para o meu vestido e o de mamãe como se nunca tivessem visto um vestido de seda antes."

— Essa é a conduta que eu aprovo — respondeu a Sra. Reed. — Se eu tivesse procurado em toda a Inglaterra, dificilmente teria encontrado um sistema mais adequado para uma criança como Jane Eyre. Austeridade, meu caro Sr. Brocklehurst... defendo a austeridade em tudo.

— Austeridade, senhora, é o primeiro dos deveres cristãos, e tem sido observada em todos os arranjos de Lowood. Comida simples, roupas simples, acomodações simples, hábitos saudáveis e ativos. Essa é a ordem diária da casa e de seus habitantes.

— Muito bem, senhor. Posso então confiar em que essa criança será recebida como aluna em Lowood, sendo educada conforme sua posição e perspectivas?

— A senhora pode confiar que sim. Ela será colocada na área seletiva, e espero que se ela se mostre grata por esse privilégio inestimável.

— Então a mandarei o mais rápido possível, Sr. Brocklehurst, pois garanto que estou ansiosa por me ver livre dessa responsabilidade que estava se tornando exaustiva.

— Sem dúvida, sem dúvida, senhora. Agora, desejo-lhe um bom dia. Devo retornar a Brocklehurst Hall dentro de uma ou duas semanas. Meu bom amigo, o arquidiácono, não me permitirá deixá-lo antes disso. Mandarei avisar à Srta. Temple que espere uma nova aluna, para que não haja problemas para recebê-la. Até logo.

— Até logo, Sr. Brocklehurst. Mande lembranças minhas a Sra. e a Srta. Brocklehurst, e a Augusta e Theodore, e ao Sr. Broughton Brocklehurst.

— Pode deixar, senhora. Menina, aqui está um livro intitulado *Guia da criança*, leia com atenção, especialmente a parte que conta "a história da terrível e súbita morte de Martha G... uma criança malcriada viciada em dissimulação e mentiras".

Com essas palavras, o Sr. Brocklehurst colocou em minha mão um folheto fino costurado em uma capa, chamou a carruagem e partiu.

A Sra. Reed e eu ficamos sozinhas. Alguns minutos se passaram em silêncio; ela costurava, eu a observava. A Sra. Reed deveria ter cerca de trinta e seis ou trinta e sete anos naquela época. Era uma mulher robusta, de ombros largos e membros fortes, não era alta, e embora fosse gorda, não era obesa. Tinha um rosto largo, uma papada firme, a testa era baixa, o queixo era grande e proeminente, boca e nariz normais. Sob as sobrancelhas claras brilhavam olhos desprovidos de compaixão. A pele era escura e opaca, o cabelo quase louro. Seu corpo era forte como aço, a doença nunca se aproximou dela. Era uma administradora esperta e precisa, a casa e seus moradores estavam completamente sob seu controle, somente seus filhos, às vezes, desafiavam sua autoridade e riam dela com desprezo. Vestia-se bem, e tinha presença e porte adequados para usar roupas elegantes.

Sentada em um banquinho baixo, a poucos metros de sua poltrona, eu examinava sua figura, observava seus traços. Nas mãos, eu segurava o folheto com a história da morte súbita da Mentirosa, cuja narrativa fora indicada como um aviso apropriado. O que acabara de acontecer, o que a Sra. Reed havia dito ao Sr. Brocklehurst a meu respeito, todo o teor de sua conversa, estava recente, cru, e latejando na minha mente. Sentia cada palavra intensamente, com a mesma clareza que tinha ouvido, e um ressentimento ardia agora dentro de mim.

A Sra. Reed ergueu os olhos de seu trabalho e os fixou em mim ao mesmo tempo que os dedos pararam seus ágeis movimentos.

— Saia da sala. Volte para o quarto — ordenou.

Meu olhar ou qualquer outra coisa deve ter parecido ofensiva, porque ela falou com extrema irritação, embora contida. Fiquei de pé, fui até a porta; depois voltei novamente; caminhei até a janela do outro lado da sala, em seguida me aproximei dela.

Precisava *falar*. Fui severamente pisada, *precisava* retribuir, mas como? Que forças eu tinha para retaliar a minha antagonista? Reuni minhas energias e lancei-as nesta frase inesperada:

— Não sou mentirosa. Se fosse, diria que te amo, mas declaro que não a amo. Detesto-a mais que a qualquer pessoa no mundo, com exceção de John Reed. E esse livro sobre a Mentirosa, a senhora pode dar à sua menina, Georgiana, pois é ela quem conta mentiras, não eu.

As mãos da Sra. Reed ainda estavam sobre o trabalho parado. O olhar de gelo continuou friamente fixado no meu.

— O que mais você tem a dizer? — questionou ela, num tom que uma pessoa normalmente usa com um oponente adulto, não com uma criança.

Aqueles olhos, aquela voz, despertaram toda antipatia que eu sentia. Tremendo da cabeça aos pés e emocionada com a incontrolável excitação, continuei:

— Estou feliz porque a senhora não é minha parenta. Nunca a chamarei de tia de novo, enquanto eu viver. Nunca virei vê-la quando eu crescer. E se alguém perguntar se gosto da senhora, e como me tratou, direi que pensar na senhora me deixa doente, e que a senhora me tratava com extrema crueldade.

— Como você ousa dizer isso, Jane Eyre?

— Como ouso, Sra. Reed? Como ouso? Porque é a *verdade*. A senhora acha que eu não tenho sentimentos, que não é preciso me mostrar um pouco de amor ou bondade, mas eu não posso viver assim e a senhora não tem piedade. Vou me lembrar de como você me empurrou de volta, de forma rude e violenta, para o quarto vermelho, e me trancou lá, até o dia de minha morte, embora eu estivesse em agonia, embora eu gritasse, enquanto sufocava de desespero: "Tenha piedade! Tenha piedade, tia Reed!". E esse castigo que a senhora me deu porque seu maldoso filho me bateu, me derrubou por nada. Contarei essa história exata a qualquer pessoa que me fizer perguntas. As pessoas acreditam que a senhora é uma boa mulher, mas é má, de coração ruim. A *senhora* é que é mentirosa!

Antes de terminar de responder, minha alma começou a se expandir, a exultar, com a mais estranha sensação de liberdade, de triunfo, que eu sempre senti. Parecia que um vínculo invisível havia estourado, e que eu havia lutado para alcançar a inesperada liberdade. Não estava sentindo isso à toa: a Sra. Reed estava assustada; a costura escorregou de seu colo; ela estava levantando as mãos, balançando-se para frente e para trás, e até contorcia o rosto, como se fosse chorar.

— Jane, você está enganada. O que se passa com você? Por que está tremendo tanto? Quer um pouco de água?

— Não, Sra. Reed.

— Há alguma outra coisa que deseje, Jane? Garanto a você: quero ser sua amiga.

— Não, você não quer. Você disse ao Sr. Brocklehurst que eu tinha um mau-caráter, uma natureza dissimulada. Vou contar para todo mundo em Lowood o que a senhora é, e o que fez.

— Jane, você não entende essas coisas. As crianças devem ter seus defeitos corrigidos.

— Dissimulação não é um defeito meu! — gritei numa voz alta e selvagem.

— Mas você é geniosa, Jane, isso você precisa admitir. Agora, volte para o quarto, vá minha querida, deite-se um pouco.

— Eu não sou sua querida. Não posso me deitar. Mande-me logo para a escola em breve, Sra. Reed, pois odeio morar aqui.

— De fato, vou mandá-la para a escola em breve — murmurou a Sra. Reed, e pegando a costura, saiu abruptamente da sala.

Fui deixada lá sozinha. Vencedora da batalha. Foi a batalha mais difícil que eu já havia travado, e a minha primeira vitória. Fiquei um tempo no tapete, onde o Sr. Brocklehurst tinha estado, desfrutando sozinha a minha conquista. Primeiro, sorri para mim mesma e me senti exultante; mas esse prazer feroz diminuiu tão rápido quanto a pulsação acelerada dos meus pulsos. Uma criança não pode brigar com os mais velhos como eu havia feito; não pode dar voz aos seus sentimentos de fúria como eu tinha dado, sem experimentar depois uma pontada de remorso e medo da reação. O topo de uma charneca em chamas, vivas, devoradoras, seria um bom símbolo de como estava minha mente quando acusei e ameacei a Sra. Reed. E o mesmo topo, queimado, devastado e morto depois das chamas, teria representado bem minha condição seguinte, quando meia hora de silêncio e reflexão me mostrou a loucura da minha atitude, e a tristeza de odiar e ser odiada daquela forma.

Provei o gosto da vingança pela primeira vez. Era similar ao vinho aromático, ao ser degustado era quente e picante. O gosto que deixava depois era metálico e corrosivo, dava-me a sensação de ter sido envenenada. De bom grado iria agora mesmo pedir perdão à Sra. Reed; mas eu sabia, em parte por experiência própria e em parte por instinto, que isso só faria com que me repelisse com o dobro de desprezo, o que traria à tona todos os impulsos turbulentos da minha natureza.

Procuraria de boa vontade algo melhor para fazer do que exercitar minha língua afiada. Gostaria de cultivar sentimentos menos demoníacos que aqueles de sombria indignação. Peguei um livro — o de contos árabes, sentei-me e tentei ler. Não conseguia entender o assunto; meus pensamentos se interpunham entre mim e a página que eu normalmente achava fascinante. Abri a porta de vidro da sala de desjejum. Os arbustos estavam imóveis, a geada negra reinava, intocada pelo sol ou pela brisa. Cobri a cabeça e os braços com a saia do meu vestido, e saí para passear em uma parte da plantação que ficava mais afastada, mas não encontrei nenhum prazer nas árvores silenciosas, nas pinhas caídas, nas relíquias congeladas do outono, nas folhas amareladas em pilhas feitas pelo vento e agora enrijecidas no chão. Encostei num portão e olhei para o campo vazio onde nenhum carneiro pastava, onde a grama baixa estava esbranquiçada. Era um dia muito cinzento, o céu opaco

Jane Eyre

cobria tudo, de vez em quando flocos de neve caíam no caminho petrificado e no pasto branco sem se derreterem. Fiquei ali de pé, uma criança infeliz, murmurando para mim mesma várias vezes seguidas: "O que devo fazer?" "O que devo fazer?"

De repente, ouvi com clareza uma voz chamar:

— Srta. Jane! Onde está? Venha almoçar!

Era Bessie, eu sabia muito bem, mas não me mexi. Seus passos leves soaram pelo caminho,

— Sua coisinha travessa! — disse ela. — Por que não vem quando é chamada?

Em comparação com os pensamentos que eu estava remoendo, a presença de Bessie parecia animadora, mesmo que, como de costume, ela estivesse zangada. A verdade é que depois do meu conflito e vitória sobre a Sra. Reed, eu não estava disposta a ligar muito para a raiva passageira da babá, mas *estava* disposta a relaxar na leveza juvenil de seu coração. Então abracei-a e disse:

— Ah, Bessie! Não fique brava!

A atitude foi mais sincera e destemida do que qualquer outra que eu me permitia. De alguma forma, a agradou.

— A senhorita é uma criança estranha, Srta. Jane — disse ela, enquanto baixava os olhos para mim. — Uma coisinha errante e solitária. Suponho que vá para a escola.

Concordei.

— E não vai se arrepender de deixar a pobre Bessie?

— E a Bessie liga para mim? Está sempre me repreendendo.

— Porque você é uma coisinha estranha, assustada e tímida. Você deveria ser mais destemida.

— O quê? Para apanhar ainda mais?

— Bobagem! Mas você é bastante maltratada, isso é certo. Quando minha mãe veio me ver na semana passada, ela disse que não desejaria que um de seus filhos pequenos estivesse no seu lugar. Agora, vamos entrar, tenho boas notícias para você.

— Não acho que tenha, Bessie.

— Menina! O que quer dizer? Por que está me olhando com esse olhar tristonho? Bem, a patroa, as meninas e o Sr. John vão sair para tomar chá esta tarde, e você poderá tomar chá comigo. Pedirei ao cozinheiro que faça um bolinho para você, e então você poderá me ajudar a arrumar as suas gavetas, pois em breve precisarei arrumar suas malas. A patroa quer que você deixe Gateshead em um ou dois dias, e a senhorita precisa escolher quais brinquedos quer levar.

— Bessie, precisa prometer que não vai brigar comigo até que eu vá embora.

— Bem, prometo. Mas seja boazinha e não tenha medo de mim. Não se assuste quando eu falar de forma um pouco mais ríspida, é mais forte do que eu.

— Não acho que terei medo de você de novo, Bessie, porque me acostumei com você. E logo terei outras pessoas a temer.

— Se tiver medo delas, não gostarão da senhorita.

— Assim como você, Bessie?

— Não desgosto da senhorita. Creio que gosto mais da senhorita do que de todos os outros.

— Mas não demonstra.

— Que menina atrevida! Está falando de um jeito diferente. O que a faz assim tão esperta e corajosa?

— Ora, logo estarei longe de você, além disso... — Estava prestes a contar o que havia acontecido entre mim e a Sra. Reed, mas pensei duas vezes e achei melhor não falar nada sobre esse assunto.

— Então a senhorita está feliz por me deixar?

— De jeito nenhum, Bessie. Na verdade, agora estou até triste.

— Só agora? Até triste? Com que frieza minha garotinha diz isso! Aposto que se eu pedisse um beijo, você não me daria. Diria que até preferia não dar.

— Beijarei, com prazer. Abaixe a cabeça. — Bessie curvou-se e nos abraçamos. Reconfortada, eu a segui para dentro de casa. Aquela tarde passou em paz e harmonia, e à noite Bessie me contou algumas de suas histórias mais encantadoras, e cantou algumas de suas mais doces canções. Mesmo para mim, a vida tinha seus raios de sol.

CAPÍTULO 5

O relógio mal tinha batido anunciando cinco horas da manhã do dia dezenove de janeiro, quando Bessie entrou no meu quartinho com uma vela na mão e me encontrou de pé e quase pronta. Eu havia acordado meia hora antes, lavado meu rosto, e colocado minhas roupas sob a luz da lua que estava agora indo embora e cujos raios passavam através da minha janela estreita e iluminavam minha cama. Eu iria embora de Gateshead naquele dia, na carruagem que passaria em frente ao portão às seis da manhã. Bessie era a única pessoa que já estava acordada. Ela acendeu a lareira no quarto das crianças, onde agora preparava meu café da manhã. Poucas crianças conseguem comer quando estão excitadas com uma viagem, e eu não era diferente. Bessie, depois de insistir em vão para que eu tomasse algumas colheradas do leite fervido e do pão que havia preparado para mim, embrulhou alguns biscoitos e os colocou na minha mochila. Então me ajudou a vestir o casaco e o chapéu, e, enrolada em um xale, saiu comigo do quarto. Quando passamos pelo quarto da Sra. Reed, perguntou:

— Não vai entrar e despedir da Sra. Reed?

— Não, Bessie. Ela veio ao meu quarto ontem à noite quando você desceu para jantar e falou para não perturbá-la hoje de manhã, tampouco meus primos. E disse que me lembrasse de que ela sempre foi minha melhor amiga, e que falasse dela sempre com gratidão.

— E o que a senhorita respondeu?

— Nada. Cobri meu rosto com os cobertores e me virei para a parede.

— Isso foi errado, Srta. Jane.

— Foi o certo, Bessie. Sua patroa não tem sido minha amiga, tem sido minha inimiga.

— Oh, Srta. Jane, não diga isso!

— Adeus, Gateshead! — exclamei, enquanto passávamos pelo saguão e saímos pela porta da frente.

A lua já havia ido embora e estava muito escuro. Bessie estava com uma lanterna, cuja luz batia nos degraus molhados e na estrada de cascalho encharcada pelo gelo derretido. A manhã de inverno estava fria e úmida, eu batia os dentes enquanto descia pelo caminho. Havia uma luz no chalé do caseiro, quando chegamos perto, vimos sua esposa acendendo o fogo. Minha mala, que fora levada para lá na noite anterior, estava amarrada junto à porta. Faltavam poucos minutos para as seis horas, e um pouco depois um ruído distante de rodas anunciou que a carruagem estava chegando. Fui para a porta e observei suas lâmpadas se aproximando rapidamente através da escuridão.

— Ela vai sozinha? — perguntou a esposa do caseiro.

— Vai.

— E fica a que distância daqui?

— Oitenta quilômetros.

— Que longe! Fico imaginando se a Sra. Reed não tem medo de deixá-la fazer uma viagem tão longa sozinha.

A carruagem chegou. Lá estava ela, no portão, com seus quatro cavalos e carregada de passageiros. O guarda e o cocheiro gritou para que eu me apressasse. Minhas malas foram levadas. Fui arrancada do pescoço de Bessie, ao qual me pendurei para enchê-la de beijos.

— Tenha cuidado com ela — Bessie gritou para o condutor, quando ele me ergueu para colocar-me na carruagem.

— Sim, sim! — foi a resposta. A porta foi batida, uma voz exclamou "tudo certo", e seguimos em frente.

Assim fui separada de Bessie e Gateshead; assim fui lançada para terras desconhecidas, e, como eu achava naquela época, remotas e misteriosas.

Lembro-me muito pouco da viagem, só sei que o dia parecia de uma duração fora do normal e que parecíamos rodar por centenas de quilômetros de estrada. Passamos por várias cidades, e em uma muito grande, a carruagem parou, os cavalos foram desatrelados e os passageiros desceram para jantar. Fui levada para uma pousada, onde o guarda queria que eu jantasse, mas como eu estava sem apetite, ele deixou que eu ficasse numa sala enorme com uma lareira de cada lado, um lustre pendente no teto e uma pequena galeria vermelha no alto da parede, cheia de instrumentos musicais. Fiquei andando na sala por um longo tempo, me sentindo muito estranha, com um medo mortal de ser sequestrada, pois acreditava em sequestradores, suas façanhas frequentemente apareciam nas histórias que Bessie contava. Por fim, o guarda voltou, e mais uma vez fui acomodada na carruagem, meu protetor subiu ao seu assento, soou a buzina e saímos sacudindo pela rua de pedras de L...

A tarde chegou, úmida e nublada. Quando a noite se aproximou, comecei a sentir que estávamos realmente muito longe de Gateshead. Não passávamos mais pelas cidades; a paisagem mudou; grandes colinas cinzentas erguiam-se ao longe. Enquanto o crepúsculo surgia, descemos um vale escuro com bosques. E muito depois da noite ter coberto o horizonte, ouvi um vento forte soprando entre as árvores.

Embalada pelo som, finalmente adormeci; não estava dormindo há muito tempo quando o súbito cessar do movimento me acordou. A porta da carruagem estava aberta, e uma pessoa que parecia uma criada estava parada ali, vi o rosto e o vestido à luz das lâmpadas.

— Tem uma garotinha chamada Jane Eyre aqui? — perguntou ela.

— Tem — respondi.

Então fui tirada de lá, desceram minha bagagem e a diligência partiu imediatamente.

Eu estava rígida por ter passado tanto tempo sentada e confusa com o barulho e movimentação da carruagem. Reunindo minhas forças, olhei ao redor. Chuva, vento e escuridão enchiam o ar, ainda assim, distinguia vagamente um muro diante de mim, com uma porta aberta. Passei por ela com a minha guia, que a fechou e trancou atrás de si. Agora conseguia ver uma casa ou casas, pois era um prédio extenso, com muitas janelas, algumas com as luzes acesas. Subimos um amplo caminho de pedras que estava molhado, e fomos recebidas em uma porta; então a criada me conduziu por um corredor para uma sala com lareira, onde me deixou sozinha.

Eu me levantei e esquentei meus dedos entorpecidos sobre o fogo, então olhei em volta; não havia vela, mas a luz incerta da lareira mostrava, a intervalos, as paredes com papel, tapetes, cortinas, brilhantes móveis de mogno. Era uma sala de estar, não tão espaçosa ou esplêndida como a sala de visitas em Gateshead, mas bastante confortável. Eu tentava entender o tema de um quadro da parede, quando a porta se abriu e uma pessoa carregando uma luz entrou, seguida por outra logo atrás.

A primeira era uma senhora alta de cabelos escuros, olhos escuros e uma testa pálida e grande. Estava parcialmente envolvida em um xale, seu semblante era sério, sua postura ereta.

— A criança é muito pequena para ser mandada sozinha — disse ela, colocando a vela em cima da mesa.

Olhou-me com atenção por um ou dois minutos, depois acrescentou:

— É melhor mandá-la para a cama logo, parece estar cansada. Você está cansada? — indagou ela, colocando a mão no meu ombro.

— Um pouco, senhora.

— E com fome também, sem dúvida. Deixe-a jantar antes de ir dormir, Srta. Miller. Esta é a primeira vez que deixa seus pais para vir para a escola, minha menina?

Expliquei a ela que eu não tinha pais. Ela perguntou há quanto tempo eles estavam mortos. Depois perguntou quantos anos eu tinha, qual era meu nome, se eu sabia ler, escrever e costurar um pouco. Então tocou minha bochecha suavemente com o dedo indicador, disse que "esperava que eu fosse uma boa menina", e me dispensou junto com a Srta. Miller.

A senhora que eu acabara de deixar devia ter cerca de 29 anos, a que foi embora comigo parecia ser alguns anos mais nova. A primeira me impressionou pela sua voz, aparência e porte. A Srta. Miller era mais comum, sua pele era rosada, embora seu semblante fosse preocupado, tinha postura e gestos apressados, como alguém que sempre tinha muitas tarefas para fazer. Parecia, na verdade, o que depois descobri que realmente era: uma professora assistente. Guiada por ela, passei de cômodo em cômodo, de corredor em corredor, pelo prédio grande e irregular. Até que, emergindo do silêncio total e um tanto monótono que tomava conta dos lugares que atravessamos, nos deparamos com o zumbido de muitas vozes, e logo entramos em uma sala ampla e comprida, com duas mesas de cada lado, cada uma com um par de velas, e sentadas em bancos ao redor das mesas, uma congregação de meninas de todas as idades, desde os nove ou dez até os vinte anos. Vistas sob a luz fraca das velas elas pareciam ser incontáveis, mas na realidade não passavam de oitenta. Estavam uniformizadas com vestidos marrons antiquados e longos aventais. Era hora do estudo, estavam concentradas nas lições para o dia seguinte, e o rumor que eu ouvira era devido às repetições murmuradas.

A Srta. Miller fez sinal para que eu me sentasse em um banco perto da porta, em seguida, foi até o final da longa sala e gritou:

— Monitoras, recolham e guardem os cadernos de estudos!

Quatro garotas altas surgiram de mesas diferentes, deram a volta na sala, juntando os cadernos e os recolhendo. A Srta. Miller novamente comandou:

— Monitoras, tragam as bandejas do jantar!

As garotas altas saíram e voltaram logo depois, cada uma carregando uma bandeja com porções de alguma coisa, eu não sabia o quê, e um jarro de água e uma caneca no meio de cada bandeja. As porções foram distribuídas. Aquelas que queriam tomavam um gole da água, usando a mesma caneca que todas. Quando chegou a minha vez eu bebi, pois estava com sede, mas não toquei na comida, a excitação e a fadiga tornaram-me incapaz de comer. No entanto, vi que era um bolo fino de aveia partido em pedacinhos.

Terminada a refeição, a Srta. Miller leu preces e as aulas subiram a escada em fileiras de duas. Dominada pelo cansaço, mal reparei em que tipo de lugar era o quarto. Só notei que era comprido, como a sala de aula. Essa noite eu dividiria a cama com a Srta. Miller, e ela me ajudou a me despir. Quando deitei, olhei para as longas filas de camas, cada uma rapidamente ocupada por duas meninas, dez minutos depois, a única luz foi apagada, e em meio ao silêncio e à escuridão total, adormeci.

A noite passou rapidamente. Eu estava cansada demais para sonhar, acordei apenas uma vez e ouvi o vento soprando em rajadas furiosas, a chuva caindo torrencialmente, e percebi que a Srta. Miller tinha tomado seu lugar ao meu lado. Quando abri os olhos novamente havia um sino alto tocando e as meninas estavam de pé, se vestindo. O dia ainda não tinha começado a amanhecer, e uma ou duas velas iluminavam o quarto. Também me levantei, relutantemente. Estava muito frio, me vesti o melhor que pude enquanto tremia e lavei-me assim que consegui uma bacia livre, o que demorou a acontecer, pois havia apenas uma bacia para seis meninas, colocada no meio do dormitório. O sino tocou mais uma vez, as meninas se dividiram em duas fileiras e desceram as escadas em ordem, entrando na sala de aula fria e mal iluminada. Lá, a Srta. Miller leu as preces e depois bradou:

— Formar classes!

Alguns minutos de tumulto se sucederam, durante os quais a Srta. Miller repetidamente exclamava "Silêncio!" e "Ordem!". Quando passou, percebi que as meninas haviam formado quatro semicírculos, diante de quatro cadeiras colocadas nas quatro mesas. Todas seguravam seus livros e sobre a mesa havia um grande livro, como uma Bíblia, em frente à cadeira vazia. Uma pausa de alguns segundos se sucederam, preenchidos por números sendo sussurrados, a Srta. Miller caminhou de classe em classe contando baixinho.

Um sino tocou ao longe e imediatamente três senhoras entraram na sala, cada um caminhou até uma mesa e sentou-se. A Srta. Miller assumiu a quarta mesa, que era a mais próxima da porta, e em torno da qual as crianças menores foram reunidas. Fui chamada para essa classe e ocupei um dos últimos lugares.

As tarefas começaram. Repetimos a oração do dia, depois alguns trechos das Escrituras foram lidos, seguidos por uma prolongada leitura dos capítulos da Bíblia, que durou uma hora. Quando a leitura acabou, o dia já estava claro. O incansável sino soou pela quarta vez. As classes se organizaram e marcharam para a sala do café da manhã. Como fiquei feliz diante da perspectiva de comer alguma coisa! Estava quase doente de inanição por ter comido tão pouco no dia anterior.

O refeitório era uma sala grande e sombria, de teto baixo. Em duas mesas compridas haviam tigelas fumegantes com alguma coisa quente que, para a minha decepção, tinham um cheiro longe de ser convidativo. Vi uma manifestação geral de descontentamento quando o cheiro da comida atingiu as narinas daquelas pessoas que iriam comer. As garotas altas da primeira classe, aumentaram as palavras sussurradas:

— Que nojo! O mingau está queimado de novo!

— Silêncio! — bradou uma voz. Não a da Srta. Miller, mas de uma das professoras superiores. Era uma figura pequena e severa, vestida de forma elegante, de aspecto um tanto taciturno, que ocupou a cabeceira de uma mesa, enquanto uma senhora mais robusta estava na outra. Procurei em vão pela senhora que havia me recebido na noite anterior, ela não estava lá. A Srta. Miller ocupou o outro lado da mesa onde me sentei e uma senhora estranha e idosa que parecia ser estrangeira, e que era, como descobri depois, a professora de francês, ocupou a outra ponta da mesa. Uma longa prece foi feita, um hino foi cantado, então uma criada trouxe um pouco de chá para as professoras e a refeição começou.

Faminta e fraca de fome, devorei uma ou duas colheres cheias de minha porção sem pensar em seu sabor, mas assim que a fome diminuiu um pouco percebi que tinha nas mãos uma mistura nojenta, mingau queimado é quase tão ruim quanto batatas podres. Logo perdi o apetite. As colheres eram movidas lentamente, vi cada menina provar e tentar engolir a comida, na maioria dos casos logo desistindo. O desjejum havia acabado e ninguém havia comido. Demos graças pelo que não recebemos, um segundo hino foi cantado, o refeitório foi evacuado e seguimos para a sala de aula. Fui uma das últimas a sair e, ao passar pelas mesas, vi uma professora pegar uma tigela de mingau e prová-lo. Ela olhou para as outras, o rosto de todas expressando descontentamento, e uma delas, a corpulenta, sussurrou:

— Que coisa abominável! Que vergonha!

Um quarto de hora se passou antes que as aulas começassem novamente, durante o qual a sala de aula estava um tumulto completo. Nesse intervalo parecia que tinham permissão para falar mais alto e mais livremente, e aproveitavam o privilégio. Todas as conversas eram a respeito do café da manhã, do qual cada uma das meninas reclamava. Pobrezinhas! Era o único consolo que tinham. A Srta. Miller era agora a única professora na sala, um grupo de garotas maiores a rodeava e falava com seriedade e gestos irritados. Ouvi alguns lábios pronunciarem o nome do Sr. Brocklehurst, ao que a Srta. Miller balançou a cabeça com desaprovação, mas não fez nenhum grande esforço para conter a ira geral, sem dúvida partilhava dela.

Um relógio na sala de aula bateu nove horas, a Srta. Miller saiu de seu círculo, foi para o meio da sala e exclamou:

— Silêncio! Para seus lugares!

A disciplina prevaleceu. Em cinco minutos a confusão se transformou em ordem e o silêncio calou o clamor das línguas de Babel. As professoras titulares retomaram seus postos, mas ainda assim, parecia que todas estavam esperando. Distribuídas em bancos nas laterais da sala, oitenta meninas estavam imóveis e eretas. Que grupo estranho pareciam, todas com cabelos penteados para trás do rosto, nenhum cacho visível. Usando vestidos marrons fechados até o pescoço, com uma gola apertada ao redor da garganta e pequenos bolsos (parecidos com bolsas escocesas) na frente dos vestidos, destinados a servir como bolsas de trabalho. Todas, também, usando meias de lã e sapatos feitos à mão, fechados com fivelas de latão. Mais de vinte delas eram moças feitas, quase jovens mulheres, e a roupa dava um ar de esquisitice até para as mais bonitas.

Eu ainda estava olhando para elas e de tempos em tempos também observava as professoras (não gostei de nenhuma delas). A robusta era um pouco grossa, a negra não pouco feroz, a estrangeira rude e grotesca e Srta. Miller, coitadinha! Parecia roxa, castigada pelo tempo e sobrecarregada. Enquanto meus olhos iam de rosto em rosto, toda a escola se levantou simultaneamente, como se fosse movida pela mesma mola.

O que estava acontecendo? Não ouvi nenhuma ordem sendo dada, estava confusa, mas antes mesmo que eu entendesse todas já haviam sentado novamente. Agora todas olhavam para o mesmo lugar, meus olhos seguiram os outros e encontraram a pessoa que me recebeu na noite passada. Ela estava parada no fundo da sala comprida, junto à lareira, pois havia uma em cada canto. Observava em silêncio as duas fileiras de meninas. A Srta. Miller aproximou-se, pareceu fazer uma pergunta a ela, e tendo recebido a resposta, voltou para seu lugar e disse em voz alta:

— Monitora da primeira classe, traga os globos!

Enquanto a ordem era atendida, a senhora se moveu lentamente pela sala. Suponho que a considerei um objeto de veneração, porque ainda me lembro da admiração com que meus sonhos acompanharam seus passos. Vista assim, em plena luz do dia, ela parecia alta, bonita e torneada; olhos castanhos que irradiavam uma luz benevolente nas íris e longos cílios suavizavam a brancura de seu rosto; em cada uma das têmporas o cabelo, de um marrom escuro, se juntava em cachos redondos, de acordo com a moda daqueles tempos, quando nem ondas suaves ou cachos pequenos estavam em voga. O vestido, também de acordo com a moda, era de tecido púrpura, adornado com uma espécie de babado negro espanhol. Um relógio de ouro (relógios não eram tão comuns quanto são agora) brilhava em seu cinto. Permita que o leitor acrescente, para completar o quadro, feições refinadas; uma pele clara, embora pálida; e um ar e porte imponentes, e ele terá uma ideia correta da aparência da Srta. Temple — Maria Temple, como depois vi o nome escrito em um livro de orações que me foi confiado para levar à igreja.

A superintendente de Lowood (pois isso que a senhora era) tomou seu assento diante de um par de globos colocados em uma das mesas, chamou a primeira classe ao seu redor e começou a dar aula de geografia. As classes menores foram chamadas pelas professoras: repetições de história, gramática, etc. continuaram por uma hora; seguidas por escrita e aritmética; aulas de música foram dadas pela Srta. Temple para algumas das meninas mais velhas. A duração de cada lição foi medida pelo relógio, que finalmente bateu doze horas. A superintendente ficou de pé.

— Tenho algo a dizer para as alunas — disse ela.

O burburinho pelo fim das aulas já estava começando, mas cessou com o som da sua voz. Continuou:

— Essa manhã tiveram um café da manhã que não conseguiram comer, devem estar com fome. Ordenei que pão e queijo sejam servidos no almoço para todas vocês.

As professoras olharam para ela com surpresa.

— Sob a minha responsabilidade — adicionou, em um tom explicativo para elas e imediatamente saiu da sala.

O pão e queijo foram trazidos e distribuídos, para o grande deleite e alívio de toda a escola. Então foi dada a ordem:

— Para o jardim!

Cada uma colocou um grosseiro chapéu de palha, com tiras coloridas de chita e um manto cinza. Fui igualmente equipada e, seguindo o fluxo, cheguei ao ar livre.

O jardim era um vasto terreno, cercado por muros tão altos que impediam qualquer vislumbre da paisagem; de um lado, uma varanda coberta e largos passeios margeavam um espaço no meio, dividido em dezenas de pequenos canteiros. Canteiros esses que eram designados para as alunas como jardim, cada um deles tinha uma dona. Quando estivessem cheios de flores, sem dúvida ficaria lindo, mas agora, no fim de janeiro, tudo estava castigado pelo inverno e em ruínas marrons. Eu tremia enquanto parava e olhava ao redor, estava um frio rigoroso para atividades ao ar livre. Não chovia, mas tudo estava coberto por uma garoa amarelada, tudo sob os pés estava molhado devido à chuva do dia anterior. As meninas mais fortes corriam e se envolviam em atividades, mas várias pálidas e magras se juntaram em busca de abrigo e calor na varanda; e entre essas, à medida que a garoa penetrava seus corpos trêmulos, ouvia-se uma tosse seca.

Eu ainda não tinha falado com ninguém, nem ninguém pareceu me notar. Fiquei ali solitária, mas estava acostumada a essa sensação de isolamento, não me incomodava muito. Encostei-me em um pilar da varanda, apertei o manto cinza ao meu redor e, tentando esquecer o frio que me cortava e a fome me corroendo por dentro, dediquei-me a observar e refletir. As reflexões eram muito indefinidas e fragmentadas para serem lembradas. Eu mal sabia onde estava, Gateshead e minha vida passada pareciam flutuar a uma enorme distância, o presente era vago e estranho e não poderia fazer nenhuma conjectura sobre o futuro. Olhei ao redor do jardim semelhante a um convento e então para a casa, um prédio grande, metade do qual parecia cinzenta e velha, a outra metade nova. A parte nova, onde ficava a sala de aula e o dormitório, era iluminada por janelas gradeadas e gelosias, o que dava um aspecto de igreja. Uma placa de pedra com a seguinte inscrição ficava sobre a porta:

"Instituição Lowood. Essa parte foi reconstruída por Naomi Brocklehurst, da família Brocklehurst, desse país."
"Deixe que a tua luz brilhe diante dos homens, para que vejam as vossas boas obras e glorifiquem o vosso Pai que está nos céus." São Mateus, V. 16.

Li essas palavras repetidamente. Sabia que tinham algum significado, mas não era capaz de entendê-lo completamente. Ainda estava pensando a respeito do significado de "Instituição" e procurando uma conexão entre as primeiras palavras e o versículo das escrituras quando o som de uma tosse atrás de mim fez com que eu virasse a cabeça. Vi uma garota sentada em um banco de pedra próxima a mim, estava curvada sobre um livro, em uma leitura que parecia absorvê-la. De onde eu estava, conseguia ler o título — era *Rasselas* — um nome que parecia-me estranho e, consequentemente, atraente. Ela levantou o rosto ao virar a página e falei diretamente para ela:

— Seu livro é interessante? — Já tinha a intenção de pedir que ela me emprestasse algum dia.

— Eu gosto — respondeu ela, após uma pausa de segundo ou dois, durante os quais ela me examinou.

— É sobre o quê? — continuei. Não sei dizer de onde tirei coragem para iniciar uma conversa com uma estranha. Aquela atitude era contrária à minha natureza e hábitos, mas acredito que sua ocupação tenha despertado a minha simpatia porque eu também gostava muito de ler, ainda que minhas leituras fossem mais frívolas e infantis. Ainda não conseguia digerir ou compreender as sérias ou substanciais.

— Você pode olhar — declarou a garota, oferecendo-me o livro.

Olhei. Uma breve observação convenceu-me de que o conteúdo era menos atraente que o título: *Rasselas* parecia entediante para meu gosto frívolo. Não vi nada a respeito de fadas, nem a respeito de gênios, nenhuma brilhante variedade parecia estar presente nas páginas cobertas de letras. Devolvi-lhe o livro, ela o pegou tranquilamente e estava se preparando para retomar a atividade estudiosa. Atrevi-me a perturbá-la novamente.

— Pode me dizer o significado daquela inscrição sobre a porta? O que é Instituição Lowood?

— É esta casa para onde você veio morar.

— E por que chamam de Instituição? É diferente de outras escolas?

— É em parte uma escola de caridade. Você e eu, e todas as outras, somos crianças mantidas pela caridade. Suponho que você seja órfã... seu pai ou sua mãe não morreram?

— Ambos morreram antes mesmo que eu conseguisse me lembrar deles.

— Bem, todas as meninas aqui perderam um ou ambos os pais, e Lowood é chamada de Instituição para a educação de órfãs.

— Não pagamos nada? Eles nos mantêm de graça?

— Nós pagamos, ou nossos parentes pagam, quinze libras por ano por cada uma.

— Então por que nos chamam de crianças de caridade?

— Porque quinze libras não é suficiente para alimentação e ensino, e o valor que falta é conseguido por doações.

— Quem doa?

— Diferentes senhoras e senhores benevolentes neste bairro e em Londres.

— Quem foi Naomi Brocklehurst?

— A senhora que construiu a parte nova desta casa como está na inscrição, e cujo filho supervisiona e dirige tudo por aqui.

— Por quê?

— Porque ele é tesoureiro e administrador do lugar.

— Então essa casa não pertence àquela senhora alta que usa um relógio, e que disse que íamos comer um pouco de pão e queijo?

— À Srta. Temple? Oh, não. Eu gostaria que sim. Ela tem que responder ao Sr. Brocklehurst por tudo o que faz. Ele compra toda a nossa comida e todas as nossas roupas.

— Ele mora aqui?

— Não. Em uma mansão a cerca de três quilômetros daqui.

— É um homem bom?

— Ele é um pastor, dizem que faz muitas boas ações.

— Disse que aquela senhora alta se chamava Srta. Temple?

— Sim.

— E como as outras professoras se chamam?

— A que tem as bochechas vermelhas é a Srta. Smith, ela cuida do trabalho e ensina corte e costura... porque fazemos nossas próprias roupas, nossos vestidos e casacos e todo o resto. A pequena de cabelos pretos é a Srta. Scatcherd, dá aula de história e gramática, e escuta a repetição da segunda classe. A que usa um xale e um lenço de bolso atado com uma fita amarela é a Madame Perrot, ela é de Lisle, na França, e ensina francês.

— Você gosta das professoras?

— O suficiente.

— Gosta da negra baixinha e da Madame...? Não consigo pronunciar o nome dela como você.

— A Srta. Scatcherd é impaciente... cuidado para não ofendê-la, Madame Pierrot não é má pessoa.

— Mas a Srta. Temple é a melhor... não é?

— A Srta. Temple é gentil e inteligente. Ela é superior a todas as outras, porque sabe bem mais que elas.

— Há quanto tempo você está aqui?

— Dois anos.

— É órfã?

— Minha mãe morreu.

— Você é feliz aqui?

— Faz perguntas demais. Dei respostas suficientes por agora. Ora, quero ler.

Mas neste momento todas foram chamadas para jantar e retornaram à casa. O aroma que agora preenchia o refeitório dificilmente era mais chamativo que o que encheu nossas narinas no café da manhã. O almoço foi servido em duas enormes vasilhas de estanho, de onde saía um vapor impregnado de gordura rançosa. Descobri que a massa consistia em batatas não escolhidas e estranhos fiapos de carne dura, misturadas e cozinhadas juntas. Dessa preparação, uma porção grande era destinada a cada menina. Comi o máximo que pude e pensei se todo dia seria farto assim.

Depois do jantar, fomos imediatamente para a sala de aula. As aulas recomeçaram e continuaram até às cinco horas.

O único evento marcante da tarde foi que vi a garota com quem conversara na varanda ser dispensada com desgosto pela Srta. Scatcherd da aula de história e posta de pé no meio da sala de aula. O castigo parecia-me vergonhoso demais, especialmente para uma garota tão crescida... parecia ter treze anos ou mais. Esperei que demonstrasse sinais de desconforto ou vergonha, mas para a minha surpresa ela não chorou ou corou. Composta, apesar de séria, ficou ali, o centro de todas as atenções. "Como ela consegue suportar de forma tão quieta, tão firme?" perguntei-me. "Se eu estivesse no lugar dela, acredito que desejaria que a terra abrisse e me engolisse. Ela parece estar pensando em outra coisa que não o castigo... além da situação em que está, em algo que não está a sua volta ou a sua frente. Já ouvi falar em sonhar acordado... estaria ela sonhando acordada agora? Os olhos estão fixos no chão, mas tenho certeza de que não o vê. Sua visão parece ter se voltado para dentro, para seu coração. Está olhando para o que pode lembrar, creio; não para o que está realmente aqui. Fico pensando em que tipo de menina é... boa ou má."

Logo depois das cinco tivemos outra refeição, consistia em uma pequena caneca de café e meia fatia de pão integral. Devorei o pão e tomei o café avidamente, mas gostaria que tivesse mais — ainda estava com fome. Meia hora de recreio se passou, depois estudos, depois o copo de água e o pedaço de bolo de aveia, preces e cama. Assim foi o meu primeiro dia em Lowood.

CAPÍTULO 6

O dia seguinte começou como o anterior: levantar e me vestir no escuro; mas esta manhã fomos obrigadas a dispensar a lavagem do rosto, a água nos jarros estava congelada. O tempo havia mudado noite passada e um forte vento vindo do nordeste assobiou pelas fendas da nossa janela por toda a madrugada, fez com que tremêssemos nas camas e transformou a água em gelo.

Antes que a longa hora e meia de orações e leitura da Bíblia acabasse, eu já estava achando que iria morrer de frio. A hora do café da manhã finalmente chegou, e essa manhã o mingau não estava queimado, estava comível, apesar de pouco. Como a minha porção parecia pequena! Queria que fosse o dobro.

Durante o dia, colocaram-me na quarta classe e atribuíram-me tarefas e ocupações regulares. Até então, havia sido apenas espectadora das atividades de Lowood, agora me tornaria participante. A princípio, sendo pouco acostumada a memorizar, as lições pareciam longas e difíceis, a constante troca de uma tarefa para outra também me confundia. Fiquei grata quando, às três da tarde, a Srta. Smith colocou em minhas mãos um pedaço de musselina de dois metros de comprimento, uma agulha, dedal, etc., e me mandou sentar em um canto tranquilo da sala de aula, com instruções para fazer bainha. Naquela hora, a maioria das outras costurava também, mas uma classe ainda estava lendo em volta da cadeira da Srta. Scatcherd, e como tudo estava quieto, podíamos ouvir o tema da aula, assim como podíamos ouvir como cada garota estava indo e as repreensões ou recomendações que a Srta. Scatcherd dava de acordo com o desempenho. Era história inglesa, vi minha conhecida da varanda entre as leitoras. No início da aula estava no topo da classe, mas por algum erro de pronúncia ou alguma desatenção às pausas fora mandada para o fundo. Mesmo nessa posição obscura, a Srta. Scatcherd continuou a torná-la um objeto de constante atenção, continuamente se dirigindo a ela com frases como essas:

— Burns! (parece que esse era o nome dela. As garotas aqui eram todas chamadas pelos sobrenomes, como os meninos são em outros lugares) Burns, está pisando com o canto do sapato, arrume esses pés agora mesmo. Burns, você cutuca o queixo de uma maneira muito desagradável, encolha-o. Burns, insisto para que mantenha a cabeça erguida. Não admito essa atitude na minha frente. E assim por diante.

O capítulo foi lido duas vezes, os livros foram fechados e as meninas testadas. A lição compreendia parte do reinado de Carlos I, e havia diversas perguntas sobre tonelagem e libras e impostos que a maioria parecia incapaz de responder; contudo, qualquer dificuldade era solucionada quando chegava em Burns. Sua memória parecia ter guardado a lição por completo e ela estava com as respostas na ponta da língua. Fiquei esperando que a Srta. Scatcherd elogiasse sua atenção, mas, em vez disso, de repente ela exclamou:

— Menina imunda e desagradável! Você não limpou suas unhas essa manhã!

Burns não respondeu, estranhei seu silêncio. "Por que," pensei "ela não explica que não pôde limpar as unhas ou lavar o rosto pois a água estava congelada?"

Minha atenção foi atraída pela Srta. Smith querendo que eu segurasse um novelo de linha. Falava comigo de tempos em tempos enquanto o enrolava, perguntando se alguma vez já estive em uma escola antes, se sabia marcar, costurar, tricotar, etc., até que me dispensasse não consegui continuar a observar os movimentos da Srta. Scatcherd. Quando retornei ao meu lugar, a senhorita estava acabando de dar uma ordem que não peguei muito bem, mas Burns saiu da sala imediatamente, foi até a salinha em que os livros ficavam, voltou em meio minuto trazendo nas mãos alguns galhos atados em um dos lados. O sinistro instrumento foi entregue à Srta. Scratched com uma respeitosa cortesia; então sem ser mandada, silenciosamente abriu seu avental e a professora deu uma dúzia de chibatadas em seu pescoço fortemente no mesmo instante. Nenhuma lágrima brotou nos olhos de Burns, e enquanto eu parei a costura, porque meus dedos tremiam diante daquele espetáculo, com um sentimento de inútil e impotente raiva, nem um traço de seu rosto mudou da expressão costumeira.

— Menina insensível! — exclamou a Srta. Scatcherd. — Nada pode corrigir esses hábitos desleixados. Leve o açoite daqui.

Burns obedeceu. Olhei-a atentamente quando saiu do quartinho dos livros, estava acabando de guardar o lenço no bolso e o vestígio de uma lágrima brilhava em sua bochecha.

A hora do recreio à noite era minha parte favorita do dia em Lowood. O pouco de pão, o gole de café tomado às cinco da tarde não matava a fome, mas devolvia o ânimo. A repressão do dia era aliviada, a sala de aula estava mais quente do que de manhã, uma vez que as lareiras queimavam mais fortemente para compensar a falta de velas. O crepúsculo, o livre tumulto, a confusão de muitas vozes dava um senso de liberdade.

Na noite que vi a Srta. Scatcherd açoitar sua aluna, Burns, perambulei como de costume entre os bancos, mesas e grupos sorridentes sem uma companhia, mas sem me sentir solitária. Quando passava pelas janelas, uma vez ou outra levantava a cortina e olhava para fora. Nevava bastante, uma camada de neve já se formava nos vidros de baixo, quando colocava minha orelha próxima à janela, conseguia distinguir o alegre tumulto de dentro e o inconsolável lamento do vento lá fora.

Provavelmente, se eu tivesse deixado um lar e pais gentis, seria nesse momento que sentiria saudades mais fortemente, o vento teria entristecido meu coração e esse caos obscuro teria perturbado a minha paz. No entanto, ambos davam-me uma estranha excitação, inquieta e febril, e desejava que o vento uivasse mais selvagemente, que o brilho se transformasse em escuridão e que a confusão se erguesse em clamor.

Pulando sobre os bancos e passando por baixo das mesas fui em direção a uma das lareiras. Lá, ajoelhada junto à grade da lareira, encontrei Burns em silêncio, absorvida, alheia a tudo ao seu redor e acompanhada por um livro, que era lido com a fraca luz das chamas.

— Ainda é *Rasselas*? — perguntei, aproximando-me por trás dela.

— É — disse ela — e estou terminando agora.

Cinco minutos depois ela fechou o livro. Fiquei contente por isso. "Quem sabe agora consigo fazê-la conversar", pensei. Sentei-me ao seu lado no chão.

— Qual seu nome além de Burns?

— Helen.

— É de muito longe daqui?

— Sou de um lugar mais distante, ao norte, na fronteira da Escócia.

— Vai voltar para lá algum dia?

— Espero que sim, mas ninguém pode ter certeza do futuro.

— Deve querer ir embora de Lowood.

— Não! Por que iria? Fui enviada para Lowood para estudar, seria inútil ir embora antes de alcançar esse objetivo.

— Mas aquela professora, Srta. Scatcherd, é tão cruel com você.

— Cruel? Nem um pouco! É severa, não gosta das minhas falhas.

— Se eu estivesse no seu lugar não gostaria dela, a enfrentaria. Se me batesse com aquele açoite, pegaria-o de sua mão e quebraria bem na frente de seus olhos.

— Provavelmente não faria nada disso, mas se fizesse, o Sr. Brocklehurst a expulsaria da escola, e isso seria uma grande tristeza para seus parentes. É bem melhor suportar um sofrimento que ninguém sente, além de você mesmo, do que tomar uma decisão precipitada cujas consequências afetarão todos ligados a você. Além disso, a Bíblia ensina a retornar o mal com o bem.

— Mas é tão vergonhoso ser açoitada e ser obrigada a ficar em pé no meio da sala cheia de gente. E você já é tão crescida, eu sou bem mais nova e não poderia suportar.

— Ainda assim, suportar seria seu dever, se não pudesse evitar. É uma fraqueza e uma tolice dizer que não *poderia suportar* o que você está destinada a suportar.

Eu a escutava com admiração, não conseguia compreender essa doutrina de obediência, e menos ainda podia entender ou simpatizar com a tolerância que demonstrava pela sua opressora. Ainda assim, sentia que Helen Burns levava em consideração coisas invisíveis aos meus olhos. Suspeitei que ela estivesse certa, e eu errada, mas não pensaria muito a respeito desse assunto, como Félix, adiaria-o para um momento mais adequado.

— Diz que tem falhas, Helen, quais são? A mim você parece ser muito boa.

— Então aprenda comigo a não julgar pelas aparências. Eu sou, como disse a Srta. Scatcherd, desleixada. Raramente coloco, e nunca mantenho, as coisas no lugar. Sou descuidada, esqueço as regras, leio quando deveria estar fazendo lições, não tenho maneiras, e às vezes digo, como você, que não *suporto* ser submetida a arranjos sistemáticos. Tudo isso perturba a Srta. Scatcherd, que é naturalmente organizada, pontual e minuciosa.

— E brava e cruel — adicionei, mas Helen Burns não concordava comigo, então ficou em silêncio.

— A Srta. Temple é severa com você assim como a Srta. Scatcherd?

Com a menção à Srta. Temple um pequeno sorriso surgiu em seu rosto sério.

— A Srta. Temple é muito bondosa, dói-lhe ser severa com qualquer um que seja, mesmo com as piores da escola. Vê meus erros e conversa comigo sobre eles gentilmente, e, se fizer algo digno de exaltação, ela prontamente me elogia. Uma grande prova da minha infeliz natureza defeituosa é, que até mesmo suas reprimendas, tão brandas, tão racionais, não me instigam a me curar das minhas falhas; e até mesmo seus elogios, embora eu os valorize muito, não são capazes de me estimular a continuar cuidadosa e precavida.

— Que curioso — disse eu — é tão fácil ser cuidadosa.

— Para *você*, não tenho dúvidas de que é. Observei você em sua aula esta manhã e vi que estava muito atenta. Seus pensamentos nunca pareciam vagar enquanto a Srta. Miller explicava a lição e questionava você. Pois os meus se desviam continuamente. Quando eu deveria estar ouvindo a Srta. Scatcherd e absorvendo tudo o que ela diz com assiduidade, muitas vezes me perco com o próprio som de sua voz. Caio em uma espécie de sonho. Às vezes acho que estou em Northumberland, e que os sons que ouço à minha volta são o borbulhar de um pequeno riacho que atravessa Deepden, perto da nossa casa. Depois, quando chega a minha vez de responder, preciso ser despertada; e não tendo ouvido nada do que foi lido por estar escutando o riacho visionário, não tenho uma resposta pronta.

— Ainda assim, você respondeu bem esta tarde.

— Foi pura sorte. O assunto sobre o qual líamos me interessou. Esta tarde, em vez de sonhar com Deepden, estava pensando em como um homem que desejava fazer o certo poderia agir de forma tão injusta e imprudente como Carlos I às vezes o fazia. E pensava no quanto era uma pena que, com sua integridade e consciência, ele não conseguisse ver além das prerrogativas da coroa. Se pelo menos tivesse sido capaz de olhar mais longe e ver para onde o espírito da época estava tendendo! Ainda assim, gosto de Charles — respeito-o — tenho pena dele, pobre rei assassinado! Sim, seus inimigos eram os piores: eles derramaram sangue que não tinham o direito de derramar. Como ousaram matá-lo!

Helen estava falando consigo mesma agora, tinha esquecido que eu não conseguia entendê-la muito bem, que eu era ignorante, ou quase isso, a respeito do assunto que ela falava. Chamei-a para o meu nível.

— E quando a Srta. Temple lhe ensina, seus pensamentos também vagueiam?

— Não, certamente, não frequentemente; porque a Srta. Temple geralmente o que ela tem a dizer é mais novo do que minhas reflexões; sua linguagem é singularmente agradável para mim, e as informações que ela compartilha costumam ser exatamente as que eu gostaria de ter.

— Bem, então com a Srta. Temple você é boa?

— Sim, de forma passiva, não faço nenhum esforço, apenas deixo a intuição me guiar. Não há mérito em tal bondade.

— Há muito: você é boa com aqueles que são bons para você. É tudo o que sempre desejei ser. Se as pessoas fossem sempre gentis e obedientes àqueles que são cruéis e injustos, os perversos teriam tudo à sua maneira. Nunca sentiriam medo, e então nunca mudariam, apenas se tornariam piores e piores. Quando somos golpeados sem motivo, devemos contra-atacar com muita força, tenho certeza que devemos... com força o bastante para ensinar a pessoa que nos atingiu a nunca fazê-lo novamente.

— Você vai mudar de ideia, eu espero, quando crescer. Por enquanto, é apenas uma garotinha sem instrução.

— Mas eu sinto isso, Helen. Devo desgostar daqueles que, não importa o que eu faça para agradá-los, insistem em desgostar de mim, devo resistir àqueles que me punem injustamente. É igualmente natural que eu ame aqueles que me mostram afeto, ou que me submeta ao castigo quando sinto que é merecido.

— Tribos pagãs e selvagens defendem essa doutrina, mas Cristãos e nações civilizadas o rejeitam.

— Como? Não entendo.

— Não é a violência que melhor supera o ódio... nem é a vingança que corrige a injúria.

— O que é então?

— Leia o Novo Testamento e observe o que Cristo diz e como Ele age. Faça de Sua palavra a sua regra, e de Suas atitudes o seu exemplo.

— O que Ele diz?

— Ame seus inimigos, abençoe aqueles que te amaldiçoam, faça o bem para aqueles que te odeiam e te usam maldosamente.

— Então eu deveria amar a Sra. Reed, o que não posso fazer, deveria abençoar seu filho John, o que é impossível.

Por sua vez, Helen Burns me pediu para explicar, e sem demora comecei a contar, à minha maneira, a história de meus sofrimentos e ressentimentos. Amarga e truculenta quando excitada, falei como me sentia, sem reservas ou suavização.

Helen me ouviu com paciência até o fim, então esperei que fizesse uma observação, mas ela não disse nada.

— Bem — perguntei, impaciente — a Sra. Reed não é uma mulher de coração ruim, má?

— Ela foi cruel com você, sem dúvida; porque, veja, ela não gosta do seu tipo de personalidade, como a Srta. Scatcherd não gosta da minha, mas como você se lembra minuciosamente de tudo que ela fez e disse para você! Que marca singularmente profunda a injustiça dela parece ter feito em seu coração! Nenhuma crueldade deixa tal marca em meus sentimentos. Não seria mais feliz se tentasse esquecer a severidade dela, juntamente com as emoções fortes causadas? A vida me parece muito curta para ser gasta nutrindo animosidade ou registrando erros. Nós somos, e devemos ser, cada um de nós, cheio de defeitos neste mundo; mas acredito que em breve chegará o momento em que nos livraremos deles ao deixar nossos corpos corruptíveis, quando degradação e o pecado cairá de nós com esta carcaça de carne, e apenas a centelha do espírito permanecerá — o impalpável princípio da luz e pensamento, puro como quando saiu do Criador para inspirar a criatura; de onde veio, irá retornar; talvez novamente para ser comunicado a algum ser superior ao homem... talvez para passar por gradações de glória, da pálida alma humana para iluminar ao serafim! Certamente, não será permitido que, ao contrário, se degenere de homem para demônio? Não, não posso acreditar nisso. Creio em outra coisa, em algo que ninguém nunca me ensinou e que raramente menciono; mas na qual me deleito e me apego: pois dá esperança a todos: torna a Eternidade um repouso... um lar incrível... não um terror e um abismo. Além disso, com este credo, posso distinguir claramente o criminoso e seu crime, posso perdoar sinceramente o primeiro, enquanto abomino o último; com este credo a vingança nunca preocupa meu coração, degradação nunca me enoja profundamente, a injustiça nunca me esmaga demais; vivo tranquila, olhando para o fim.

A cabeça de Helen, sempre caída, afundou um pouco mais quando terminou essa frase. Vi pelo seu olhar que ela não desejava mais falar comigo, mas sim com seus próprios pensamentos. Não conseguiu meditar por muito tempo, uma monitora, uma grande garota rude, apareceu logo, exclamando em um forte sotaque de Cumberland:

— Helen Burns, se você não for arrumar sua gaveta e dobrar seu trabalho neste minuto, direi a Srta. Scatcherd para vir dar uma olhada nele!

Helen suspirou enquanto seu devaneio se dissipava e, levantando-se, obedeceu à monitora rapidamente sem responder.

CAPÍTULO 7

Meu primeiro trimestre em Lowood pareceu uma era, e não era de ouro, com certeza. Envolveu uma cansativa luta com dificuldades para habituar-me a novas regras e tarefas antiquadas. O medo do fracasso nestes pontos me atormentava mais do que os sofrimentos físicos de meu destino, que não eram poucos.

Charlotte Brontë

Durante janeiro, fevereiro e parte de março, a neve profunda, e, após seu derretimento, as estradas quase intransitáveis, impediram que fôssemos além dos muros do jardim, exceto para ir à igreja; mas dentro desses limites, tínhamos que passar uma hora ao ar livre todos os dias. As roupas não bastavam para nos proteger do frio severo, não tínhamos botas, a neve entrava em nossos sapatos e derretia lá; nossas mãos sem luvas ficaram dormentes e cobertas de frieiras, assim como nossos pés. Lembro-me bem da perturbadora irritação que sofria por causa disso todas as noites quando meus pés se inflamavam, e a tortura de enfiar os dedos inchados, em carne viva e duros nos sapatos de manhã. Além disso, a comida escassa era angustiante, possuíamos o enorme apetite de crianças em crescimento, mas mal tínhamos o suficiente para manter vivo um frágil inválido. Essa deficiência de nutrição resultou em uma opressão que atingia fortemente as alunas mais jovens: sempre que as meninas maiores tinham oportunidade, persuadiam ou ameaçavam as menores para pegar sua porção. Muitas vezes dividi entre duas requerentes o precioso pedaço de pão integral distribuído na hora do chá; e depois de entregar a uma terceira a metade da minha xícara de café, engolia o restante juntamente com lágrimas secretas, arrancadas de mim pela fome.

Os domingos eram dias tristes naquela temporada de inverno. Tínhamos que caminhar três quilômetros até a Igreja de Brocklebridge, onde nosso patrono oficializava. Partíamos com frio e chegávamos à igreja com mais frio ainda; quase ficávamos paralisadas durante o culto matinal. Era longe demais para voltar para o jantar, então uma porção fria de pão e carne, na mesma quantidade mesquinha das refeições normais, era servida entre os serviços.

Ao final do culto da tarde, voltávamos por uma estrada aberta e montanhosa, onde o frio vento do inverno, soprando por cima de uma série de picos nevados ao norte, quase arrancava a pele de nossos rostos.

Lembro-me da Srta. Temple caminhando de forma leve e rápida ao lado de nossa fila, o casaco xadrez, que o vento frio soprava, agarrava-se em seu corpo, e ela nos encorajava com palavras e atitudes, a manter o ânimo e marchar em frente, segundo ela "como soldados corajosos". As outras professoras, pobrezinhas, geralmente estavam abatidas demais para tentar animar outras pessoas.

Como ansiávamos pela luz e pelo calor de uma lareira quando chegávamos! Mas, pelo menos para as menores, isso era negado. Cada lareira na sala de aula era imediatamente cercada por duas filas de meninas grandes, e atrás delas as crianças mais novas se agachavam em grupos, envolvendo os braços famintos nos aventais.

Um pequeno consolo vinha na hora do chá, na forma de uma dupla porção de pão — uma fatia inteira, em vez de meia — com a deliciosa adição de uma fina camada de manteiga. Era o deleite semanal pelo qual todas esperávamos, de sábado a sábado. Geralmente eu conseguia manter metade dessa generosa refeição, mas o resto, era invariavelmente obrigada a entregar.

A noite de domingo era passada repetindo, de cor, o catecismo da igreja e o quinto, sexto e sétimo capítulos de São Mateus; e ouvindo um longo sermão lido pela Srta.

Miller, cujos bocejos demonstravam sua exaustão. Um intervalo frequente dessas práticas era a encenação de Êutico por meia dúzia de meninas que, dominadas pelo sono, caíam, se não do terceiro sótão, pelo menos do quarto banco, e eram retiradas meio mortas. A solução era empurrá-las para o centro da sala de aula e obrigá-las a ficar lá até o sermão terminar. Às vezes, seus pés falhavam e elas caíam juntas em uma pilha, então eram apoiadas nos banquinhos das monitoras.

Ainda não falei a respeito das visitas do Sr. Brocklehurst, e, na verdade, esse cavalheiro ficou fora grande parte do primeiro mês que eu estava lá; talvez prolongando sua visita ao amigo arquidiácono; essa ausência foi um alívio para mim. Não preciso dizer que tinha minhas próprias razões para temer a sua vinda, mas ele veio, por fim.

Uma tarde (eu estava então há três semanas em Lowood), enquanto estava sentada com uma lousa na mão, intrigada com uma soma numa longa divisão, meus olhos, erguidos distraidamente em direção à janela, avistaram uma figura de passagem. Reconheci a silhueta magra quase instintivamente; e quando, dois minutos depois, toda a escola, inclusive as professoras, se levantaram em massa, não foi preciso olhar para saber quem estava sendo cumprimentado. Longas passadas cruzavam a sala de aula, e ao lado da Srta. Temple, também de pé, erguia-se a mesma pilastra que franzira a testa para mim de forma tão ameaçadora no tapete diante da lareira de Gateshead. Agora eu olhava a peça arquitetônica de soslaio. Sim, estava certa: era o Sr. Brocklehurst, com um sobretudo abotoado até em cima e parecendo mais alto, mais estreito e mais rígido do que nunca.

Tinha minhas próprias razões para estar consternada com sua aparição; lembrava muito bem das insinuações que Sra. Reed fez a respeito da minha natureza e da promessa feita por ele, de informar a Srta. Temple e as outras professoras da minha má índole. Temia o cumprimento dessa promessa o tempo inteiro — esperava dia após dia o "Homem Que Vem", cujas informações a respeito da minha vida anterior e cuja conversa iriam me marcar como uma menina má para sempre e agora ele estava ali. Ficou ao lado da Srta. Temple, falando baixo em seu ouvido. Não duvido que estava revelando a minha vilania, observei seus olhos com uma ansiedade dolorosa, esperando o momento em que seus olhos escuros se voltariam para mim com repugnância e desprezo. Também escutava, como por acaso eu estava sentada na frente da sala, consegui ouvir a maior parte do que ele disse e isso aliviou minha apreensão imediata.

— Suponho, Srta. Temple, que a linha que comprei em Lowton será o bastante; me ocorreu que seria exatamente da qualidade certa para as camisas de chita, e escolhi as agulhas adequadas. Pode dizer a Srta. Smith que esqueci de fazer um memorando sobre as agulhas de cerzir, mas que ela receberá alguns pacotes na semana que vem, e não deve, em hipótese alguma, dar mais de uma a cada aluna. Se tem mais, tendem a ser descuidadas e perdê-las. Ah, e senhora! Gostaria que as meias de lã fossem mais bem cuidadas! Da última vez que estive aqui, fui à horta e examinei as roupas secando no varal; havia muitas meias em péssimo estado. Pelo tamanho dos furos nelas, estou certo de que não foram remendadas de tempos em tempos.

Ele fez uma pausa.

— Suas instruções serão atendidas, senhor — disse a Srta. Temple.

— E, senhora — continuou — a lavadeira me disse que algumas das meninas receberam dois cachecóis limpos essa semana, é demais. As regras se limitam a um.

— Acredito que posso explicar essa situação, senhor. Agnes e Catherine Johnstone foram convidadas a tomar um chá com algumas amigas em Lowton na última quinta-feira, e dei permissão para colocarem cachecóis limpos na ocasião.

O Sr. Brocklehurst assentiu.

— Bem, uma vez pode passar; mas, por favor, não deixe que essa situação aconteça com muita frequência. E outra coisa me surpreendeu: vi nos livros de contas com a governanta que uma merenda, consistindo em pão e queijo, foi servida duas vezes para as meninas na quinzena passada. Como assim? Olhei os regulamentos e não encontrei nenhuma refeição chamada merenda. Quem implantou essa novidade? E com que autoridade?

— Creio ser responsável por essa situação, senhor — respondeu a Srta. Temple — o café da manhã foi tão mal preparado que as crianças não poderiam comê-lo, e não ousei permitir que ficassem em jejum até o jantar.

— Senhora, permita-me um instante. A senhora está ciente que meu plano para essas garotas, não é acostumá-las a hábitos de luxo e indulgência, mas torná-las fortes, pacientes, altruístas. Se alguma decepção acidental do apetite ocorre, como uma refeição estragada, um ingrediente a menos ou a mais num prato, o incidente não deve ser remendado substituindo por algo melhor, mimando-se o corpo e prejudicando o objetivo dessa instituição. Deve ser usado para a edificação espiritual das alunas, encorajando-as a demonstrar força sob uma privação temporária. Um breve sermão nessas situações não seria inoportuno, no qual um instrutor judicioso aproveitaria a oportunidade para falar a respeito dos sofrimentos dos primeiros Cristãos, do tormento dos mártires, das exortações do Nosso Bendito Senhor, do chamado feito aos Seus discípulos para tomarem a cruz e segui-lo, de Seus avisos de que nem só de pão vive o homem, mas de toda palavra vinda de Deus, às Suas divinas consolações. "Se sofreres fome e sede em Meu nome, sereis felizes". Ah, madame, quando a senhora dá pão e queijo em vez de mingau queimado para essas crianças, você talvez esteja alimentando seus corpos, mas não percebe como suas almas imortais sofrem famintas!

O Sr. Brocklehurst pausou novamente, talvez tomado por sentimentos. A Srta. Temple olhara para baixo quando ele começou a falar, mas agora olhava para frente, e seu rosto, naturalmente pálido como mármore, aparentemente assumiu uma frieza e solidez daquele material, especialmente sua boca, fechada como se fosse preciso o cinzel de um escultor para abri-la, e sua sobrancelha gradualmente contraiu-se em uma petrificada severidade.

Enquanto isso, o Sr. Brocklehurst, parado diante da lareira com as mãos atrás de si, observava toda a escola. De repente, seus olhos piscaram, como se tivessem encontrado algo que ofuscou ou chocou suas pupilas. Virando-se, disse em um tom mais rápido do que o usado até então:

— Srta. Temple, Srta. Temple, que... que é aquela menina com cabelo cacheado? Cabelo ruivo, madame, cacheado... todo cacheado? — E, estendendo sua bengala, apontou para o terrível objeto, as mãos tremendo enquanto o fazia.

— É Júlia Severn — respondeu a Srta. Temple, calmamente.

— Júlia Severn, madame! E por que ela, ou qualquer outra, cacheou o cabelo? Por que, desafiando todo o preceito e princípio dessa casa, ela segue o mundo tão abertamente... aqui, nesse evangélico e caridoso local... a ponto de usar o cabelo como uma massa de cachos?

— O cabelo de Júlia cacheia naturalmente — respondeu a Srta. Temple, ainda mais calmamente.

— Naturalmente! Sim, mas não devemos nos conformar com a natureza. Desejo que essas meninas sejam filhas da Graça, e por que essa abundância? Já disse de novo e de novo que quero seus cabelos discretos, modestos, comuns. Srta. Temple, o cabelo daquela menina deve ser todo cortado, mandarei um barbeiro amanhã. Vejo outras que têm também esse excesso... aquela menina alta, diga a ela para ficar de pé e virar-se. Diga à primeira classe inteira que se levante e encare a parede.

A Srta. Temple passou o lenço pelos lábios, como se para suavizar o sorriso involuntário que os curvava. Ainda assim, deu a ordem e quando a primeira classe entendeu o que deveria fazer, obedeceu. Inclinando-me um pouco em meu banco, pude ver os olhares e caretas que soltaram ao fazer isso, era uma pena que o Sr. Brocklehurst não tenha visto também, talvez sentisse que não importaria o que fizesse com o lado de fora da xícara e do pires, o interior estava além da interferência que imaginava.

Ele examinou o reverso daquelas medalhas vivas por cerca de cinco minutos, depois deu a sentença. As palavras soando como o sino da condenação:

— Todos esses coques devem ser cortados.

A Srta. Temple pareceu protestar.

— Madame — insistiu ele — tenho um Senhor a servir, cujo reino não é deste mundo. Minha missão é extinguir dessas meninas os desejos da carne, é ensiná-las a vestirem-se com pudor e sobriedade, não com cabelos trançados e roupas caras, e cada uma dessas jovens diante de nós tem uma mecha do cabelo trançada, que a vaidade mesma poderia ter trançado. Essas, repito, devem ser cortadas. Pense no tempo desperdiçado, no...

O Sr. Brocklehurst foi interrompido: três outras visitantes, mulheres, entraram na sala. Elas deveriam ter chegado um pouco mais cedo para ouvir o sermão sobre vestido, pois estavam esplendidamente vestidas em veludo, seda e peles. As duas mais novas do trio (belas garotas de dezesseis e dezessete anos) tinham chapéus de pele de castor cinza, então na moda, enfeitados com plumas de avestruz. Debaixo da aba desses graciosos ornamentos, caía uma profusão de tranças louras; a senhora mais velha estava envolta em um caro xale de veludo, enfeitado com arminho, e usava uma falsa franja de cachos franceses.

Estas senhoras foram recebidas com deferência pela Srta. Temple, como Sra. e as Srtas. Brocklehurst, e conduzidas para assentos de honra na frente da sala. Parece que tinham vindo na carruagem com seu reverendo, e estiveram fazendo um exame minucioso dos quartos lá de cima enquanto ele tratava de negócios com a governanta, questionava a lavadeira e orientava a superintendente. Elas agora começaram a fazer diversos comentários e reprovações à Srta. Smith, que era encarregada de cuidar da roupa de cama e da inspeção dos dormitórios: mas não tive tempo de ouvir o que falavam, pois outros assuntos tomaram minha atenção.

Até agora, prestando atenção na conversa do Sr. Brocklehurst e da Srta. Temple, eu não tinha deixado de tomar precauções para proteger minha segurança pessoal, o que achei que poderia fazer se conseguisse evitar atenção. Para isso, estava sentada bem atrás da classe, e enquanto estava ocupada com a minha soma deixei a lousa erguida de modo a esconder meu rosto. Poderia ter escapado se a lousa traiçoeira não tivesse deslizado da minha mão e, caindo com um grande barulho, atraído todos os olhares para mim. Eu sabia que estava tudo acabado agora, e, quando me abaixei para pegar os dois pedaços da lousa, reuni minhas forças para enfrentar o pior. E ele veio.

— Uma garota descuidada! — disse o Sr. Brocklehurst, e logo depois — Vejo que é uma aluna nova — E antes que eu pudesse respirar: — Não devo esquecer que tenho uma palavrinha a dizer a respeito dela. — Então, em voz alta, como me parecia alta! — Deixe que a criança que quebrou a lousa venha para a frente!

Eu não poderia ter me mexido se dependesse da minha própria vontade, estava paralisada. Mas as duas meninas que se sentam ao meu lado colocaram-me de pé e me empurraram em direção ao terrível juiz. Então a Srta. Temple gentilmente me ajudou a chegar perto dele, e ouvi seu conselho sussurrado:

— Não tenha medo, Jane, eu vi que foi um acidente. Você não será punida.

O gentil conselho atingiu meu coração como uma adaga.

"Mais um minuto e ela vai achar que sou hipócrita" pensei. Um impulso de fúria contra Reed, Brocklehurst e companhia latejou em minhas veias com essa convicção. Eu não era Helen Burns.

— Pegue aquele banquinho — disse o Sr. Brocklehurst, apontando para um banco muito alto do qual uma monitora acabara de se levantar. Foi trazido.

— Coloquem a criança sobre ele.

E fui colocada lá. Por quem, não sei. Não estava em condições de prestar atenção em detalhes. Só sei que fui içada até a altura do nariz do Sr. Brocklehurst, que estava a um metro de mim, e que um borrão de seda laranja e roxa, e uma nuvem de plumas prateadas, se estendiam e ondulavam abaixo de mim.

O Sr. Brocklehurst pigarreou.

— Senhoras — disse ele, voltando-se para a família. — Srta. Temple, professoras e crianças, todas vocês veem essa garota?

Claro que viam. Pois eu sentia seus olhos como lentes queimando minha pele.

— Veem que ela ainda é nova; observem que se parece com uma criança normal. Deus graciosamente lhe deu a mesma forma que Ele deu a todos nós. Nenhum sinal denuncia que tem o caráter marcado. Quem pensaria que o Diabo encontrou nela uma serva e seguidora? Apesar disso, lamento dizer, é o caso.

Uma pausa — na qual comecei a estabilizar a paralisia dos meus nervos, e sentir que o Rubicão fora atravessado. E que o julgamento, não podendo ser evitado, devia ser firmemente enfrentado

— Minhas queridas crianças — continuou, com emoção, o clérigo de mármore preto — esta é uma ocasião triste e melancólica. É meu dever avisá-las que essa menina, que devia ser uma das ovelhas de Deus, é uma réproba. Não faz parte do verdadeiro rebanho, claramente é uma intrusa e estranha. Devem tomar cuidado com ela; não seguir seu exemplo; se necessário, devem evitar sua companhia, excluí-la das brincadeiras e baní-la das conversas. Professoras, vocês devem observá-la. Devem vigiar seus movimentos, pensar bem em suas palavras, escrutinar suas ações, punir seu corpo para salvar sua alma. Se é que é possível ser salva, pois (meus lábios tremem enquanto conto) esta menina, esta criança, essa nativa de uma terra cristã é pior do que muitos pagõezinhos que fazem suas preces a Brama e se ajoelham diante de Juggernaut. Essa garota... é uma mentirosa!

Então houve uma pausa de dez minutos, durante a qual eu, desta vez em perfeita posse de meu juízo, observei todas as damas Brocklehursts pegarem seus lencinhos e limpar os olhos, enquanto a mais velha balançava-se para a frente e para trás, e as duas mais jovens sussurravam: "Que chocante!" O Sr. Brocklehurst retomou.

— Soube disso da sua benfeitora, da piedosa e caridosa senhora que a adotou quando ficou órfã, e a criou como sua própria filha. Essa bondade e generosidade foram retribuídas pela infeliz menina com uma ingratidão tão grande, tão terrível, que por fim sua excelente benfeitora foi obrigada a separá-la de seus próprios filhos, com medo de que seu mau exemplo contaminasse a pureza deles. Mandou a menina para cá para ser curada, assim como os judeus da antiguidade enviaram seus doentes para o lago turbulento de Betesda. E, professoras, superintendente, eu imploro para que não permitam que as águas fiquem estagnadas em torno dela.

Com esta sublime conclusão, o Sr. Brocklehurst ajustou o botão de cima do sobretudo, sussurrou algo para a sua família, que se levantou, curvou-se para a Srta. Temple e, em seguida, todas aquelas pessoas importantes saíram da sala. Virando-se da porta, meu juiz disse:

— Deixem-na mais meia hora de pé nesse banco, e não falem com ela pelo resto do dia.

Lá estava eu, então, em pé no alto. Eu, que havia dito que não suportaria a vergonha de ficar sobre meus próprios pés no meio da sala, agora estava exposta à visão geral em um pedestal de infâmia. O que senti, nenhuma palavra poderia descrever. Mas assim que todos os sentimentos surgiram, sufocando minha respiração e apertando minha garganta, uma garota veio e passou por mim. Ao passar, ela ergueu os olhos. Que luz estranha os inspirava! Que sensação extraordinária aquele raio de luz me enviou! Como esse novo sentimento me deu forças! Era como se um mártir, um herói, passasse por um escravo ou vítima e transmitisse força ao passar. Dominei a histeria crescente, ergui a cabeça e firmei-me no banquinho. Helen Burns fez algumas perguntas sobre seu trabalho para a Srta. Smith, foi repreendida pela trivialidade das dúvidas, retornou ao seu lugar e sorriu para mim quando passou novamente. Que sorriso! Lembro-me dele agora, e sei que foi a emanação de um grande intelecto, de verdadeira coragem; que iluminou seus traços marcados, seu rosto magro, seus fundos olhos cinzentos, como o reflexo da expressão de um anjo. No entanto, naquele momento, Helen Burns usava no braço a "insígnia do desmazelo"; menos de uma hora atrás eu a ouvira ser condenada pela Srta. Scatcherd a um jantar de pão e água no dia seguinte, porque havia borrado um exercício ao copiá-lo. Essa é a imperfeita natureza humana! Tais manchas estão lá, no disco do planeta mais brilhante. Mas olhos como os da Srta. Scatcherd só conseguem ver esses minúsculos defeitos, estão cegos para o brilho intenso do universo.

CAPÍTULO 8

A meia hora passou e o relógio bateu as cinco. A turma foi dispensada e todas se dirigiram para o refeitório para o chá. Agora me aventurei a descer, estava escuro; fui para um canto e sentei-me no chão. A magia que me sustentara até agora começou a se desfazer. A reação veio, e logo a dor que se apoderou de mim foi tão avassaladora que fiquei prostrada com o rosto no chão. Então, chorei. Helen Burns não estava ali, nada me amparava. Entregue a mim mesma, abandonei-me e minhas lágrimas molharam o chão. Pretendia ser tão boa e fazer tanto em Lowood. Fazer tantas amigas, ganhar respeito e carinho. Já tinha feito progressos visíveis: naquela mesma manhã havia ficado em primeiro lugar na minha classe. A Srta. Miller me elogiara calorosamente, a Srta. Temple dera um sorriso com aprovação. Prometeu que me ensinaria a desenhar e que me deixaria a aprender francês se eu continuasse melhorando nos próximos dois meses. Fui bem recebida pelas minhas colegas, tratada como igual pelas meninas da minha idade, não era importunada por ninguém. Agora, ali estava novamente, esmagada e pisada. Poderia algum dia me reerguer novamente?

"Nunca", pensei; e desejei ardentemente morrer. Enquanto soluçava essa vontade com palavras entrecortadas, alguém se aproximou. Helen Burns estava novamente perto de mim; os fogos que se apagavam mal a iluminavam através da sala vazia. Ela trazia meu café com pão.

— Venha, coma alguma coisa— disse ela; mas coloquei ao meu lado, sentindo que, nas condições em que eu estava, uma gota ou migalha seriam capazes de me sufocar. Helen me olhou, provavelmente surpresa: não consegui conter minha agitação, embora tivesse tentado bastante. Continuei a chorar alto. Ela se sentou no chão perto de mim, abraçou os joelhos e apoiou a cabeça sobre eles, e nessa posição ficou calada como uma índia. Fui a primeira a falar:

— Helen, por que que você fica com uma menina que todos acham que é mentirosa?

— Todos, Jane? Apenas oitenta pessoas ouviram você ser chamada assim, e o mundo tem centenas de milhões de pessoas.

— Mas o que eu tenho a ver com milhões? As oitenta que conheço me desprezam.

— Jane, você está enganada. Provavelmente nenhuma pessoa na escola a despreza ou não gosta de você. Muitos, tenho certeza, sentem pena de você.

— Como podem ter pena de mim depois do que o Sr. Brocklehurst disse?

— O Sr. Brocklehurst não é um deus: nem mesmo é um grande homem, ou admirado. Ele é pouco apreciado aqui, nunca fez nada para que gostassem dele. Se ele a tratasse como especial ou como favorita, teria encontrado inimigas ao seu redor, ocultas ou declaradas. Do jeito que estão as coisas, a maioria não lhe oferece simpatia porque não se atreve. As professoras e alunas podem olhar friamente para você por um ou dois dias, mas os sentimentos amigáveis vão continuar em seus corações, e se você perseverar em fazer o bem, esses sentimentos logo aparecerão, ainda mais evidentes, devido à supressão temporária. Além disso, Jane — pausou.

— Diga, Helen? — disse eu, colocando minha mão na dela.

Ela apertou meus dedos suavemente para aquecê-los, e continuou:

— Se todo o mundo a odiasse e acreditasse que é má, mas sua consciência te aprovasse e absolvesse de culpa, você não ficaria sem amigos.

— Não. Sei que devo pensar bem de mim mesma, mas isso não basta. Se os outros não me amam, eu preferiria morrer a viver... não suporto ser solitária e odiada, Helen. Veja bem, para conquistar seu afeto de maneira real, ou o de Srta. Temple, ou qualquer outra pessoa a quem eu realmente ame, me submeteria de bom grado a ter os ossos de meu braço quebrados, ou a deixar que um touro me acerte, ou a ficar atrás de um cavalo que dá coices, e deixá-lo bater o casco em meu peito...

— Pare, Jane! Você pensa muito no amor dos seres humanos. É muito impulsiva, muito veemente. A mão divina que criou seu corpo e colocou vida nele, lhe deu outros recursos que não seu débil eu, ou de outras criaturas fracas como você. Além desta terra, e além da raça dos homens, há um mundo invisível e um reino dos espíritos. Esse mundo está ao nosso redor, pois está em toda parte; e esses espíritos nos observam, pois foram ordenados a nos guardar. Se estamos morrendo de dor e vergonha, se o desprezo está nos atingindo por todos os lados, e se o ódio está nos esmagando, os anjos veem as nossas torturas, reconhecem a nossa inocência (se somos inocentes, como sei que você é dessa acusação que o Sr. Brocklehurst repetiu fraca e pomposamente, em segunda mão pela Sra. Reed; pois vi uma natureza sincera em seus olhos ardentes e em seu rosto límpido), e Deus espera apenas a separação do espírito e carne para nos coroar com uma recompensa. Por que então, deveríamos afundar oprimidas pela angústia, quando a vida acaba tão cedo, e a morte é uma entrada tão certa para a felicidade... para a glória?

Fiquei calada, Helen me acalmou. Mas na tranquilidade que ela transmitiu havia uma mistura indefinível de tristeza. Tive a impressão de pesar enquanto ela falava, mas não pude dizer de onde veio. Quando terminou de falar, começou a respirar rapidamente e tossiu uma tosse curta. Esqueci minhas próprias tristezas por um momento e senti uma vaga preocupação por ela.

Descansando minha cabeça no ombro de Helen, coloquei os braços em volta de sua cintura; ela me puxou para perto e repousamos em silêncio. Não estávamos assim há muito tempo, quando outra pessoa se aproximou. Algumas nuvens pesadas, varridas do céu por um vento cada vez forte, descobriram a lua. E sua luz, entrando através de uma janela próxima, brilhou bem sobre nós duas e sobre a pessoa que chegava. Reconhecemos como sendo a Srta. Temple.

— Eu vim de propósito para encontrá-la, Jane Eyre — disse ela. — Quero que vá para o meu quarto, e como Helen Burns está com você, ela pode vir também.

Nós fomos, seguindo a orientação da superintendente. Tivemos que andar por algumas passagens intrincadas e subir uma escada, antes de chegar ao seu quarto, que tinha uma boa lareira e parecia acolhedor. A Srta. Temple disse a Helen Burns para sentar numa poltrona baixa em um lado da lareira, sentou-se em outra e me chamou para seu lado.

— Acabou? — perguntou ela, olhando para o meu rosto. — Chorou o bastante para se livrar da tristeza?

— Receio nunca conseguir fazer isso.

— Por quê?

— Porque fui acusada injustamente. A senhora e todo mundo vão pensar que sou malvada.

— Vamos pensar que é aquilo que prova ser, minha menina. Continue a ser boazinha e nos deixará satisfeitas.

— Será que vou, Srta. Temple?

— Vai — disse ela, passando o braço em volta de mim. — E agora, diga-me quem é a senhora a quem o Sr. Brocklehurst chamou de sua benfeitora?

— Sra. Reed, esposa do meu tio. Meu tio morreu e me deixou sob os cuidados dela.

— Então ela não a adotou por conta própria?

— Não, senhora. Ela não queria ter que fazer isso. Mas meu tio, como muitas vezes ouvi os criados dizerem, antes de morrer, fez com que ela prometesse cuidar de mim.

— Bem, Jane, você sabe, ou pelo menos sabe agora que vou lhe dizer, que quando um criminoso é acusado, ele sempre tem o direito de se defender. Você foi acusada de falsidade, defenda-se para mim o melhor que puder. Diga o que sua memória disser que é verdade, sem acrescentar ou exagerar em nada.

Resolvi, no fundo do meu coração, que seria o mais moderada e correta que conseguisse. Após refletir alguns minutos a fim de organizar coerentemente o que tinha a dizer, contei a ela toda a história da minha triste infância. Exaurida pela emoção, minhas palavras foram mais moderadas do que geralmente eram quando falava daquele triste tema. Levei em conta o conselho de Helen contra a exuberância e o ressentimento, coloquei na narrativa muito menos rancor e amargura do que normal. Assim, contida e simplificada, parecia mais digna de crédito; senti, enquanto prosseguia, que a Srta. Temple acreditava completamente em mim.

No decorrer da história, mencionei que o Sr. Lloyd foi me ver depois do desmaio, pois nunca esqueci o episódio assustador do quarto vermelho. Ao contar os detalhes era certo que minha excitação excederia em algum momento, pois nada poderia amenizar em minha memória o espasmo de agonia que tomou meu coração quando a Sra. Reed rejeitou minha súplica por perdão e me trancou no quarto escuro e mal-assombrado pela segunda vez. Terminei de falar. A Srta. Temple me olhou por alguns minutos em silêncio, então disse:

— Conheço um pouco o Sr. Lloyd. Vou escrever para ele, se a resposta dele corroborar com o que disse, será publicamente inocentada. Para mim, Jane, você já está absolvida a partir de agora.

Ela me beijou, e ainda me mantendo ao seu lado (onde eu estava bem contente em ficar, pois tinha um prazer infantil em observar o rosto dela, assim como o vestido, seus um ou dois enfeites, a testa branca, os cachos brilhantes e os cintilantes olhos escuros). Passou a falar com Helen Burns.

— Como você está esta noite, Helen? Tossiu muito hoje?

— Acho que não tanto, senhora.

— E a dor no peito?

— Está um pouco melhor.

A Srta. Temple se levantou, pegou a mão de Helen e a examinou o pulso; então voltou para seu lugar. Enquanto sentava, eu a ouvi suspirar baixo. Ficou pensativa por alguns minutos, então despertou e disse alegremente:

— Vocês duas são minhas visitantes esta noite, devo tratá-las como tal.

Tocou a sineta.

— Bárbara — disse para a criada que atendeu — ainda não tomei chá, traga a bandeja e coloque xícaras para essas duas senhoritas.

E logo uma bandeja foi trazida. Como pareciam bonitas, aos meus olhos, as xícaras de porcelana e bule de chá brilhante colocados na mesinha redonda próxima à lareira! Quão cheiroso era o vapor da bebida e o cheiro da torrada! Da qual, para minha consternação (pois estava começando a ficar com fome) vi apenas um pedaço bem pequeno. Coisa que a Srta. Temple também percebeu.

— Bárbara — disse ela — não pode trazer um pouco mais de pão e manteiga? Não há o bastante para três pessoas.

Bárbara saiu, mas voltou logo.

— Senhora, a Sra. Harden diz que mandou a quantidade de sempre.

A Sra. Harden, note-se, era a governanta. Uma mulher com o coração semelhante ao do Sr. Brocklehurst: metade barbatana e metade osso.

— Oh, muito bem! — retornou a Srta. Temple. — Devemos fazer com que dê, eu suponho, Bárbara.

E quando a garota se retirou, ela acrescentou, sorrindo:

— Felizmente, dessa vez tenho o poder de solucionar a situação.

Disse para sentarmos à mesa e colocou uma xícara de chá com uma deliciosa, mas pequena, torrada. Levantou, destrancou uma gaveta e tirou de um embrulho de papel, bem em frente aos nossos olhos, um grande bolo de aveia.

— Pretendia dar um pedaço para cada uma de vocês levar, mas como há tão pouca torrada, é melhor comerem agora. — Em seguida cortou fatias generosas.

Celebramos aquela noite como se fosse néctar e ambrosia, e o sorriso de satisfação que nossa anfitriã nos dirigia enquanto satisfazíamos nosso apetite voraz com o terno alimento que ela nos proporcionou.

O chá acabou, a bandeja foi retirada e fomos novamente convidadas a ficar próximas à lareira, cada uma sentada a um lado da Srta. Temple. A conversa agora se dava entre ela e Helen, e foi um privilégio poder ouvir.

A Srta. Temple sempre tinha um ar de serenidade, de estado nobre em sua mente, algo refinado em sua linguagem, que impedia o ardor, a excitação, a avidez. Algo que despertava o prazer daqueles que a olhavam e a ouviam, por um controlado senso de reverência. E era exatamente o que eu sentia agora, quanto a Helen Burns, eu estava pasma.

A refeição revigorante, o fogo brilhante, a presença e bondade da nossa amada professora, ou, talvez, mais do que tudo isso junto, algo em sua mente única, havia despertado suas energias. Elas despertaram, acenderam: primeiro, surgiram na cor do seu rosto, que até então eu só vira pálida e exangue; então, brilharam nos seus olhos, que de repente adquiriram uma beleza mais singular do que os da Srta. Temple. Uma beleza que não era relacionada a cor, ou a cílios longos, nem a sobrancelha desenhada a lápis, mas de significado, de movimento, de esplendor. Então sua alma pousou em seus lábios, e as palavras fluíram, de que fonte eu não poderia dizer. Teria uma menina de catorze anos um coração grande o suficiente, vigoroso o suficiente, para manter a mais pura, plena e fervente eloquência? Tal era a característica do discurso de Helen, naquela noite memorável para mim. Seu espírito parecia apressado para viver em pouco tempo, o mesmo tanto que muitos vivem em uma longa existência.

Elas conversaram sobre coisas que eu nunca tinha ouvido falar; de nações e tempos passados; de países distantes; de segredos da natureza, descobertos ou imaginados. Falaram de livros, e quantos tinham lido! Quanto conhecimento possuíam! Pareciam tão familiarizados com nomes e autores franceses: mas meu espanto atingiu seu clímax quando a Srta. Temple perguntou a Helen se ela, às vezes, dedicava um momento para lembrar o latim que seu pai lhe ensinou e, pegando um livro da estante, pediu-lhe que lesse e comentasse uma página de Virgilio; e Helen obedeceu, minha admiração aumentando a cada linha. Ela mal tinha terminado quando o sino tocou, anunciando que era a hora de dormir; nenhum atraso seria admitido. A Srta. Temple abraçou-nos, dizendo, enquanto nos apertava contra seu coração:

— Deus as abençoe, minhas filhas!

Abraçou Helen um pouco mais do que a mim, deixou que fosse com um pouco mais de relutância. Foi a Helen que seus olhos seguiram e foi por ela que suspirou tristemente pela segunda vez. Por ela, enxugou uma lágrima da bochecha.

Ao chegar ao quarto, ouvimos a voz da Srta. Scatcherd: estava examinando gavetas e tinha acabado de abrir a de Helen Burns. Quando entramos, Helen foi saudada com uma severa reprimenda, e ouviu que no dia seguinte teria meia dúzia de cartazes pendurados em suas costas.

— Minhas coisas realmente estavam em uma desordem vergonhosa — murmurou Helen para mim, em voz baixa. — Eu pretendia arrumá-las, mas esqueci.

Na manhã seguinte, a Srta. Scatcherd escreveu em letras grandes, num pedaço de papelão, a palavra "Desleixada" e amarrou-o como um filactério ao redor da testa larga, meiga, inteligente e de aparência gentil de Helen. Ela usou até a noite, com paciência e sem ressentimento, achando que era um castigo merecido. No momento em que a Srta. Scatcherd se retirou após as aulas da tarde, corri para Helen, arranquei-o e joguei no fogo. A fúria de que ela era incapaz de sentir estava queimando em minha alma o dia todo, e as lágrimas quentes e pesadas tinham descido pelo meu rosto sem parar, pois o espetáculo de sua triste resignação me causava uma dor insuportável no coração.

Cerca de uma semana depois dos incidentes acima narrados, a Srta. Temple, que havia escrito para o Sr. Lloyd, recebeu a resposta, e parece que o que ele disse confirmou a minha história. A Srta. Temple reuniu toda a escola e anunciou que havia feito uma investigação a respeito das acusações contra Jane Eyre, e que estava muito feliz em dizer que ela estava isenta de qualquer culpa. As professoras então apertaram a mão e me beijaram e um murmúrio de prazer percorreu entre as fileiras das minhas colegas.

Assim, livre de um fardo doloroso, a partir desse momento me dediquei a trabalhar de novo, decidida a abrir caminho através de todas as dificuldades. Esforcei-me muito, e meu sucesso foi proporcional ao meu empenho. Minha memória, que não era naturalmente afiada, melhorou com a prática; o exercício aguçou minha inteligência. Em poucas semanas passei para uma classe avançada, em menos de dois meses tive permissão para começar o francês e o desenho. Aprendi os dois primeiros tempos do verbo *être* e desenhei minha primeira casa (cujas paredes, a propósito, eram ainda mais inclinadas que a torre de Pisa), no mesmo dia. Naquela noite, ao ir para a cama, esqueci de preparar na minha imaginação o jantar de Barmecide[2] com batatas assadas ou pão branco e leite novo, com o que costumava

---

2   Personagem do livro "Mil e uma noites".

entreter meus desejos interiores. Em vez disso, deleitei-me com o espetáculo de desenhos perfeitos que eu via no escuro, todos feitos por mim: casas e árvores desenhadas livremente, rochas e ruínas pitorescas, rebanhos parecidos com os de Cuyp[3], delicadas pinturas de borboletas sobrevoando botões de rosas, de pássaros bicando cerejas maduras, de ninhos de carriça com ovos parecidos com pérolas, envoltos por galhos de hera. Ponderei também, em pensamento, a possibilidade de algum dia ser capaz de traduzir uma certa pequena história francesa que Madame Pierrot havia me mostrado naquele dia. Não consegui chegar a uma resolução antes de adormecer suavemente.

Bem, Salomão disse: "É melhor um jantar de ervas onde tem amor, do que um boi gordo carregado de ódio." Agora eu não teria trocado Lowood, com todas as suas privações, por Gateshead e seus luxos diários.

CAPÍTULO 9

Mas as privações, ou melhor, as dificuldades, de Lowood, diminuíram. A primavera estava chegando. Na verdade, já tinha chegado. As geadas do inverno haviam cessado, as neves derreteram, os ventos cortantes diminuíram. Meus pobres pés, esfolados e inchados pelo ar cortante de janeiro, começaram a curar e desinchar com os suaves ares de abril. As noites e manhãs do inverno, de temperaturas canadenses, não mais congelavam o sangue em nossas veias; agora conseguíamos passar o recreio no jardim. Às vezes, em um dia ensolarado, podia ser até agradável e divertido. Um verde começou a surgir nos canteiros marrons, renovando-se diariamente, como se a esperança passasse por eles à noite e deixasse a cada manhã traços mais brilhantes da sua passagem. Algumas flores surgiam entre as folhas: campânulas brancas, açafrões, aurículas roxas e amores perfeitos de olhos dourados. Nas tardes de quinta-feira (que era meio feriado) passeávamos e ainda encontrávamos flores mais lindas se abrindo ao longo do caminho, sob as sebes.

Descobri, também, que além dos altos muros protegidos por estacas de ferro no nosso jardim, havia um grande prazer, uma diversão limitada apenas pelo horizonte. Este prazer consistia na visão de picos majestosos circundando um grande vale, rico em verde e sombra; e em um riacho cristalino, cheio de pedras escuras e redemoinhos cintilantes. Como esse cenário parecia diferente de quando o vi sob o céu cinza do inverno, endurecido pela geada e coberto de neve! Quando a névoa, tão fria quanto a morte, vagava seguindo os ventos leste por aqueles picos, rolando de um lado para o outro, até que se misturasse com a neblina congelada do riacho! Esse riacho agora era uma torrente, turva e indomável. Cortava o bosque e fazia um som, frequentemente engrossado pela chuva forte ou pelo granizo. E havia ainda a floresta em suas margens, que mostrava apenas fileiras de esqueletos.

---

3 Pintor holandês conhecido por pintar paisagens.

Abril se tornou maio. Um maio sereno e claro: dias de céu azul, um sol plácido e ventos suaves vindo do oeste preencheram sua duração. E agora a vegetação cresceu com vigor; Lowood sacudiu suas tranças. Tudo estava verde e florido! Os esqueletos dos grandes olmos, freixos e carvalhos foram restaurados à sua majestosa vida; as plantas silvestres se espalharam; incontáveis tipos de musgo encheram o espaço e a riqueza das prímulas silvestres criava um estranho brilho no chão. Vi seu pálido dourado brilhando nas sombras, como partes do mais suave lustro. Desfrutei de tudo isso com frequência e plenamente, livre, sem ninguém me vigiando, e quase sozinha. Havia um motivo para esse prazer e liberdade incomum, para o qual devo agora referir.

Não descrevi um local agradável para um lar, quando falei sobre esse lugar situado entre as colinas e o bosque, e surgindo às margens de um riacho? Certamente, muito agradável... mas se era saudável ou não é outra questão.

Aquele vale na floresta, onde ficava Lowood, era o berço da névoa e da pestilência por ela gerada; que, juntamente com a primavera, rastejou para o Asilo das Órfãs e levou o tifo às salas de aula e dormitórios, transformando a escola num hospital antes que maio chegasse.

A inanição e os resfriados negligenciados haviam predisposto a maioria das alunas à infecção, quarenta e cinco das oitenta meninas adoeceram ao mesmo tempo. As aulas foram interrompidas, as regras foram relaxadas. Às poucas que continuaram bem tiveram uma liberdade quase ilimitada, porque o médico insistiu na necessidade de exercícios físicos frequentes para mantê-las saudáveis. E ainda que tivesse sido de outra forma, ninguém tinha tempo de vigiá-las ou reprimi-las. Toda a atenção da Srta. Temple era dedicada às suas pacientes, ficava todo o tempo na enfermaria, não saía a não ser para descansar algumas horas à noite. As professoras estavam totalmente ocupadas arrumando as malas e fazendo outros preparativos necessários para a partida daquelas crianças que eram afortunadas o bastante para ter amigos ou parentes capazes e dispostos a tirá-las da fonte de contágio. Muitas, já muito doentes, iam para casa apenas para morrer. Algumas morriam na escola e eram enterradas rápida e discretamente, pois a natureza da doença não permitia demora.

Enquanto a doença se tornava uma moradora de Lowood e a morte sua visitante frequente; enquanto havia tristeza e medo em suas paredes; enquanto as salas e corredores cheiravam a hospital — e os remédios e pastilhas lutavam inutilmente para superar a mortalidade — aquele brilhante maio brilhava sem nuvens sobre as altivas montanhas e o belo bosque lá fora. O jardim, também, resplandecia de flores. As malvas estavam tão altas quanto as árvores, os lírios abriram, as tulipas e as rosas estavam florescendo; as bordas dos pequenos canteiros estavam cheios de cravos rosas e margaridas duplas; as flores amarelas soltavam, de manhã até a noite, seu cheiro doce. Mas essas preciosas fragrâncias eram inúteis para a maioria das internas de Lowood, a não ser para servirem de vez em quando como um maço de flores para se colocar no caixão.

Mas eu e as demais meninas continuamos bem, desfrutávamos plenamente das belezas do cenário e da estação. Eles nos deixaram divagar na floresta, como ciganas, da manhã à noite; fazíamos o que queríamos e vivíamos melhor. O Sr. Brocklehurst e sua família agora não chegavam nem perto de Lowood, os assuntos domésticos não eram vigiados; a governanta rabugenta se foi, afugentada pelo medo da infecção; sua sucessora, que fora a matrona do Dispensário de Lowton, desacostumada com os costumes de sua nova morada, atuava com certa liberdade. Além disso, havia menos pessoas para alimentar; as meninas que estavam doentes comiam pouco, nossas tigelas de café da manhã estavam bem mais cheias. Quando não havia tempo para preparar um almoço normal, o que acontecia frequentemente, ela nos dava um grande pedaço de torta fria, ou uma grossa fatia de pão e queijo. Levávamos conosco para o bosque, onde cada um de nós escolhia o lugar que mais gostava e comia suntuosamente. Meu lugar favorito era uma pedra lisa e larga, que despontava branca e seca no meio do riacho e só podia ser alcançada atravessando a água, façanha que eu só realizava descalça. A pedra era larga o suficiente para acomodar confortavelmente outra menina e eu, naquela época minha companheira escolhida — Mary Ann Wilson. Uma figura perspicaz e observadora, cuja companhia eu gostava, porque ela era espirituosa e autêntica, e em parte porque seus modos me deixavam à vontade. Alguns anos mais velha que eu, sabia mais do mundo e poderia me dizer muitas coisas que eu gostava de ouvir, com ela minha curiosidade era satisfeita. Também relevava meus defeitos, nunca tentava impedir ou controlar qualquer coisa que eu dissesse. Sabia contar histórias e eu sabia analisá-las; ela gostava de informar, e eu de questionar; então nós combinávamos muito e nossa amizade nos trouxe muita diversão, se não grande melhoria.

E onde, entretanto, estava Helen Burns? Por que eu não passava esses doces dias de liberdade com ela? Tinha esquecido-me dela? Ou eu era tão fútil a ponto de me cansar de sua companhia? Certamente, a Mary Ann Wilson que mencionei era inferior à minha primeira amiga: ela só poderia me contar histórias divertidas, e retribuir algumas fofocas que eu resolvesse fazer; enquanto que Helen era capaz de dar àqueles que desfrutavam do privilégio de ouvi-la o prazer de coisas muito superiores.

É verdade, leitor, e eu sabia e sentia isso. E embora eu seja um ser defeituoso, com muitas falhas e poucos atos de redenção, nunca me cansei de Helen Burns, nem nunca deixei de nutrir por ela um sentimento de apego forte, terno e respeitoso como nenhum outro que já ocupou meu coração. Como poderia ser de outra forma quando Helen, em todos os momentos e sob todas as circunstâncias, demonstrou ser uma amiga tranquila e fiel, nunca azedada pelo mau humor ou perturbada pela irritação? Mas Helen estava doente no momento, fazia algumas semanas que fora levada para algum quarto lá em cima, que eu não tinha conhecimento. Segundo me disseram, ela não estava na parte hospitalar da casa com as pacientes febris, pois estava com tuberculose, não com tifo. E na minha ignorância, por tuberculose eu entendia alguma coisa leve, que o tempo e os cuidados certamente aliviariam.

Essa ideia se confirmou porque ela desceu uma ou duas vezes, em tardes muito quentes e ensolaradas, e foi levada pela Srta. Temple para o jardim. Nessas ocasiões eu não tinha permissão para falar com ela, só a via da janela da sala de aula e ainda assim vagamente, pois estava muito agasalhada e sentava-se ao longe, sob a varanda.

Uma noite, no início de junho, fiquei até tarde no bosque com Mary Ann. Nos separamos das outras como sempre e vagamos muito, tanto que perdemos o caminho e tivemos que perguntar por ele em uma cabana isolada, onde vivia um homem e uma mulher que cuidavam de um rebanho de porcos meio selvagens que se alimentavam de madeiras. Quando voltamos, a lua já havia nascido. Um pônei, que sabíamos ser do cirurgião, estava parado na porta do jardim. Mary Ann disse que alguém devia estar muito doente, para que o Sr. Bates fosse chamado àquela hora da noite. Ela entrou na casa e eu fiquei para trás alguns minutos para plantar no meu jardim algumas mudas que colhi e que eu temia que murchassem se eu esperasse até de manhã. Feito isso, demorei um pouco mais... as flores tinham um aroma tão doce quando o sereno começava a cair... era uma noite tão agradável, tão serena, tão quente. O oeste ainda brilhando prometia outro belo dia na manhã seguinte e a lua subia com tal majestade no leste. Eu observava e apreciava essas coisas como uma criança faria, quando passou pela minha cabeça algo que nunca tinha pensado antes: "Como deve ser triste estar deitada agora em um leito, correndo o perigo de morrer! Este mundo é agradável... seria triste ser levada dele e ter que ir, sabe-se lá para onde?"

E então minha mente fez uma primeira tentativa real de lembrar o que sabia a respeito do céu e inferno; e pela primeira vez recuou, perplexa, e pela primeira vez, olhando para trás, para cada lado, e para frente, viu em toda a sua volta um enorme abismo, sentiu o único ponto onde estava: o presente. Todo o resto era nuvem sem forma e um profundo vazio; e estremeceu ao pensar em cambalear e mergulhar em meio a esse caos. Enquanto ponderava sobre essa nova ideia, ouvi a porta da frente abrir; o Sr. Bates saiu com uma enfermeira. Viu o médico montar o cavalo e partir, e estava prestes a fechar a porta, mas corri até ela.

— Como está Helen Burns?

— Muito mal — foi a resposta.

— Foi ela que o Sr. Bates veio ver?

— Foi.

— E o que ele falou sobre ela?

— Ele disse que ela não vai ficar aqui por muito tempo.

Esta frase, se fosse dita para mim ontem, teria apenas me passado a impressão de que ela estava prestes a ir para Northumberland, sua casa. Eu não teria suspeitado que isso significava que ela estava morrendo, mas agora eu entendi imediatamente! Estava claro para mim que a Helen Burns estava contando seus últimos dias neste mundo e que seria levada para o mundo dos espíritos, se é que tal mundo existia. Tive um choque terrível, depois um forte pesar e então apenas um desejo: uma necessidade de vê-la, perguntei em que quarto ela estava.

— Ela está no quarto da Srta. Temple — disse a enfermeira.

— Posso subir e falar com ela?

— Ah não, criança! Não é possível e agora é hora de você entrar. Vai pegar uma febre se ficar no sereno.

A enfermeira fechou a porta da frente e entrei pela entrada lateral que levava à sala de aula bem a tempo. Eram nove horas e a Srta. Miller estava chamando as alunas para a cama.

Duas horas depois, provavelmente perto das onze, eu — não conseguindo dormir — e julgando, pelo completo silêncio no dormitório, que minhas colegas estavam todas envoltas em sono profundo, levantei-me suavemente, coloquei meu vestido por cima da camisola, e, sem sapatos, escapei e saí em busca do quarto da Srta. Temple. Ficava do outro lado da casa, mas eu conhecia o caminho e a luz da lua entrava aqui e ali nas janelas dos corredores, permitindo que eu o encontrasse sem dificuldade. O cheiro de cânfora e vinagre queimado me avisou que eu estava perto da enfermaria, e passei pela porta rapidamente, com medo de que a enfermeira que ficava lá à noite me escutasse. Eu temia ser descoberta e mandada de volta, pois *precisava* ver Helen. Tinha que abraçá-la antes que ela morresse, tinha que dar-lhe um último beijo, trocar com ela uma última palavra.

Tendo descido uma escada, atravessado uma parte do andar de baixo, e conseguido abrir e fechar, sem fazer barulho, duas portas, alcancei outro lance de escadas; subi, e logo a minha frente estava o quarto da Srta. Temple. Uma luz brilhava pelo buraco da fechadura e por debaixo da porta; tudo ao redor estava em profundo silêncio. Chegando perto, encontrei a porta entreaberta; provavelmente para deixar que um pouco de ar fresco entrasse no quarto fechado pela doença. Sem hesitar e tomada por um impulso impaciente — com a alma e os sentidos tremendo de agonia — abri a porta e olhei para dentro. Meus olhos procuravam pela Helen, e temia encontrar a morte.

Perto da cama da Srta. Temple, e meio coberto por cortinas brancas, havia uma pequena cama. Vi o contorno de uma forma sob os lençóis, mas o rosto estava escondido pelas cortinas. A enfermeira com quem falei no jardim dormia em uma poltrona; uma vela queimava fracamente sobre a mesa. A Srta. Temple não estava à vista, eu soube depois que fora chamada na enfermaria por conta de uma paciente delirante. Avancei; em seguida, parei ao lado da cama, minha mão estava na cortina, mas preferi falar antes de retirá-la. Ainda recuava com o medo de ver um cadáver.

— Helen! — sussurrei baixinho. — Está acordada?

Ela se mexeu, abriu a cortina, e vi o seu rosto pálido e abatido, mas composto. Parecia ter mudado tão pouco que meu medo se dissipou instantaneamente.

— Será você, Jane? — perguntou ela, em sua voz gentil.

"Oh!", pensei, "ela não vai morrer, eles estão errados. Ela não poderia falar e parecer tão calma se fosse."

Fui até a cama e a beijei. Sua testa estava fria, a bochecha fria e magra, assim como sua mão e pulso, mas ela sorria como antigamente.

— Por que veio aqui, Jane? Já passa das onze horas, ouvi o relógio bater há alguns minutos.

— Vim ver você, Helen. Fiquei sabendo que estava muito doente, e não consegui dormir antes de falar com você.

— Veio se despedir de mim, então. Provavelmente chegou bem na hora.

— Está indo para algum lugar, Helen? Vai para casa?

— Vou, para meu lar distante. Minha última morada.

— Não, não, Helen! — interrompi-a, angustiada.

Enquanto eu tentava engolir minhas lágrimas, um acesso de tosse se apoderou de Helen; não acordou a enfermeira, no entanto. Quando passou, ela ficou alguns minutos cansada, então sussurrou:

— Jane, seus pezinhos estão descalços; deite-se e cubra-se com minha colcha.

Fiz isso. Ela colocou o braço sobre mim, e me aninhei perto dela. Depois de um longo silêncio, ela retomou, ainda sussurrando:

— Estou muito feliz, Jane; e quando você ouvir que estou morta, deve saber disso e não lamentar. Não há nada para lamentar. Todos nós vamos morrer um dia, e a doença que está me levando não é dolorosa; é suave e gradual, minha mente está em repouso. Não deixo ninguém que vá lamentar muito a minha perda: tenho apenas um pai, ele se casou recentemente e não vai sentir minha falta. Morrendo jovem, escaparei de grandes sofrimentos. Não tinha qualidades ou talentos para traçar um bom caminho no mundo. Estaria sempre em falta.

— Mas para onde você está indo, Helen? Consegue ver? Você sabe?

— Eu acredito. Tenho fé. Vou para junto de Deus.

— Onde está Deus? O que é Deus?

— Meu Criador e o seu, aquele que nunca irá destruir o que Ele criou. Eu confio completamente em Seu poder, e confio totalmente em Sua bondade. Conto as horas até que chegue o memorável momento em que serei devolvida a Ele, e que Ele será revelado a mim.

— Você tem certeza, então, Helen, de que existe um céu, e que nossas almas podem alcançá-lo quando morrermos?

— Estou certa de que existe um futuro. Acredito que Deus é bom, posso renunciar a minha parte imortal à Ele sem qualquer receio. Deus é meu pai; Deus é meu amigo. Eu O amo, e acredito que Ele me ama.

— E a verei novamente, Helen, quando eu morrer?

— Você virá para o mesmo lugar de felicidade, será recebida pelo mesmo Pai poderoso e universal, sem dúvida, querida Jane.

Novamente eu questionei, mas desta vez apenas em pensamento. "Onde é esse lugar? Será que realmente existe?" E apertei Helen ainda mais; ela parecia mais querida para mim do que nunca; sentia que não podia deixá-la. Deitei com meu rosto escondido em seu pescoço. Logo ela disse no tom mais doce:

— Como estou confortável! Esse último acesso de tosse me cansou um pouco. Sinto que poderia dormir, mas não me deixe, Jane. Gosto de ter você perto de mim.

— Vou ficar com você, *querida* Helen, ninguém vai me tirar daqui.

— Você está aquecida, querida?

— Estou.

— Boa noite, Jane.

— Boa noite, Helen.

Ela me beijou e eu a ela, e nós duas logo adormecemos. Quando acordei, já era dia. Um movimento incomum me acordou; olhei para cima, eu estava nos braços de alguém, a enfermeira me segurava; estava me levando pelo corredor de volta para o dormitório. Não fui repreendida por deixar minha cama; as pessoas tinham algo mais em que pensar; nenhuma resposta foi dada então às minhas muitas perguntas; mas um ou dois dias depois, eu soube que a Srta. Temple, ao retornar para seu quarto de madrugada, encontrou-me deitada no berço, o rosto contra o ombro de Helen Burns, meus braços em volta do pescoço. Eu estava dormindo e Helen estava... morta.

Seu túmulo está no cemitério de Brocklebridge. Esteve coberto por um monte de grama durante quinze anos após a sua morte, mas agora uma lápide de mármore cinza marca o local, com seu nome e a palavra 'Resurgam[4]'.

CAPÍTULO 10

Até agora recordei detalhadamente os acontecimentos da minha insignificante existência. Aos primeiros dez anos de minha vida, dediquei quase o mesmo número de capítulos. Mas essa não será uma autobiografia comum. Só devo invocar as memórias quando sei que as suas respostas terão algum grau de interesse; portanto, agora passo um espaço de oito anos quase em silêncio, apenas algumas linhas são necessárias para continuar a sequência da história.

Quando a febre tifoide cumpriu sua missão de devastação em Lowood, desapareceu gradualmente de lá, mas não até que sua virulência e o número de vítimas tivessem chamado a atenção do público para a escola. Uma investigação sobre a origem do flagelo foi feita e, aos poucos, vários fatos que incitaram em alto grau a indignação pública saíram. A natureza insalubre da escola, a quantidade e qualidade da alimentação das crianças, a água salobra e fétida usada na sua preparação, as péssimas roupas e acomodações das alunas... todas essas coisas foram descobertas, e a descoberta produziu um resultado mortificante para o Sr. Brocklehurst, mas benéfico para a instituição.

Muitas pessoas ricas e benevolentes da região fizeram enormes contribuições para a construção de um prédio mais satisfatório e melhor localizado, um novo regulamento foi criado, melhorias na dieta e no vestuário foram feitas, as verbas da escola foram confiadas à gestão de uma comissão. O Sr. Brocklehurst, que não podia ser afastado devido à sua riqueza e conexões familiares, manteve o posto de

---

4 Em Latim: "Eu renascerei".

tesoureiro, mas foi auxiliado no cumprimento de seus deveres por cavalheiros de mentes mais abertas e bondosas. Seu cargo de inspetor, também, era compartilhado por aqueles que sabiam combinar a razão com o rigor, o conforto com a economia, compaixão com retidão. A escola, assim melhorada, tornou-se com o tempo uma instituição nobre e verdadeiramente útil. Após sua reforma, permaneci dentro de seus muros por oito anos, seis como aluna e dois como professora, e em ambas as condições presto meu testemunho de seu valor e importância.

Durante esses oito anos minha vida foi a mesma, mas não era infeliz, porque não era inativa. Tinha uma excelente educação ao meu alcance, era incentivada pelo gosto por meus estudos e o desejo de me destacar em todos, juntamente com uma grande satisfação em agradar as professoras, especialmente as minhas favoritas. Aproveitei-me plenamente das vantagens que tinha. Com o tempo, me tornei a primeira aluna da primeira classe, então investiram-me o cargo de professora, que desempenhei com zelo por dois anos, mas no final deles, mudei.

A Srta. Temple continuou a ser a superintendente do internato, apesar de todas as mudanças. E devo a maior parte das minhas conquistas aos seus ensinos. Sua amizade e companhia foram meu consolo contínuo, agiu como mãe, governanta e, posteriormente, companheira. Neste período, ela se casou, mudou-se com o marido (um clérigo, excelente homem, quase digno de tal esposa) para uma cidade distante e, consequentemente, perdeu-se para mim.

Desde o dia em que ela foi embora, não fui mais a mesma. Com ela se fora todo sentimento e associação positiva que fazia com que Lowood, até certo ponto, fosse um lar para mim. Eu tinha absorvido um pouco de sua natureza e muitos de seus hábitos. Pensamentos mais harmoniosos, o que pareciam sentimentos mais controlados faziam parte de mim agora. Aceitei a ordem e o dever. Estava quieta, acreditava que estava satisfeita. Aos olhos dos outros, geralmente até mesmo aos meus, eu aparentava ser disciplinada e contida.

Mas o destino, na forma do Rev. Sr. Nasmyth, se interpôs entre mim e a Srta. Temple. Eu a vi subir em uma carruagem com seu vestido de viagem, logo após a cerimônia de casamento. Assisti a carruagem subir a colina e desaparecer de vista, e depois me retirei para o meu quarto e passei na solidão a maior parte do meio feriado concedido em homenagem ao acontecimento.

Andei pelo quarto a maior parte do tempo. Acreditava que apenas lamentava minha perda e pensava em como repará-la, mas quando concluí minhas reflexões, olhei para cima e percebi que a tarde tinha acabado e a noite avançava, então fiz outra descoberta. Dei-me conta de que nesse tempo eu havia sofrido um processo de transformação, que minha mente havia rejeitado tudo o que havia emprestado de Srta. Temple... ou melhor, que ela havia levado com ela o ar sereno que eu respirava quando ela estava ali, me deixado em meu elemento natural, e já começava a sentir a agitação das antigas emoções. Não parecia que tinha perdido um suporte, mas que a motivação tivesse desaparecido. Não era como se a capacidade de ficar tranquila tivesse ido, mas como se a razão para essa tranquilidade não existisse mais. Por alguns anos, Lowood foi o meu mundo. Minha experiência se baseava em suas regras e sistemas; agora eu lembrava que o mundo real era grande, e que um variado campo de esperanças e medos, de sensações e emoções, esperava aqueles que tivessem coragem de adentrá-lo e buscar o verdadeiro conhecimento da vida em meio a seus perigos.

Fui até minha janela, abri-a e olhei para fora. Lá estavam as duas alas do edifício, lá estava o jardim, lá estavam as fronteiras de Lowood, lá estava o horizonte montanhoso. Meu olhar passou por tudo e se fixou naqueles remotos picos azuis no horizonte. Eram aqueles que eu desejava ultrapassar, tudo dentro do limite de rochas e charnecas parecia como prisão, como limites do exílio. Observei a estrada branca serpenteando ao pé da montanha e desaparecendo em um desfiladeiro entre as duas... como ansiava por ir mais longe! Lembrei-me de quando viajei exatamente por aquela estrada em uma carruagem, lembrei de passar por aquela colina no crepúsculo. Parecia ter se passado um século desde o meu primeiro dia em Lowood, e eu nunca saíra de lá desde então. Passara todas as férias na escola, a Sra. Reed nunca mandou me buscar para ir a Gateshead; nem ela nem ninguém da sua família tinham ido me visitar. Não tinha comunicação por carta ou mensagem com o mundo exterior. As regras escolares, os deveres escolares, os hábitos e noções escolares, e vozes, e rostos, e frases, e costumes, e preferências e antipatias escolares... isso era tudo que eu conhecia. E agora eu sentia que não era o suficiente. Cansei da rotina de oito anos em uma tarde. Desejava a liberdade, ansiei pela liberdade, fiz uma oração pela liberdade, parecia ter se espalhado no vento, então soprando levemente. Abandonei-a e fiz uma súplica mais humilde: pedi por mudança, estímulo. Esse pedido também parecia perdido no espaço.

— Então — gritei, meio desesperada, — conceda-me pelo menos uma nova servidão!

Nesse momento a sineta anunciou a hora do jantar, e chamou-me lá para baixo.

Não pude retomar minhas reflexões até a hora de dormir, mesmo assim, uma professora que dividia o quarto comigo me manteve longe do assunto para o qual eu ansiava retornar, por uma prolongada explosão de conversa fiada. Como eu queria que o sono a silenciasse. Parecia que se eu pudesse voltar para a ideia que tive quando estava na janela, alguma sugestão útil surgiria para meu alívio.

A Srta. Grace finalmente começou a roncar. Era uma mulher pesada, e até agora seus habituais barulhos nasais nunca tinham sido considerados por mim como qualquer coisa que não um incômodo, mas essa noite eu recebi os sons com satisfação. Estava livre de interrupções, meu pensamento meio apagado foi revivido no mesmo instante. "Uma nova servidão! Há algo nisso aí", disse a mim mesma (mentalmente, veja bem, eu não falei em voz alta). "Sei que há, porque não soa bom demais para ser verdade, não é como as palavras Liberdade, Excitação, Prazer, que são verdadeiramente incríveis, mas são apenas palavras para mim, tão ocas e fugazes que é mera perda de tempo ouvi-las. Mas servidão! Essa deve ser verdadeira. Qualquer um pode servir. Servi aqui por oito anos, agora tudo que eu quero é servir em outro lugar. Posso querer tanto? É ou não é viável? É sim, sim... Não é uma meta tão difícil, só é preciso que eu tenha um cérebro ativo o suficiente para descobrir como alcançá-la."

Sentei-me na cama para despertar este dito cérebro. Era uma noite fria; cobri meus ombros com um xale, e então continuei a *pensar* com todas as minhas forças. "O que eu quero? Um novo lugar, em uma nova casa, entre novos rostos, sob novas condições. Quero isso porque não adianta querer nada melhor. Como as pessoas fazem para conseguir um novo lugar? Procuram seus amigos, suponho. Eu não tenho amigos. Há muitos outros que não têm amigos, que precisam cuidar de si mesmos e ser seus próprios ajudantes... e qual é a saída deles?"

Eu não sabia dizer, nada me respondia. Então pedi ao meu cérebro para encontrar uma resposta, e rápido. Trabalhou e trabalhou mais rápido. Senti a pulsação latejar na minha cabeça e nas têmporas, por quase uma hora ele trabalhou no caos, mas nenhum resultado veio de seus esforços. Febril com trabalho vão, levantei-me e dei uma volta no quarto, abri a cortina, notei uma ou duas estrelas, tremi de frio e novamente rastejei para a cama.

Uma fada gentil, na minha ausência, deixou a solução no meu travesseiro, pois quando me deitei, veio calma e naturalmente em minha mente: "Aqueles que querem empregos anunciam. Você deveria fazer um anúncio no Herald."

"Como? Não sei nada sobre anúncios."

As respostas vinham suaves e instantâneas agora:

"Você deve colocar o anúncio e o dinheiro para pagar por ele em um envelope endereçado ao editor do Herald. Deve enviar na primeira oportunidade que tiver, no correio de Lowton. As respostas devem ser dirigidas a J.E, no correio daqui. Cerca de uma semana depois, pode perguntar se recebeu alguma resposta, e se tiver, agir de acordo com isso."

Este plano eu repassei duas, três vezes, até que ficasse gravado na minha mente. Quando estava fixado de forma clara e prática, me dei por satisfeita e adormeci.

Acordei logo cedo, já estava com o anúncio escrito, envelopado e endereçado antes que o sino para ir para a escola tocasse. Ficou assim:

"Uma jovem acostumada a lecionar (eu não era professora há dois anos?) deseja encontrar uma posição em casa de família com crianças com menos de catorze anos (pensei que como eu tinha apenas dezoito anos, não seria bom ensinar alunos próximos da minha idade). Está qualificada para ensinar as matérias usuais da boa educação inglesa, como também francês, pintura e música (naquela época, leitor, esta pequena lista de habilidades era considerada razoavelmente abrangente). Respostas para J.E, Agência do Correio, Lowton, Condado..."

Este documento ficou trancado na minha gaveta o dia todo. Depois do chá, pedi licença à nova superintendente para ir a Lowton, a fim de realizar algumas pequenas tarefas minhas e de uma ou duas colegas, a permissão foi prontamente concedida. Fui. Foi uma caminhada de cerca de três quilômetros, e a noite estava chuvosa, mas os dias ainda eram longos. Visitei uma ou duas lojas, coloquei a carta no correio e voltei debaixo de uma chuva forte, com roupas pingando, mas com o coração aliviado.

A semana seguinte pareceu longa, mas finalmente chegou ao fim, como todas as coisas sobre a terra. E mais uma vez, perto do fim de um agradável dia de outono, me vi a pé na estrada para Lowton. Era uma trilha pitoresca, a propósito, passando ao lado do lago e através das curvas mais suaves do vale. Mas naquele dia eu estava pensando mais nas cartas que poderiam ou não estar me esperando na pequena vila para onde eu estava indo, do que dos encantos da água. Dessa vez minha missão dita era tirar as medidas para um par de sapatos. Então resolvi isso primeiro e, quando acabei, atravessei a ruazinha limpa e silenciosa do sapateiro até o correio, que era mantido por uma velha senhora usando óculos de tartaruga no nariz e luvas pretas nas mãos.

— Há alguma carta para JE? — perguntei.

Ela olhou para mim por cima dos óculos, e então abriu uma gaveta e remexeu seu conteúdo por um longo tempo, tanto que minhas esperanças começaram a vacilar. Enfim, depois de segurar um documento diante de seus óculos por quase cinco minutos, ela o colocou no balcão, acompanhando o gesto com outro olhar inquisitivo e desconfiado... este dirigido a J.E.

— Só tem uma? — exigi.

— Não tem mais nenhuma — disse ela.

Coloquei o envelope no bolso e voltei para casa. Não poderia abri-lo ali. As regras me obrigavam a estar de volta às oito, e já eram sete e meia.

Vários deveres me aguardavam chegar. Tive que sentar com as meninas durante a hora de estudo. Depois era a minha vez de ler as orações e levá-las para a cama. Então jantei com as outras professoras. Mesmo quando finalmente nos retiramos para dormir, a inevitável Srta. Gryce ainda me fazia companhia. Havia apenas um pequeno pedaço de vela no castiçal, mas temia que ela falasse até que apagasse. Felizmente, no entanto, o jantar pesado que ela tinha comido produziu um efeito soporífero, e ela já estava roncando antes de eu terminar de me despir. Ainda restava um centímetro de vela. Tirei minha carta, o lacre era um F. Quebrei-o. O conteúdo era breve.

"Se J.E, que anunciou no Herald de quinta-feira passada, possuir as aptidões mencionadas e for capaz de dar referências satisfatórias quanto ao seu caráter e competência, um emprego pode ser oferecido a ela onde há apenas uma aluna, uma garotinha de menos de dez anos de idade. O salário é de trinta libras por ano. Pede-se a J.E que envie referências, nome, endereço e todos os detalhes para: Sra. Fairfax, Thornfield, perto de Millcote, Condado..."

Examinei a carta por muito tempo. A letra era antiquada e um tanto tremida, como a de uma senhora idosa. Essa situação me agradou: estava assombrada por um medo secreto de que eu, agindo sozinha e seguindo meus próprios impulsos, corresse o risco de entrar em apuros. E acima de tudo, eu queria que o resultado de meus esforços fosse respeitável, adequado, *en règle*. Acreditava que uma senhora idosa não era uma coisa ruim na oferta que eu tinha em mãos. Sra. Fairfax! Eu a imaginava em um vestido preto e chapéu de viúva, fria, talvez, mas não rude. Um modelo da antiga respeitabilidade inglesa. Thornfield! Aquele, sem dúvida, era o nome da casa: um lugar limpo e ordenado, eu tinha certeza, embora eu tenha falhado em imaginar corretamente como eram as instalações. Millcote. Recapitulei o mapa da Inglaterra na minha memória. Sim, via-o, tanto o Condado quanto a cidade. Ele ficava cerca de 110 quilômetros mais próximo de Londres do que o lugar remoto em que eu agora residia, o que considerei um ponto positivo. Queria estar onde tivesse vida e movimento. Millcote era uma grande cidade manufatureira, um lugar cheio, sem dúvida. O que seria melhor... seria uma mudança completa, pelo menos. Não que minha fantasia fosse muito cativada pela ideia de longas chaminés e nuvens de fumaça... mas, argumentei, "Thornfield fica, provavelmente, a uma boa distância da cidade".

Então a vela acabou e não havia mais luz.

No dia seguinte, novos passos deveriam ser dados. Meus planos não poderiam mais ficar confinados no meu peito. Devia dividi-los para que dessem certo. Solicitei e consegui uma audiência com a superintendente durante o recreio do meio-dia. Eu disse a ela que tinha a oportunidade de um novo emprego em que receberia o dobro do salário que tinha agora (em Lowood, recebia apenas 15 libras por ano), e pedi que conversasse com o Sr. Brocklehurst, ou com alguém do comitê, a fim de confirmar se poderia mencioná-los como referências. Ela gentilmente concordou em ser minha intermediadora. No dia seguinte, expôs o caso ao Sr. Brocklehurst, que disse que a Sra. Reed deveria ser consultada, pois era minha tutora legal. Uma nota foi, portanto, dirigida a essa senhora, que respondeu que eu "poderia fazer o que quisesse, pois há muito ela já tinha desistido de interferir em meus negócios." Esta nota transmitida ao comitê, e, finalmente, após o que pareceu para mim o mais tedioso atraso, deram-me uma licença formal para encontrar uma posição melhor, se quisesse, e uma declaração dizendo que como sempre me conduzi bem em Lowood, como professora e aluna, receberia um atestado de caráter e capacidade, assinado pelos inspetores da instituição.

Recebi este depoimento em cerca de um mês, mandei uma cópia para a Sra. Fairfax, e ela respondeu, afirmando que estava satisfeita e fixando um prazo de quinze dias para que eu assumisse o cargo de governanta da casa.

Eu agora me ocupava com os preparativos. A quinzena se passou rapidamente. Não tinha um guarda-roupa muito grande, embora fosse adequado às minhas necessidades. O último dia foi o suficiente para arrumar minha mala. A mesma que eu trouxe de Gateshead há oito anos.

Amarrei e etiquetei a mala. Em meia hora o carregador iria levá-la a Lowton, onde eu deveria estar bem cedo na manhã seguinte para pegar a carruagem. Escovei meu vestido de viagem preto, separei minha touca, luvas e casaco. Chequei todas as minhas gavetas para ver se nada foi deixado para trás. Não tendo mais nada para fazer, sentei-me e tentei descansar. Não conseguia, embora tivesse ficado de pé o dia todo, não pude repousar um instante, estava muito empolgada. Uma fase da minha vida se encerrava esta noite, uma nova começaria amanhã. Era impossível dormir no intervalo, devia ficar em vigília observando a mudança acontecer.

— Senhorita — disse um criado que me encontrou no saguão, onde eu vagava como um espírito perturbado — uma pessoa lá embaixo quer vê-la.

"O carregador, sem dúvida", pensei, e desci as escadas correndo sem perguntar nada. Estava indo em direção a cozinha, passando pelo salão dos fundos ou sala dos professores, cuja porta estava entreaberta, quando alguém correu em minha direção.

— É ela, tenho certeza! Eu a reconheceria em qualquer lugar! — gritou a pessoa que entrou na minha frente e pegou minha mão.

Olhei. Era uma mulher que parecia ser uma criada bem vestida, matronal, mas ainda jovem. Muito bonita, com cabelos e olhos pretos e um rosto vivo.

— Bem, quem sou eu? — perguntou, em uma voz e com um sorriso que eu meio que reconheci. — Acredito que não tenha me esquecido completamente, Srta. Jane?

Um segundo depois eu a estava abraçando e beijando euforicamente.

— Bessie! Bessie! Bessie! — foi tudo o que eu disse.

Ela estava meio rindo, meio chorando, e fomos para a sala de visitas. Junto à lareira estava um rapazinho de três anos, usando blusa e calça xadrez.

— Esse é meu filho — disse Bessie, diretamente.

— Então você se casou, Bessie?

— Casei. Há quase cinco anos, com Robert Leaven, o cocheiro. Tenho uma garotinha além de Bobby, que batizei com o nome Jane.

— E não mora em Gateshead?

— Moro no chalé. O velho porteiro foi embora.

— Bem, e como estão todos? Conte-me tudo sobre eles, Bessie. Mas sente-se primeiro. Bobby, quer se sentar no meu colo?

Mas Bobby preferiu ficar com a mãe.

— Você não cresceu muito, Srta. Jane, nem engordou muito — continuou a Sra. Leaven. — Aposto que não cuidaram bem de você na escola. A Srta. Reed é bem mais alta do que você, e a Srta. Georgiana tem o dobro da sua largura.

— Georgiana é bonita, suponho, Bessie?

— Muito. Ela foi para Londres no inverno passado com sua mãe, e lá todos a admiraram. Um jovem cavalheiro se apaixonou por ela, mas a família dele foi contra o casamento. E o que você acha que aconteceu? Ele e a Srta. Georgiana fugiram, mas eles foram descobertos e impedidos. A Srta. Reed que os encontrou. Acho que estava com inveja, e agora ela e a irmã são como gato e cachorro, sempre brigando...

— Bem, e quanto a John Reed?

— Oh, ele não está indo tão bem quanto a mãe gostaria. Foi para a faculdade, mas foi... expulso. Acho que é assim que falam. Depois os tios quiseram que ele fosse um advogado e estudasse a lei, mas ele é um jovem tão depravado que nunca vai ser grande coisa, eu acho.

— Como ele é?

— Ele é muito alto. Algumas pessoas dizem que é um rapaz bonito, mas tem lábios tão grossos.

— E a Sra. Reed?

— A Srta. está gorda e parece bem, mas acho que está com a cabeça cheia. As atitudes do Sr. John não lhe agradam, ele gasta muito dinheiro.

— Ela mandou você aqui, Bessie?

— Não, na verdade. Faz muito tempo que eu queria vê-la, e quando ouvi dizer que a senhorita havia mandado uma carta e que estava se mudando para outra parte do país, pensei que deveria vir vê-la antes que estivesse longe demais.

— Receio que você esteja desapontada comigo, Bessie.

Disse isso rindo. Percebi que o olhar de Bessie, embora expressasse afeto, não mostrava admiração.

— Não, Srta. Jane, não exatamente. Você é educada, parece uma dama, e é tudo o que eu esperava. Você não era bela quando criança.

Sorri com a resposta franca de Bessie. Senti que tinha razão, mas confesso que não fui muito indiferente às suas palavras. Aos dezoito anos a maioria das pessoas deseja agradar, e a sugestão de que não possuem uma aparência que possa apoiar esse desejo traz tudo, menos gratificação.

— Mas aposto que é inteligente — continuou Bessie, como um consolo. — O que sabe fazer? Sabe tocar piano?

— Um pouco.

Havia um na sala. Bessie foi até ele, abriu-o, e então me pediu para sentar e tocar uma música para ela. Toquei uma ou duas valsas e ela ficou encantada.

— As Srtas. Reed não conseguem tocar tão bem! — disse ela, exultante. — Sempre falei que você seria mais inteligente. E sabe pintar?

— Uma de minhas pinturas está sobre a lareira.

Era uma paisagem em aquarela, que dei de presente para a superintendente como agradecimento por ter conversado com o comitê para mim. Ela emoldurou.

— Bem, ela é linda, Srta. Jane! É uma pintura tão bonita quanto qualquer uma do professor da Srta. Reed. Nem preciso falar das próprias jovens, que não podem nem se comparar. E aprendeu francês?

— Aprendi, Bessie. Sei ler e falar francês.

— E sabe trabalhar com musselina e tela?

— Sei.

— Ah! É uma verdadeira dama, Srta. Jane! Eu sabia que seria. Você vai se dar bem, quer seus parentes notem ou não. Há algo que eu queria te perguntar. Você já ouviu alguma coisa dos parentes de seu pai, os Eyres?

— Nunca na minha vida.

— Bem, você sabe que a Sra. Reed sempre disse que eles eram pobres e desprezíveis. E pode ser que sejam pobres, mas acredito que são tão respeitáveis quanto os Reeds. Um dia, quase sete anos atrás, um Sr. Eyre veio a Gateshead e queria ver você. A Sra. Reed disse que você estava em uma escola a oitenta quilômetros de distância e ele pareceu muito desapontado, pois não podia ficar. Ia viajar para o exterior e o navio sairia de Londres em um ou dois dias. Parecia ser muito gentil, acho que era irmão de seu pai.

— Para qual país estrangeiro ele estava indo, Bessie?

— Uma ilha a milhares de quilômetros de distância, onde eles fazem vinho... O mordomo me disse...

— Ilha da Madeira? — sugeri.

— Sim, é isso! Exatamente esse nome.

— Então ele se foi?

— Sim, não ficou muitos minutos na casa. A patroa foi muito arrogante com ele. Depois o chamou de "comerciante sorrateiro". Meu Robert acredita que ele era um comerciante de vinhos.

— Muito provavelmente — respondi — ou talvez caixeiro ou agente de um comerciante de vinhos.

Bessie e eu conversamos sobre os velhos tempos por mais uma hora, e então ela foi obrigada a ir. Eu a vi novamente por alguns minutos na manhã seguinte em Lowton, enquanto esperava a carruagem. Nós nos separamos, por fim, na porta de Brocklehurst Arms. Lá, cada uma seguiu seu caminho. Ela foi para perto de Lowood Fell, encontrar transporte que a levaria de volta para Gateshead, e eu subi no veículo que me levaria aos meus novos deveres e uma nova vida, nos arredores desconhecidos de Millcote.

CAPÍTULO 11

Um novo capítulo em um romance é algo como uma nova cena em uma peça teatral. E desta vez, leitor, quando eu levantar a cortina você deve imaginar que vê um quarto na hospedaria George Inn, em Millcote. Com papéis de paredes desenhados como os quartos de pousada geralmente têm; com os mesmos tapetes, mobílias, ornamentos sobre a lareira e gravuras. Inclusive o retrato de George III, outro do Príncipe de Gales, e uma representação da morte de Wolfe. É possível ver tudo isso com a luz de uma lamparina a óleo pendurada no teto e pela do excelente fogo, perto do qual estou sentada de manto e chapéu. Meu casaco e o guarda-chuva estão sobre a mesa, e estou me aquecendo para me livrar da dormência e do frio vindos das dezesseis horas de exposição à crueza de um dia de outubro. Sai de Lowton às quatro horas da manhã e o relógio de Millcote agora está marcando oito.

Leitor, embora eu pareça confortavelmente acomodada, não estou muito tranquila. Pensei que quando a carruagem chegasse aqui haveria alguém para me encontrar. Procurei ansiosamente enquanto descia os degraus de madeira colocados para minha conveniência, esperando ouvir meu nome e ver alguma carruagem esperando para levar-me a Thornfield. Não vi nada disso, e quando perguntei a um atendente se alguém tinha vindo perguntar por uma Srta. Eyre, recebi uma resposta negativa.

Jane Eyre

Então não tive alternativa a não ser solicitar um quarto. E aqui estou, esperando, enquanto todos os tipos de dúvidas e medos perturbam meus pensamentos.

É uma sensação muito estranha para uma jovem inexperiente, sentir-se sozinha no mundo, à deriva de todas as conexões, sem saber se o destino será realmente alcançado, evitando assim que retorne àquilo que deixou. O charme da aventura adoça essa sensação, a chama do orgulho a aquece. Mas então a pulsação do medo a perturba, e esse medo tornou-se predominante quando passou meia hora e eu ainda estava sozinha. Pensei em tocar a campainha.

— Existe um lugar neste bairro, chamado Thornfield? — perguntei ao atendente.

— Thornfield? Não sei, senhora. Vou perguntar no bar. — Ele desapareceu, mas reapareceu instantaneamente. — Seu nome é Eyre, senhorita?

— É.

— Tem uma pessoa aqui esperando por você.

Num pulo peguei o casaco e o guarda-chuva e corri para o corredor. Um homem estava parado na porta aberta, e na rua iluminada por lâmpadas eu via vagamente um transporte e um cavalo.

— Imagino que essa seja a sua bagagem? — disse o homem, abruptamente, apontando para a minha mala no corredor.

— É.

Ele a colocou no veículo, que era uma espécie de carro, e então eu entrei. Antes de ele fechar a porta, perguntei-lhe qual a distância até Thornfield.

— Questão de uns dez quilômetros.

— Quanto tempo vamos levar até lá?

— Por volta de uma hora e meia.

Ele fechou a porta do carro, subiu em seu assento, e partimos. Nosso progresso foi lento e tive bastante tempo para refletir. Estava contente por estar tão perto do fim da minha viagem, e quando me reclinei no confortável veículo, embora nada elegante, pensei muito sobre a minha situação.

"Suponho", pensei, "a julgar pela simplicidade do criado e da carruagem, que a Sra. Fairfax não é uma pessoa muito fina. Melhor assim. Só vivi com pessoas refinadas uma vez, e fui muito infeliz lá. Será que ela mora sozinha, apenas com essa garotinha? Se sim, e se ela for ao menos um pouco gentil, certamente nos daremos bem. Farei o meu melhor, é uma pena que fazer o melhor nem sempre era o bastante. Em Lowood, de fato, tomei essa decisão, persisti nela, e tive sucesso. Mas, com a Sra. Reed, lembro-me que o meu melhor sempre foi rejeitado com desprezo. Eu oro a Deus para que a Sra. Fairfax não seja uma segunda Sra. Reed, mas, se for, não sou obrigada a ficar com ela! Se o pior acontecer, posso colocar outro anúncio. Será que falta muito para chegar?!"

Baixei a janela e olhei para fora. Millcote estava atrás de nós e a julgar pela quantidade de luzes, parecia um lugar de magnitude considerável, muito maior do que Lowton. Estávamos agora, pelo que eu podia ver, em uma espécie de propriedade comum. Havia casas espalhadas por todo o distrito. Senti que estávamos em uma região diferente de Lowood, mais populosa, menos pitoresca, mais emocionante, menos romântica.

As estradas eram pesadas, a noite enevoada. O condutor deixou o cavalo andar durante todo o caminho, e a uma hora e meia se tornou duas. Finalmente ele se virou em seu assento e disse:

— Não está tão longe de Thornfield agora.

Novamente olhei para fora. Passávamos por uma igreja, vi sua torre larga e baixa contra o céu, o sino batia o quarto de hora. Também vi uma estreita galáxia de luzes em uma colina, marcando uma aldeia ou vilarejo. Cerca de dez minutos depois, o cocheiro desceu e abriu um par de portões. Passamos e eles se fecharam atrás de nós. Agora, subíamos lentamente uma estrada e chegamos à frente de uma casa. A luz das velas brilhava em uma janela através das cortinas, todo o resto estava escuro. O carro parou na porta da frente, que foi aberta por uma criada. Desci e entrei.

— Pode vir por aqui, madame? — disse a moça.

Eu a segui através de um saguão quadrado com portas altas. Ela me conduziu a uma sala cuja iluminação dupla de fogo e vela a princípio me ofuscou, pelo contraste com a escuridão em que meus olhos estiveram por duas horas. Quando pude ver, uma imagem aconchegante e agradável se apresentava à minha frente.

Uma sala pequena e confortável, uma mesa redonda ao lado de uma lareira aconchegante e uma poltrona antiquada, de encosto alto, onde se sentava a senhora idosa mais bonita que se possa imaginar, com chapéu de viúva, um vestido de seda preto e avental de musselina cor de neve. Exatamente como eu imaginara a Sra. Fairfax, só que menos luxuosa e mais terna. Estava tricotando, um grande gato estava sentado recatadamente aos seus pés. Em suma, não faltava nada para completar o ideal de conforto doméstico. Era difícil imaginar uma recepção mais reconfortante para uma nova governanta. Não havia nenhuma grandeza para oprimir, nenhuma ostentação embaraçosa. Assim que entrei, a velha senhora levantou-se e pronta e gentilmente veio me conhecer.

— Como vai você, minha querida? Receio que você tenha tido uma viagem cansativa. John dirige tão devagar. Deve estar com frio, venha para junto da lareira.

— Sra. Fairfax, suponho? — perguntei.

— Sim, está certa. Sente-se.

Ela me conduziu até sua poltrona e, em seguida, começou a tirar meu xale e desamarrar o chapéu. Pedi que não se incomodasse.

— Ah, não é incômodo. Ouso dizer que suas próprias mãos estão quase entorpecidas de frio. Leah, traga um pouco de vinho quente e um ou dois sanduíches. Aqui estão as chaves da despensa.

Tirou um molho de chaves do bolso, e as entregou à criada.

— Agora, então, chegue mais perto do fogo — continuou ela. — Trouxe sua bagagem, não trouxe, minha querida?

— Sim, senhora.

— Vou levá-la para o seu quarto — disse ela, e se apressou para fora.

"Ela me trata como uma visita", pensei. "Não esperava tal recepção. Previ apenas frieza e rigidez. Isso não se parece em nada com o que eu ouvi sobre o tratamento que as governantas recebem. Mas não devo comemorar cedo demais."

Ela voltou. Tirou, com as próprias mãos, o material de tricô e um ou dois livros da mesa, para abrir espaço para a bandeja que Leah trouxe e ela mesma me serviu a refeição. Eu me sentia um pouco confusa por ser o objeto de uma atenção maior do que já recebera antes, principalmente vinda da minha patroa e superiora. Mas como ela mesma não parecia achar que estava fazendo nada demais, achei melhor aceitar a cortesia silenciosamente.

— Devo ter o prazer de conhecer a Srta. Fairfax esta noite? — perguntei, depois de comer o que ela serviu.

— O que você disse, minha querida? Eu sou um pouco surda — retornou a boa senhora, aproximando o ouvido da minha boca.

Repeti a pergunta com mais clareza.

— Srta. Fairfax? Ah, você quer dizer Srta. Varens! Varens é o nome da sua futura aluna.

— Compreendo! Então ela não é sua filha?

— Não... eu não tenho família.

Eu deveria ter continuado a minha investigação, perguntando qual a ligação entre as duas, mas lembrei-me de que não era muito educado fazer tantas perguntas. Além disso, com certeza eu descobriria com o tempo.

— Estou tão feliz — continuou ela, enquanto se sentava à minha frente e pegava o gato no colo. — Estou tão feliz por você ter vindo, será muito agradável morar aqui com uma companheira. Claro que é agradável de qualquer forma, pois Thornfield é uma ótima mansão antiga, bastante negligenciada nos últimos anos, mas ainda assim um lugar respeitável. No entanto, você sabe, no inverno nos sentimos sozinhos até nos melhores lugares. Digo sozinha... Leah é uma boa moça, claro, e John e sua esposa são ótimas pessoas. Mas, você sabe, são apenas criados, e não é possível conversar com eles de igual para igual. É preciso manter uma certa distância, ou corre-se o risco de perder a autoridade. No inverno passado (foi muito severo, se você se lembra, quando não nevava, chovia e ventava), nem uma criatura veio até aqui de novembro a fevereiro, a não ser o açougueiro e o carteiro. Fiquei realmente melancólica, sentada sozinha noite após noite. Tinha Leah para ler para mim às vezes, mas não acho que a pobre garota gostava muito da tarefa, era torturante. Na primavera e no verão, fica muito melhor. O sol e os dias longos fazem a diferença, e então, no início deste outono, vieram a pequena Adele Varens e sua ama. Como uma criança enche uma casa de vida! Agora que você está aqui, ficarei muito alegre.

Meu coração realmente aqueceu com a gentil senhora enquanto a ouvia falar. Puxei minha cadeira um pouco mais para perto dela, e expressei meu desejo sincero de que ela achasse minha companhia tão agradável quanto imaginou.

— Mas não vou mantê-la acordada até tarde — disse ela. — Já é quase meia-noite e você viajou o dia todo. Deve estar cansada. Se já estiver com os pés aquecidos, mostrarei seu quarto. Mandei preparar o quarto ao lado do meu para você. É pequeno, mas pensei que gostaria mais dele que dos grandes da frente. Claro que tem móveis mais finos, mas são tão escuros e solitários que nunca durmo neles.

Agradeci por sua escolha atenciosa, e como realmente estava cansada devido à longa jornada, disse que estava pronta para me recolher. Ela pegou a vela e eu a segui para fora do cômodo. Primeiro, ela foi ver se a porta do corredor estava trancada, então tirou a chave da fechadura e subiu na frente. Os degraus e o corrimão eram de carvalho, a janela da escada era alta e treliçada, tanto ela quanto o longo corredor onde ficavam as portas dos quartos pareciam ser mais de uma igreja do que de uma casa. Um ar muito frio permeava as escadas e o corredor, passando a sensação de um lugar triste e solitário. Fiquei feliz quando finalmente entrei no meu quarto, pequeno e mobiliado em um estilo moderno e simples.

Quando a Sra. Fairfax gentilmente me desejou boa noite e fechei a porta, olhei lentamente ao redor, e de certa forma o meu quartinho tinha um ar acolhedor que desfez a estranha impressão causada por aquele amplo corredor, aquela grande escada escura e aquele longo corredor gelado. Relembrou-me que, após um dia de fadiga física e mental, eu finalmente estava em um porto seguro. Gratidão preencheu meu coração, me ajoelhei ao lado da cama e agradeci a quem devia. Não esqueci, antes de levantar, de pedir ajuda em meu futuro caminho, e o poder de merecer a gentileza que parecia tão francamente oferecida a mim antes de ser merecedora. Minha cama não tinha espinhos naquela noite, meu quarto solitário, sem temores. Cansada e contente ao mesmo tempo, dormi rápido e profundamente. Quando acordei já era dia.

O quarto parecia um lugar tão brilhante quando o sol brilhava entre as cortinas de chita azul, mostrando paredes com papel e um piso acarpetado, tão diferentes das tábuas nuas e do gesso manchado de Lowood, que meu espírito animou-se com a visão. A aparência tem um grande efeito sobre os jovens. Achava que uma nova fase de uma vida mais justa estava começando para mim, uma que teria flores e prazeres, bem como espinhos e labuta. Meus pensamentos estavam todos agitados, despertados pela mudança de cenário e pelo espaço oferecido à esperança. Não posso definir exatamente o que esperava, mas era algo agradável. Talvez não naquele dia ou naquele mês, mas em um futuro indefinido que estava em construção.

Levantei-me, vesti-me com cuidado. Obrigada à modéstia, pois não tinha nenhuma peça de vestuário que não fosse feita com extrema simplicidade, ainda era, por natureza, caprichosa. Não tinha o hábito de ser desleixada com a minha aparência ou com a impressão que causava. Pelo contrário, sempre quis parecer tão bem quanto possível e agradar tanto quanto a falta de beleza permitisse. Às vezes ficava triste por não ser mais bonita, às vezes queria ter bochechas rosadas, um nariz reto e uma boquinha de cereja. Queria ser alta, imponente e ter um belo físico. Senti que era uma infelicidade ser tão pequena, tão pálida e ter traços tão irregulares e marcados. E por que eu tinha essas aspirações e essas tristezas? Difícil dizer, não poderia responder nem para mim mesma. Ainda assim, eu tinha um motivo, e ele era lógico e natural também. No entanto, depois de escovar meu cabelo e de vestir meu vestido preto (que apesar de ser parecido com o de um quacre, pelo menos se ajustava bem ao meu corpo) e de arrumar meu cachecol branco e limpo, pensei que estava respeitável o bastante para aparecer diante da Sra. Fairfax, e que minha nova pupila pelo menos não recuaria de mim com antipatia. Depois de abrir a janela do quarto e ver que deixei todas as minhas coisas organizadas e limpas na mesa, aventurei-me a sair.

Atravessando o longo corredor, desci os escorregadios degraus de carvalho. Cheguei ao saguão e parei por um minuto. Olhei algumas fotos nas paredes (uma, eu me lembro, era de um homem sinistro em uma couraça, e de senhora com cabelo empoado e colar de pérolas), um lustre de bronze pendia do teto e um grande relógio cuja caixa era de carvalho curiosamente esculpida e escurecida pelo tempo. Tudo parecia muito majestoso e imponente para mim, que era tão pouco acostumada à grandeza. A porta do corredor, que era metade de vidro, estava aberta. Pisei na soleira. Era uma bela manhã de outono, o sol brilhava serenamente sobre as árvores e o campo ainda era verde. Avançando para o gramado, olhei para cima e vi a fachada da mansão. Ela tinha três andares de altura e proporções não vastas, embora consideráveis. A mansão de um cavalheiro, não de um nobre. Ameias ao redor do topo davam uma aparência pitoresca. Sua frente cinza se destacava bem do fundo de um viveiro de corvos, cujos moradores barulhentos estavam agora voando. Voavam sobre o gramado e o terreno para pousar em um grande prado, do qual estavam separados por uma cerca, e onde uma fileira de espinheiros, fortes, grandes e largos como carvalhos, explicavam a etimologia do nome da mansão. Ao longe estavam as colinas, não tão altas como aquelas ao redor de Lowood, nem tão escarpadas, nem tão parecidas com uma barreira que separava o mundo dos vivos. Ainda assim, eram colinas tranquilas e solitárias o bastante, e pareciam abraçar Thornfield com uma reclusão que eu não esperava encontrar tão perto da agitada Millcote. Uma pequena vila, cujos telhados se misturavam com árvores, espalhava-se pela encosta de uma dessas colinas. A igreja do distrito ficava mais perto de Thornfield, o topo de sua velha torre parecia um monte entre a casa e os portões.

Eu ainda estava aproveitando a calma paisagem e o agradável ar fresco, ouvindo com prazer o grasnido dos corvos, observando a frente ampla e antiga da casa, e pensando que ótimo lugar era para uma senhorinha solitária como a Sra. Fairfax morar, quando ela apareceu na porta.

— O quê! Já está aqui fora? — perguntou ela. — Vejo que é madrugadora.

Aproximei-me dela e fui recebida com um afetuoso beijo e um aperto de mão.

— O que está achando de Thornfield? — indagou ela.

Eu disse que estava gostando muito.

— Sim — disse ela — é um lugar bonito, mas temo que irá se deteriorar, a menos que o Sr. Rochester decida vir e residir aqui permanentemente. Ou pelo menos, que visite com frequência. Grandes casas e belos jardins exigem a presença do proprietário.

— Sr. Rochester! — exclamei. — Quem é?

— O dono de Thornfield — respondeu ela calmamente. — Não sabia que ele se chamava Rochester?

Claro que não. Nunca tinha ouvido falar dele antes, mas a velha senhora parecia considerar sua existência como um fato universalmente conhecido, com o qual todos deviam estar familiarizados instintivamente.

— Eu pensei — continuei — que Thornfield pertencesse à senhora.

— A mim? Deus te abençoe, criança. Que ideia! A mim! Sou apenas a governanta... a administradora. Verdade seja dita, sou parente distante dos Rochesters pelo lado da mãe, ou pelo menos meu marido era. Ele era o pastor de Hay... aquela pequena vila lá na colina, aquela igreja perto dos portões era dele. A mãe do atual Sr. Rochester era uma Fairfax, e prima de segundo grau do meu marido. Mas nunca usei essa relação... na verdade, não significa nada para mim. Considero-me uma empregada comum, meu patrão é sempre educado e não espero mais nada.

— E a garotinha... minha aluna!

— Ela é pupila do Sr. Rochester. Ele me pediu que encontrasse uma governanta para ela. Pretendia que ela fosse educada no Condado, eu acho. Lá vem ela, com a sua "bonne". Ela chama a ama assim.

O enigma então foi explicado. Essa afável e gentil viúva não era uma grande dama, mas uma subordinada como eu. Não gostei menos dela por isso, pelo contrário, senti-me mais satisfeita do que nunca. A igualdade entre nós duas era verdadeira, não o mero resultado de uma condescendência da parte dela. Tanto melhor... minha posição era ainda mais livre.

Enquanto meditava sobre esta descoberta, uma garotinha veio correndo pelo gramado, seguida pela ama. Olhei para a minha aluna, que a princípio não pareceu me notar. Era bem nova, talvez sete ou oito anos, pequena, com um rosto pálido de traços finos e com o cabelo em cachos caindo até a cintura.

— Bom dia, Srta. Adele — disse a Sra. Fairfax. — Venha falar com a senhorita que vai ensiná-la e fazer de você uma moça inteligente algum dia.

Ela se aproximou.

— C'est le ma gouverante![5] — disse ela, apontando para mim, e dirigindo-se a sua ama. Que respondeu:

— Mais oui, certainement[6].

— Elas são estrangeiras? — indaguei, surpresa ao ouvir a língua francesa.

— A enfermeira é estrangeira e Adele nasceu no Continente. E, creio eu, nunca o deixou até seis meses atrás. Quando chegou, não falava inglês. Agora consegue falar um pouco. Não entendo porque ela mistura com francês, mas a senhorita vai conseguir entendê-la bem, acredito.

---

5   Em francês: "É a minha governanta?"
6   Em francês: "Sim, certamente."

Felizmente, tive a vantagem de ter aprendido francês com uma senhora francesa e sempre fiz questão de conversar com Madame Pierrot tão frequentemente quanto eu pudesse. Além disso, estudei francês diariamente durante os últimos sete anos, esforçando-me para melhorar o sotaque e imitando a pronúncia da minha professora o máximo possível, de modo que adquiri um certo grau de destreza e fluência, e provavelmente não ficaria em apuros com Mademoiselle Adele. Ela se aproximou e apertou minha mão quando soube que eu seria sua governanta. Enquanto eu a levava para o café da manhã, falei algumas frases em sua própria língua, a princípio ela respondeu brevemente, mas depois que nos sentamos à mesa e ela havia me observado por uns dez minutos com seus grandes olhos castanhos, de repente começou a tagarelar fluentemente.

— Ah! — gritou ela, em francês. — A senhorita fala a minha língua tão bem quanto o Sr. Rochester. Posso conversar com você como converso com ele, e Sophie também. Ela ficará feliz, ninguém aqui a entende. A Madame Fairfax é toda inglesa. Sophie é minha ama, ela veio comigo sobre o mar em um grande navio com uma chaminé que soltava fumaça... quanta fumaça! E eu fiquei enjoada, e Sophie e o Sr. Rochester também ficaram. O Sr. Rochester ficou em um sofá em um lugar bonito chamado salão, e Sophie e eu tínhamos pequenas camas em outro lugar. Eu quase caí da minha, era como uma prateleira. E Mademoiselle... qual é o seu nome?

— Eyre. Jane Eyre.

— Aire? Ah! Não consigo falar isso. Bem, nosso navio parou de manhã, antes que fosse amanhecesse, em uma grande cidade... uma cidade enorme, com casas muito escuras e todas esfumaçadas. Nada parecido com a cidade muito limpa de onde vim, e o Sr. Rochester me carregou no colo sobre uma prancha até a terra, e Sophie veio depois. Todos nós entramos em uma carruagem, que nos levou a uma casa grande e bonita, maior e mais elegante do que esta, chamada hotel. Ficamos lá quase uma semana. Eu e Sophie costumávamos andar todos os dias em um grande lugar verde e arborizado, o Parque, e havia muitas crianças lá além de mim, e um lago com belos pássaros nele, que alimentei com migalhas.

— Você consegue entendê-la quando ela fala tão rápido? — perguntou a Sra. Fairfax.

Eu a entendia muito bem, pois estava acostumada à língua rápida de Madame Pierrot.

— Eu gostaria — continuou a boa senhora — que perguntasse a ela uma ou duas coisas sobre seus pais. Será que ela se lembra deles?

— Adele — comecei — com quem você morava quando estava naquela cidade bem limpa de que você falou?

— Morei há muito tempo com mamãe, mas ela foi encontrar a Virgem Santa. Mamãe costumava me ensinar a dançar e cantar, e a dizer versos. Muitos cavalheiros e damas iam ver mamãe, e costumávamos dançar diante deles, ou sentar em seus joelhos e cantar para eles, gostava muito. Posso cantar para você agora?

Ela havia terminado o café da manhã, então permiti que desse uma amostra de seu talento. Desceu da cadeira, veio e se colocou no meu joelho. Então, dobrou as mãozinhas recatadamente diante de si, sacudiu os cachos para trás, ergueu os olhos para o teto e começou a cantar uma música de alguma ópera. Era sobre uma senhora abandonada, que, depois de lamentar a perda de seu amante, chama o orgulho para ajudá-la. Deseja que seu assistente a enfeite com as joias mais brilhantes e as vestes mais caras, e resolve encontrar o falso amante em um baile naquela noite e provar a ele, pelo seu comportamento alegre, o quão pouco seu abandono a afetou.

O tema parecia estranho para ser escolhido para uma criança cantar, mas suponho que o propósito da apresentação seja ouvir notas de amor e ciúme sendo cantadas por uma voz infantil. O que me pareceu de muito mau gosto.

Adele cantou a canção de forma afinada e com a ingenuidade de sua idade. Em seguida, saltou do meu colo e disse:

— Agora, Mademoiselle, vou recitar algumas poesias.

Fez uma pose e começou:

— *La Ligue des Rats; fable de La Fontaine.*[7] Então declamou o pequeno poema com atenção à pontuação e ênfase, com uma flexibilidade de voz e uma adequação gestual muito incomuns para sua idade, o que provava que tinha sido cuidadosamente treinada.

— Foi sua mãe quem lhe ensinou essa peça? — questionei.

— Foi, e ela costumava dizer: *"Qu' avez vous donc? lui dit un de ces rats; parlez!"*[8] Ela me fazia levantar a mão... assim... para me lembrar de levantar a voz com a pergunta.

— Agora, devo dançar para você?

— Não, está bom. Depois que sua mãe foi encontrar a Virgem Santa, como você diz, com quem você morou?

— Com Madame Frederic e seu marido. Ela cuidava de mim, mas não é minha parente. Acho que é pobre, pois não tinha uma casa tão boa quanto a de mamãe. Não fiquei muito tempo lá. O Sr. Rochester me perguntou se eu gostaria de ir morar com ele na Inglaterra e eu disse que sim, pois conheci o Sr. Rochester antes de conhecer Madame Frederic, e ele sempre foi gentil comigo e me deu lindos vestidos e brinquedos. Mas, veja, ele não manteve sua palavra, pois me trouxe para a Inglaterra e agora ele próprio voltou, nunca o vejo.

Depois do café da manhã, Adele e eu nos retiramos para a biblioteca, sala que o Sr. Rochester havia ordenado que deveria ser usada como sala de aula, aparentemente. A maioria dos livros estava trancada atrás de portas de vidro; mas havia uma estante de livros aberta contendo todo o necessário para o ensino básico e vários volumes de literatura leve, poesia, biografia, viagens, alguns romances, etc. Suponho que pensou que era tudo que a governanta precisaria para suas leituras privadas, e,

---

7   Em francês: "A liga dos ratos: uma fábula de La Fontaine."
8   Em francês: "O que é que você tem? Disse um dos ratos. Fale!"

de fato, me satisfez amplamente no momento. Em comparação com os escassos livros que eu era capaz de encontrar de vez em quando em Lowood, eles pareciam oferecer uma enorme variedade de entretenimento e informação. Nessa sala havia também um piano, bastante novo e de ótima qualidade; assim como um cavalete para pintura e um par de globos.

Achei minha aluna dócil o bastante, embora pouco inclinada à aplicação. Não estava acostumada à ocupação regular de qualquer tipo. Achei que seria imprudente confiná-la demais inicialmente; então, depois de falar por um bom tempo e me assegurar de que havia aprendido um pouco, já perto do meio-dia, permitia que ela voltasse para a ama. Eu então me ocupava até a hora do jantar, desenhando alguns pequenos esboços para as aulas.

Enquanto estava subindo para buscar meu portfólio e o lápis, a Sra. Fairfax me chamou:

— Acabaram as aulas da manhã, suponho — disse ela.

Ela estava em uma sala com as portas dobráveis. Entrei quando falou comigo. Era um cômodo grande e imponente, com cadeiras e cortinas roxas, um tapete turco, paredes com painéis de nogueira, uma vasta janela e um teto alto, modelado refinadamente. A Sra. Fairfax estava espanando alguns vasos de porcelana roxa, que ficavam em um aparador.

— Que sala linda! — exclamei, enquanto olhava em volta, pois nunca antes tinha visto nada tão imponente.

— Sim, esta é a sala de jantar. Acabei de abrir a janela para deixar entrar um pouco de ar e luz do sol, porque tudo fica úmido em cômodos que raramente são usados. A sala de estar, ali ao lado, parece um túmulo.

Ela apontou para um amplo arco em frente à janela, com uma cortina púrpura, agora enrolada. Passei por dois largos degraus e olhei para dentro e pensei ter tido um vislumbre de um lugar encantado, tão extraordinária aquela visão parecia ser aos meus olhos juvenis. No entanto, era apenas uma sala de estar muito bonita, e dentro dela um *boudoir*, ambos com tapetes brancos que pareciam ter flores brilhantes e tetos com molduras que se assemelhavam à neve, formando uvas e folhas de videira brancas. Sob elas, em contraste, brilhavam intensamente sofás e pufes vermelhos, enquanto sobre a lareira, havia ornamentos de brilhantes cristais da Boêmia vermelho-rubi, e entre as janelas grandes espelhos refletiam a mistura geral de neve e fogo.

— Como mantém esses cômodos bem cuidados, Sra. Fairfax! — disse eu. — Sem poeira, nem capas cobrindo os móveis. Se não fosse pelo ar frio, diria que são frequentados todos os dias!

— Ora, Srta. Eyre, embora as visitas do Sr. Rochester sejam raras, são sempre repentinas e inesperadas. Já reparei que ele não gosta de ver tudo coberto, nem de ver uma correria para arrumar as coisas pela sua chegada, então deixo tudo em ordem.

— O Sr. Rochester é um tipo de homem exigente e meticuloso?

— Não exatamente, mas tem gostos e hábitos de um cavalheiro e espera que as coisas sejam organizadas de acordo com isso.

— A senhora gosta dele? Geralmente, as pessoas gostam dele?

— Ah, sim! A família sempre foi respeitada aqui. Quase todas as terras neste bairro, até onde a vista alcança, pertencem aos Rochester há muitos anos.

— Bem, mas, deixando as terras de lado, a senhora gosta dele? É estimado por quem ele é?

— Não tenho motivo para fazer outra coisa senão gostar dele. Acredito que seus inquilinos o considerem um senhorio justo e generoso, mas nunca viveu muito entre eles.

— Mas ele não tem peculiaridades? Como, em suma, é o seu caráter?

— Ah! Seu caráter é incontestável, creio. É um tanto peculiar, talvez. Viajou e viu uma grande parte do mundo, acredito. Atrevo-me a dizer que é inteligente, mas nunca conversei muito com ele.

— De que maneira ele é peculiar?

— Não sei... não é fácil de descrever... nada espantoso, mas dá para sentir quando falamos com ele. É difícil saber com certeza se ele está brincando ou falando sério, se está satisfeito ou o contrário. Em resumo, não dá para entendê--lo completamente... pelo menos eu não consigo. Mas não importa, ele é um patrão muito bom.

Isso foi tudo que a Sra. Fairfax falou sobre nosso empregador. Há pessoas que parecem não saber julgar um caráter, ou observar e descrever pontos importantes, tanto das pessoas como das coisas. A boa senhora evidentemente pertencia a essa classe. Minhas perguntas a confundiram, mas não provocavam nada. O Sr. Rochester, aos seus olhos, era o Sr. Rochester... um cavalheiro, proprietário de terras, nada mais. Não indagava ou investigava nada além disso, e claramente estranhou meu interesse em ter uma ideia mais definida de sua identidade.

Quando saímos da sala de jantar, propôs mostrar-me o resto da casa, e eu a segui escada acima e escada abaixo, completamente admirada, pois tudo estava bem arrumado e bonito. Os quartos da frente eram especialmente grandes, alguns do terceiro andar tinham um ar interessante de antiguidade, embora fossem escuros e pequenos. À medida que a moda mudava, os móveis que outrora foram dos quartos inferiores eram levados para lá. A iluminação fraca que entrava através das janelas estreitas mostrava camas de cem anos de idade, baús em carvalho ou nogueira, parecendo, com seus estranhos entalhes de ramos de palmeiras e cabeças de querubins, tipos de arcas hebraicas. Fileiras de veneráveis cadeiras, de espaldar alto e estreito, banquinhos ainda mais antiquados, cujas almofadas tinham vestígios meio apagados de bordados, feitos por mãos que já eram pó há duas gerações. Todas essas relíquias deixavam o terceiro andar de Thornfield Hall com o aspecto de uma casa do passado... um santuário de memória. Durante o dia eu gostava do silêncio, da escuridão, e da singularidade presente ali. Mas, de forma alguma desejava passar uma noite dormindo em uma daquelas camas largas e pesadas. Algumas delas fechadas por portas de carvalho, outras abrigadas por cortinas inglesas antigas, cobertas por grossos desenhos retratando efígies de flores estranhas e pássaros estranhos e seres humanos mais estranhos ainda... tudo o que teria parecido estranho, de fato, sob o pálido brilho do luar.

— Os criados dormem nesses quartos? — indaguei.

— Não. Ficam em alguns quartos menores nos fundos. Ninguém dorme aqui. Diria que se houvesse um fantasma em Thornfield Hall, este seria o seu esconderijo.

— Também acho. Nada de fantasma, então?

— Nenhum que eu já tenha ouvido falar — respondeu a Sra. Fairfax, sorrindo.

— Nem sequer a tradição de um? Sem lendas ou histórias de fantasmas?

—Acredito que não. E dizem que os Rochesters eram mais violentos que calmos no passado. Talvez esse seja o motivo pelo qual agora eles descansam tranquilamente em suas sepulturas.

— Sim... "depois da febre intermitente da vida, eles dormem bem"[9] — murmurei.

— Aonde vai agora, Sra. Fairfax? — falei, pois ela se afastava.

— Vou até o terraço. Quer ver a vista?

Eu a segui, subindo uma escada muito estreita para o sótão, e daí passamos através de um alçapão e fomos em direção ao telhado. Agora estava no mesmo nível dos ninhos de corvos. Inclinando-me sobre as ameias e olhando bem para baixo, observei os terrenos como num mapa. O gramado claro e aveludado circundando a base cinza da mansão; o campo, grande como um parque, cheio de árvores antigas; o bosque, pardo e seco, atravessado por um caminho visivelmente coberto de vegetação, mais verde com musgo do que as árvores com a folhagem; a igreja nos portões, a estrada, as montanhas tranquilas, todas repousando ao sol do dia de outono; o horizonte marcado por um céu azul, com partes de um branco pérola. Nenhuma característica da cena era extraordinária, mas o conjunto era agradável. Quando saímos e passamos pelo alçapão, eu mal conseguia ver a escada; o sótão parecia preto como um túmulo em comparação com aquele arco de ar azul e com aquela cena do bosque iluminado pelo sol, com o pasto e a montanha verdes do qual a mansão era o centro, e que eu observava com deleite.

A Sra. Fairfax ficou para trás um momento para fechar o alçapão. Encontrei, tateando, a saída e comecei a descer a estreita escada estreita. Entrei pelo longo corredor que separava os quartos da frente e dos fundos do terceiro andar. O corredor era estreito, baixo e escuro, com apenas uma pequena janela do outro lado e duas filas de pequenas portas pretas todas fechadas, parecendo algum corredor do castelo do Barba-Azul.

Enquanto eu caminhava suavemente, o último som que esperava ouvir em um lugar tão quieto atingiu meus ouvidos: uma risada. Era um riso curioso... distinto, forçado, sem alegria. Eu parei, o som parou. Mas apenas por um instante. Começou de novo, mais alto. Pois, a princípio, embora distinto, era muito baixo. Então se

---

9 Citação de Shakespeare, em Macbeth.

transformou em um estrondo, que parecia ecoar em cada quarto vazio, embora saísse apenas de um, e podia apontar de onde vinha.

— Sra. Fairfax! — gritei, pois a ouvia descer as grandes escadas. — A senhora ouviu aquela risada alta? Quem é?

— Alguma das criadas, muito provavelmente — respondeu ela. — Talvez a Grace Poole.

— A senhora ouviu? — perguntei novamente.

— Ouvi, claramente. Já ouvi muitas vezes. Ela costura em um destes quartos. Às vezes a Leah está com ela, costumam fazer muito barulho quando estão juntas.

A risada foi repetida em seu tom baixo e silábico e terminou em um murmúrio estranho.

— Grace! — exclamou a Sra. Fairfax.

Eu realmente não esperava que nenhuma Grace respondesse, pois foi uma risada mais trágica e sobrenatural do que qualquer outra que já tinha ouvido. E, se não fosse meio-dia e o fato de que nenhuma circunstância fantasmagórica acompanhou a bizarra risada, e se o cenário da estação não espantasse o medo, eu teria ficado supersticiosamente apavorada. No entanto, a situação me mostrou que eu era uma tola por me surpreender.

A porta mais próxima de mim se abriu e uma criada surgiu, uma mulher entre trinta e quarenta anos, figura baixa e quadrada, ruiva e com um rosto duro e simples. Qualquer aparição menos romântica ou menos fantasmagórica dificilmente poderia ter acontecido.

— Que barulheira, Grace — disse a Sra. Fairfax. — Lembre-se das instruções! Grace fez uma reverência em silêncio e entrou.

— É quem temos para costurar e ajudar a Leah com o trabalho doméstico — continuou a viúva. — Não faz tudo absolutamente correto, mas faz bem o bastante. A propósito, como foi com sua nova aluna essa manhã?

A conversa, assim voltada para Adele, continuou até chegarmos à parte alegre e iluminada do andar de baixo. Adele veio correndo nos encontrar, exclamando:

— Mesdames, vous etes servies! — e continuou: — J'ai bien faim, moi![10]
Encontramos o almoço pronto e esperando por nós na sala da Sra. Fairfax.

CAPÍTULO 12

A expectativa de uma carreira tranquila, que minha primeira e calma introdução à Thornfield Hall parecia prometer, não foi desfeita ao conhecer mais o lugar e seus moradores. A Sra. Fairfax acabou por ser o que parecia, uma mulher de temperamento plácido, natureza amável, de educação competente e inteligência média. Minha aluna era uma criança animada, que tinha sido mimada e indulgente

---

10 Em francês: "Senhoras, o almoço está servido. Estou com muita fome!".

e, portanto, às vezes era rebelde; mas como estava inteiramente entregue aos meus cuidados e nenhuma interferência, qualquer que fosse, frustrava meus planos de educá-la, ela logo deixou de lado os pequenos caprichos e se tornou obediente e dócil. Não tinha grandes talentos ou traços marcantes de caráter, nem sentimentos ou paladares diferentes que a fizessem ser uma criança acima do esperado; mas também não tinha qualquer deficiência ou vício que a colocassem abaixo disso. Progredia razoavelmente, desenvolveu por mim um afeto, embora talvez não fosse muito profundo. Sua tagarelice alegre e tentativas de agradar me inspiraram afeição o bastante para que ficássemos felizes com a companhia uma da outra.

Isso, certamente, será julgado como frieza por pessoas que nutrem doutrinas solenes sobre a natureza angelical das crianças e o dever dos responsáveis pela sua educação de serem a elas devotas. Mas não estou escrevendo para lisonjear egoísmos paternos, nem para ecoar ou sustentar farsas, estou apenas dizendo a verdade. Sentia uma consciente preocupação pelo bem-estar e progresso de Adele e gostava de sua pessoinha. Assim como era grata à Sra. Fairfax pela gentileza e pelo prazer de sua companhia, o que era reciprocado pela consideração que ela tinha por mim e a moderação de sua mente e caráter.

E, aqueles que quiserem, podem me julgar quando eu disser ainda mais. Quando disser que, vez ou outra, quando caminhava sozinha pelo terreno, quando descia até os portões e olhava para a estrada através deles; ou quando, enquanto Adele brincava com a babá e a Sra. Fairfax fazia geleias na cozinha, eu subia as três escadas, levantava o alçapão do sótão, chegava ao telhado e olhava as montanhas e os campos distantes... eu ansiava por um poder de visão que fosse além desse limite; que atingisse o mundo agitado, as cidades e regiões cheias de vida das quais eu tinha ouvido falar, mas nunca vira. Desejava mais experiência prática do que eu possuía, mais relacionamento com a minha espécie, mais conhecimento de diferentes caráteres, do que tinha ao meu alcance. Valorizava o que era bom na Sra. Fairfax, e o que era bom em Adele, mas acreditava na existência de outros e mais vívidos tipos de bondade, e o que eu acreditava, eu queria ver.

Quem me julgaria? Muitos, sem dúvida. E me chamariam de ingrata. A inquietação estava na minha natureza, não era capaz de impedi-la, às vezes me agitava até a dor. Então meu único alívio era andar ao longo do corredor do terceiro andar, de um lado ao outro, protegida pelo silêncio e a solidão, e permitir que os olhos da minha mente repousassem em quaisquer imagens que surgissem diante deles. E, certamente, eram muitas e radiantes. Deixava meu coração pesar pelo movimento exultante que, embora o enchesse de preocupações, o expandia de vida. E, o melhor de tudo, abrir meu ouvido interior para uma história que nunca acabava — que minha imaginação criava e narrava continuamente, inflamada por todos os elementos, vida, fogo e sentimentos que eu não tinha, mas desejava na minha existência real.

É inútil dizer que os seres humanos deveriam estar satisfeitos com a tranquilidade. Eles precisam de ação, e vão criá-la se não puderem encontrar.

Milhões são condenados a uma vida mais quieta do que a minha, e milhões estão se revoltando silenciosamente contra sua sorte. Ninguém sabe quantas rebeliões, além das políticas, fermentam as massas de pessoas no mundo. Supõe-se que as mulheres devem ser muito calmas, mas elas sentem exatamente como os homens; assim como eles, elas precisam de exercício para suas faculdades mentais e de um campo para seus esforços. Sofrem com uma restrição muito rígida, uma estagnação absoluta, exatamente como os homens sofreriam. E é tolice que seus semelhantes mais privilegiados digam que elas devem se limitar a fazer pudins e meias de tricô, tocar piano e bordar bolsas. É absurdo condená--las, ou rir delas, se procuram fazer mais ou aprender mais do que os costumes determinam necessário para seu sexo.

Quando estava sozinha, não raramente ouvia a risada de Grace Poole. O mesmo som, o mesmo ha! ha! baixo e lento que me arrepiou quando ouvi pela primeira vez. Ouvia, também, seus excêntricos murmúrios, mais estranhos do que sua risada. Havia dias em que ela ficava bastante silenciosa, mas em outros eu não conseguia explicar os sons que ela fazia. Às vezes eu a via. Ela saía do quarto com uma bacia, um prato, ou uma bandeja na mão, descia para a cozinha e voltava, geralmente (ah, leitor romântico, perdoe-me por dizer a pura verdade!) carregando uma caneca de cerveja. Sua aparência sempre diminuía a curiosidade despertada pelos barulhos estranhos que fazia. Tinha traços duros e feições duras e sóbrias, não tinha nada que atraísse interesse. Algumas vezes tentei atraí-la para uma conversa, mas parecia uma pessoa de poucas palavras, uma resposta monossilábica geralmente interrompia todos os meus esforços.

Os outros membros da casa, que eram John e sua esposa, Leah, a criada, e Sophie, a ama francesa, eram pessoas decentes, mas não eram muito notáveis. Eu costumava falar francês com Sophie, às vezes perguntava sobre seu país natal, mas ela não era de descrever ou contar histórias, geralmente dava respostas tão enfadonhas e confusas que pareciam ser calculadas para desestimular perguntas, em vez de encorajá-las.

Outubro, novembro e dezembro passaram. Em uma tarde de janeiro, a Sra. Fairfax implorou férias para Adele, porque ela estava resfriada. E como Adele apoiou o pedido com um ardor que me lembrou o quão preciosas as férias eram para mim na minha própria infância, concordei. Creio que me saí bem em mostrar flexibilidade nesse ponto. Esse foi um dia bom e calmo, embora fizesse muito frio. Eu estava cansada de sentar-me na biblioteca por toda uma longa manhã. A Sra. Fairfax tinha acabado de escrever uma carta que estava esperando para ser postada, então coloquei minha touca e capa e me ofereci para levá-la ao correio em Hay. A distância de pouco mais de três quilômetros até lá, daria uma boa caminhada numa tarde de inverno. Depois de ver Adele confortavelmente sentada em uma cadeirinha junto à lareira da sala da Sra. Fairfax, e de dar sua melhor boneca de cera (que eu geralmente mantinha envolta em papel prateado numa gaveta) para brincar e um livro de histórias para trocar de diversão, respondi com um beijo seu *Revenez bientot, ma bonne amie, ma chere Mlle Jeannette[11]*, e saí.

O chão estava firme, o ar parado e a estrada solitária. Andei rápido até me aquecer, e então caminhei lentamente para aproveitar e meditar sobre os tipos de prazer que o momento e a situação me ofereciam. Eram três horas, o sino da igreja tocou enquanto eu passava sob o campanário. O encanto da hora estava no crepúsculo que se aproximava, no sol forte que descia. Eu estava a pouco mais de um quilômetro de Thornfield, em uma estrada conhecida pelas rosas selvagens no verão e pelas nozes e amoras silvestres no outono. Mesmo agora possuía alguns bonitos espinheiros, cujo maior deleite no inverno era residir numa total solidão e nas árvores sem folhas. Se uma lufada de ar passasse, não faria nenhum som aqui. Não havia um azevinho, nem uma sempre-viva para farfalhar, e os arbustos de espinheiro e avelã despojados estavam tão imóveis quanto as pedras brancas e gastas que formavam a estrada. Em toda parte, de cada lado, havia apenas campos, onde nenhum gado pastava. Os pássaros marrons, que se mexiam ocasionalmente na cerca viva, pareciam folhas castanho-avermelhadas que se esqueceram de cair.

A estrada subia montanha acima até Hay, quando cheguei na metade, sentei-me em uma escada que levava a um campo. Enrolando-me mais no meu manto e protegendo as mãos no casaco, não sentia frio, embora ele estivesse intenso... como mostrava a camada de gelo cobrindo o caminho, onde um pequeno riacho, agora congelado, havia transbordado após um degelo rápido há alguns dias. De onde estava, eu poderia ver Thornfield. A casa cinza com as ameias era a vista principal no vale abaixo de mim. Seus bosques e os escuros corvos erguiam-se a oeste. Fiquei ali até que o sol se pôs entre as árvores, e sumiu em tons de vermelho e branco atrás delas. Então virei para o leste.

No topo da colina acima de mim estava a lua nascente, ainda pálida como uma nuvem, embora brilhasse forte de vez em quando. Voltava-se para Hay, que, meio perdida nas árvores, soltava uma fumaça azul de suas poucas chaminés. Ainda estava a um quilômetro e meio de distância, mas no silêncio absoluto eu era capaz de ouvir claramente seus finos murmúrios de vida. Meu ouvido também percebia o fluxo das correntes, mas eu não saberia dizer em que vales e profundezas estava. Havia muitas colinas além de Hay, e sem dúvida, muita água passava por ali. Aquela noite calma revelava o tilintar dos riachos mais próximos.

Um barulho forte, distante, mas ao mesmo tempo bem claro, irrompeu sobre esses murmúrios e sussurros. Um som metálico, que abafou o som do riacho. Como numa tela a sólida imagem de um penhasco, ou os troncos ásperos de um grande carvalho, pintados no primeiro plano em uma cor escura, apagavam a distância da montanha azulada, um horizonte ensolarado e nuvens mescladas, onde os tons se misturam.

O barulho vinha da estrada, um cavalo estava se aproximando. As curvas ainda o escondiam, mas ele se aproximava. Eu estava saindo, mas como o caminho

---

11 Em francês: "Volte logo, minha boa amiga, minha querida Srta. Jane".

era estreito, sentei-me quieta para deixá-lo passar. Naquela época eu era jovem e todos os tipos de fantasias, boas e más, ocupavam minha mente. As memórias de muitas histórias infantis estavam lá, entre outras tolices, e quando elas surgiam, a juventude adicionava um vigor e vivacidade muito além do que a infância poderia oferecer. À medida que o cavalo se aproximava e eu o observava aparecer no crepúsculo, lembrei-me de alguns dos contos de Bessie, em que um espírito do norte da Inglaterra chamado Gytrash assombrava as estradas em forma de cavalo, mula ou de um cachorro grande, e que às vezes atacava os viajantes retardatários, da mesma forma que o cavalo agora vinha na minha direção.

Estava muito perto, mas ainda não estava à vista. Então, além do barulho que fazia, ouvi um barulho sob a cerca viva e um cachorro enorme surgiu, era preto e branco e isso contrastava com as árvores. Tinha exatamente uma das formas Gytrash de Bessie, era uma criatura parecida com um leão, com os pelos longos e a cabeça enorme. Mas passou por mim muito tranquilamente, não me encarou com seus pretos olhos caninos, como eu meio que esperava que fizesse. Em seguida vi o cavalo, um corcel alto, montado por um cavalheiro. O homem, o ser humano, quebrou o feitiço de uma vez. Nada montava Gytrash, ele estava sempre sozinho. E duendes, pelo que eu sabia, embora pudessem ocupar carcaças dos animais, dificilmente poderiam cobiçar a forma simplória de um homem. Não havia nada de Gytrash, era apenas um viajante pegando um atalho para Millcote. Ele passou e eu continuei meu caminho. Dei poucos passos e parei, pois o som de um escorregão, a exclamação "O que diabos faço agora?" e uma queda barulhenta, prenderam minha atenção. O homem e o cavalo tinham caído. Escorregaram na camada de gelo que cobria o caminho. O cachorro voltou pulando e ao ver seu dono em apuros e o cavalo gemendo, começou a latir até que a noite e as colinas ecoassem o som, que era alto, proporcional ao seu tamanho.

Farejou em volta do grupo prostrado, e então correu até mim. Era tudo que podia fazer, não havia outra pessoa a quem pedir ajuda. Obedeci e fui até o viajante, que lutava para livrar-se do corcel. Seus esforços eram tão vigorosos que não acreditava que pudesse estar muito machucado, ainda assim, perguntei:

— Está ferido, senhor?

Acho que estava xingando, mas não tenho certeza. No entanto, dizia algo que o impedia de responder à minha pergunta diretamente.

— Posso fazer algo para ajudar? — perguntei novamente.

— Basta apenas ficar longe — respondeu ele, enquanto se levantava, primeiro sobre os joelhos e depois de pé.

Fiz o que ele pedira. Então começou um processo de puxões e barulhos, acompanhado por latidos e uivos que fizeram dar alguns passos para trás, mas eu não sairia sem ver o que iria acontecer. Finalmente conseguiu. O cavalo se recompôs e o cão foi silenciado com um "Quieto, Pilot." O viajante, curvando-se, apalpou o pé e a perna, como se tentasse ver se estavam bem.

Aparentemente algo o afligia, pois parou na escada onde eu havia acabado de sair, e sentou-se.

Eu queria ser útil, ou pelo menos prestativa, pois voltei para perto dele.

— Se o senhor estiver ferido e precisar de ajuda, posso buscar alguém de Thornfield Hall ou de Hay.

— Obrigado. Consigo resolver sozinho. Não quebrei nada, apenas torci.

E novamente levantou e testou o pé, mas a tentativa resultou em um "Ai!" involuntário.

Um pouco da luz do dia ainda estava presente e a luz estava brilhante, de modo que eu podia vê-lo claramente. Estava envolto em uma capa de montaria, com gola de pele e presilhas de metal. Os detalhes não eram aparentes, mas consegui ver de modo geral a altura média e a largura considerável do peito. Tinha um rosto escuro, com traços severos e o rosto fechado. Os olhos e sobrancelhas franzidos pareciam irados e frustrados. Já tinha passado da juventude, mas não havia chegado à meia-idade. Talvez tivesse trinta e cinco anos. Eu não sentia medo dele, mas um pouco de timidez. Se fosse um cavalheiro bonito e jovem, eu não teria coragem de questioná-lo contra a sua vontade, nem teria oferecido auxílio sem que ele fosse solicitado. Quase nunca tinha visto um jovem bonito, e nunca na vida falara com um. Venerava e reverenciava a beleza, a elegância, a bravura e o fascínio, mas se encontrasse essas qualidades em uma figura masculina, sabia, instintivamente, que não sentia nem poderia ter simpatia por alguém como eu. Teria evitado essa figura como fogo, relâmpago ou qualquer outra coisa que fosse brilhante, mas hostil.

Se até mesmo esse estranho tivesse sorrido e sido gentil comigo quando me dirigi a ele, se tivesse dispensado a minha ajuda com educação e tivesse agradecido, eu teria seguido meu caminho sem fazer mais nenhuma pergunta. Mas a carranca e a aspereza do viajante me deixaram à vontade. Persisti quando ele me mandou ir embora com um aceno, e anunciei:

— Senhor, não vou deixá-lo, tão tarde, em uma estrada vazia, até ter certeza de que consegue montar seu cavalo.

Ele olhou para mim quando falei isso, mas tinha virado os olhos na minha direção antes.

— Creio que a senhorita deveria estar em casa essa hora — disse ele — se é que mora por aqui. De onde está vindo?

— Moro logo abaixo. E não tenho medo de sair tarde quando há lua. Irei a Hay para o senhor com prazer, se o senhor quiser. Na verdade, vou até lá postar uma carta no correio.

— Mora logo abaixo. Quer dizer naquela casa com ameias? — indagou, apontando para Thornfield Hall, na qual a luz da lua brilhava, mostrando-a distinta e pálida no bosque, que em contraste com o céu, agora parecia uma massa de sombra.

— Sim, senhor.

— De quem é a casa?

— Do Sr. Rochester.

— A senhorita conhece o Sr. Rochester?

— Não, nunca o vi.

— Então ele não mora lá?

— Não.

— Pode me dizer onde ele está?

— Não sei.

— A senhorita não é uma criada, é claro. É... — parou, passou os olhos pelo meu vestido que, como sempre, era simples. Uma capa modesta de lã preta e um chapéu preto de castor. Nenhum deles bom o bastante para a criada de uma dama. Parecia confuso tentando descobrir o que eu era. Eu o ajudei.

— Sou a governanta.

— Ah! A governanta! — ele repetiu. — Diabos me levem, tinha me esquecido! A governanta! — E de novo minha roupa passou por um escrutínio.

Em dois minutos ele se levantou, o rosto demonstrando sofrimento ao tentar se mover.

— Não posso pedir que busque ajuda — disse ele — mas, você mesma pode me ajudar, se fizer a gentileza.

— Sim, senhor.

— A senhorita não tem um guarda-chuva que eu possa usar como bengala?

— Não.

— Tente segurar o freio do meu cavalo e trazê-lo até a mim. Não tem medo?

Eu teria medo de tocar um cavalo se estivesse sozinha, mas quando ele pediu que eu fizesse isso, estava disposta a obedeçer. Coloquei o casaco sobre a escada e fui até o cavalo. Tentei pegar o freio, mas ele estava agitado e não me deixou chegar perto de sua cabeça. Tentei diversas vezes, todas em vão. Estava com um medo mortal de suas patas da frente. O viajante esperou, observou com algum tempo, até que finalmente riu.

— Entendo. Já que a montanha não vai a Maomé, tudo que a senhorita pode fazer é ajudar Maomé a ir até a montanha. Devo pedir que venha até aqui — disse ele.

Fui.

— Desculpe-me — continuou. — A necessidade me obriga a usar você.

Então colocou uma mão pesada no meu ombro, apoiou-se em mim com algum esforço e mancou até o cavalo. Depois de pegar o freio, dominou o animal e saltou para a sela, fazendo uma careta enquanto se esforçava, pois mexia o membro torcido.

— Agora — disse ele, liberando o lábio inferior de uma mordida forte — me entregue o chicote, está sob a sebe.

Fui procurá-lo, e levei até ele.

— Obrigado. Agora apresse-se com essa carta para Hay, e volte o mais rápido que puder.

O toque de um calcanhar esporado fez com que o cavalo se assustasse e recuasse, e então partiu. O cachorro correu atrás e os três desapareceram.

"Como a urze que, no agreste, o vento selvagem dispersa".

Jane Eyre

Peguei meu casaco e continuei andando. Para mim, o incidente aconteceu e passou. Foi um incidente, sem romance ou interesse em certo sentido. Ainda assim, marcou uma única hora de uma vida monótona. Minha ajuda fora necessária e pedida, e eu a dera. Estava satisfeita por ter feito algo, embora o acontecido tenha sido trivial e transitório, ainda tinha sido uma coisa ativa, e eu estava cansada de uma existência marcada pela passividade. O novo rosto era como uma nova imagem na galeria da memória. Era diferente de todos os outros pendurados lá, primeiro porque era masculino, segundo porque era escuro, forte e severo. Ainda o via na minha mente quando cheguei em Hay e coloquei a carta no correio. Ainda o via enquanto descia rapidamente a colina até em casa. Quando cheguei à porta, parei por um minuto, olhei ao redor e escutei, pensando que talvez cascos de cavalo soassem na ponte novamente, e que eu veria mais uma vez um cavaleiro em uma capa e um cão parecido com Gytrash. Vi apenas a sebe e um salgueiro à minha frente, elevando-se tranquilo ao encontro da luz. Ouvi apenas uma lufada de vento soprando intermitente entre as árvores ao redor de Thornfield, a pouco mais de um quilômetro de distância. Quando olhei na direção do murmúrio, meus olhos percorreram a casa e viram uma luz em uma das janelas. Isso me lembrou de que estava atrasada e me apressei.

Não gostei de voltar a Thornfield. Passar pelos seus limites era voltar à estagnação. Cruzar o corredor silencioso, subir a escada escura, entrar no meu quartinho solitário, e então encontrar a tranquila Sra. Fairfax e passar a longa noite de inverno com ela, e apenas ela, seria o fim da leve excitação despertada pela minha caminhada... seria como escorregar novamente todos os meus sentidos nos grilhões invisíveis de uma tediosa existência. Uma existência cujos próprios privilégios de segurança e facilidade eu estava me tornando incapaz de apreciar. Que bem me feria, naquela época, ter sido lançada nos desafios de uma vida difícil e incerta, e aprender, através de experiências duras e amargas, a ansiar pela calma que eu agora lamentava! Sim, semelhante ao bem que uma longa caminhada faria a um homem cansado de ficar sentado em uma poltrona "confortável demais". Na minha situação, meu desejo de me mover era tão natural quanto o dele.

Demorei-me nos portões, demorei-me no gramado, andei de um lado para o outro na calçada. As venezianas da porta de vidro estavam fechadas, eu não conseguia ver o interior. Meus olhos e minha alma pareciam ser atraídos para longe da escuridão da casa — daquele grande vazio de células sombrias, era como me parecia —, e ir em direção ao céu que se expandia diante de mim, um mar azul intocado por nuvens, a lua subindo em um ritmo solene, como se quisesse deixar para trás as montanhas de onde surgira. São as pequenas coisas que nos trazem de volta à realidade. O relógio bateu no corredor, e aquilo bastou. Afastei-me da lua e das estrelas, abri uma porta lateral e entrei.

O corredor não estava escuro, nem iluminado, pela lâmpada de bronze pendurada no teto. Um brilho quente se espalhou tanto por ele quanto pelos degraus inferiores da escada de carvalho. Essa luz avermelhada vinha da grande sala de jantar, cujas portas duplas estavam abertas, mostrando um fogo na lareira, brilhando no mármore e nos atiçadores, e exibindo os tecidos púrpura e os móveis polidos da forma mais agradável possível. Mostrava também um grupo perto da lareira. Mal me dei conta de uma alegre mistura de vozes, entre as quais eu parecia distinguir a de Adele, quando a porta se fechou.

Corri para o quarto da Sra. Fairfax. Havia fogo também, mas sem vela e sem a Sra. Fairfax. Em vez disso, sozinho, sentado no tapete, e olhando com gravidade para a chama, vi um grande cachorro preto e branco de pelo comprido, muito parecido com o Gytrash da estrada. Era tão parecido que fui até ele e falei "Pilot", e a coisa se levantou, veio até mim e me farejou. Eu o acariciei, e ele abanou o rabo. Mas parecia uma criatura estranha para ficar sozinha, e eu não sabia de onde ele tinha vindo. Toquei a sineta, pois queria uma vela, e queria também uma explicação sobre aquele visitante. Leah entrou.

— Que cachorro é esse?

— Veio com o patrão.

— Com quem?

— Com o patrão. O Sr. Rochester... ele acabou de chegar.

— Chegou? E a Sra. Fairfax está com ele?

— Sim, e a Srta. Adele também. Estão na sala de jantar. John foi buscar um médico, pois o patrão sofreu um acidente. Seu cavalo caiu e ele torceu o tornozelo.

— O cavalo caiu na estrada de Hay?

— Sim, descendo a colina. Escorregou em um pouco de gelo.

— Ah! Traga-me uma vela, por favor, Leah?

Leah a trouxe. Entrou, seguida pela Sra. Fairfax, que repetiu a notícia, acrescentando que o médico, Sr. Carter, chegara, e estava com o Sr. Rochester. Então correu para fora para mandar prepararem o chá, e eu subi a escada para trocar de roupa.

CAPÍTULO 13

O Sr. Rochester foi cedo para a cama naquela noite, aparentemente, por ordens do médico. Também não se levantou cedo na manhã seguinte. Quando desceu, foi para tratar de negócios. Seu agente e alguns de seus inquilinos chegaram e esperavam para falar com ele.

Adele e eu precisamos desocupar a biblioteca, que seria utilizada diariamente para receber os visitantes. Uma lareira foi acesa em um quarto no andar de cima, levei os livros para lá e organizei nossa sala de aula. Durante a manhã percebi que Thornfield Hall era um lugar mudado. Não era mais silencioso como uma igreja, a cada uma ou duas horas ressoava uma batida na porta ou o toque de uma campainha. Passos, também, frequentemente atravessavam o corredor e novas vozes, em diferentes tons, soavam no andar de baixo. Um riacho vindo do mundo exterior atravessava a casa. Agora tinha um patrão. Eu preferia assim.

Não foi fácil ensinar Adele naquele dia, ela não conseguia se concentrar. Continuamente corria para a porta e olhava sobre o corrimão, tentando ver o Sr. Rochester. Então criava pretextos para descer as escadas, para, eu suspeitava, ir até a biblioteca, onde eu sabia que não a queriam. Depois, quando fiquei um pouco brava e a fiz sentar-se quieta, continuou a falar incessantemente de seu ami, *Monsieur Edouard Fairfax De Rochester*, como ela o chamava (eu ainda não ouvira seus prenomes), e a conjecturar que presentes receberia. Parece que na noite anterior ele havia insinuado que, quando sua bagagem chegasse de Millcote, haveria entre seus pertences uma caixinha que poderia interessá-la.

— *Et cela doit signifier* — disse ela — *qu'il y aura le dedans un cadeau pour moi, et peut-etre pour vous aussi, mademoiselle. Monsieur a parle de vous: il m'a demande le nom de ma gouvernante, et si elle n'etait pas une petite personne, assez mince et un peu pale. J'ai dit qu'oui: car c'est vrai, n'estce pas, mademoiselle?*[12]

Eu e minha aluna jantamos na sala da Sra. Fairfax, como de costume. A tarde estava agitada e com neve, e ficamos na sala de aula. No fim do dia permiti que Adele largasse os livros e os trabalhos e corresse escada abaixo, pois pelo silêncio e pelo cessar das companhias, supus que o Sr. Rochester estaria livre. Sozinha, fui até a janela, mas não era possível ver nada. O crepúsculo e os flocos de neve que caíam sem parar engrossaram o ar e ocultavam até os arbustos do gramado. Desci a cortina e voltei para perto da lareira.

Estava olhando as brasas e traçando uma paisagem, não muito diferente do quadro que me lembrava de ter visto do castelo de Heidelberg, no Reno, quando a Srta. Fairfax entrou, desfazendo o mosaico que estava montando e espantando alguns pensamentos ruins que começavam a invadir minha solidão.

— O Sr. Rochester gostaria que você e sua aluna tomassem chá com ele na sala de estar esta noite — disse ela. — Ele esteve tão ocupado o dia todo que não conseguiu pedir para ver a senhorita antes.

— A que horas é o chá? — perguntei.

— Às seis horas. Ele faz tudo cedo no campo. É melhor a senhorita trocar de vestido agora, vou com você para ajudá-la. Aqui está uma vela.

— É necessário trocar meu vestido?

— Sim, seria melhor. Sempre me visto para a noite, quando o Sr. Rochester está aqui.

Essa cerimônia adicional parecia um tanto formal. No entanto, fui para o meu quarto, e, com a ajuda da Sra. Fairfax, substituí meu simples vestido preto por um de seda preta. A melhor e única peça adicional que eu tinha, além de um cinza, que,

---

12 Em francês: "E isso deve significar que haverá um presente lá dentro para mim, e talvez para a senhorita também. Monsieur falou de você: perguntou-me o nome de minha governanta e se ela não era uma moça pequena, um tanto magra e um pouco pálida. Eu disse que sim: por que é verdade, não é, senhorita?"

de acordo com o que eu aprendera em Lowood, era fino demais para ser usado, a não ser ocasiões especiais.

— Ponha um broche — disse a Sra. Fairfax.

Eu tinha um único pequeno ornamento de pérola, presente de despedida dado pela Srta. Temple. Coloquei-o e descemos as escadas. Não acostumada a estranhos, foi uma grande provação aparecer assim formalmente convocada à presença do Sr. Rochester. Deixei que a Sra. Fairfax fosse na frente para a sala de jantar, e fiquei à sua sombra enquanto cruzávamos o cômodo. Passando o arco, cuja cortina estava descida, entramos na elegante sala.

Duas velas estavam acesas sobre a mesa, e duas outras estavam no consolo da lareira. Aquecendo-se à luz e ao calor de um super fogo, estava Pilot, com Adele sentada ao seu lado. O Sr. Rochester estava meio reclinado em um sofá com o pé apoiado na almofada. Olhava para Adele e o cachorro, o fogo brilhava com força em seu rosto. Reconheci meu viajante de grandes e negras sobrancelhas, testa quadrada, tornada ainda mais quadrada por uma mecha de cabelo preto. Reconheci o nariz decidido, mais notável pelo caráter do que pela beleza, as narinas abertas, denotando irritação. A boca, o queixo e mandíbula sombrios... sim, todos os três eram muito sombrios, sem dúvida. Agora sem manto, era possível perceber que a silhueta combinava com a fisionomia quadrada. Acho que tinha uma boa forma, no sentido atlético do termo. Peito largo e corpo torneado, embora não fosse alto ou gracioso. O Sr. Rochester deve ter percebido que eu e a Sra. Fairfax entramos, mas não parecia disposto a nos notar, pois não ergueu a cabeça quando nos aproximamos.

— Aqui está a Srta. Eyre, senhor — disse a Sra. Fairfax, em seu jeito tranquilo.

Ele fez uma pequena reverência, ainda sem tirar os olhos do cachorro e da criança.

— Deixe a Srta. Eyre sentar-se — disse ele. E havia algo em sua cortesia forçada, no tom formal, mas impaciente, que parecia dizer "Que diabos me importa se a Srta. Eyre está aí ou não? Neste momento não estou disposto a falar com ela."

Sentei-me bastante constrangida. Uma recepção de fina polidez provavelmente teria me confundido. Eu não poderia retribuir com a graça e elegância necessárias. Mas aquele grosseiro capricho não me obrigava a nada, pelo contrário, responder a isso com educação me dava a vantagem. Além disso, a excentricidade do processo era instigante, fiquei curiosa para saber como ele iria proceder.

Ele agiu como uma estátua o faria, ou seja, não falou nem mexeu-se. A Sra. Fairfax parecia achar necessário que alguém fosse amável, e começou a falar. Gentilmente, como de costume — e como sempre, bastante trivial — falou sobre a pressão dos negócios que sofrera o dia todo, sobre o aborrecimento que deve ter sido a torção dolorosa, então elogiou sua paciência e perseverança passando por tudo aquilo.

— Senhora, eu gostaria de um pouco de chá — foi a única réplica recebeu. Ela se apressou a tocar a sineta, e quando a bandeja chegou, começou a organizar as xícaras, colheres, etc., com muita rapidez. Eu e Adele fomos para a mesa, mas o patrão não deixou seu sofá.

Jane Eyre

— A senhorita pode entregar a xícara do Sr. Rochester? — pediu a Sra. Fairfax para mim. — Adele poderia derramar.

Fiz o que pediu. Quando ele pegou a xícara da minha mão, Adele, achando o momento propício para fazer um pedido em meu favor, exclamou:

— *N'est-ce pas, monsieur, qu'il y a un cadeau pour Mademoiselle Eyre dans votre petit coffre?*[13]

— Quem falou em presente? — disse ele, rispidamente. — Esperava um presente, Srta. Eyre? Gosta de presentes? — E procurou meu rosto com olhos que via que eram escuros, irados e penetrantes.

— Mal sei, senhor. Tenho pouca experiência com eles. Geralmente são considerados coisas agradáveis.

— Geralmente considerados? Mas o que você acha?

— Eu precisaria de um tempo, senhor, antes que eu pudesse dar uma resposta digna de sua aceitação. Um presente tem muitas faces, não é? E deve-se considerar tudo, antes de dar uma opinião quanto à sua natureza.

— Srta. Eyre, a senhorita não é tão sem sofisticação quanto Adele. Ela exige um *cadeau*, clamorosamente, no momento em que me vê. Você não é tão direta.

— Porque eu tenho menos confiança em meus méritos do que Adele. Ela tem a velha amizade como justificativa, e também o hábito, pois me contou que o senhor costuma dar brinquedos a ela. Mas se eu precisasse de uma justificativa, ficaria confusa, uma vez que sou uma estranha e não fiz nada para merecer um agradecimento.

— Ah, não seja modesta! Observei Adele e vi que a senhorita se esforçou muito. Ela não é brilhante, não tem talentos, mas em pouco tempo já fez muitas melhorias.

— Bem, o senhor acaba de me dar o meu presente. Agradeço muito. É o presente mais cobiçado pelos professores: o elogio pelo progresso dos alunos.

— Humph! — disse o Sr. Rochester, em seguida, tomou o chá em silêncio.

— Venham para junto da lareira — disse o patrão, quando a bandeja foi retirada. A Sra. Fairfax estava sentada em um canto com o tricô, Adele me levava pela mão ao redor da sala, mostrando-me os belos livros e ornamentos nos armários. Nós obedecemos, como devíamos fazer. Adele queria sentar no meu colo, mas mandaram que brincasse com Pilot.

— Está morando em minha casa há três meses?

— Sim, senhor.

— E é de...

— Da escola Lowood, senhor.

— Ah, uma instituição de caridade. Quanto tempo ficou lá?

— Oito anos.

— Oito anos! A senhorita deve ser muito resistente. Metade desse tempo em tal lugar seria capaz de acabar com qualquer um! Não é de admirar que tenha essa

---

13 Em francês: "Não há, senhor, um presente para a Srta. Eyre na sua mala?"

aparência de outro mundo. Fiquei pensando onde conseguira esse tipo de rosto. Quando veio na minha direção, em Hay, na noite passada, pensei em contos de fadas e estava quase perguntando se a senhorita enfeitiçou meu cavalo... ainda não estou certo de que não o fez. Quem são os seus pais?

— Não tenho nenhum.

— Nunca teve, suponho. Lembra-se deles?

— Não.

— Imaginei que não. Então estava esperando seu povo, sentada naquele escada?

— Quem, senhor?

— Pelos homenzinhos verdes. Era uma noite de lua cheia, bem adequada para eles. Será que atrapalhei uma de suas rondas, e por isso a senhorita espalhou aquele maldito gelo na estrada?

Balancei a cabeça.

— Os homenzinhos verdes saíram da Inglaterra há centenas de anos — falei, com a mesma seriedade que ele.— E nem mesmo em Hay, ou nos campos ao redor, o senhor encontrará algum traço deles. Creio que nenhum verão, colheita ou lua de inverno, jamais alegrarão suas festas.

A Sra. Fairfax havia largado o tricô e, com as sobrancelhas erguidas, parecia se perguntar que tipo de conversa era aquela.

— Bem — continuou o Sr. Rochester — se não tem pais, deve ter algum tipo de parentes. Tios e tias.

— Não, nenhum que eu conheça.

— E sua casa?

— Não tenho uma.

— Onde moram seus irmãos e irmãs?

— Não tenho irmãos nem irmãs.

— Quem a recomendou para trabalhar aqui?

— Coloquei um anúncio e a Sra. Fairfax respondeu.

— Foi — disse a boa senhora, que agora sabia pelo menos em que terreno pisava. — E todos os dias agradeço à Providência que me levou a fazer. A Srta. Eyre tem sido uma companhia inestimável para mim e uma professora boa e atenciosa para Adele.

— Não se preocupe em defender seu caráter — retrucou o Sr. Rochester. — Elogios não vão me influenciar. Julgarei por mim mesmo. Ela começou derrubando meu cavalo.

— Senhor? — disse a Sra. Fairfax.

— Graças a ela tenho essa torção.

A Sra. Fairfax parecia espantada.

— Srta. Eyre, a senhorita já morou em uma cidade?

— Não, senhor.

— Conheceu muitas pessoas?

— Apenas as alunas e professoras de Lowood, e agora os moradores de Thornfield.

— Leu muito?

— Só os livros que apareceram no meu caminho. E não foram muitos, nem variados.

— Viveu uma vida de freira. Certamente conhece bem as coisas religiosas. Brocklehurst, que é quem acredito que dirija Lowood, é um pastor, não é?

— Sim, senhor.

— E vocês provavelmente o adoravam, como em um convento as religiosas adorariam o diretor.

— Ah, não!

— A senhorita é muito fria! Não! Como assim! Uma noviça não adorar seu pastor... parece blasfêmia.

— Eu não gostava do Sr. Brocklehurst, e não era a única. Ele é um homem severo, ao mesmo tempo pomposo e intrometido. Cortava nosso cabelo e, para economizar, comprava agulhas e linhas ruins, com as quais mal conseguíamos costurar.

— Uma economia péssima — observou a Sra. Fairfax, que voltara a acompanhar a conversa.

— E era por isso que não gostavam dele? — indagou o Sr. Rochester.

— Ele nos deixava passar fome, quando era o único superintendente de Lowood, antes que o comitê fosse aprovado. Nos entediava com longos sermões uma vez por semana e com leituras noturnas de sua autoria, sobre mortes súbitas e julgamentos, que nos deixava com medo até de dormir.

— Quantos anos tinha quando foi para Lowood?

— Cerca de dez.

— E ficou lá por oito anos. Então agora tem dezoito?

Consenti.

— A aritmética, você vê, é útil. Sem ela eu dificilmente acertaria sua idade. É difícil determinar a idade de uma pessoa, quando ela tem o semblante e os traços tão inexpressivos como os seus. O que aprendeu em Lowood? Sabe tocar piano?

— Um pouco.

— Claro, essa é a resposta comum. Vá para a biblioteca, quero dizer, por favor. Peço desculpas pelo meu tom de comando. Costumo dizer "faça isso", e está feito. Não posso alterar meus hábitos por uma nova hóspede. Vá então, para a biblioteca, leve uma vela, deixe a porta aberta, sente-se ao piano e toque uma música.

Saí, obedecendo suas instruções.

— Basta! — gritou, em alguns minutos. — A senhorita toca *um pouco*, entendi. Como qualquer outra estudante inglesa. Talvez até melhor que algumas, mas não toca bem.

Fechei o piano e voltei. O Sr. Rochester continuou:

— Adele me mostrou alguns desenhos esta manhã, disse que eram seus. Não sei se foram inteiramente feitos por você. Provavelmente um professor a ajudou?

— Na verdade, não — interrompi.

— Ah, feri seu orgulho. Bem, traga-me seu portfólio, se forem mesmo originais. Mas não dê a sua palavra se não tiver certeza, sei reconhecer uma cópia.

— Então não direi nada, e o senhor julgará por si mesmo.

Trouxe o portfólio da biblioteca.

— Aproxime a mesa.

Empurrei a mesa para perto de seu sofá. Adele e a Sra. Fairfax se aproximaram para ver os desenhos.

— Não se amontoem! — disse o Sr. Rochester. — Peguem os desenhos da minha mão, quando eu acabar de vê-los. Mas não fiquem grudadas em mim.

Ele examinou deliberadamente cada desenho e pintura. Separou três. Tirou as outras de perto quando acabou de vê-las.

— Leve-os para a outra mesa, Sra. Fairfax, e olhe-os com Adele. Você (olhando para mim) sente-se e responda às minhas perguntas. Vejo que essas pinturas foram feitas pela mesma mão. Essa mão foi a sua?

— Foi.

— E quando encontrou tempo para fazê-los? Exigiram muito tempo e alguma reflexão.

— Eu os fiz nas últimas férias que passei em Lowood, quando não tinha outra ocupação.

— E onde conseguiu os modelos?

— Na minha cabeça.

— Essa cabeça que vejo agora em seus ombros?

— Sim, senhor.

— Tem outras coisas parecidas aí dentro?

— Acho que sim. Ou melhor: espero que haja.

Ele espalhou as pinturas diante de si e novamente observou-as alternadamente.

Enquanto ele está ocupado, direi a você, leitor, o que elas eram. Em primeiro lugar, devo dizer que não eram nada demais. Os temas, de fato, surgiram vividamente na minha mente. Quando eu os via, com os olhos do espírito, antes de tentar passá-los para o papel, eram realmente impressionantes, mas minha mão não estava à altura da imaginação, e nesse caso produziu apenas um pálido retrato do que eu imaginara.

Eram aquarelas. A primeira, de nuvens baixas e lívidas, mesclando-se sobre um mar agitado. Todo o fundo estava escuro, assim como o primeiro plano, ou melhor, os vagalhões mais próximos, pois não havia terra. Um raio de luz mostrava um mastro meio submerso, onde pousava um corvo-marinho grande e escuro, com as asas respingadas de espuma. No bico estava um bracelete de ouro cravejado de pedras, que eu pintara com as cores mais brilhantes que minha paleta era capaz de produzir, e com o máximo de definição que meu pincel podia dar. Afundando na água verde, embaixo do pássaro e do mastro, havia um cadáver afogado. O único membro claramente visível era um braço branco, de onde o bracelete fora arrancado.

A segunda imagem continha em primeiro plano apenas o pico escuro de uma colina, com grama e algumas folhas inclinadas como se por uma brisa. Além e acima, espalhava-se um enorme céu azul, escuro como no crepúsculo. Erguendo-se em direção a ele, estava o busto de uma mulher, pintado com as tintas mais sombrias e suaves que eu poderia combinar. A testa pálida era coroada por uma estrela, era possível ver os traços do corpo como se através de uma névoa. Os olhos brilhavam, escuros e selvagens, o cabelo voava vagamente, como uma nuvem sem raios atravessada pela tempestade ou por uma descarga elétrica. No pescoço havia um suave reflexo do luar. O mesmo pálido reflexo tocava as nuvens, de onde saía e se curvava essa visão da Estrela Vespertina.

A terceira era a ponta de um iceberg perfurando um céu polar de inverno. A aurora boreal erguia suas luzes fracas e cerradas ao longo do horizonte. Tudo isso estava distante, no primeiro plano havia uma cabeça, uma cabeça colossal, apoiada na massa de gelo do iceberg. Duas mãos finas, unidas sobre a testa, apoiando-a, formavam um véu negro diante das feições inferiores. Um rosto completamente pálido, branco como osso, e olhos vazios e fixos, desprovidos de qualquer sentido, além do vidrado desespero, eram as únicas coisas possíveis de serem vistas. Sobre a testa, entre as dobras de um turbante de tecido negro, com a consistência e definição de uma nuvem, brilhava um anel de chama branco, cravejado de uma cor ainda mais pálida. Esse pálido crescente era como "a imagem de uma coroa real" e o que ele coroava era "a forma do que não tem forma".

— Estava feliz quando pintou esses quadros? — perguntou o Sr. Rochester.

— Estava concentrada, senhor. E sim, eu estava feliz. Pintá-los, resumidamente, foi desfrutar um dos maiores prazeres que já senti.

— Isso não quer dizer muito. Seus prazeres, pelo que falou, foram poucos. Mas ouso dizer que estava em um tipo de êxtase artístico enquanto misturava e criava essas cores estranhas. Gastava muito tempo do dia com elas?

— Como estávamos de férias, eu não tinha mais nada para fazer. Pintava da manhã até o meio-dia e do meio-dia até a meia-noite. A duração dos dias no verão favoreceu a minha concentração.

— E ficou satisfeita com o resultado desses ardentes esforços?

— Longe disso. Estava atormentada pela diferença entre a minha obra e a minha imaginação. Em cada caso, havia imaginado algo que eu não era capaz de colocar no papel.

— Não inteiramente. A senhorita conseguiu passar a sombra da sua ideia, mas não mais que isso. Não tem a habilidade técnica e artística para representar exatamente o que havia imaginado. Ainda assim, os desenhos são peculiares para uma colegial. Quanto aos pensamentos, são sobrenaturais. Esses olhos na Estrela Vespertina, a senhorita deve ter visto em um sonho. Como pode fazer com que pareçam tão claros, e ainda assim nada brilhantes? Pois o planeta acima suprime seus raios. E que significado escondem na profundidade solene? E quem ensinou você a pintar o vento? Há um forte vendaval no céu e no topo desta colina. Onde viu Latmos? Porque isso é Latmos. Aqui... guarde os desenhos!

Eu mal tinha amarrado as cordas do portfólio, quando, olhando para o relógio, ele disse abruptamente:

— São nove horas. O que está fazendo, Srta. Eyre, deixando Adele ficar acordada até assim tão tarde? Leve-a para a cama.

Adele foi beijá-lo antes de sair da sala. Ele suportou o gesto, mas pareceu gostar dele só um pouco mais do que Pilot teria gostado.

— Desejo-lhes boa noite — disse ele, fazendo um movimento em direção a porta, sinalizando que estava cansado da nossa companhia e queria que fôssemos. A Sra. Fairfax guardou o tricô, eu peguei o portfólio, fizemos uma pequena reverência para ele, recebemos um aceno frio em resposta, e então saímos.

— A senhora disse que o Sr. Rochester não era muito peculiar, Sra. Fairfax — observei, quando me juntei a ela em seu quarto, depois de colocar Adele na cama.

— Bem, e ele é?

— Eu acho que sim. É muito instável e grosso.

— Verdade. Sem dúvida pode parecer assim para um estranho, mas sou tão acostumada com seus modos que nem penso nisso. E se ele tem um temperamento peculiar, merece perdão.

— Por quê?

— Em parte porque é a natureza dele... e nenhum de nós pode ir contra a própria natureza. E em parte porque ele tem pensamentos dolorosos que o atormentam e fazem com que ele seja instável.

— A respeito de quê?

— Problemas familiares, para começar.

— Mas ele não tem família.

— Agora não, mas já teve. Ou pelo menos alguns parentes. Perdeu seu irmão mais velho há alguns anos.

— Irmão *mais velho*?

— Sim. O atual Sr. Rochester não está em posse da propriedade há muito tempo. Só há uns nove anos.

— Nove anos é um bom tempo. Gostava tanto assim do irmão para ainda estar inconsolável pela sua perda?

— Ora, não... talvez não. Acho que houve alguns desentendimentos entre eles. O Sr. Rowland Rochester não foi muito justo com o Sr. Edward, talvez tenha influenciado o pai contra ele. O velho senhor era muito apegado ao dinheiro e ansiava por manter a propriedade da família intocada. Não queria diminuir a propriedade dividindo-a, mas queria que o Sr. Edward também tivesse riqueza, para manter o nome da família. Logo que atingiu a maioridade, algumas medidas que não foram muito justas foram tomadas, e isso causou muitos danos. O velho Sr. Rochester e o Sr. Rowland combinaram de colocar o Sr. Edward no que para ele foi uma posição humilhante para fazer sua fortuna. Qual era a natureza exata dessa posição, eu nunca soube, mas seu espírito não tolerou bem o que sofreu com ela. Ele não é muito piedoso, rompeu com a família e por muitos anos viveu um tipo de vida errante.

Não acho que alguma vez tenha ficado em Thornfield Hall por mais de quinze dias, desde que a morte do irmão, que não deixou testamento, fez com que se tornasse o dono da propriedade. De fato, não me admira que evite essa velha casa.

— Por que deveria evitá-la?

— Talvez ache que é muito sombria.

A resposta foi evasiva, eu gostaria de algo mais claro, mas a Sra. Fairfax não podia, ou não queria, dar informações mais explícitas sobre a origem e natureza das provações do Sr. Rochester. Afirmava que eram um mistério até para ela e o que sabia não passava de conjecturas. Na verdade, estava claro que ela queria que eu deixasse o assunto de lado, o que eu concordei em fazer.

CAPÍTULO 14

Vi o Sr. Rochester muito pouco nos dias seguintes. Pela manhã ele ficava muito envolvido com os negócios, à tarde, senhores de Millcote e das vizinhanças vinham visitá-lo e às vezes ficavam para jantar. Quando a torção melhorou o bastante para permitir que montasse, cavalgava bastante, provavelmente para retribuir as visitas, porque voltava só tarde da noite.

Nesse período, mesmo Adele raramente era chamada. Todo meu contato com ele se limitava a um casual encontro no saguão, nas escadas, ou no corredor, quando às vezes passava por mim com um jeito frio e arrogante, reconhecendo minha presença com um distante aceno de cabeça ou um olhar frio, e às vezes se curvava e sorria com afabilidade cavalheiresca. Suas mudanças de humor não me ofendiam, porque logo vi que eu não tinha nada a ver com elas. O vem e vai delas dependia de causas inteiramente alheias a mim.

Certa noite, tinha companhia para jantar e mandou pedir meu portfólio, certamente para exibir as pinturas. Os convidados foram embora mais cedo, para participar de uma reunião pública em Millcote, segundo a Sra. Fairfax. Mas como a noite estava chuvosa e fria, o Sr. Rochester não os acompanhou. Logo depois que eles se foram, ele tocou a sineta e veio um recado dizendo que eu e Adele devíamos descer. Escovei o cabelo de Adele e arrumei-a. Como eu usava minha roupa usual, não havia nada para retocar, pois era tudo muito simples e discreto, inclusive as tranças, então descemos. Adele se perguntava se o *petit coffre* tinha finalmente chegado, pois devido a algum engano, sua chegada fora atrasada. Ficou satisfeita: lá estava, uma pequena caixa, sobre a mesa da sala de jantar. Parecia saber por instinto.

— *Ma boite! Ma boite!*[14] — exclamou, correndo para a mesa.

— Sim, aí está a sua *boite*, finalmente. Leve-a para um canto, sua filha genuína de Paris, e divirta-se abrindo-a — disse a voz profunda e sarcástica do Sr. Rochester, vinda das profundezas de uma imensa poltrona ao lado da lareira.

---

14 Em francês: "Minha caixa! Minha caixa!"

— E lembre-se — continuou ele — não me incomode com quaisquer detalhes do processo anatômico, ou qualquer aviso da condição das entranhas. Deixe que suas operações se conduzam em silêncio, *tiens-foi tranquile, enfant; comprends-tu?*[15]

Adele parecia quase não precisar do aviso, já tinha ido para um sofá com seu tesouro e estava ocupada desamarrando o cordão que prendia a tampa. Depois de remover esse empecilho e levantar algumas folhas de papel prateado, simplesmente exclamou:

— *Oh, ciel! Que c'est beau!*[16] — e então permaneceu absorvida em extática contemplação.

— A Srta. Eyre está aí? — agora exigia o patrão, meio levantando-se da poltrona para olhar para a porta, perto da qual eu ainda estava.

— Ah! Bem, venha para a frente. Sente-se aqui. — apontou para uma cadeira perto da sua. — Não gosto da tagarelice das crianças. Velho solteirão que sou, não tenho nenhuma memória agradável ligada à isso. Seria incapaz de passar uma noite inteira em *tête-à-tête* com um pirralho. Não afaste a cadeira, Srta. Eyre. Sente-se exatamente onde eu a coloquei. Por favor, quero dizer. Essas civilidades são tão confusas! Sempre as esqueço. Nem particularmente aprecio senhorinhas simplórias. A propósito, devo lembrar-me de não negligenciá-la. É uma Fairfax, ou se casou com um, e dizem que o sangue é mais espesso que a água.

Tocou a sineta e enviou um convite à Sra. Fairfax, que logo chegou, com a cesta de tricô na mão.

— Boa noite, senhora. Mandei chamá-la por um propósito caridoso. Proibi Adele de falar comigo sobre o presente, e ela está explodindo de vontade de conversar. Tenha a bondade de ser sua ouvinte e interlocutora. Será um dos atos mais benevolentes que já fez.

Realmente, assim que viu a Sra. Fairfax, Adele chamou-a para o sofá e encheu-lhe o colo com objetos de porcelana, marfim e artigos de cera de sua *boite*. Enquanto isso, despejava explicações e exclamações no inglês precário que dominava.

— Agora que já desempenhei o papel de bom anfitrião — prosseguiu o Sr. Rochester — colocando minhas convidadas para se entreterem umas com as outras, estou livre para cuidar do meu próprio prazer. Srta. Eyre, puxe sua cadeira um pouco mais para frente, ainda está muito longe. Não consigo vê-la sem alterar minha posição nessa confortável poltrona, o que não pretendo fazer.

Fiz o que me foi pedido, embora preferisse ter permanecido um pouco na sombra, mas o Sr. Rochester tinha uma forma tão direta de dar ordens, que parecia natural obedecê-lo prontamente.

Estávamos, como já disse, na sala de jantar. O lustre, que tinha sido aceso para o jantar, enchia o cômodo com uma luz festiva. O fogo estava forte e claro. As cortinas púrpura pendiam ricas e amplas, diante da janela alta e do arco mais alto ainda. Tudo

---

15 Em francês: "Fique quieta, menina. Entendeu?"
16 Em francês: "Oh, céus! Como é belo!".

estava quieto, com exceção da conversa contida de Adele (ela não se atrevia a falar alto), e preenchendo cada pausa, o bater da chuva de inverno contra as vidraças.

O Sr. Rochester, sentado na poltrona forrada de damasco, parecia diferente de quando eu o vi antes. Não tão severo... muito menos sombrio. Havia um sorriso em seus lábios e os olhos brilhavam. Talvez fosse o vinho, não tinha certeza, mas achava pouco provável. Em suma, estava com seu humor pós jantar, mais expansivo e cordial, e também mais relaxado do que ficava pela manhã, quando estava frio e rígido. Ainda assim, parecia um tanto sombrio, apoiando a grande cabeça contra o encosto da poltrona, e recebendo a luz do fogo em suas feições talhadas em granito, e em seus grandes olhos escuros. Ele tinha olhos grandes e escuros, e eram muito bonitos também... não sem uma certa mudança em suas profundezas às vezes, que, se não era suavidade, pelo menos lembrava bastante. Estava olhando para o fogo há dois minutos, e o olhava pelo mesmo tempo, quando, virando-se de repente, pegou meu olhar preso em seu rosto.

— Está me observando, Srta. Eyre — disse ele. — Acha que sou bonito?

Se tivesse pensado, teria respondido a essa pergunta com algo convencionalmente vago e educado, mas a resposta de alguma forma escapou da minha boca antes que eu percebesse.

— Não, senhor.

— Ah! Palavra de honra: há algo único em você — disse ele. — Tem o ar de uma pequena *nonnette*. Pitoresca, quieta, séria e simples, quando se senta com as mãos diante de si e os olhos geralmente voltados para o tapete (exceto, obviamente, quando estão fixos no meu rosto. Como agora, por exemplo). E quando alguém lhe faz uma pergunta, ou faz um comentário ao qual é obrigada a responder, dá uma resposta direta, que, se não é brusca, é pelo menos indelicada. O que quer dizer com isso?

— Senhor, fui muito direta. Peço perdão. Deveria ter respondido que não é fácil responder uma pergunta sobre aparências assim de supetão, que os gostos são diferentes e que a beleza tem pouca importância, ou algo assim.

— Não deveria ter respondido tal coisa. A beleza tem pouca importância, ora essa! E assim, tentando suavizar o insulto anterior ou abrandar-me até a placidez, enfia uma faca na minha orelha! Vá em frente, que defeitos encontra em mim? Creio que tenho todos os membros e características que qualquer outro homem.

— Sr. Rochester, permita-me retirar minha primeira resposta. Não pretendia dar uma resposta espirituosa. Foi só um equívoco.

— Exatamente, é o que acho. E a senhorita responderá por ele. Faça-me uma crítica. Não gosta da minha testa?

Levantou as ondas negras de cabelo que ficavam sobre a testa, e mostrou uma cabeça sólida, mas com uma deficiência abrupta onde o sinal suave de benevolência devia elevar-se.

— Agora, senhorita, pareço ser um idiota?

— Longe disso, senhor. O senhor me acharia rude se eu perguntasse se é um filantropo?

— Lá vem, de novo! Outra estocada com a faca enquanto pretende elogiar minha cabeça. E isso porque eu disse que não gostava da companhia de crianças e senhoras (falemos baixo!). Não, minha jovem, em geral, não sou filantropo, mas tenho consciência.

E apontou na testa as proeminências que imagina-se que indiquem a consciência e que, felizmente para ele, eram bastante desenvolvidas e deixavam a parte superior da testa com um tamanho marcante.

— E, além disso, já tive uma espécie de rude ternura no coração. Quando tinha sua idade eu era um sujeito emotivo, defensor dos imaturos, desfavorecidos e infelizes. Mas o destino me mudou desde então, me amassou entre os dedos, e agora me orgulho de ser tão duro e resistente quanto uma bola de borracha. Acessível por uma ou duas frestas, e com um ponto sensível no meio de tudo. E então... há alguma esperança para mim?

— Esperança de que, senhor?

"Com certeza tomou vinho demais", pensei. Não sabia o que responder a essa estranha pergunta. Como poderia saber se era capaz de ser retransformado?

— Parece muito confusa, Srta. Eyre. Embora não seja mais bonita do que eu, o ar intrigado lhe cai bem. Além disso, é conveniente, pois mantém esses seus olhos perscrutadores longe da minha fisionomia, e os ocupa com as flores do tapete, por isso, continue intrigada. Mocinha, estou disposto a ser comunicativo e sociável esta noite.

Depois de dizer isso, levantou-se da poltrona e ficou de pé, apoiando o braço no consolo da lareira. Nessa posição era possível ver seu corpo claramente, assim como o rosto. O peito muito largo era quase desproporcional ao comprimento dos membros. Tenho certeza de que a maioria das pessoas o consideraria um homem feio, mas havia tanto orgulho inconsciente em seu porte, tanta naturalidade em seus gestos, um olhar de tanta indiferença à sua aparência, uma confiança tão arrogante nas suas qualidades, intrínsecas ou não, que compensava a falta de atrativos pessoais. Olhando para ele, inevitavelmente se compartilhava dessa indiferença, e mesmo num sentido cego e imperfeito, colocava-se fé na confiança.

— Estou disposto a ser comunicativo e sociável esta noite — repetiu ele — e foi por isso que a chamei. A lareira e o candelabro não eram companhias suficientes para mim, assim como Pilot, porque nenhum deles pode falar. Adele é um pouco melhor, mas ainda assim está longe do esperado. A Sra. Fairfax a mesma coisa. A senhorita, estou convencido, conseguirá dar conta do recado, se quiser. Intrigou-me na primeira noite que a chamei até aqui. Quase me esqueci de você desde então, outros assuntos afastaram a senhorita da minha cabeça. Mas esta noite estou decidido a ficar à vontade, a deixar de lado o que me importuna e a chamar o que me agrada. E me agradaria atrair a senhorita... saber mais sobre você... então, fale.

Em vez de falar, sorri. Não de uma forma complacente ou submissa.

— Fale — insistiu ele.

— Sobre o que, senhor?

— Sobre o que quiser. Deixo o assunto e a maneira de tratá-lo inteiramente à sua escolha.

Assim, sentei-me e não falei nada. "Se ele espera que eu fale simplesmente por falar ou para me exibir, vai perceber que está falando com a pessoa errada", pensei.

— A senhorita é muda, Srta. Eyre?

Continuei calada. Ele inclinou um pouco a cabeça em minha direção e, com um único e simples olhar, pareceu mergulhar nos meus olhos.

— Teimosa? — disse ele. — E irritada. Ah! Faz sentido. Fiz meu pedido de uma forma absurda, quase insolente. Srta. Eyre, peço perdão. A verdade, de uma vez por todas, é que não desejo tratá-la como inferior. Isto é (corrigindo-se), a única superioridade que reconheço é a que resulta de uma diferença de vinte anos de idade e um século a mais de experiência. Isso é legítimo e *j'y tiens*, como diria Adele. E é em função dessa superioridade, e apenas dela, que peço que tenha a bondade de falar um pouco comigo e distrair minha mente, que está atormentada por pensar em uma só coisa... corroída como um prego enferrujado.

Ele havia se dignado a dar uma explicação, quase um pedido de desculpas, e eu não fiquei insensível à sua condescendência, e não queria parecer que estava.

— Estou disposta a distraí-lo, senhor. Muito disposta. Mas não posso iniciar um assunto, pois como posso saber o que o interessa? Pergunte-me algo e farei o meu melhor para responder.

— Então, em primeiro lugar, concorda que tenho o direito de ser um pouco mandão, rude, talvez exigente, às vezes, pelo que falei? Ou seja, que sou velho o suficiente para ser seu pai, e que já lidei com diversos homens, de lugares diferentes, enquanto a senhorita vivia tranquilamente com um grupo de pessoas numa casa.

— Como quiser, senhor.

— Isso não é resposta. Ou melhor, é uma resposta irritante, porque é muito evasiva. Responda de forma clara.

— Não acho, senhor, que tem o direito de me comandar, simplesmente por ser mais velho ou por ter visto mais do mundo do que eu. Esse direito à superioridade depende do uso que fez o tempo e experiência.

— Hum! Respondeu prontamente! Mas não vou permitir isso, vendo que não serviria para o meu caso, pois fiz um uso indiferente, para não dizer ruim, de ambas as vantagens. Deixando a superioridade fora de questão, então, a senhorita concorda em receber minhas ordens de vez em quando, sem ficar ressentida ou magoada pelo meu tom de comando? Concorda?

Sorri e pensei que o Sr. Rochester *realmente* era peculiar. Parece esquecer que me paga trinta libras ao ano para receber suas ordens.

— O sorriso é muito bom — disse ele, captando imediatamente a rápida expressão — mas fale também.

— Eu estava pensando, senhor, que poucos patrões se dariam ao trabalho de perguntar se seus subordinados pagos ficariam ressentidos ou magoados com suas ordens.

— Subordinados pagos! O quê? A senhorita é minha subordinada paga, então? Ah, tinha esquecido o salário! Bem, então nessa premissa mercenária, concorda em deixar que eu a domine um pouco?

— Não, senhor. Não por essa premissa. Mas pela do senhor ter se esquecido do dinheiro e ter se preocupado se uma empregada está à vontade ou não com a sua dependência, concordo de todo coração.

— E concordará em dispensar os modelos e frases convencionais, sem pensar que a omissão deles é uma insolência?

— Tenho certeza de que nunca confundiria informalidade com insolência. De uma eu gosto, da outra, tenho certeza que ninguém nascido livre se submeteria, nem mesmo por um salário.

— Tolice! A maioria das pessoas nascidas livres se submeteria a qualquer coisa por um salário. Portanto, guarde isso para si e não se arrisque em generalizações sobre o que não entende. Contudo, mentalmente a cumprimento pela resposta, apesar da imprecisão. Tanto pela forma que respondeu, tanto pelo que respondeu, foi franca e sincera. Não se vê tais modos com frequência. Não mesmo, pelo contrário, afetação, frieza, estupidez ou a grosseira má interpretação do que dissemos são a recompensa usual da franqueza. Nem três em três mil governantas recém-saídas do colégio responderiam o que a senhorita respondeu. Mas não pretendo lisonjeá-la, ser diferente da maioria não é mérito seu, foi a natureza que a fez assim. E, além disso, estou tirando minhas conclusões de forma muito rápida. Pelo que sei até agora, a senhorita pode nem ser melhor do que o resto. Pode ter defeitos insuportáveis para equilibrar seus poucos pontos bons.

"Assim como o senhor", pensei. Nossos olhos cruzaram enquanto esse pensamento cruzou minha mente e ele pareceu leu o olhar, respondendo como se eu tivesse falado em voz alta, e não apenas pensado.

— Sim, sim, está certa — falou. — Tenho muitos defeitos. Sei disso e não pretendo atenuá-los, garanto. Deus sabe que não devo ser severo demais com os outros. Tenho um passado, uma série de feitos, uma cor de vida para contemplar dentro do meu próprio peito, que podem muito bem provocar muitos escárnios e censuras dos meus vizinhos. Entrei, ou melhor (como outros pecadores, também gosto de colocar metade da culpa na má sorte e nas adversidades) fui levado a tomar um rumo errado aos vinte e um anos, e desde então nunca mais reencontrei o caminho certo. Poderia ter sido bem diferente... poderia ter sido tão bom quanto a senhorita... mais sensato, quase tão virtuoso. Invejo sua paz de espírito, sua consciência limpa, sua memória não poluída. Menina, uma memória sem mancha ou contaminação deve ser um tesouro valioso. Uma fonte inesgotável de puro alívio, não é?

— Como era a sua memória aos dezoito anos, senhor?

Jane Eyre

— Era muito boa. Límpida, salubre. Nenhuma água suja a tinha transformado em uma peça fétida. Eu era como a senhorita aos dezoito anos... exatamente assim. A natureza quis que eu fosse um homem bom. Um homem do melhor tipo, e como vê, não sou assim. A senhorita pode dizer que não me vê assim, pelo menos, é o que vejo em seus olhos (cuidado com o que expressa pelos olhos, pois sou rápido em interpretar a linguagem deles). Então, acredite na minha palavra: não sou um vilão, não deve supor que... não deve acreditar que sou. Realmente acredito que, mais devido às circunstâncias do que à minha natureza, sou um pecador banal, acostumado com as pequenas e pobres dissipações com as quais os ricos e imprestáveis tentam assumir a vida. Está surpresa por eu admitir isso? Saiba que no curso de sua futura vida, frequentemente se verá no papel de confidente involuntária dos segredos dos seus amigos. As pessoas vão descobrir instintivamente, como eu fiz, que não é seu forte falar de si mesma, mas sim ouvir enquanto os outros falam de si. Vão sentir, também, que ouve sem fazer nenhuma espécie de julgamento pela indiscrição alheia, mas com um tipo de empatia inata, que só não é mais reconfortante e encorajadora porque é muito discreta.

— Como sabe... como pode adivinhar tudo isso, senhor?

— Sei disso muito bem. Por isso falo tão livremente, como se estivesse anotando meus pensamentos num diário. A senhorita pode dizer que eu deveria ter sido superior às circunstâncias, e deveria, deveria... mas como pode ver, não fui. Quando o destino me injustiçou, não tive a sabedoria de permanecer calmo, fiquei desesperado e assim degenerei. Agora, quando qualquer simples vício provoca minha antipatia por sua libertinagem, não posso dizer que sou melhor do que ele. Sou obrigado a confessar que estamos no mesmo nível. Gostaria de ter permanecido firme... Deus sabe que sim. Tenha cuidado com o arrependimento, quando for tentada a errar, Srta. Eyre. O arrependimento é o veneno da vida.

— Dizem que o arrependimento é a cura, senhor.

— Não é. A mudança pode ser a cura, e eu poderia mudar... ainda tenho força para isso... se... mas de que adianta pensar nisso, prejudicado, humilhado, amaldiçoado como estou? Além disso, uma vez que a felicidade me é irrevogavelmente negada, tenho o direito de ter prazer na vida. E vou ter, custe o que custar.

— Então vai se degenerar ainda mais, senhor.

— Talvez sim, mas por que deveria me preocupar se posso conseguir um prazer doce, novo? E posso obtê-lo tão doce e suave quanto o mel silvestre que as abelhas colhem nas flores.

— Vai arder... será amargo, senhor.

— Como sabe? Nunca experimentou. Como parece tão séria, tão solene, e no entanto é tão ignorante sobre esse assunto como essa cabeça de camafeu (e pegou uma cabeça de camafeu que estava sobre o batente da lareira). Não tem o direito de me dar sermão, é inexperiente, não passou pelo pórtico da vida e não conhece nenhum de seus mistérios.

— Estou apenas lembrando-o de suas próprias palavras, senhor. Disse que o erro trouxe o arrependimento, e que o arrependimento é o veneno da vida.

— E quem está falando de erro? Não acho que a ideia que passou pela minha mente seja um erro. Acredito que tenha sido uma inspiração, não uma tentação. Foi muito genial, muito calmante... tenho certeza. Aí vem mais uma vez. Não é nenhum demônio, posso garantir. Se for, está vestido como um anjo de luz. Acho que devo admitir uma hóspede tão bela quando pede abrigo no meu coração.

— Desconfie dela, senhor. Não é um anjo de verdade.

— Mais uma vez, como você sabe? Por qual instinto pretende distinguir um anjo caído vindo do abismo e um mensageiro do trono eterno? Entre um guia e um tentador?

— Eu julgo pela sua expressão, senhor, que estava perturbada quando disse que a ideia tinha voltado. Tenho certeza que vai causar mais sofrimento se ouvi-la.

— Nem um pouco. Ela carrega a mensagem mais graciosa do mundo. Quanto ao resto, a senhorita não é a guardiã da minha consciência, então não se preocupe. Venha, entre, bela viajante!

Disse isso como se falasse para uma visão, invisível a todos os olhos, que não os dele. Então, cruzando sobre o peito os braços que estavam abertos, pareceu abraçar o ser invisível.

— Agora — continuou ele, novamente se dirigindo a mim — que já recebi o visitante, uma divindade disfarçada, acredito. Já me fez bem: meu coração era uma espécie de sepultura, agora será um santuário.

— Para falar a verdade, senhor, não consigo compreendê-lo de modo algum. Não posso continuar a conversa, pois vai além da minha alçada. Mas sei de uma coisa: o senhor disse que não era tão bom quanto deveria e que lamentava a sua imperfeição. Uma coisa eu posso compreender: insinuou que ter uma memória manchada era uma maldição perpétua. Parece-me que, se o senhor se esforçasse, com o tempo veria que é possível se tornar o que desejava ser. E que se a partir de hoje se decidisse a corrigir seus pensamentos e ações, em alguns anos teria juntado novas lembranças, às quais poderia recorrer com prazer.

— Muito bem pensado e bem dito, Srta. Eyre. E nesse momento estou pavimentando o inferno com energia.

— Senhor?

— Estou criando novas boas intenções, que serão tão duradouras quanto pedra. Certamente, minhas companhias e meus objetivos serão diferentes do que têm sido.

— Melhores?

— Melhores... melhores como o minério puro é melhor do que o lixo imundo. A senhorita parece duvidar de mim, eu não duvido. Sei qual o meu objetivo e meus motivos. Aprovo agora uma lei, inalterável como a dos Medas e dos Persas, afirmando que ambos são certos.

— Não podem estar, senhor, se exigem uma nova lei para dirigi-los.

— Eles estão, Srta. Eyre, embora realmente exijam um novo estatuto. Circunstâncias inéditas exigem regras inéditas.

— Parece uma máxima perigosa, senhor. Pode-se perceber logo que está sujeita ao abuso.

— Frase sábia! E é, mas juro pelos deuses que não será abusada.

— O senhor é humano e falho.

— Sou. E a senhorita também. E daí?

— O humano e falho não deve se arrogar com um poder que só ao divino e perfeito pode ser confiado com segurança.

— Que poder?

— Aquele de dizer que qualquer ato estranho e não sancionado "está correto".

— "Está correto"! As palavras exatas, pronunciadas por você.

— *Talvez* esteja correta, então — falei, enquanto me levantava, considerando inútil continuar uma conversa que eu não entendia. Além disso, percebi que o caráter do meu interlocutor ultrapassava a minha compreensão. Pelo menos, além da minha compreensão no momento. Sentia a incerteza, a vaga sensação de insegurança que acompanham uma convicção de ignorância.

— Aonde vai?

— Colocar Adele na cama. Já passou da hora de dormir.

— Está com medo de mim porque falo como uma esfinge.

— Sua linguagem é enigmática, senhor, mas embora eu esteja confusa, não estou com medo.

— *Está* com medo. Seu amor-próprio teme que cometa um erro.

— Nesse sentido, estou apreensiva. Não tenho nenhum desejo de falar bobagens.

— Se falasse, seria de uma maneira tão séria e discreta que eu acreditaria que era bom senso. Nunca ri, Srta. Eyre? Não precisa responder. Vejo que ri raramente, mas é capaz de rir muito alegremente. Acredite, não é naturalmente austera, não mais do que eu sou naturalmente mau. A restrição de Lowood ainda está presente em você, de alguma forma... controlando suas expressões, diminuindo sua voz e restringindo seus gestos. Quando está na presença de um homem, seja um irmão, pai, patrão, o que quiser, teme sorrir muito alegremente, falar muito livremente, ou mexer-se demais. Mas, com o tempo, acho que aprenderá a ser natural comigo, pois acho impossível ser formal com a senhorita. Então, sua aparência e seus movimentos serão mais vivos e distintos do que são agora. Às vezes, em intervalos, o olhar de um tipo curioso de pássaro através das estreitas barras de uma gaiola: um vívido e inquieto, resolutamente cativo, se estivesse livre, voaria alto. Ainda quer ir?

— Já bateu nove horas, senhor.

— Não importa, espere um minuto. A Adele não está pronta para ir para a cama ainda. A minha posição, Srta. Eyre, de costas para o fogo, com o rosto voltado para a sala, favorece a observação. Enquanto falava com a senhorita, também observei ocasionalmente a Adele (tenho as minhas próprias razões para considerá-la um caso de estudo curioso, razões que eu posso, não, que um dia contarei). Ela tirou da caixa, há cerca de dez minutos, um vestido de seda cor-de-rosa. Arrebatamento iluminou-lhe o rosto à medida que o desdobrava; coquetaria corre no seu sangue, mistura-se com o seu cérebro, e com a medula dos seus ossos. *"Il faut que je l'essaie!"* gritou ela, *"et a l'instant même!"* e correu para fora da sala. Está agora com Sophie, vestindo-se. Em poucos minutos voltará e sei o que verei: uma miniatura de Celine Varens, como ela costumava aparecer nos palcos quando erguiam as... mas isso não importa. No entanto, meus sentimentos mais ternos estão prestes a receber um choque, é o meu pressentimento. Fique agora, para ver se será realizado.

Logo depois, ouvimos os pezinhos de Adele tropeçarem no salão. Ela entrou, transformada como o seu guardião tinha previsto. Um vestido de cetim cor-de--rosa, muito curto, e com o máximo de babados possível, substituiu o vestido marrom que ela usava. Uma coroa de botões de rosa circulava a testa, calçava meias de seda e pequenas sandálias de cetim branca.

— *Est-ce que ma robe va bien?* — exclamou ela, saltando para frente — *mes souliers? Et mes bas? Tenez, je crois que je vais danser!*[17]

E, espalhando seu vestido, correu pelo quarto até que alcançou o Sr. Rochester, então girou à sua frente na ponta dos pés e caiu ajoelhada no chão, exclamando:

— *Monsieur, je vous remercie mille fois de votre bonte.*[18] — Em seguida, levantando-se, acrescentou: — *C'est comme cela que maman faisait, n'est-ce pas, monsieur?*[19]

— Pre-ci-sa-mente! — foi a resposta. E, *"comme cela"*, encantava meu ouro inglês para que saísse do bolso das minhas calças britânicas. Também já fui verde, Srta. Eyre... verde como a grama: não mais primaveril do que a senhorita é agora. Minha primavera acabou, mas deixou-me uma flor francesa nas mãos, que, em alguns momentos, eu gostaria de me livrar. Não valorizando agora a raiz da qual brotou, tendo descoberto que era uma espécie que nada além de ouro em pó poderia adubar, nutro apenas um pouco de afeição pela flor, especialmente quando parece tão artificial como agora. Eu a guardo e a educo no princípio católico romano de expiar numerosos pecados, grandes ou pequenos, por uma boa ação. Explicarei tudo um dia. Boa noite.

CAPÍTULO 15

Em uma ocasião futura, o Sr. Rochester realmente explicou. Foi em uma tarde em que encontrou eu e Adele por acaso no jardim. Enquanto ela brincava com o Pilot e sua peteca, ele me convidou para passear por uma longa rua com a Adele à vista.

---

17 Em francês: "Meu vestido ficou bom? E meus sapatos? E minhas meias? Acho que vou dançar!"
18 "Em francês: "Senhor, agradeço muito a sua bondade."
19 Em francês: "Era assim que mamãe fazia, não era?"

Então contou que ela era a filha de Celine Varens, uma dançarina francesa da ópera, por quem já tivera, em suas palavras, uma grande paixão. Celine confessou que retribuía essa paixão com um ardor ainda maior. Ele se considerava seu ídolo, feio como era, acreditava que ela preferia seu *taille d'athlète* do que a elegância de Apollo Belvedere.

— E, Srta. Eyre, fiquei tão lisonjeado pela preferência da sílfide gaulesa pelo gnomo britânico, que a coloquei em um hotel, dei a ela um estabelecimento completo de criados, uma carruagem, caxemiras, diamantes, rendas, etc. Em resumo, comecci o processo de me arruinar com estilo, como qualquer outro apaixonado. Não tive, aparentemente, originalidade para traçar um novo caminho para a vergonha e destruição, segui o roteiro antigo com uma precisão estúpida, não desviando um centímetro do ponto batido. Tive, como merecia ter, o destino de todos os apaixonados. Aconteceu de eu ir visitá-la uma noite em que Celine não me esperava, e descobri. Mas era uma noite quente, e eu estava cansado de andar por Paris, então sentei-me em seu *boudoir*, feliz por respirar o ar tão recentemente abençoado pela sua presença. Não... estou exagerando. Nunca achei que houvesse alguma virtude abençoada, era mais um tipo de perfume de pastilha que ela havia deixado, um perfume de almíscar e âmbar, do que um aroma de santidade. Eu estava começando a sufocar com os vapores das flores e essências borrifadas, quando pensei em abrir a janela e ir para a varanda. Havia luar, e luz à gás, além disso, estava tudo quieto e sereno. A varanda era mobiliada com uma ou duas cadeiras. Sentei-me e tirei um cigarro. Vou pegar um agora, se me der licença.

Aqui se seguiu uma pausa, na qual ele produziu e acendeu o cigarro. Depois de colocá-lo nos lábios e soltar fumaça com cheiro de incenso de Havana no ar frio e sem sol, continuou:

— Eu gostava de bombons também naquela época, Srta. Eyre. E estava *croquant* (ignore a barbárie) *croquant* chocolate e fumando, alternadamente. Observava, enquanto isso, as equipagens que passavam pelas ruas da moda em direção a casa de ópera vizinha, quando vi uma elegante carruagem fechada, puxada por um par de cavalos ingleses e, distintivamente na noite clara da cidade, reconheci o *voiture* que havia dado a Celine.

Ela estava voltando, claro que meu coração bateu forte, com impaciência, sobre a grade em que me inclinei. A carruagem parou, como eu esperava, na porta do hotel, minha chama (essa é a própria palavra para uma *inamorata* de ópera), desceu. Embora estivesse coberta por um casaco, desnecessário, a propósito, em uma noite tão quente de junho, a reconheci instantaneamente pelo seu pezinho, que vi quando desceu o degrau da carruagem. Inclinando-me sobre a varanda, eu estava prestes a murmurar *Mon ange* em um tom, é claro, que somente deveria ser ouvido pelos ouvidos do amor... quando uma figura saltou da carruagem depois dela, com casaco também; mas foi um calçado com esporas que tocou a calçada, e era uma cabeça com chapéu que agora passava sob o arco do hotel. Você nunca sentiu ciúme, não é, Srta. Eyre? Claro que não, não preciso perguntar a você, porque nunca sentiu amor.

Você ainda tem os dois sentimentos para experimentar: sua alma dorme; ainda está por vir o choque que irá despertá-la. Acredita que toda a existência passa em um fluxo tão calmo quanto aquele em que sua juventude até agora passou. Flutuando de olhos fechados e orelhas tampadas, não vê as pedras eriçadas não muito longe do leito do rio, nem ouve as ondas fervilhando em sua base. Mas eu lhe digo — e pode marcar minhas palavras — algum dia chegará à uma passagem íngreme no rio, onde toda a corrente da vida será dividida em redemoinhos e tumulto, espuma e barulho. Ou será reduzida a átomos em pontos escarpados, ou levantada e carregada por alguma onda mestra em uma corrente mais calma, como estou agora.

Gosto deste dia, gosto do céu cinza, gosto da severidade e quietude do mundo sob esta geada. Eu gosto de Thornfield, da sua antiguidade, seu retiro, seus velhos corvos e espinheiros, sua fachada cinza e fileiras de janelas escuras refletindo esse céu cinza. E, ainda assim, quanto tempo detestei até mesmo a ideia de tudo isso, evitei esse lugar como se fosse uma grande casa empestada. Como ainda abomino...

Ele cerrou os dentes e calou-se. Deteve o passo e bateu com a bota no chão duro. Algum pensamento odioso parecia tê-lo em suas garras, segurando-o com tanta força que não conseguia avançar. Estávamos subindo a avenida quando ele fez uma pausa, a mansão estava diante de nós. Levantando os olhos para as ameias, lançou sobre elas um olhar como eu nunca vi antes ou depois disso. Dor, vergonha, ira, impaciência, nojo, ódio... pareciam travar um conflito nas grandes pupilas dilatadas sob as sobrancelhas de ébano. Selvagem foi a luta que parecia importante, mas outro sentimento surgiu e triunfou: algo duro e cínico, obstinado e resoluto acalmou sua paixão e petrificou seu semblante. Continuou:

— Durante um momento eu fiquei em silêncio, Srta. Eyre, estava refletindo sobre o meu destino. Ela ficou lá, ao lado do tronco de faia... uma bruxa como uma daquelas que apareceu a Macbeth na charneca em Forres. "Você gosta de Thornfield?" perguntou-me, levantando o dedo. Então escreveu no ar um memento, que corria em hieróglifos sombrios ao longo de toda a frente da casa, entre as fileiras de cima e de baixo das janelas. "Goste se puder! Goste se tiver coragem!" "Vou gostar", falei. "Eu ouso gostar", e (acrescentou mal-humorado): "vou manter minha palavra, vou quebrar obstáculos para felicidade, para a bondade... sim, bondade. Desejo ser um melhor homem do que eu fui, do que sou; como o leviatã de Jó quebrou a lança, o dardo e o arpão, os obstáculos que outros contam como ferro e cobre, considerarei apenas palha e madeira podres."

Nesse momento, Adele correu para ele com sua peteca.

— Saia! — exclamou duramente. — Fique longe, criança. Ou vá ficar com Sophie!

Continuando então a prosseguir sua caminhada em silêncio, aventurei-me a chamá-lo de volta ao ponto do qual desviou abruptamente.

— O senhor saiu da varanda? — perguntei — quando *Mlle* Varens entrou?

Eu quase esperava uma repreensão pela pergunta que dificilmente seria oportuna, mas, pelo contrário, acordando de sua abstração, voltou seus olhos para mim, e a sombra pareceu deixar seu rosto.

— Oh, tinha esquecido Celine! Bem, para resumir: quando vi a responsável pelo meu encanto acompanhada por um cavaleiro, ouvi um assobio, e a cobra verde do ciúme, subindo em espirais ondulantes pela varanda iluminada pela lua, deslizou para dentro do meu colete, e abriu seu caminho em dois minutos para o centro do meu coração. Estranho! — exclamou, de repente, desviando novamente da história. — Estranho que eu a tenha escolhido para ser a confidente de tudo isso, jovem senhorita. Mais estranho ainda que me ouça calmamente, como se fosse a coisa mais comum do mundo, um homem contar histórias de suas amantes da ópera para uma moça desconhecida e inexperiente como você! Mas a última singularidade explica a primeira, como já sugeri uma vez: você, com sua gravidade, consideração e cautela, foi feita para ser a destinatária de segredos. Além disso, sei que tipo de mente coloquei em comunicação com a minha própria, sei que não está sujeita a corrupção, é uma mente peculiar, é única. Felizmente, não tenho a intenção de prejudicá-la, mas, se o fizesse, não conseguiria. Quanto mais eu e você conversarmos, melhor. Porque eu não posso prejudicá-la, mas a senhorita pode me refrescar.

Depois desse desvio, continuou:

— Eu fiquei na varanda. "Virão ao *boudoir* dela, sem dúvida", pensei. "Deixe-me preparar uma emboscada." Então, passando a minha mão pela janela aberta, fechei a cortina, deixando apenas uma abertura através da qual eu poderia observá-los, apenas larga o bastante para permitir a passagem dos votos de amor sussurrados por eles. Então voltei furtivamente para a minha cadeira, e quando retornei o par entrou. Meus olhos foram rapidamente para a abertura. A camareira de Celine entrou, acendeu uma lamparina, deixou-a acesa na mesa e saiu. O casal foi assim revelado a mim: ambos tiraram as capas, e lá estava a Varens, brilhando em cetim e joias (presentes meus, é claro) e ali estava seu companheiro em uniforme de policial. Eu o conhecia como um jovem libertino, um visconde... um jovem desmiolado e degenerado, a quem eu já havia visto algumas vezes na sociedade, e a quem nunca havia pensado em detestar, porque já tinha por ele um desprezo absoluto. Ao reconhecê-lo, a presa da cobra Ciúme instantaneamente se quebrou, porque no mesmo momento meu amor por Celine extinguiu-se. Uma mulher que poderia trair-me por tal rival não valia a pena lutar, merecia apenas desprezo; menos, no entanto, do que eu, que tinha sido feito de tolo.

Começaram a conversar, e o diálogo me deixou completamente à vontade. Era uma conversa frívola, mercenária, sem coração e sem sentido, que mais parecia calculada para cansar do que para enfurecer um ouvinte. Um cartão meu estava sobre a mesa, e isso os levou a falar de mim. Nenhum deles possuía energia ou inteligência para me ofender profundamente, mas me insultaram grosseiramente, o máximo que conseguiram com o jeito mesquinho que tinham, especialmente Celine, que destacou bastante meus defeitos pessoais... deformidades, segundo ela. Na época, era seu costume se admirar fervorosamente pelo que chamava de minha *beaute male*. Completamente diferente de você, que me disse à queima-roupa, na segunda conversa, que não me achava bonito. O contraste me impressionou na hora e...

Adele veio correndo de novo.

— *Monsieur*, John acabou de dizer que o seu procurador chegou e deseja vê-lo.

— Ah! nesse caso, devo resumir. Abrindo a janela, caminhei em direção a eles. Tirei Celine da minha proteção, disse-lhe que desocupasse o hotel e dei-lhe uma quantia para despesas imediatas. Desconsiderei os gritos, a histeria, as súplicas, os protestos e as convulsões. Marquei um duelo com o visconde no Bois de Boulogne. Na manhã seguinte tive o prazer de encontrá-lo, coloquei uma bala em um de seus pobres braços magros, frágil como a asa de um frango no forno, e então pensei que tinha resolvido tudo. Mas, infelizmente, a Varens havia me entregado a Adele há seis meses, afirmando que era minha filha. Talvez seja, embora eu não veja provas de tal paternidade sombria no seu semblante. Pilot é mais parecido comigo do que ela. Alguns anos depois que rompi com a mãe, ela abandonou a filha e foi para a Itália, com um músico ou um cantor. Não reconhecia nenhum direito que Adele tivesse de ser sustentada por mim, nem reconheço agora, pois não sou seu pai. Mas sabendo que estava desamparada, tirei a coitadinha da imundície e da lama de Paris e a trouxe para cá, para crescer limpa e saudável em terras inglesas. A Sra. Fairfax encontrou a senhorita para ensiná-la, mas agora que sabe que ela é filha ilegítima de uma dançarina francesa, talvez tenha uma visão diferente de sua aluna e protegida. Algum dia virá até mim para avisar que encontrou outro lugar e me pedirá para encontrar outra governanta.

— Não. A Adele não é responsável pelos defeitos da mãe ou do senhor. Tenho muito carinho por ela, e agora que sei que ela é, de certa forma, órfã, abandonada pela mãe e pelo senhor, vou me aproximar ainda mais. Como eu poderia preferir uma criança mimada, vinda de uma família rica, que odiaria a governanta como se ela fosse um incômodo, do que uma pequena e solitária órfã, que trata a governanta como amiga?

— Ah, essa é a luz sob a qual a senhorita vê! Bem, devo ir agora, e você também. Está escurecendo.

Mas eu fiquei fora mais alguns minutos com Adele e Pilot. Corri com ela e jogamos um pouco de peteca. Quando entramos, tirei sua touca e o casaco e coloquei-a no meu colo, onde ficou por uma hora. Deixei que tagarelasse como quisesse. Não repreendi nem mesmo algumas pequenas liberdades e atrevimentos que ela costumava ter quando recebia muita atenção, e que traíam a superficialidade do seu caráter, provavelmente herdada da mãe, dificilmente compatível com uma mente inglesa. Ela tinha seus méritos, e eu estava disposta a valorizar ao máximo tudo de bom que tinha. Procurei alguma semelhança com o Sr. Rochester no seu rosto, mas não encontrei nenhuma. Nenhum traço, nenhuma expressão sequer sugeria um parentesco. Era uma pena. Se pudesse provar que se pareciam, ele teria mais consideração por ela.

Só consegui refletir sobre a história contada pelo Sr. Rochester depois que me retirei para o quarto na hora de dormir. Como ele havia dito, provavelmente não havia nada de extraordinário na narrativa. A paixão de um inglês rico por uma dançarina francesa, a traição dela, eram assuntos bem cotidianos na sociedade, certamente. Mas havia algo decididamente estranho no paroxismo de emoção que de repente se apoderou dele, quando expressava a alegria pelo seu estado de espírito atual, e o prazo recentemente revivido pela mansão e seus arredores.

Refleti, admirada, sobre o incidente. Mas, eventualmente parei de pensar nisso, uma vez que não conseguia encontrar uma explicação. Então voltei a pensar no jeito de meu patrão em relação a mim. A confiança que tinha em mim parecia uma homenagem à minha discrição. Considerei e aceitei como tal. Seu comportamento há algumas semanas era mais consistente do que no princípio. Eu nunca estava no seu caminho, ele não tinha mais acessos de arrogância. Quando me encontrava sem querer, o encontro parecia agradá-lo. Sempre tinha uma palavra e às vezes um sorriso para mim. Quando era convidada formalmente à sua presença, era honrada com uma recepção cordial, que me fazia sentir que realmente tinha o poder de entretê-lo, e que as conferências noturnas eram tanto para o prazer dele quanto para o meu.

De fato, eu falava relativamente pouco, mas ouvia o que ele falava com prazer. Era naturalmente comunicativo, gostava de se abrir para uma mente não familiarizada com as cenas e costumes do mundo (não quero dizer que são cenas impróprias ou maus costumes, mas aqueles que pareciam interessantes de acordo com a sua escala ou que eram caracterizados por alguma peculiaridade). Eu sentia muito prazer em ouvir as novas ideias que ele apresentava, imaginando os novos cenários que ele retratava e seguindo-o, por pensamento, através das regiões das quais falava, nunca perturbada ou confusa por alguma alusão nociva.

A tranquilidade no seu modo libertou-me de qualquer restrição. A amigável franqueza, correta e cordial, com a qual me tratava, atraía-me para ele. Às vezes, sentia que era meu parente, não meu patrão. Ainda assim, certas vezes, ele era autoritário, mas eu não me importava. Percebi que era seu jeito. Fiquei tão feliz e grata por esse novo interesse que surgira na minha vida, que parei de ansiar por uma família. O meu pequeno destino parecia ter aumentado. Os vazios da minha existência foram preenchidos, minha saúde corporal melhorou, ganhei corpo e energia.

E o Sr. Rochester ainda era feio aos meus olhos? Não, leitor. A gratidão e muitas associações, todas agradáveis e cordiais, fizeram de seu rosto o que eu mais gostava de ver, sua presença em uma sala era mais animadora do que o fogo mais forte. Ainda assim, eu não tinha esquecido seus defeitos. Na verdade, nem poderia, pois ele frequentemente falava sobre eles para mim. Era orgulhoso, sarcástico, severo à inferioridade de qualquer espécie. Secretamente, sabia em minha alma que sua grande bondade para comigo era contrabalançada por uma severidade injusta para muitos outros. Era mal-humorado também, inexplicavelmente. Mais de uma vez, quando chamada para ler para ele, o encontrei sentado na biblioteca sozinho, com a cabeça abaixada, e, quando ele olhava para cima, uma carranca sombria, quase maligna, tomava suas feições. Mas eu achava que seu mau humor, assim como a dureza e os antigos defeitos morais (digo *antigos*, pois parecia ter melhorado) tiveram origem em alguma crueldade do destino. Acreditava que era naturalmente um homem de boas intenções, grandes princípios, e gostos mais puros do que aqueles que as circunstâncias desenvolveram, que a educação instilou e o destino estimulou. Pensava que tinha materiais excelentes, embora naquele momento estivessem um tanto estragados e confusos. Não posso negar que sofria pela sua dor, seja lá qual, e que daria tudo para amenizá-la.

Embora eu já tivesse apagado minha vela e estivesse deitada na cama, não conseguia dormir, pensando no olhar que tinha quando parou na rua e contou como o destino apareceu à sua frente e o desafiou a ser feliz em Thornfield.

"Por que não?" Eu me perguntei. "O que o afasta de seu lar? Será que vai deixá-lo novamente em breve? A Sra. Fairfax disse que ele nunca fica aqui mais de quinze dias, e já está aqui há oito semanas. Se ele se for, a mudança será dolorosa. Caso fique longe na primavera, verão e outono, como os dias bonitos e ensolarados ficarão tristes!"

Mal sei se dormi ou não depois dessas reflexões, de qualquer forma, fiquei completamente acordada ao ouvir um vago murmúrio, diferente e lúgubre, que parecia soar bem acima de mim. Queria ter deixado a vela acesa. A noite estava terrivelmente escura e meu espírito estava deprimido. Sentei-me na cama, escutando. O som sumiu.

Tentei dormir novamente, mas meu coração batia ansiosamente. A minha paz interior fora quebrada. O relógio, bem no final do corredor, soou duas horas. Nesse momento, senti que a porta do meu quarto estava sendo tocada, como se dedos passassem pela porta, tateando um caminho ao longo do corredor escuro. Perguntei:

— Quem está aí? — Ninguém respondeu. Eu estava paralisada de medo.

De repente, lembrei que poderia ser Pilot que, quando a porta da cozinha ficava aberta, costumava ficar na soleira do quarto do Sr. Rochester. Eu mesmo havia visto deitado lá várias vezes, pelas manhãs. A ideia me acalmou um pouco. Deitei. O silêncio acalmou meus nervos, e como uma quietude reinava sobre a casa, comecei a sentir o sono retornar. Mas não estava fadada a dormir naquela noite. Mal tinha começado a sonhar, e o sonho fugiu assustado por uma situação capaz de gelar até as espinhas de alguém.

Era uma risada demoníaca, baixa, suprimida e profunda, solta, ao que parecia, no buraco da fechadura do meu quarto. A cabeceira da cama ficava junto à porta, e a princípio, pensei que o demônio risonho estivesse ao lado da minha cama, ou melhor, colado no meu travesseiro. Mas fiquei de pé, olhei ao redor e não vi nada. Enquanto eu olhava, o som sobrenatural se repetiu, e percebi que vinha do corredor. Meu primeiro impulso foi levantar e trancar a porta, o segundo foi a gritar, mais uma vez:

— Quem está aí?

Alguma coisa gorgolejou e gemeu. Ouvi passos se afastando no corredor, indo em direção à escada do terceiro andar. Uma porta abriu e fechou, e tudo ficou silencioso.

"Será que era Grace Poole? Estaria possuída por um demônio?" pensei. Era impossível ficar mais tempo sozinha, deveria ir em busca da Sra. Fairfax. Coloquei o vestido e o xale às pressas. Tirei o ferrolho e abri a porta com as mãos trêmulas. Havia uma vela bem na porta, no chão do corredor. Isso me surpreendeu, mas fiquei ainda mais surpresa quando vi que o ar estava turvo, como se estivesse cheio de fumaça. Olhei para a direita e para a esquerda para descobrir de onde vinha, percebi um forte cheiro de queimado.

Algo rangeu. Era uma porta entreaberta... a do Sr. Rochester. E saía uma nuvem de fumaça de lá. Não pensei na Sra. Fairfax, nem em Grace Poole ou na risada, em um instante eu estava dentro do quarto. Línguas de fogo estavam ao redor da cama, as cortinas estavam em chamas. No meio do fogo e do vapor, o Sr. Rochester estava esticado, imóvel, em sono profundo.

— Acorde! Acorde! — gritei.

Eu o sacudi, mas ele apenas murmurou alguma coisa e se virou. A fumaça o deixara estupefato. Nenhum minuto poderia ser perdido, os próprios lençóis estavam começando a pegar fogo. Corri para sua bacia e jarro, que felizmente eram fundos e estavam cheios de água. Peguei os dois e inundei a cama e quem a ocupava, corri para o meu quarto, peguei o meu jarro de água e inundei a cama novamente e, com a ajuda de Deus, consegui extinguir as chamas.

O som da água, o barulho do jarro caindo no chão depois que eu o esvaziei e, acima de tudo, o jato de água gelada que joguei, despertaram o Sr. Rochester, finalmente. Ainda estava escuro, mas percebi que havia acordado, porque o ouvi resmungando estranhas pragas ao se ver deitado em uma poça d 'água.

— Há uma inundação? — gritou.

— Não, senhor — respondi — mas houve um incêndio. Levante-se, por favor, está encharcado. Vou buscar uma vela.

— Em nome de todos os santos, é Jane Eyre? — indagou. — O que fez comigo sua feiticeira? Quem está aqui, além de você? Seu plano era me afogar?

— Vou buscar uma vela, senhor. E, pelo amor de Deus, levante-se. Alguém tramou alguma coisa, não tão cedo o senhor descobrirá quem e o que foi.

— Está bem. Estou de pé agora. Mas corre risco ao buscar a vela. Espere dois minutos até eu colocar algumas roupas secas, se houver alguma. Aqui, achei meu roupão. Agora corra!

Corri e peguei a vela que ainda estava no corredor. Ele a pegou das minhas mãos, levantou-a e observou a cama toda enegrecida e os lençóis encharcados, o tapete mergulhado na água.

— O que é isso? E quem fez isso? — perguntou.

Brevemente relatei o que havia acontecido: a estranha risada que ouvi no corredor, os passos subindo para o terceiro andar, a fumaça, o cheiro do fogo que me levou ao seu quarto, em que estado o encontrei e como havia molhado o lugar com toda a água que consegui encontrar.

Ele ouviu gravemente. Seu rosto, enquanto eu continuava, expressava mais preocupação do que espanto, ficou um tempo em silêncio depois que acabei de falar.

— Devo chamar a Sra. Fairfax?

— A Sra. Fairfax? Não, por que diabos chamaria a Sra. Fairfax? O que é que ela pode fazer? Deixe-a dormir sem ser incomodada.

— Então vou buscar Leah, e acordar John e sua esposa.

— De jeito nenhum. Apenas fique quieta. Você está com um xale. Se não estiver aquecida o suficiente, pode pegar a minha capa que está ali... vou vesti-la. Agora coloque seus pés no banquinho, para mantê-los longe da água. Vou deixar você alguns minutos. Preciso levar a vela. Permaneça onde está até que eu volte, fique tão quieta quanto um rato. Devo visitar o segundo andar. Não se mova, lembre-se, não chame ninguém.

Ele saiu e observei a luz se afastando. Passou pelo corredor em silêncio, abriu a porta da escada com o mínimo de barulho possível, fechou-a atrás de si e a luz desapareceu. Fiquei na escuridão total. Tentei ouvir algum barulho, mas não escutei nada. Muito tempo se passou. Comecei a ficar cansada, estava com frio, apesar da capa. E não via sentido em ficar onde estava, já que não era para acordar a casa. Estava prestes a arriscar desagradar o Sr. Rochester, não obedecendo suas ordens, quando a luz brilhou fracamente no corredor e ouvi pés descalços no chão. "Espero que seja ele", pensei, "e não algo pior".

Ele voltou a entrar, muito pálido e carrancudo.

— Descobri tudo — falou, colocando a vela sobre o lavatório. — É bem como eu pensava.

— Como, senhor?

Ele não respondeu. Ficou de pé com os braços cruzando, olhando para o chão. Depois de alguns minutos, perguntou em um tom peculiar:

— Esqueci se a senhorita falou sobre ter visto algo quando saiu do quarto.

— Não, senhor. Só a vela no chão.

— Mas ouviu uma risada estranha? Já havia escutado essa risada antes, ou algo assim?

— Já, sim, senhor. Há uma mulher que costuma costurar ali. Chama-se Grace Poole, ela ri assim. É uma pessoa singular.

— Isso mesmo. Grace Poole... a senhorita adivinhou. Ela é bem singular, como você disse. Bem, preciso refletir sobre o assunto. Enquanto isso, fico feliz que a senhorita seja a única pessoa, além de mim, que sabe dos detalhes dos acontecimentos dessa noite. Não é uma tola linguaruda. Não diga nada sobre isso. Eu cuidarei disso (apontou para a cama), agora, volte para seu quarto. Ficarei bem no sofá da biblioteca pelo resto da noite. São quase quatro horas, em duas horas os criados estarão acordados.

— Boa noite, então, senhor — falei, enquanto me afastava.

Ele pareceu surpreso... o que era estranho, pois havia acabado de me dizer para ir.

— O quê? — exclamou. — Já está me deixando? E assim?

— O senhor disse que eu poderia ir.

— Mas não sem se despedir, não sem uma ou duas palavras de agradecimento. Não dessa maneira curta e grossa. Ora, você salvou minha vida! Livrou-me de uma morte horrível e excruciante! E me deixa assim, como se fôssemos estranhos! Pelo menos aperte minha mão.

Estendeu a mão, dei-lhe a minha. Ele pegou uma primeiro, depois as duas.

— Você salvou a minha vida. Tenho o prazer de lhe dever uma dívida imensa. Não posso falar mais nada. Não toleraria dever algo assim para nenhuma outra pessoa, mas você é diferente. Não vejo seus favores como um fardo, Jane.

Ele fez uma pausa, olhou para mim. Palavras quase visíveis tremeram em seus lábios, mas a voz foi contida.

— Boa noite de novo, senhor. Não há nenhuma dívida, nem benefício, encargo ou obrigação, nesse caso.

— Eu sabia — continuou ele — que de alguma forma você me faria bem. Vi nos seus olhos, quando os contemplei pela primeira vez. Sua expressão e seu sorriso não... (novamente, parou de falar) não (continuou rapidamente) tocaram meu coração à toa. As pessoas falam de simpatias instintivas. Ouvi falar de boas fadas. Há partes verdadeiras até na fábula mais selvagem. Minha querida protetora, boa noite!

Uma estranha energia estava em sua voz, um estranho fogo em seu olhar.

— Que bom que eu estava acordada — falei, e comecei a sair.

— O quê? Quer mesmo ir?

— Estou com frio, senhor.

— Frio? Sim... e pisando em uma poça d'água. Vá, então, Jane. Vá!

Mas ainda segurava minha mão e não parecia capaz de soltá-la. Pensei em uma desculpa.

— Acho que ouvi a Sra. Fairfax, senhor.

— Bem, então deixe-me.

Ele relaxou os dedos e eu saí. Voltei para minha cama, mas não pude dormir. Até amanhecer fiquei flutuando num mar inquieto, em que vagas de problemas misturavam-se com ondas de alegria. Às vezes, pensei em ver uma praia calma como as colinas de Beulah ao longe. De vez em quando um vento refrescante trazido pela esperança tocava meu espírito triunfante naquela direção, mas não conseguia alcançá-la, nem na fantasia. Uma brisa contrária soprava da terra e me empurrava para trás. O bom senso resistia ao delírio, a razão era mais forte que a paixão. Inquieta demais para dormir, levantei-me assim que o dia nasceu.

CAPÍTULO 16

No dia seguinte a essa noite insone, eu queria ver o Sr. Rochester, mas ao mesmo tempo temia vê-lo. Queria ouvir sua voz novamente, mas temia encontrar seus olhos. Durante a primeira parte da manhã, esperava sua chegada a qualquer momento. Não costumava entrar na sala de aula, mas às vezes parava lá por alguns minutos, e eu tinha a impressão de que ele certamente viria naquele dia.

Mas a manhã passou como de costume: nada aconteceu para interromper o curso tranquilo dos estudos de Adele. Só depois do café da manhã ouvi um barulho no quarto do Sr. Rochester. A voz da Sra. Fairfax, Leah, e da cozinheira (isto é, a esposa de John) e até mesmo a de John, resmungando. Houve exclamações de "Que sorte o patrão não ter se queimado na própria cama!". "É sempre perigoso dormir com uma vela acesa!". "Providencial que ele tenha pensado em pegar o jarro de água!". "Eu me pergunto como ele não acordou ninguém!". "Tomara que ele não pegue um resfriado dormindo no sofá da biblioteca!".

A essas confabulações seguiu-se um som de limpeza e arrumação. Quando passei pelo quarto, ao descer para o almoço, vi pela porta que tudo já estava de volta ao normal, com exceção da cama que estava sem as cortinas. Leah estava junto à janela, esfregando os vidros embaçados de fumaça. Ia falar com ela, pois queria saber qual explicação fora dada para a situação, mas, ao avançar, vi uma segunda pessoa no cômodo: uma mulher sentada em uma cadeira ao lado da cama, costurando passadeiras para a nova cortina. Essa mulher não era ninguém menos do que Grace Poole.

Lá estava ela, séria e com aparência taciturna, como de costume, usando um vestido marrom, o avental xadrez, o lenço branco e a touca. Estava concentrada em seu trabalho, parecia completamente absorvida. Seu rosto não demonstrava nada do desespero que se espera ao pensar em uma mulher que tentou homicídio e cuja vítima a seguira na noite passada até seu covil e (eu achava) a acusara do crime que tentou cometer. Fiquei pasma... e confusa. Ela olhou para cima enquanto eu ainda olhava para ela. Não se sobressaltou, não houve nenhum rubor traindo alguma emoção, nem consciência de culpa, ou medo de ser descoberta. Falou "Bom dia, senhorita", como sempre, de maneira fleumática e breve. Pegou outro passador, mais fita, e tornou a costurar.

"Vou submetê-la a algum teste", pensei. "Esta impenetrabilidade absoluta vai além da minha compreensão.

— Bom dia, Grace — falei. — Aconteceu alguma coisa aqui? Pensei ter ouvido os criados todos falando ao mesmo tempo agora há pouco.

— Foi só o patrão que estava lendo na noite passada, dormiu com a vela acesa e as cortinas pegaram fogo. Felizmente, acordou antes das roupas de cama ou a madeira da cama pegarem fogo, e conseguiu apagar as chamas com um jarro de água.

Jane Eyre

— Um caso estranho! — falei, com a voz baixa. Então continuei, olhando para ela fixamente. — O Sr. Rochester não acordou ninguém? Ninguém o escutou?

Ela novamente ergueu os olhos para mim, e desta vez havia alguma consciência na sua expressão. Parecia me examinar com cautela, então respondeu:

— Os criados dormem tão longe, você sabe, senhorita. Provavelmente não conseguiriam ouvir. O quarto da Sra. Fairfax e o seu são os mais próximos do quarto do patrão; mas a Sra. Fairfax disse que não ouviu nada... quando as pessoas envelhecem, muitas vezes têm o sono pesado. — Ela fez uma pausa, e então adicionou, com uma espécie de indiferença assumida, mas ainda em um tom marcante e significativo: — Mas você é jovem, senhorita. Atrevo-me a dizer que tem um sono leve. Ouviu algum ruído?

— Ouvi — disse eu, baixando a minha voz para que Leah, que estava ainda polindo as vidraças, não conseguisse ouvir. — No começo eu pensei que fosse o Pilot, mas o Pilot não consegue rir. E estou certa de que ouvi uma risada, uma risada estranha.

Ela pegou uma nova agulha cheia de linha, encerou-a com cuidado, enfiou a linha na agulha com uma mão firme e, em seguida, observou, com compostura perfeita:

— É pouco provável que o patrão tenha rido quando enfrentava tamanho perigo. A senhorita devia estar sonhando.

— Não estava sonhando — falei, um pouco irritada. A frieza descancarada dela me provocou.

Mais uma vez ela olhou para mim e, com o mesmo olho vigilante e consciente, continuou:

— Contou para o patrão que ouviu uma risada? — perguntou.

— Não tive a oportunidade de falar com ele nesta manhã.

— E não pensou em abrir a porta e olhar para o corredor? — persistiu. Parecia estar me questionando, tentando extrair de mim alguma informação. Passou pela minha cabeça que se ela soubesse que eu sabia ou suspeitava de sua culpa, eu poderia ser a próxima vítima. Achei melhor me prevenir.

— Pelo contrário, tranquei a porta.

— Então a senhorita não tem o hábito de trancar a porta à noite antes de ir para a cama?

"Diaba! Quer saber meus hábitos para que possa fazer planos de acordo com eles", pensei. A indignação novamente prevaleceu sobre a prudência. Eu respondi bruscamente:

— Até agora não trancava a porta, não via necessidade. Não estava ciente de que devia temer algum perigo ou aborrecimento em Thornfield Hall. Mas, daqui em diante (e coloquei uma forte ênfase nas palavras), terei o cuidado de trancar tudo antes de deitar.

— É o melhor a se fazer — foi sua resposta. — Essa vizinhança é tão segura quanto qualquer outra e nunca ouvi falar de ladrões assaltando a casa. Embora haja milhares de libras em prataria nos armários. E bom, para uma casa tão grande, há poucos criados. O patrão nunca ficou muito tempo aqui, e quando vem, por ser solteiro, não precisa de muito. Mas sempre acho melhor prevenir. É melhor uma porta fechada, e é sempre bom ter uma tranca entre a gente e qualquer mal que possa passar por aí. Muitas pessoas, senhorita, confiam tudo à Providência, mas eu digo que a Providência não dispensa os meios, embora muitas vezes os abençoem quando são utilizados. — E aqui ela terminou sua arenga; uma longa para ela, e pronunciada com a modéstia de puritana.

Eu ainda estava absolutamente pasma com o que me parecia ser um autocontrole milagroso e a mais inescrutável hipocrisia, quando a cozinheira entrou.

— Sra. Poole — disse ela, dirigindo-se a Grace — o almoço dos criados está quase pronto. Você vai descer?

— Não. Coloque apenas minha caneca de cerveja e um pedaço de pudim em uma bandeja, e eu levarei para cima.

— Vai comer um pouco de carne?

— Só um pedaço e um pouquinho de queijo, só isso.

— E o sagu?

— Agora não. Devo descer antes da hora do chá e eu mesma preparo.

A cozinheira se virou para mim e disse que a Sra. Fairfax me esperava. Então saí.

A Sra. Fairfax falou sobre o incêndio da cortina, mas quase não ouvi. Estava ocupada quebrando a cabeça e refletindo sobre o caráter enigmático de Grace Poole. Mais ainda quando pensava a respeito da sua posição em Thornfield, não entendi por que ela não tinha sido entregue sob custódia naquela manhã, ou, pelo menos, despedida pelo seu patrão. Ele praticamente declarou que acreditava que ela era a culpada ontem à noite. Qual motivo misterioso tinha para não a acusar? Por que ele tinha me recomendado, também, que fizesse segredo? Era estranho: um ousado, cavalheiro vingativo e arrogante parecia de alguma forma estar sob o poder de uma das criadas mais irrelevantes. Tanto em seu poder, que mesmo quando ela tentou contra a sua vida, ele não ousou acusá-la abertamente pela tentativa, muito menos puni-la por isso.

Se Grace fosse jovem e bonita, eu até pensaria que talvez sentimentos mais ternos do que prudência ou medo influenciavam o Sr. Rochester. Mas, pouco favorecida pela natureza e matronal como ela era, não achava que era o caso. "Mesmo assim", refleti, "ela já foi jovem, e na mesma época que seu patrão foi jovem. Uma vez a Sra. Fairfax me disse que ela estava aqui há muitos anos. Não acho que um dia já fora bonita, mas pelo que eu sei, talvez tivesse originalidade e força de caráter suficientes para compensar pela falta do resto. O Sr. Rochester é um amante do decidido e excêntrico, Grace é excêntrica, no mínimo. E se um antigo capricho (algo muito possível para alguém com uma natureza tão impulsiva e obstinada como a dele) fez com que ele ficasse em suas mãos, e ela agora exerce uma influência secreta sobre suas ações, resultado de sua própria indiscrição, que ele não consegue se livrar e não ousa desconsiderar?" Nesse ponto dos meus pensamentos, a imagem atarracada da Sra. Poole, seu rosto desagradável, seco, até mesmo grosseiro, passou pela minha mente tão nitidamente que pensei "Não, impossível! Minha suposição não pode estar certa." "No entanto," sugeriu a voz secreta que fala conosco em nossos corações, "você também não é bonita, e talvez o Sr. Rochester a aprove. De qualquer forma, você muitas vezes sentiu que ele aprovava. E ontem à noite... lembre-se das palavras dele, do olhar dele, da voz!"

Lembrei-me bem de tudo. As palavras, o olhar e o tom de voz pareciam de repente vividamente renovados. Eu estava agora na sala de aula. Adele estava desenhando, eu me inclinei sobre ela e arrumei a posição do lápis. Ela ergueu os olhos com uma espécie de sobressalto.

— *Qu'avez-vous, mademoiselle*[20]? — disse ela. — *Vos doigts tremblent comme la feuille, et vos joues sont rouges: mais, rouges comme des cerises!*[21]

— Eu estou com calor, Adele, de tanto me inclinar!

Ela continuou desenhando e eu continuei pensando. Apressei-me em tirar da minha mente a noção odiosa que vinha concebendo a respeito Grace Poole, me enojava. Comparei-me com ela e me dei conta de que éramos diferentes. Bessie Leaven dissera que eu era uma verdadeira dama, e falou a verdade... eu era uma dama. E agora tinha uma aparência muito melhor do que quando Bessie me vira. Estava mais corada e mais encorpada. Tinha mais saúde e vivacidade, porque tinha mais esperanças e prazeres mais intensos.

— A noite se aproxima — falei, enquanto olhava para a janela.

Não ouvi a voz ou os passos do Sr. Rochester na casa hoje, mas certamente o verei antes da noite. Eu temia o encontro de manhã, agora eu anseio por ele, porque a expectativa foi frustrada por tanto tempo que se transformou em impaciência.

Quando o crepúsculo realmente chegou, e quando Adele me deixou para ir e brincar no quarto com Sophie, desejei o encontro mais intensamente ainda. Esperei o sino tocar lá embaixo, esperei que Leah chegasse com algum recado. Cheguei a ouvir, algumas vezes, os passos do próprio Sr. Rochester, e me virei para a porta, esperando para abri-la e deixá-lo entrar. A porta permaneceu fechada, apenas a escuridão entrava pela janela. Ainda não estava muito tarde, ele costumava me chamar às sete ou oito horas, e ainda eram seis. Certamente eu não ficaria desapontada essa noite, logo agora que tinha tantas coisas para dizer a ele! Queria falar novamente a respeito de Grace Poole e ouvir o que ele responderia. Queria perguntar claramente se ele realmente acreditava que era ela quem havia feito a horrível tentativa; e se sim, por que ele manteve tamanha maldade em segredo. Pouco ligava se a minha curiosidade o irritasse. Conhecia o prazer de irritá-lo e acalmá-lo alternadamente. Era algo que eu gostava, e meu instinto sempre me impedia de ir longe demais. Nunca me aventurei além dos limites da provocação, mas gostava de testar minha habilidade. Mantendo todas as formas de respeito, atenta às regras

---

20 Em francês: "O que você tem, senhorita?"
21 Em francês: "Seus dedos tremem como folhas, e suas bochechas estão vermelhas, vermelhas como tomates!"

da minha condição, ainda era capaz de enfrentá-lo em uma discussão sem medo ou inibições. Isso servia tanto a ele quanto a mim.

Finalmente, um passo estalou na escada. Leah apareceu, mas apenas para dizer que o chá estava pronto no quarto da Sra. Fairfax. E para lá eu fui, estava feliz por descer, ao mesmo tempo lá embaixo eu estava mais próxima da presença do Sr. Rochester.

— A senhorita deve estar querendo seu chá — disse a boa senhora, quando entrei. — Comeu tão pouco no jantar. Temo que não esteja bem hoje. Está corada e febril.

— Ah, estou muito bem! Nunca me senti melhor.

— Então pode provar isso com um bom apetite. Pode encher o bule enquanto acabo com essa agulha?

Quando completou a tarefa, levantou-se para fechar a cortina que tinha deixado aberta até agora para aproveitar a luz, suponho, embora a noite já estivesse chegando trazendo a escuridão.

— A noite está bonita — disse ela, enquanto olhava através das janelas — embora não haja a luz das estrelas. O dia acabou sendo favorável à viagem do Sr. Rochester.

— Viagem? O Sr. Rochester foi a algum lugar? Não sabia que estava fora.

— Ah, saiu assim que tomou o café da manhã! Ele foi para o Leas, para a casa do Sr. Eshton, a dezesseis quilômetros de Millcote. Acredito que haja um grande grupo reunido lá: Lorde Ingram, Sir George Lynn, Coronel Dent e outros.

— A senhora o espera de volta esta noite?

— Não, nem amanhã. Diria até que é capaz que ele fique lá por uma semana ou mais. Quando essas pessoas finas e sofisticadas se reúnem, ficam rodeadas de elegância e alegria, tão bem providas de tudo que quiserem que não têm pressa de ir embora. Especialmente os cavalheiros, que são frequentemente solicitados em tais ocasiões. E o Sr. Rochester é tão talentoso e tão animado na sociedade, que acredito que ele seja o favorito. As mulheres gostam muito dele, embora não tenha uma aparência que provoque os olhares delas. Acredito que seus talentos e habilidades, talvez a riqueza e a boa família, compensem qualquer defeito na aparência.

— Têm damas em Leas?

— Tem a Sra. Eshton e suas três filhas... moças muito elegantes, de fato. E também as honráveis Blanche e Mary Ingram, mulheres lindas, suponho. Na verdade, vi Blanche há seis ou sete anos, quando ela tinha dezoito anos. Veio aqui para um baile de Natal do Sr. Rochester. Você devia ter visto a sala de jantar naquele dia... estava lindamente decorada, brilhantemente iluminada! Eu diria que havia cerca de cinquenta senhoras e cavalheiros aqui, todas as melhores famílias do Condado, e a Srta. Ingram foi considerada a rainha da noite.

— A senhora disse que a viu, Sra. Fairfax. Como ela era?

— Sim, eu a vi. As portas da sala de jantar estavam totalmente abertas e como era época de Natal, foi permitido que os criados ficassem no saguão para ouvir algumas das damas cantarem e jogarem. O Sr. Rochester pediu que eu entrasse, então sentei-me em um canto sossegado e os observei. Nunca vi cena mais esplêndida:

as damas estavam magnificamente vestidas. A maioria... pelo menos a maioria das jovens, era bonita. Mas a Srta. Ingram certamente era a mais bela.

— E como ela era?

— Alta, busto fino, ombros inclinados. Pescoço longo e gracioso. Cor de oliva, morena clara. Traços nobres, olhos como os do Sr. Rochester: grandes e pretos, e tão brilhantes quanto joias. Seu cabelo era tão bonito, preto como um corvo, totalmente arrumado. Uma coroa de tranças grossas na parte de trás, e na frente, os cachos mais longos e brilhantes que já vi. Estava vestida de branco, com um lenço âmbar sobre o ombro e peito, amarrado de lado e descendo em pontas longas e franjadas até o joelho dela. Usava uma flor cor de âmbar, também, em seu cabelo; contrastava bem com a massa ondulada de cachos.

— Foi muito admirada, certamente.

— Foi, de fato. E não apenas por sua beleza, mas pelos talentos. Era uma das damas que cantaram, um cavalheiro a acompanhou ao piano. Ela e o senhor Rochester cantaram um dueto.

— O Sr. Rochester? Não sabia que ele cantava.

— Ah! Ele tem uma bela voz de baixo e um excelente gosto musical.

— E Srta. Ingram, que tipo de voz ela tinha?

— Uma voz magnífica e poderosa. Cantava deliciosamente, foi um prazer ouvi-la. Ela tocou depois. Eu não sou a melhor para julgar música, mas o Sr. Rochester é, e eu o ouvi dizer que a execução dela fora extraordinariamente boa.

— E essa bela e talentosa dama ainda não se casou?

— Parece que não. Imagino que nem ela nem a irmã tenham grandes fortunas. As propriedades do velho Lorde Ingram eram herança, e o filho mais velho ficou com quase tudo.

— Me pergunto se nenhum nobre ou cavalheiro rico gostou dela. O Sr. Rochester, por exemplo. Ele é rico, não é?

— Bem, sim. Mas há uma diferença considerável de idade. O Sr. Rochester tem quase quarenta anos, ela tem apenas vinte e cinco.

— E daí? Combinações ainda mais desiguais são feitas todos os dias.

— Verdade. Ainda assim, acho que o Sr. Rochester dificilmente alimentaria uma ideia desse tipo. Mas você não comeu nada. Mal provou a comida desde que começou a tomar o chá.

— Não, estou com muita sede para comer. Pode me servir outra xícara?

Eu estava prestes a voltar à probabilidade de uma união entre o Sr. Rochester e a bela Blanche, mas Adele entrou e a conversa tomou outro rumo.

Quando fiquei sozinha novamente, refleti a respeito das informações que tinha conseguido. Olhei meu coração, observei seus pensamentos e sentimentos e esforcei-me para conter, com severidade, aqueles que tinham se desviado por conta da imaginação sem limites, e trouxe-os de volta ao bom senso.

Acusada em meu próprio tribunal, tive a Memória como evidência das esperanças, desejos e sentimentos que eu tinha acalentado desde a noite passada...

do estado geral de espírito ao qual eu havia me entregado há quase duas semanas. Depois a Razão surgiu e narrou, da sua própria maneira tranquila, a história simples e comum de como eu rejeitei a realidade e rapidamente devorei o ideal. Pronunciei, então, o seguinte julgamento:

Que uma tola maior do que Jane Eyre jamais havia respirado o ar da vida. Que uma completa idiota jamais havia se alimentado de mentiras doces e engolido o veneno como se fosse néctar.

"*Você*," eu disse, "a favorita do Sr. Rochester? *Você*, dotada do poder de agradá-lo? *Você*, importante para ele de alguma forma? Vá! Sua loucura me enoja. Você encontrava prazer em alguns sinais ocasionais de preferência... sinais ambíguos, dados por um nobre cavalheiro e um homem do mundo a uma inexperiente empregada. Como pôde? Pobre e estúpida idiota! Nem mesmo seu próprio interesse é capaz de torná-la mais sábia? Repetiu para si mesma a cena da noite passada? Cubra o rosto e tenha vergonha! Ele disse algo elogiando seus olhos, não foi? Menina cega! Abra os olhos embaçados e veja a sua maldita falta de senso! Não faz bem a nenhuma mulher ser lisonjeada por seu superior, sendo que ele não tem a menor intenção de casar-se com ela. E é uma loucura completa que uma mulher alimente um amor secreto dentro dela. Um amor que, desconhecido e não recíproco, devora a vida que o alimenta; e se descoberto e correspondido, levará, como fogo-fátuo, a um pântano lamacento de onde não há como sair."

"Ouça, então, Jane Eyre, a sua sentença: Amanhã, coloque o espelho diante de você e desenhe seu próprio retrato com giz. Fielmente, sem amenizar nenhum defeito, sem omitir traços grosseiros, sem suavizar irregularidades desagradáveis. E escreva sob ele: Retrato de uma Governanta, sem relações, pobre e sem graça."

"Depois, pegue um pedaço de marfim liso — você tem um na caixa de pintura — pegue sua paleta, misture as tintas mais claras, novas e delicadas, escolha pincéis de macio pelo de camelo. Trace o rosto mais lindo que puder imaginar, pinte-o com as cores mais suaves e delicadas, de acordo com a descrição que a Sra. Fairfax deu de Blanche Ingram. Lembre-se dos cachos pretos, dos olhos orientais. O quê? Está de novo tomando o Sr. Rochester como modelo! Ordem! Sem choradeira! Sem sentimentalismos! Sem arrependimentos! Só tolerarei bom senso e decisão. Lembre-se dos traços nobres e delicados, do busto e pescoço gregos, faça com que o braço curvilíneo seja visível, também a mão delicada. Não deixe de lado o anel de diamante nem o bracelete de ouro. Retrate fielmente os trajes, os laços diáfanos e o brilhante cetim, o gracioso lenço e a rosa dourada. Chame o retrato de "Blanche, uma talentosa dama da alta sociedade".

Sempre que, no futuro, passar pela sua cabeça que o Sr. Rochester goste de você, pegue os retratos e compare-os. Diga, "Se quisesse, o Sr. Rochester poderia ter o amor dessa nobre dama. Acha mesmo que ele perderia tempo pensando numa plebeia indigente e insignificante?"

"Farei isso", determinei. E depois de tomar essa decisão, acalmei-me e adormeci.

Mantive minha palavra. Uma ou duas horas foram o suficiente para esboçar meu próprio retrato em giz de cera, e em menos de quinze dias terminei uma miniatura de marfim de uma Blanche Ingram imaginária. Parecia um rosto muito adorável, e quando comparado com a cabeça real em giz, oferecia um contraste tão grande quanto o necessário para manter meu controle. A tarefa foi proveitosa, mantive a cabeça e as mãos ocupadas, e deu força e determinação aos novos sentimentos que eu desejava gravar, o contraste era tão grande quanto o controle poderia desejar. Eu tirei benefícios da tarefa: manteve minha cabeça e mãos ocupadas, e deu força e fixação para as novas impressões que eu desejava forjar permanentemente em meu coração.

Em pouco tempo, tive motivos para me parabenizar pela saudável disciplina à qual submeti meus sentimentos. Graças a ela, pude enfrentar as situações que aconteceram em seguida com calma, estado que eu não seria capaz de manter, nem de fingir, se estivesse despreparada.

CAPÍTULO 17

Passou-se uma semana sem nenhuma notícia do Sr. Rochester. Dez dias, e ele ainda não voltara. A Sra. Fairfax falou que não ficaria surpresa se ele fosse direto de Leas para Londres, e de lá para o novo Continente, sem aparecer de novo em Thornfield por um ano, uma vez que não era de todo raro que deixasse a mansão assim de forma abrupta e inesperada. Quando ouvi isso, comecei a sentir um arrepio estranho e uma fraqueza no coração. Na verdade, estava experimentando uma sensação nauseante de decepção. Mas, recuperando meu juízo e recordando meus princípios, imediatamente me recompus. E superei esse erro temporário de forma maravilhosa, afastei o lapso de supor que as atitudes do Sr. Rochester tivessem algum interesse vital na minha vida. Não que eu me sentisse humilhada por algum sentimento dominador de inferioridade. Ao contrário, apenas disse a mim mesma:

"Você não tem nada a ver com o dono de Thornfield, além de receber o salário que ele lhe dá para ensinar a sua protegida, e ser grata pelo tratamento respeitoso e gentil que, se cumprir seu dever, você tem o direito de esperar dele. Saiba que esse é o único laço que ele reconhece entre vocês, então não faça dele o objeto de seus sentimentos, arrebatamentos, agonias e daí por diante. Ele não é do seu nível: coloque-se no seu lugar e respeite a si mesma, não ame com toda a força do seu coração e da sua alma alguém que não deseja isso e pode desprezá-la.

Continuei a fazer minhas tarefas do dia com tranquilidade, mas às vezes surgiam na minha mente sugestões de motivos para deixar Thornfield. Involuntariamente, imaginava anúncios e fazia conjecturas sobre novas colocações. Não tentava reprimir esses pensamentos, podiam germinar e dar frutos, se quisessem.

O Sr. Rochester estava fora por mais de quinze dias, quando o correio trouxe uma carta à Sra. Fairfax.

— É do patrão — disse ela, ao olhar o endereço. — Imagino que agora saberemos se devemos esperar seu retorno ou não.

Continuei tomando meu café (estávamos tomando café da manhã), estava quente, e atribuí isso ao intenso ardor que tomou conta do meu rosto. Por que minha mão estava tremendo e por que, sem querer, derramei o líquido da minha xícara no pires, preferi não saber.

— Bem, às vezes acho que a casa está muito quieta. Mas teremos uma chance de nos ocupar bastante, pelo menos por um bom tempo — disse a Sra. Fairfax, ainda segurando a carta diante do rosto.

Antes que me permitisse pedir uma explicação, amarrei o laço do avental de Adele, que por acaso estava solto. Depois de servir outro pão para ela, e encher novamente sua xícara com leite, falei, indiferente:

— Imagino que não seja provável que o Sr. Rochester volte tão cedo?

— Na verdade, é... em três dias, segundo ele. Ou seja, na próxima quinta-feira, e não estará sozinho. Não sei quantas pessoas de Leas virão com ele. Mandou preparar todos os melhores quartos e limpar a biblioteca e as salas. Devo chamar ajudantes para a cozinha na George Inn, em Millcote, e de onde mais eu conseguir. As damas trarão as criadas e os cavalheiros trarão os valetes. A casa ficará cheia.

Os três dias foram, como ela previra, bastante ocupados. Eu achei que todos os quartos em Thornfield estavam limpos e bem organizados; mas parece que me enganei. Três mulheres tiveram que ajudar, e começaram a esfregar, escovar, lavar paredes, bater tapetes, tirar e colocar quadros, polir espelhos e lustres, acender lareiras nos quartos, arejar lençóis e cobertores, como nunca vi na vida. Adele ficou empolgadíssima com tudo isso, os preparativos para a comitiva e a perspectiva da chegada de convidados pareciam deixá-la em êxtase. Pediu a Sophie que cuidasse de suas *toilettes*, como chamava os vestidos, que separasse os que estivessem *passées*, e arejasse e preparasse os mais novos. Ela mesma não fez nada, a não ser dar cambalhotas nos quartos da frente, pular em cima das camas e se jogar nos colchões e pilhas de almofadas e travesseiros diante dos imensos fogos das lareiras. Foi dispensada dos deveres escolares. A Sra. Fairfax havia pedido minha ajuda, de modo que eu passava o dia todo na despensa, ajudando (ou atrapalhando) ela e a cozinheira, aprendendo a fazer pudins, tortas de queijo e massas francesas, a preparar pratos de caça e guarnecer sobremesas.

O grupo estava previsto para chegar na quinta-feira, a tempo de jantar às seis horas. Durante esse tempo não tive tempo de alimentar quimeras, e acredito que me mostrei tão ativa e animada quanto qualquer um, com exceção de Adele. Ainda assim, de vez em quando minha alegria era reprimida, e voltava ao lugar de dúvidas, presságios e sombrias conjecturas. Isso acontecia quando, por acaso, eu via a porta da escada do terceiro andar (que ultimamente ficava trancada a chave) abrir-se devagar, dando passagem ao vulto de Grace Poole, usando uma touca elegante, avental branco e um lenço; quando a via passar pelo corredor, os passos leves abafados pelos sapatos antigos; quando eu a via olhar para dentro dos quartos movimentados de cabeça baixa, e dizer apenas uma palavra à faxineira sobre a forma correta de polir uma grade, ou um consolo de mármore, ou tirar manchas do papel de parede, e seguir adiante. Ela descia à cozinha uma vez ao dia, jantava, fumava um pequeno cachimbo junto à lareira e voltava, levando a caneca de cerveja consigo para o antro solitário lá em cima. Das vinte e quatro horas do dia, passava só uma com os criados. Todo o resto do tempo era passado em algum quarto de teto baixo, forrado de carvalho, no terceiro andar. Ali sentava-se e costumava... provavelmente ria tristemente, tão sem companhia quanto um prisioneiro em uma masmorra.

O mais estranho de tudo era que nem uma alma na casa, exceto eu, percebia seus hábitos, ou parecia intrigado por eles. Ninguém discutia a posição ou o emprego que tinha, ninguém tinha dó da sua solidão e isolamento. Na verdade, uma vez ouvi parte de uma conversa de Leah com as arrumadeiras, em que o assunto era Grace Poole. Leah falou algo que não ouvi, e a arrumadeira respondeu:

— Ela recebe um bom salário, não é?

— Recebe — disse Leah. — Queria eu ter um tão bom. Não que o meu seja ruim, não há mesquinhez em Thornfield, mas não recebo nem um quinto do que a Sra. Poole recebe. E ela está juntando, vai ao banco em Millcote a cada três meses. Não me espantaria se já tivesse economizado o suficiente para conseguir se manter, caso deixasse o emprego. Mas acho que se acostumou a ficar aqui. E ela ainda não tem nem quarenta anos, é forte e capaz de fazer qualquer serviço. É cedo demais para largar o emprego.

— Então é boa de serviço — disse a faxineira.

— Ah! Ela entende o que tem que fazer... melhor do que ninguém — falou Leah, de uma forma significativa. — E não é qualquer pessoa que pode fazer que que ela faz... nem mesmo com o seu salário.

— Não mesmo — foi a resposta. — Eu me pergunto se o patrão...

A arrumadeira ia continuar, mas Leah se virou e me viu, e imediatamente deu uma cutucada na companheira.

— Ela não sabe? — ouvi a mulher sussurrar.

Leah balançou a cabeça e a conversa acabou. Isso foi tudo que descobri: havia um mistério em Thornfield, e eu havia sido excluída de qualquer participação dele.

A quinta-feira chegou. Todo o trabalho havia terminado na noite anterior. Os tapetes foram recolocados, as cortinas das camas foram pregadas, as colchas foram estendidas, as penteadeiras foram arrumadas, os móveis foram lustrados e as flores foram colocadas nos vasos. Os quartos e as salas estavam limpos e brilhantes. O saguão fora lustrado, assim como o grande relógio, e os degraus e corrimões da escada estavam brilhando. Na sala de jantar, o aparador reluzia com a prataria; na sala de estar e no *boudoir*, vasos de plantas exóticas floresciam por todos os lados.

A tarde chegou. A Sra. Fairfax colocou seu melhor vestido preto de cetim, luvas e um relógio de ouro, pois era a responsável por receber o grupo e levar as damas aos quartos, etc. Adele também queria estar bem vestida, embora eu achasse que a chance de ser apresentada aos convidados naquele dia fosse pequena. No entanto, para agradá-la, permiti que Sophie colocasse nela um dos vestidos curtos e cheios de musselina que tinha. Quanto a mim, não havia necessidade de fazer nenhuma mudança. Não seria convidada a deixar o santuário da sala de aula, pois era um refúgio o que se tornara para mim... um refúgio muito agradável em tempos de tormenta.

Tinha sido um dia ameno e sereno de primavera. Um daqueles dias que, no final de março ou início de abril, se erguem brilhando sobre a terra como arautos do verão. Chegava ao fim agora, mas mesmo a noite ainda estava quente, e me sentei para trabalhar na sala de aula com a janela aberta.

— Está ficando tarde — disse a Sra. Fairfax, entrando agitada. — Estou feliz por ter pedido o jantar uma hora depois do habitual, pois já passa das seis. Mandei John até os portões para ver se alguém vem na estrada. De lá é possível ver uma boa parte do caminho até Millcote. Foi até a janela.

— Lá vem ele — falou. — Bem, John, alguma notícia? — perguntou, debruçando-se na janela.

— Eles estão vindo, senhora — foi a resposta. — Estarão aqui em dez minutos.

Adele voou para a janela. Eu a segui, tomando cuidado para ficar de lado, de forma que ficasse protegida pela cortina e pudesse ver sem ser vista.

Os dez minutos de John pareceram muito longos, mas por fim, rodas foram ouvidas. Quatro cavaleiros galopavam na frente, duas carruagens abertas vinham atrás deles. Véus flutuantes e plumas ondulantes enchiam os veículos; dois dos cavalheiros eram jovens de aparência elegante; o terceiro era o Sr. Rochester, em seu cavalo preto, com Pilot na frente; ao seu lado cavalgava uma dama, os dois eram os primeiros do grupo. O traje roxo de montaria quase encostava no chão, o longo véu flutuava na brisa, e misturando-se com as dobras do céu transparente, brilhando através dele, estavam os ricos cachos pretos.

— A Srta. Ingram! — exclamou a Sra. Fairfax, e foi correndo para seu posto abaixo.

Os cavalheiros, seguindo a curva, rapidamente viraram a esquina e perdi-os de vista. Adele pedia para descer, mas eu a coloquei no colo e fiz com que entendesse que não devia, em hipótese alguma, aparecer em frente às damas, agora ou em outro momento, sem ser expressamente convocada, pois o Sr. Rochester ficaria com muita raiva, etc. Derramou algumas lágrimas verdadeiras quando ouviu isso, mas como eu parecia muito brava, conseguiu enxugá-las.

Agora era possível ouvir uma alegre movimentação no saguão. As vozes profundas dos cavalheiros misturavam-se harmoniosamente com os acentos argentinos das damas. Acima de todas, embora não alta, estava a sonora voz do dono de Thornfield Hall, recebendo os belos e galantes convidados em sua casa. Em seguida, passos leves subiram a escada, houve um movimento no corredor, algumas risadas suaves e alegres, o som de portas abrindo e fechando, e por um tempo, silêncio.

Jane Eyre

— *Elles changent de toilettes*[22] — disse Adele, que ouvia atentamente cada movimento, então suspirou. — *Chez maman*, — continuou — *quand il y avait du monde, je le suivais partout, au salon et e leurs chambres; souvent je regardais les femmes de chambre coiffer et habiller les dames, et c'etait si amusant: comme cela on apprend.*[23]

— Você não está com fome, Adele?

— *Mais oui, mademoiselle: voilà cinq ou six heures que nous n'avons pas mangé.*[24]

— Bem, enquanto as damas estão em seus quartos, posso descer e buscar algo para você comer.

E saindo do meu quarto com precaução, busquei uma escada de fundos que levava diretamente para a cozinha. Tudo por ali era fogo e agitação. A sopa e o peixe estavam quase prontos, e a cozinheira pairava sobre as panelas num estado físico e mental que ameaçava combustão espontânea. Na sala dos criados, dois cocheiros e três cavalheiros estavam de pé, perto da lareira. Acredito que as criadas estivessem lá em cima com as patroas. Os novos criados, que tinham vindo de Millcote, andavam por todos os lados. Atravessando o caos, cheguei à despensa, onde peguei um frango frio, um pão, alguns bolos, um ou dois pratos, facas e garfos. Depois disso, saí de lá rapidamente. Estava no corredor, fechando a porta do fundo atrás de mim, quando um zumbido me indicou que as damas estavam saindo dos quartos. Eu não podia ir até a sala de aula sem passar por algumas de suas portas, correndo o risco de ser surpreendida com minha carga. Assim, fiquei parada naquele lugar que, por não ter janelas, era bem escuro, mais escuro ainda agora, pois o sol já havia se posto e a noite chegava.

Nesse momento, os quartos ficaram vazios e as belas hóspedes saíram uma após a outra. Cada uma mais alegre e delicada que a outra, com vestidos que cintilavam na escuridão. Por um momento, ficaram agrupadas do outro lado do corredor, conversando num tom de abafada animação. Depois, desceram a escada quase sem nenhum barulho, como uma névoa brilhante descendo uma colina. O surgimento de todas juntas deixou-me com a impressão de uma fineza de berço, como eu nunca vira antes.

Encontrei Adele espiando pela porta da sala de aula que segurava entreaberta.

— Que damas lindas! — exclamou, em inglês. — Ah, como eu gostaria de poder ir até elas! A senhorita acha que o Sr. Rochester mandará nos buscar depois do jantar?

— Não, para falar a verdade, não acho. O Sr. Rochester tem outras coisas em mente. Esqueça as damas esta noite, talvez você as veja amanhã. Aqui está o seu jantar.

---

22 Em francês: "Eles estão trocando de roupa".

23 Em francês: "Quando mamãe recebia visitas, eu as seguia por toda parte, até a sala e seus quartos. Muitas vezes observei as empregadas pentearem e vestirem as damas, e era tão divertido, é assim que se aprende.

24 Em francês: "Claro, senhorita. Faz cinco ou seis horas que não comemos".

Ela estava com muita fome, então o frango e as tortas serviram para desviar sua atenção por um tempo. Foi bom que eu tivesse trazido a comida, senão ela, eu e Sophie, que também dividiu conosco, teríamos corrido o risco de ficar sem jantar. Todo mundo lá embaixo estava ocupado demais para pensar em nós três. A sobremesa não foi servida até às nove, e às dez, os criados ainda estavam correndo de um lado para o outro com bandejas e xícaras de café. Deixei que Adele ficasse acordada até mais tarde do que o normal, pois ela falou que não conseguiria dormir enquanto ouvisse as portas e as pessoas lá embaixo. Além disso, acrescentou, pode ser que o Sr. Rochester mandasse buscá-la quando ela já tivesse se despido, *et alors, quel dommage!*[25]

Contei histórias até quando quis ouvir e, para distraí-la, levei-a para o corredor. A lâmpada do saguão estava acesa e ela gostou de olhar sobre a balaustrada e observar os criados passando para lá e para cá. Quando já estava mais tarde, começou uma música na sala de estar, onde estava o piano. Adele e eu nos sentamos nos degraus mais altos da escada para ouvir. Uma voz se misturava com os belos sons do instrumento, uma dama estava cantando, sua voz era suave. Quando acabou o solo, ouvimos um dueto, depois um coro. Um alegre burburinho de conversas preenchia os intervalos. Escutei por muito tempo. De repente, percebi que estava concentrada em analisar os sons misturados e tentando encontrar a voz do Sr. Rochester no meio da confusão de vozes. Quando reconheci, o que não demorou muito, tentei decifrar os sons ouvidos à distância em palavras.

O relógio bateu onze horas. Olhei para Adele, cuja cabeça encostava no meu ombro, seus olhos estavam ficando pesados... então eu a peguei em meus braços e a carreguei para a cama. Já era quase uma hora quando os cavalheiros e damas foram para seus quartos.

O dia seguinte foi tão bonito quanto o anterior, e o grupo decidiu passear pela vizinhança. Partiram no início da manhã, alguns a cavalo, o resto em carruagens. Vi quando saíram e quando voltaram. A Srta. Ingram, como antes, era a única dama a cavalo e, como antes, o Sr. Rochester galopava ao seu lado, um pouco afastados dos outros. Falei sobre isso com a Sra. Fairfax, que estava de pé na janela ao meu lado:

— A senhora disse que não era provável que eles pensassem em se casar, mas está claro que o Sr. Rochester gosta mais dela do que de qualquer outra dama.

— Sim, atrevo-me a dizer que sem dúvida ele a admira.

— E ela a ele — acrescentei. — Veja como ela inclina a cabeça para o seu lado, como se estivessem em uma conversa privada. Queria conseguir ver o seu rosto, nunca tive sequer um vislumbre dele.

— Verá esta noite — respondeu a Sra. Fairfax. — Comentei com o Sr. Rochester o quanto Adele queria ser apresentada às senhoras, e ele disse: "Ah! Diga a ela que vá à sala de estar após o jantar, e peça a Srta. Eyre para acompanhá-la."

---

25 Em francês: "E que pena seria!".

— Sim, mas disse isso por mera polidez. Não preciso ir, tenho certeza — respondi.

— Bem, eu falei que como a senhorita não estava acostumada com muitas pessoas, não achava que gostaria de aparecer diante de um grupo tão alegre, formado por pessoas que não conhece. E ele respondeu, do seu jeito ríspido: "Tolice! Se ela recusar, diga que é meu pedido particular, se ainda assim não quiser, diga que irei buscá-la se resistir."

— Não darei esse trabalho — respondi. — Eu irei, se não há outra maneira, mas não gosto disso. A senhora estará lá?

— Não, pedi para ser dispensada e ele concordou. Contarei para a senhorita o que fazer para evitar o constrangimento de uma entrada formal, que é a parte desagradável da coisa. Deve ir para a sala de estar enquanto ainda estiver vazia, antes que as senhoras deixem a mesa de jantar. Então deve escolher um assento no canto quieto que preferir, não precisa ficar muito tempo depois que os cavalheiros entrarem, a não ser que queira. Deixe que o Sr. Rochester veja a senhorita lá, e então saia discretamente... ninguém vai perceber.

— Acha que essas pessoas vão ficar por muito tempo?

— Talvez duas ou três semanas, certamente não mais que isso. Após o recesso da Páscoa, Sir George Lynn, que recentemente foi eleito deputado de Millcote, terá que ir até a cidade para assumir. Atrevo-me a dizer que o Sr. Rochester o acompanhará, me surpreende que ele tenha ficado tanto tempo aqui em Thornfield.

Foi com alguma apreensão que acompanhei a chegada da hora em que deveria descer com a minha aluna para a sala de estar. Adele esteve em estado de êxtase o dia todo, depois que ficou sabendo que seria apresentada às senhoras naquela noite, só se acalmou quando Sophie começou a vesti-la. A importância do ato rapidamente fez com que ficasse quieta, e quando se viu no vestido de cetim rosa, com os cachos arrumados, a longa faixa amarrada e as luvas de renda, ficou tão séria quanto um juiz. Não foi preciso pedir cuidado para não amassar a roupa. Quando estava vestida, sentou-se recatadamente na cadeirinha, tomando o cuidado de levantar a saia de cetim para não amassá-la e garantiu que não se moveria até que eu estivesse pronta. Rapidamente coloquei meu melhor vestido (o prateado, comprado para o casamento da Srta. Temple e nunca mais usado desde então), arrumei o cabelo e coloquei o broche de pérolas, que era o único ornamento que tinha, então descemos.

Felizmente, havia outra entrada para a sala de estar além da passagem da sala de jantar. Encontramos o cômodo vazio, um grande fogo queimava silenciosamente na lareira de mármore e velas de cera brilhavam na solidão, em meio às flores perfeitas que enfeitavam as mesas. A cortina carmesim pendia diante do arco, agindo como uma fina barreira entre a sala vizinha, mas os convidados falavam em um tom tão baixo que não era possível distinguir nada da conversa, além de um suave murmúrio.

Adele, que parecia ainda estar sob a influência de um impressão mais solene, sentou-se, sem dizer uma palavra, sobre o banquinho que eu indiquei para ela. Eu me retirei para um assento na janela, e pegando um livro de uma mesa próxima, tentei ler. Adele colocou seu banquinho perto de mim, pouco depois tocou meu joelho.

— O que, Adele?

— *Est-ce que je ne puis pas prendrie une seule de ces fleurs magnifiques, mademoiselle? Seulement pour completer ma toilette?*[26]

— Você pensa muito na sua *toilette*, Adele. Mas pode pegar uma flor.

E eu peguei uma rosa de um vaso e prendi em sua faixa. Ela deu um suspiro de satisfação, como se agora estivesse completamente feliz. Virei o rosto para esconder um sorriso que não pude reprimir. Havia algo cômico, ao mesmo tempo que penoso, na devoção sincera e inata que aquela pequena parisiense tinha às questões de vestuário.

Ouvimos o som de pessoas se levantando, a cortina foi afastada e a sala de jantar apareceu, com o lustre derramando luz sobre as pratas e cristais da magnífica louça que cobria a mesa. Um grupo de damas estava parado na entrada, entraram e a cortina caiu atrás delas.

Havia apenas oito, mas de alguma forma, quando estavam juntas, pareciam ser muito mais. Algumas delas eram muito altas, muitas estavam vestidas de branco, e todas tinham roupas longas que pareciam ampliar suas pessoas, como a neblina amplia a lua. Levantei-me e cumprimentei as damas. Uma ou duas curvaram a cabeça devolvendo o gesto, as outras apenas me encararam.

Eles se dispersaram pela sala, me lembrando, pela leveza e delicadeza de seus movimentos, um bando de pássaros brancos emplumados. Algumas se lançaram meio inclinadas nos sofás e pufes, algumas se curvaram sobre as mesas e observaram as flores e os livros, o resto se reuniu em grupo ao redor da lareira, todas falando em voz baixa, mas clara, o que parecia ser o usual. Descobri como se chamavam depois, e posso mencioná-los agora.

Primeiro, havia a Sra. Eshton e suas duas filhas. Claramente havia sido uma mulher bonita e ainda estava bem conservada. Quanto às filhas, a mais velha, Amy, era bem pequena, ingênua, tinha o rosto e as maneiras infantis, e formas provocantes; o vestido de musselina branca e faixa azul caía bem. A segunda, Louisa, era mais alta e mais elegante, tinha um rosto muito bonito, do tipo que os franceses chamam de *minois chiffone*. As duas irmãs eram brancas como lírios.

Lady Lynn era uma figura grande e robusta de cerca de quarenta anos, muito ereta, muito arrogante, ricamente vestida num manto de brilho furta-cor. O cabelo escuro brilhava intensamente sob um adereço de pluma azul com pedras preciosas.

A Sra. Coronel Dent era menos vistosa, mas, pensei, mais parecida com uma dama. Tinha um corpo esguio, um rosto pálido e delicado, e cabelos claros. Seu

---

26 Em francês: "Não posso pegar nenhuma dessas lindas flores, senhorita? Só para complementar minha roupa?

vestido de cetim preto, com o lenço de uma chique renda estrangeira e ornamentos de pérolas, me agradaram mais do que o arco-íris da outra dama.

Mas as três mais distintas — em parte, talvez porque eram as mais altas do grupo — eram a nobre Sra. Ingram e suas filhas, Blanche e Mary. Eram as mais altas entre as mulheres. A mãe devia estar entre quarenta e cinquenta anos, ainda tinha uma ótima aparência, o cabelo (pelo menos à luz de velas) ainda era preto, os dentes também estavam aparentemente perfeitos. A maioria das pessoas diria que ela era uma mulher esplêndida para sua vida. E era, sem dúvida, ao menos a aparência era. Mas tinha um ar de arrogância quase insuportável em sua postura e semblante. Tinha traços romanos e queixo duplo, que desaparecia em uma garganta que parecia um pilar. Essas características não me pareceram apenas presunçosas e sombrias, eram também inflamadas de orgulho. O queixo parecia sustentado pelo mesmo princípio, numa posição ereta quase sobrenatural. Tinha, da mesma forma, um olhar feroz e cruel. Lembrou-me da Sra. Reed. Articulava as palavras ao falar, a voz era profunda, as inflexões muito pomposas, muito dogmáticas... intoleráveis, resumindo. Um vestido de veludo carmesim e um turbante de algum tecido indiano dourado davam a ela (suponho que era o que pensava) uma dignidade verdadeiramente imperial.

Blanche e Mary eram da mesma estatura... altas e retas como álamos. Mary era muito magra para sua altura, mas Blanche parecia moldada como uma Diana. Eu a observava, é claro, com um interesse especial. Primeiro, queria ver se sua aparência estava de acordo com a descrição da Sra. Fairfax, em segundo lugar, se parecia ao menos um pouco com a miniatura que eu havia pintado dela, e em terceiro lugar... admito: queria ver se era a mulher que eu imaginava que o Sr. Rochester gostaria.

No que diz respeito à aparência, parecia exatamente com a minha pintura e com a descrição feita pela Sra. Fairfax. O busto nobre, os ombros caídos, o pescoço gracioso, os olhos escuros e cachos negros estavam todos lá... mas o rosto? O rosto dela era como o de sua mãe, porém mais jovem e sem rugas. A mesma testa pequena, os mesmos traços elevados, o mesmo orgulho. Não era, no entanto, um orgulho tão sórdido! Ela ria sem parar, seu riso era irônico, assim como a expressão habitual do lábio arqueado e arrogante.

Dizem que pessoas talentosas são presunçosas. Não posso dizer se a Srta. Ingram era talentosa, mas ela era presunçosa... claramente presunçosa. Iniciou uma conversa sobre botânica com a gentil Sra. Dent. Ao que parece a Sra. Dent não tinha estudado essa ciência, embora, como ela disse, gostasse de flores, "especialmente as silvestres". A Srta. Ingram tinha estudado, e recitou os termos corretos com arrogância. Percebi que ela estava (utilizando o termo correto) *provocando* a Sra. Dent. Isto é, zombando de sua ignorância... a provocação podia ser inteligente, mas decididamente não era bondosa. Tocou piano brilhantemente; cantou com uma linda voz; conversou em francês com a mãe e falou bem, com fluência e bom sotaque.

Mary tinha um semblante mais delicado e mais aberto do que Blanche, traços mais suaves também, e uma pele mais clara (a Srta. Ingram era morena como uma espanhola)... mas em Mary, faltava vida, faltava brilho nos olhos. Não tinha nada a dizer, e uma vez que se sentou, permaneceu imóvel como estátua num museu. As duas irmãs estavam vestidas de um branco imaculado.

E agora, eu acreditava que a Srta. Ingram era uma pessoa que o Sr. Rochester provavelmente escolheria? Eu não poderia dizer... não conhecia seu gosto pela beleza feminina. Se gostasse do majestoso, ela era bem o tipo de majestade, e era talentosa e alegre. A maioria dos cavalheiros a admiraria, pensei. Já havia provas de que ele a admirava... para afastar a última sombra de dúvida, faltava apenas vê-los juntos.

Não deve supor, leitor, que Adele ficou todo esse tempo sentada, imóvel, no banquinho aos meus pés. Não, quando as senhoras entraram, ela se levantou, avançou para encontrá-las, fez uma reverência majestosa e disse gravemente:

— *Bonjour, mesdames.*

A Srta. Ingram olhou para ela com uma expressão de zombaria e exclamou:

— Ah, que boneca!

Lady Lynn comentou:

— É a pupila do Sr. Rochester, eu acho... a garotinha francesa de quem ele estava falando.

A Sra. Dent gentilmente pegou sua mão e deu-lhe um beijo. Amy e Louisa Eshton exclamaram simultaneamente:

— Que amor de criança!

E então elas a chamaram para um sofá, onde ela agora estava sentada, entre elas, conversando alternadamente em francês e inglês mediano. Absorvendo não só a atenção das jovens damas, como também da Sra. Eshton e da Lady Lynn, e sendo mimada como gostava.

Por fim, o café foi servido e os senhores foram chamados. Eu estava sentada na sombra... se é que havia sombra naquele cômodo tão iluminado. A cortina me escondia um pouco. O arco se abriu mais uma vez e eles entraram. A aparição coletiva dos cavalheiros, como a das damas, era muito imponente. Estavam todos vestidos de preto. A maioria deles era alta e alguns eram jovens. Henry e Frederick Lynn eram muito arrojados na verdade; e o Coronel Dent era um belo homem. O Sr. Eshton, o magistrado do distrito, era um cavalheiro: cabelos brancos, sobrancelhas e bigodes ainda escuros, que davam a ele a aparência de um *père nobre de theathre*. Lord Ingram, como suas irmãs, era muito alto; como elas, também, era muito bonito, mas compartilhava o mesmo olhar apático que Mary. Parecia ter mais comprimento de pernas que vivacidade de sangue ou vigor de mente.

E onde estava o Sr. Rochester?

Chegou, por fim. Não estava olhando para o arco, mas vi quando entrou. Tentei focar minha atenção nas agulhas de tricô, nas malhas da bolsa que estou fazendo... quero pensar apenas no trabalho que tenho nas mãos, ver apenas as contas de prata e fios de seda que estão no meu colo. Ainda assim, vejo sua figura perfeitamente, e inevitavelmente me recordo do momento em que o vi pela última vez, logo depois de ter feito, o que segundo ele, algo muito importante. Ele segurava minha mão e olhava para o meu rosto, me observava com olhos que revelavam um coração cheio e ansioso para transbordar emoções as quais eu compartilhava. Como eu havia me aproximado dele naquele momento! O que tinha acontecido desde então, para mudar a nossa relação? Estávamos tão distantes agora! Tão distantes, que não esperava que ele fosse falar comigo. Não me espantei quando, sem olhar na minha direção, ele se sentou do outro lado da sala e começou a conversar com algumas das damas.

Percebi que sua atenção estava voltada para elas e que eu poderia olhar para ele sem ser pega, e meus olhos foram atraídos involuntariamente para seu rosto. Não conseguia controlar as pálpebras, elas se levantavam e as pupilas focavam nele. Eu olhava e sentia um enorme prazer olhando... um prazer precioso, apesar de dilacerante; ouro puro, com uma beirada de aço agoniante, um prazer como sentiria um homem morto de sede que se arrastou para um poço que está envenenado, mas que se inclinou e bebeu a água divina mesmo assim.

A maior verdade é que "a beleza está nos olhos de quem vê". O rosto do meu patrão, cor de oliva, com a fronte quadrada e firme, as sobrancelhas espessas, os olhos profundos, os traços fortes, a boca sombria... toda a energia, decisão, vontade... não eram traços bonitos de acordo com o convencional, mas eram mais do que bonitos para mim. Me interessavam, exerciam uma influência enorme sobre mim... tiravam meus sentimentos do meu poder e prendia-os a ele. Eu não pretendia amá-lo. O leitor sabe que eu tinha me esforçado muito para extirpar de minha alma os germes do amor ali presentes. E agora, na primeira vez que o vi, esses sentimentos voltaram espontaneamente, firmes e fortes! Ele me fez amá-lo sem olhar para mim.

Eu o comparei com os convidados. O que eram a galante graça dos Lynn, a lânguida elegância de Lorde Ingram, ou a distinção militar do Coronel Dent, comparadas com seu vigor natural e autêntica força? Nem a aparência ou a expressão deles me despertavam simpatia, mas imaginava que a maioria das pessoas diriam que eram atraentes, bonitos, imponentes, enquanto diriam que o Sr. Rochester era um homem de feições grosseiras e ar melancólico. Eu os via sorrir e dar risadas... mas não eram nada. A luz das velas tinha mais alma que seus sorrisos, o tilintar do sino tinha mais significado que suas risadas. Via o Sr. Rochester sorrir... as feições sérias suavizarem, os olhos se tornarem brilhantes e gentis, um pouco penetrantes e doces. No momento ele falava com Louisa e Amy Eshton. Fiquei admirada ao vê-las recebendo calmamente aquele olhar que eu considerava tão penetrante, esperava que baixassem os olhos, que corassem. Contudo, fiquei satisfeita ao perceber que estavam impassíveis. "Ele não é para elas o que é para mim", pensei, "ele não é dessa espécie. Acredito que seja da minha... tenho certeza de que é... sinto que somos parecidos... entendo seu rosto e seus gestos. Embora a classe e a riqueza nos afastem bastante, tenho algo na mente e no coração, no sangue e nos nervos, que me conecta mentalmente a ele. E eu falei há alguns dias que não tinha nada com ele, a não ser o fato de receber o salário das suas mãos? Proibi a mim mesma de pensar nele de qualquer outra forma que não como meu patrão? Um absurdo! Todo sentimento bom, genuíno e forte que tenho diz respeito a ele. Sei que devo esconder esses sentimentos, devo sufocar a esperança, preciso me lembrar de que pode ser que ele não se interesse muito por mim. Quando digo que somos da mesma espécie, não quero dizer que tenho sua influência ou atração, quero dizer apenas que compartilhamos alguns gostos e sentimentos. Preciso repetir, continuamente, que estamos separados para todo o sempre... ainda assim, enquanto eu respirar e pensar, vou amá-lo."

O café foi servido. As damas, depois da chegada dos cavalheiros, ficaram felizes como cotovias, a conversa tornou-se animada e alegre. O Coronel Dent e o Sr. Eshton discutiam sobre política e as esposas ouviam. As duas orgulhosas damas, Lady Lynn e Lady Ingram, confabulavam juntas. Sir George... quem, por acaso, esqueci de descrever, era um camponês muito grande e muito jovem, estava parado diante do sofá com uma xícara de café na mão, ocasionalmente falava alguma coisa. O Sr. Frederick Lynn sentava ao lado de Mary Ingram e mostrava-lhe as imagens de um esplêndido álbum, ela olhava, sorria de vez em quando, mas falava pouco. O alto e fleumático Lorde Ingram inclinava-se com os braços cruzados sobre a poltrona da pequena e animada Amy Eshton, e ela olhava para ele e tagarelava sem parar, gostava mais dele do que do Sr. Rochester. Henry Lynn compartilhava um pufe aos pés de Louisa com Adele. Ele estava tentando falar francês com ela, e Louisa ria de seus erros. Quem acompanharia Blanche Ingram? Ela estava sozinha à mesa, curvando-se graciosamente sobre um livro. Parecia esperar a chamasse, mas não esperou por muito tempo, ela mesma escolheu a companhia.

O Sr. Rochester, depois de deixar as Eshtons, estava junto à lareira tão solitário quanto ela à mesa. A Srta. Ingram foi até ele, parando do outro lado da lareira.

— Sr. Rochester, pensei que não gostasse de crianças.

— Não gosto.

— Então, o que o levou a se incubir de uma bonequinha dessas? — apontou para Adele. — Onde a pegou?

— Não a peguei, ela foi deixada em minhas mãos.

— O senhor deveria tê-la mandado para a escola.

— Não podia, as escolas são tão caras.

— Ora, suponho que ela tenha uma governanta. Eu vi alguém com ela agora há pouco... ela se foi? Ah não! Ali está, atrás da cortina da janela. O senhor a paga, é claro. Acho que isso é bem caro, ainda mais que precisa manter as duas.

Eu temia (ou devo dizer que esperava?) que a menção a mim fizesse com que o Sr. Rochester olhasse na minha direção, e involuntariamente me encolhi ainda mais na sombra, mas ele não moveu os olhos.

—Não pensei sobre o assunto — disse ele com indiferença, olhando diretamente para ela.

— Não, vocês homens nunca consideram a economia e o bom senso. O senhor deveria ouvir o que mamãe fala sobre as governantas. Mary e eu tivemos, eu acho, uma dúzia quando éramos mais novas. Metade delas era detestável e o restante era ridícula, e todas terríveis... não eram, mamãe?

Jane Eyre

— Falou algo, minha querida?

A jovem, então reivindicada como propriedade especial da dama, reiterou a pergunta com uma explicação.

— Minha querida, não fale sobre governantas. A palavra já me deixa nervosa. Sofri um martírio por causa da incompetência e caprichos que tinham. Agradeço aos céus por estar livre delas.

Nesse ponto a Sra. Dent se curvou e sussurrou algo no ouvido da senhora. Por causa da resposta que se seguiu, suponho que ela tivesse feito um lembrete de que havia alguém dessa péssima raça presente.

— *Tant pis!* [27] — disse a senhora. — Espero que isso lhe faça bem! — Então, em um tom mais baixo, mas ainda alto o suficiente para eu ouvir, continuou: — Eu a vi. Sou uma ótima julgadora de fisionomia, e na dela vejo todos os defeitos de sua classe.

— Quais são eles, senhora? — perguntou o Sr. Rochester em voz alta.

— Direi ao senhor em particular — respondeu ela, abanando seu turbante três vezes significativamente.

— Mas minha curiosidade terá perdido o apetite, precisa de alimento agora.

— Pergunte a Blanche, ela está mais perto de você do que eu.

— Ah, não passe para mim, mamãe! Eu só tenho uma palavra para dizer de todo esse povo: são um incômodo. Não que eu tenha sofrido muito com elas, tive o cuidado de inverter os papéis. Que truques Theodore e eu costumávamos pregar na senhorita Wilson, Sra. Gray e Madame Joubert! Mary estava sempre com sono demais para juntar-se a nós nas brincadeiras espirituosas. A maior diversão era a Madame Joubert. A Srta. Wilson era uma pobre coisinha doente, chorona e taciturna, não valia a pena espezinhá-la, em suma; e a Sra. Grey era grosseira e insensível, nada surtia efeito sobre ela. Mas a pobre Madame Joubert! Eu ainda consigo ver as explosões de fúria que tinha quando levávamos ao extremo... derramando nosso chá, esmigalhando nosso pão com manteiga, jogando nossos livros para o alto, e fazendo bagunça com a régua, as mesas, a grade e os atiçadores. Theodore, você se lembra daqueles dias felizes?

— Sim, claro que lembro — disse Lorde Ingram — e a pobre velha gritava "Ah, crianças perversas!", e então dávamos sermões nela, dizendo que era presunçosa demais ao pensar que poderia tentar ensinar crianças tão inteligentes como nós, sendo ela tão ignorante.

— Fazíamos isso mesmo. E, Tedo, lembra-se de como eu o ajudei a acusar (ou perseguir) seu tutor, o Sr. Vining cara pálida... o padre fracassado, como o chamávamos? Ele e a Srta. Wilson tomaram a liberdade de se apaixonar um pelo outro... pelo menos, era o que eu e Tedo achávamos. Surpreendemos diversos olhares carinhosos e suspiros que interpretamos como sinais da *la belle passion*, e posso garantir que logo todos souberam da nossa descoberta. Usamos como desculpa para

---

27 Tanto pior!

tirá-los da nossa casa. A nossa querida mamãe, assim que ficou sabendo a respeito do caso, viu que tinha algo de imoral acontecendo ali. Não foi, mamãe?

— Certamente, meu amor. E eu estava certa. Veja bem, há mil motivos pelos quais relações entre governantas e tutores não devem ser toleradas nem por um momento em uma casa de respeito. Primeiramente...

— Ah, meu Deus, mamãe! Poupe-nos! *Au reste*, todos nós já sabemos. O perigo que esse mau exemplo representa para a inocência das crianças, distrações e, consequentemente, negligência dos deveres dos empregados. Aliança entre os dois, que resulta em insolência... rebelião e confusão total. Estou certo, Baronesa Ingram, de Ingram Park?

— Minha flor de lírio, você está certa, como sempre.

— Então não há mais necessidade de falar disso. Mude de assunto.

Amy Eshton, não ouvindo ou não atendendo a ordem, juntou-se com a voz suave e infantil:

— Louisa e eu costumávamos questionar nossa governanta também, mas ela era uma criatura tão boa que suportaria qualquer coisa, não a tirava do sério. Nunca ficava com raiva, não era, Louise?

— Não, nunca. Podíamos fazer o que bem quiséssemos. Saquear sua mesa e caixa de trabalho, virar as gavetas do avesso... Ela tinha uma natureza tão boa, que daria qualquer coisa que pedíssemos.

— Suponho que agora — disse a Srta. Ingram, franzindo o lábio sarcasticamente — teremos um resumo de lembranças de todas as governantas existentes. Para evitar tal coisa, novamente digo para trocamos de assunto. Sr. Rochester, o senhor me apoia?

— Senhora, eu a apoio nesse ponto, como em todos os outros.

— Então é minha responsabilidade fazer com que isso aconteça. *Signior* Eduardo, está pronto para usar a voz esta noite?

— *Donna* Bianca, se mandar, eu estarei.

— Então, *signior*, dou uma ordem soberana para que prepare os pulmões e outros órgãos vocais, para meu serviço real.

— Quem não seria o Rizzio de uma Mary tão divina?

— Que Rizzio! — exclamou ela, sacudindo a cabeça com todos os seus cachos, enquanto ia em direção ao piano. — Na minha opinião, o violinista David deve ter sido um tipo de sujeito insípido. Gosto mais do negro Bothwell. Acredito que um homem não é nada se não houver em si um pouco de diabo. E a história pode dizer o que quiser de James Hepburn, mas eu tenho a ideia de que ele era exatamente o tipo de herói selvagem, feroz e bandido a quem eu poderia ter consentido dar a minha mão.

— Cavalheiros, ouçam! Agora, qual de vocês mais se assemelha a Bothwell? — exclamou o Sr. Rochester.

— Devo dizer que é o senhor — respondeu Coronel Dent.

— Minha honra agradece — foi a resposta.

A Srta. Ingram, que agora se sentava com orgulho e graça ao piano, espalhando suas vestes brancas como neve, começou um prelúdio brilhante, falando enquanto tocava. Parecia estar em sua melhor forma esta noite, as palavras e o ar que tinha pareciam provocar não apenas a admiração, mas também a perplexidade das pessoas que a ouviam. Estava evidentemente empenhada em atingi-las com charme e atrevimento.

— Ah, estou tão farto dos jovens de hoje! — exclamou ela, batendo no instrumento. — Coisinhas pobres e fracas, não servem para dar um passo além dos portões do jardim do papai, nem para ir longe sem a permissão da mamãe! Criaturas tão absortas em cuidar dos belos rostos, das mãos brancas, dos pezinhos, como homens tivessem alguma coisa a ver com a beleza! Como se a beleza fosse não a prerrogativa especial da mulher... sua legítima herança! Admito que uma *mulher* feia é uma mancha na face da criação, mas quanto aos *senhores*, devem se dedicar a possuir força e valores. Deviam ter como lema: caçar, atirar e lutar, o resto não vale a pena. Esse seria o meu foco, se eu fosse um homem.

Quando eu me casar — continuou ela, após uma pausa que ninguém interrompeu, — estou decidida a não ter meu marido como rival, mas como um reflexo. Não tolerarei nenhuma competição pelo trono. Vou exigir completa adoração. Sua devoção não será compartilhada entre mim e a forma que ele vê no espelho. Sr. Rochester, agora cante e tocarei para o senhor.

— Sou totalmente obediente — foi a resposta.

— Aqui está uma canção de corsários. Sabe como gosto de corsários, então cante com espírito.

— Comandos dos lábios da Srta. Ingram colocariam espírito até em uma caneca de leite e água.

— Tome cuidado, então. Se não me agradar, envergonharei o senhor mostrando como as coisas *devem* ser feitas.

— Isso é oferecer um prêmio por incapacidade. Agora farei esforço para falhar.

— *Gardez-vous en bien!* [28]Se o senhor errar intencionalmente, vou pensar em um castigo proporcional.

— Srta. Ingram, deve ser clemente, pois tem o poder de infligir um castigo além da resistência mortal.

— Ah! Explique! — ordenou a senhora.

— Perdoe-me, senhorita. Não há necessidade de explicação. Seu próprio bom senso deve informá-la de que apenas o cerrar de seus olhos já seria o bastante para substituir a pena de morte.

— Cante! — disse ela, então recomeçou a tocar um acompanhamento animado.

"Agora é a minha hora de fugir," pensei. Mas o som que cortou o ar me prendeu. A Sra. Fairfax havia dito que o Sr. Rochester era dono de uma bela voz. E era... uma bela voz grave, poderosa, na qual colocava seus próprios sentimentos, sua própria

---

28 Não se atreva!

força, de uma forma que ia diretamente do ouvido para o coração, despertando sensações estranhas. Esperei até que a última nota profunda e vibrante terminasse, até que as conversas, paradas por um momento, retomassem. Então deixei o canto em que estava e saí pela porta lateral, que felizmente estava próxima. Dali, uma passagem estreita conduzia ao corredor. Ao cruzá-la, percebi que minha sandália estava solta e parei para amarrá-la, ajoelhando no tapete aos pés da escada. Ouvi a porta da sala de jantar se abrir, um cavalheiro saiu. Levantando-me apressadamente, fiquei cara a cara com ele. Era o Sr. Rochester.

— Como vai? — perguntou.

— Estou muito bem, senhor.

— Por que você não veio falar comigo na sala?

Pensei que poderia devolver a pergunta, mas não devia tomar essa liberdade. Respondi:

— Não queria incomodá-lo, pois parecia ocupado, senhor.

— O que tem feito durante a minha ausência?

— Nada de especial. Tenho ensinado Adele como sempre.

— E ficando muito mais pálida do que era, percebi assim que a vi. Qual é o problema?

— Absolutamente nada, senhor.

— Pegou algum resfriado naquela noite em que quase me afogou?

— De forma alguma.

— Volte para a sala de estar. Está indo embora cedo demais.

— Estou cansada, senhor.

Ele olhou para mim por um minuto.

— E um pouco triste. — disse ele. — Por quê? Diga-me.

— Por nada... nada, senhor. Não estou triste.

— Afirmo que está. Tão triste que mais algumas palavras traiam lágrimas aos seus olhos... na verdade, já estão lá agora, brilhando e nadando, uma acabou de escorregar dos seus olhos e caiu no chão. Se eu tivesse tempo, e se não tivesse pavor de algum criado linguarudo passar por aqui, descobriria o que tudo isso quer dizer. Bem, esta noite eu a perdoo. Mas entenda que enquanto meus visitantes estiverem aqui, espero que você vá para a sala de visitas todas as noites. É a minha vontade, não a negligencie. Agora vá, e mande Sophie buscar Adele. Boa noite, minha... — Então parou, mordeu o lábio, e me deixou abruptamente.

CAPÍTULO 18

Aqueles foram dias alegres em Thornfield Hall. E agitados também. Como foram diferentes dos primeiros três meses de calmaria, monotonia e solidão que passara ali! Todos os sentimentos tristes pareciam ter sido expulsos da casa, todas as conexões sombrias, esquecidas. Havia vida em toda parte, movimento o dia todo.

Não era possível atravessar o corredor, antes tão silencioso, nem entrar nos quartos da frente, antes tão vazios, sem encontrar uma criada ou valete.

A cozinha, a despensa, a sala dos criados e o saguão estavam igualmente movimentados. Os salões só ficavam vazios e quietos quando o céu azul e um brilhante sol da primavera chamavam os convidados para os jardins. Mesmo quando o tempo não estava assim, e a chuva caía sem parar por dias, nenhuma umidade alterava a alegria. As diversões internas se tornavam mais vivas e variadas, uma vez que não era possível se divertir ao ar livre.

Estava me perguntando o que iam fazer na primeira noite em que foi proposta uma mudança nos jogos. Falaram de "matar charadas", mas em minha ignorância, não entendi. Os criados foram chamados, as mesas da sala de jantar foram retiradas, as luzes foram trocadas de lugar e formou-se um semicírculo de cadeiras diante do arco. Enquanto o Sr. Rochester e os outros cavalheiros dirigiam essas alterações, as damas subiam e desciam as escadas convocando as criadas. A Sra. Fairfax foi chamada para dar informações a respeito dos xales da casa, assim como dos vestidos e qualquer tipo de tecido. Alguns guarda-roupas do terceiro andar foram revirados, e as saias bordadas, os mantos de cetim e babados de renda foram levados para baixo nos braços das criadas. Depois, foi feita uma seleção e as peças escolhidas foram para o *boudoir* da sala de estar.

Nesse ínterim, o Sr. Rochester reuniu as damas ao seu redor e começou a escolher quem seria do seu grupo.

— A Srta. Ingram é minha, claro — disse ele.

Depois, nomeou as duas Srtas. Eshton e a Sra. Dent. Olhou para mim, eu estava perto dele, pois fechava o bracelete da Sra. Dent, que havia se soltado.

— Vai jogar? — indagou ele.

Balancei a cabeça. Ele não insistiu, o que era meu medo. Deixou que eu voltasse calmamente ao meu lugar.

Ele e suas ajudantes saíram por trás da cortina. O outro grupo, liderado por Coronel Dent, sentou-se no semicírculo de cadeiras. Um dos cavalheiros, o Sr. Eshton, observando-me, pareceu propor que me convidassem, mas Lady Ingram recusou a ideia no mesmo instante.

— Não — ouvi-a dizer. — Ela parece estúpida demais para qualquer jogo desses.

Logo uma sineta soou e a subiu. Sob o arco, a figura forte de Sir George Lynn, que o Sr. Rochester também escolhera, apareceu enrolada num lençol branco. Em frente a ele, numa mesa, havia um grande livro aberto. E ao seu lado estava Amy Eshton, levantando a capa do Sr. Rochester e segurando um livro. Alguém, que não era possível ver, tocava a sineta. Então Adele (que fez questão de fazer parte do grupo de seu tutor) pulou para a frente, jogando ao seu redor o conteúdo de uma cesta de flores que carregava. Depois apareceu a magnífica figura da Srta. Ingram, vestida de branco, um longo véu na cabeça e uma coroa de flores na testa. Ao seu lado vinha o Sr. Rochester. Os dois se aproximaram da mesa. Ajoelharam-se enquanto a Sra. Dent e Louisa Eshton, também vestidas de branco, ficaram atrás deles. Houve uma cerimônia em mímica, de forma que era fácil reconhecer que se tratava de um casamento. Quando acabou, o Coronel Dent e seu grupo cochicharam por um tempo, depois o Coronel gritou:

— Noiva!

O Sr. Rochester confirmou e a cortina desceu.

Demorou um bom tempo para a cortina subir novamente. A segunda cena estava mais preparada que a última. Eu já havia reparado que a sala de estar ficava dois degraus acima da de jantar. No degrau de cima, poucos metros para dentro do cômodo, havia uma grande bacia de mármore, que reconheci como ser da estufa, onde costumava ficar cercada de plantas exóticas e peixinhos dourados, e de onde devia ter sido trazido com dificuldade, por causa de seu peso e tamanho.

Sentado no tapete, ao lado da bacia, estava o Sr. Rochester enrolado em xales e com um turbante na cabeça. Os olhos negros, a pele escura e os traços pagãos combinavam perfeitamente com o traje. Parecia um emir do Oriente. Então surgiu a Srta. Ingram. Também vestia trajes orientais. Um xale vermelho rodeava sua cintura, como uma faixa, usava também um lenço bordado amarrado sobre as têmporas. Os braços lindamente modelados estavam nus, um deles erguido para segurar um jarro delicadamente colocado na cabeça. Sua forma, as feições, a cor e seu ar sugeriam que fosse alguma princesa israelista do tempo dos patriarcas. E era, sem dúvida, a personagem que pretendia representar.

Aproximou-se da bacia e curvou-se como se fosse encher o jarro, então colocou o objeto novamente na cabeça. Quem estava na beira da fonte pareceu fazer algum pedido a ela. Ela tomou o jarro nas mãos e deu para ele beber. Das dobras do manto ele tirou um estojo, abriu-o e mostrou belíssimos braceletes e brincos, ela fingiu surpresa e admiração. Ajoelhando-se, ele depositou o tesouro aos seus pés. Ela demonstrava incredulidade e satisfação. O estranho colocou os braceletes nos seus braços e os brincos nas orelhas. Eram Eliezer e Rebecca, faltavam só os camelos.

O grupo que tentava adivinhar se reuniu de novo. Aparentemente, não conseguiam concordar com a exata palavra ou cena representada. O porta-voz, Coronel Dent, pediu o "quadro todo", e a cortina desceu.

Na terceira cena, só era possível parte da sala de estar, porque o resto estava escondido por um biombo, coberto por algum tipo de tecido escuro e grosso. A bacia de mármore fora retirada, e uma mesa e cadeira de cozinha foram colocadas em seu lugar, os objetos só eram visíveis a uma luz muito fraca que vinha de uma lanterna de chifre, pois todos os candelabros foram apagados.

Em meio à essa sórdida cena, um homem estava sentado no chão, tinha as mãos no joelho e os olhos voltados para o chão. Reconheci o Sr. Rochester, embora o rosto estivesse sujo e a roupa em frangalhos (o casaco estava esfarrapado, como se tivesse sido quase arrancado em uma briga), o rosto desesperado e raivoso e o cabelo bagunçado quase pudessem escondê-lo. Quando se moveu, foi possível ouvir o som de correntes. Estava com algemas nos pulsos.

— Prisão — exclamou o Coronel Dent, e a charada foi desvendada.

Jane Eyre

Passou-se um tempo grande o bastante para que todos colocassem as roupas normais, então voltaram para a sala. O Sr. Rochester vinha com a Srta. Ingram, e ela o elogiava pela atuação.

— Sabe — falou ela — que dos três personagens gostei mais do último? Ah! Se tivesse vivido há alguns anos, que belo cavalheiro salteador teria sido!

— A fuligem saiu toda do meu rosto? — perguntou ele, virando-se para ela.

— Ah, sim! Que pena! Nada ficaria melhor em você do que esse ar de bandido.

— Gosta de um herói de estrada, então?

— Um herói de estrada inglês seria a melhor coisa do mundo, depois de um bandido italiano. E esse só poderia ser superado por um pirata levantino.

— Bem, seja eu o que for, lembre-se de que é minha esposa. Nos casamos há uma hora, em frente a todas essas testemunhas.

Ela riu e corou.

— Agora, Dent — continuou o Sr. Rochester — é a sua vez.

E, enquanto o outro grupo saía, o primeiro ocupou os assentos vagos. A Srta. Ingram sentou-se à direita do líder e os outros adivinhadores sentaram-se nas cadeiras ao lado deles. Não olhei mais os atores, não esperava a cortina se erguer com interesse. Minha atenção foi direcionada aos espectadores, meus olhos, antes fixos no arco, agora foram atraídos para o semicírculo de cadeiras. Não me lembro da charada que o Coronel Dent e o grupo criaram, nem qual palavras escolheram, ou como se saíram. Mas lembro-me da consulta que acontecia após cada cena. Do Sr. Rochester voltar-se para a Srta. Ingram, e ela para ele. Vi como ela inclinava a cabeça na direção dele até que seus cachos pretos quase tocassem o ombro dele e encostassem no rosto. Ouço os sussurros que compartilhavam, lembro-me dos olhares que trocaram. E mesmo o sentimento que esse espetáculo despertou em mim me vem à memória agora.

Já lhe disse, leitor, que tinha aprendido a amar o Sr. Rochester. Não era capaz de deixar de amá-lo agora, simplesmente porque ele não me dava mais atenção, porque podia passar horas em sua presença sem que ele voltasse os olhos para mim uma vez sequer, porque via que uma dama tomava toda a sua atenção, dama essa que evitava até mesmo que a barra do vestido encostasse em mim. Que se, por ventura, seus olhos escuros e majestosos caíssem sobre mim, ela os desviava imediatamente, como se eu fosse um objeto insignificante demais para ter sua atenção. Não podia deixar de amá-lo, só porque sabia que ele em breve se casaria com essa verdadeira dama (eu lia diariamente em seu rosto a certeza que sentia em relação às intenções que ele tinha para com ela), porque via o tempo todo nele um modo de cortejá-la que, embora fosse descuidado e preferindo que fosse procurado em vez de procurar, ainda assim era cativante e irresistível.

Nada havia nada que pudesse esfriar ou diminuir esse amor, embora tivesse muito para provocar desespero. E você pode pensar, leitor, que havia motivos para ciúmes, se uma mulher na minha posição se atrevesse a ter ciúmes de uma mulher na posição da Srta. Ingram. Mas eu não sentia ciúmes, ou pelo menos, sentia muito raramente. A dor que eu sentia não podia ser explicada por essa palavra. A Srta. Ingram estava abaixo do ciúme, era inferior demais para provocar tal sentimento. Peço perdão pelo paradoxo, honestamente. Ela gostava muito de se exibir, mas não era autêntica. Era bonita, tinha muitos talentos brilhantes, mas tinha uma mente pobre. O coração era árido, nada florescia espontaneamente naquele solo, não havia fruto natural que poderia se deliciar no seu frescor. Não era boa, não era original, repetia frases feitas de livros, não demonstrava, ou não tinha, opiniões próprias. Falava bastante de sentimentos, mas não conhecia a simpatia ou a piedade, não tinha ternura ou sinceridade. Muitas vezes traía esses sentimentos, demonstrando uma exagerada antipatia que nutria contra a pequena Adele, afastando-a com insultos se por acaso a menina se aproximasse dela, mandando que saísse da sala e sempre a tratando com frieza e grosseria. Outros olhos além dos meus observavam essas demonstrações de caráter... de perto, profundamente e de forma sagaz. Sim, o futuro noivo, o próprio Sr. Rochester, vigiava a pretendida incessantemente. E foi por conta dessa sagacidade, dessa preocupação que demonstrava, dessa consciência completa dos defeitos que sua querida tinha... dessa óbvia falta de paixão em relação a ela... daí começou minha torturante dor.

Vi que se casaria com ela por motivos familiares e talvez políticos, porque a classe, as relações dela convinham a ele. Senti que ele não dera seu amor a ela e que as virtudes que ela possuía não seriam o bastante para conquistar esse tesouro. Esse era o ponto... era aí que o nervo era tocado: *ela não podia conquistá-lo.*

Se ela conseguisse vencer, se ele tivesse se rendido e entregasse sinceramente seu coração aos pés dela, eu teria virado a face e (falando de forma figurada) morreria para ambos. Se a Srta. Ingram fosse uma dama boa e nobre, dotada de força, vida, bondade, sensatez, eu teria um embate com dois tigres: o ciúme e o desespero. Então, com o coração partido e devorado, eu a admiraria, reconheceria sua excelência, e ficaria quieta pelo resto da minha vida. E quanto maior fosse a sua superioridade, mais profunda seria a minha admiração, e mais tranquila a minha quietude. Mas, da forma que as coisas estavam, observar os esforços da Srta. Ingram para fascinar o Sr. Rochester, assistir aos repetidos fracassos, sendo ela mesma inconsciente deles, imaginando que cada flecha lançada atingia o alvo, e se tornando presunçosa com o sucesso, enquanto o orgulho e a autocomplacência afastavam cada vez mais e mais aquilo que queriam atrair... testemunhar isso era estar, ao mesmo tempo, sob constante excitação e uma cruel limitação.

Porque, quando ela falhava, eu via como eu conseguiria. Flechas que constantemente se desviavam do peito do Sr. Rochester e caíam inofensivas a seus pés poderiam, eu sabia, atingir aquele coração orgulhoso se fossem atiradas por uma mão mais certeira. Poderiam encher de amor os seus olhos severos e de suavidade o seu rosto sardônico. Ou, melhor ainda, poderia conquistar sem armas e de forma silenciosa.

"Por que ela não consegue influenciá-lo mais, quando tem o privilégio de estar tão próxima dele?" era o que eu me perguntava. "Sem dúvida não gosta realmente dele ou não o ama de verdade! Se gostasse, não precisaria sorrir tão forçadamente, olhá-lo de forma tão persistente, fingir uma pose tão elaborada, demonstrar graças tão sufocantes. Parece-me que se sentasse tranquila ao seu lado, falasse pouco e olhasse menos, teria mais chances de conquistá-lo. Já vi no rosto dele uma expressão diferente daquela que o endurecia, quando ela falava com ele tão animadamente. Uma que veio naturalmente, não foi arrancada por artes e manobras calculadas, que apenas se aceita. Só é preciso responder ao que ele pergunta sem pretensão, falar com ele quando for necessário sem trejeitos forçados e ele se torna bondoso e agradável, quente como um raio de sol. Como ela conseguirá agradá-lo quando se casarem? Não acho que ela será capaz disso. E, no entanto, é possível que ele se torne assim. E se fosse, a sua esposa poderia se tornar, tenho certeza, a mulher mais feliz da face da terra.

Ainda não disse nada censurando o plano do Sr. Rochester de casar-se por interesse e laços sociais. Fiquei surpresa quando descobri que tinha essa intenção. Acreditava que era um homem que não se deixaria influenciar por motivos tão fúteis na escolha de uma esposa, mas quanto mais refletia sobre a posição e educação de ambos, menos justificativa encontrava para julgar e acusar ele a Srta. Ingram. Estavam agindo conforme as ideias e princípios que aprenderam, sem dúvida, desde a infância. Todas as pessoas da mesma classe mantinham esses princípios, suponho que tivessem motivos para mantê-los que fugiam à minha compreensão. Parecia-me que, se eu fosse um cavalheiro como o Sr. Rochester, somente abriria meu coração para uma esposa a quem eu amasse. As próprias vantagens óbvias da felicidade do marido que existiria nesse plano me convenceram de que devia haver motivos contrários que eu ignorava completamente. Se não fosse o caso, todo mundo agiria como eu queria agir.

Mas em outros pontos, assim como nesse, eu estava me tornando muito indulgente com meu patrão. Esquecia todos os seus defeitos, que antes tinham toda a minha atenção. Antes tinha o objetivo de observar todas as nuances de seu caráter, ver o ruim e o bom, pesá-los e formar um julgamento imparcial. Agora não via o ruim. O sarcasmo que já me repelira, a rispidez que já me espantara, eram como ingredientes picantes num prato raro. A presença era ácida, mas a ausência tornaria o prato insípido. E quanto a algo vago... era uma expressão sinistra ou dolorosa ou culpada? Que se abria a um observador cuidadoso, de vez em quando, em seus olhos, e se fechava novamente antes que alguém pudesse compreender a estranha profundidade parcialmente revelada; aquele algo que costumava me fazer tremer e encolher, como se eu tivesse vagado entre montanhas vulcânicas e sentisse a terra tremer e o solo se abrir. Aquele algo que eu, em intervalos, ainda via com o coração pulsante, mas não com nervos tensos. Em vez de querer evitar, eu ansiava por me atrever... por adivinhar o que era. E acreditava que a Srta. Ingram era feliz, porque um dia poderia olhar para dentro daquele abismo à vontade, explorar seus segredos e desvendar sua natureza.

Enquanto isso, enquanto eu pensava apenas no meu patrão e na futura noiva, — via apenas eles, ouvia apenas suas palavras e só considerava importante os seus movimentos — o resto do grupo estava ocupado com os próprios interesses e prazeres. As Ladies Lynn e Ingram continuavam juntas em solenes conferências, balançando os turbantes uma para a outra e erguendo as quatro mãos em gestos de surpresa, mistério, ou horror, a depender do tema da conversa, como se fossem duas grandes bonecas. A gentil Sra. Dent conversava com a bondosa Sra. Eshton, e as duas às vezes me dirigiam uma palavra cortês ou um sorriso. Sir George Lynn, o Coronel Dent e o Sr. Eshton discutiam política, questões da região ou assuntos da justiça. Lorde Ingram cortejava Amy Eshton, Louisa tocava e cantava para e com um dos Srs. Lynn, e Mary Ingram ouvia continuamente as conversas galantes do outro. Às vezes todos eles, de comum acordo, interrompiam o que estavam fazendo para observar e ouvir os atores principais, pois, afinal de contas, o Sr. Rochester e — por estar intimamente ligada a ele — a Srta. Ingram, eram o corpo e a alma do grupo. Se ele saía da sala por uma hora, um tédio parecia se apossar dos hóspedes, e seu retorno dava um novo impulso à vivacidade das conversas.

A falta de sua presença animadora parecia ser peculiarmente sentida um dia que fora chamado para Millcote a negócios, e provavelmente só voltaria tarde. O dia estava chuvoso, e um passeio que haviam proposto fazer para ver um acampamento cigano, recentemente montado em uma área pública além de Hay, foi adiado. Alguns dos senhores foram para os estábulos. Os mais jovens, junto com as damas mais jovens, estavam jogando bilhar na sala de jogos. As matriarcas Ingram e Lynn buscaram conforto em um jogo tranquilo de cartas. Blanche Ingram, depois de ter repelido com um silêncio arrogante alguns esforços da Sra. Dent e Sra. Eshton para atraí-la para uma conversa, primeiro cantarolou algumas melodias sentimentais no piano, e então, tendo buscado um romance na biblioteca, atirou-se em um sofá em altiva indiferença, e preparou-se para enganar as tediosas horas de ausência com o encanto da ficção. A sala e a casa estavam em silêncio. Só de vez em quando ouviam-se risadas dos jogadores de bilhar no andar de cima.

Estava quase anoitecendo, e o relógio já avisado que era hora de se vestir para o jantar, quando a pequena Adele se ajoelhou ao meu lado na janela da sala e de repente exclamou:

— *Voilà, Monsieur Rochester qui revient!* [29]

Eu me virei, e a Srta. Ingram disparou do sofá. Os outros também levantaram os olhos de suas ocupações. Nesse momento, um barulho de rodas e de cascos de cavalo no cascalho molhado tornaram-se audíveis. A diligência postal se aproximava.

— O que poderia levá-lo a voltar para casa desse jeito? — disse Senhorita Ingram.

— Ele montou Mesrour, o cavalo preto, quando saiu, não foi? E Pilot estava com ele. O que será que fez com os animais?

---

29 Olhem, o Sr. Rochester está chegando!

Jane Eyre

Ao dizer isso, empurrou tanto a sua figura alta para a janela que fui obrigada a me curvar até quase quebrar a coluna. Em sua ansiedade, não me viu ali a princípio, mas quando o fez, curvou os lábios com desdém e foi para outra janela. A carruagem parou, o motorista tocou a campainha, e um cavalheiro em trajes de viagem desceu, mas não era o Sr. Rochester, era um homem alto, de aparência elegante, um estranho.

— Que irritante! — exclamou a Srta. Ingram.

E, repreendendo Adele, continuou:

— Você é uma macaquinha cansativa! Quem mandou que ficasse empoleirada na janela dando notícias falsas? — e lançou-me um olhar zangado, como se eu fosse a culpada.

Ouviu-se uma conversa no corredor, e logo o recém-chegado entrou. Fez uma reverência para Lady Ingram, por considerá-la a dama mais velha presente.

— Parece que cheguei em um momento inoportuno, senhora — disse ele — quando meu amigo, Sr. Rochester, não está em casa. Mas fiz uma longa viagem, e acho que posso presumir que sou um amigo antigo e íntimo o bastante para ficar aqui enquanto aguardo seu retorno.

Seus modos eram educados. Quando falou, me espantei com o sotaque incomum... não exatamente estrangeiro, mas ainda não totalmente inglês. Tinha mais ou menos a mesma idade do Sr. Rochester, entre trinta e quarenta anos. Seu rosto era singularmente pálido, mas ainda assim um homem bonito, especialmente à primeira vista. Em um exame mais atento, era possível ver algo em seu rosto que desagradava, ou melhor, que falhava em agradar. Seus traços eram regulares, mas muito relaxados. Os olhos eram grandes e bem desenhados, mas a luz deles era mansa e vazia... pelo menos foi o que pensei.

O som da campainha dispersou o grupo. Só fui vê-lo novamente depois do jantar. Parecia bastante à vontade, mas sua fisionomia me agradou ainda menos do que antes: me pareceu ao mesmo tempo instável e inerte. Seus olhos vagavam, mas sem nenhum propósito. Isso dava a ele um olhar estranho, como eu nunca havia visto. Para um homem bonito e não desagradável, ele me repelia demais. Não havia força naquele rosto de pele lisa e formato oval. Nem firmeza naquele nariz aquilino e na pequena boca parecida com uma cereja. Não havia pensamento na testa baixa e uniforme, ou comando naqueles vazios olhos castanhos.

Quando sentei no meu cantinho de sempre, e olhei para ele com a luz dos candelabros do consolo irradiando sobre ele, pois ocupava uma poltrona perto do fogo e se mantinha encolhido como se estivesse com frio, comparei-o com o Sr. Rochester. Eu acho (com todo o respeito) que não havia como o contraste entre um ganso elegante e um falcão feroz ser muito maior, ou entre uma ovelha mansa e o cão de pelo áspero e olhos agudos, seu guardião.

Ele havia falado do Sr. Rochester como um velho amigo. Como deveria ser uma amizade curiosa. Uma imagem perfeita, na verdade, do velho ditado que "os opostos se atraem".

Dois ou três dos cavalheiros se sentaram perto dele, e eu peguei, às vezes, fragmentos da conversa do outro lado da sala. No início, não consegui entender muito o que ouvia, porque a conversa de Louisa Eshton e Mary Ingram, que se sentavam perto de mim, se misturava com os trechos que chegavam até mim. Estas últimas estavam discutindo o estranho, ambas a chamaram de "um homem bonito". Louisa disse que ele era "um amor de criatura", e ela "o adorava"; e Mary falou da sua "boquinha bonita e lindo nariz", como seu ideal de beleza.

— E que testa bonita ele tem! — exclamou Louisa, — tão lisa... nada dessas irregularidades carrancudas que não gosto muito. E que olhos e sorriso tão plácidos!

E então, para meu grande alívio, o Sr. Henry Lynn convidou-as para o outro lado da sala, para resolver algum ponto sobre a excursão adiada para Hay Common.

Agora eu poderia concentrar minha atenção no grupo junto ao fogo, e logo percebi que o estranho se chamava Sr. Mason e que acabara de chegar à Inglaterra, vindo de algum país tropical. O que a razão, sem dúvida, de ter o rosto tão pálido, e de sentar-se tão perto da lareira, e usar sobretudo dentro de casa. As palavras Jamaica, Kingston, Spanish Town, indicaram as Índias Ocidentais como sua residência, e não foi sem surpresa que percebi, em pouco tempo, que fora lá que tinha conhecido e se tornado amigo do Sr. Rochester. Falou sobre a antipatia do amigo por calores ardentes, os furacões e as estações chuvosas daquela região. Eu sabia que o Sr. Rochester tinha sido um viajante, a Sra. Fairfax me contou, mas achava que suas aventuras tivessem sido limitadas ao continente europeu, até agora não tinha ouvido ninguém falar a respeito de viagens em costas mais distantes.

Eu estava pensando nessas coisas, quando um incidente, algo inesperado, quebrou o fio dos meus pensamentos. O Sr. Mason, tremendo quando alguém abria a porta, pediu mais carvão para ser colocado no fogo, que estava fraco, embora uma massa de cinzas ainda brilhasse quente e vermelha. O criado que trouxe o carvão, ao sair, parou perto da cadeira do Sr. Eshton e disse algo a ele em voz baixa, da qual ouvi apenas as palavras, "velho" e "bastante problemática."

— Diga a ela que será posta atrás das grades se não for embora — respondeu o magistrado.

— Não... pare! — interrompeu o coronel Dent. — Não a mande embora Eshton. Podemos transformar a situação, é melhor consultar as damas. — E falando em voz alta, continuou: — Senhoras, queriam ir para Hay Common para visitar o acampamento cigano. Sam aqui diz que uma das velhas ciganas está na ala dos criados nesse momento, e insiste em ser trazida diante de todos para dizer a sorte. Querem vê-la?

— Coronel — disse Lady Ingram — sem dúvida o senhor não estimularia uma impostora tão baixa... mande-a para fora de uma vez!

— Mas não posso convencê-la a ir embora, senhora — disse o criado. — Nenhum dos criados conhece. A Sra. Fairfax está com ela agora mesmo, tentando fazer com que vá embora. Mas ela se sentou em uma cadeira perto do fogo e diz que não há nada que fará com que vá embora antes de vir aqui.

— O que ela quer? — indagou a Sra. Eshton.

— "Ler a sorte", senhora. Jura que precisa fazer isso, e que fará.

— Como ela é? — perguntas as duas Srtas. Eshton juntas.

— Uma criatura velha e feita, senhorita. Quase tão preta quanto a noite.

— É uma autêntica feiticeira, então! — exclamou Frederick Lynn. — Mande-a entrar, claro!

— Com certeza — respondeu o irmão. Seria uma pena jogar fora tamanha oportunidade de diversão.

— Meus queridos rapazes, o que estão pensando? — Exclamou a Sra. Lynn.

— Não posso tolerar algo tão absurdo — reclamou a matriarca Ingram.

— De fato, mamãe, a senhora pode e tolerará — garantiu a arrogante voz de Blanche, virando-se do banquinho do piano, onde estava sentada em silêncio até então, aparentemente olhando partituras de músicas. — Tenho curiosidade de ouvir a minha sorte. Sam, diga à velha que entre.

— Minha querida Blanche! Lembre-se...

— Eu me lembro... me lembro de tudo que a senhora possa dizer. E quero do meu jeito. Rápido, Sam!

— Sim... sim... sim... — gritaram todos os jovens, tanto as damas quanto os cavalheiros. — Deixem que venha! Será muito divertido!

O criado hesitou.

— Ela parece ser muito grosseira — falou.

— Vá! — mandou a Srta. Ingram, e o homem saiu.

No mesmo instante a excitação tomou conta do grupo, brincadeiras e zombarias ainda estavam ocorrendo quando Sam retornou.

— Ela não vai vir agora — disse ele. — Falou que não é obrigada a aparecer diante de um "rebanho vulgar" (palavras dela). Devo colocá-la em um cômodo sozinha, e então aqueles que desejam consultá-la, devem ir um a um.

— Está vendo, minha flor? — começou Lady Ingram. — Ela está se aproveitando. Seja sensata, minha anjinha, e...

— Leve-a para a biblioteca, é claro — cortou a "anjinha". — Também não sou obrigada a ouvi-la diante do rebanho vulgar. Quero tê-la apenas para mim. A lareira da biblioteca está acesa?

— Está, senhora... mas ela parece ser mentirosa.

— Deixa de conversa, estúpido! Faça o que eu digo!

Sam saiu novamente. A sala mais uma vez se encheu de mistério, animação e expectativa.

— Ela está pronta — disse o criado, voltando. — Quer saber quem será a primeira a consultá-la.

— Acredito que é melhor que eu cheque primeiro, antes que alguma das damas vá até lá — disse o Coronel Dent. — Diga a ela que um cavalheiro está indo.

Sam foi e voltou.

— Senhor, ela falou que não receberá nenhum cavalheiro, que não precisam nem tentar ir até lá. E tampouco — acrescentou, tentando esconder um sorriso — nenhuma dama, a não ser as jovens e solteiras.

— Por Júpiter! Ela tem bom gosto! — exclamou Henry Lynn.

A Srta. Ingram levantou-se solenemente.

— Vou primeiro — falou, num tom similar ao que um líder usaria ao invadir uma barreira à vanguarda de seus homens.

— Oh, meu amor, minha querida, pare, reflita — foi o apelo de sua mãe.

Mas ela passou pela mãe em um pomposo silêncio, atravessou a porta que o Coronel Dent segurava aberta e entrou na biblioteca.

Seguiu-se um silêncio comparativo. Lady Ingram achou que era o caso de torcer as mãos, e foi o que fez. A Srta. Mary declarou que não teria coragem de se aventurar. Amy e Louisa Eshton riram baixinho, e pareciam um pouco assustadas. Os minutos passaram muito devagar... quinze foram contados antes de que a porta da biblioteca abrisse novamente. A Srta. Ingram voltou atravessando o arco.

Ela riria? Ela interpretaria isso como uma piada? Todos os olhos a encontraram com ansiosa curiosidade, e ela retribuiu com olhos cheios de repulsa e frieza, não parecia nem um pouco agitada ou alegre. Caminhou rigidamente para seu assento, e tomou-o em silêncio.

— E então, Blanche? — indagou o Lorde Ingram.

— O que ela disse, irmã? — perguntou Mary.

— O que você achou? Como se sentiu? Ela é vidente de verdade? — perguntaram as Srtas. Eshton.

— Bem, ora, gente boa — disse a Srta. Ingram — não me pressionem. Realmente sua admiração e credulidade são facilmente excitados. Parece, pela importância que todos vocês — incluindo minha boa mamãe — dão a isso, que acreditam realmente que temos uma verdadeira bruxa em casa, em sociedade com o velho cavalheiro. O que vi foi uma cigana vagabunda: praticou a ciência da quiromancia de forma banal e contou o que as pessoas normalmente contam. Meu capricho está satisfeito, e agora eu acho que o Sr. Eshton fará bem em colocar a bruxa atrás das grades amanhã, como ameaçou.

A Srta. Ingram pegou um livro, recostou-se na cadeira e então evitou mais conversa. Eu a observei por quase meia hora, ela não virou uma página sequer durante todo esse tempo, e seu rosto a cada momento foi ficando mais fechado, mais insatisfeito e mais decepcionado. Obviamente não gostou do que ouviu, e parecia para mim, devido ao prolongado acesso de tristeza e taciturnidade, que ela mesma, apesar de agir com indiferença, atribuía uma importância indevida a quaisquer revelações que tenham sido feitas.

Enquanto isso, Mary Ingram, Amy e Louisa Eshton, disseram que não se atreviam a ir sozinhas, ainda assim todas desejavam ir. Uma negociação se deu através do criado Sam, e depois de muito andar para lá e para cá, até que as panturrilhas do dito Sam doerem pelo esforço, acredito eu, finalmente conseguiram arrancar, com grande dificuldade, a permissão da rigorosa sibila para que as três fossem juntas.

A visita delas não foi tão silenciosa quanto a da Srta. Ingram. Ouvíamos gritinhos e risos histéricos vindos da biblioteca, e ao final de cerca de vinte minutos elas abriram a porta e vieram correndo pelo corredor, como se estivessem meio apavorados.

— Tenho certeza de que algo não está certo! — gritaram juntas. — Ela falou cada coisa! Sabe tudo sobre nós! — E afundaram sem fôlego nos vários assentos que os cavalheiros trouxeram.

Pressionados por mais explicações, disseram que ela tinha contado coisas que falaram e fizeram quando crianças, que descreveu livros e enfeites que tinham em seus quartos em casa, lembranças que ganharam de diferentes pessoas. Afirmaram que ela tinha até adivinhado o que estavam pensando e sussurrado no ouvido de cada uma o nome da pessoa de quem mais gostava no mundo, e falou o que mais desejavam.

Aqui, os cavalheiros interpuseram-se com petições fervorosas para mais esclarecimentos a respeito desses últimos pontos, mas receberam apenas rubores, tremores e risinhos em retorno por sua importunação. As matronas, enquanto isso, ofereciam *vinaigrettes* e leques. E de novo reiteravam o pesar pelo aviso que deram não ter sido ouvido a tempo; os cavalheiros mais velhos riam e os mais jovens pediam ajuda para acalmar as moças.

No meio do tumulto, enquanto meus olhos e ouvidos estavam completamente focados na cena à minha frente, ouvi um som ao meu lado. Virei-me e vi Sam.

— Se me permite, senhorita, a cigana afirma que há outra jovem solteira na sala que ainda não foi vê-la, e jura que não vai embora enquanto não atender a todas. Pensei que devia ser a senhorita, não há mais nenhuma. O que devo dizer a ela?

— Ah, eu irei, com certeza — respondi.

E fiquei contente pela oportunidade inesperada de satisfazer minha excitada curiosidade. Escapei da sala sem ser vista por ninguém, pois o grupo estava inteiramente reunido ao redor do trio trêmulo que acabara de voltar, e fechei a porta silenciosamente atrás de mim.

— Se quiser, senhorita — disse Sam — posso esperá-la no corredor. Se ela a assustar, basta gritar e eu entro.

— Não, Sam, volte para a cozinha. Não tenho o menor medo. — E realmente não tinha, mas estava muito interessada e animada.

CAPÍTULO 19

A biblioteca parecia bem tranquila quando entrei. E a cigana — se é que ela era mesmo uma cigana — estava sentada confortavelmente em uma poltrona próxima ao canto da lareira. Ela usava um manto vermelho e um gorro preto: ou melhor, um chapéu de cigano de abas largas, amarrado com um lenço listrado sob o queixo. Uma vela apagada estava sobre a mesa; ela se inclinava em direção ao fogo e parecia ler um livrinho preto, como um livro de orações, à luz das chamas. Murmurava as palavras para si mesma, como a maioria das mulheres idosas, enquanto lia; não o largou assim que entrei, parecia querer terminar um parágrafo.

Fiquei no tapete e aqueci minhas mãos, que estavam bastante frias porque eu estava sentada distante da lareira na sala de estar. Sentia-me tão composta como sempre em minha vida, não havia nada na aparência da cigana que pudesse perturbar a calma. Ela fechou o livro e ergueu os olhos lentamente; a aba do chapéu tampava parcialmente seu rosto, mas pude ver, quando ela o ergueu, que era estranho. Parecia todo marrom e preto. Mechas de cabelo se eriçavam por baixo de uma faixa branca que passava sob o queixo, e chegavam até a metade das bochechas, ou melhor, mandíbulas. Seu olhar me confrontou de imediato, ousados e diretos.

— Bem, e você quer saber sua sorte? — perguntou ela, numa voz tão decidida quanto seu olhar e tão severa quanto suas feições.

— Não ligo para ela, mãe. Pode dizer, se quiser. Mas devo avisar que não acredito.

— Típico da sua imprudência. Já esperava isso de você. Ouvi nos seus passos quando cruzava o corredor.

— Ouviu? Tem uma boa audição.

— Tenho. E um bom olhar e mente sagaz.

— Precisa tê-los em seu trabalho.

— Preciso, especialmente para lidar com clientes como você. Por que não está tremendo?

— Não estou com frio.

— Por que não acredita na minha arte?

— Não sou tola.

A velha deu uma risada por baixo do chapéu e do lenço. Então tirou um pequeno cachimbo preto, acendeu e começou a fumar. Depois de um tempo, ergueu o corpo curvado, tirou o cachimbo dos lábios e, enquanto olhava fixamente para o fogo, disse muito deliberadamente:

— Você está com frio, você está doente, e você é tola.

— Prove — respondi.

— Eu vou. Em poucas palavras. Está com frio porque está sozinha, nenhum contato atinge o fogo que há em você. Está doente porque o melhor dos sentimentos, o mais nobre dado ao homem, está distante de você. É tola porque, por mais que sofra, não deixará que o sentimento se aproxime, nem dará um passo sequer para encontrá-lo onde a espera.

Novamente colocou o pequeno cachimbo preto nos lábios e voltou a fumar com vigor.

— Você poderia dizer tudo isso para quase qualquer pessoa que soubesse que mora sozinha em uma grande casa.

— Eu poderia dizer isso a quase qualquer um, mas seria verdade para quase qualquer um?

— Nas minhas circunstâncias, sim.

— Precisamente, nas *suas* circunstâncias. Mas encontre-me outra pessoa exatamente nas suas circunstâncias.

— Seria fácil encontrar milhares para você.

— Mal conseguiria encontrar uma. Se soubesse como a sua situação é peculiar. Muito perto da felicidade. Sim, ao alcance dela. Os materiais estão todos preparados, falta apenas uma mudança para combiná-los. O acaso os separou um pouco, deixe que se aproximem mais uma vez e encontrará a felicidade como resultado.

— Não entendo enigmas. Nunca consegui adivinhar um enigma na minha vida.

— Se deseja que eu fale mais claramente, mostre-me a sua mão.

— E devo entregá-la com prata, suponho?

— Certamente.

Eu dei a ela um xelim, que guardou em um velho pé de meia que tirou do bolso e amarrou em volta e guardou, então pediu que eu estendesse a mão. Entendi. Aproximou o rosto da palma da mão e examinou-a sem tocar nela.

— É fina demais — falou. — Não posso fazer nada com uma mão assim, quase sem linhas. Além disso, o que é uma mão? O destino não está escrito lá.

— Acredito em você — afirmei.

— Não — continuou ela — está no rosto. Na testa, sobre os olhos, nas linhas da boca. Ajoelhe-se e levante a cabeça.

— Ah! Agora está voltando à realidade — disse eu, obedecendo-lhe. — Começarei a ter fé na senhora em breve.

Ajoelhei-me a meio metro dela. Ela atiçou o fogo e uma chama surgiu do carvão em brasas. A luz, no entanto, apenas jogou seu rosto em sombras mais profundas, enquanto iluminava o meu.

— Eu me pergunto com quais sentimentos você veio até mim esta noite — disse ela, depois de me examinar um pouco. — Eu me pergunto quais pensamentos tomaram seu coração durante todas as horas que passou sentada naquela sala com aquela gente fina passando à sua frente como formas numa lanterna mágica, com tão pouca ligação entre vocês, como se fossem realmente meras sombras de formas humanas, e não pessoas reais.

— Muitas vezes me sinto cansada, às vezes sonolenta, mas raramente triste.

— Então tem alguma esperança secreta para animá-la e agradá-la com um futuro melhor?

— Não. O máximo que espero é economizar dinheiro o suficiente dos meus salários para algum dia montar uma escola em uma casinha alugada por mim.

— Um alimento fraco para o espírito, e sentada naquele lugar na janela... perceba que conheço seus hábitos.

— Ficou sabendo dele pelos criados.

— Ah! Se acha muito esperta. Bem, talvez seja isso. Para falar a verdade, conheço uma delas, a Sra. Poole...

Comecei a me levantar quando ouvi o nome. "Conhece, não conhece? Talvez haja alguma coisa errada nessa história, afinal", pensei.

— Não fique assustada — continuou a estranha criatura — ela é uma boa pessoa, quieta e discreta, pode-se confiar nela. Mas, como eu estava dizendo: sentada naquela janela baixa, não pensa em nada além da sua futura escola? Não tem nenhum interesse atual na companhia das pessoas que ocupam os sofás e cadeiras diante de você? Não tem um rosto que estuda? Uma figura cujos movimentos você observa com mais curiosidade?

— Gosto de observar todos os rostos e figuras.

— Mas nunca separou um dos demais... ou talvez dois?

— Separo frequentemente, quando os gestos ou olhares de algum par parecem estar contando uma história. Assisti-los me diverte.

— Que história mais gosta de ouvir?

— Bem, não tenho escolha! Geralmente são sobre o mesmo tema: namoro. E prometem terminar da mesma forma catastrófica: com casamento.

— E gosta desse tema tedioso?

— Não ligo. Não significa nada para mim.

— Nada para você? Quando uma jovem dama cheia de vida e saúde, dona de uma beleza encantadora e dotada de fortuna e uma boa posição senta-se e sorri para um cavalheiro que você...

— Eu o quê?

— Você sabe... que você talvez goste.

— Não conheço os cavalheiros daqui. Mal troquei uma palavra com um deles. E quanto a gostar, considero alguns respeitáveis, majestosos e de meia-idade. Os outros jovens, ousados, bonitos e animados, mas certamente todos eles têm a liberdade de aceitar os sorrisos que quiserem, sem que eu pense que a troca significa algo para mim.

— Não conhece os cavalheiros daqui? Mal trocou uma palavra com um deles? Dirá isso do dono da casa?

— Ele não está em casa.

— Que bela observação. Um trocadilho muito engenhoso! Ele foi para Millcote esta manhã e voltará esta noite ou amanhã. E isso o exclui da sua lista de conhecidos... elimina, por assim dizer, a existência dele?

— Não, mas não posso ver o que o Sr. Rochester tem a ver com esse assunto.

— Eu estava falando de damas sorrindo para cavalheiros. E ultimamente tantos sorrisos foram dados para o Sr. Rochester que seus olhos transbordam como duas taças cheias até a borda, nunca observou isso?

— O Sr. Rochester tem o direito de desfrutar da companhia de seus convidados.

— Sem dúvida tem esse direito. Mas nunca observou que, de todas as histórias contadas sobre matrimônio, o Sr. Rochester foi privilegiado com a mais intensa e persistente?

— A ansiedade do ouvinte ativa a língua do narrador — falei isso mais para mim mesma do que para a cigana que, com a conversa, voz e maneiras estranhas, a essa altura havia me envolvido em uma espécie de sonho. Uma frase inesperada após a outra saía de seus lábios, até que me envolvi em uma teia de mistificações e me perguntei que espírito invisível havia habitado meu coração por semanas, observando seu funcionamento e registrando cada pulsação.

— Ansiedade do ouvinte. — repetiu ela. — Sim, o Sr. Rochester ficou sentado por horas, com o ouvido inclinado em direção aos fascinantes lábios que se deliciam tanto com a tarefa de falar, e o Sr. Rochester estava tão disposto a ouvir e demonstrou tanta gratidão pelo passatempo, notou isso?

— Grato? Não me lembro de ter visto gratidão em seu rosto.

— Não viu! Estava observando, então. E o que viu, se não gratidão?

Não falei nada.

— Viu amor, não foi? E olhando para o futuro, o viu casado e viu sua noiva feliz?

— Humph! Não exatamente. Seus poderes ciganos são bastantes falhos às vezes.

— O que diabos você viu, então?

— Não importa. Vim aqui para perguntar, não para confessar. Então ele vai realmente se casar?

— Sim. E com a bela Srta. Ingram.

— Em breve?

— Aparentemente sim. E sem dúvida (embora você questione isso com uma audácia que merece castigo) serão muito felizes. Ele certamente amará uma dama tão bela, nobre e espirituosa, e ela provavelmente o ama, se não pela pessoa, ama pelo bolso. Sei que ela considera os bens do Sr. Rochester como último recurso, embora (Deus me perdoe!) há cerca de uma hora eu tenha dito algo a respeito disso para ela que fez com que ficasse completamente séria. Os cantos da sua boca caíram cerca de dois centímetros. Eu aconselharia que seu pretendente tomasse cuidado. Se aparecer outro, com uma lista de posses maior ou mais abundante... ele estará perdido.

— Mas, mãe, não vim ouvir a sorte do Sr. Rochester, vim ouvir a minha. E você não disse nada sobre ela.

— Sua sorte ainda é incerta. Quando examino seu rosto, um traço contradiz o outro. O destino lhe trará uma medida de felicidade, disso eu sei. Sabia antes mesmo de vir aqui esta noite. Ela está guardada cuidadosamente para você. Eu o vi fazer isso. Depende mesmo de você para esticar a mão e pegá-la. Se vai fazer isso ou não, é o que estou estudando. Ajoelhe-se novamente no tapete.

— Não demore muito. O fogo me queima.

Fiquei de joelhos. Ela não se abaixou, apenas me observou, recostando-se na cadeira. Começou a murmurar:

— O fogo brilha nos olhos, os olhos brilham como orvalho, parecem suaves e cheios de sentimento. Sorriem para as minhas palavras estranhas, são susceptíveis e as impressões se seguem nas suas claras esferas. Quando deixam de sorrir, são tristes. Um inconsciente esgotamento pesa nas pálpebras, isso significa a melancolia, resultado da solidão. Evitam-me, não querem que eu continue a examiná-los. Parecem negar, com uma expressão zombeteira, a verdade das descobertas que fiz. Negam a acusação de sensibilidade e sofrimento, e o orgulho e recato só confirmam a minha opinião. Os olhos são favoráveis.

Quanto à boca, às vezes delicia-se com o riso. Está disposta a transmitir tudo que o cérebro concebe, embora eu me atreva a dizer que silenciaria muitas das experiências do coração. Móvel e flexível, não foi concebida para ser comprimida no eterno silêncio da solidão. É uma boca que deve falar muito e sorrir frequentemente, e tem afeição pelo interlocutor. Também é um traço propício.

Não vejo nenhum empecilho para a felicidade, a não ser na testa, que parece dizer "Posso viver sozinha, se o amor-próprio e as circunstâncias exigirem. Não preciso vender a alma para comprar a felicidade. Tenho um tesouro interior que nasceu comigo, que pode me manter viva se todos os prazeres externos me forem negados, ou oferecidos por um preço que não posso pagar." A testa declara: "A razão permanece firme e segura as rédeas, e ela não vai deixar que os sentimentos se soltem e se apressem para abismos selvagens. As paixões podem rugir furiosamente, como verdadeiras selvagens, o que são, e os desejos podem imaginar todos os tipos de coisas vãs, mas o juízo ainda terá a última palavra em cada argumento e o voto final em cada decisão. O vento forte, o terremoto e o fogo podem passar, mas eu devo seguir a orientação daquela voz interior calma e delicada que interpreta os ditames da experiência."

Bem dito, testa. Sua declaração será respeitada. Formei meus planos... planos corretos, acredito. E atendi às reivindicações da consciência e os conselhos da razão. Sei que a juventude se vai cedo e o florescer perece se, na taça da ventura oferecida houvesse uma gota sequer de vergonha ou um sabor de remorso. E não quero sacrifício, dor, dissolução, não gosto disso. Desejo promover, não ferir, conquistar gratidão, não quero arrancar lágrimas de sangue... não, nem de sal. Devo colher sorrisos, carinhos, doçuras... e assim será. Creio que estou numa espécie de delírio. Gostaria de estender esse momento *ad infinitum*, mas não me atrevo. Até agora me controlei completamente. Agi como jurei que agiria, mas pode ser que mais adiante o destino me tente além das minhas forças. Levante-se, Srta. Eyre. Está dispensada. O jogo foi feito.

Onde eu estava? Acordada ou dormindo? Eu havia sonhado? Eu ainda estava sonhando? A voz da velha havia mudado, seu sotaque, seus gestos, e todos eram familiares para mim como se fossem meu próprio rosto num espelho, como as minhas próprias palavras. Fiquei de pé, mas não saí. Olhei, aticei o fogo e olhei de novo, mas ela puxou o chapéu e o lenço para mais perto do rosto, e novamente acenou, indicando que eu deveria sair. As chamas iluminavam sua mão estendida; desperta agora, e em estado de alerta para descobertas, imediatamente notei aquela mão. Não era mais velha do que a minha, era uma mão suave, esguia, com dedos lisos e simétricos, um grande anel brilhava no dedo mínimo, e curvando-me para frente, vi uma pedra que já tinha visto centenas de vezes. Novamente olhei para o rosto, que não mais evitava o meu... pelo contrário, o chapéu retirado, o lenço removido e a cabeça estava à mostra.

— Bem, Jane, me conhece? — perguntou a voz familiar.

— Apenas tire a capa vermelha, senhor, e então...

Jane Eyre

— Mas o cordão deu um nó... ajude-me.

— Quebre-o, senhor.

— Pronto, então... — O Sr. Rochester saiu de seu disfarce.

— Bem, senhor, que ideia estranha!

— Mas bem executada, hein? Não acha?

— Com as damas o senhor deve ter se saído bem.

— Mas não com você?

— O senhor não representou o papel de vidente comigo.

— Que papel representei? O meu próprio?

— Não, algum inexplicável. Em suma, acredito que tentara me fazer contar algo. Falava bobagens para fazer com que eu falasse bobagens. Não é justo, senhor.

— Você me perdoa, Jane?

— Não posso dizer antes de ter refletido sobre tudo. Se após isso eu achar que não disse nenhum absurdo, tentarei perdoá-lo, mas não foi certo.

— Ah, você foi muito correta... muito cautelosa, muito sensata.

Eu refleti e pensei que de forma geral realmente tinha sido. O que era reconfortante, de fato, mas eu estive com o pé atrás desde o início da conversa. Desconfiava de algo. Sabia que ciganos e adivinhos não falavam da mesma forma que aquela velha falava, além disso, notei sua voz fingida e a ansiedade para esconder as feições. Mas minha mente estava em Grace Poole, aquele enigma vivo, o maior dos mistérios, enquanto eu a considerava. O Sr. Rochester nem passou pela minha cabeça.

— Bem, — disse ele — sobre o que está pensando? O que esse sorriso sério significa?

— Admiração e autocongratulação, senhor. Tenho sua permissão para sair agora, suponho?

— Não; fique um momento e me diga o que as pessoas estão fazendo na sala de estar.

— Discutindo a cigana, ouso dizer.

— Sente-se! Deixe-me ouvir o que disseram sobre mim.

— É melhor eu não demorar muito, senhor. Deve ser quase onze horas. Ah, está ciente, Sr. Rochester, de que um estranho chegou aqui depois que você saiu esta manhã?

— Um estranho! Não, quem pode ser? Eu não esperava ninguém. Ele já foi?

— Não. Ele disse que te conhecia há muito tempo, e que ele poderia tomar a liberdade de se instalar aqui até você retornar.

— O diabo que poderia! Ele falou qual o seu nome?

— Seu nome é Mason, senhor. Veio das Índias Ocidentais, de Spanish Town, na Jamaica, acho.

O Sr. Rochester estava parado perto de mim, pegou a minha mão como se para me levar a uma cadeira. Enquanto eu falava ele apertou meu pulso, o sorriso em seus lábios congelou, aparentemente um espaço prendeu sua respiração.

— Mason! Das Índias Ocidentais! — repetiu, num tom que se poderia imaginar que se tratava de um autômato falante enunciando palavras soltas. — Mason! Das Índias Ocidentais! — reiterou e repetiu as sílabas três vezes, ficando mais branco que as cinzas. Mal parecia saber o que estava fazendo.

— Está se sentindo mal, senhor? — perguntei.

— Jane, sofri um golpe, sofri um golpe, Jane! — Cambaleou.

— Oh, apoie-se em mim, senhor.

— Jane, você já me ofereceu seu ombro uma vez, deixe que eu o aceite agora.

— Sim, senhor. E o meu braço.

Ele se sentou e me fez sentar ao lado dele. Segurando minha mão nas suas, ele a esfregou. Olhava para mim com um olhar ao mesmo tempo perturbado e triste.

— Minha pequena amiga! — falou ele. — Eu gostaria de estar em uma ilha tranquila apenas com você, longe dos problemas, perigos, e das terríveis lembranças.

— Posso ajudá-lo, senhor? Eu daria minha vida para servi-lo.

— Jane, se precisar de ajuda, vou buscá-la em suas mãos, eu prometo isso a você.

— Obrigada, senhor. Diga-me o que fazer e tentarei fazer, pelo menos.

— Traga-me agora, Jane, uma taça de vinho da sala de jantar, estarão jantando agora, e me diga se Mason está com eles, e o que ele está fazendo.

Eu fui. Encontrei todo o grupo na sala de jantar como o Sr. Rochester havia dito. Mas não estavam sentados à mesa... a ceia foi servida no aparador, cada um pegou o que queria, e estavam por ali em grupos, com os pratos e copos nas mãos. Todos pareciam bem alegres, as risadas e conversas animadas. O Sr. Mason estava perto do fogo, conversando com o Coronel e a Sra. Dent, e parecia tão alegre quanto qualquer um deles.

Enchi uma taça de vinho (vi a Srta. Ingram me observou franzindo a testa enquanto eu fazia isso. Achava que eu estava tomando uma liberdade, ouso dizer), e voltei para a biblioteca.

A extrema palidez do Sr. Rochester tinha desaparecido, e ele parecia mais uma vez firme e severo. Pegou a taça da minha mão.

— À sua saúde, espírito benevolente! — falou ele.

Engoliu o conteúdo e o devolveu para mim.

— O que eles estão fazendo, Jane?

— Rindo e conversando, senhor.

— Eles não parecem sérios e misteriosos, como se tivessem escutado algo estranho?

— Nem um pouco. Estão alegres e cheios de piadas.

— E Mason?

— Ele também estava rindo.

— Se todas essas pessoas viessem em grupo cuspir em mim, o que você faria, Jane?

— Eu os expulsaria daqui, senhor, se eu pudesse.

Ele deu um meio sorriso.

— Mas se eu fosse até eles, e eles apenas olhassem para mim com frieza e sussurrassem zombeteiramente entre si, e depois fossem embora e me deixassem, cada um deles, o que você faria então? Iria com eles?

— Prefiro pensar que não, senhor. Gostaria mais de ficar com o senhor.

— Para me confortar?

— Sim, senhor. Teria mais prazer em ficar com você.

— Para me confortar?

— Sim, senhor, para confortá-lo, o melhor que eu puder.

— E se a excluíssem, por ficar do meu lado?

— Eu, provavelmente, não saberia sobre a exclusão. E se soubesse, não me importaria.

— Então enfrentaria a censura por minha causa?

— Eu enfrentaria isso por bem de qualquer amigo que merecesse, como o senhor, tenho certeza, merece.

— Volte agora para a sala, aproxime-se discretamente de Mason, e sussurre em seu ouvido que o Sr. Rochester chegou e deseja vê-lo. Traga-o aqui e depois saia.

— Sim, senhor.

Fiz o que havia pedido. O grupo todo me encarou quando passei direto por eles. Procurei o Sr. Mason, entreguei o recado e o levei para fora da sala. Então o conduzi para a biblioteca e depois subi as escadas.

Tarde da noite, depois de dormir algum tempo, ouvi os hóspedes voltarem aos seus quartos. Distingui a voz do Sr. Rochester, e ouvi quando falou:

— Por aqui, Mason. Este é o seu quarto.

Falava animadamente. O tom amigável me deixou tranquila e rapidamente peguei no sono.

CAPÍTULO 20

Eu tinha esquecido de fechar a cortina, o que costumava fazer, e também de cerrar a veneziana. Por consequência, quando a lua cheia e brilhante (a noite estava linda), surgiu no céu em frente à minha janela, e olhou para mim através das janelas descobertas, seu brilho glorioso me despertou. Acordando na calada da noite, abri meus olhos em seu disco branco prateado e cristalino. Era lindo, mas solene demais. Arqueei o corpo e estiquei o braço para fechar a cortina.

Bom Deus! Que grito! A noite, seu silêncio, sua calma, foi rasgada em duas por um som selvagem, agudo e estridente que ia de ponta a ponta de Thornfield Hall.

Minha pulsação parou, meu coração parou, meu braço esticado estava paralisado. O grito parou e não se repetiu. O que quer que tenha dado daquele grito medonho não poderia repeti-lo tão cedo, nem o condor de asas mais largas dos Andes poderia, duas vezes consecutivas, dar um grito daqueles do seu ninho de nuvens. A coisa que fez tal som teria que descansar antes que pudesse repetir.

O grito veio do terceiro andar, pois parecia vir do alto. E dali, sim, do quarto que ficava acima do meu, ouvi sons de luta, uma luta mortal, a julgar pelo barulho. E uma voz meio abafada gritou:

— Socorro! Socorro! Socorro! — três vezes, rapidamente. — Ninguém virá? — gritou de novo, enquanto continuava o barulho de tropeços e bater de pés. Distingui através das tábuas e gesso:

— Rochester! Rochester! Pelo amor de Deus, venha!

A porta de um quarto se abriu, alguém correu pelo corredor. Outros passos soaram no andar de cima e alguma coisa caiu, então tudo ficou em silêncio.

Eu tinha colocado algumas roupas, embora todo o meu corpo tremesse de medo. Saí do meu quarto. Todos estavam acordados: exclamações e murmúrios aterrorizados soavam em cada quarto, as portas se abriram, uma por uma. Todos olhavam para fora e o corredor ficou cheio. Cavalheiros e damas haviam se levantado, e confusos, exclamavam:

— Oh! O que está acontecendo?

— Quem se machucou?

— O que aconteceu?

— Peguem uma luz!

— É incêndio?

— Tem ladrões aqui?

— Para onde devemos correr?

Se não fosse o luar, eles estariam na escuridão completa. Corriam de um lado para o outro, amontoavam-se, alguns soluçavam, alguns tropeçaram, a confusão era enorme.

— Onde diabos está Rochester? — gritou o coronel Dent. — Não o encontrei no quarto.

— Aqui! Aqui! — foi gritado em resposta. — Fiquem todos calmos! Já estou indo.

E a porta no final do corredor se abriu, o Sr. Rochester avançou com uma vela, tinha acabado de descer do andar superior. Uma das senhoras correu diretamente para ele e agarrou seu braço. Era a Srta. Ingram.

— O que aconteceu de tão terrível? — indagou ela. — Fale! Conte-nos logo o pior!

— Mas não me puxem para baixo ou me estrangulem — respondeu ele, pois as Srtas. Eshton estavam agarradas a ele e a duas viúvas, em imensas camisolas brancas, avançavam sobre ele como navios em plena vela.

— Está tudo bem! Tudo bem! — gritou ele. — É um mero ensaio de "Muito barulho por nada". Senhoras, afastem-se, ou ficarei furioso.

E ele realmente parecia furioso, os olhos negros lançavam faíscas. Fazendo um esforço para se acalmar, continuou:

— Uma criada teve um pesadelo, isso é tudo. Ela é uma pessoa excitável e nervosa. Achou que sonho era uma aparição, ou algo assim, sem dúvida; e teve um ataque de medo. Agora, então, devem voltar para os quartos, pois até que a casa esteja em paz, não conseguirei ajudá-la. Senhores, tenham a bondade de dar o exemplo. Srta. Ingram, tenho certeza que não falhará em demonstrar sua superioridade em relação a esses terrores vãos. Amy e Louisa, voltem para seus ninhos como o par de pombas que são. Madames (para as viúvas), certamente pegarão um resfriado se continuarem nesse corredor frio por mais tempo.

E assim, por meio de persuasão e ordens, conseguiu fazer com que todos voltassem para os quartos. Não esperei para ser mandada ao meu, retirei-me sem ser notada, da mesma forma que vim.

Porém, não fui para a cama. Pelo contrário, comecei a me vestir cuidadosamente. Os sons que ouvi após o grito e as palavras murmuradas, provavelmente foram escutados apenas por mim, pois vinham do quarto acima do meu. E haviam me garantido que a explicação dada pelo Sr. Rochester era uma invenção bolada para acalmar os hóspedes. Depois de ter colocado a roupa, fiquei um longo tempo perto da janela, olhando os calmos jardins e campos prateados, e esperando sei lá o quê. Tinha a impressão de que algo aconteceria depois do estranho grito, da luta e do pedido de socorro.

Mas não, a quietude voltou. Cada murmúrio e movimento cessou gradualmente, e em cerca de uma hora Thornfield Hall estava novamente tão silenciosa quanto um deserto. Parecia que a noite e o sono haviam retomado seu império. Enquanto isso, a lua baixava, estava prestes a se pôr. Não gostando de sentar no frio e no escuro, pensei em deitar na cama vestida como estava. Saí da janela e me movi silenciosamente, quando me abaixei para tirar os sapatos, uma mão cautelosa tocou baixo na porta.

— Precisam de mim? — perguntei.

— Está acordada?

— Sim, senhor.

— Saia sem fazer barulho, então.

Obedeci. O Sr. Rochester estava no corredor segurando uma vela.

— Preciso de você — falou ele. — Venha por aqui, pode vir no seu tempo, não faça barulho.

Meus chinelos eram finos, eu podia andar tão silenciosamente quanto um gato. Ele passou pelo corredor, subiu as escadas e parou no corredor sujo e fatídico do terceiro andar. Eu estava ao seu lado.

— Tem uma esponja no seu quarto? — perguntou ele.

— Tenho, senhor.

— Tem sais, sais voláteis?

— Volte e pegue os dois.

Voltei, peguei a esponja do lavatório e os sais na minha gaveta e mais uma vez refiz meus passos. Ele estava esperando. Tinha uma chave na mão, aproximou-se de uma das pequenas portas pretas e colocou-a na fechadura. Parou e novamente falou comigo:

— Você desmaia quando vê sangue?

— Acho que não, nunca passei por essa experiência.

Senti um arrepio quando respondi à pergunta. Mas não estava com frio nem assustada.

— Apenas me dê a mão — disse ele — melhor não arriscar.

Coloquei meus dedos nos dele.

— Quentes e firmes — observou ele.

Girou a chave e abriu a porta.

Vi um quarto que já havia visto antes no dia que a Sra. Fairfax me mostrara a casa. Estava cheio de tapeçarias, mas foram dobradas e via-se uma porta que antes ficava escondida. Estava aberta, uma luz brilhava para fora do quarto. Ouvi um rosnado, um som de arrebatamento, parecido com um cachorro brigando. O Sr. Rochester, largando o lampião que segurava, falou:

— Espere um minuto — e entrou no quarto. Uma gargalhada saudou sua entrada. Barulhenta no início, e terminando naquele grito monstruoso de Grace Poole. Então *ela* estava lá. Ele fez algum tipo de acordo sem falar, embora eu tenha ouvido uma voz baixa falar alguma coisa. Então saiu e fechou a porta atrás de si.

— Aqui, Jane — falou.

Dei a volta para o outro lado de uma cama grande, que com as cortinas fechadas escondia uma grande parte do quarto. Havia uma poltrona perto da mesa de cabeceira e um homem sentado nela, sem casaco, imóvel, de cabeça baixa e olhos fechados. O Sr. Rochester segurou a vela sobre ele, e reconheci o rosto pálido e aparentemente sem vida... era o estranho, Mason. Vi também que um lado da camisa e o braço estava coberto de sangue.

— Segure a vela — pediu o Sr. Rochester, eu a peguei e ele buscou uma bacia de água no lavatório. — Segure isso. — falou.

Obedeci. Ele pegou a esponja, mergulhou-a na água e umedeceu o rosto que mais parecia um cadáver. Pediu os sais e colocou um pouco próximo às narinas. O Sr Mason abriu brevemente os olhos e balbuciou algo. O Sr. Rochester abriu a camisa do ferido, cujo braço e ombros estavam enfaixados, e passou a esponja no sangue, que escorria rapidamente.

— Tem algum perigo imediato? — murmurou o Sr. Mason.

—Não! Não... foi só um arranhão. Não fique tão abatido, homem. Aguente firme! Eu mesmo vou buscar um médico para você, será levado pela manhã, espero. Jane?

— Senhor?

— Eu terei que deixá-la nesse quarto com esse senhor por cerca de uma hora, talvez duas. Quando voltar a sangrar, passe a esponja no sangue. Se ele se sentir fraco, coloque o copo de água na boca dele, e os sais no nariz. Não fale com ele em nenhuma hipótese e... Richard, colocará sua vida em risco se falar com ela, abra a boca e não vou responder pelas consequências.

O pobre homem gemeu mais uma vez. Parecia que não ousaria se mover. O medo, seja da morte ou de outra coisa, quase o paralisou. O Sr. Rochester colocou a esponja ensanguentada na minha mão e comecei a usá-la como ele tinha feito. Ele me observou por um segundo, então disse:

Jane Eyre

— Lembrem-se: sem conversa!

E saiu da sala. Senti algo estranho quando a chave girou na fechadura e parei de ouvir o som dos seus passos.

Aqui, então, estava eu. No terceiro andar, presa em um dos seus quartos misteriosos, com a noite ao meu redor. Uma assassina separada de mim apenas por uma única porta. Sim, isso era péssimo. Eu poderia suportar o resto, mas estremeci só de pensar em Grace Poole fazendo algo contra mim.

Preciso manter meu posto, no entanto. Preciso observar esse semblante medonho — esses lábios azuis e imóveis proibidos de falar... esses olhos ora fechados, ora abertos, ora vagando pelo quarto, ora fixando-se em mim, sempre vidrados de horror. Tinha que mergulhar minha mão de novo e de novo na bacia de sangue e água, e limpar o sangue que escorria. Tinha que ver a luz do candeeiro se extinguindo aos poucos quando eu precisava dela, e as sombras envolverem as antigas tapeçarias ao meu redor, tornando-se negras sob as cortinas da enorme cama e tremerem estranhamente sobre as portas de um grande armário. As portas, divididas em doze painéis, tinham pinturas sombrias das cabeças dos doze apóstolos, cada um dentro de um painel diferente, como se estivessem emoldurados, acima dele, no alto, havia um crucifixo de ébano e um Cristo agonizante.

Por causa da luminosidade cambiante e da luz trêmula que às vezes batia aqui, às vezes ali, uma hora era o médico barbudo, Lucas, que franzia a testa, outra eram os longos cabelos de São João que ondulavam, ou a diabólica face de Judas, que saía do painel e parecia ganhar vida e ameaçar se transformar no próprio traidor.

Em meio a tudo isso eu precisava ouvir, além de observar. Ouvir os movimentos da besta selvagem ou do demônio que estava em um esconderijo ao lado. Mas desde a visita do Sr. Rochester, ela parecia enfeitiçada. Ouvi apenas três barulhos, em longos intervalos, durante toda a noite. Um rangido agudo, uma momentânea repetição do rosnado e um profundo gemido humano.

Então, meus próprios pensamentos me atormentavam. Que criminosa era aquela que parecia presa naquela mansão isolada, e não podia ser expulsa nem subjugada pelo próprio dono da casa? Que mistério era esse que irrompia em fogo e em sangue nas horas mais escuras da noite? Que criatura era aquela que, disfarçada no rosto e no corpo feminino, às vezes tinha voz de um demônio zombeteiro e outras de uma selvagem ave de rapina buscando carniça?

E esse homem, sobre o qual eu me debruçava, esse estranho comum e quieto... como se envolvera naquela teia de horror? E por que a fúria se lançara sobre ele? O que fez com que procurasse aquela parte da casa a essa hora da noite, quando devia estar dormindo em sua cama? Eu ouvira o Sr. Rochester mostrando-lhe o quarto no andar de baixo... o que o trouxera até ali? E por que, agora, estava tão resignado sob a violência da traição que sofrera? Por que se submetia tão facilmente ao silêncio imposto pelo Sr. Rochester? Por que o Sr. Rochester impunha esse silêncio? Seu convidado foi ferido, ele mesmo já havia sofrido anteriormente, e ambas as tentativas foram encobertas e deixadas ao esquecimento! Por fim, eu via que o Sr. Mason se submetia ao Sr. Rochester, que a vontade impetuosa deste último exercia completo domínio sobre a inércia do primeiro. As poucas palavras que trocaram, provaram isso. Era evidente que na antiga amizade que tinham a disposição passiva de um era influenciada pela energia ativa do outro. Então de onde surgira o pavor que o Sr. Rochester sentiu quando ficou sabendo que o Sr. Mason havia chegado? Por que a simples menção do nome daquele homem submisso — a quem ele controlava com apenas uma palavra, como uma criança — caíra sobre ele há poucas horas como um raio sobre um carvalho?

Bem, eu não conseguiria esquecer seu rosto e sua palidez quando falou "Jane, sofri um golpe... sofri um golpe".

Não podia esquecer como seu braço tremia sobre meu ombro. E estava certa de que não era qualquer coisa que afetava o espírito determinado a vigorosa estrutura de Fairfax Rochester.

"Quando ele volta? Quando ele volta?", eu me fazia essa pergunta intimamente, à medida que a noite passava e o meu paciente, sangrando, gemia e piorava. E o dia não chegava, nem alguma ajuda. Levei água aos lábios pálidos do Sr. Mason várias vezes, incontáveis vezes levei os sais ao seu nariz. Ainda assim, meus esforços pareciam surtir pouco efeito, o sofrimento físico ou mental, a perda de sangue, ou talvez os três juntos esvaíam suas forças. Gemia tanto, parecia tão fraco, aterrorizado e perdido, que eu temia que estivesse morrendo. E não podia sequer falar com ele!

A vela apagou, por fim. Quando acabou, percebi linhas de luz cinzas ao redor das cortinas da janela. A madrugada chegava. Ouvi Pilot partir lá embaixo, no canil do jardim e recobrei as esperanças. Com razão, cinco minutos depois o barulho da chave e da fechadura avisaram-me que a vigília acabara. Não devia ter passado mais de duas horas, mas já vivi semanas que pareceram mais curtas.

O Sr. Rochester entrou, acompanhado pelo médico.

— Carter, seja rápido — falou o Sr. Rochester. — Você tem uma hora e meia para cuidar do ferimento, enfaixar, descer com ele e todo o resto.

— Mas ele está em condições de se mover, senhor?

— Sem dúvida. Não é nada sério. Ele só está nervoso, deve ser animado. Vamos, comece a trabalhar.

O Sr. Rochester puxou a cortina e abriu a persiana, deixando que entrasse o máximo de luz possível. Fiquei surpresa ao ver que a manhã já se aproximava e que os tons rosas do sol começavam a surgir. Depois, aproximou-se de Mason, que já estava sendo atendido pelo médico.

— Agora, meu caro amigo, como está se sentindo? — indagou.

— Ela acabou comigo — foi a resposta.

— Nada disso... Coragem! Em quinze dias não estará sentindo mais nada. Só perdeu um pouco de sangue. Carter, diga a ele que não há perigo.

— Posso fazer isso tranquilamente — disse Carter, que desamarrava as ataduras.

— Mas gostaria de ter chegado mais cedo, ele não teria sangrado tanto... O que é isto? A carne do ombro está despedaçada e cortada. Essa ferida não foi feita com uma faca, foi uma mordida!

— Ela me mordeu — murmurou ele. — Atacou-me como um tigre, quando Rochester tirou a faca de suas mãos.

— Você não devia ter se rendido. Devia tê-la tagarrado — falou o Sr. Rochester.

— Mas nessa situação, o que poderia ser feito? — respondeu Mason. E acrescentou, estremecendo: — Oh! Foi péssimo! Ela parecia estar tão calma a princípio, eu não imaginei...

— Eu avisei — o amigo respondeu. — Eu disse para tomar cuidado quando chegasse perto dela. Além disso, você poderia ter esperado até amanhã e eu iria com você, foi tolice tentar falar com ela à noite, e sozinho.

— Achei que poderia fazer bem a ela.

— Achou! Você achou! Fico com raiva só de ouvir você. No entanto, você já sofreu por ter ignorado meu conselho, e provavelmente sofrerá mais ainda, então não direi mais nada. Carter, depressa! Depressa! O sol vai nascer em breve e preciso tirá-lo daqui.

— Claro, senhor. O ombro já está enfaixado, agora preciso ver o ferimento do braço. Acho que ela mordeu aqui também.

— Ela sugou o sangue. Disse que drenaria meu coração — falou Mason.

Vi o Sr. Rochester estremecer. Uma expressão singular de nojo, horror e ódio distorcendo seu rosto. Mas apenas falou:

— Vamos, fique quieto, Richard, e não ligue para o que ela falou. Não vai se repetir.

— Gostaria de poder esquecer — foi a resposta.

— Vai esquecer quando estiver fora do país. Quando estiver em Spanish Town, pense nela como morta e enterrada. Ou melhor... não precisa nem pensar nela.

— Impossível esquecer essa noite.

— Não é impossível, tenha um pouco de ânimo, homem! Achou que estava morto como um arenque há duas horas e está vivo e falando agora. Pronto! Carter terminou, ou quase isso. Vou deixá-lo decente num instante. Jane?

Então ele se virou para mim pela primeira vez desde que chegou.

— Pegue esta chave, desça para o meu quarto e vá direto ao quarto de vestir. Abra a gaveta de cima do guarda-roupa e pegue uma camisa limpa e um lenço de pescoço. E seja rápida.

Fui, achei o armário, peguei tudo e voltei.

— Agora, vá para o outro lado da cama enquanto eu ajudo Mason a se vestir. Mas não saia do quarto, posso precisar da sua ajuda de novo.

Fiz o que ele instruiu.

— Alguém estava acordado quando você desceu, Jane? — perguntou o Sr. Rochester.

— Não, senhor. Tudo estava muito quieto.

— Vamos tirá-lo com cuidado, Dick. Será melhor para você e para a pobre criatura ali. Me esforcei muito para evitar que ela fosse descoberta, não gostaria que fosse tudo por água abaixo agora. Aqui, Carter, ajude-o com esse casaco. Onde deixou o sobretudo? Não pode viajar nem um quilômetro sem ele nesse frio. No seu quarto? Jane, corra até o quarto do Sr. Mason, ao lado do meu, e pegue o sobretudo que encontrar lá.

Novamente corri e novamente voltei, carregando um imenso casaco forrado de pele.

— Agora, tenho outra tarefa para você. — disse meu incansável patrão. — Precisará voltar ao meu quarto. Graças ao bom Deus você está usando um calçado de veludo, Jane. Uma mensageira com outro calçado nunca daria conta da tarefa. Abra a gaveta do meio da minha mesa de cabeceira e tirar um pequeno frasco e um copo que estão lá. Rápido!

Voei de um lado para o outro, trazendo os objetos que ele pedira.

— Muito bem! Agora, doutor, tomarei a liberdade de administrar uma dose eu mesmo, por minha conta. Consegui esse cordial em Roma, de um charlatão italiano... um camarada que você teria afastado a pontapés, Carter. Não é para usar sempre, mas em certas ocasiões ajuda, como agora, por exemplo. Jane, um pouco d'água. Estendeu o corpinho e eu o enchi até a metade com a água que estava sobre o lavatório.

— Assim está bom, agora coloque um pouco do líquido do frasco.

Eu o fiz, ele contou doze gotas de um líquido vermelho e deu para Mason.

— Beba, Richard. Vai te dar a força que falta por mais ou menos uma hora.

— Mas vai me fazer mal? Não é inflamatório?

— Beba! Beba!

O Sr. Mason obedeceu porque evidentemente era inútil resistir. Estava vestido agora, ainda pálido, mas não estava sujo ou sangrando. O Sr. Rochester o deixou sentar por cerca de três minutos após tomar o líquido. Então pegou seu braço:

— Agora tenho certeza de que pode se levantar — falou. — Tente.

O paciente se levantou.

— Carter, pegue o outro braço dele. Seja bonzinho, Richard. Vamos... isso mesmo!

— Sinto-me melhor, realmente — observou o Sr. Mason.

— Tenho certeza que sim. Agora, Jane, vá na nossa frente até lá embaixo, abra a porta lateral e diga ao cocheiro da charrete que encontrará no pátio... ou um pouco mais para frente, pois eu mandei que não andasse com aquelas rodas barulhentas no calçamento... diga-lhe para ficar pronto. Estamos indo. E se alguém estiver de pé, vá até o pé da escada e pigarreie.

Já eram cinco e meia e o sol estava a ponto de nascer, mas a cozinha estava escura e silenciosa. A porta lateral estava fechada e abri-a com o mínimo de barulho possível. Todo o pátio estava quieto, mas os portões estavam abertos e lá fora estava a carruagem com os cavalos prontos e o cocheiro na boleia. Aproximei-me

Jane Eyre

do homem e falei que os cavalheiros estavam vindo. Ele assentiu. Então olhei cuidadosamente ao redor e fiquei à escuta. A quietude da manhã estava por toda parte. Os quartos dos criados ainda estavam com as cortinas baixas. Passarinhos começavam a cantar entre as flores brancas sobre o muro que cercava um lado dos cantos do pátio. Os cavalos da carruagem batiam as patas nos estábulos fechados. Todo o resto era silêncio.

Os cavalheiros surgiram. Mason, apoiado pelo Sr. Rochester e pelo médico parecia andar com certa facilidade. Eles o ajudaram a subir na carruagem, Carter se juntou a ele.

— Cuide dele — disse o Sr. Rochester ao médico — e deixe que ele fique em sua casa até melhorar completamente. Irei até lá em um ou dois dias, para ver como ele está. Richard, como está se sentindo?

— O ar fresco me reanimou, Fairfax.

— Deixe a janela aberta deste lado, Carter. Não está ventando. Adeus, Dick.

— Fairfax...

— Bem, o que é?

— Cuide dela. Cuide para que ela seja tratada com o máximo de carinho possível, que... — Parou e começou a chorar.

— Farei o meu melhor. É o que tenho feito e o que continuarei fazendo — respondeu. Então fechou a porta da carruagem e o veículo se afastou.

— Mas como eu queria que Deus colocasse um fim em tudo isso! — adicionou o Sr. Rochester, enquanto fechava os pesados portões.

Feito isso, andou devagar e com o ar absorto em direção à porta no muro que cercava o pomar. Imaginando que ele não precisava mais de mim, comecei a voltar para a casa. Mas ele chamou novamente:

— Jane!

Abrira a porta e estava parando nela, esperando por mim.

— Venha para cá, onde está fresco, por alguns minutos — disse ele. — Essa casa é como uma masmorra, não acha?

— Parece-me uma esplêndida mansão, senhor.

— O encanto da inexperiência cobre seus olhos — respondeu ele. E você vê a casa através dessa magia. Não é capaz de perceber que o dourado é limo e que as cortinas de seda são teias de aranha. Que o mármore é uma ardósia sórdida e que os móveis envernizados são cavacos descascados e cascas de árvores. Agora, *aqui* (indicou o verde pomar onde entrávamos), tudo é real, doce e puro.

Passou por uma aleia cheia de macieiras, pereiras e cerejeiras de um lado, e do outro um canteiro cheio de todo tipo de flores antigas, troncos, prímulas, violetas, misturadas com flores do sul, rosas amarelas e várias ervas. Estavam frescas e cheirosas devido à mistura de chuva e sol do mês de abril. O sol entrava aos poucos do leste, e a sua luz banhava as flores e orvalhos do pomar e no caminho embaixo delas.

— Jane, quer uma flor?

Colheu uma rosa semiaberta, a primeira do galho, e me entregou.

— Obrigada, senhor.

— Gosta desse nascer do sol, Jane? Desse céu, com nuvens altas e claras, que certamente vão sumir à medida que o dia esquentar? Esse ar plácido e agradável?

— Gosto muito.

— Teve uma noite estranha, Jane.

— Sim, senhor.

— E isso fez com que ficasse pálida... Ficou com medo quando a deixei sozinha com Mason?

— Fiquei com medo de que alguém saísse do quarto interno.

— Mas eu tranquei a porta... estava com a chave no bolso, seria um pastor descuidado se deixasse uma ovelha... a minha ovelha de estimação... desprotegida tão perto da toca do lobo. Você estava segura.

— Grace Poole vai continuar morando aqui, senhor?

— Bem, sim! Não ocupe sua mente com ela... não pense mais nisso.

— Mas parece que sua vida não está em segurança enquanto ela estiver aqui.

— Não tenha medo... eu tomarei conta de mim mesmo.

— O perigo que temia ontem, passou?

— Não posso garantir isso enquanto Mason estiver na Inglaterra... nem mesmo depois disso. Viver, para mim, Jane, é estar em cima de um vulcão que pode entrar em erupção a qualquer momento.

— Mas o Sr. Mason parece um homem fácil de lidar. Você claramente exerce uma influência poderosa sobre ele, senhor. Jamais o contestaria ou ofenderia o senhor deliberadamente.

— Ah, não! Mason não me contestará ou ofenderá de propósito. Mas, sem querer, apenas com uma palavra descuidada, poderia me privar, senão da vida, da felicidade, e para sempre.

— Diga a ele para ter cuidado, senhor. Diga a ele o que teme e mostre como evitar o perigo.

Ele riu sarcasticamente, pegou minha mão apressadamente e a soltou com mais pressa ainda.

— Se eu pudesse fazer isso, sua tola, onde estaria o perigo? Aniquilado na mesma hora. Desde que conheço Mason, basta dizer-lhe "faça isso", e ele o faz. Mas nesse caso não posso dar ordens. Não posso falar "cuidado para não me prejudicar, Richard", pois é importante que ele não saiba que pode me fazer mal. Você parece confusa, e vou confundi-la ainda mais. Você é minha amiguinha, não é?

— Gosto de servi-lo, senhor. E obedecê-lo em tudo que for certo.

— Precisamente. Vejo que gosta. Vejo uma satisfação verdadeira nos seus modos, na sua expressão, em seus olhos e no seu rosto, quando me ajuda ou me agrada... trabalhando para mim e comigo, em, como você diz, *tudo que é correto*. Pois se eu mandar que faça algo que considere errado, não correria esses passos leves, nem mostraria essa alegria, nem o olhar vivo e expressões animadas. Minha amiga se voltaria para mim, quieta e pálida, e diria: "Não, senhor. Impossível, não posso fazer isso porque é errado", e ficaria imóvel como uma estrela fixa. Bem, você também tem poderes sobre mim, e pode me prejudicar. Contudo, não me atrevo a dizer onde sou vulnerável porque, ainda que seja confiável e leal, poderia acabar comigo de uma só vez.

— Não tem mais a temer do Sr. Mason do que tem de mim, senhor. Está seguro.

— Deus queira! Sente-se nesse caramanchão, Jane.

O caramanchão era um arco no muro coberto de verde, onde havia um assento rústico. O Sr. Rochester sentou-se e deixou um espaço para mim, mas fiquei em pé diante dele.

— Sente-se — disse ele. — O banco é grande o bastante para dois. Não está hesitando em se sentar ao meu lado, está? Isso é errado, Jane?

Respondi sentando-me. Senti que não seria sábio recusar.

— Bem, minha amiguinha, enquanto o sol bebe o orvalho, enquanto todas as flores neste velho jardim acordam e desabrocham, e os pássaros trazem comida para os seus filhotes e as abelhas começam o primeiro turno de trabalho, vou lhe apresentar uma questão, você deve se esforçar para imaginar que é sua. Mas, primeiro, olhe para mim e me diga se está à vontade, e não acha que estou errado em detê-la, ou que está errada em ficar.

— Não, senhor, estou à vontade.

— Bom, Jane, então recorra à imaginação. Vamos supor que você não é uma moça bem-educada e disciplinada, mas um rapaz genioso e mimado desde a infância. Imagine-se numa distante terra estrangeira. E que tenha cometido um erro capital, não importa de que natureza ou quais foram os motivos, esse é um erro cujas consequências vão acompanhá-lo por toda a vida, e marcar toda a sua existência. Atenção, não estou falando de um *crime*, não estou falando de derramar sangue nem de qualquer outro ato de culpa, que pudesse envolver a lei, a palavra que estou usando é *erro*. O resultado do que você fez se torna insuportável com o tempo e você toma providências para ter algum alívio, medidas fora do comum, mas não ilegais nem culpáveis. Mas continua infeliz, pois a esperança abandonou você quando ainda era jovem. Meio-dia seu sol se transforma em um eclipse, e você sente que não a deixará mais até que chegue o crepúsculo. Lembranças amargas e tristes são o único alimento da sua memória. Você começa a vagar de um lado para o outro, buscando repouso no exílio, felicidade no prazer... no prazer bruto, sensual... que consome o intelecto e deteriora os sentimentos. Com o coração cansado e a alma amargurada você volta para casa após anos de exílio. Faz uma nova amizade... como ou onde, não importa. E encontra nessa pessoa muitas das boas e admiráveis qualidades que buscou por vinte anos e nunca encontrou antes. E são todas novas, saudáveis, sem manchas. Essa companhia revive e regenera. Você percebe que dias melhores voltaram... desejos mais altos, sentimentos mais puros. Quer recomeçar a vida e passar o resto dos seus dias de uma forma mais digna, digna de um ser imortal. Para isso, justifica passar por cima de um obstáculo social... um impedimento meramente convencional que a sua consciência, assim como sua razão, não aprovam?

Parou e esperou por uma resposta. O que eu poderia dizer? Ah, se alguma boa alma me sugerisse uma resposta certa e satisfatória! Vã aspiração! O vento sussurrava na hera à minha volta, mas nenhum anjo Ariel usava isso para falar. Os pássaros cantavam no alto das árvores, mas por mais suave que o som fosse, continuava incompreensível.

O Sr. Rochester perguntou novamente:

— Estará o homem errante e pecador, mas agora arrependido e em busca de paz, justificado se confrontar a opinião do mundo para se unir para sempre a essa gentil, graciosa e alegre estranha, assegurando sua paz de espírito e a regeneração da sua vida?

— Senhor — respondi — o repouso de um errante ou a transformação de um pecador não devem depender de outra pessoa. Homens e mulheres morrem, filósofos falham em sua sabedoria e cristãos em bondade. Se alguém que conhece sofreu e errou, é preciso que ele encontre força para mudar e alívio para curar acima dos seus iguais.

— Mas o instrumento! O instrumento! Deus, que faz o reparo, manda o instrumento. Eu próprio... mesmo que tenha sido um homem mundano e inquieto, acredito que encontrei o instrumento para a minha cura em...

Parou. Os pássaros continuaram a cantar, as folhas farfalhavam suavemente. Eu quase me espantei que não tenham parado para ouvir a revelação. Mas teriam que esperar muito, tamanho o silêncio. Por fim, ergui o olhar para o orador, que me olhava ansiosamente.

— Amiguinha — falou, num tom completamente diferente, enquanto o rosto também mudava, perdendo toda a suavidade e seriedade e tornando-se duro e sarcástico — percebeu a minha queda pela Srta. Ingram. Não acha que se a desposasse ela me reabilitaria?

Levantou-se de repente, foi até o fim do caminho e quando voltou, cantarolava uma melodia.

— Jane, Jane — falou, parando diante de mim — está muito pálida com essa vigília. Não fica com raiva por eu ter perturbado seu descanso?

— Com raiva? Não, senhor.

— Apertemos as mãos para confirmar! Que dedos frios! Estavam quentes ontem, quando os toquei na porta do quarto misterioso. Jane, quando faremos outra vigília juntos?

— Quando for preciso, senhor.

— Por exemplo, estou certo de que não poderei dormir na véspera do meu casamento. Promete ficar acordada comigo me fazendo companhia? Posso falar sobre a minha amada com você, pois a viu e a conhece.

— Sim, senhor.

— É uma raridade, não é, Jane?

Jane Eyre

— Sim, senhor.

— Uma mulher e tanto... uma mulher e tanto, Jane. Alta, marrom e voluptuosa. Com cabelos iguais aos das mulheres de Cartago. Deus me abençoe! Dent e Lynn estão nos estábulos. Passe por aqueles arbustos, naquela portinha.

Enquanto eu fui por um lado, ele foi por outro, e o ouvi falando alegremente no pátio:

— Mason acordou antes de todos vocês essa manhã e partiu antes do alvorecer. Levantei-me às quatro para me despedir.

CAPÍTULO 21

Os pressentimentos são coisas estranhas! Assim como as simpatias e assim como os sinais; e os três combinados formam um mistério para o qual a humanidade ainda não encontrou a solução. Nunca ri de pressentimentos em minha vida, porque também tive alguns estranhos. Simpatias, acredito, existem (por exemplo, entre parentes distantes, ausentes há muito tempo, totalmente distantes, afirmando, apesar de sua alienação, a unidade da fonte à qual cada um traça sua origem) cujo funcionamento confunde a compreensão mortal. E os sinais, pelo que sabemos, podem ser apenas as simpatias da Natureza com o homem. Quando eu era uma garotinha, com apenas seis anos de idade, uma noite ouvi Bessie Leaven dizer a Martha Abbot que estava sonhando com uma criancinha; e que sonhar com crianças era um sinal seguro de problemas, seja para si mesmo ou para seus parentes. O ditado poderia ter se desgastado em minha memória, não tivesse uma circunstância imediatamente seguida que serviu para fixá-lo indelevelmente. No dia seguinte, Bessie foi mandada para casa no leito de morte de sua irmãzinha. Ultimamente, muitas vezes eu me lembrava desse ditado e desse incidente; pois, durante a semana anterior, mal havia passado no meu leito uma noite que não trouxesse consigo um sonho de criança, que às vezes eu acalentava nos braços, às vezes balançava no joelho, às vezes observava brincando com margaridas no gramado, ou ainda, molhando as mãos em água corrente. Era uma criança chorando esta noite, e rindo na próxima: agora se aninhava perto de mim, e agora fugia de mim; mas qualquer que fosse o humor que a aparição demonstrasse, qualquer que fosse o aspecto que ela tivesse, ela não deixou de me encontrar por sete noites sucessivas no momento em que entrei na terra do sono. Não gostei dessa repetição de uma ideia — essa estranha recorrência de uma imagem, e fiquei nervosa quando a hora de dormir se aproximou e a hora da visão se aproximou. Foi na companhia desse bebê-fantasma que fui despertada naquela noite de luar quando ouvi o choro; e foi na tarde do dia seguinte que fui chamada para o andar de baixo por uma mensagem de que alguém me queria no quarto da Sra. Fairfax. Reparando ali, encontrei um homem esperando por mim, com aparência de criado de cavalheiro: ele estava vestido de luto profundo, e o chapéu que segurava na mão estava cercado por uma faixa de crepe.

— Ouso dizer que você mal se lembra de mim, senhorita — disse ele, levantando-se quando entrei; — mas meu nome é Leaven: morava como cocheiro com a Sra. Reed quando você esteve em Gateshead, oito ou nove anos atrás, e ainda moro lá.

— Ah, Robert! Como vai? Lembro-me muito bem de você: às vezes você me dava carona no pônei da senhorita Georgiana. E como está Bessie? Você é casado com Bessie?

— Sim, senhorita. Minha esposa é muito generosa, obrigado; ela me trouxe outro pequenino há cerca de dois meses, temos três agora, e tanto a mãe quanto a criança estão prosperando.

— E a família está bem em casa, Robert?

— Lamento não poder lhe dar melhores notícias sobre eles, senhorita: eles estão muito mal no momento... com grandes problemas.

— Espero que ninguém esteja morto — falei, olhando para seu traje preto. Ele também olhou para o crepe em volta do chapéu e respondeu:

— Ontem completou uma semana que o Sr. John morreu, em seus aposentos em Londres.

— Sr. John?

— Sim.

— E como a mãe dele tem suportado?

— Ora, veja bem, Srta. Eyre, não é um acidente comum: a vida dele tem sido muito selvagem, nos últimos três anos ele se entregou a caminhos estranhos, e sua morte foi chocante.

— Ouvi de Bessie que ele não estava bem.

— Não estava bem?! Ele não podia estar pior. Arruinou sua saúde e sua propriedade entre os piores homens e as piores mulheres. Endividou-se e foi preso, a mãe o ajudou duas vezes, mas assim que ficou livre voltou aos velhos hábitos e companheiros. Sua cabeça não era forte, os patifes entre os quais ele vivia o enganaram além de qualquer coisa que eu já ouvi. Ele foi para Gateshead cerca de três semanas atrás e queria que a patroa entregasse tudo a ele. Ela recusou, seus recursos foram muito reduzidos pela extravagância dele; então ele saiu novamente, e a próxima notícia foi que ele estava morto. Como ele morreu, só Deus sabe! Dizem que ele se matou.

Fiquei calada. As notícias eram assustadoras. Robert Leaven retomou.

— A própria senhora estava sem saúde por algum tempo. Ficou muito robusta, mas não forte, e a perda de dinheiro e o medo da pobreza estavam acabando com ela. A informação sobre a morte do Sr. John e o jeito que ocorreu veio de repente e provocou um derrame. Ficou três dias sem falar, mas na terça-feira estava bem melhor, parecia querer dizer alguma coisa, e ficava fazendo sinais para minha mulher e resmungando. Foi apenas ontem de manhã, porém, que Bessie entendeu que ela estava pronunciando seu nome; e por fim ela emitiu as palavras: "Traga Jane... chame Jane Eyre: quero falar com ela". Bessie não tem certeza se ela está em seu juízo perfeito ou se quer dizer alguma coisa com as palavras; mas ela contou à Srta.

Jane Eyre

Reed e à Srta. Georgiana, e aconselhou-as a mandar chamá-la. As moças adiaram a princípio, mas a mãe deles ficou tão inquieta e disse: "Jane, Jane" tantas vezes, que elas finalmente consentiram. Saí de Gateshead ontem, e se puder ficar pronta, senhorita, gostaria de levá-la de volta comigo amanhã cedo.

— Sim, Robert, estarei pronta. Parece-me que devo ir.

— Também acho, Srta. Bessie disse que tinha certeza de que você não recusaria. Mas, suponho que terá de pedir permissão antes de poder ir?

— Sim, e vou fazê-lo agora.

E tendo-o dirigido à sala dos empregados, deixado-o sob os cuidados da esposa de John e às atenções do próprio John, fui à procura do Sr. Rochester. Ele não estava em nenhum dos quartos inferiores, não estava no pátio, nos estábulos ou no terreno. Perguntei à Sra. Fairfax se ela o tinha visto e sim, ela acreditava que ele estava jogando bilhar com a Srta. Ingram. Corri para a sala de bilhar, o estalido das bolas e o zumbido das vozes ressoavam dali; Sr. Rochester, Srta. Ingram, as duas Srtas. Eshton e seus admiradores estavam todos ocupados no jogo. Era preciso coragem para perturbar uma reunião tão interessante; minha missão, no entanto, era algo que eu não podia adiar, então me aproximei do mestre onde ele estava ao lado da Srta. Ingram. Ela se virou quando me aproximei e olhou para mim com altivez, seus olhos pareciam perguntar: "O que a criatura rastejante pode querer agora?" e quando eu disse, em voz baixa: "Sr. Rochester" ela fez um movimento como se tentasse me mandar embora. Lembro-me de sua aparência naquele momento, era muito graciosa e impressionante: usava um roupão matinal de crepe azul-celeste, um lenço azul transparente estava enrolado em seu cabelo. Estava toda animada com o jogo, e o orgulho irritado não diminuiu a expressão de seus traços altivos.

— Essa pessoa quer falar com você? — perguntou ela ao Sr. Rochester; e o Sr. Rochester virou-se para ver quem era a "pessoa".

Ele fez uma careta curiosa, uma de suas demonstrações estranhas e equívocas, jogou seu taco e me seguiu para fora da sala.

— Bem, Jane? — disse ele, enquanto descansava as costas contra a porta da sala de aula, que ele havia fechado.

— Por favor, senhor, quero uma licença por uma ou duas semanas.

— Para o que fazer? Para ir onde?

— Para ver uma senhora doente que mandou me chamar.

— Que senhora doente? Onde ela mora?

— Em Gateshead, no Condado.

— Condado? Isso é uma centena de quilômetros de distância! Quem pode ser ela que manda chamar as pessoas para vê-la a essa distância?

— O nome dela é Reed, senhor, Sra. Reed.

— Reed de Gateshead? Havia um Reed de Gateshead, um magistrado.

— É a viúva dele, senhor.

— E o que você tem a ver com ela? Como você conhece ela?

— Senhor Reed era meu tio... irmão da minha mãe.

— O diabo que ele era! Você nunca me disse isso antes. Sempre disse que não tinha parentes.

— Nenhum que cuidasse de mim, senhor. O Sr. Reed está morto, e sua esposa me rejeitou.

— Por quê?

— Porque eu era pobre e incômoda, e ela não gostava de mim.

— Mas Reed deixou filhos? Você deve ter primos? Sir George Lynn estava falando de um Reed de Gateshead ontem, que, segundo ele, era um dos mais patifes da cidade, e Ingram estava mencionando uma Georgiana Reed do mesmo lugar, que era muito admirada por sua beleza há uma ou duas temporadas em Londres.

— John Reed também está morto, senhor: ele se arruinou, arruinou parte de sua família, e supostamente cometeu suicídio. A notícia chocou tanto sua mãe que provocou um ataque apoplético.

— E que bem você pode fazer a ela? Bobagem, Jane! Eu jamais pensaria em percorrer 160 quilômetros para ver uma velha senhora que talvez esteja morta antes de você alcançá-la, além disso, você diz que ela a rejeitou.

— Sim, senhor, mas isso foi há muito tempo, e quando sua situação era muito diferente. Eu não poderia negligenciar seu desejo agora.

— Quanto tempo você vai ficar?

— O menor tempo possível, senhor.

— Prometa-me ficar apenas uma semana...

— É melhor eu não dar minha palavra. Posso ser obrigada a quebrá-la.

— Em todo caso, você voltará. Não será induzida sob nenhum pretexto a fixar residência permanente com ela?

— Oh não! Certamente voltarei se tudo estiver bem.

— E quem vai com você? Não vai viajar sessenta e oitenta quilômetros sozinha.

— Não, senhor, ela mandou o cocheiro.

— Uma pessoa confiável?

— Sim, senhor, ele vive há dez anos na família.

O Sr. Rochester meditou.

— Quando você deseja ir?

— Amanhã de manhã cedo, senhor.

— Bem, precisa ter algum dinheiro. Não pode viajar sem dinheiro, e ouso dizer que não tem muito, ainda não lhe dei salário. Quanto você tem no mundo, Jane? — perguntou ele, sorrindo.

Saquei minha bolsa, era uma coisinha fina.

— Cinco xelins, senhor.

Ele pegou a bolsa, derramou o tesouro na palma da mão e riu como se sua escassez o divertisse. Logo ele pegou sua carteira:

— Aqui — disse ele, oferecendo-me um bilhete. Eram cinquenta libras, e ele me devia apenas quinze. Eu disse a ele que não tinha troco.

— Eu não quero troco, você sabe disso. Pegue seu salário.

Jane Eyre

Recusei aceitar mais do que me era devido. Ele fez uma careta no início; então, como se lembrando de algo, ele disse:

— Certo, certo! Melhor não te dar tudo agora: talvez você ficasse três meses fora se tivesse cinquenta libras. Aqui há dez, não é suficiente?

— Sim, senhor, mas agora você me deve cinco.

— Volte para buscá-lo então. Sou seu banqueiro de quarenta libras.

— Sr. Rochester, posso também mencionar outra questão de negócios enquanto tenho a oportunidade.

— Questão de negócios? Estou curioso para ouvir.

— Você me informou, senhor, que vai se casar em breve?

— Sim, e então?

— Nesse caso, senhor, Adele deveria ir à escola. Tenho certeza de que perceberá a necessidade disso.

— Para tirá-la do caminho da minha noiva, que poderia passar por cima dela sem muita delicadeza? A sugestão faz sentido, não há dúvida disso. Adele, como você diz, deve ir à escola, e você, é claro, deve marchar direto para... o diabo?

— Espero que não, senhor, mas devo procurar outro emprego em algum lugar.

— Em curso! — exclamou ele, com uma voz aguda e uma distorção de traços igualmente fantásticos e ridículos. Ele olhou-me por alguns minutos. — E a velha Madame Reed, ou as senhoritas, suas filhas, você pedirá a elas que lhe procurem um emprego?

— Não, senhor. Não estou em termos com meus parentes que justificariam pedir favores a eles, mas colocarei um anúncio.

— Você vai subir as pirâmides do Egito! — rosnou ele. — Por sua conta e risco, você anuncia! Gostaria de ter lhe oferecido apenas um soberano em vez de dez libras. Devolva-me nove libras, Jane, tenho um uso para elas.

— E eu também, senhor — retruquei, colocando as mãos e a bolsa atrás de mim. — Eu não poderia poupar o dinheiro de nenhuma forma.

— Sua pequena avarenta! — disse ele. — Recusando-me um pedido pecuniário! Dê-me cinco libras, Jane.

— Nem cinco xelins, senhor, nem cinco pences.

— Deixe-me apenas ver o dinheiro.

— Não senhor, você não é confiável.

— Jane!

— Senhor?

— Prometa-me uma coisa.

— Prometo-lhe qualquer coisa, senhor, que acho que poderei cumprir.

— Não faça nenhum anúncio, confie esta busca de um emprego em mim. Encontrarei um a tempo.

— Ficarei feliz em fazê-lo, senhor, se você, por sua vez, prometer que eu e Adele estaremos seguras fora de casa antes que sua noiva entre nela.

— Muito bem! Muito bem! Eu darei minha palavra sobre isso. Você vai amanhã, então?

— Sim, senhor, cedo.

— Você deve descer para a sala de visitas depois do jantar?

— Não, senhor, devo me preparar para a viagem.

— Então você e eu devemos nos despedir por algum tempo?

— Acho que sim, senhor.

— E como as pessoas realizam essa cerimônia de despedida, Jane? Ensine-me, não estou habituado.

— Eles dizem Adeus, ou qualquer outra coisa que prefiram.

— Então diga.

— Adeus, Sr. Rochester, por agora.

— O que devo dizer?

— O mesmo, se quiser, senhor.

— Adeus, Srta. Eyre, por agora. Isso é tudo?

— Sim?

— Parece mesquinho, ao meu conceito, e seco e hostil. Gostaria de outra coisa: um pequeno acréscimo ao ritual. Se alguém apertasse as mãos, por exemplo, mas não, isso também não me contentaria. Então você não fará mais do que dizer adeus, Jane?

— Basta, senhor. Muita boa vontade pode ser transmitida tanto em uma palavra calorosa quanto em várias.

— Muito provavelmente, mas soa vazio e frio... "Adeus."

"Quanto tempo ele vai ficar de costas contra aquela porta?" Eu me perguntei, "quero começar a fazer as malas." A campainha do jantar tocou e, de repente, ele saiu correndo, sem outra sílaba, não o vi mais durante o dia, e fui embora antes que ele se levantasse pela manhã. Cheguei ao alojamento de Gateshead por volta das cinco horas da tarde de primeiro de maio, entrei lá antes de subir ao saguão. Era muito limpo e arrumado, as janelas ornamentais possuíam pequenas cortinas brancas penduradas; o chão estava impecável; a grelha e os ferros de fogo estavam polidos, e o fogo estava claro. Bessie estava sentada na lareira, amamentando seu último filho, e Robert e sua irmã brincavam em silêncio em um canto.

— Deus a abençoe! Eu sabia que você viria! — exclamou a Sra. Leaven, quando entrei.

— Sim, Bessie — disse eu, depois de beijá-la, — e espero que não seja tarde demais. Como está a Sra. Reed? Ainda viva, espero.

— Sim, ela está viva, e mais sensata e controlada do que ela era. O médico diz que ela pode demorar uma ou duas semanas ainda; mas ele dificilmente acha que ela se recuperará.

— Ela falou de mim ultimamente?

— Ela estava falando de você esta manhã e desejando que você viesse, mas está dormindo agora, ou estava há dez minutos, quando eu estava em casa. Ela geralmente fica em uma espécie de letargia a tarde toda e acorda por volta das seis ou sete. Pode descansar aqui por uma hora, senhorita, e então eu subirei com você.

Robert entrou, e Bessie colocou seu filho adormecido no berço e foi recebê-lo. Depois, ela insistiu para que eu tirasse meu gorro e tomasse um chá, pois disse que eu parecia pálida e cansada. Fiquei feliz em aceitar sua hospitalidade e me submeti a ser libertada de meu traje de viagem tão passivamente quanto costumava deixá-la me despir quando criança.

Os velhos tempos voltaram rapidamente para mim enquanto eu a observava se movimentando — ajeitando a bandeja de chá com sua melhor porcelana, cortando pão com manteiga, torrando um bolo de chá e, entre alguns momentos, dando um tapinha ou empurrãozinho ocasionais nos pequenos Robert ou Jane, como ela me dava antigamente. Bessie manteve seu temperamento explosivo, bem como seu pé leve e boa aparência.

Com o chá pronto, eu ia me aproximar da mesa, mas ela queria que eu ficasse sentada, em seu velho tom autoritário. Devo ser servida ao lado da lareira, disse ela, colocou diante de mim um pequeno suporte redondo com minha xícara e um prato de torrada, absolutamente como costumava me acomodar com alguma guloseima roubada em uma cadeira, e eu sorri e a obedeci como em tempos passados.

Ela queria saber se eu estava feliz em Thornfield Hall e que tipo de pessoa era a dona; e quando eu disse a ela que havia apenas um patrão, se ele era um bom cavalheiro, e se eu gostava dele. Eu disse a ela que ele era um homem muito feio, mas bastante cavalheiro, que me tratava gentilmente, e eu estava contente. Então passei a descrever para ela a companhia alegre que ultimamente estava hospedada na casa e a esses detalhes Bessie ouvia com interesse: eram precisamente do tipo que ela apreciava.

Em tal conversa, uma hora logo se passou. Bessie me devolveu meu gorro e, acompanhada por ela, deixei o alojamento e fui para a mansão. Também foi acompanhada por ela que eu havia, há quase nove anos, percorrido o caminho que agora subia. Numa manhã escura, enevoada e crua de janeiro, deixei um telhado hostil com um coração desesperado e amargurado — uma sensação de proscrito e quase de reprovação para procurar o porto frio de Lowood, aquela fronteira tão distante e inexplorada. O mesmo teto hostil ergueu-se novamente diante de mim, minhas perspectivas ainda eram duvidosas e eu ainda tinha um coração dolorido. Ainda me sentia uma errante sobre a face da terra, mas experimentei uma confiança mais firme em mim mesma e em meus próprios poderes, e menos medo de opressão. A ferida aberta dos meus erros também estava agora completamente curada e a chama do ressentimento se extinguiu.

— Você deve entrar primeiro na sala de desjejum, — disse Bessie, enquanto seguia em minha frente pelo corredor. — As moças estarão lá.

Em um instante eu estava dentro daquele cômodo. Todos os móveis pareciam exatamente como na manhã em que fui apresentada ao Sr. Brocklehurst, o próprio tapete sobre o qual ele estava ainda cobria a lareira. Olhando para as estantes, pensei poder distinguir os dois volumes de British Birds, de Bewick, ocupando seu antigo lugar na terceira prateleira, e as Viagens de Gulliver e as Mil e Uma Noites logo acima. Os objetos inanimados não foram alterados, mas os seres vivos haviam mudado a um ponto irreconhecível.

Duas moças apareceram diante de mim. Uma muito alta, quase tão alta quanto a Srta. Ingram — muito magra também, com um rosto pálido e um semblante severo. Havia algo de contemplativo em sua aparência, que era aumentado pela extrema simplicidade de um vestido preto de saia reta, uma gola de linho engomada, cabelos penteados para trás, enfeitado como o de uma freira, com um colar de ébano e um crucifixo. Tinha certeza de que era Eliza, embora eu pudesse traçar pouca semelhança com seu antigo eu naquele rosto alongado e sem cor.

A outra era certamente Georgiana, mas não a Georgiana que eu me lembrava — a garota de onze anos esguia e parecida com uma fada. Era uma dama bem crescida, muito roliça, linda como uma estátua de cera, com feições bonitas e regulares, olhos azuis lânguidos e cabelos louros encaracolados. O tom de seu vestido também era preto; mas seu modelo era tão diferente do de sua irmã — muito mais fluido e elegante — parecia tão elegante quanto a da outra parecia puritana.

Em cada uma das irmãs havia um traço da mãe, e apenas um. A filha mais velha, magra e pálida, tinha os olhos da progenitora, a menina mais nova, exuberante, tinha o contorno da mandíbula e do queixo, talvez um pouco suavizado, mas ainda conferindo uma dureza indescritível ao semblante de outra forma tão voluptuoso e rechonchudo.

As duas senhoritas, enquanto eu avançava, levantaram-se para me dar as boas-vindas, e ambas se dirigiram a mim pelo nome de "Srta. Eyre". A saudação de Eliza foi feita em voz curta e abrupta, sem sorriso, e então ela se sentou novamente, fixou os olhos no fogo e pareceu me esquecer. Georgiana acrescentou ao seu "Como vai?" várias perguntas comuns sobre minha viagem, o clima, e assim por diante, proferidas em um tom um tanto arrastado e acompanhadas por diversos olhares de lado que me mediram da cabeça aos pés, ora atravessando as dobras da minha peliça de merino monótono, ora demorando-se no corte simples do meu capô de casa de campo. As moças têm uma maneira notável de deixar você saber que acham que você é um "mistério" sem realmente dizer as palavras. Uma certa arrogância de olhar, frieza de maneiras, indiferença de tom, expressam plenamente seus sentimentos sobre o assunto, sem cometê-los por qualquer grosseria positiva em palavras ou atos.

Um escárnio, porém, disfarçado ou aberto, já não tinha mais aquele poder sobre mim que antes possuía. Sentada entre minhas primas, fiquei surpresa ao descobrir como me sentia à vontade sob o total descaso de uma e o semi-sarcasmo da outra. Eliza não me envergonhou, nem Georgiana me irritou. O fato era que eu tinha outras coisas em que pensar; nos últimos meses, sentimentos muito mais potentes do que qualquer um que elas pudessem suscitar haviam sido despertados — dores e prazeres muito mais agudos e deliciosos haviam sido excitados do que qualquer um que estivesse em seu poder de infligir ou conceder — que seus ares me davam nenhuma preocupação para o bem ou para o mal.

— Como está a Sra. Reed? — perguntei logo, olhando calmamente para Georgiana, que achou por bem ir direto ao assunto, como se fosse uma liberdade inesperada.

— Sra. Reed? Ah! Mamãe, você quer dizer, ela está extremamente mal: duvido que você possa vê-la esta noite.

— Se você simplesmente subisse e dissesse a ela que eu vim, eu ficaria muito grata. — Georgiana quase sobressaltou-se e abriu os olhos azuis selvagens e arregalados.

— Sei que ela tinha um desejo especial de me ver — acrescentei, — e eu não adiaria atender ao seu desejo por mais tempo do que o absolutamente necessário.

— Mamãe não gosta de ser incomodada à noite — comentou Eliza.

Logo me levantei, tirei silenciosamente meu gorro e luvas, sem me convidarem a fazê-lo, e disse que iria até Bessie — que estava, ouso dizer, na cozinha — e pediria a ela para verificar se a Sra. Reed estaria disposta a me receber ou não essa noite. Fui e, tendo encontrado Bessie e enviado-a em minha missão, comecei a tomar outras medidas. Até então, era meu hábito sempre fugir da arrogância: recebida como fui hoje, deveria, há um ano, ter resolvido deixar Gateshead na manhã seguinte; agora, foi-me revelado de uma vez que aquele seria um plano tolo.

Fiz uma viagem de cento e sessenta quilômetros para ver minha tia, e devo ficar com ela até que ela melhore... ou morra. Quanto ao orgulho ou loucura de suas filhas, devo deixar de lado. Então me dirigi à governanta; pedi-lhe que me mostrasse um quarto, disse-lhe que eu provavelmente me hospedaria aqui por uma ou duas semanas, mandei minha mala ser transportada para o meu quarto, e eu mesma a segui até lá. Encontrei Bessie no patamar.

— A senhora está acordada — disse ela. — Eu disse a ela que você está aqui. Venha e deixe-nos ver se ela a reconhece.

Não precisei ser guiada para o cômodo conhecido, para o qual eu tinha sido chamada tantas vezes para castigos ou reprimendas em dias passados. Apressei--me diante de Bessie, abri a porta suavemente, sobre a mesa havia uma luz fraca, pois já estava escurecendo. Lá estava a grande cama de quatro colunas com cortinas de âmbar como antigamente, ali estava a mesa de toalete, a poltrona e o banquinho, em que eu havia sido condenada cem vezes a me ajoelhar, para pedir perdão por minhas ofensas não cometidas. Olhei para um certo canto próximo, meio esperando ver o contorno fino de uma vara outrora temida que costumava se esconder lá, esperando para saltar como um diabrete e atingir minha palma trêmula ou meu pescoço encolhido. Aproximei-me da cama, abri as cortinas e me inclinei sobre os travesseiros empilhados.

Bem, eu me lembrava do rosto da Sra. Reed, e procurei ansiosamente a imagem familiar. É uma coisa feliz que o tempo reprima os anseios de vingança e silencie os impulsos de raiva e aversão. Eu havia deixado essa mulher com amargura e ódio, e voltei para ela agora sem outra emoção além de uma espécie de piedade por seus grandes sofrimentos e um forte desejo de esquecer e perdoar todos os ferimentos — para ser reconciliada e apertar as mãos em amizade.

O rosto conhecido estava lá, severo, implacável como sempre — lá estavam aqueles olhos peculiares que nada poderiam derreter, e a sobrancelha um tanto erguida, imperiosa e despótica. Quantas vezes ele recaiu sobre mim com ameaça e ódio! E como a lembrança dos terrores e tristezas da infância reviveu enquanto eu observava seus traços agora! E mesmo assim me abaixei e a beijei: ela olhou para mim.

— É Jane Eyre? — disse ela.

— Sim, tia Reed. Como vai, cara tia?

Certa vez, jurei que nunca mais a chamaria de tia, achava que não era pecado esquecer e quebrar esse voto agora. Meus dedos haviam se agarrado à sua mão que estava do lado de fora do lençol. Se ela tivesse pressionado a minha gentilmente, eu teria, naquele momento, experimentado o verdadeiro prazer. Mas as naturezas não impressionáveis não são tão rapidamente suavizadas, nem as antipatias naturais tão prontamente erradicadas. A Sra. Reed afastou a mão e, virando o rosto um pouco para mim, comentou que a noite estava quente. Mais uma vez ela me olhou com tanta frieza que senti imediatamente que sua opinião sobre mim — seus sentimentos por mim — permanecia e era imutável. Eu sabia por seu olhar de pedra — opaco à ternura, indissolúvel às lágrimas — que ela estava decidida a considerar-me má até o fim, porque acreditar em mim não lhe daria nenhum prazer, apenas uma sensação de mortificação.

Senti dor, e depois senti ira, e então senti a determinação de dominá-la, apesar de sua natureza e de sua vontade. Minhas lágrimas surgiram, como na infância, e mandei-as voltar à origem. Trouxe uma cadeira à cabeceira da cama, sentei-me e debrucei-me sobre o travesseiro.

— Você me chamou — disse eu — e eu estou aqui. Pretendo ficar até ver como a senhora está.

— Ah, claro! Você viu minhas filhas?

— Vi.

— Bem, você pode dizer a elas que desejo que você fique até que eu possa conversar com você sobre algumas coisas que tenho em mente, esta noite já está tarde demais e tenho dificuldade em me lembrar delas. Mas havia algo que eu queria dizer... deixe-me ver...

O olhar errante e a expressão alterada diziam o estrago que acontecera em seu corpo outrora vigoroso. Virando-se inquieta, ela puxou as roupas de cama em torno de si; meu cotovelo, apoiado em um canto da colcha, as prendeu no lugar, ela ficou imediatamente irritada.

— Sente-se! — disse ela. — Não me incomode prendendo as roupas de cama. Você é Jane Eyre?

— Eu sou Jane Eyre.

Jane Eyre

— Tive mais problemas com aquela criança do que qualquer um poderia acreditar. Tanto fardo para ser deixado em minhas mãos, e tanto aborrecimento como ela me causava, diariamente e de hora em hora, com sua disposição incompreensível, e seus súbitos ataques de temperamento, e sua vigilância contínua e anormal dos movimentos dos outros! Afirmo que ela falou comigo uma vez como uma louca, ou como um demônio — nenhuma criança jamais falou ou se pareceu com ela, fiquei feliz em tirá-la de casa. O que fizeram com ela em Lowood? A febre começou ali e muitos dos alunos morreram. Ela, no entanto, não morreu, mas eu disse que ela morreu — eu queria que ela tivesse morrido!

— Um desejo estranho, Sra. Reed. Por que a odeia tanto?

— Sempre desgostei da mãe dela, pois era a única irmã de meu marido, e sua grande favorita, foi contra a família deserdá-la quando teve aquele casamento infeliz, e quando chegou a notícia de sua morte, ele chorou como um tolo. Ele mandou buscar o bebê, embora eu tenha pedido a ele que entregasse-o para cuidadores e pagasse por sua manutenção. Eu o odiei na primeira vez que coloquei meus olhos nela... uma coisa doentia, choramingando, definhando! Chorava no berço a noite toda, não gritando como qualquer outra criança, mas choramingando e gemendo. Reed teve pena, e ele costumava niná-la e dá-la atenção como se fosse sua, até mais, na verdade, do que jamais notara seus filhos naquela idade. Tentava tornar meus filhos amigáveis com a pequena mendiga, os queridinhos não aguentavam, e ele ficava bravo com eles quando mostravam sua antipatia. Em sua doença final, ele a trazia continuamente à sua cabeceira; e apenas uma hora antes de morrer, ele me prendeu à promessa de cuidar da criatura. Eu preferia ter ficado responsável por um pirralho indigente de um asilo, mas ele era fraco, naturalmente fraco. John não se parece em nada com o pai, e fico feliz por isso, John é como eu e meus irmãos... ele é bem um Gibson. Oh, eu gostaria que ele parasse de me atormentar com cartas pedindo dinheiro? Não tenho mais dinheiro para lhe dar, estamos ficando pobres. Devo mandar embora metade dos criados e fechar parte da casa, ou alugá-la. Nunca poderei me submeter a isso... mas o que vamos fazer? Dois terços da minha renda vão para pagar os juros das hipotecas. John joga terrivelmente e sempre perde... coitado! Ele é assediado por vigaristas, John está afundado e degradado — sua aparência é assustadora — sinto vergonha por ele quando o vejo.

Ela estava ficando muito agitada.

— Acho melhor deixá-la agora — disse a Bessie, que estava do outro lado da cama.

— Talvez você devesse, senhorita, mas ela costuma falar assim à noite... de manhã fica mais calma. — Levantei-me.

— Pare! — exclamou a Sra. Reed. — Há outra coisa que eu gostaria de dizer. Ele me ameaça... ele me ameaça continuamente com sua própria morte, ou a minha, e às vezes sonho que o vejo caído com um grande ferimento na garganta, ou com o rosto inchado e enegrecido. Estou em uma posição estranha, tenho grandes problemas. O que deve ser feito? Como conseguir dinheiro?

Bessie agora tentava convencê-la a tomar um sedativo, ela conseguiu com dificuldade. Logo depois, a Sra. Reed ficou mais composta e caiu em um estado de sonolência. Eu então a deixei. Mais de dez dias se passaram antes que eu voltasse a conversar com ela. Ela continuou delirando ou letárgica; e o médico proibiu tudo o que pudesse agitá-la dolorosamente. Enquanto isso, me dei o melhor que pude com Georgiana e Eliza. Elas estavam muito frias, de fato, no início. Eliza passava metade do dia costurando, lendo ou escrevendo, e mal dizia uma palavra para mim ou para sua irmã. Georgiana tagarelava tolices com seu pássaro canário a cada hora e não prestava atenção em mim. Mas eu estava determinada a não parecer perdida em ocupação ou diversão, trouxe meus materiais de desenho comigo, e eles me serviram para ambos.

Provida com um estojo de lápis e algumas folhas de papel, eu costumava me sentar longe delas, perto da janela, e me ocupar em esboçar vinhetas extravagantes, representando qualquer cena que acontecesse momentaneamente no caleidoscópio da imaginação em constante mudança: um vislumbre do mar entre duas rochas; a lua nascente e uma nave cruzando seu disco; um grupo de juncos e bandeiras de água, e uma cabeça de náiade, coroada de flores de lótus, erguendo-se delas; um elfo sentado no ninho de um pardal, sob uma coroa de flores de espinheiro.

Certa manhã, comecei a esboçar um rosto, que tipo de rosto seria, eu não me importava nem sabia. Peguei um lápis preto macio, deixei a ponta larga e trabalhei. Logo tracei no papel uma testa larga e proeminente e um contorno inferior quadrado do rosto, aquele contorno me dava prazer, meus dedos começaram a preenchê-lo com características. As sobrancelhas horizontais fortemente marcadas devem ser traçadas; depois sob essa sobrancelha; seguiu-se, naturalmente, um nariz bem definido, com crista reta e narinas cheias; uma boca de aparência flexível, de forma alguma estreita; um queixo firme, com uma covinha decidida no meio. É claro, alguns bigodes pretos eram necessários, e um pouco de cabelo ralo, tufado nas têmporas e ondulado acima da testa. Agora para os olhos, eu os tinha deixado para o final, porque eles exigiam um trabalho mais cuidadoso. Eu os desenhei grandes e os modelei bem, os cílios tracei longos e sombrios; as íris lustrosas e grandes. "Está bom! Mas não é bem isso", pensei, enquanto observava o efeito, "precisam de mais força e espírito". E escureci as sombras, para que as luzes pudessem piscar mais brilhantemente... um ou dois toques felizes garantiam o sucesso. Lá, eu tinha o rosto de um amigo sob meu olhar, e o que significava que aquelas moças me virassem as costas? Eu olhei para ele, sorri com a semelhança, estava absorta e contente.

— É o retrato de alguém que você conhece? — perguntou Eliza, que se aproximou de mim despercebida. Respondi que era apenas uma cabeça elegante e a apressei a escondê-lo para debaixo dos outros esboços. Claro, eu menti, era, de fato, uma representação muito fiel do Sr. Rochester. Mas o que era isso para ela, ou para qualquer um além de mim? Georgiana também seguiu para olhar. Os outros desenhos a agradaram muito, mas esse ela chamou de "um homem feio". Ambas pareciam surpresas com minha habilidade. Ofereci-me para esboçar seus retratos, e cada uma,

Jane Eyre

por sua vez, sentou-se para um esboço a lápis. Então Georgiana mostrou seu álbum. Prometi contribuir com um desenho em aquarela, isso a deixou imediatamente de bom humor. Ela propôs um passeio no jardim. Antes de completarmos duas horas fora, estávamos mergulhadas em uma conversa confidencial, ela havia me favorecido com uma descrição do inverno brilhante que passara em Londres duas estações atrás — da admiração que ali despertara — da atenção que recebera, e até tive indícios da conquista titulada que ela fizera. No decorrer da tarde e da noite, essas insinuações aumentaram, várias conversas foram contadas e cenas sentimentais representadas, e, em suma, um volume de um romance da vida elegante foi naquele dia improvisado por ela para mim. As comunicações se renovavam dia a dia, sempre girando em torno do mesmo tema, ela, seus amores e seus sofrimentos. Era estranho ela nunca ter feito referência à doença da mãe, ou à morte do irmão, ou ao atual estado sombrio das perspectivas da família. Sua mente parecia totalmente ocupada com reminiscências de alegrias passadas e aspirações de dissipações vindouras. Ela passava cerca de cinco minutos por dia no quarto de doente de sua mãe, e nada mais.

Eliza ainda falava pouco, evidentemente não tinha tempo para falar. Nunca vi uma pessoa mais ocupada do que ela parecia, no entanto, era difícil dizer o que ela fazia, ou melhor, descobrir qualquer resultado de sua diligência. Ela tinha um alarme para chamá-la mais cedo. Não sei como se ocupava antes do café da manhã, mas depois dessa refeição ela dividia seu tempo em porções regulares, e cada hora tinha sua tarefa designada. Três vezes por dia estudava um livrinho, que descobri, após uma inspeção, ser um Livro de Preces. Perguntei a ela uma vez qual era a grande atração daquele volume, e ela disse, "a Rubrica". Dedicava três horas a costurar, com fio de ouro, a orla de um tecido carmesim quadrado, quase grande o suficiente para um tapete. Em resposta às minhas perguntas sobre a utilidade deste artigo, ela me informou que era uma cobertura para o altar de uma nova igreja recentemente erguida perto de Gateshead. Dedicava duas horas ao seu diário, duas para trabalhar sozinha na horta, e uma para a regularização de suas contas. Ela parecia não querer companhia, nenhuma conversa. Acredito que era feliz à sua maneira, essa rotina lhe bastava, e nada a incomodava tanto quanto a ocorrência de qualquer incidente que a obrigasse a variar sua regularidade mecânica.

Uma noite em que estava mais disposta a ser comunicativa do que de costume, contou-me que a conduta de John e a ameaça de ruína da família haviam sido uma fonte de profunda aflição para ela, mas que agora acalmou a mente e tomou uma decisão. Sua própria fortuna ela cuidara de assegurar, e quando sua mãe morresse, e era totalmente improvável, ela observou tranquilamente, que ela se recuperasse ou permanecesse viva por muito tempo, ela executaria um projeto há muito acalentado: buscar um lugar onde os hábitos pontuais fossem permanentemente protegidos de perturbações e um ambiente seguro que colocasse barreiras entre ela e o mundo frívolo. Perguntei se Georgiana a acompanharia.

Respondeu que claro que não. Georgiana e ela não tinham nada em comum... nunca tiveram. Ela não suportaria sua companhia em nenhuma hipótese. Georgiana deveria seguir seu próprio curso, e ela, Eliza, ficaria com o dela.

Georgiana, quando não desabafava seu coração comigo, passava a maior parte do tempo deitada no sofá, se preocupando com a monotonia da casa e desejando repetidamente que sua tia Gibson lhe enviasse um convite para ir à cidade.

— Seria muito melhor, — disse ela — se eu pudesse sair daqui por um mês ou dois, até que tudo acabasse.

Não perguntei o que ela queria dizer com "tudo acabasse", mas suponho que ela se referia ao esperado falecimento de sua mãe e à sombria sequela dos ritos fúnebres. Eliza geralmente não prestava mais atenção à indolência e às queixas de sua irmã do que se algum objeto murmurante e desocupado estivesse diante dela. Um dia, porém, enquanto guardava o livro de contas e desdobrava o bordado, de repente a pegou assim:

— Georgiana, um animal mais vaidoso e absurdo do que você certamente nunca teve permissão para atrapalhar a terra. Você não tinha direito de nascer, pois não faz uso da vida. Em vez de viver para você, em e consigo mesma como um ser razoável faria, você procura apenas firmar sua fraqueza na força de outra pessoa. Se não encontrar ninguém disposto a carregar uma pessoa tão gorda, fraca, inchada e inútil, você grita que está sendo maltratada, negligenciada, que está miserável. A existência para você deve ser um cenário de contínua mudança e excitação, ou então o mundo é uma masmorra. Deve ser admirada, deve ser cortejada, deve ser lisonjeada... precisa ter música, dança e companhia, ou você definha, você morre. Não tem vontade de criar um sistema que a torne independente de todos os esforços e de todas as vontades, exceto a sua própria? Pegue um dia, divida-o em seções, a cada seção distribua uma tarefa, não deixe desocupados nem quartos de hora, dez ou cinco minutos, inclua todos. Faça cada tarefa de uma vez, com método, regularidade. O dia terminará quase antes que você perceba que começou, e não precisará de ninguém para ajudá-la a se livrar de um momento vago, não precisará buscar a companhia, conversa, simpatia ou paciência de ninguém. Terá vivido, em suma, como um ser independente deve viver. Aceite este conselho, o primeiro e o último vou lhe oferecer, então não vai precisar de mim ou de qualquer outra pessoa, aconteça o que acontecer. Negligencie-o, continue como antes, ansiando, choramingando, ociosa... e sofra as consequências de sua idiotice, por mais ruins e insuperáveis que sejam. Digo-lhe isso claramente, e ouça, pois, embora eu não repita mais o que estou prestes a dizer, decididamente agirei assim. Depois da morte da minha mãe, lavo minhas mãos de você. A partir do dia em que o caixão for carregado para a cripta da igreja de Gateshead, você e eu estaremos tão separadas que será como se nunca tivéssemos nos conhecido. Nem pense que, porque por acaso nascemos dos mesmos pais, vou permitir que você me prenda mesmo com a mais fraca afirmação. Posso lhe dizer isso: se toda a raça humana, exceto nós, fosse varrida, e estivéssemos sozinhas na terra, eu deixaria você no velho mundo e me entregaria ao novo.

Ela fechou os lábios.

— Você poderia ter se poupado ao trabalho de fazer esse discurso — respondeu Georgiana. — Todo mundo sabe que você é a criatura mais egoísta e sem coração que existe, e eu conheço seu ódio maldoso por mim. Já tive um gostinho dele antes, na peça que você me pregou com Lord Edwin Vere: não suportou que eu me tornasse superior a você, que tivesse um título, fosse recebida em círculos em que você não ousa mostrar o rosto, então agiu como espiã e informante, e arruinou minhas chances para sempre. — Georgiana pegou o lenço e passou uma hora assoando o nariz. Eliza sentou-se fria, impassível e assiduamente trabalhadora.

É verdade, algumas pessoas desprezam sentimentos generosos, mas ali foram apresentadas duas naturezas, uma intoleravelmente acre, a outra desprezivelmente insípida, por falta deles. Sentir sem julgamento é realmente algo complicado, mas o julgamento sem sentimento é algo muito amargo e áspero para a deglutição humana.

Era uma tarde de chuva e vento. Georgiana adormecera no sofá lendo um romance, Eliza tinha ido assistir a um culto na nova igreja, em questões de religião ela era uma rígida formalista, nenhum tempo jamais impedia o cumprimento pontual do que ela considerava seus deveres devocionais, fizesse sol ou chuva ela ia à igreja três vezes todos os domingos, e nos dias de semana com a mesma frequência com que havia orações.

Pensei em subir as escadas e ver como a moribunda estava, que ficava lá quase despercebida, os próprios criados davam só um pouco de atenção a ela, a enfermeira contratada, sendo pouco vigiada, saía do quarto sempre que podia. Bessie era fiel, mas ela tinha sua própria família em mente, e só podia vir ocasionalmente à mansão. Como imaginava, encontrei o quarto da doente vazio. Nenhuma enfermeira estava lá, a paciente estava imóvel e aparentemente letárgica, seu rosto lívido afundado nos travesseiros, o fogo estava se apagando na lareira. Renovei o combustível, arrumei a roupa de cama, olhei um pouco para ela, que agora não podia olhar para mim, e depois me afastei para a janela.

A chuva batia forte contra as vidraças, o vento soprava tempestuoso. "Aqui está deitado alguém", pensei, "que logo estará além das provações terrenas. Para onde esse espírito, agora lutando para sair de sua morada material, voará quando finalmente for solto?"

Ao ponderar sobre o grande mistério, pensei em Helen Burns, lembrei-me de suas últimas palavras, da sua fé, da sua doutrina da igualdade das almas desencarnadas. Ainda estava ouvindo em pensamento sua voz bem lembrada, ainda imaginava seu aspecto pálido e espiritual, o rosto gasto e olhar sublime enquanto estava deitada em seu plácido leito de morte e sussurrava o desejo de ser devolvida ao seio do divino Pai, quando uma voz fraca murmurou da cama atrás de mim:

— Quem é?

Eu sabia que a Sra. Reed não falava há dias, será que ela estava se recuperando? Fui até ela.

— Sou eu, tia Reed.

— "Eu" quem? — foi a resposta dela. — Quem é você? — perguntou olhando para mim com surpresa e uma espécie de alarme, mas ainda não desorientada. — Você é uma estranha para mim... onde está Bessie?

— Ela está no alojamento, tia.

— Tia — repetiu ela. — Quem me chama de tia? Você não é uma Gibson, e, no entanto, eu a conheço... esse rosto, os olhos e a testa me são muito familiares. Você é como... ora, você é muito parecida com a Jane Eyre!

Não disse nada, estava com medo de causar algum choque ao declarar minha identidade.

— Ainda assim — disse ela — receio que seja um engano, meus pensamentos me enganam. Eu queria ver Jane Eyre, e imagino uma semelhança que não existe, além disso, em oito anos ela deve estar tão mudada.

Eu agora assegurei-lhe gentilmente que eu era a pessoa que ela supunha e desejava que eu fosse, e vendo que eu era compreendida e que seus sentidos estavam bastante controlados, expliquei como Bessie havia enviado seu marido para me buscar em Thornfield.

— Estou muito doente, eu sei — disse ela logo. — Eu estava tentando me virar há alguns minutos e descobri que não consigo mover um membro. É bom que eu alivie minha mente antes de morrer. Aquelas coisas nas quais pensamos pouco enquanto saudáveis nos sobrecarrega em uma hora como a que estou. A enfermeira está aqui? Ou não há ninguém na sala além de você? — Assegurei-lhe que estávamos sozinhas.

— Bem, eu lhe fiz mal duas vezes, e agora me arrependo. Uma foi ao quebrar a promessa que fiz ao meu marido de criar você como minha própria filha, a outra... — ela parou. — Afinal de contas, talvez não seja de grande importância — murmurou para si mesma. — E talvez eu melhore, e me humilhar assim é doloroso.

Ela fez um esforço para mudar de posição, mas falhou. Seu rosto mudou, ela parecia experimentar alguma sensação interior, a precursora, talvez, da última pontada.

— Bem, tenho que acabar com isso. A eternidade está diante de mim, é melhor eu dizer a ela. Vá até minha mala, abra-a e tire uma carta que verá lá. — Obedeci suas instruções.

— Leia a carta — disse ela.

Era curta, dizia o seguinte:

Madame,

Teria a bondade de me enviar o endereço de minha sobrinha, Jane Eyre, e dizer-me como ela está? É minha intenção escrever brevemente e pedir que ela venha comigo para Madeira. A Providência abençoou meus esforços para garantir uma independência, e como sou solteiro e sem filhos, desejo adotá-la durante a minha vida, e deixar para ela tudo que puder após a minha morte.

Sou, Madame, etc, etc,

John Eyre, Madeira.

Era datado de três anos atrás.

— Por que nunca ouvi falar disso? — perguntei.

— Porque eu desgostava de você muito fixa e completamente para ajudar a levá-la à prosperidade. Não poderia esquecer sua conduta comigo, Jane, a fúria com que você uma vez se voltou contra mim, o tom em que declarou que me abominava mais que a todos do mundo, o olhar e a voz nada infantis com que você afirmava que o mínimo pensamento sobre mim a deixava doente, e que eu a havia tratado com miserável crueldade. Não pude esquecer minhas próprias sensações quando começou a falar e derramou o veneno de sua mente. Senti medo, como se um animal que eu tivesse golpeado ou empurrado me olhasse com olhos humanos e me amaldiçoasse em uma voz humana. Traga-me um pouco de água! Oh, apresse-se!

— Querida Sra. Reed — disse eu, enquanto lhe oferecia a bebida que pediu. — Não pense mais em tudo isso, tire isso da sua mente. Perdoe-me por minha linguagem passional, eu era uma criança... oito, nove anos se passaram desde aquele dia. — Ela não deu atenção a nada do que eu disse, mas quando tomou a água e respirou fundo, continuou:

— Eu lhe digo que não poderia esquecer, e vinguei-me: você ser adotada por seu tio e colocada em um estado de bem-estar e conforto era algo que eu não suportaria. Escrevi para ele, disse que sentia muito por sua decepção, mas Jane Eyre estava morta, ela havia morrido de febre tifoide em Lowood. Agora aja como quiser, escreva e contradiga minha afirmação, exponha minha mentira assim que quiser. Você nasceu, eu acho, para ser meu tormento, minha última hora é atormentada pela lembrança de um ato que, se não fosse por você, eu nunca teria sido tentada a cometer.

— Se eu pudesse convencê-la a não pensar mais nisso, tia, e a me considerar com bondade e perdão...

— Você tem uma natureza ruim e até hoje não sou capaz de entendê-la. Como pode ser paciente e ficar quieta por nove anos sob qualquer tratamento, e no décimo ano irromper em fogo e violência, é que eu nunca conseguirei compreender.

— Minha natureza não é tão ruim quanto você pensa. Sou intensa, mas não vingativa. Muitas vezes, quando criança, eu teria ficado feliz em amá-la se a senhora me permitisse, e desejo sinceramente me reconciliar com a senhora agora. Beije-me, tia.

Aproximei minha bochecha de seus lábios, mas ela não queria tocá-la. Disse que eu a oprimia ao me debruçar sobre a cama, e novamente exigiu água. Ao deitá-la, pois a levantei e a apoiei no braço enquanto ela bebia, cobri sua mão gelada e úmida com a minha, os dedos frágeis encolheram ao meu toque, os olhos vidrados evitaram meu olhar.

— Ame-me, então, ou odeie-me, como quiser — falei, por fim. — A senhora tem meu perdão total e livre, peça agora o de Deus e fique em paz.

Pobre mulher sofredora! Era tarde demais para ela fazer agora o esforço de mudar seu estado de espírito habitual, viva, ela sempre me odiou, morrendo, ela ainda precisava me odiar.

A enfermeira entrou e Bessie a seguiu. Ainda me demorei por mais meia hora, esperando ver algum sinal de amizade, mas ela não deu nenhum. Ela estava rapidamente voltando ao estupor, não recuperou a consciência, às doze horas daquela noite ela morreu. Eu não estava presente para fechar seus olhos, nem suas filhas. Eles vieram nos dizer na manhã seguinte que tudo estava acabado. Ela já estava deitada. Eliza e eu fomos olhar para ela, Georgiana, que tinha começado a chorar alto, disse que não ousava ir. Ali estava o corpo outrora robusto e ativo de Sarah Reed, rígido e imóvel, os olhos de pedra estavam cobertos por suas pálpebras frias; sua testa e traços fortes ainda exibiam a impressão de sua alma inexorável. Aquele cadáver era um objeto estranho e solene para mim. Olhei para ele com tristeza e dor, não inspirava nada de suave, nada doce, nada compassivo, ou esperançoso, ou subjugador, apenas uma angústia lancinante pelos seus infortúnios, não pela *minha* perda, e um desânimo sombrio e sem lágrimas pelo medo da morte em tal forma.

Eliza examinou a mãe com calma. Após um silêncio de alguns minutos, observou:

— Com sua constituição, deveria ter vivido até uma boa idade, sua vida foi encurtada por problemas. — E então um espasmo contraiu sua boca por um instante, ao passar, ela se virou e deixou o quarto, e eu também. Nenhuma de nós derramou uma lágrima.

CAPÍTULO 22

O Sr. Rochester havia me dado apenas uma semana de licença, ainda assim, um mês se passou antes que eu deixasse Gateshead. Eu queria partir imediatamente após o funeral, mas Georgiana me pediu para ficar até que ela pudesse partir para Londres, para onde ela foi finalmente convidada por seu tio, o Sr. Gibson, que compareceu para organizar o enterro da irmã e resolver os assuntos familiares. Georgiana disse que temia ser deixada sozinha com Eliza, dela, não recebeu nenhuma simpatia pela tristeza, apoio em seus medos, nem ajuda nos preparativos, então eu suportei seus lamentos débeis e lamentações egoístas o melhor que pude, e fiz o possível para costurar para ela e embalar seus vestidos. É verdade que enquanto eu trabalhava, ela ficava à toa, e pensava comigo mesma: "Se nós duas estivéssemos destinadas a viver sempre juntas, prima, nós iríamos começar as coisas de uma forma diferente. Eu não me contentaria em ser a parte tolerante, eu designaria uma parte do trabalho a você e iria obrigá-la a realizá-lo, ou então não seria feito, insistiria, também, para que guardasse essas reclamações insinceras no seu próprio peito.

Jane Eyre

É só porque nossa relação é muito transitória, e vem em um momento peculiarmente triste, que eu aceito ser tão paciente e complacente."

Por fim, despedi-me de Georgiana, mas então foi a vez de Eliza me pedir para ficar mais uma semana. Seus planos exigiam todo seu tempo e atenção, disse ela, pois estava prestes a partir para algum lugar desconhecido, e passava o dia inteiro no próprio quarto, de porta trancada, enchendo baús, esvaziando gavetas, queimando papéis e sem se comunicar com qualquer um. Queria que eu cuidasse da casa, recebesse as visitas e respondesse às notas de condolências.

Uma manhã ela me disse que eu estava liberada.

— E — acrescentou — sou grata a você por seus valiosos serviços e conduta discreta! Há uma diferença entre viver com alguém como você e com Georgiana, você faz sua própria parte na vida e não sobrecarrega ninguém. Amanhã — continuou ela — parto para o Continente. Vou morar em uma casa religiosa perto de Lisle... um convento, você diria, ali ficarei quieta e sem ser perturbada. Vou dedicar um tempo para examinar os dogmas católicos romanos, e para estudar cuidadosamente o funcionamento de seu sistema, se eu achar que é, como eu suspeito que seja, o melhor para garantir que todas as coisas sejam feitas decentemente e em ordem, abraçarei os princípios de Roma e provavelmente tomarei o véu.

Não demonstrei surpresa por esta resolução nem tentei dissuadi-la. "A vocação vai encaixar perfeitamente", pensei, "isso pode fazer muito bem a ela!"

Quando nos separamos, ela disse:

— Adeus, prima Jane Eyre. Desejo-lhe felicidades, você tem bom senso.

Então respondi:

— Você não deixa de ter, prima Eliza, mas o que você tem, suponho, dentro de um ano está murado dentro de um convento francês. No entanto, não é da minha conta, e se combina com você, não me importo muito.

— Você está certa — disse ela.

E com estas palavras cada uma de nós seguiu seu caminho separadamente. Como não terei oportunidade de referir-me a ela ou a sua irmã novamente, posso muito bem mencionar aqui que Georgiana obteve um vantajoso casamento com um homem rico e degradado, da moda, e que Eliza realmente tomou o véu, e é hoje superiora do convento onde passou o período do noviciado e para o qual cedeu sua fortuna.

Como as pessoas se sentiam quando voltavam para casa depois de uma ausência, longa ou curta, eu não sabia, nunca havia experimentado a sensação. Sabia o que era voltar para Gateshead quando criança após uma longa caminhada, para ser repreendida por parecer fria ou triste. E depois, o que era retornar da igreja para Lowood, desejando uma refeição farta e um bom fogo, e ser incapaz de obter qualquer um. Nenhum desses retornos era muito agradável ou desejável, nenhum ímã me atraía para um determinado ponto, aumentando sua força de atração à medida em que eu me aproximava. O retorno a Thornfield ainda estava a ser testado.

Minha viagem foi tediosa, muito tediosa. Oitenta quilômetros num dia, uma noite passada em uma pousada, oitenta quilômetros no dia seguinte. Durante as primeiras doze horas, pensei na Sra. Reed em seus últimos momentos, vi seu rosto desfigurado e sem cor, e ouvi sua voz estranhamente alterada. Refleti sobre o dia do funeral, o caixão, o carro fúnebre, a fila de inquilinos e servos — poucos eram os parentes — a abóbada aberta, a igreja silenciosa, o serviço solene. Então pensei em Eliza e Georgiana, via uma como o centro das atenções do salão, e a outra como reclusa em um quarto de convento, e eu me detive a analisar suas diferentes peculiaridades como pessoa e caráter. A chegada noturna à grande cidade, esses pensamentos se dispersaram, a noite deu-lhes outra reviravolta: deitada na minha cama de viajante, deixei as memórias por antecipação.

Eu estava voltando para Thornfield, mas quanto tempo eu ficaria lá? Não muito, disso tinha certeza. Tive notícias da Sra. Fairfax no ínterim da minha ausência, o grupo foi embora, o Sr. Rochester partiu para Londres três semanas atrás, mas esperava-se que ele voltasse em quinze dias. A Sra. Fairfax supôs que ele tinha saído para fazer os arranjos do casamento, pois havia falado em comprar uma nova carruagem, ela disse que a ideia de ele se casar com a Srta. Ingram ainda era estranha para ela, mas pelo que todos disseram, e pelo que ela mesma tinha visto, ela não podia mais duvidar de que o evento aconteceria em breve. "A senhora seria estranhamente incrédula se duvidasse", foi meu comentário mental, "eu não duvido".

A pergunta seguiu-se: "Para onde eu iria?". Sonhei com a Srta. Ingram a noite toda, em um vívido sonho matinal eu a vi fechando os portões de Thornfield contra mim e apontando para outra estrada, e o Sr. Rochester olhava com os braços cruzados — sorrindo sarcasticamente, como parecia, para ela e para mim.

Eu não havia avisado a Sra. Fairfax o dia exato do meu retorno, pois não queria que nenhum carro ou carruagem me encontrasse em Millcote. Me propus percorrer a distância tranquilamente sozinha, e muito silenciosamente, depois de deixar minha mala no albergue, eu escapei do George Inn por volta das seis horas de uma noite de junho e peguei a velha estrada para Thornfield, uma estrada que passava principalmente por campos e agora era pouco frequentada.

Não era uma noite de verão brilhante ou esplêndida, embora amena e suave. Os ceifeiros estavam trabalhando ao longo de toda a estrada, e o céu, embora longe de estar sem nuvens, era como se prometesse um futuro bom, o seu azul — onde o azul era visível — era suave e estável, as nuvens altas e finas. O oeste também estava quente, nenhum brilho aquoso o esfriava... parecia que havia um fogo aceso, um altar queimando atrás de sua tela de vapor de mármore, e pelas aberturas brilhava uma vermelhidão dourada.

Fiquei feliz quando a estrada encurtou diante de mim, tão feliz que parei uma vez para me perguntar o que significava aquela alegria, e para lembrar à razão de que não era para minha casa que eu estava indo, nem para um local de descanso permanente, ou para um lugar onde amigos queridos cuidavam de mim e esperavam minha chegada. "A Sra. Fairfax com certeza dará boas-vindas com um sorriso", disse eu, "e a pequena Adele baterá palmas e pulará para ver você, mas você sabe muito bem que está pensando em outro, não nelas, e que ele não está pensando em você."

Jane Eyre

Mas existe algo tão obstinado quanto a juventude? Tão cego quanto a inexperiência? E elas afirmavam que era prazer suficiente ter o privilégio de olhar novamente para o Sr. Rochester, quer ele olhasse para mim ou não, e acrescentavam: "Apresse-se! Apresse-se! Fique com ele enquanto pode, mais alguns dias ou semanas, no máximo, e você será separada dele para sempre!" E então estrangulei uma agonia recém-nascida, uma coisa deformada que eu não poderia me persuadir a aceitar e criar, e corri.

Também estão fazendo feno nos prados de Thornfield, ou na verdade, os trabalhadores estão parando de trabalhar e voltando para casa com seus ancinhos nos ombros, agora, na hora em que chego. Preciso apenas atravessar um campo ou dois, e então cruzarei a estrada e alcançarei os portões. Como as sebes estão cheias de rosas! Mas não tenho tempo para colher nenhuma, quero estar em casa. Passei por uma urze alta, atirando folhas e ramos floridos ao longo do caminho, vejo a escada estreita com caminho de pedra, e vejo... o Sr. Rochester sentado ali, com um livro e um lápis na mão, ele está escrevendo.

Bem, ele não é um fantasma, ainda assim, cada nervo que tenho está à flor da pele, por um momento estou fora de meu próprio domínio. O que isso significa? Não achei que tremeria dessa maneira quando o visse, ou que perderia minha voz ou o poder de movimento em sua presença. Voltarei assim que puder me mexer, não preciso fazer papel de tola. Conheço outro caminho até a casa, mas não importava nada se eu conhecesse vinte caminhos, pois ele me vira.

— Hillô! — grita ele, e guarda seu livro e seu lápis — Aí está você! Venha, por favor.

Suponho que me aproximo, embora não saiba como, tendo pouca consciência de meus movimentos, e me preocupando apenas em parecer calma, e, acima de tudo, em controlar os músculos do meu rosto, que eu sinto rebelarem-se insolentemente contra a minha vontade, e lutarem para expressar o que eu tinha resolvido esconder. Mas estou com um véu, e está abaixado, então posso agir como se me comportasse com uma compostura decente.

— Esta é Jane Eyre? Você vem de Millcote, e a pé? Sim, mais um de seus truques, não mandar chamar uma carruagem, e vir fazendo barulho pelas ruas e estradas como uma mortal comum, mas entrar furtivamente na vizinhança de sua casa durante o crepúsculo, como se fosse um sonho ou uma sombra. O que diabos você fez consigo mesma neste último mês?

— Estive com minha tia, senhor, que está morta.

— Uma verdadeira resposta Janiana! Bons anjos me guardem! Ela vem do outro mundo, da morada de pessoas mortas, e me diz isso quando me encontra sozinho aqui no crepúsculo! Se eu ousasse, tocaria em você, para ver se você é concreta ou sombra, sua elfa! Mas seria como tentar capturar um *ignis fatuus* em um pântano. Cabuladora! cabuladora! — acrescentou ele, quando pausou por um instante — Longe de mim um mês inteiro, e me esquecendo completamente, eu juro!

Eu sabia que seria um prazer encontrar meu patrão novamente, embora abalada pelo medo de que ele fosse em breve deixar de ser meu patrão, e pelo conhecimento de que eu era para ele um nada, mas havia sempre no Sr. Rochester (assim pelo menos eu pensava) tamanho poder de transmitir felicidade, que provar mesmo que das migalhas que ele espalhava para pássaros perdidos e estranhos como eu, era se banquetear agradavelmente. Suas últimas palavras foram um bálsamo, elas pareciam sugerir que importava algo para ele se eu o havia esquecido ou não. E ele falou de Thornfield como meu lar, gostaria que fosse minha casa!

Ele não saiu do corredor, e eu dificilmente gostaria de pedir para passar. Logo perguntei se ele não havia ido a Londres.

— Sim, suponho que você descobriu isso pelo seu sexto sentido.

— Sra. Fairfax me disse em uma carta.

— E ela informou o que eu fui fazer?

— Ah, sim, senhor! Todos sabiam de sua missão.

— Você precisa ver a carruagem, Jane, e me diga se não acha que vai servir perfeitamente à Sra. Rochester, e se ela não vai parecer a Rainha Boadicea, encostada naquelas almofadas roxas. Eu gostaria, Jane, de estar um pouco mais bem melhor adaptado para combinar com ela externamente. Diga-me agora, fada como você é, não pode me dar um amuleto, ou um filtro, ou algo desse tipo, para me tornar um homem bonito?

— Estaria além do poder da magia, senhor — e, em pensamento, acrescentei: "Um olhar amoroso é todo o encanto necessário, você já é bonito o suficiente, ou melhor, sua severidade tem um poder além da beleza."

O Sr. Rochester às vezes lia meus pensamentos não ditos com uma perspicácia para mim incompreensível, no presente caso, ele não deu atenção à minha resposta vocal abrupta, mas sorriu para mim com um certo sorriso próprio dele, e que usava apenas em raras ocasiões. Ele parecia considerá-lo bom demais para propósitos comuns, era o verdadeiro brilho do sentimento, e ele o derramou sobre mim agora.

— Passe, Janet — disse ele, abrindo espaço para que eu atravessasse o corredor — vá para casa e mantenha seus pezinhos cansados e errantes na porta de um amigo.

Tudo o que eu tinha a fazer agora era obedecê-lo em silêncio, não precisava conversar mais. Atravessei o passadiço sem uma palavra, e pretendia deixá-lo calmamente. Um impulso me segurou rápido, uma força me virou. Eu disse — ou algo em mim disse por mim, e apesar de mim:

— Obrigado, Sr. Rochester, por sua grande gentileza. Estou estranhamente feliz em voltar para você, e onde quer que você esteja é minha casa... minha única casa.

Eu andei tão rápido que até mesmo ele dificilmente me alcançaria se tivesse tentado. A pequena Adele ficou meio louca de alegria quando me viu. A Sra. Fairfax me recebeu com sua simples simpatia habitual. Leah sorriu, e até Sophie deu-me um *Bon soir* com alegria. Foi muito agradável, não há felicidade como a de ser amada por seus semelhantes, e sentir que sua presença é um acréscimo ao conforto deles.

Jane Eyre

Naquela noite, fechei os olhos resolutamente contra o futuro, parei de ouvir a voz que ficava me alertando da separação iminente e da dor que se aproximava. Quando o chá acabou e a Sra. Fairfax pegou seu tricô, tomei um assento baixo perto dela, e Adele, ajoelhada no tapete, havia se aninhado perto de mim, um sentimento de afeição mútua parecia nos cercar com uma aura de paz dourada, eu fiz uma prece silenciosa para que não nos separássemos muito em breve, mas quando, enquanto estávamos assim sentadas, o Sr. Rochester entrou sem avisar e olhando para nós, parecia se deliciar com o espetáculo de um grupo tão amigável, quando disse que supunha que a velha dama estava bem agora que tinha sua filha adotiva de volta, e acrescentou que Adele estava *prête à croquer sa petite maman Anglaise*[30], me aventurei a ter esperança de que ele, mesmo depois de seu casamento, nos manteria juntas em algum lugar sob sua proteção, e não completamente exiladas do sol de sua presença.

Uma quinzena de calma sucedeu meu retorno a Thornfield Hall. Nada foi dito sobre o casamento do patrão, e não vi nenhuma preparação acontecendo para tal evento. Quase todos os dias eu perguntava à Sra. Fairfax se ela já havia ouvido alguma coisa decisiva, sua resposta era sempre negativa. Uma vez ela disse que ela realmente perguntou ao Sr. Rochester quando ele iria trazer sua noiva para casa, mas ele a respondeu apenas com uma piada e um de seus olhares esquisitos, e ela não sabia o que fazer com isso.

Uma coisa me surpreendeu especialmente, e isso foi que não havia viagens de um lado para o outro, nem visitas a Ingram Park, obviamente ficava a trinta quilômetros de distância, na fronteira de outro Condado, mas o que era essa distância para um amante ardente? Para um cavaleiro tão experiente e infatigável como o Sr. Rochester, seria apenas um passeio matinal. Eu comecei a alimentar esperanças que não tinha o direito de conceber, de que o casamento foi rompido, de que esses boatos estavam errados, de que uma ou ambas as partes mudaram de ideia. Eu costumava olhar para o rosto de meu patrão para ver se estava triste ou feroz, mas eu não pude lembrar-me de outra época em que estava tão uniformemente livre de nuvens ou sentimentos malignos. Se, nos momentos que eu e minha pupila passávamos com ele, me faltava ânimo e me afundava em um inevitável desânimo, ele se tornava até feliz. Nunca havia me chamado tão frequentemente à sua presença, nunca foi tão gentil comigo quanto lá... e, ai de mim! Nunca o amei tanto.

CAPÍTULO 23

Um esplêndido solstício de verão brilhou sobre a Inglaterra, céus tão puros e sóis tão radiantes, como os que ocorreram em sequência, raramente favorecem nossa terra cercada por ondas, mesmo isoladamente. Isto era como se um grupo de dias

---

30 Em francês: "Pronta para devorar sua mamãe inglesa".

italianos tivessem vindo do sul, como um bando de gloriosas aves passageiras, e se iluminaram para descansar nas falésias de Albion. O feno estava todo guardado, os campos ao redor de Thornfield estavam verdes e cortados, as estradas brancas e crestadas, as árvores estavam no auge do seu verde, sebe e madeira, repletas de folhas e profundamente coloridas, contrastando bem com a tonalidade ensolarada dos campos limpos entre eles.

Na véspera do solstício de verão, Adele, cansada de reunir morangos silvestres em Hay Lane por metade do dia, tinha ido para a cama juntamente com o sol. Eu a observei adormecer e, quando a deixei, fui para o jardim.

Era agora a hora mais doce das vinte e quatro do dia: "um dia que seu fogo ardente se consumiu", e o sereno caiu fresco sobre as campinas ofegantes e os cumes queimados. Onde o sol se pôs em seu estado simples, sem a pompa das nuvens, espalhou uma solenidade púrpura, queimando com a luminosidade de uma joia vermelha e da chama da fornalha em um ponto, no pico de uma colina, e estendendo-se alto e vastamente, suave e mais suave, por metade do céu. O leste tinha seu próprio charme de um azul profundo, e sua própria joia modesta, uma estrela nascente e solitária, em breve também ostentaria a lua, mas ela ainda estava abaixo da linha do horizonte.

Caminhei um pouco pela calçada, mas um cheiro sutil e bem conhecido — o de um charuto — saiu furtivamente de alguma janela. Vi a janela da biblioteca entreaberta, sabia que eu poderia ser observada a partir dali, então rumei ao pomar. Não havia nenhum recanto no terreno mais protegido e mais paradisíaco, estava cheio de árvores, repleto de flores, de um lado um muro muito alto isolava-o do pátio, de outro, uma fileira de faias separava-o do gramado. No fundo estava uma cerca afundada, sua única separação dos campos solitários, um passeio sinuoso, margeado por louros e terminando em uma gigantesca castanheira, com um banco cercando à base, conduzida até a cerca. Aqui se podia vagar sem ser visto. Enquanto caía o sereno, o silêncio reinava, e o crepúsculo aproximava, senti como se eu pudesse ficar naquele refúgio para sempre, mas ao andar pelos canteiros de flores e frutos na parte superior do cercado, atraída pela luz que a lua agora nascente lança sobre esta parte mais aberta, meu passo foi interrompido — não por som, não por visão, mas novamente por uma fragrância de advertência.

Rosas amarelas e flores do sul, jasmins, cravos e rosas há muito fazem uma oferta vespertina de incenso, este novo perfume não é nem de arbusto nem de flor, é — eu sei disso bem — o charuto do Sr. Rochester. Olho em volta e escuto. Vejo árvores carregadas de frutos maduros. Ouço um rouxinol cantarolando em um bosque a meia milha de distância, nenhuma forma em movimento é visível, não há passos próximos audíveis, mas esse perfume aumenta, devo fugir. Eu sigo para a portinhola que leva aos arbustos e vejo o Sr. Rochester entrando. Afasto-me para o recesso da hera, ele não ficará muito tempo, ele logo voltará de onde veio, e se eu ficar quieta, não me verá.

Jane Eyre

Mas não, o entardecer é tão agradável para ele quanto para mim, e esse jardim antigo tão atraente, e ele caminha, agora levantando os ramos da groselha para ver as frutas, grandes como ameixas, com as quais estão carregados, agora pegando uma cereja madura da parede, agora inclinando-se para um ramo de flores, ora para inalar sua fragrância, ora para admirar as gotas de orvalho em suas pétalas. Uma grande mariposa passa zumbindo por mim e pousa em uma planta aos pés do Sr. Rochester, ele a vê e se inclina para examiná-la.

"Agora, ele está de costas para mim", pensei, "e está ocupado também, talvez, se eu andar suavemente, consiga escapar sem ser notada."

Caminhei pela borda de grama para que o crepitar do cascalho não me traísse, ele estava parado entre os canteiros a um ou dois metros de distância de onde eu tinha que passar, a mariposa aparentemente envolvia sua atenção. "Vou conseguir sair", meditei. Ao cruzar sua sombra, projetada longamente sobre o jardim pela lua, que ainda não estava no alto, ele disse calmamente, sem virar:

— Jane, venha e olhe este sujeito.

Eu não fiz nenhum barulho, ele não tinha olhos nas costas — poderia sua sombra ter sentido? Inicialmente assustei-me, depois me aproximei dele.

— Olhe para suas asas, — disse ele — ele me lembra um inseto das Índias Ocidentais, não se vê frequentemente viajantes noturnos tão grandes e alegres na Inglaterra. Aí! Ele voou.

A mariposa foi embora. Eu também estava recuando timidamente, mas o Sr. Rochester me seguiu, e quando chegamos à portinhola, ele disse:

— Volte, em uma noite tão linda, é uma pena sentar dentro de casa, e certamente ninguém pode querer ir para a cama enquanto o pôr do sol está se encontrando assim com o nascer da lua.

É um dos meus defeitos que, embora minha língua às vezes seja bem ágil para responder, há momentos em que infelizmente ela me falha em formular uma desculpa, e esse lapso sempre ocorre em alguma crise, quando uma palavra fácil ou pretexto plausível são especialmente necessários para tirar-me de um embaraço doloroso. Eu não gostaria de caminhar a esta hora sozinha com o Sr. Rochester no escuro pomar, mas não consegui encontrar uma razão para alegar deixá-lo. Eu segui com passo lento, e os pensamentos empenhados em descobrir um meio de escapulir, mas ele mesmo parecia tão composto e tão grave, que eu fiquei envergonhada de sentir qualquer confusão, o mal — se o mal existia, concreto ou em possibilidade — parecia estar apenas comigo, sua mente estava inconsciente e em paz.

— Jane, — recomeçou, quando entramos na calçada de louros, e lentamente se desviou na direção da cerca afundada e da castanheira, — Thornfield é um lugar agradável no verão, não é?

— Sim, senhor.

— Você deve ter se tornado, em algum nível, apegada à casa... você, que tem um olho para as belezas naturais, e uma grande capacidade de apego.

— Estou apegada a ela, de fato.

— E embora eu não compreenda como é, percebo que você também adquiriu um certo grau de consideração por aquela criança tola, Adele, e até mesmo pela simples dama Fairfax?

— Sim, senhor, de maneiras diferentes, tenho afeição por ambas.

— E lamentaria se separar delas?

— Sim.

— Que pena! — Disse ele, suspirou e fez uma pausa. — É sempre assim com os eventos desta vida, assim que você se estabelece em um lugar de descanso agradável, uma voz manda você se levantar e seguir em frente, pois a hora de repouso acabou.

— Devo seguir em frente, senhor? — perguntei. — Devo deixar Thornfield?

— Acredito que deve, Jane. Sinto muito, Janet, mas acredito realmente que deve. Isso foi um golpe, mas não deixei que me abatesse.

— Bem, senhor, estarei pronta quando vier a ordem de partida.

— Chegou agora, tenho que dá-la esta noite.

— Então você vai mesmo se casar, senhor?

— E-xa-ta-men-te, pre-ci-sa-men-te, com sua perspicácia habitual, você acertou em cheio.

— Em breve, senhor?

— Muito em breve, minha... isto é, Srta. Eyre, e você se lembrará, Jane, da primeira vez em que eu, ou os rumores, insinuei claramente a você que era minha intenção colocar meu pescoço de velho solteirão no laço sagrado, entrar no estado sagrado do matrimônio, e levar a Srta. Ingram em meu peito, enfim (ela mal cabe em um abraço, mas esse não é o ponto, pois não se pode ter muito de uma coisa tão excelente como minha bela Blanche), bem, como eu estava dizendo, ouça-me, Jane! Você não está se virando à procura de mais mariposas, não é? Aquilo era apenas uma joaninha, criança, "voando para casa". Gostaria de lembrá-la que foi você quem primeiro me disse, com aquela discrição que respeito em você, com essa previsão, prudência, e humildade que condizem com sua posição responsável e dependente, que caso eu me casasse com a Srta. Ingram, é melhor que você e a pequena Adele partam imediatamente. Eu passo por cima do tipo de calúnia que esta sugestão transmitirá sobre o caráter de minha amada, de fato, quando você estiver longe, Janet, tentarei esquecer isso, notarei apenas sua sabedoria, que é tanta que eu fiz dela minha lei de ação. Adele deve ir para a escola, e você, Senhorita Eyre, deve conseguir uma nova posição.

— Sim, senhor, vou anunciar imediatamente, e enquanto isso, eu suponho que... — Eu ia dizer "acho que posso ficar aqui, até encontrar outro abrigo onde me refugiar" mas parei, sentindo que não seria bom arriscar uma frase longa, pois ainda não estava totalmente no controle da minha voz.

— Em cerca de um mês, espero ser um noivo — continuou o Sr. Rochester — e nesse intermédio, eu mesmo procurarei um emprego e um refúgio para você.

— Obrigado, senhor, lamento dar...

Jane Eyre

— Ah, não precisa se desculpar! Considero que quando uma dependente cumpre seu dever tão bem quanto você cumpriu o seu, ela tem uma espécie de reivindicação sobre o patrão de qualquer pequena ajuda que ele pode convenientemente lhe prestar, na verdade, através da minha futura sogra, já ouvi falar de um lugar que acho que vai se encaixar: assumir a educação das cinco filhas de Sra. Dionysius O'Gall de Bitternutt Lodge, Connaught, na Irlanda. Você vai gostar da Irlanda, eu acho, dizem que tem pessoas de coração muito caloroso lá.

— É muito longe, senhor.

— Não importa, uma garota com o seu bom senso não vai se opor a uma viagem ou a distância.

— Não à viagem, mas sim à distância e, também, o mar é um obstáculo...

— De quê, Jane?

— Da Inglaterra e de Thornfield, e...

— Sim?

— De *você*, senhor.

Eu disse isso quase involuntariamente e, com tão pouca sanção de livre arbítrio, que minhas lágrimas brotaram. No entanto, não chorei a ponto de ser ouvida, evitei soluçar. O pensamento da Sra. O'Gall e Bitternutt Lodge atingiram friamente meu coração, e mais frio foi o pensamento de toda a água salgada e espuma, aparentemente destinadas, a correr entre mim e o patrão que agora caminhava ao meu lado, e mais fria ainda foi a lembrança do mais amplo oceano: riqueza, castas e costume, que intervêm entre mim e o que eu naturalmente e inevitavelmente amava.

— É um longo caminho — falei novamente.

— É, com certeza, e quando você chegar ao Bitternutt Lodge, Connaught, Irlanda, nunca mais verei você, Jane... isso é moralmente certo. Eu nunca vou para a Irlanda, pois não tenho muita atração pelo país. Nós temos sido bons amigos, Jane, não temos?

— Sim, senhor.

— E quando os amigos estão às vésperas da separação, eles gostam de passar o pouco tempo que lhes resta estando perto. Venha! Falaremos sobre a viagem e a despedida calmamente por cerca de meia hora, enquanto as estrelas entram em suas vidas brilhantes lá no céu; aqui está o castanheiro, aqui está o banco em suas antigas raízes. Venha, vamos sentar em paz esta noite, embora devêssemos nunca mais estar destinados a sentar lá juntos. — Ele sentou a mim e a si mesmo.

— É um longo caminho até a Irlanda, Janet, e lamento enviar minha pequena amiga em viagens tão cansativas, mas se não posso fazer melhor, o que se pode fazer? Você sente algum tipo de conexão comigo, Jane?

Eu não podia arriscar nenhum tipo de resposta neste momento, meu coração estava paralisado.

— Porque, — disse ele — às vezes tenho uma sensação estranha em relação a você, especialmente quando você está perto de mim, como agora, é como se eu tivesse uma corda em algum lugar sob minhas costelas esquerdas, fixo e

203

inextricavelmente amarrado a uma corda semelhante situada na parte correspondente em seu pequeno corpo. E se aquele turbulento canal e duzentas milhas ou mais de terra vierem entre nós, temo que esse cordão de união será partido, e então tenho uma nervosa impressão de que começarei a sangrar internamente. Quanto a você... você me esqueceria.

— Isso eu *nunca* faria, senhor, você sabe... — Impossível continuar.

— Jane, você está ouvindo aquele rouxinol cantando na floresta? Ouça!

Ao ouvir, solucei convulsivamente, pois não poderia mais reprimir o que suportava, fui obrigada a ceder, e fui sacudida da cabeça aos pés com angústia aguda. Quando finalmente falei, foi apenas para expressar um desejo impetuoso de que eu nunca tivesse nascido, ou nunca tivesse vindo para Thornfield.

— Por que você está sentida de deixá-la?

A intensidade da emoção, agitada pela dor e pelo amor dentro de mim, estava reivindicando controle, lutando por domínio completo, e afirmando o direito de predominar, de superar, de viver, subir e finalmente reinar, sim... e falar.

— Lamento deixar Thornfield, eu amo Thornfield, eu a amo, porque vivi nela uma vida plena e deliciosa, pelo menos momentaneamente. Eu não fui pisoteada. Eu não fui petrificada. Eu não fui enterrada com mentes inferiores, e excluída de qualquer vislumbre de comunhão com o que é brilhante, enérgico e superior. Conversei cara a cara, com o que reverencio, com o que me deleita, com uma mente original, vigorosa e expandida. Eu o conheci, Sr. Rochester; e me atinge com terror e angústia sentir que absolutamente deverei ser separada de você para sempre. Vejo a necessidade da partida, e é como olhar para a necessidade da morte.

— Onde você vê a necessidade? — perguntou ele, de repente.

— Onde? Você, senhor, a colocou diante de mim.

— De que forma?

— Na forma da Srta, Ingram, uma mulher nobre e bonita... sua noiva.

— Minha noiva! Que noiva? Eu não tenho noiva!

— Mas você terá.

— Sim, eu terei! Eu terei! — Ele cerrou os dentes.

— Então devo ir, você mesmo disse isso.

— Não, você deve ficar! Eu juro, e o juramento será mantido.

— Eu lhe digo que devo ir! — retruquei, despertada por algo intenso. — Acha que eu posso ficar para me tornar um nada para você? Acha que sou um autômato? Uma máquina sem sentimentos? E que posso suportar ter meu pedaço de pão roubado de meus lábios, e a minha gota de água vital retirada de meu copo? Acha que, porque eu sou pobre, obscura, simples, e pequena, eu sou sem alma e sem coração? Está pensando errado! Tenho tanta alma quanto você, e um coração tão pleno quanto! E se Deus houvesse me presenteado com alguma beleza e muita riqueza, eu deveria ter tornado tão difícil para você me deixar, como é agora para eu lhe deixar. Eu não estou falando com você agora por meio de costumes, convenções, nem mesmo da carne mortal... é meu espírito que se dirige ao seu espírito, como se ambos houvessem passado pela sepultura, e estivéssemos aos pés de Deus, iguais, como somos!

— Como somos! — repetiu o Sr. Rochester — É isso — acrescentou ele, fechando-me em seus braços. Aconchegando-me em seu peito, apertando seus lábios nos meus lábios — É isso, Jane!

— Sim, é isso, senhor — repliquei — e ainda assim não é isso, pois você é um homem casado, ou praticamente um homem casado, e casado com alguém inferior a você, a alguém por quem você não tem nenhuma simpatia, a quem eu não acredito que você realmente ama, porque eu vi e ouvi você zombar dela. Eu desprezaria tal união, portanto, sou melhor do que você... deixe-me ir!

— Para onde, Jane? Para a Irlanda?

— Sim, para a Irlanda. Eu falei o que penso e posso ir para qualquer lugar agora.

— Jane, fique quieta, não lute tanto, assim como um frenético pássaro selvagem que rasga sua própria plumagem em seu desespero.

— Não sou um pássaro, e nenhuma rede me prende, sou um ser humano livre com uma vontade independente, que agora exerço para lhe deixar.

Mais um esforço me libertou e fiquei ereta diante dele.

— E sua vontade decidirá seu destino — disse ele — eu lhe ofereço minha mão, meu coração e uma parte de todos os meus bens.

— Você desempenha uma farsa, da qual eu meramente rio.

— Peço-lhe que passe a vida ao meu lado, para ser meu segundo eu e minha melhor companheira terrena.

— Para esse destino você já fez sua escolha, e deve cumpri-la.

— Jane, fique quieta por alguns momentos, você está eufórica, eu vou ficar quieto também.

Uma rajada de vento veio varrendo a calçada de louros, e estremeceu por entre os ramos da castanheira, vagou, para longe, para uma distância indefinida, e morreu. A canção do rouxinol tornou-se então a única voz do momento, ao ouvi--la, chorei novamente. O Sr. Rochester sentava quieto, olhando para mim gentil e seriamente. Algum tempo se passou antes que ele falasse, finalmente, ele disse:

— Venha para o meu lado, Jane, e vamos nos explicar e entender um ao outro.

— Nunca mais voltarei ao seu lado, estou despedaçada agora, e não posso retornar.

— Mas, Jane, eu a convoco como minha esposa, é somente com você que pretendo me casar.

Fiquei calada, pensei que ele zombava de mim.

— Venha, Jane, venha aqui.

— Sua noiva se interpõe entre nós.

Ele se levantou e com passos largos me alcançou.

— Minha noiva está aqui — disse ele, novamente me puxando para ele, — porque minha igual está aqui, e minha semelhante. Jane, você quer se casar comigo?

Ainda não respondi, e ainda me contorci para fora de seu alcance, pois eu ainda estava incrédula.

— Você duvida de mim, Jane?

— Inteiramente.

— Você não tem fé em mim?

— Nem um pouco.

— Eu sou um mentiroso aos seus olhos? — perguntou ele, passionalmente. — Pequena cética, você *será* convencida. Que amor eu tenho pela Senhorita Ingram? Nenhum, e isso você sabe. Que amor ela tem por mim? Nenhum, como me esforcei para provar, fiz com que chegasse a ela um boato de que minha fortuna não era nem um terço do que era suposto, e depois disso me apresentei para ver o resultado, foi só frieza tanto dela quanto de sua mãe. Eu não iria... eu não poderia... me casar com a Srta. Ingram. Você, sua estranha, sua coisinha quase sobrenatural! Eu a amo como a minha própria carne. Você... pobre e obscura, pequena e simples como você é, eu imploro que me aceite como marido.

— O quê, eu! — exclamei, começando a acreditar em sua sinceridade, pela sua seriedade e, especialmente, pela sua incivilidade. — Eu que não tenho nem um amigo no mundo além de você, se é que você é meu amigo, nem um xelim além do que você me deu?

— Você, Jane, eu preciso tê-la para mim... inteiramente para mim. Você será minha? Diga sim, rápido.

— Senhor Rochester, deixe-me olhar para o seu rosto, vire-se para o luar.

— Por quê?

— Porque eu quero ler seu semblante... vire!

— Ah! Você o achará um pouco mais legível do que uma página amassada e arranhada. Leia, apenas se apresse, pois estou sofrendo.

Seu rosto estava muito agitado e muito corado, havia fortes tensões em seus traços, e um estranho brilho nos olhos.

— Oh, Jane, você me tortura! — exclamou. — Com esse olhar penetrante e ao mesmo tempo fiel e generoso, você me tortura!

— Como eu posso fazer isso? Se você for sincero e sua oferta for real, meus únicos sentimentos por você devem ser gratidão e devoção... eles não podem torturar.

— Gratidão! — exclamou, e acrescentou descontroladamente — Jane, aceite-me depressa. Diga "Edward", chame-me pelo meu nome, "Edward, eu casarei-me com você".

— Está falando sério? Realmente me ama? Sinceramente deseja que eu seja sua esposa?

— Desejo, e se um juramento for necessário para satisfazê-la, eu juro.

— Então, senhor, eu me casarei com você.

— Edward... minha pequena esposa!

— Querido Edward!

Jane Eyre

— Venha para mim, venha para mim inteiramente agora — disse ele, e acrescentou, em seu tom mais profundo, falando em meu ouvido enquanto sua bochecha descansava sobre a minha. — Faça minha felicidade, eu farei a sua.

— Deus me perdoe! — acrescentou logo. — Que nenhum homem se meta comigo, eu a tenho e a manterei.

— Não há ninguém para se intrometer, senhor. Não tenho parentes para interferir.

— Não, isso é o melhor — disse ele.

E se eu o amasse menos eu deveria ter julgado seu sotaque e seu olhar de exultação selvagem, mas, sentada ao lado dele, acordada do pesadelo de separação e chamada ao paraíso da união, pensava apenas na felicidade que me era dada a beber em um fluxo tão abundante. De novo e de novo ele questionava:

— Você está feliz, Jane? — E de novo e de novo eu respondia:

— Sim.

Logo após ele murmurava:

— Isso expiará, expiará. Eu não a encontrei sem amigos, com frio e sem conforto? Não a protegerei, estimarei e consolarei? Não há amor em meu coração, e constância em minhas resoluções? Isso pagará no tribunal de Deus. Eu sei que meu Criador sanciona o que eu faço agora. Para o julgamento do mundo, eu lavo minhas mãos. Para a opinião do homem, eu a desafio.

Mas o que aconteceu à noite? A lua ainda não havia se posto, e estávamos todos na sombra, eu mal podia ver o rosto de meu patrão, mesmo de perto como eu estava. E o que afligia a castanheira? Ela contorceu-se e gemeu, enquanto o vento rugia na caminhada de louros, e avançou varrendo-nos.

— Devemos entrar — disse o Sr. Rochester. — O tempo está mudando. Eu poderia ficar sentado com você aqui até de manhã, Jane.

"E eu também", pensei, "eu poderia com você". Talvez eu deveria ter dito, mas uma faísca lívida e vívida saltou de uma nuvem para que eu olhava, e houve um estalo, um estrondo e um ruído próximo, e somente pensei em esconder meus olhos ofuscados contra o ombro do Sr. Rochester.

A chuva desabava. Ele me apressou na caminhada pela alameda, atravessando os terrenos e para dentro da casa, mas nós estávamos bastante molhados antes que pudéssemos passar da porta. Ele estava tirando meu xale no corredor e tirando a água do meu cabelo solto, quando a Sra. Fairfax saiu de seu quarto. Não a percebi inicialmente, nem o Sr. Rochester. A lâmpada estava acesa. O relógio marcava doze horas.

— Apresse-se para tirar suas roupas molhadas — disse ele. — E antes que você vá, boa noite... boa noite, minha querida!

Ele me beijou repetidamente. Quando olhei para cima, ao sair de seus braços, lá estava a viúva, pálida, séria e espantada. Eu apenas sorri para ela e corri escada acima. "A explicação ficará para outra hora", pensei. Ainda assim, quando cheguei ao meu quarto, senti uma pontada com a ideia de que ela deveria, mesmo que temporariamente, interpretar mal o que ela tinha visto. Mas a alegria logo apagou cada outro sentimento, mesmo com o vento soprando alto, com o trovão estourando próximo e profundamente, com o relâmpago brilhando feroz e frequentemente, com a chuva caindo como uma catarata durante uma tempestade que durou duas horas, não experimentei nenhum medo e pouco temor. O Senhor Rochester veio três vezes à minha porta durante isso, para perguntar se eu estava segura e tranquila, e isso era conforto, isso era força para qualquer coisa.

Antes de eu sair da cama na manhã seguinte, a pequena Adele veio correndo para me dizer que a grande castanheira do fundo do pomar foi atingida por um raio à noite, e metade dela se partiu.

CAPÍTULO 24

Ao me levantar e me vestir, pensei no que havia acontecido, e me perguntava se havia sido um sonho. Eu não poderia ter certeza da realidade até que eu visse o Sr. Rochester novamente, e o ouvisse renovar suas palavras de amor e promessa.

Enquanto arrumava meu cabelo, olhei meu rosto no espelho, e senti que não era mais tão comum, havia esperança em seu aspecto e vida em sua cor, e meus olhos pareciam ter passado pela fonte do prazer, e dela emprestado raios de ondulação lustrosa. Muitas vezes eu não quis olhar para o meu patrão, porque temia que ele não pudesse gostasse da minha aparência, mas agora eu tinha certeza de que poderia levantar meu rosto para ele, e não diminuir sua afeição com minha expressão. Peguei um vestido de verão simples, mas limpo e leve, da minha gaveta e vesti, parecia que nenhuma roupa jamais caíra tão bem em mim, porque eu não tinha usado nenhum em um estado de espírito tão feliz.

Não fiquei surpresa, ao descer correndo para o saguão e ver que uma brilhante manhã de junho sucedeu à tempestade da noite passada, e sentir, através da porta de vidro aberta, o sopro de uma brisa fresca e perfumada. A natureza devia ficar satisfeita quando eu estava tão feliz. Uma mendiga e seu garotinho, ambos pálidos e esfarrapados, subiam andando, desci correndo e dei a eles todo o dinheiro que por acaso tinha na bolsa, uns três ou quatro xelins, bons ou maus, eles deveriam partilhar do meu júbilo. Os corvos grasnavam e pássaros alegres cantavam, mas nada era tão alegre ou tão musical quanto meu próprio coração alegre.

A Sra. Fairfax me surpreendeu olhando pela janela com um semblante triste, e dizendo gravemente:

— Srta. Eyre, você vem para o café da manhã?

Durante a refeição ela ficou quieta e fria, mas eu não poderia explicar seu engano então. Devia esperar por meu patrão para dar explicações, e ela também devia. Comi o que pude, e então corri escada acima. Encontrei Adele saindo da sala de aula.

— Aonde você está indo? É hora das aulas.

— O Sr. Rochester me mandou para o quarto das crianças.

— Onde ele está?

— Lá — disse apontando para o aposento que ela havia deixado, eu entrei, e ali ele estava.

— Venha e me dê bom dia — disse ele.

Eu alegremente avancei, e não era apenas uma palavra fria agora, ou mesmo um aperto de mão que recebi, mas um abraço e um beijo. Parecia natural, parecia incrível ser tão bem-amada, tão acariciada por ele.

— Jane, você parece estar florescendo, sorridente e bonita — disse ele. — Muito bonita esta manhã. Esta é a minha pequena elfa pálida? É este meu botão de rosa? Esta mocinha de rosto ensolarado, com a bochecha com covinhas e lábios rosados, o cabelo castanho acetinado, e os radiantes olhos de avelã? — (Eu tinha olhos verdes, leitor, mas você deve perdoá-lo pelo erro: para ele, eles tinham novas cores, eu suponho).

— É Jane Eyre, senhor.

— Logo será Jane Rochester — acrescentou ele — em quatro semanas, Janet, nem um dia a mais. Está ouvindo isso?

Eu estava, e não consegui compreender bem, me deixou vertiginosa. O sentimento que o anúncio me causou foi algo mais forte do que a alegria conseguia lidar, algo que feriu e atordoou. Foi, acho, quase medo.

— Você corou e agora está pálida, Jane, qual o motivo disso?

— Porque me deu um novo nome, Jane Rochester, e parece tão estranho.

— Sim, Sra. Rochester, a jovem Sra. Rochester... A noiva de Fairfax Rochester.

— Nunca poderá ser, senhor, não parece provável. Os seres humanos nunca desfrutam de felicidade completa neste mundo. Eu não nasci para um destino diferente do resto da minha espécie, imaginar tal coisa acontecendo comigo é um conto de fadas, um sonho acordado.

— Que eu posso e vou realizar. Vou começar hoje. Essa manhã, escrevi a meu banqueiro em Londres para me enviar algumas joias que ele tem sob sua guarda, relíquias de família das damas de Thornfield. Em um ou dois dias, espero despejá-las em seu colo, será seu cada privilégio e cada atenção que eu concederia à filha de um nobre, se estivesse prestes a me casar com ela.

— Oh, senhor! Esqueça as joias! Não gosto de ouvir falar nelas. Joias para Jane Eyre soa antinatural e estranho, eu preferiria não tê-las.

— Eu mesmo colocarei o colar de diamantes em seu pescoço, e a tiara em sua cabeça, onde encaixará bem, pois a natureza, pelo menos, carimbou sua patente de nobreza nesta testa, Jane, e colocarei as pulseiras nesses belos pulsos, e encherei esses dedos de fada com anéis.

— Não, não, senhor! Pense em outros assuntos, fale de outras coisas, e em outra variedade. Não me trate como se eu fosse uma beldade, sou sua simples governanta como uma Quaker.

— Você é uma beldade aos meus olhos, e uma beldade do tamanho exato do desejo do meu coração, delicada e fantástica.

— Fraca e insignificante, você quer dizer. Está sonhando, senhor, ou está zombando. Pelo amor de Deus, não seja irônico!

— Farei também com que o mundo reconheça que você é uma beldade — continuou ele, enquanto eu realmente ficava inquieta com o tom que ele havia adotado, porque senti que ele estava se iludindo ou tentando me iludir. — Vou vestir minha Jane em cetim e rendas, e ela terá rosas em seu cabelo, e eu cobrirei com um véu inestimável a cabeça que eu mais amo.

— E então não me reconhecerá, senhor, e eu não serei mais sua Jane Eyre, mas um macaco em uma jaqueta de arlequim, uma gralha em plumas emprestadas. Prefiro vê-lo, Sr. Rochester, enfeitado com ornamentos teatrais, do que eu vestida como dama da corte, e eu não o chamo de bonito, senhor, embora eu o ame profundamente, muito profundamente, para lisonjeá-lo. Não me bajule.

Ele continuou em seu assunto, no entanto, sem perceber minha depreciação.

— Hoje mesmo vou levá-la na carruagem para Millcote, e você deve escolher alguns vestidos. Eu lhe disse que nos casaremos em quatro semanas. O casamento deve acontecer discretamente, na igreja lá embaixo, e então vou levá-la imediatamente para a cidade. Depois de uma breve estadia ali, levarei meu tesouro para regiões mais próximas do sol, vinhedos franceses e planícies italianas, e ela verá o que já é famoso na velha história e no registro moderno, ela também deve provar da vida nas cidades, e deve aprender a valorizar-se em comparação com os outros.

— Vou viajar? E com o senhor?

— Irá para Paris, Roma e Nápoles, Florença, Veneza e Viena, toda a terra em que eu pisei sobre será percorrida por você, onde quer que eu tenha posto o casco, seu pé de sílfide pisará também. Dez anos atrás, eu voei pela Europa meio louco, com o desgosto, ódio e raiva como meus companheiros, agora vou revisitá-la curado e limpo, com um anjo como minha consoladora.

Eu ri dele quando ele disse isso.

— Eu não sou um anjo — afirmei. — E não serei um até que eu morra, serei eu mesma. Sr. Rochester, não deve esperar nem exigir nada celestial de mim, pois você não o obterá, assim como eu não o obterei de você, o que eu não espero de forma alguma.

— O que você espera de mim?

— Por algum tempo, talvez seja como é agora, por muito pouco tempo, e então ficará frio, e aí será caprichoso; e então será severo, e eu terei muito trabalho para agradá-lo, mas quando se acostumar comigo, talvez volte a gostar de mim, *gostar* de mim, eu digo, não me *amar*. Suponho que seu amor vai efervescer em seis meses, ou menos. Observei em livros escritos por homens que esse é o período designado como o máximo que o ardor de um marido pode durar. Mas, afinal, como amiga e companheira, espero nunca me tornar desagradável para meu querido senhor.

— Desagradável! E voltar a gostar de você! Acho que vou gostar de você novamente, e mais uma vez, e vou lhe fazer confessar que não apenas *gosto* de você, mas *amo* você, com honestidade, fervor, constância.

Jane Eyre

— No entanto, não é caprichoso, senhor?

— Para as mulheres que me agradam apenas por seus rostos, eu sou o próprio diabo quando descubro que elas não têm alma nem corações, quando elas me abrem uma perspectiva de chatice, trivialidade, e talvez imbecilidade, grosseria e mau humor; mas para a visão clara e a língua eloquente, para a alma feita de fogo, e o caráter que se curva, sem quebrar, ao mesmo tempo flexível e estável, tratável e consistente... Sou sempre terno e verdadeiro.

— Você já experimentou algo desse tipo, senhor? Você já amou alguém assim?

— Eu amo assim agora.

— Mas antes de mim, se é que eu, de fato, de alguma forma, atinjo seu padrão difícil?

— Eu nunca conheci alguém semelhante a você, Jane. Você me agrada, e parece me dominar, e gosto da sensação de flexibilidade que você transmite, e enquanto estou entrelaçando esse fio macio e sedoso em volta do meu dedo, ele manda uma emoção do meu braço até o meu coração. Sou influenciado, conquistado, e a influência é mais doce do que posso expressar, e a conquista sofrida tem um feitiço além de qualquer triunfo que eu possa obter. Por que sorri, Jane? O que significa essa inexplicável e estranha mudança de semblante?

— Eu estava pensando, senhor (desculpe a ideia, foi involuntária), eu estava pensando em Hércules e Sansão com seus encantadores...

— Você estava, sua pequena elfa...

— Silêncio, senhor! Não fala muito sabiamente agora, não mais do que aqueles cavalheiros agiram com sabedoria. No entanto, se eles tivessem casado, sem dúvida compensariam sua severidade como maridos com sua suavidade como pretendentes, e assim será você, eu temo. Eu me pergunto como você irá me responder daqui a um ano, caso eu lhe peça um favor que não se adapte à sua conveniência ou prazer em conceder.

— Peça-me uma coisa agora, Jane, a menor coisa que seja, eu desejo ser suplicado...

— Na verdade, pedirei, senhor, tenho meu pedido pronto.

— Fale! Mas se olhar para cima e sorrir com esse semblante, jurarei a concessão antes que eu saiba o que é, e isso vai me fazer de bobo.

— De jeito nenhum, senhor. Só peço isto: não mande buscar as joias, e não me coroe com rosas, seria como colocar uma borda de renda dourada em volta desse simples lenço de bolso que você tem aí.

— Também seria como "dourar ouro refinado". Eu sei disso, seu pedido será concedido então, por agora. Vou cancelar a ordem que havia enviado ao meu banqueiro. Mas você ainda não pediu nada, você solicitou que um presente fosse retirado, então tente novamente.

— Bem, então, senhor, tenha a bondade de satisfazer minha curiosidade, que está em seu auge em um ponto. — Ele parecia perturbado.

— O quê? O quê? — disse ele, apressadamente — Curiosidade é uma petição perigosa, ainda bem que não jurei atender a todos os pedidos...

— Mas não pode haver perigo em cumprir com isso, senhor.

— Diga, Jane, mas eu desejava que ao invés de uma mera pergunta sobre um possível segredo, fosse um desejo de possuir metade de meus bens.

— Ora, rei Assuero! O que eu quero com metade de seus bens? Acha que sou um usurário judeu, procurando um bom investimento em terras? Prefiro ter toda a sua confiança. Não me excluirá de sua confiança se me admitir em seu coração?

— Você receberá toda a minha confiança que vale a pena ter, Jane, mas, pelo amor de Deus, não deseje um fardo inútil! Não anseie por veneno, não se transforme em uma Eva completa em minhas mãos!

— Por que não, senhor? Você acabou de me dizer o quanto gostava de ser conquistado, e como a persuasão é agradável para você. Não acha que é melhor eu aproveitar da confissão, e começar e persuadir e implorar, e até mesmo chorar e ficar emburrada se necessário, apenas para um ensaio do meu poder?

— Eu te desafio a qualquer experimento desse tipo! Invada, seja presunçosa, e o jogo acabou.

— É, senhor? Você logo cede. Como parece severo agora! Suas sobrancelhas tornaram-se tão grossas quanto meu dedo, e sua testa se assemelha ao que, em alguma poesia muito surpreendente, vi uma vez denominada "um para-raios envolto em azul". Essa será a sua aparência de casado, senhor, suponho?

— Se essa for a *sua* aparência de casada, eu, como cristão, vou logo desistir da noção de me relacionar com um mero espírito ou salamandra. Mas o que você tinha a perguntar, coisinha... vamos logo com isso?

— Pronto, você está menos civilizado agora, e eu gosto muito mais da grosseria do que de bajulação. Eu prefiro ser uma *coisinha* do que um anjo. Isto é o que eu tenho que perguntar: por que você fez tanto esforço para me fazer acreditar que você queria se casar com a Srta. Ingram?

— Isso é tudo? Graças a Deus não é pior! — E então relaxou as sobrancelhas negras, olhou para baixo, sorrindo para mim, e acariciou meus cabelos, como se estivesse muito satisfeito em ver um perigo evitado. — Acho que posso confessar, mesmo que deva deixá-la um pouco indignada, Jane, e já vi como seu espírito se torna de fogo quando está indignada. Você ardia sob o luar fresco na noite passada, quando se revoltou contra o destino, e reivindicou sua posição como minha igual. Janet, a propósito, foi você quem me fez a proposta.

— Claro que sim. Mas vamos direto ao ponto, por favor, senhor. A Srta. Ingram?

— Bem, eu fingi cortejar a Srta. Ingram, porque eu desejava deixá-la tão loucamente apaixonada por mim quanto eu estava por você, e eu sabia que o ciúme seria o melhor aliado que eu poderia chamar para alcançar esse fim.

— Excelente! Agora você é pequeno, nem um pouco maior do que a ponta do meu dedo mindinho. Foi uma vergonha ardente e uma vergonha escandalosa agir dessa maneira. Você não pensou nem um pouco sobre os sentimentos da Srta. Ingram, senhor?

— Os sentimentos dela estão concentrados em um: orgulho, e esse precisa de humilhação. Você ficou com ciúmes, Jane?

— Não importa, Sr. Rochester, não interessa ao senhor saber disso. Responda-me verdadeiramente mais uma vez. Você acha que a Srta. Ingram não sofrerá com sua corte desonesta? Ela não vai se sentir abandonada e desolada?

— Impossível! Quando eu te contei como ela, ao contrário, me abandonou, a ideia da minha insolvência esfriou, ou melhor, extinguiu sua chama em um momento.

— Você tem uma mente curiosa e engenhosa, Sr. Rochester. Eu só temo que seus princípios em alguns pontos sejam excêntricos.

— Meus princípios nunca foram treinados, Jane, eles podem ter ficado um pouco desconcertados por falta de atenção.

— Novamente, falando seriamente, posso desfrutar do grande bem que me foi concedido, sem temer que alguém mais esteja sofrendo a dor amarga que eu mesma sentia há pouco?

— Você pode, minha boa menina, não há outro ser no mundo que sinta por mim o mesmo amor puro que você sente, pois eu coloco essa agradável unção em minha alma, Jane, a crença em seu afeto.

Virei meus lábios para a mão que estava em meu ombro. Eu o amava muito, mais do que eu poderia confiar em mim para dizer, mais do que palavras tinham poder para expressar.

— Peça mais alguma coisa — disse ele imediatamente. — É um meu prazer ser pleiteado e ceder.

Eu estava novamente com meu pedido pronto.

— Comunique suas intenções para a Sra. Fairfax, senhor, ela me viu com você na última noite no corredor, e ficou chocada. Dê a ela uma explicação antes que eu a veja novamente. Dói-me ser julgada mal por uma mulher tão boa.

— Vá para o seu quarto e coloque sua touca — respondeu ele. — Quero que me acompanhe a Millcote esta manhã, e enquanto se prepara para a viagem, vou esclarecer tudo para a velha senhora. Será que ela imaginou, Janet, que você havia dado o mundo por amor e o considerou um bem perdido?

— Eu acredito que ela pensou que eu tinha esquecido de minha posição, e da sua, senhor.

— Posição! Posição!... Sua posição é em meu coração, e nos pescoços daqueles que a ofenderam, agora ou no futuro. Vá.

Logo me vesti, e quando ouvi o Sr. Rochester sair da sala da Sra. Fairfax, corri para lá. A velha senhora estivera lendo sua porção matinal das Escrituras — a lição do dia, com sua Bíblia aberta diante de si, e os óculos descansavam sobre ela. Sua ocupação, interrompida pelo anúncio de Sr. Rochester, parecia agora esquecida, ela tinha os olhos fixos na parede vazia oposta, expressavam a surpresa de uma mente quieta agitada por notícias inusitadas. Ao me ver, ela despertou, fez uma espécie de esforço para sorrir, e formulou algumas palavras de felicitações, mas o sorriso expirou, e a sentença foi abandonada inacabada. Ela colocou os óculos, fechou a Bíblia e empurrou a cadeira para longe da mesa.

— Eu me sinto tão surpresa, — começou ela — eu mal sei o que dizer a você, senhorita Eyre. Eu certamente não estou sonhando, estou? Às vezes eu meio que adormeço quando estou sentada sozinha e vejo coisas fantásticas que nunca aconteceram. Já me pareceu, mais de uma vez quando eu estava cochilando, que meu querido marido, falecido há quinze anos, entrava e sentava ao meu lado, e eu até o ouvia chamar-me pelo meu nome, Alice, como tinha costume de fazer. Agora, você pode me dizer se é realmente verdade que o Sr. Rochester pediu para casar-se com ele? Não ria de mim. Mas eu realmente pensei que ele entrou aqui cinco minutos atrás, e disse que em um mês você seria sua esposa.

— Ele disse a mesma coisa para mim — respondi.

— Ele disse! E você acredita nele? Você aceitou?

— Sim.

Ela me olhou perplexa.

— Eu nunca poderia ter imaginado isto. Ele é um homem orgulhoso, todos os Rochester eram orgulhosos, e seu pai, pelo menos, gostava de dinheiro. Ele também sempre foi chamado de cuidadoso. Ele pretende casar-se com você?

— Ele me disse isso. — Ela examinou toda a minha pessoa, em seus olhos eu li que eles não encontraram lá nenhum feitiço poderoso o suficiente para resolver o enigma.

— Não compreendo! — continuou. — Mas, sem dúvida, é verdade, como você o diz. Como isso se resolverá, não sei dizer, eu realmente não sei. A igualdade de posição e fortuna é muitas vezes aconselhável em tais casos, e há vinte anos de diferença em suas idades. Ele quase pode ser seu pai.

— Não, realmente não, Sra. Fairfax! — exclamei, irritada. — Ele não é nada como meu pai! Ninguém que nos visse juntos iria supor isso, nem por um instante. O Sr. Rochester parece tão jovem, e é tão jovem quanto alguns homens de vinte e cinco anos.

— É mesmo por amor que ele vai casar-se com você? — perguntou ela.

Fiquei tão magoada com sua frieza e ceticismo que lágrimas surgiram em meus olhos.

— Lamento entristecê-la, — prosseguiu a viúva — mas você é tão jovem e tão pouco familiarizada com os homens, eu queria deixá-la atenta. É um velho ditado que "nem tudo que reluz é ouro" e, neste caso, temo que algo seja diferente do que você ou eu esperamos.

— Por quê? Eu sou um monstro? — questionei. — É impossível que o Sr. Rochester tenha uma afeição sincera por mim?

— Não, você é excelente, e melhorou muito ultimamente, e o Sr. Rochester, ouso dizer, gosta de você. Eu sempre notei que você era uma espécie de animal de estimação dele. Houve momentos em que, para seu bem, fiquei um pouco inquieta com a preferência marcante dele e desejei colocá-la em segurança, mas não gostava de sugerir nem mesmo a possibilidade de erro. Eu sabia que tal ideia chocaria, talvez até ofenderia você; e vocês eram tão discretos, tão completamente modestos e sensatos, eu esperava que você pudesse ser confiada para se proteger. Ontem à noite não posso lhe dizer o quanto sofri quando procurei por toda a casa, e não consegui encontrá-la em lugar nenhum, e nem o patrão também; e então, à meia-noite, lhe vi entrar com ele.

— Bem, isso não importa agora — interrompi impacientemente. — Basta saber que tudo estava certo.

— Espero que tudo dê certo no final, mas acredite em mim, todo cuidado é pouco. Tente manter o Sr. Rochester à distância, desconfie tanto de si quanto dele. Cavalheiros em sua posição não estão acostumados a se casar com suas governantas.

Eu estava ficando realmente irritada, felizmente, Adele entrou correndo.

— Deixe-me ir, deixe-me ir para Millcote também! — gritou ela. — O Sr. Rochester não deixou, embora haja tanto espaço na nova carruagem. Implore a ele para que me deixe ir, mademoiselle.

— Eu pedirei, Adele — e corri com ela, feliz em deixar minha monitora sombria. A carruagem estava pronta, eles a estavam trazendo para a frente da casa, e meu patrão andava pela calçada, com Pilot seguindo-o para frente e para trás.

— Adele pode acompanhar-nos, não pode, senhor?

— Eu lhe disse que não. Não vou aceitar pirralhos! Irá apenas você.

— Deixe-a ir, Sr. Rochester, por favor, seria melhor.

— Não, ela será uma restrição.

Ele era bastante peremptório, tanto no olhar quanto na voz, o frio das advertências da Sra. Fairfax, e a umidade de suas dúvidas estavam sobre mim, algo de insubstancialidade e incerteza cercava minhas esperanças. Eu meio que perdi a sensação de poder sobre ele. Eu estava prestes a obedecê-lo mecanicamente, sem mais protestos, mas quando ele ajudou-me a entrar na carruagem, ele olhou para o meu rosto.

— Qual é o problema? — perguntou ele. — Todo o brilho se foi. Você realmente deseja que a criança vá? Vai lhe incomodar se ela for deixada para trás?

— Eu preferiria que ela fosse, senhor.

— Então corra, pegue seu gorro e volte como um relâmpago! — exclamou ele para Adele. Ela o obedeceu com a velocidade que pôde. — Afinal de contas, uma única interrupção matinal não importará muito quando pretendo em breve reivindicá-la, seus pensamentos, conversas e companhia... para toda a vida.

Adele, quando embarcada, começou a beijar-me, como meio de expressar sua gratidão por minha intercessão, ela foi instantaneamente afastada para um canto, do outro lado dele.

Ela então espiou onde eu estava sentada, um vizinho tão severo era muito restritivo, em seu atual humor rebelde, ela não ousou sussurrar nenhuma observação, nem pedir qualquer informação.

— Deixe-a vir até mim — implorei, — ela talvez o incomode, senhor, há muito espaço deste lado.

Ele a entregou como se ela fosse um cachorrinho.

— Ainda a mandarei para a escola — disse ele, mas agora estava sorrindo. Adele o ouviu e perguntou se ela iria para a escola *sans mademoiselle?*[31]

— Sim — respondeu ele. — Absolutamente *sans mademoiselle*, porque eu vou levar *mademoiselle* à lua, e lá procurarei uma caverna em um dos vales brancos entre os topos dos vulcões, e *mademoiselle* viverá comigo lá, e somente comigo.

— Ela não terá nada para comer, você a deixará passar fome — observou Adele.

— Colherei o maná para ela de manhã e à noite, as planícies e encostas na lua são branqueadas com maná, Adele.

— Ela desejará se aquecer, o que usará para fazer uma fogueira?

— O fogo surge das montanhas lunares, quando ela estiver com frio, vou carregá-la até um pico e a deitarei na beira de uma cratera.

— *Oh, qu' elle y sera mal... peu comfortable!*[32] E ela precisará de roupas, elas vão se desgastar, como conseguirá novas?

O Sr. Rochester confessou estar intrigado.

— Hm! — disse ele — O que você faria, Adele? Esforce a cabecinha para encontrar uma solução. Que tal uma nuvem branca ou rosa para criar um vestido? E alguém poderia cortar uma bela echarpe de um pedaço de arco-íris.

— Ela está muito melhor do jeito que está — concluiu Adele, após refletir algum tempo. — Além disso, ela se cansaria de viver só com você na lua. Se eu fosse *mademoiselle*, nunca consentiria em ir com você.

— Ela consentiu, me prometeu sua palavra.

— Mas você não pode levá-la lá, não há estrada para a lua, é tudo ar, e nem você nem ela podem voar.

— Adele, olhe para aquele campo. — Estávamos agora fora dos portões de Thornfield, percorrendo suavemente a estrada lisa para Millcote, onde a poeira estava baixa pela tempestade, e, onde as baixas sebes e altas árvores de cada lado brilhavam verde e refrescadas pela chuva.

— Nesse campo, Adele, eu estava caminhando tarde da noite quinze dias atrás, na noite do dia em que você me ajudou a juntar feno nos prados do pomar, e, como estava cansado de arrumar os montes de feno com faixas, sentei-me para descansar em uma escada, e aí eu peguei um livrinho e um lápis e comecei a escrever sobre um infortúnio que me aconteceu há muito tempo, e um desejo que eu tinha de dias felizes futuramente, eu estava escrevendo muito rápido, embora a luz do dia estivesse desaparecendo da folha, quando alguma coisa veio caminhando e parou a dois metros de mim. Eu olhei para ela. Era uma coisinha com um véu de teia na cabeça. Eu acenei para que ela se aproximasse de mim, e logo ela estava em meu

---

31 Em francês "sem a senhorita".
32 Em francês "ah, como ela ficará mal... nada confortável".

joelho. Eu nunca falei com ela, e ela nunca falou comigo, não em palavras, mas eu lia seus olhos, ela lia os meus, e nosso diálogo sem palavras foi sobre esse assunto:

Era uma fada, dizia vir da terra dos Elfos, e sua missão era me fazer feliz, eu deveria ir com ela para fora do mundo comum e ir para um lugar solitário, como a lua, por exemplo, e ela acenou com a cabeça em direção a lua, que se erguia sobre Hayhill, ela falou-me da caverna de alabastro e do vale de prata onde podemos viver. Eu disse que gostaria de ir, mas lembrei-a, como você fez comigo, que eu não tinha asas para voar.

"— Oh, — respondeu a fada — isso não significa nada! Aqui está um talismã que removerá todas as dificuldades. — E ela estendeu um lindo anel de ouro — Coloque-o no quarto dedo da minha mão esquerda, e eu serei sua, e você será meu, e nós devemos deixar a terra e fazer nosso próprio paraíso lá. — Ela assentiu novamente para a lua."

— O anel, Adele, está no bolso da minha calça, sob o disfarce de um soberano, mas pretendo em breve transformá-lo em anel novamente.

— Mas o que a *mademoiselle* tem a ver com isso? Eu não ligo para a fada, você disse que era a *mademoiselle* que você levaria para a lua?

— *Mademoiselle* é uma fada — disse ele, sussurrando misteriosamente.

Diante disso, eu disse a ela para não se importar com a brincadeira dele, e ela, de sua parte, demonstrou um fundo de genuíno ceticismo francês, denominando o Sr. Rochester *un vrai menteur*[33], e assegurando-lhe que ela não acreditava em nenhum de seus *contes de fee*[34], e que *du reste, il n'y avait pas de fees, et quand meme il y en avait*[35] ela tinha certeza que eles nunca iriam aparecer a ele, nem nunca lhe dariam anéis, ou se ofereceriam para morar com ele na lua.

A hora passada em Millcote foi um pouco desgastante para mim. O Sr. Rochester obrigou-me a ir a uma certa casa de seda, lá me mandaram escolher meia dúzia de vestidos. Eu odiava a situação, pedi permissão para adiá-la: não, deveria resolver agora. Por meio de súplicas expressas em murmúrios enérgicos, reduzi essa meia dúzia a dois, entre estes, no entanto, ele jurou que ele mesmo escolheria. Com ansiedade eu observei seu olhar percorrer alegremente a loja, ele se fixou em uma rica seda do mais brilhante tom de ametista, e em um cetim rosa soberbo. Eu lhe disse, em uma nova série de sussurros, que ele poderia também comprar-me um vestido de ouro e um gorro de prata de uma vez, pois eu certamente nunca usaria essas suas escolhas. Com infinita dificuldade, pois ele era teimoso como uma pedra, eu o persuadi a fazer uma troca por um cetim preto sóbrio e uma seda cinza pérola.

— Podia bastar por agora — disse ele — mas ele ainda me veria brilhando como um canteiro de flores.

---

33 Em francês "um grande mentiroso".
34 Em francês "contos de fada".
35 Em francês "de resto, não havia contos de fadas, e mesmo se houvesse..."

Fiquei feliz em tirá-lo da loja de seda, e então de uma joalheria, quanto mais ele me comprava, mais minha bochecha queimava com uma sensação de aborrecimento e degradação. Quando entramos novamente na carruagem, sentei-me febril e cansada, lembrei-me de que, na pressa dos acontecimentos, tristes e alegres, eu havia esquecido completamente da carta de meu tio, John Eyre, para a Sra. Reed, e sua intenção de adotar-me e fazer-me sua herdeira. "Seria, de fato, um alívio", pensei, "se eu tivesse uma pequena independência dessa, eu nunca suportaria ser vestida como uma boneca pelo Sr. Rochester, ou ficar sentada como uma segunda Danae, com a chuva de ouro caindo diariamente em minha volta. Eu escreverei para a Ilha da Madeira assim que chegar a casa, e direi a meu tio John que eu vou me casar, e com quem, se eu tivesse apenas a perspectiva de um dia trazer ao Sr. Rochester alguma fortuna, eu poderia suportar melhor ser sustentada por ele agora." E um tanto aliviada por esta ideia (que eu falhei em executar naquele dia), aventurei-me mais uma vez ao encontro dos olhos do meu senhor e amante, que mais pertinazmente buscavam os meus, embora eu tenha desviado o rosto e o olhar. Ele sorriu, e pensei que seu sorriso era como o de um sultão que, em um momento feliz e afetuoso, concedeu a uma escrava enriquecida por seu ouro e pedras preciosas; apertei sua mão, que sempre caçava a minha, vigorosamente, e a empurrei de volta para ele, vermelha pela pressão apaixonada.

— O senhor não precisa olhar dessa maneira — afirmei. — Se fizer isso, eu vou usar nada além de meus velhos vestidos Lowood até o final. Vou me casar naquele lilás de algodão, pode fazer um roupão para você de seda cinza pérola, e uma série infinita de coletes de cetim preto.

Ele riu e esfregou as mãos.

— Ah, como é bom ver e ouvi-la! — exclamou. — Ela não é original? Ela não é provocante? Eu não trocaria esta mocinha inglesa por todo o serralho do Grande Turco, com olhos de gazela, formas de houri, e tudo.

A alusão oriental irritou-me novamente.

— Não substituirei um harém para o senhor de forma alguma — eu disse. — Então não me considere equivalente a um. Se tem interesse em qualquer coisa desse tipo, vá em direção aos bazares de Istambul sem demora, e se disponha em muitas compras de escravos com parte desse dinheiro extra que parece não saber onde gastar satisfatoriamente aqui.

— E o que você vai fazer, Janet, enquanto eu estou negociando por tantas toneladas de carne humana e uma variedade tão grande de olhos negros?

— Estarei me preparando para sair como missionária para pregar liberdade àqueles que são escravizados, as companheiras de seu harém entre eles. Serei admitida lá, e provocarei motins, e o senhor, basxá de três caudas como é, em um instante se encontrará acorrentado em nossas mãos; nem eu, por exemplo, concordo em libertá-lo até que você tenha assinado uma carta, a mais liberal que o déspota já conferiu.

— Eu concordaria em ficar à sua mercê, Jane.

Jane Eyre

— Eu não teria piedade, Sr. Rochester, mesmo se suplicasse com esse olhar. Enquanto estivesse assim, eu teria certeza de que qualquer carta que assinasse sob coerção, seu primeiro ato, quando liberado, seria violar suas condições.

— Ora, Jane, o que você quer? Eu temo que você vai obrigar-me a passar por uma cerimônia de casamento privada, além disso, realizada no altar. Você vai estipular, eu vejo, termos peculiares... quais serão eles?

— Eu só quero paz de espírito, senhor, não quero ser esmagada por obrigações. O senhor se lembra do que disse sobre Celine Varens?... dos diamantes, das caxemiras que você deu a ela? Eu não serei sua Celine Varens inglesa. Continuarei a agir como a governanta de Adele, com isso ganharei minha alimentação e hospedagem, além de trinta libras por ano. Vou providenciar o meu guarda-roupa com esse dinheiro, e o senhor não deve me dar nada.

— Mas...

— Bem, mas o quê?

— Sua consideração, e se eu te der a minha em troca, essa dívida será quitada.

— Bem, quanto a imprudência e puro orgulho inatos, você não tem rival. — disse ele.

Estávamos agora nos aproximando de Thornfield.

— Você gostaria de jantar comigo hoje? — perguntou, quando entramos novamente nos portões.

— Não, obrigada, senhor.

— E por quê, "não, obrigada?" se posso perguntar.

— Nunca jantei com o senhor, senhor, e não vejo razão para fazê-lo agora, até...

— Até o quê? Você se delicia com meias frases.

— Até que eu não possa evitar.

— Você acha que eu me alimento como um ogro ou um ghoul, que você teme ser a companheira da minha refeição?

— Não formei nenhuma suposição sobre o assunto, senhor, mas eu quero continuar normalmente por mais um mês.

— Você deixará de sua escravidão de governanta imediatamente.

— Na verdade, perdão, senhor, não o farei. Eu devo continuar como de costume. Vou ficar fora do seu caminho o dia todo, como acostumei a fazer, pode mandar me chamar à noite, quando você se sentir disposto a me ver, e eu irei então, mas em nenhum outro momento.

— Eu quero fumar, Jane, ou uma pitada de rapé, para me confortar sob tudo isso, *pour me donner une contenance*[36], como Adele diria, e infelizmente não tenho nem minha cigarreira, nem minha caixa de rapé. Mas ouça... sussurre. Agora é a sua vez, pequena tirana, mas será a minha logo, e quando eu a tiver agarrado, para ter e segurar, vou apenas, figurativamente, prendê-la a uma corrente como esta. — Aqui,

---

36 Em francês "para disfarçar minha vergonha".

tocou a corrente do relógio. — Sim, coisinha linda, eu vou usar você em meu peito, para que minha joia não seja arrancada.

Ele disse isso enquanto me ajudava a descer da carruagem, e depois enquanto ele levantava Adele, eu entrei na casa, e concretizei minha retirada para o andar de cima.

Ele convocou-me devidamente à sua presença à noite. Eu havia preparado uma ocupação para ele, porque estava determinada a não passar o tempo todo em uma conversa tête-a-tête. Eu lembrei-me de sua bela voz, sabia que ele gostava de cantar — bons cantores geralmente gostam. Eu mesma não era vocalista e, em seu julgamento meticuloso, nem musicista também; mas eu me deliciava ouvindo quando o desempenho era bom. Assim que chegou o crepúsculo, aquela hora de romance, e começou a espalhar seu azul e estandarte estrelado sobre a treliça, então me levantei, abri o piano, e implorei a ele pelo amor de Deus, que me desse uma canção.

Ele disse que eu era uma bruxa caprichosa e que preferia cantar outra hora, mas afirmei que não há tempo como o presente.

— Será que gostei da voz dele? — perguntou.

— Muito. — Eu não gostava de mimar sua vaidade suscetível, mas por uma vez, e por motivos de conveniência, eu iria acalmá-lo e estimulá-lo.

— Então, Jane, você deve tocar o acompanhamento.

— Muito bem, senhor, eu tentarei. — Eu tentei, mas logo fui varrida do banquinho e chamada de "uma pequena trapalhona". Sendo empurrada sem cerimônia para o lado, que era exatamente o que eu desejava, ele usurpou meu lugar e passou a se acompanhar, pois ele sabia tocar e cantar. Escondi-me no recesso da janela. E enquanto estava sentada lá, olhei para as árvores imóveis e para o gramado escuro, a seguinte canção era cantada em tons suaves:

O amor mais verdadeiro que um coração
Sentiu em seu âmago ardente,
Fez através de cada veia, em ritmo acelerado,
A maré de ser despejada.

Sua vinda era minha esperança a cada dia,
Sua partida foi minha dor;
O acaso que atrasou seus passos
Era gelo em cada veia.

Eu sonhei que seria uma felicidade indizível,
Pois amava, para amado ser;
E este objeto eu pressionei
Tão cego quanto avidamente.

Mas largo e sem caminho era o espaço
Que havia entre nossas vidas,

Jane Eyre

E perigoso como a intensidade espumosa
Das ondas verdes do oceano.
E assombrado como o caminho de um ladrão
Através do deserto ou da floresta;
Por Poder e Direito, e Desgraça e Ira,
Entre nossos espíritos estava.

Eu ousei perigos; eu desprezei obstáculos;
Os presságios desafiei
O que quer que ameaçava, assediava, advertia,
Passei impetuoso.

Acelerou meu arco-íris, rápido como a luz;
Eu voei como em um sonho;
Para gloriosa surgiu sobre minha vista
Aquele filho da Chuva e Brilho.

Ainda brilhante em nuvens de sofrimento sombrio
Brilha aquela alegria suave e solene;
Nem me importo agora, quão densos e sombrios são
Os desastres que se aproximam.

Eu não me importo neste doce momento,
Mesmo que tudo o que eu tenha fugido
Viesse amparado, forte e veloz,
Proclamando dolorida vingança.

Mesmo que o ódio altivo me derrubasse,
O Direito, a prisão me trouxesse,
E Força triturante, com uma carranca furiosa,
Jurasse inimizade sem fim.

Meu amor colocou sua mãozinha
Com nobre fé na minha,
E jurou que o sagrado matrimônio
Nossa natureza entrelaçaria.
Meu amor jurou, com beijo para selar,
Comigo viver... e morrer;
Finalmente tenho minha felicidade indizível.
Como eu amo... amado eu sou!

Ele levantou-se e veio em minha direção, e eu vi seu rosto todo aceso, seus olhos de falcão brilhando, e ternura e paixão em todos os traços. Eu recuei momentaneamente... então eu me recompus. Eu não teria cenas suaves, demonstrações ousadas, e eu estava em perigo de ambas: uma arma de defesa deve ser preparada... afiei a minha língua, quando ele me alcançou, perguntei com aspereza, "com quem ele ia se casar?"

— Essa foi uma pergunta estranha para ser feita por sua querida Jane.

— De fato! Achei muito natural e necessária: o cantor havia falado sobre sua futura esposa morrendo com ele. O que ele quis dizer com uma ideia tão pagã? Eu não tinha intenção de morrer com ele... podia ter certeza disso.

— Oh, tudo o que ele desejava, tudo o que ele orava, era que eu pudesse viver com ele! A morte não era para alguém como eu.

— De fato era, eu tinha tanto direito de morrer quando meu tempo viesse quanto ele, mas eu deveria aguardar esse momento, e não ser levada às pressas em um suttee[37].

— Será que eu o perdoaria pela ideia egoísta e provaria meu perdão com um beijo reconciliador?

— Não, preferia ser dispensada.

Aqui eu me ouvi sendo chamada de uma "coisinha dura"; e foi adicionado, "qualquer outra mulher teria sido derretida até a medula ao ouvir tais estrofes cantadas em seu louvor".

Assegurei a ele que eu era naturalmente dura, muito dura, e que ele se acostumaria a me ver assim; e que, além disso, eu estava determinada a mostrar-lhe diversos pontos ásperos em meu caráter antes que as quatro semanas seguintes se passassem. Ele deveria saber perfeitamente que tipo de barganha havia feito, enquanto ainda havia hora de rescindir.

— Poderia ficar quieta e falar racionalmente?

— Eu ficaria quieta se ele quisesse, e quanto a falar racionalmente, eu estava feliz por estar fazendo isso agora.

Ele se lamentou e reclamou. "Muito bem", pensei, "pode ficar furioso e inquieto como quiser, mas este é o melhor plano a ser seguido, tenho certeza. Eu gosto de você mais do que eu posso dizer, mas não me afundarei em uns sentimentalismos e com esta resposta afiada eu vou mantê-lo longe da borda também; e, além disso, manterei com essa ajuda pungente a distância entre você e eu mais propícia para nossa verdadeira vantagem mútua."

De menos para mais, levei-o a uma irritação considerável, então, depois que ele se retirou, ressentido, para o outro lado da sala, levantei-me e disse:

— Desejo-lhe boa noite, senhor. — Com meu jeito natural e respeitoso, deslizei pela porta lateral e me afastei.

O sistema assim seguiu, continuei durante toda a temporada de provação, e com o maior sucesso. Ele se manteve, com certeza, bastante zangado e incrustado, mas

---

37 Antigo costume entre algumas comunidades hindus que se tratava da esposa viúva devota a se sacrificar viva na fogueira da pira funerária de seu marido morto.

no geral eu poderia ver que ele estava excelentemente entretido, e que com uma submissão de cordeiro e sensibilidade de doninha, cultivariam seu despotismo, mas não teriam agradado seu julgamento, satisfeito seu bom senso, e servido ainda menos ao seu gosto.

Na presença de outras pessoas eu era, como outrora, respeitosa e quieta, qualquer outra linha de conduta sendo desnecessária, era apenas nas conferências noturnas que assim o frustrei e o afligi. Ele continuou a mandar chamarem-me pontualmente no momento em que o relógio marcava sete horas, embora quando eu aparecia diante dele agora, ele não tinha termos melosos como "amor" e "querida" em seus lábios. As melhores palavras ao meu dispor eram "fantoche provocador", "elfa malvada", "duende", "metamorfa" etc. Em vez de carícias, agora eu recebia caretas, em vez de um aperto de mão, um beliscão no braço, em vez de um beijo na bochecha, um puxão severo de orelha. Estava tudo bem: no momento eu decididamente preferia esses favores ferozes do que algo mais terno. A Sra. Fairfax, eu via, me aprovava: sua ansiedade por minha causa desapareceu, portanto, eu tinha certeza de que me saí bem. Enquanto isso, o Sr. Rochester afirmou que eu o estava usando em pele e osso, e ameaçou vingança terrível por meu comportamento atual em algum momento que se aproximava rapidamente. Eu ria de suas ameaças. "Posso mantê-lo sob controle razoável agora", refleti, "e não duvido que possa fazê-lo daqui em diante: se um truque perde sua eficácia, outro deve ser inventado."

No entanto, afinal, minha tarefa não era fácil, muitas vezes eu preferia ter o agradado do que o provocado. Meu futuro marido estava se tornando para mim todo o meu mundo, e mais do que mundo: quase minha esperança do céu. Ele ficou entre mim e todo pensamento de religião, como um eclipse intervém entre o homem e o amplo sol. Eu não podia, naqueles dias, ver Deus por causa de Sua criatura, a quem eu idolatrava.

CAPÍTULO 25

O mês do namoro havia se esgotado, suas últimas horas estavam numeradas. Não havia como adiar o dia que se aproximava: o dia da noiva, e todos os preparativos para a sua chegada estavam completos. Eu, pelo menos, não tinha mais nada para fazer, lá estavam minhas malas, feitas, trancadas, amarradas e alinhadas em uma fileira ao longo da parede de meu pequeno quarto. Amanhã, nesse horário, estariam a caminho de Londres, e eu também deveria ir, ou melhor, não eu, mas uma certa Jane Rochester, uma pessoa que eu ainda não conhecia. Ainda tinha que colocar as etiquetas com endereços, elas jaziam, quatro quadradinhos, dentro da gaveta. O próprio Sr. Rochester havia escrito as direções, "Sra. Rochester, — Hotel, London" em cada uma, eu não pude me persuadir a pregá-las ou mandar pregá-las. Sra. Rochester! Ela não existia, ela não nasceria até amanhã, pouco depois das oito horas da manhã, e eu esperaria para ter certeza de que ela chegou ao mundo viva antes de atribuí-la toda aquela propriedade. Bastava que no armário em frente à minha penteadeira, roupas que disseram ser dela já haviam substituído meu vestido Lowood preto e gorro de palha, e não me pertencia aquele traje de vestido de noiva, o manto cor de pérola, o véu vaporoso pendente da maleta usurpada. Fechei o armário para ocultar a roupa estranha e fantasmagórica que lá estava, a qual, esta hora da noite — nove horas — deu certamente um brilho mais fantasmagórico através da sombra do meu quarto. "Vou deixá-lo sozinho, sonho branco", falei. "Eu estou febril, ouço o vento soprando, vou sair de casa e senti-lo."

Não foi apenas a pressa dos preparativos que me deixava febril, não apenas a antecipação da grande mudança, a nova vida que começaria amanhã. Ambas circunstâncias tiveram sua participação, sem dúvida, na produção desse humor inquieto e excitado que me levou a esta hora tardia para o terreno que escurecia, mas uma terceira causa influenciou minha mente mais do que eles.

Eu tinha no coração um pensamento estranho e ansioso. Algo aconteceu que eu não pude compreender, ninguém sabia ou tinha visto o evento, além de mim, que tinha ocorrido na noite anterior. O Sr. Rochester naquela noite estava ausente do lar, e ainda nem voltou... Os negócios o chamaram a uma pequena propriedade de duas ou três fazendas que ele possuía a cerca de cinquenta quilômetros de distância, era necessário que ele resolvesse pessoalmente, antes de sua partida planejada da Inglaterra. Eu esperava agora por seu retorno, ansiosa para descarregar minha mente, e buscar nele a solução do enigma que me intrigava. Fique até que ele venha, leitor, e, quando eu revelar meu segredo para ele, compartilhará da confidência.

Procurei o pomar, levada ao seu abrigo pelo vento, que todo o dia tinha soprado forte e cheio, vindo do sul, sem, no entanto, trazer uma gota de chuva. Ao invés de diminuir à medida que a noite avançava, parecia aumentar sua urgência e aprofundar seu rugido, as árvores sopravam firmemente para um lado, nunca contorcendo-se e raramente jogando seus galhos para trás, cerca de uma vez por hora, tão contínua era a força que as dobrava para o norte, as nuvens flutuavam de polo a polo, passando rápidas, massa sobre massa, nenhum vislumbre do céu azul tinha sido visível naquele dia de julho.

Não foi sem um certo prazer selvagem que corri diante do vento, entregando meu problema à torrente de ar que trovejava no céu. Descendo até os loureiros, fiquei diante dos destroços do castanheiro, preto e partido, o tronco, dividido ao meio, ofegante e medonho. As duas metades não foram separadas uma da outra, pois a base firme e as raízes fortes as mantiveram unidas abaixo, embora o corpo vital tenha sido destruído, a seiva não podia mais fluir, seus grandes galhos de cada lado estavam mortos, e as tempestades do próximo inverno certamente derrubariam uma ou ambas, até agora, no entanto, podia ser dito que formavam uma árvore, uma ruína, mas uma ruína inteira.

— Vocês fizeram bem em se apegar uma à outra — disse eu, como se os estilhaços de monstros fossem coisas vivas e pudessem me ouvir. — Eu acho que, mesmo feridas como vocês parecem, e carbonizadas e chamuscadas, deve haver um pouco de vida em vocês ainda, brotando dessas raízes fiéis e honestas, nunca mais terão folhas verdes, nunca mais verão pássaros fazendo ninhos e cantando idílios em seus ramos; o tempo de prazer e amor acabou para vocês, mas não estão desoladas, cada uma de vocês tem um camarada com quem simpatizar em sua decomposição. — Enquanto eu olhava para elas, a lua apareceu momentaneamente naquela parte do céu que enchia sua fissura, seu disco era vermelho-sangue e meio encoberto; ela parecia lançar sobre mim um olhar desnorteado e triste, e se enterrou novamente instantaneamente na deriva profunda da nuvem. O vento diminuiu, por um segundo, em volta de Thornfield, mas à distância, sobre madeira e água, derramou-se um selvagem lamento melancólico, era triste de ouvir, e fugi de novo.

Aqui e ali vaguei pelo pomar, colhi as maçãs espalhadas na grama ao redor das raízes das árvores, então eu me ocupei em dividir as maduras das verdes, levei-as para dentro de casa e coloquei-as na despensa. Em seguida fui para a biblioteca verificar se o fogo estava aceso, pois, embora fosse verão, eu sabia que em uma noite tão sombria o Sr. Rochester gostaria de ver uma lareira alegre quando entrasse. Sim, o fogo estava aceso há algum tempo e queimava bem. Coloquei sua poltrona no canto da chaminé, levei a mesa para perto dela, baixei a cortina e mandei trazer algumas velas.

Mais inquieta do que nunca, quando terminei esses arranjos eu não conseguia ficar parada nem mesmo permanecer em casa quando um pequeno relógio no quarto e o velho relógio no corredor simultaneamente bateram dez horas.

— Como está ficando tarde! Vou correr até os portões, a luz aparece de vez em quando, consigo ver um bom caminho da estrada. Ele pode estar vindo agora, e encontrá-lo poupará alguns minutos de suspense.

O vento rugia alto nas grandes árvores que cercavam os portões, mas a estrada até onde eu podia ver, à direita e a esquerda, estava toda quieta e solitária, exceto pelas sombras das nuvens cruzando-a em intervalos quando a lua aparecia, era apenas uma longa linha pálida, inalterada por uma partícula em movimento.

Uma lágrima pueril escureceu meu olho enquanto eu olhava, uma lágrima de desapontamento e impaciência, com vergonha disso, eu a limpei. Demorei, a lua se fechou totalmente dentro de sua câmara, e fechou sua cortina de nuvem densa, a noite escureceu e a chuva veio forte com o vendaval.

— Eu gostaria que ele viesse! Eu gostaria que ele viesse! — exclamei, tomada por pressentimentos hipocondríacos.

Eu esperava sua chegada antes do chá, agora estava escuro, o que poderia tê-lo retido? Aconteceu um acidente? O evento da noite passada novamente voltou a mim. Eu interpretei isso como um aviso de desastre. Eu temia que minhas esperanças fossem brilhantes demais para serem realizadas, e eu tinha desfrutado de tanta felicidade ultimamente que imaginei que minha fortuna tivesse ultrapassado o ápice e agora fosse diminuir.

"Bem, não posso voltar para casa", pensei, "não posso sentar-me ao lado da lareira, enquanto ele está lá fora nesse tempo rigoroso, melhor cansar meus membros do que forçar meu coração, eu irei em frente e o encontrarei."

Eu parti, andei rápido, mas não muito longe, antes que tivesse percorrido meio quilômetro ouvi o tropel de cascos, um cavaleiro veio, a todo galope, um cachorro corria ao seu lado. Fora, mau pressentimento! Era ele: aqui estava ele, montado em Mesrour, seguido por Pilot. Ele me viu, pois a lua havia aberto um campo azul no céu, e cavalgou nele brilhantemente, tirou seu chapéu e agitou-o sobre a cabeça. Eu agora corri ao seu encontro.

— Aí! — exclamou, enquanto estendia a mão e se curvava da sela. — Você não pode viver sem mim, isso é evidente. Pise na ponta da minha bota, me dê as duas mãos, monte!

Obedeci, a alegria me tornou ágil, saltei diante dele. Recebi beijos calorosos como boas-vindas e um triunfo arrogante, que engoli o melhor que pude. Ele conteve sua exultação para perguntar:

— Mas há algum assunto importante, Janet, para que você tenha vindo me encontrar a tal hora? Há algo de errado?

— Não, mas pensei que você nunca viria. Não consegui aguentar esperar em casa por você, principalmente com essa chuva e vento.

— Chuva e vento mesmo! Sim, você está pingando como uma sereia, puxe meu manto sobre você, mas acho que você está com febre, Jane, sua bochecha e sua mão estão queimando. Eu pergunto novamente, há algo errado?

— Agora nada, não estou com medo e nem infeliz.

— Então você já esteve com os dois?

— Bastante, mas vou lhe contar tudo sobre isso daqui a pouco, senhor, e eu ouso dizer que você só irá rir de mim pelos meus sofrimentos.

— Vou rir muito de você quando amanhã passar, até então não ouso, meu prêmio não é certo. Esta é você, que tem sido tão escorregadia quanto uma enguia neste último mês, e tão espinhosa como uma rosa silvestre? Eu não poderia encostar um dedo em lugar algum sem ter espetado, e agora pareço ter recolhido um cordeiro perdido em meus braços. Se afastou do rebanho para buscar seu pastor, não é, Jane?

— Eu queria o senhor, mas não se gabe. Aqui estamos em Thornfield, agora deixe-me descer.

Ele me jogou na calçada. Quando John pegou seu cavalo, e ele me seguiu até o corredor, disse-me para me apressar e colocar algo seco, e então voltar para ele na biblioteca, e me parou enquanto eu me dirigia para a escada para extorquir uma promessa de que não demoraria, nem demorei, em cinco minutos, juntei-me a ele. Eu o encontrei no jantar.

— Sente-se e faça-me companhia, Jane, por favor, Deus, é a última refeição que você fará em Thornfield Hall por muito tempo.

Sentei-me perto dele, mas disse-lhe que não podia comer.

— É por que você tem a perspectiva de uma viagem diante de você, Jane? É a ideia de ir para Londres que tira seu apetite?

— Não consigo ver minhas perspectivas claramente esta noite, senhor, e eu mal sei que pensamentos tenho na cabeça. Tudo na vida parece irreal.

— Exceto eu, sou substancial o suficiente... toque-me.

— Você, senhor, é o mais fantasmagórico de todos, você é um mero sonho.

Ele estendeu a mão, rindo.

— Isso é um sonho? — disse, colocando-a perto dos meus olhos. Ele tinha uma mão arredondada, musculosa e vigorosa, bem como um braço longo e forte.

— Sim, ainda que eu o toque, é um sonho — afirmei, enquanto eu a tirava da frente do meu rosto. — Senhor, terminou o jantar?

— Sim, Jane.

Toquei o sino e pedi que levassem a bandeja. Quando nós estávamos novamente sozinhos, mexi o fogo e, em seguida, sentei-me no joelho do meu senhor.

— É quase meia-noite — eu disse.

— Sim, mas lembre-se, Jane, você prometeu acordar comigo na noite anterior ao meu casamento.

— Eu o fiz, e cumprirei minha promessa, por uma ou duas horas pelo menos, não tenho vontade de ir para a cama.

— Todos os seus preparativos estão completos?

— Todos, senhor.

— E de minha parte igualmente — respondeu ele. — Resolvi tudo, e deixaremos Thornfield amanhã dentro de meia hora depois de voltarmos da igreja.

— Muito bem, senhor.

— Com que sorriso extraordinário você proferiu as palavras "muito bem", Jane! Que ponto de rubor brilhante tem em cada bochecha! E quão estranhamente seus olhos brilham! Você está bem?

— Acredito que sim.

— Acreditar! Qual é o problema? Diga-me o que você sente.

— Eu não poderia, senhor, nenhuma palavra poderia dizer o que eu sinto. Eu desejo que esta hora nunca termine, quem sabe qual o destino que a próxima pode trazer?

— Isso é hipocondria, Jane. Você tem estado super excitada, ou super fatigada.

— E você, senhor, sente-se calmo e feliz?

— Calmo?... Não, mas feliz, até o fundo do coração.

Eu olhei para ele para ler os sinais de felicidade em seu rosto, estava ardente e corado.

— Dê-me sua confiança, Jane — disse ele. — Alivie sua mente de qualquer peso que a oprima, transmitindo-o a mim. O que você teme? Que eu não seja um bom marido?

— É a ideia mais distante dos meus pensamentos.

— Você está apreensiva com a nova esfera que está prestes a entrar? Com a nova vida para a qual está passando?

— Não.

— Você me confunde, Jane, seu olhar e seu tom de audácia melancólica me deixam perplexo e magoado. Quero uma explicação.

— Então, senhor, ouça. Você estava em casa ontem à noite?

— Eu estava, eu sei disso, e você sugeriu há pouco que alguma coisa aconteceu em minha ausência, nada que tenha causado muitas consequências, provavelmente, mas, em suma, isso a perturbou. Deixe-me ouvi-la. A Sra. Fairfax disse alguma coisa, talvez? Ou você ouviu a conversa dos criados? Seu sensível amor-próprio foi ferido?

— Não, senhor. — Soou meia-noite, esperei até que terminasse de bater, concluísse seu carrilhão de prata, e o relógio desse sua badalada rouca e vibrante, e então continuei. — O dia todo ontem eu estava muito ocupada e muito feliz em minha agitação incessante, pois não estou, como você parece pensar, preocupada com quaisquer medos assustadores sobre a nova esfera, etc. Acho uma coisa gloriosa ter a esperança de viver com você, porque eu lhe amo. Não, senhor, não me acaricie agora, deixe-me falar de forma imperturbável. Ontem confiei bem na Providência, e acreditava que os eventos estavam trabalhando juntos para o seu bem e meu, foi um belo dia, se você se lembra: a calma do ar e do céu proibiu apreensões a respeito de sua segurança ou conforto em sua viagem. Andei um pouco na calçada depois do chá, pensando em você, e eu lhe contemplei na imaginação tão perto de mim, quase não perdi a sua real presença. Pensei na vida que estava diante de mim... *sua* vida, senhor, uma existência mais expansiva e emocionante do que a minha própria, tanto mais quanto às profundezas do mar para as quais o corredor de riachos são do que as águas rasas de seu próprio canal estreito. Eu me perguntei por que os moralistas chamam este mundo de deserto sombrio, para mim ele florescia como uma rosa. Logo ao pôr do sol, o ar ficou frio e o céu nublado; entrei, Sophie me chamou no andar superior para olhar meu vestido de noiva que tinham acabado de trazer, e debaixo dele na caixa eu encontrei o seu presente — o véu que, em sua extravagância principesca, você mandou buscar de Londres, decidido, suponho, já que eu não teria joias, a me enganar para aceitar algo tão caro quanto. Eu sorri enquanto o desdobrava e planejei como eu iria provocá-lo sobre os seus gostos aristocráticos e seus esforços para mascarar sua noiva plebeia nos atributos de uma nobre. Eu pensei como eu faria para levar até você o quadrado de louro sem bordados que eu tinha preparado como uma cobertura para minha cabeça e perguntar se isso não era bom o suficiente para uma mulher que não traria ao marido fortuna, beleza ou conexões. Vi claramente como você ficaria, e ouvi suas impetuosas respostas republicanas e sua altiva negação de qualquer necessidade de sua parte para aumentar sua riqueza, ou elevar sua posição, casando-se com uma bolsa ou uma coroa.

— Como você me lê bem, sua bruxa! — interveio o Sr. Rochester. — Mas o que encontrou no véu além de seu bordado? Você encontrou veneno, ou uma adaga, para que pareça tão triste agora?

Jane Eyre

— Não, não, senhor, além da delicadeza e riqueza do tecido, não encontrei nada além do orgulho de Fairfax Rochester, e esse não me assustou, porque estou acostumada com a visão do demônio. Mas, senhor, quando escureceu, o vento aumentou, soprou ontem a noite, não como sopra agora — selvagem e alto — mas com um soturno, som de gemido muito mais estranho. Eu queria que você estivesse em casa. Eu vim para esta sala, e a visão da cadeira vazia e da lareira sem fogo me gelaram. Por algum tempo depois que fui para a cama, não consegui dormir, uma sensação de ansiedade e excitação me afligia. O vendaval ainda aumentava, ao meu ouvido parecia abafar um som triste, se era em casa ou lá fora eu não poderia dizer a princípio, mas voltou, duvidoso, ainda triste em cada calmaria; finalmente percebi que devia ser algum cachorro uivando à distância. Fiquei feliz quando cessou. Enquanto dormia, continuei sonhando com a ideia de uma noite escura e tempestuosa. Continuei também com o desejo de estar com você e experimentei uma consciência estranha e lamentável de alguma barreira nos dividindo. Durante todo o meu primeiro sono, eu estava seguindo curvas de uma estrada desconhecida, total obscuridade me cercava, a chuva me atingia, eu estava sobrecarregada com a carga de uma criancinha, uma criatura muito pequena, muito jovem e débil para andar, e que estremeceu em meus braços frios e lamentou comoventemente em meu ouvido. Pensei que o senhor estivesse na estrada muito à minha frente, e esforcei cada nervo para lhe ultrapassar, e fiz esforço após esforço para pronunciar seu nome e pedir que parasse, mas meus movimentos foram restringidos e minha voz ainda morria inarticulada, enquanto você, eu senti, se afastava mais e mais a cada momento.

— E esses sonhos pesam em seu espírito agora, Jane, quando estou perto de você? Coisinha preocupada! Esqueça esse pensamento infeliz, e pense apenas na verdadeira felicidade! Você diz que me ama, Janet, sim, não vou esquecer isso, e você não pode negá-lo. *Essas* palavras não morreram inarticuladas em seus lábios. As ouvi claras e suaves, um pensamento muito solene talvez, mas doce como a música: "Acho uma coisa gloriosa ter a esperança de viver com você, porque eu lhe amo." Você me ama, Jane? Repita.

— Sim, senhor... amo, de todo o coração.

— Bem, — disse ele, após alguns minutos de silêncio — é estranho, mas essa frase penetrou dolorosamente no peito. Por quê? Eu acho que porque você disse isso com um tom tão sério, tão religioso, e porque seu olhar em mim agora é o próprio sublime de fé, verdade e devoção. É como se algum espírito estivesse perto de mim. Pareça perversa, Jane, como você sabe bem parecer, invente um dos seus selvagens, tímidos, provocantes sorrisos, diga que me odeia, me provoque, me irrite, faça qualquer coisa, mas mova-me: prefiro ficar furioso do que triste.

— Vou provocá-lo e irritá-lo o quanto quiser, quando eu terminar minha história, mas ouça-me até o fim.

— Eu pensei, Jane, que tinha me contado tudo. Pensei que tinha encontrado a fonte de sua melancolia em um sonho. — Eu balancei minha cabeça. —

O quê! Há mais? Mas não vou acreditar que seja algo importante. Eu te aviso da incredulidade antecipadamente. Prossiga.

A inquietação em seu ar, seus modos apreensivos e impacientes me surpreenderam, mas eu continuei.

— Tive outro sonho, senhor, que Thornfield Hall era uma ruína sombria, refúgio de morcegos e corujas. Pensei que, de toda a frente imponente, nada restava além de uma parede em forma de concha, muito alta e de aparência muito frágil. Eu vagueei em uma noite de luar pelo lado de dentro coberto de mato, ali tropecei em uma lareira de mármore e pisei num fragmento de cornija. Envolta em um xale, eu ainda carregava a criança desconhecida, não poderia colocá-la em qualquer lugar, por mais cansados que estivessem meus braços, por mais que seu peso impedisse meu progresso, eu deveria segurá-la. Ouvi o galope de um cavalo à distância na estrada, eu tinha certeza que era o senhor, e você estava partindo por muitos anos e para um país distante. Escalei a parede fina com uma pressa frenética e perigosa, ansiosa para ter um vislumbre seu lá de cima. As pedras rolaram debaixo dos meus pés, os galhos de hera que eu agarrei cederam, a criança agarrou-se ao meu pescoço aterrorizada e quase me estrangulou, e finalmente cheguei ao topo. Vi o senhor como um pontinho em uma pista branca, diminuindo a cada momento. O vento soprou tão forte que não aguentei. Sentei-me na borda estreita, silenciei a criança assustada em meu colo, o senhor dobrou uma curva na estrada, inclinei-me para dar uma última olhada, a parede desmoronou, eu estava abalada, a criança rolou do meu joelho, eu perdi meu equilíbrio, caí e acordei.

— Agora, Jane, isso é tudo?

— Todo o prefácio, senhor, a história ainda está por vir. Ao acordar, um brilho ofuscou meus olhos, eu pensei "Oh, é dia!", mas eu estava enganada, era apenas luz de velas. Sofia, eu suponho, havia entrado. Havia luz na penteadeira e, a porta do armário, onde antes de ir para a cama pendurei meu vestido de noiva e véu, estava aberta; ouvi um farfalhar lá. Eu perguntei: "Sophie, o que está fazendo?", ninguém respondeu, mas uma forma emergiu do armário, levou a luz, segurou-a no alto e examinou as roupas penduradas na mala. "Sophie! Sophie!", exclamei novamente, e ela ainda ficou em silêncio. Levantei-me da cama, inclinei-me: primeiro surpresa, então a confusão tomou conta de mim, e meu sangue rastejou frio em minhas veias. Sr. Rochester, esta não era Sophie, não era Leah, não era a Sra. Fairfax, não era... não, eu tinha certeza disso, e ainda tenho. Não era nem aquela estranha mulher, Grace Poole.

— Deve ter sido uma delas — interrompeu meu patrão.

— Não, senhor, garanto-lhe solenemente o contrário. A forma de pé diante de mim nunca cruzou meus olhos dentro dos recintos de Thornfield Hall antes, a altura e forma eram novas para mim.

— Descreva-a, Jane.

Jane Eyre

— Parecia, senhor, uma mulher, alta e grande, com cabelos grossos e escuros caindo nas costas. Eu não sei que vestido ela usava, era branco e reto, mas se era vestido, lençol ou mortalha, não sei dizer.

— Você viu o rosto dela?

— A princípio, não. Mas logo ela tirou meu véu de seu lugar, o ergueu, olhou para ele por um longo tempo e então o jogou sobre a própria cabeça e voltou-se para o espelho. Nesse momento vi o reflexo do rosto e características bastante distintas no escuro espelho retangular.

— E como elas eram?

— Assustadoras e medonhas para mim... Oh, senhor, eu nunca vi um rosto como este! Era um rosto descolorido, era um rosto selvagem. Eu queria poder esquecer o revirar dos olhos vermelhos e o temível inchaço negro daqueles traços!

— Fantasmas geralmente são pálidos, Jane.

— Esse, senhor, era roxo. Os lábios estavam inchados e escuros, a testa franzida, as sobrancelhas negras amplamente levantadas sobre os olhos vermelhos. Devo contar o que isso me lembrou?

— Você pode.

— Do espectro alemão... o Vampiro.

— Ah!... E o que ele fez?

— Senhor, ele removeu meu véu da cabeça magra, rasgou-o em duas partes e, jogando ambas no chão, pisou nelas.

— E depois?

— Afastou a cortina da janela e olhou para fora, talvez tenha visto o amanhecer se aproximando, pois, pegando a vela, recuou para a porta. Ao lado da minha cama, a figura parou, os olhos de fogo me encararam, ela ergueu sua vela perto do meu rosto, e apagou-a sob meus olhos. Eu estava ciente de que seu rosto sombrio ardendo sobre o meu, e perdi a consciência; pela segunda vez na minha vida — apenas a segunda vez — fiquei inconsciente de terror.

— Quem estava com você quando você acordou?

— Ninguém, senhor, exceto o claro dia. Levantei-me, lavei a cabeça e o rosto na água, bebi um longo gole, senti que, embora enfraquecida, não estava doente, e determinei que não compartilharia essa visão com ninguém além do senhor. Agora, senhor, diga-me quem e o que aquela mulher era?

— A criação de um cérebro superestimulado, isso é certo. Devo ter cuidado com você, meu tesouro, nervos como os seus não foram feitos para manuseio brusco.

— Senhor, pode confiar, meus nervos não falharam, a coisa era real. A situação realmente aconteceu.

— E seus sonhos anteriores, eles eram reais também? Thornfield Hall é uma ruína? Estou separado de você por insuperáveis obstáculos? Estou deixando você sem uma lágrima, sem um beijo, sem uma palavra?

— Ainda não.

— Estou prestes a fazer isso? O dia que nos ligará indissoluvelmente já começou, e quando estivermos unidos, não haverá recorrência desses terrores mentais, eu garanto isso.

— Terrores mentais, senhor! Eu gostaria de poder acreditar que eles são apenas isso, desejo isso agora mais do que nunca, já que nem você pode explicar-me o mistério daquela terrível visitante.

— E como não posso fazer isso, Jane, deve ter sido irreal.

— Mas, senhor, quando eu me disse isso ao levantar esta manhã, e olhei ao redor do quarto para reunir coragem e conforto do aspecto alegre de cada objeto familiar em plena luz do dia, ali, no tapete, eu vi o que determinou que minha hipótese era mentira: o véu, rasgado de cima a baixo em duas metades!

Senti o Sr. Rochester estremecer, ele arremessou apressadamente seus braços em volta de mim.

— Graças a Deus! — exclamou ele. — Que se alguma coisa maligna chegou perto de você ontem à noite, foi apenas o véu que foi danificado. Oh, e pensar o que poderia ter ocorrido!

Ele prendeu a respiração, e me puxou tão para perto dele, que eu mal conseguia respirar. Após alguns minutos de silêncio, ele continuou, alegremente:

— Agora, Janet, vou te explicar tudo sobre isso. Foi metade sonho, metade realidade. Uma mulher, não duvido, entrou em seu quarto, e aquela mulher era... deve ter sido... Grace Poole. Você mesmo a chama de ser estranho: por tudo que você sabe, tem motivos para chamá-la assim, o que ela fez comigo? O que fez ao Mason? Em um estado entre dormir e acordar, você notou sua entrada e suas ações, mas febril, quase delirante como você estava, você atribuiu a ela uma aparência de goblin diferente da dela, o cabelo longo e desgrenhado, o rosto inchado e enegrecido, a estatura exagerada, eram produtos da imaginação, resultados do pesadelo. O rasgar rancoroso do véu era real, e é como ela. Vejo que você perguntaria por que eu mantenho tal mulher em minha casa: quando estivermos casados há um ano e um dia, eu te direi, mas não agora. Você está satisfeita, Jane? Você aceita minha solução do mistério?

Refleti, e na verdade me pareceu ser a única possível, satisfeita não fiquei, mas para agradá-lo me esforcei parecer estar, certamente me senti aliviada, então o respondi com um sorriso satisfeito. E agora, como já passou muito de uma hora, eu me preparei para deixá-lo.

— Sophie não dorme com Adele no quarto das crianças? — perguntou ele, enquanto acendia a minha vela.

— Sim, senhor.

— E há espaço suficiente na pequena cama de Adele para você. Você deve compartilhar com ela esta noite, Jane, não é de admirar que o incidente que você relatou deve deixá-la nervosa, e eu preferiria que você não dormisse sozinha, prometa-me que irá para o quarto das crianças.

— Ficarei muito feliz em fazê-lo, senhor.

— E feche bem a porta por dentro. Acorde Sophie quando você subir as escadas, sob o pretexto de pedir-lhe para despertá-la cedo amanhã, pois você deve estar vestida e terminar o café da manhã antes das oito. E agora, sem mais pensamentos sombrios, afaste as preocupações monótonas, Janet. Você não ouviu como o vento se tornou sussurros suaves? E a chuva já não bate nas vidraças, olhe aqui, — ele levantou a cortina — está uma noite linda!

Estava. Metade do céu estava puro e imaculado, as nuvens, agora marchando diante do vento, que havia mudado para o oeste, avançavam para o leste em longas colunas prateadas. A lua brilhava pacificamente.

— Bem — disse o Sr. Rochester, olhando inquisitivamente para os meus olhos, — como está minha Janet agora?

— A noite está serena, senhor, e eu também.

— E você não sonhará com separação e tristeza esta noite, mas com amor feliz e uma união abençoada.

Essa predição foi cumprida apenas pela metade, eu realmente não sonhei com tristeza, mas tão pouco sonhei com alegria, pois não dormi nada. Com a pequena Adele em meus braços, observei o sono da infância — tão tranquilo, tão impassível, tão inocente — e esperei pelo dia seguinte. Toda a minha vida estava acordada e agitada em meu corpo, e assim que o sol nasceu eu me levantei também. Lembro que Adele se agarrou a mim quando a deixei, lembro que a beijei enquanto soltava suas mãozinhas do meu pescoço, e chorei por ela com uma emoção estranha e a deixei porque temia que meus soluços quebrassem seu repouso ainda tranquilo. Ela parecia o símbolo da minha vida passada, e ele que agora eu me preparava para encontrar, o símbolo temido, mas adorado, dos meus futuros dias.

CAPÍTULO 26

Sophie chegou às sete para me vestir. Levou muito tempo para terminar a tarefa, tanto que o Sr. Rochester ficou impaciente com a demora e mandou perguntar por que eu não descia. Ela prendia o véu (o simples e sem rendas, por fim) no meu cabelo com um broche. Apressei-me a sair de suas mãos assim que pude.

— Espere! — gritou em francês. — Olhe-se no espelho! Não olhou nem uma vez!

Então, voltei-me da porta. Vi uma figura de vestido longo e véu, tão diferente da imagem que costumava ver... quase uma estranha.

— Jane! — chamou uma voz, desci rapidamente e fui recebida aos pés da escada pelo Sr. Rochester.

— Atrasada! — disse ele — Minha cabeça está queimando de impaciência e você demora tanto!

Levou-me para a sala de jantar, observou-me cuidadosamente, e falou que eu era "bela como um lírio, e não apenas o orgulho da sua vida, mas o desejo dos seus olhos." Depois disse que eu teria dez minutos para comer e tocou a sineta. Um dos criados que contratou recentemente respondeu.

— John já está aprontando a carruagem?

— Sim, senhor.

— Já trouxeram a bagagem para baixo?

— Estão trazendo agora, senhor.

— Vá até a igreja e veja se o Sr. Wood (o pároco) e o ajudante estão lá. Volte e me diga.

A igreja, como o leitor sabe, ficava logo fora dos portões. O criado retornou.

— O Sr. Wood está na sacristia, pondo a sobrepeliz.

— E a carruagem?

— Os cavalos estão sendo atrelados.

— Não vamos usá-la para ir à igreja, mas deve estar pronta assim que voltarmos. Todos os baús e bagagens arrumados e amarrados, e o cocheiro em seu assento.

— Sim, senhor.

— Jane, está pronta?

Levantei-me. Não havia padrinhos, nem damas de honra, nem parentes para assistir ou nos ajudar. Era apenas o Sr. Rochester e eu. A Sra. Fairfax estava no saguão quando passamos. Gostaria de parar e falar com ela, mas minha mão estava presa num aperto de ferro. Fui arrastada pela estrada tão rapidamente que mal podia acompanhar. Bastava olhar para o Sr. Rochester para ver que nem um segundo de atraso seria tolerado, em nenhuma hipótese. Imagino se outro noivo já se pareceu com ele: tão determinado, tão terrivelmente resoluto, ou que, sob sobrancelhas tão franzidas, mostrasse um olhar tão ardente e brilhante.

Não sei se o dia estava bonito ou feio. Ao descer pela estrada, não olhava nem para o céu nem para o chão. Meu coração estava com meus olhos, e ambos estavam no Sr. Rochester. Queria ver a coisa invisível que ele parecia olhar ferozmente enquanto descíamos. Queria sentir os pensamentos cuja força ele parecia enfrentar e resistir.

Parou no portão da igreja e percebeu que eu estava sem fôlego.

— Estou sendo cruel em meu amor — perguntou ele. — Descanse um pouco, apoie-se em mim, Jane.

Agora me recordo da imagem da cinza e velha casa de Deus, calma diante de mim, de um pássaro sobrevoando a torre, o céu matinal rosa ao longe. Lembro do cemitério coberto de verde, e de duas figuras estranhas andando entre as sepulturas e lendo as inscrições gravadas nas poucas lápides cobertas de musgo. Eu as notei porque, quando nos viram, foram para o fundo da igreja, e não duvidava de que entrariam pela porta lateral do corredor para testemunhar a cerimônia. Não foram vistas pelo Sr. Rochester, ele estava olhando seriamente para o meu rosto, de onde o sangue tinha, ouso dizer, momentaneamente desaparecido. Sentia minha testa úmida e minha bochecha e lábios frios. Quando me recuperei, o que não demorou, caminhou suavemente ao meu lado até o pórtico.

Entramos no templo humilde e silencioso. O padre esperava com a sobrepeliz branca no altar, ao lado do sacristão. Tudo estava quieto, só duas sombras se moviam num canto remoto. Eu estava certa, os estranhos entraram antes e agora estavam ao lado do jazigo dos Rochester, de costas para nós, olhando o túmulo de mármore manchado pelo tempo, onde um anjo ajoelhado guardava os restos de Damer Rochester, assassinado em Marston Moor na época das guerras civis, e de sua esposa, Elizabeth.

Tomamos nosso lugar. Ouvindo um passo cauteloso atrás de mim, olhei por cima do ombro. Um dos estranhos — um cavalheiro, evidentemente — estava avançando pela capela. A cerimônia começou. A explicação da intenção de matrimônio foi feita, e então o padre deu um passo adiante e, curvando-se ligeiramente em direção ao Sr. Rochester, continuou:

— Eu exijo e cobro de vocês dois (pois terão que responder no terrível dia do julgamento, quando os segredos de todos os corações serão revelados), que se algum de vocês souber de algum impedimento para a realização desse matrimônio, confesse agora. Pois saibam que os que não se unem pela palavra de Deus, não estão unidos por Deus, nem seu casamento é legal.

Fez uma pausa, como é o costume. Quando é que a pausa feita após essa frase é quebrada por uma resposta? Talvez nem uma vez a cada cem anos. O padre, que não ergueu os olhos do livro, prendeu a respiração por um momento e ia continuar. Sua mão já estava estendida em direção ao Sr. Rochester e a boca se abria para perguntar: "Aceita essa mulher como tua esposa?", quando uma voz distinta e próxima, falou:

— O casamento não pode continuar. Eu declaro a existência de um impedimento.

O clérigo ergueu os olhos para o orador e ficou mudo, o sacristão fez o mesmo. O Sr. Rochester moveu-se ligeiramente, como se um terremoto houvesse rolado sob seus pés. Firmando-se, sem virar a cabeça ou os olhos, disse:

— Prossiga.

Um profundo silêncio caiu quando ele falou essa palavra, com a entonação profunda e baixa. Então o Sr. Wood falou:

— Não posso prosseguir sem alguma investigação sobre o que foi afirmado e sem provas de sua verdade ou falsidade.

— A cerimônia foi interrompida — acrescentou a voz atrás de nós. — Posso provar a minha alegação. Existe um impedimento insuperável para esse casamento.

O Sr. Rochester ouviu, mas não deu atenção. Permaneceu teimoso e rígido, sem fazer nenhum movimento além de pegar a minha mão. Que aperto quente e forte ele tinha! E como seu rosto parecia mármore, firme e maciço nesse momento! Como os olhos brilhavam, atentos e selvagens!

O Sr. Wood parecia perdido.

— Qual a natureza do impedimento? — indagou ele. — Talvez possa ser anulado... ou explicado.

— Dificilmente — foi a resposta. — Falei que era insuperável e falei com certeza.

O orador se adiantou e apoiou nos bancos. Continuou, pronunciando cada palavra distintamente, com calma e firmeza, mas não em voz alta.

— Simplesmente consiste na existência de um casamento anterior. O Sr. Rochester tem uma esposa viva.

Meus nervos vibraram com essas palavras faladas em voz baixa, como nunca tinha vibrado nem com uma tempestade. Meu sangue sentiu a sutil violência, de uma forma que nunca sentiu gelo ou fogo. Mas eu estava calma, não iria desmaiar. Eu olhei para o Sr. Rochester, e ele olhou para mim. Todo o seu rosto era uma rocha incolor. Os olhos faiscavam e eram duros. Ele não negou nada, parecia prestes a desafiar tudo. Sem falar, sem sorrir, sem parecer me ver como um ser humano, apenas enroscou minha cintura com o braço e me prendeu ao seu lado.

— Quem é você? — perguntou ao intruso.

— Meu nome é Briggs, sou um advogado em Londres.

— E está dizendo que tenho uma esposa?

— Lembro-me da existência de sua esposa, senhor, que a lei reconhece, mesmo que o senhor não.

— Faça o favor de descrevê-la, com nome, parentesco e moradia.

— Certamente. — O Sr. Briggs calmamente tirou um papel do bolso e leu em uma espécie de anasalada voz oficial: — Eu afirmo e posso provar que no dia 20 de outubro de... (uma data de quinze anos atrás), Edward Fairfax Rochester, de Thornfield Hall, no Condado..., e de Ferndean Manor, distrito de..., Inglaterra, casou-se com a minha irmã, Bertha Antoinetta Mason, filha de Jonas Mason, comerciante, e de Antoinetta Mason, sua esposa, uma mestiça, na Igreja de..., Spanish Town, Jamaica. O registro do casamento será encontrado naquela igreja, e uma cópia está em meu poder. Assinado, Richard Mason.

— Esse documento, se é realmente autêntico, prova que me casei, mas não prova que a mulher mencionada como minha esposa esteja viva.

— Estava viva há três meses — respondeu o advogado.

— E como o senhor sabe disso?

— Tenho uma testemunha, cujo depoimento não será contestado nem pelo senhor.

— Apresente-a ou vá para o inferno!

— Apresentarei a testemunha primeiro. Ele está aqui. Sr. Mason, tenha a bondade de dar um passo à frente.

O Sr. Rochester, ao ouvir o nome, cerrou os dentes, ele teve uma espécie de forte tremor convulsivo. Perto como eu estava, senti o movimento espasmódico de fúria ou desânimo percorrer seu corpo. O segundo estranho, que até então tinha permanecido no fundo, agora se aproximava. Um pálido rosto surgiu por cima do ombro do advogado... sim, era o próprio Sr. Mason. O Sr. Rochester se virou e olhou para ele. Seus olhos, como já disse muitas vezes, eram negros, estavam marrom avermelhados, ou melhor, estavam com um brilho sangrento de pura ira, e o rosto corou. O rosto cor de oliva e a fronte pálida pareciam estar pegando fogo. Ele se moveu, estendeu o forte braço — poderia ter batido em Mason, jogando-o no chão da igreja, o choque brutal tiraria seu fôlego. Mas Mason esquivou-se e exclamou:

— Meu Deus!

O desprezo caiu sobre o Sr. Rochester, sua ira se foi como se algo a tivesse levado. Apenas perguntou:

— O que *você* tem a dizer?

Uma resposta inaudível escapou dos lábios brancos de Mason.

— Diabos o levem se não responder claramente. Pergunto mais uma vez: O que você tem a dizer?

— Senhor, senhor — interrompeu o clérigo — não se esqueça de que está em um lugar sagrado. — Em seguida, falando com Mason, perguntou com calma: — O senhor sabe se a esposa desse cavalheiro está viva ou não?

— Tenha coragem! — exclamou o advogado. — Fale!

— Ela está em Thornfield Hall — falou Mason, de forma mais nítida. — Eu a vi em abril deste ano. Sou irmão dela.

— Em Thornfield Hall! — repetiu o padre. — Impossível! Moro aqui há muito tempo, senhor, e nunca ouvi falar de uma Sra. Rochester em Thornfield Hall.

Vi um sorriso triste tomar os lábios do Sr. Rochester, e ele murmurou:

— Não, por Deus! Tomei cuidado para que ninguém soubesse dela... pelo menos com esse nome. — Refletiu. Por dez minutos consultou sua consciência, então decidiu-se e anunciou:

— Basta! Tudo deve ser explicado de uma vez, como a bala que deixa uma arma. Wood, feche o livro e tire sua sobrepeliz. John Green (o sacristão), pode ir, não haverá casamento hoje.

O homem obedeceu. O Sr. Rochester continuou com petulância e indiferença:

— Bigamia é uma palavra horrível! E no entanto, eu pretendia ser um bígamo. Mas o destino me impediu, ou a Providência me conteve... talvez a última. Sou pouco melhor que um demônio neste momento, e, como diria o meu pastor, sem dúvida mereço o mais severo julgamento de Deus, mereço a condenação ao fogo eterno. Senhores, meu plano foi destruído! O que esse advogado e seu cliente estão dizendo é verdade. Fui casado, e a mulher com quem me casei está viva! Você diz que nunca ouvir falar de uma Sra. Rochester na minha casa, Wood, mas aposto que muitas vezes ouviu fofocas sobre uma misteriosa lunática lá, vigiada e guardada. Alguns falaram que se trata da minha meia irmã bastarda, outros, da minha amante abandonada. Agora digo que ela é minha esposa, com quem me casei há quinze anos... chamada Bertha Mason. Irmã dessa determinada pessoa, que está com o corpo tremendo e o rosto pálido, mostrando o que um homem corajoso pode enfrentar. Ânimo, Dick... não tenha medo de mim! É mais fácil eu bater em uma mulher do que em você. Bertha Mason está louca, vem de uma família de loucos, idiotas e maníacos por três gerações. A mãe, mestiça, era louca e bêbada, o que descobri somente depois de casar com a filha, pois escondem os segredos da família. Bertha, como uma filha obediente, copiou a mãe nas duas coisas. Eu tinha uma esposa encantadora... pura, sensata e modesta. Imaginem como fui um homem feliz. Vi belas cenas! Minha experiência foi divina, se vocês apenas soubessem! Mas não preciso dar mais nenhuma explicação. Briggs, Wood, Mason, convido-os todos a irem até a casa para visitar a paciente da Sra. Poole, a *minha* esposa! Verão que tipo de gente me ludibriou para casar e poderão julgar se eu tinha o direito de quebrar o compromisso e buscar simpatia em algo que ao menos seja humano. Esta moça (continuou, olhando para mim), não sabia mais do que você, Wood. Pensou que tudo era correto e legal. Nunca sonhou que seria pega em um falso casamento com um lesado infeliz, já preso à uma esposa louca e embrutecida! Venham todos... sigam-me.

Ainda me segurando firmemente, saiu da igreja. Os três cavalheiros nos seguiram. Encontramos a carruagem pronta na frente da casa.

— Leve-a para a cocheira, John — falou o Sr. Rochester com frieza — não a usaremos hoje.

Quando entramos, a Sra. Fairfax, Adele, Sophie e Leah vieram nos cumprimentar.

— Saiam daqui... todas! — gritou o patrão. — Sumam com suas congratulações! Quem precisa delas? Eu não! Estão quinze anos atrasadas!

Ele passou por elas e subiu as escadas, ainda segurando a minha mão, e ainda dizendo para os cavalheiros nos seguirem, o que fizeram. Subimos a primeira escada, atravessamos o corredor, passamos para o terceiro andar. O Sr. Rochester abriu a pequena porta preta com a chave mestra e entramos no quarto das tapeçarias, com a grande cama e o armário pintado.

— Você conhece este lugar, Mason — disse nosso guia — foi aqui que ela mordeu e apunhalou você.

Levantou a cortina da parede e revelou uma segunda porta, abriu-a também. Em um quarto sem janela ardia um fogo protegido por uma grade, e uma lâmpada estava suspensa no teto por uma corrente. Grace Poole estava inclinada sobre o fogo, cozinhando algo em uma panela. No fundo do quarto, escondido nas sombras, um vulto andava de um lado para o outro. Não era possível dizer, ao menos à primeira vista, se era uma fera ou um ser humano. Rastejava de quatro, pulando e rosnando como algum animal selvagem, mas estava vestido e uma massa de cabelos escuros e grisalhos, bagunçados, como uma juba, escondia a cabeça e o rosto.

— Bom dia, Sra. Poole! — disse o Sr. Rochester. — Como está hoje? E o seu fardo?

— Tolerável, senhor. Obrigada — respondeu Grace, colocando com cuidado a panela quente ao lado da lareira. — Um pouco irritada, mas não furiosa.

Um grito feroz pareceu desmentir a fala favorável. A hiena vestida ficou de pé sobre as patas traseiras.

— Ah, senhor, ela viu que está aqui! — exclamou Grace. — É melhor ir embora.

— Só um momento, Grace, deve permitir que fiquemos aqui por alguns minutos.

— Tome cuidado, então, senhor! Pelo amor de Deus, tenha cuidado!

A maníaca urrou. Tirou o cabelo bagunçado do rosto e olhou selvagemente seus visitantes. Reconheci o rosto púrpuro, os traços volumosos. A Sra. Poole se adiantou.

— Fique longe — disse o Sr. Rochester, empurrando-a para o lado. — Ela não está com uma faca, suponho, e estou atento.

— Nunca sabemos o que ela tem, senhor. É muito esperta! Não há um ser humano capaz de entender suas artimanhas.

— É melhor deixá-la... — sussurrou Mason.

— Vá para o inferno! — sugeriu o cunhado.

— Cuidado! — gritou Grace.

Os três cavalheiros se afastaram ao mesmo tempo. O Sr. Rochester tampou meu corpo com o seu. A lunática pulou e agarrou a garganta dele ferozmente e cravou os dentes no rosto. Lutaram. Era uma mulher alta, quase da altura do marido, e corpulenta. Tinha uma força viril, quase o estrangulou mais de uma vez, e ele era atlético. O Sr. Rochester poderia ter dado um soco forte, mas não queria bater, apenas imobilizá-la. Por fim, conseguiu segurar seus braços. Grace Poole entregou uma corda a ele, que usou para amarrá-la a uma cadeira. A operação aconteceu em meio aos gritos mais ferozes e empurrões mais convulsivos. O Sr. Rochester, então, se virou para os espectadores, e olhou para eles com um sorriso irônico e triste.

— Esta é a *minha esposa* — falou. — Esse é o único abraço conjugal que jamais terei. Essas são as palavras carinhosas que confortam as minhas horas de repouso. E *isso* é o que eu desejei ter (colocou a mão no meu ombro), esta jovem, tão grave e serena na boca do inferno, olhando calmamente as tentativas de um demônio. Eu a queria como uma mudança dessa fera. Wood e Briggs, vejam a diferença! Comparem esses olhos claros com aqueles círculos vermelhos, esse rosto com aquela máscara, essa forma com aquela massa. Então me julguem, padre do evangelho e homem da lei, e lembrem-se de que serão julgados com o mesmo julgamento que fizerem. Saiam agora! Preciso trancar meu tesouro. Saímos. O Sr. Rochester ficou por mais um momento e deu alguma ordem à Grace Poole. O advogado falou comigo quando descíamos a escada:

— A senhorita está isenta de qualquer culpa. — falou. — Seu tio ficará feliz em saber disso, se ainda estiver vivo quando o Sr. Mason voltar para Madeira.

— Meu tio? O quê? O senhor o conhece?

— O Sr. Mason conhece. O Sr. Eyre é o correspondente da empresa dele em Funchal há alguns anos. Quando seu tio recebeu a carta dizendo que se casaria com o Sr. Rochester, o Sr. Mason estava com ele. Tinha ido para Madeira para recuperar a saúde antes de voltar à Jamaica. O Sr. Eyre mencionou a união, porque sabia que meu cliente conhecia um cavalheiro chamado Rochester. O Sr. Mason, surpreso e aflito, como a senhorita pode imaginar, contou a verdade. Seu tio, infelizmente, está muito doente, de cama. Considerando a natureza da doença... velhice... e o estado em que está, não é provável que se levante mais. Assim, não pode vir pessoalmente à Inglaterra para salvar a senhorita dessa armadilha, mas implorou ao Sr. Mason para que tomasse providências para impedir esse falso casamento. Mandou-o a mim, para que o ajudasse. Fiz tudo o que podia e estou satisfeito por não ter chegado tarde demais, e a senhorita também deve estar, certamente. Se não tivesse quase certeza de que seu tio não estará mais vivo quando a senhorita chegasse à Madeira, diria para acompanhar o Sr. Mason na volta. Mas do jeito que as coisas estão, acredito que seja melhor ficar na Inglaterra até ter mais notícias do Sr. Eyre ou sobre ele. Temos algo mais para fazer aqui? — perguntou ao Sr. Mason.

— Não, não, vamos — foi a resposta ansiosa.

E sem esperar para se despedir do Sr. Rochester, saíram. O padre ficou para dizer algumas palavras de censura ou advertência com o paroquiano, depois disso, também saiu.

Ouvi-o sair, enquanto estava ao lado da porta semiaberta do meu quarto, para onde havia ido. Com a casa vazia, entrei no quarto, tranquei-me por dentro para que ninguém aparecesse e comecei — não a chorar, não a lamentar, pois estava calma demais para isso, mas — a tirar o vestido de noiva e a colocar o de tecido simples que usara no dia anterior, pensando que era a última vez que faria isso. Então me sentei, estava fraca e cansada. Coloquei os braços na mesa e apoiei a cabeça sobre eles. E comecei a pensar: até então tinha apenas ouvido, visto, me movido — segui para cima e para baixo, onde me levavam e arrastavam — vi um acontecimento após o outro, uma revelação após a outra, mas *agora, eu pensava.*

A manhã fora calma... com exceção da breve cena com a louca. O incidente na igreja não fora barulhento. Não houve explosão de paixão, nem brigas em voz alta, nem disputas, nem desafios, nem lágrimas ou soluços. Poucas palavras foram trocadas, uma objeção foi feita calmamente ao casamento, algumas perguntas curtas e sérias feitas pelo Sr. Rochester. Seguidas de respostas, explicações e uma prova, uma honesta confissão feita pelo meu patrão, depois foi apresentada a prova viva, os intrusos foram embora e tudo acabou.

Eu estava no meu quarto, como sempre. Eu, sem nenhuma mudança aparente, não fui atingida, ferida ou estraçalhada. No entanto... onde estava a Jane Eyre do dia anterior? O que foi feito com a sua vida? Com seus sonhos?

Jane Eyre, que era uma mulher intensa e esperançosa... quase uma noiva... era novamente uma moça fria e solitária. Os sonhos, acabados. Uma tempestade típica de natal chegou em pleno verão, uma nevasca comum em dezembro tomou junho. O gelo cobria as maçãs, as chuvas destruíram os botões de rosas, um monte de neve cobria os campos de feno e milho, lugares que ontem estavam cheios de flores, hoje estavam cobertos de neve, os bosques que há doze horas ondulavam cobertos de folhagem como canteiros tropicais, agora estavam desertos, selvagens e brancos como florestas de pinheiro norueguesas. Minhas esperanças estavam todas mortas... alvejadas por uma sutil maldição, como que numa só noite caiu sobre todos os primogênitos do Egito. Olhei para meus queridos desejos perdidos, ontem tão brilhantes e fluorescentes, hoje na terra, cadáveres, frios e lívidos que nunca poderiam reviver. Olhei para o meu amor, aquele sentimento que pertencia ao meu patrão... que ele havia cativado, estremecia no meu coração, como uma criança sofrendo em um berço frio. A doença e a angústia o dominaram, não poderia buscar os braços do Sr. Rochester — não poderia absorver o calor de seu peito. Ah, nunca mais poderia voltar para ele! A fé havia sido ferida... a confiança, destruída! O Sr. Rochester não era para mim o que tinha sido, pois ele não era o que eu pensava. Não diria que agiu com maldade, não diria que ele me traiu, mas o atributo da verdade indiscutível não pertencia mais a ele e eu precisava sumir da sua presença, *disso* eu não tinha dúvida. Quando, como, para onde, não sabia ainda, mas não duvidava que ele mesmo me mandaria deixar Thornfield. Acredito que não poderia gostar de mim verdadeiramente, sentiu apenas uma paixão momentânea, não iria me querer mais. Eu devia temer até mesmo cruzar seu caminho agora: minha visão deve ser odiosa para ele. Oh, que cegos foram meus olhos! Quão fraca foi minha conduta!

Meus olhos estavam cobertos e fechados. A escuridão turbulenta parecia nadar ao meu redor e as reflexões vinham como uma torrente confusa. Abandonada e sem forças, eu parecia ter me deitado no leito seco de um grande rio, ouvia uma enchente vindo das montanhas remotas, e sentia a torrente vir, mas não queria levantar e não tinha forças para fugir. Jazia fraca, desejando estar morta. Apenas uma ideia ainda pulsava como uma vida dentro de mim — uma lembrança de Deus. Isso gerou uma oração muda, cujas palavras vagavam para cima e para baixo na minha mente sem luz, como algo que deveria ser sussurrado, mas nenhuma energia foi encontrada para expressá-las:

"Não te afastes de mim, pois a provação está próxima. Não há nenhuma ajuda."

Estava próxima, e como eu não fiz nenhum pedido aos Céus para que a desviasse: não juntei as mãos, nem dobrei os joelhos, nem movi os lábios, havia chegado. E com toda a força, a torrente se derramou sobre mim. Toda a consciência da minha vida destruída, do meu amor perdido, da minha esperança extinguida, da minha fé abalada pela morte, elevou-se plena e poderosa acima de mim, como uma massa sombria. Tal hora amarga não pode ser descrita: na verdade, "as águas inundaram a minha alma, afundei na lama profunda, não consegui ficar de pé, mergulhei nas águas profundas, o dilúvio me afogou.".

CAPÍTULO 27

Em certo momento, naquela tarde, levantei a cabeça. Olhando ao redor e vendo o sol dourado se pondo e refletindo seu declínio na parede, perguntei: "O que devo fazer?"

Mas a resposta que minha mente me deu: "deixe Thornfield imediatamente" foi tão instantânea, tão terrível, que tampei os ouvidos. Falei que não suportaria essas palavras nesse momento. "O fato de eu não ser a esposa de Edward Rochester é apenas uma pequena parte da minha infelicidade", afirmei. "O fato de que despertei dos sonhos mais incríveis e descobri que eram vazios e inúteis, é um horror que posso suportar e dominar, mas ter que deixá-lo agora mesmo, instantaneamente, completamente, é intolerável. Não posso fazer isso."

Mas, então, uma voz em mim admitiu que eu era sim capaz de fazer isso, e previu que eu faria. Lutei com a minha própria decisão: quis ser fraca, para poder evitar o terrível sofrimento que eu sabia que me esperaria. E a Consciência, transformada em tirana, estrangulou a Paixão e disse-lhe de forma provocadora que já havia afundado os delicados pés na lama e jurou que, com aquele braço de ferro, a jogaria para as profundezas da agonia.

"Deixe-me sair!", gritei. "Deixe que alguém me ajude!"

"Não, você mesma sairá. Ninguém vai ajudá-la. Arranque você mesma o seu olho direito! Corte você mesma a sua mão direita! Seu coração será a vítima, e você será a sacerdotisa que o cortará."

Eu me levantei de repente, aterrorizada pela solidão assombrada por um juiz tão implacável... pelo silêncio preenchido por aquela voz tão horrível. Minha cabeça girou enquanto eu fiquei de pé. Percebi que estava enjoada pela excitação e inanição. Nenhuma comida ou bebida havia tocado meus lábios naquele dia, pois eu não havia nem tomado café da manhã. E, com uma pontada estranha, percebi que enquanto eu estive trancada ali, nenhuma mensagem foi enviada para perguntar como eu estava, ou para me convidar a descer. Nem mesmo a pequena Adele bateu na porta, nem mesmo a Sra. Fairfax me procurou. "Amigos sempre esquecem aqueles a quem a fortuna abandona", murmurei, enquanto destrancava a porta e saía. Tropecei em um obstáculo, ainda estava um pouco tonta, minha visão estava escura e meu corpo estava fraco. Não consegui ficar de pé. Caí, mas não no chão: um braço estendido me pegou. Olhei para cima. Estava segura pelo Sr. Rochester, que se sentava em uma cadeira na soleira do meu quarto.

— Você finalmente saiu — disse ele. — Bem, estou esperando há muito tempo, e escutando, ainda assim, não ouvi nenhum movimento, nem um soluço. Mais cinco minutos desse silêncio mortal e abriria a fechadura como um ladrão. Então está me evitando? Você se tranca e sofre sozinha! Eu preferia que tivesse vindo e me repreendido com veemência. Você é passional. Eu esperava algum tipo de cena. Estava preparado para a chuva quente de lágrimas, só queria que fossem derramadas em meu peito. Mas foi o chão insensível que as recebeu, ou o seu lenço ensopado. Mas estou errado: você não chorou nada! Vejo um rosto pálido e olhos turvos, mas nenhum traço de lágrimas. Suponho, então, que seu coração esteve chorando sangue?

— Bem, Jane! Nem uma palavra de reprovação? Nem amarga ou comovente? Nada que destrua um sentimento ou fira uma paixão? Senta-se tranquilamente onde a coloquei e me olha com o olhar cansado, passivo?

— Jane, nunca quis magoá-la assim. Um homem que tivesse apenas uma pequena cordeirinha, que fosse querida como uma filha, que comia de seu pão e bebia de sua xícara, que se deitava em seu peito, se por algum engano ele a abatesse no matadouro, ele não teria lamentado seu erro sangrento mais do que eu agora lamento o meu. Você vai me perdoar?

Leitor, eu o perdoei no mesmo momento, ali mesmo.

Havia um remorso tão profundo em seus olhos, uma pena tão verdadeira em seu tom, tanta energia viril em suas maneiras; e além disso, havia um amor inalterado em toda a sua aparência e expressão, que eu o perdoei por tudo. Mas não com palavras, não exteriormente, só no fundo do meu coração.

— Você acha que eu sou um canalha, Jane? — perguntou melancolicamente, pouco depois. Surpreso, suponho, com o meu silêncio contínuo e a minha calma, que eram resultados mais de fraqueza do que de determinação.

— Acho, senhor.

— Então diga-me de maneira direta e incisiva... não me poupe.

— Não posso. Estou cansada e fraca. Quero um pouco de água.

Ele soltou uma espécie de suspiro trêmulo, e me tomando em seus braços, carregou-me escada abaixo. Inicialmente eu não sabia para qual sala ele tinha me levado. Tudo estava embaçado para meus olhos vidrados. Senti o calor revigorante de uma lareira, pois, apesar de estarmos no verão, eu havia ficado gelada no meu quarto. Ele colocou vinho nos meus lábios, tomei e revivi. Então comi algo que ele ofereceu e logo voltei a ser eu mesma. Estava na biblioteca... sentada na sua cadeira, e ele estava bem perto. "Se eu pudesse deixar de viver agora, sem uma dor muito profunda, seria bom para mim", pensei, "então não deveria ter que fazer o esforço de partir as tripas do meu coração para arrancá-las do coração do Sr. Rochester. Devo deixá-lo, ao que parece. Não quero deixá-lo... não posso deixá-lo."

— Como você está agora, Jane?

— Muito melhor, senhor. Logo estarei bem.

— Prove o vinho de novo, Jane.

Eu o obedeci. Depois, ele colocou o copo na mesa, levantou-se diante de mim, e olhou para mim com atenção. De repente ele se virou, com uma exclamação incompreensível, cheia de algum tipo de emoção. Caminhou rápido pela sala e voltou, se inclinou em minha direção como se fosse me beijar, mas lembrei-me de que carícias agora eram proibidas. Virei o rosto e me afastei.

— O quê! Como é isso? — exclamou apressadamente. — Ah, eu sei! Não vai beijar o marido de Bertha Mason? Acha que meus braços estão ocupados e que meus abraços têm dona?

— De qualquer forma, não há espaço nem direito para mim, senhor.

— Por que, Jane? Vou poupar-lhe o trabalho de falar muito. Eu respondo por você. Porque eu já tenho uma esposa, é o que você iria falar... adivinhei?

— Sim.

— Se pensa assim, deve ter uma opinião estranha sobre mim. Deve achar que sou um libertino conspirador... um miserável vil e baixo que fingiu um amor desinteressado para arrastá-la para uma armadilha deliberadamente feita, tirar a sua honra e roubar o respeito próprio. O que tem a dizer sobre isso? Vejo que não pode dizer nada. Em primeiro lugar, ainda está fraca, e respirar já exige muito esforço de você; em segundo lugar, ainda não acostumou a me acusar e me insultar. Além disso, as comportas das lágrimas estão abertas, e elas escapariam se você falasse muito. E não tem nenhum desejo de protestar, de repreender, de fazer uma cena. Está pensando em como *agir*, pois não considera que falar adianta. Eu conheço você... estou atento.

— Senhor, não desejo agir contra você — falei, e minha voz instável me levou a falar pouco.

— Não no *seu* sentido da palavra, mas no *meu*, você está planejando me destruir. Você quase disse que eu sou um homem casado... e como um homem casado, você vai me evitar, vai ficar longe de mim. Agora mesmo você se recusou a me beijar. Pretende se tornar uma completa estranha para mim, e viver sob esse teto apenas como governanta de Adele. Se alguma vez eu disser alguma palavra amigável para você, se alguma vez um sentimento amável aproximá-la de mim novamente, você dirá: "Aquele homem quase me transformou em sua amante. Devo ser fria e dura como pedra para ele", e gelo e pedra você se tornará.

Limpei e estabilizei minha voz para responder:

— Tudo ao meu redor mudou, senhor, devo mudar também. Não há dúvida disso, e para evitar flutuações de sentimento e combates contínuos com lembranças e associações, só há uma maneira: Adele deve ter uma nova governanta, senhor.

— Oh, Adele irá para a escola. Já decidi isso. E não pretendo atormentá-la com as horríveis associações e lembranças de Thornfield Hall... este maldito lugar... esta tenda de Acã... esse túmulo insolente, que oferece a morte em vida à luz do céu aberto... este inferno estreito de pedra, com seu único demônio real, pior do que uma legião de tal como imaginamos. Jane, você não deve ficar aqui, nem eu. Eu estava errado em trazê-la para Thornfield Hall, sendo que eu sabia que era assombrado. Antes mesmo de te ver, mandei que escondessem tudo sobre a maldição desse lugar, simplesmente porque eu temia que Adele nunca tivesse uma governanta que ficasse se soubesse com quem estava alojada. E meus planos não me permitiriam colocar a maníaca em outro lugar, embora eu possua uma antiga casa, Ferndean Manor, ainda mais afastada e escondida que essa, onde eu poderia tê-la hospedado com segurança o suficiente, mas tive escrúpulos, sabia sobre a insalubridade da casa, sabia que era no coração da floresta, e isso fez minha consciência recuar. Provavelmente aquelas paredes úmidas logo teriam me aliviado do meu fardo, mas para cada vilão seu próprio vício, e o meu não é uma tendência ao assassinato indireto, mesmo daqueles que eu mais odeio.

Esconder de você a proximidade dessa mulher, no entanto, era semelhante a cobrir uma criança com uma capa e colocá-la perto de uma árvore venenosa. A proximidade daquele demônio é venenosa, e sempre foi. Mas vou fechar Thornfield Hall. Vou pregar a porta da frente e fechar as janelas de baixo. Darei à Sra. Poole duzentas libras por ano para viver aqui com a *minha esposa*, como você chama aquela bruxa terrível. Grace fará muita coisa por dinheiro, e ela terá seu filho, o caseiro de Grimsby Retreat, como companhia e estará sempre por perto para ajudá-la nos ataques, quando a *minha esposa* é levada a queimar as pessoas em suas camas à noite, ou esfaqueá-las, mordê-las até o osso, coisas assim...

— Senhor — eu o interrompi — você é implacável com aquela senhora infeliz. Fala dela com ódio... com antipatia vingativa. É cruel... ela não tem culpa de ser louca.

— Jane, minha queridinha (assim vou chamá-la, pois você é), você não sabe do que está falando. Está me julgando mal de novo. Não a odeio por ser louca. Se você fosse louca, acha que eu te odiaria?

— Acho, sim, senhor.

— Então está enganada e não sabe nada sobre mim ou sobre o tipo de amor de que sou capaz. Cada átomo da sua carne é tão querido para mim quanto a minha própria. No sofrimento e na doença, ainda seria amada. Sua mente é o meu tesouro, e se estivesse quebrada, ainda seria meu tesouro. Se enlouquecesse, seria segurada pelos meus braços, não por uma camisa de forças. O seu aperto, mesmo em fúria, teria um encanto para mim. Se você me atacasse tão descontroladamente como aquela mulher me atacou esta manhã, eu a receberia com um abraço, pelo menos tão apaixonado quanto restritivo. Eu não me afastaria de você, com nojo, como me afastei dela. Em seus momentos de calma, você não teria outro acompanhante ou enfermeiro além de mim, e me inclinaria sobre você com uma ternura incansável, mesmo que não me desse nenhum sorriso em troca. Nunca me cansaria de olhar em seus olhos, mesmo que eles não demonstrassem mais nenhum brilho de reconhecimento. Mas por que estou dizendo isso? Eu estava falando em tirar você de Thornfield. Tudo, você sabe, está preparado para uma partida imediata. Amanhã você irá. Eu só peço que suporte mais uma noite sob este teto, Jane; e então, adeus para suas misérias e horrores para sempre! Eu tenho um lugar para onde ir que será um santuário contra as lembranças odiosas, contra intrusões indesejadas... até contra a falsidade e a calúnia.

— Leve a Adele com o senhor — interrompi. — Ela será uma boa companhia.

— O que você quer dizer, Jane? Falei que vou mandar Adele para a escola. E o que eu quero com uma criança como companheira, que não é nem minha filha... a bastarda de uma dançarina francesa? Por que você me importuna sobre ela? Por que fala na Adele ser minha companhia?

— O senhor falou de um retiro, senhor. E o retiro e a solidão são enfadonhos. Enfadonhos demais para você.

— Solidão! Solidão! — repetiu, irritado. — Vejo que devo me explicar melhor. Não sei que tipo de expressão confusa é essa que está tomando seu rosto. *Você* vai partilhar da minha solidão. Entendeu?

Eu balancei minha cabeça. Até aquele sinal mudo de discordância exigia um certo grau de coragem, agitado como ele estava. Até esse momento, estava andando rápido pela sala, mas parou, como se repentinamente tivesse sido enraizado em um ponto. Olhou para mim com dureza por um longo tempo. Desviei o olhar e fixei-os no fogo. Tentei assumir e manter um rosto calmo e controlado.

— Agora, o defeito no caráter de Jane — disse ele por fim, falando com mais calma do que se poderia esperar, pela sua aparência. — O carretel de seda correu suavemente até agora, mas eu sempre soube que viria um nó: aqui está. Irritação, exasperação, e problemas sem fim! Por Deus! Queria exercer uma fração da força de Sansão e destruir esse nó!

Ele recomeçou a caminhada, mas logo parou novamente, e desta vez diante de mim.

— Jane! Você ouvirá a razão? (ele se abaixou e aproximou os lábios do meu ouvido); porque, se não ouvir, vou apelar para a violência.

Sua voz estava rouca, seu olhar era o de um homem prestes a romper um vínculo insuportável e mergulhar de cabeça na selvageria. Percebi que, em pouco tempo, com mais um ímpeto de fúria, eu não seria capaz de contê-lo. O presente — o segundo que passou — era tudo que eu tinha para controlá-lo, para contê-lo. Um movimento de repulsa, fuga, medo teria selado a minha condenação... e a sua. Mas não tive medo, nem um pouco. Senti uma força interna, uma sensação de influência, que me apoiava. A crise era perigosa, mas não deixava de ter seu encanto: como o que um índio ao descer pelas corredeiras com sua canoa, sentia, talvez. Segurei sua mão fechada, afrouxando os dedos contorcidos, e disse a ele, suavemente:

— Sente-se. Conversarei com você pelo tempo que quiser e ouvirei tudo que tem para dizer, seja razoável ou absurdo.

Ele se sentou, mas não falou imediatamente. Eu vinha lutando contra as lágrimas há algum tempo, fazia grandes esforços para reprimi-las, porque eu sabia que ele não gostaria de me ver chorar. Agora, no entanto, achei melhor deixá-las fluir tão livremente e por quanto tempo quisessem. Se o choro o irritasse, melhor ainda. Então eu cedi e chorei copiosamente. Logo o ouvi implorando fervorosamente para que eu me recompusesse. Disse que não poderia enquanto ele estivesse tão exaltado.

— Mas eu não estou exaltado, Jane. Eu simplesmente a amo demais. E você havia endurecido seu rostinho pálido com uma atitude tão decidida, fria, que eu não aguentava. Acalme-se e limpe seus olhos.

Sua voz suave anunciou que estava subjugado, e eu, por minha vez, me acalmei. Agora ele tentava descansar a cabeça no meu ombro, mas eu não permitiria. Então ele me puxaria para ele... não.

— Jane! Jane! — falou ele, num tom tão amargo e triste que comoveu cada nervo do meu corpo. — Você não me ama, então? Era apenas a minha posição, e o título de minha esposa, que você valorizava? Agora que pensa que não posso ser seu marido, se afasta do meu toque como se eu fosse um sapo ou um macaco.

Essas palavras me feriram. Mas o que eu poderia fazer ou dizer? Provavelmente não deveria ter feito ou dito nada. Mas estava tão torturada por culpa por ter ferido os sentimentos dele, que não controlei o impulso de despejar um pouco de bálsamos nas feridas que causei.

— *Eu amo você* — falei — mais do que nunca. Mas nunca mais devo demonstrar ou me permitir esse sentimento, essa é a última vez que o expresso.

— A última vez, Jane? O quê? Você acha que pode viver comigo e me ver todos os dias e ainda assim, se continuar a me amar, manter-se fria e distante?

Jane Eyre

— Não, senhor. Tenho certeza de que não poderia. Portanto, só vejo uma solução, mas ficará furioso se eu falar qual é.

— Ah! Fale! Se eu me exaltar, você pode usar as lágrimas.

— Sr. Rochester, devo deixá-lo.

— Por quanto tempo, Jane? Por alguns minutos, enquanto penteia o cabelo, que está um tanto bagunçado, e enquanto lava o rosto, que está um tanto febril?

— Devo deixar Adele e Thornfield. Devo me separar do senhor por toda a minha vida. Devo começar uma nova existência entre rostos e lugares estranhos.

— Claro. Eu mesmo falei que deveria. Vou ignorar o absurdo de se separar de mim, você quer dizer que tem que se tornar parte de mim. Quanto à nova existência, concordo, você ainda será minha esposa, não sou casado. Você será a Sra. Rochester virtual e nominalmente. E eu serei apenas seu enquanto vivermos. Você irá para um lugar que tenho no sul da França... uma vila branca na costa do Mediterrâneo. Lá você viverá uma vida feliz, protegida, e inocente. Não precisa temer que eu a leve ao erro, fazendo de você minha amante. Por que você balançou a cabeça? Jane, você precisa ser razoável, ou vou me exaltar novamente.

A voz e a mão tremiam, as narinas grandes dilatavam-se, os olhos brilhavam, mas ainda assim me atrevi a falar.

— Senhor, sua esposa está viva. Esse fato foi confirmado pelo senhor hoje de manhã. Se eu vivesse com o senhor como quer, seria sua amante... dizer o oposto é sofisma, é falso.

— Jane, eu não sou um homem de temperamento gentil. Você se esquece disso. Não sou tolerante, não sou frio e desapaixonado. Tenha piedade de mim, e de você mesma... ponha seu dedo no meu pulso, sinta como ele lateja e... cuidado!

Ele descobriu o pulso e ofereceu-o para mim. O sangue estava abandonando seu rosto e seus lábios: estavam ficando lívidos. Eu estava angustiada. Era cruel agitá-lo assim tão profundamente, impondo uma resistência que ele tanto abominava. Mas ceder estava fora de questão. Fiz o que os seres humanos fazem instintivamente quando são levados ao extremo: procuram ajuda Naquele que está acima do homem. As palavras "Deus me ajude!" saíram involuntariamente dos meus lábios.

— Eu sou um idiota! — gritou o Sr. Rochester de repente. — Continuo dizendo que não sou casado e não explico a ela por quê. Me esqueço de que ela não sabe nada sobre o caráter daquela mulher, ou das circunstâncias que acompanharam minha união infernal com ela. Ah, tenho certeza de que Jane concordará comigo quando souber tudo o que eu sei! Coloque suas mãos nas minhas, Janet, para eu tenha a confirmação do tato, além da visão, de que você está perto de mim... e em poucas palavras mostrarei a verdade sobre o caso. Consegue me ouvir?

— Sim, senhor. Por horas, se assim quiser.

— Peço apenas alguns minutos. Jane, já ouviu que não era o filho mais velho? Que tinha um irmão mais velho?

— Lembro que a Sra. Fairfax me disse isso uma vez.

— E já ouviu falar que meu pai era um avarento, um homem ganancioso?

— Entendi algo nesse sentido.

— Bem, Jane, sendo assim, ele decidiu manter a propriedade intacta. Não podia suportar a ideia de dividir a propriedade e me deixar com uma parte justa. Tudo deveria ir para o meu irmão, Rowland. No entanto, tão pouco ele poderia suportar a ideia de que teria um filho pobre. Um casamento rico deveria ser arranjado. Logo procurou uma esposa para mim. O Sr. Mason, um fazendeiro e comerciante das Índias Ocidentais, era um amigo antigo. Ele tinha certeza de que seus bens eram reais e muitos, fez perguntas por aí. Descobriu que o Sr. Mason tinha um filho e uma filha, e que a filha tinha o dote de trinta mil libras. Isso bastou. Quando saí da faculdade, fui mandado para a Jamaica para desposar uma noiva já cortejada por mim. Meu pai não disse nada sobre o dinheiro dela, mas me disse que a Srta. Mason era o orgulho de Spanish Town por sua beleza, e não estava mentindo. Era uma bela mulher, no estilo de Blanche Ingram: alta, morena e majestosa. A família dela queria me segurar porque eu era de boa linhagem, e ela também. Eles a mostravam em festa, esplendidamente vestida. Eu raramente a via sozinha, tivemos poucas conversas privadas. Ela me lisonjeava e exibia abundantemente, para meu prazer, seus encantos e realizações. Todos os homens em seu círculo pareciam admirá-la e sentir inveja de mim. Fiquei deslumbrado, estimulado: meus sentidos estavam excitados, e sendo ignorante, jovem e inexperiente, pensei que a amava. Não há loucura que as rivalidades tolas da sociedade, a lascívia, a precipitação, a cegueira da juventude, não levem um homem a cometer. Seus parentes me encorajaram, os competidores me irritaram, ela me seduziu e um casamento foi realizado antes mesmo que eu soubesse onde eu estava.

Oh, eu não tenho nenhum respeito por mim mesmo quando penso nisso! Um desprezo interior agonizante me domina. Nunca a amei, nunca a estimei, nem sequer a conheço. Não tinha certeza da existência de uma virtude sequer em sua natureza. Não tinha visto modéstia, nem benevolência, nem franqueza, nem refinamento em sua mente ou maneiras... e, ainda assim, casei-me com ela, idiota, burro, cabeça-dura e cego como era! Com menos pecado eu poderia... mas é melhor que eu me lembre com quem estou falando.

Nunca vi a mãe da minha noiva, achei que havia morrido. Quando a lua de mel acabou, soube do meu erro. Ela era louca e estava trancada em um sanatório. Havia um irmão mais novo também... era mudo e um idiota completo. O mais velho, que você viu e a quem não consigo odiar, embora deteste todos da sua família, porque tem algumas migalhas de afeição na alma, demonstradas pela constante preocupação com a desgraçada irmã, (e também pela afeição que um dia já teve por mim), provavelmente um dia ficará no mesmo estado. Meu pai e meu irmão Rowland sabiam de tudo, mas pensaram apenas nas trinta mil libras, e armaram para mim.

Essas foram descobertas vis; mas exceto pela traição da mentira, nenhuma delas seria motivo de reprovar a minha esposa. Mesmo quando percebi que sua natureza era totalmente estranha para mim, que achava seus gostos desagradáveis, que tinha uma mente comum, pequena, estreita e singularmente incapaz de ser levada a algo maior...

quando descobri que não poderia passar uma única noite, nem mesmo uma única hora do dia tranquila ao seu lado, que não poderia haver uma conversa gentil entre nós, porque qualquer que fosse o tópico que eu escolhesse, imediatamente recebia respostas rudes e banais, ou perversas e imbecis... quando percebi que eu nunca deveria ter uma família tranquila ou estável, porque nenhum criado suportaria seus acessos de raiva e sua natureza irracional, ou suas ordens absurdas, contraditórias e exigentes... mesmo então, me contive, evitei repreendê-la, contive as censuras, tentava lidar com meu arrependimento e desgosto em segredo. Reprimi a profunda antipatia que sentia.

Jane, não vou incomodá-la com detalhes abomináveis: algumas palavras fortes devem expressar o que tenho a dizer. Vivi com aquela mulher lá em cima por quatro anos, e antes disso ela tinha me testado: seu caráter amadureceu e se desenvolveu com espantosa rapidez, seus vícios surgiram rápida e abundantemente, eram tão fortes que apenas a crueldade poderia detê-los, e eu não usaria crueldade. Que intelecto pequeno ela tinha, e que propensões gigantescas! Quão terríveis eram as maldições que essas propensões me causavam! Bertha Mason, a verdadeira filha de uma mãe infame, me arrastou por todas as horríveis e degradantes agonias que devem acompanhar um homem ligado a uma esposa ao mesmo tempo descontrolada e impura.

Nesse tempo, meu irmão morreu, e quatro anos depois meu pai morreu também. Eu era muito rico, ainda assim me sentia pobre, até a mais hedionda indigência. A natureza mais grosseira, impura, depravada que eu já vi, estava associada a mim, e era dita como parte de mim pela lei e pela sociedade. Não consegui me livrar dela por qualquer meio legal, pois os médicos descobriram que a *minha esposa* estava louca... seus excessos desenvolveram precocemente os germes da insanidade. Jane, não está gostando da história, parece estar doente... devo contar o resto outro dia?

— Não, senhor, termine agora. Tenho pena do senhor... eu realmente tenho pena do senhor.

— Pena, Jane, vinda de algumas pessoas, é um nocivo e insultuoso tipo de homenagem, que justifica quebrar os dentes que quem a oferece. Mas esse tipo de piedade é o que nasce nos corações duros e egoístas. É uma dor híbrida e egoísta, ouvir falar de desgraças, misturada com desprezo ignorante por aqueles que as suportam. Mas não é essa pena que sente, Jane. Não é esse o sentimento que toma o seu rosto nesse momento... que transborda dos seus olhos.... que agita seu coração... que faz com que a sua mão trema sobre a minha. Sua pena, minha querida, é um sofrimento vindo do amor. Sua angústia é a própria angústia vinda de uma paixão divina. Eu a aceito, Jane, deixe-a solta, meus braços esperam para recebê-la.

— Agora, senhor, prossiga. O que fez quando descobriu que ela estava louca?

— Jane, fiquei à beira do desespero. Um pouco de respeito por mim mesmo era tudo que me separava do abismo. Aos olhos do mundo, eu sem dúvida estava coberto de desonra, mas resolvi ser limpo aos meus próprios olhos... e até o fim repudiei a contaminação dos crimes dela e me afastei de qualquer contato com seus problemas mentais. Ainda assim, a sociedade associava meu nome e pessoa aos dela, eu ainda a via e ouvia diariamente, um pouco de seu hálito (argh!) se misturava com o ar que eu respirava. E, além disso, eu me lembrava de que um dia já havia sido seu marido... e aquela lembrança era então, como agora, odiosa para mim. E eu sabia que enquanto ela vivesse eu nunca poderia ser marido de outra esposa, e embora cinco anos mais velha que eu (a família dela e o meu pai tinham mentido até mesmo a sua idade), ela provavelmente viveria tanto quanto eu, tendo o corpo tão robusto quanto a mente enferma. Assim, aos vinte e seis anos, eu não tinha esperanças.

Uma noite eu fui acordado por seus gritos (desde que os médicos a declararam louca, ela estava, é claro, trancada). Era uma noite quente das Índias Ocidentais, uma das que frequentemente precedem os furacões. Não conseguindo dormir na cama, levantei-me e abri a janela. O ar parecia enxofre... não podia me refrescar em lugar nenhum. Os mosquitos chegaram zumbindo e continuavam a zumbir no quarto. O mar, que eu poderia ouvir de lá, retumbou abafado como um terremoto... nuvens pretas desabavam sobre ele, a lua estava se pondo sobre as ondas, grande e vermelha, como uma bola de canhão em fogo, lançou um último olhar sangrento sobre um mundo estremecendo com a tempestade. Fui fisicamente influenciado pela atmosfera e pela cena, e meus ouvidos estavam cheios com as maldições que a louca ainda berrava, por um momento, misturou meu nome com um tom de ódio demoníaco, com tal vocabulário! Nenhuma prostituta professa jamais teve um vocabulário mais sujo do que ela. Embora estivesse a dois quartos de distância, eu ouvi cada palavra... as finas paredes da casa nas Índias Ocidentais era uma barreira pequena e leve demais para os gritos de lobo.

"Esta vida", disse a mim mesmo, por fim, "é o inferno. Este ar... aqueles sons... são de um poço sem fundo! Tenho o direito de me livrar disso, se conseguir. Os sofrimentos desse estado mortal me deixarão com a carne incômoda que agora pesa na minha alma. Não tenho medo do fogo eterno dos fanáticos, não existe uma vida futura pior do que essa que vivo agora. Deixem-me acabar com tudo isso e me juntar a Deus!"

Dizia isso enquanto me ajoelhava e destrancava um baú que guardava uma cinta de pistolas carregadas. Iria me matar. Mas a intenção durou apenas brevemente, pois como não era louco, a crise de puro desespero que originou o desejo e o plano de autodestruição, passou rapidamente.

Um vento fresco da Europa soprou sobre o oceano e correu pela janela aberta. A tempestade caiu, trovejou e ardeu, e purificou o ar. Então tomei uma decisão. Enquanto caminhava sob as laranjeiras molhadas do meu jardim, entre romãs e abacaxis, e enquanto sentia o fulgente crepúsculo dos trópicos, cheguei a essa conclusão, Jane. E agora escute, pois foi a verdadeira Sabedoria que me consolou naquela hora e me mostrou o caminho certo para seguir.

O doce vento da Europa ainda sussurrava nas folhas e o Atlântico trovejava livremente. Meu coração, seco e destruído por muito tempo, reviveu e se encheu de sangue... meu ser ansiava por renovação... minha alma ansiava por um gole puro de água. Eu vi a esperança reviver... e senti que a regeneração era possível. De um arco florido no fundo do meu jardim, olhei para o mar... mais azul que o céu. O velho mundo estava além, claras perspectivas se abriam:

"Vá", disse a Esperança, "e viva novamente na Europa. Lá não sabem que nome sujo você carrega, nem que corpo sujo está ligado a você. Pode levar a louca com você para Inglaterra, confiná-la com o devido atendimento e precauções em Thornfield. Então viaje para onde quiser e crie as novas conexões que quiser. Essa mulher, que abusou do seu conformismo, que manchou seu nome, enfureceu sua honra, arruinou sua juventude, não é sua esposa, nem você é seu marido. Cuide para que seja cuidada como a condição exige, e terá feito tudo que Deus e a humanidade exigem de você. Deixe que a identidade dela e a conexão que tem com você sejam enterradas no esquecimento. Não deve falar delas para nenhum ser vivo. Coloque-a em segurança e conforto, guarde a sua degradação em segredo e deixe-a."

Eu agi de acordo com esta sugestão. Meu pai e meu irmão não haviam falado do casamento com seus conhecimentos, porque na primeira carta que escrevi para avisá-los da união — já tendo começado a experimentar extremo desgosto de suas consequências, e prevendo um futuro horrível para mim por conta do caráter familiar e sua constituição — adicionei um pedido urgente para manter o casamento em segredo. E muito em breve a conduta infame da esposa que meu pai escolheu para mim era tal, que ele mesmo sentia vergonha de tê-la como nora. Longe de querer que a união se tornasse pública, se tornou tão preocupado em escondê-la quanto eu.

Então eu a trouxe para a Inglaterra. Que viagem terrível eu tive, com tal monstro no navio. Fiquei feliz quando finalmente a levei para Thornfield, e a vi alojada em segurança naquele quarto do terceiro andar, cujo quarto secreto ela transformou em um covil de uma fera há dez anos. Tive alguns problemas para encontrar quem cuidasse dela, era necessário escolher alguém em quem eu pudesse confiar, pois seus delírios inevitavelmente trairiam meu segredo. Além disso, tinha intervalos lúcidos de dias, às vezes semanas, que passava tecendo insultos a mim. Finalmente contratei Grace Poole do Retiro Grimsby. Ela e o médico, Carter (que tratou das feridas de Mason naquela noite em que ele foi esfaqueado e ficou aterrorizado), são as únicas pessoas a quem confiei meu segredo. A Sra. Fairfax podia suspeitar de algo, mas ela não conseguiria saber todos os fatos. Grace, em geral, se provou uma boa guardiã, embora, em parte devido a uma falha dela, da qual parece que nada pode curá-la, e que faz parte da sua ingrata profissão, sua vigilância tenha sido burlada mais de uma vez. A louca é esperta e má, nunca falhou em tirar vantagem dos lapsos temporários da guardiã. Uma vez para esconder a faca que usou para apunhalar o irmão, e duas vezes para pegar a chave do quarto e sair à noite. Na primeira dessas ocasiões, fez a tentativa de me queimar na cama, na segunda, visitou você. Agradeço à Providência que cuidou de você e fez com que ela descontasse a fúria no seu vestido de noiva, que talvez tenha trazido de volta vagas reminiscências de seus próprios dias de noiva... mas sobre o que poderia ter acontecido, não suporto nem pensar. Quando penso na coisa que voou na minha garganta esta manhã, inclinando a cabeça escura e vermelha sobre o ninho da minha pombinha, meu sangue gela...

— E o que o senhor fez — perguntei, enquanto ele fazia uma pausa, — quando a instalou aqui? Para onde foi?

— O que eu fiz, Jane? Eu me transformei num fogo-fátuo. Para onde fui? Vaguei tanto e tão selvagemente quanto os espíritos de março. Busquei o continente, e me torturei por todas as suas terras. Meu desejo fixo era procurar e encontrar uma mulher boa e inteligente, a quem eu pudesse amar. Um contraste da louca que deixei em Thornfield...

— Mas o senhor não podia se casar.

— Eu estava determinado e convencido de que poderia e deveria. Não tinha a intenção de enganar, como enganei você. Pretendia contar minha história com clareza e fazer minhas propostas abertamente. Me parecia tão absolutamente racional que eu me considerasse livre para amar e ser amado, que nunca duvidei que encontraria alguma mulher disposta e capaz de entender a situação e me aceitar, apesar da maldição que eu carregava.

— Bem, senhor?

— Quando está curiosa, Jane, sempre me faz sorrir. Você abre os olhos como um pássaro ávido e faz de vez em quando um movimento inquieto, como se as respostas em palavras não fossem rápidas o bastante para você, e quisesse ler o coração do outro. Mas, antes de continuar, me diga o que você quer dizer com "Bem, senhor?". É uma frasezinha muito dita por você, e muitas vezes me atrai para uma conversa interminável, não sei muito bem por quê.

— Quero dizer, o que vem a seguir? O que o senhor fez? O que aconteceu depois disso?

— Precisamente! E o que deseja saber agora?

— Se encontrou alguém de quem gostou, se a pediu em casamento e o que ela disse.

— Posso dizer se encontrei alguém de quem gostei, e se eu a pedi em casamento, mas o que ela disse ainda está para ser escrito no Livro do Destino. Por dez longos anos vaguei por aí, vivendo primeiro em uma capital, depois em outra. Às vezes em São Petersburgo, mais frequentemente em Paris, ocasionalmente em Roma, Nápoles e Florença. Com muito dinheiro e um nome antigo, poderia escolher minhas companhias, não havia círculos fechados para mim. Busquei meu ideal de mulher entre *ladies* inglesas, condessas francesas, *signoras* italianas, e *grafinnen* alemãs. Não consegui encontrá-la. Às vezes, por um momento fugaz, pensava ter visto um olhar, ouvido uma voz, vislumbrado uma forma, que anunciava a realização do meu sonho, mas eu não o merecia no momento. Não deve supor que eu buscava perfeição, mental nem física. Ansiava apenas pelo que me convinha... um oposto da mestiça, e ansiava em vão. Entre todas elas não encontrei uma que se eu fosse livre eu — avisado como estava dos riscos, dos horrores, da aversão a uniões incongruentes — teria pedido para se casar comigo. A decepção me tornou imprudente. Então me entreguei à dissipação... nunca à devassidão, que eu odiava, e ainda odeio. Esse era o atributo da minha índia Messalina: o profundo nojo contra isso e contra ela me contiveram muito, mesmo no prazer. Qualquer diversão que beirava o descontrole parecia se aproximar muito dela e de seus vícios, e eu evitava.

No entanto, eu não poderia viver sozinho, então tentei a companhia de amantes. A primeira que escolhi foi Celine Varens... outra daquelas que fazem um homem se sentir desprezível quando se lembra. Você já sabe o que ela era e como nossa relação terminou. Ela teve duas sucessoras: uma italiana, Giacinta, e uma alemã, Clara. Ambas consideradas singularmente bonitas. Mas o que era a beleza delas para mim em algumas semanas? Giacinta era sem princípios e violenta, cansei-me dela em três meses. Clara era honesta e quieta, mas era pesada, estúpida e insensível, nem um pouco ao meu gosto. Fiquei feliz em dar a ela dinheiro o bastante para que se estabelecesse no comércio e assim livrar-me decentemente dela. Mas, Jane, vejo por seu rosto que não está formando uma opinião muito favorável sobre mim nesse momento. Acha que sou insensível e um homem de princípios duvidosos, não acha?

— Verdade, não gosto do senhor tanto como já gostei. Não lhe pareceu nem um pouco errado viver dessa forma, primeiro com uma amante e depois com outra? Fala disso como se fosse completamente natural.

— Para mim, era, mas não gostava. Era uma indigna forma de existência, nunca mais quero voltar a ela. Sustentar uma amante é a pior coisa depois de comprar uma escrava. As duas são frequentemente inferiores, às vezes por natureza, e sempre por condição, e viver familiarmente com inferiores é degradante. Hoje em dia eu odeio a lembrança do tempo que passei com Celine, Giacinta e Clara.

Senti a verdade dessas palavras, e tirei delas a dedução correta de que se eu fosse longe o bastante para esquecer meus princípios e todos os ensinamentos que recebi, a ponto de — sob qualquer pretexto, qualquer justificativa e por meio de qualquer tentação — me tornar a sucessora dessas pobres meninas, ele um dia teria por mim o mesmo sentimento que agora tornava a memória delas insuportável para sua alma. Não coloquei essa certeza em palavras, bastava senti-la. Gravei-a no meu coração, para que permanecesse lá e me servisse de ajuda no momento da provação.

— Agora, Jane, por que você não diz "Bem, senhor?" Está séria demais. Vejo que ainda me desaprova. Mas deixe-me ir direto ao ponto. Em janeiro passado, livre de todas as amantes... em um estado de espírito sombrio e amargo, resultado de uma vida inútil, errante e solitária... corroído pela decepção, amargamente disposto contra todos os homens, e especialmente contra todas as mulheres (pois comecei a achar que a ideia de uma mulher inteligente, fiel e amorosa como um mero sonho), precisei voltar para a Inglaterra por negócio.

Em uma tarde fria de inverno, eu cavalgava à vista de Thornfield Hall. Lugar abominável! Não esperava paz ou nenhum prazer lá. Em uma escada em Hay Lane, vi uma pequena figura quieta, sentada sozinha. Passei por ela com a mesma indiferença que passei pelo salgueiro podado do outro lado dela, não tive nenhum pressentimento do que ela seria para mim, nenhum aviso interno de que a juíza da minha vida... meu gênio para o bem ou para o mal... esperava ali, num disfarce humilde. Não soube disso nem mesmo quando, por causa do acidente de Mesrour, ela surgiu e me ofereceu ajuda. Criatura pequena e infantil! Era como se um passarinho tivesse saltitado aos meus pés e proposto que me carregasse em sua pequena asa. Eu estava mal-humorado, mas a coisinha não ia embora. Ficou ao meu lado com uma estranha perseverança, e tinha no olhar e na fala uma espécie de autoridade. Eu tinha que ser ajudado, e por aquelas mãos. E ajudado eu fui.

Quando me apoiei naquele ombro frágil, algo novo — uma sensação e uma energia novas — invadiram meu corpo. Foi bom que eu já soubesse que a criaturinha voltaria para mim... que pertencia à minha casa lá embaixo, ou eu não conseguiria, sem uma enorme tristeza, ter deixado que se esvaísse das minhas mãos e desaparecesse atrás da cerca viva. Ouvi você entrar em casa naquela noite, Jane, embora provavelmente você nem imaginasse que eu pensava em você, que lhe aguardava. No dia seguinte observei-a, escondido, por meia hora, enquanto brincava com Adele no corredor. Era um dia de neve, lembro-me disso, e vocês não podiam sair de casa. Eu estava no meu quarto, a porta estava entreaberta então podia ouvir e ver. Adele tomou sua atenção por um tempo, e ainda que seus pensamentos parecessem estar em outro lugar, você foi muito paciente com ela, minha pequena Jane. Você conversou com ela e a distraiu por muito tempo. Quando, finalmente, ela a deixou, você caiu imediatamente em profunda reflexão. Começou a andar lentamente pelo corredor. Por vezes, ao passar por uma janela, olhava para a pesada neve caindo, ouvia o assovio do vento e novamente caminhava lentamente e sonhava. Acredito que naquele dia seus sonhos não eram tristes, havia um brilho agradável em seus olhos, e de vez em quando uma leve excitação em seu aspecto, que mostravam que os pensamentos não eram amargos, raivosos ou hipocondríacos. Seu olhar revelava bastante as doces reflexões da juventude, quando o espírito acompanha feliz o voo da Esperança em direção ao paraíso ideal. A voz da Sra. Fairfax, falando com um criado no corredor, a despertou, e curiosamente você sorriu para si mesma, Janet! Havia muito significado naquele sorriso... era um sorriso sagaz e parecia fazer pouco caso da própria abstração. Parecia dizer "minhas belas visões são todas ótimas, mas não devo esquecer que são absolutamente irreais. Tenho um céu rosado e um jardim verde e florido na minha mente, mas estou perfeitamente ciente de que lá fora tenho um longo caminho para percorrer e ao meu redor se juntam tempestades sombrias para enfrentar. Você correu escada abaixo e pediu que a Sra. Fairfax lhe desse algo para fazer, as contas da casa ou algo assim, acredito. Eu estava chateado por ter saído da minha vista.

Impacientemente, esperei pela noite, quando poderia chamá-la à minha presença. Suspeitava que seu caráter fosse incomum para mim, algo completamente novo, e queria investigá-lo mais profundamente e conhecê-lo melhor. Você entrou na sala com um olhar e um ar ao mesmo tempo tímidos e independentes, estava vestida de maneira simples, assim como está agora. Fiz com que falasse e rapidamente julguei-a cheia de estranhos contrastes. Suas roupas e modos eram restringidos pelas regras, frequentemente tinha um ar acanhado, e era refinada por natureza, mas absolutamente desacostumada à sociedade e tinha muito medo de ser inconvenientemente notada por algum solecismo ou engano. No entanto, quando abordada, dirigia um olhar agudo, ousado e brilhante ao interlocutor. Cada olhar que dava era penetrante e carregado de força. Quando atormentada com perguntas, tinha respostas prontas e redondas. Logo se acostumou comigo. Acredito que sentiu a existência de simpatia entre você e seu severo e mal-humorado patrão, Jane. Pois foi surpreendente ver a rapidez com que ficou mais à vontade. Eu podia rosnar como quisesse, você não demonstrava surpresa, medo, aborrecimento ou desagrado pela minha morosidade. Observava-me, e de vez em quando sorria para mim com uma graça simples, mas sagaz, que não consigo descrever. Eu estava ao mesmo tempo contente e estimulado pelo que via, gostava do que tinha visto e queria ver mais.

No entanto, por muito tempo, tratei-a com frieza e raramente procurava sua companhia. Eu era uma epicurista intelectual e desejava prolongar o prazer de firmar aquela nova e estimulante amizade. Além disso, por um tempo fiquei preocupado com um medo assustador de que se eu manuseasse a flor sem cuidado, ela morreria... o doce encanto do frescor a deixaria. Eu não sabia ainda que não era um desabrochar transitório, mas sim a radiante imagem de um, talhado em uma pedra preciosa e indestrutível. Também queria ver se você me procuraria se eu a evitasse, mas não procurou. Ficou na sala de aula tão quieta quanto a própria mesa e cavalete, se por acaso eu a encontrava, você passava por mim o mais depressa que o respeito permitisse, e com o mínimo sinal de reconhecimento. Sua expressão habitual naqueles dias, Jane, era um olhar pensativo, não desanimado, pois estava não doentia, mas tampouco alegre, pois tinha pouca esperança e nenhum prazer real. Eu imaginava o que pensava de mim, ou se é que pensava em mim, e resolvi descobrir isso.

Voltei a dar atenção a você. Quando conversávamos, havia algo alegre em seu olhar e cordial em sua maneira. Vi que tinha um coração sociável, foi a sala de aula silenciosa, a vida tediosa, que a deixavam triste. Então me permiti o deleite de ser gentil com você, e a gentileza logo despertou emoções: seu rosto se tornou mais suave, sua voz mais gentil, eu gostava de ouvir meu nome sendo pronunciado pelos seus lábios, com um tom grato, feliz. Na época, gostava de desfrutar de um encontro casual com você, Jane. Houve uma curiosa hesitação em seus modos, você olhava para mim com uma leve perturbação, como se tivesse uma dúvida pairando no ar... não sabia qual seria o meu capricho... se agiria como o patrão e ser severo, ou como amigo e ser bondoso. Eu já gostava demais de você para agir como o primeiro, e quando estendia cordialmente a mão a você, seus traços jovens e melancólicos se iluminavam com tal florescer, tal brilho e felicidade, que eu precisava ter um enorme autocontrole para não segurá-la contra o meu peito ali mesmo.

— Não fale mais dessa época, senhor — interrompi, secando algumas lágrimas. Suas palavras eram uma tortura para mim, pois eu sabia o que precisava fazer, e fazer logo, e todas aquelas reminiscências e revelações de seus sentimentos só tornavam a minha tarefa mais difícil.

— Não, Jane — recomeçou ele. — Qual a necessidade de insistir no passado, quando o presente é tão mais seguro... o futuro tão mais radiante?

Estremeci ao ouvir a afirmação apaixonada.

— Você vê agora como está o caso, não é? — continuou ele. — Depois que de uma juventude e de uma vida adulta passadas metade na mais absoluta miséria e metade em sombria solidão, encontrei pela primeira vez aquela que posso realmente amar... encontrei você. Você é a minha simpatia, a melhor parte de mim, meu anjo bom, e estou ligado a você por um forte sentimento. Eu te acho bondosa, talentosa, adorável. Uma paixão forte e sincera tomou meu coração, e ela me puxa para você, transforma você no centro e fonte da minha vida, envolve minha existência na sua e, ardendo em uma chama pura e poderosa, funde-nos em um.

Foi porque eu sentia e sabia disso, que resolvi desposá-la. Dizer-me que eu já tenho uma esposa é uma troça vazia: você agora sabe que eu tenho apenas um horrível demônio. Eu estava errado por tentar enganá-la, mas eu temia a teimosia que existe em você. Temia os preconceitos sentidos há muito, queria tê-la segura antes de arriscar confidências. Nisso, fui covarde. Deveria ter apelado para sua nobreza e magnitude primeiro, que é o que faço agora... devia ter contado honestamente a respeito da minha vida de agonia... devia ter descrito a minha fome e sede por uma existência mais alta e digna... devia ter mostrado a você não a minha *resolução* (esta palavra é fraca), mas minha irresistível *inclinação* a amar de maneira fiel e ardente a quem me amasse de maneira fiel e ardente em retorno. Depois, devia ter pedido que aceitasse a minha promessa de fidelidade e me concedesse a sua. Jane... peço a você que me dê isso agora.

Silêncio.

— Por que está calada, Jane?

Eu passava por uma provação. Uma mão de ferro dilacerava as minhas entranhas. Momento terrível, cheio de luta, escuridão, chamas! Nenhum ser humano que já viveu podia desejar ser mais amado tanto quanto eu. E eu idolatrava aquele que me amava assim. E precisava renunciar ao amor e à idolatria. Uma triste palavra resumia o meu insuportável dever: "Partir!"

— Jane, você entende o que eu quero de você? Só uma promessa: "Eu serei sua, Sr. Rochester."

— Sr. Rochester, eu não serei sua.

Outro silêncio.

— Jane! — recomeçou ele, com uma gentileza que me partiu de dor e me deixou fria como uma pedra, pois aquela calma era o arquejar do leão que se erguia. — Jane, você pretende seguir um caminho no mundo e me deixar seguir outro?

— Pretendo.

— Jane, ainda pretende fazer isso? — Curvou-se na minha direção e me abraçou.

— Pretendo.

— E agora? — Beijou a minha testa e meu rosto suavemente.

— Pretendo. — Desvencilhei-me rapidamente do abraço.

— Oh, Jane, isso é doloroso! Isso... isso é cruel. Não seria cruel me amar.

— Seria cruel obedecer ao senhor.

Um olhar selvagem cruzou seu rosto, e ele ergueu as sobrancelhas. Levantou-se, mas ainda hesitava. Coloquei a mão nas costas de uma cadeira como apoio. Eu tremi, tive medo... mas estava decidida.

— Um instante, Jane. Pense na minha vida horrível quando você se for. Toda felicidade será levada com você. O que restará, então? Como esposa, tenho a louca lá em cima, seria melhor ter um cadáver ali do cemitério. O que devo fazer, Jane? Onde procurar uma companheira e alguma esperança?

— Faça como eu: confie em Deus e em você mesmo. Acredite no céu. Espero encontrá-lo novamente lá.

— Então você não vai ceder?

— Não.

— Então você me condena a viver miserável e morrer maldito? — sua voz se elevou.

— Aconselho o senhor a não viver em pecado e desejo que morra tranquilo.

— Então você arranca o amor e a inocência de mim? Você me joga de volta à luxúria em vez da paixão, ao vício em vez do preenchimento?

— Sr. Rochester, não desejo esse destino ao senhor mais do que desejo a mim mesma. Nascemos para lutar e suportar... o senhor, assim como eu, deve fazer isso. Você me esquecerá antes que eu o esqueça.

— Com essas palavras você me chama de mentiroso e suja minha honra. Declarei que não poderia mudar e você diz na minha cara que logo mudarei. E que distorção no seu julgamento, que perversidade em suas ideias, essa atitude prova! É melhor levar uma criatura amiga ao desespero do que transgredir uma mera lei humana, sendo que ninguém será ferido por essa violação? Algum parente ou conhecido seu ficará ofendido se morar comigo?

Isso era verdade. E enquanto ele falava, minha própria consciência e a razão voltaram-se contra mim, e me acusaram do crime de resistir a ele. Falaram quase tão alto quanto Sentimento, sendo que esse clamava loucamente: "Oh, obedeça!", dizia. "Pense na tristeza dele, pense no perigo que corre... veja em que estado fica, quando é deixado sozinho. Lembre-se da sua natureza impulsiva que ele tem, considere a impulsividade dele quando desesperado... acalme-o, salve-o, ame-o. Diga a ele que você o ama e será dele. Quem no mundo se preocupa com você? Quem será prejudicado pelo que você fizer?"

A resposta foi implacável: Eu me preocupo comigo mesma. Quanto mais solitária, mais sem amigos, mais desamparada eu estiver, mais vou me respeitar. Seguirei a lei dada por Deus e sancionada pelo homem. Vou me apegar aos princípios que recebi quando estava sã, e não louca, como estou agora. As leis e os princípios não são para momentos em que não há tentação, são para momentos como este, quando o corpo e alma se rebelam contra seu rigor, são leis rigorosas, serão invioláveis. Se eu as quebrasse de acordo com o que fosse conveniente para mim, qual valor teriam? Elas *têm* um valor — foi nisso que sempre acreditei, e se eu não acredito agora, é porque estou louca — completamente louca, com fogo correndo nas veias e o coração batendo tão rápido que não posso contar as pulsações. Opiniões preconcebidas, decisões antigas, são tudo que tenho para me amparar nessa hora, sobre elas devo me apoiar.

Eu assim o fiz. O Sr. Rochester, lendo meu semblante, viu o que eu tinha decidido. Sua fúria atingiu o ápice, a qualquer momento cederia a ela, acontecesse o que acontecesse. Cruzou o cômodo, agarrou meu braço e a minha cintura. Parecia devorar-me com o olhar flamejante. Fisicamente, sentia que estava impotente como se estivesse exposta ao calor de uma fornalha. Mentalmente, eu ainda era dona da minha alma, e por conta disso tinha certeza da vitória final. A alma, felizmente, tem intérpretes, muitas vezes inconscientes, mas ainda assim, intérpretes fiéis: os olhos. Meus olhos se ergueram para os dele, e olhando seu rosto feroz, soltei um suspiro involuntário. O aperto que me dava era doloroso, e minhas forças estavam quase no fim.

— Nunca — disse ele, ao cerrar os dentes — nunca existiu alguém... ao mesmo tempo tão frágil e indomável. Parece uma mera cana na minha mão! (E sacudiu-me com força). Eu poderia dobrá-la com o indicador e o polegar. Mas que bem faria dobrá-la, quebrá-la, esmagá-la? Veja esses olhos... veja a pessoa determinada, selvagem e livre que está atrás deles, me desafiando, com mais do que coragem... com triunfo. O que quer que eu faça com a gaiola, não conseguirei alcançar a bela e selvagem criatura! Se eu arrombar, se destruir a prisão, só deixaria a cativa solta. Posso conquistar a casa, mas a prisioneira escaparia para o céu antes que eu pudesse me considerar o dono da sua morada. E é você, espírito... com vontade e energia, e virtude e pureza... isso que eu quero. Não apenas o corpo frágil. Se quisesse, por livre e espontânea vontade, poderia voar e se aninhar no meu coração, apanhada contra sua vontade, escapará do aperto como uma essência... desaparecerá antes que eu inale sua fragrância. Oh! Venha, Jane, venha!

Ao dizer isso, me soltou e apenas ficou olhando para mim. Era muito mais difícil resistir ao olhar do que ao forte abraço. No entanto, só uma idiota teria sucumbido agora. Eu havia desafiado e vencido sua fúria, devia escapar da sua tristeza. Fui em direção a porta.

— Você está indo, Jane?

— Estou indo, senhor.

— Você está me deixando?

— Estou.

— Você não virá? Não será minha consoladora, minha salvadora? Meu profundo amor, minha enorme angústia, meu pedido desesperado, não significam nada para você?

Como sua voz estava carregada de sofrimento! Como foi difícil dizer novamente, com firmeza:

— Estou indo.

— Jane!

— Sr. Rochester!

— Retire-se, então. Tem minha permissão. Mas lembre-se, está me deixando na mais profunda angústia. Vá para o seu quarto, pense sobre tudo que eu disse. E, Jane... pense no meu sofrimento... pense em mim.

Ele se virou e se jogou de cara no sofá.

— Oh, Jane! Minha esperança... meu amor... minha vida! — saíram palavras angustiadas de seus lábios. Em seguida, um soluço profundo e forte.

Eu já tinha chegado à porta; mas, leitor, eu caminhei de volta — caminhei de volta com a mesma determinação com recuara. Ajoelhei-me ao lado dele e virei o rosto escondido na almofada para a minha direção. Beijei sua bochecha, acariciei seus cabelos.

— Deus o abençoe, meu querido senhor! — falei. — Deus lhe guarde do mal e do errado. Deus o direcione e o console... recompense-o pela bondade que demonstrou por mim.

— O amor da pequena Jane teria sido minha melhor recompensa — respondeu — sem ele, meu coração está partido. Mas Jane vai me dará o seu amor, sim... com nobreza e generosidade.

O sangue subiu para seu rosto, os olhos faiscaram, ficou de pé num pulo, estendeu os braços, mas recusei o abraço e saí da sala imediatamente.

"Adeus", foi o grito do meu coração quando o deixei. O desespero acrescentou: "Adeus para sempre!"

Dormir nem passava pela minha cabeça naquela noite, mas assim que deitei na cama cai em um sono profundo. Fui transportada para as cenas da minha infância. Sonhei que estava deitada no quarto vermelho em Gateshead, que a noite estava escura, e que temores estranhos atormentavam a minha mente. A luz que há muito tempo fez com que eu desmaiasse, relembrada nesse sonho, parecia subir deslizando pela parede e fazer uma pausa tremulando no centro do teto obscurecido. Eu levantei a cabeça para olhar: o teto se transformou em nuvens altas e sombrias, o brilho era semelhante ao que a lua transmite quando está surgindo. Eu a observei vir... assisti com a mais estranha expectativa, como se alguma palavra de condenação estivesse escrita sobre ela. Como nunca, a lua irrompeu das nuvens. Primeiro, uma mão penetrou nas sombras escuras, afastando-as. Então, não a lua, mas uma branca forma humana brilhou no céu azul, inclinando uma sobrancelha em direção à terra. Olhou para mim de novo e de novo. Falou ao meu espírito: a voz imensuravelmente distante, mas ao mesmo tempo tão próxima, sussurrou em meu coração:

"Minha filha, fuja da tentação."

"Mãe, eu fugirei."

Foi o que respondi, depois de acordar do sonho que mais parecia um estado de transe. Ainda era noite, mas as noites de julho são curtas, logo depois da meia-noite, chega o amanhecer. "Não será cedo demais para começar a tarefa que tenho de cumprir", pensei. Levantei-me, já estava vestida, pois não havia tirado nada além dos sapatos. Sabia onde encontrar nas gavetas uma roupa branca, um medalhão, um anel. Em busca dessas coisas, encontrei as contas de um colar de pérolas que o Sr. Rochester me forçou a aceitar alguns dias atrás. Deixei-as, não eram minhas, eram da noiva imaginária que se desfez no ar. Embrulhei as outras coisas, guardei minha carteira com vinte xelins (era tudo que eu tinha) no bolso, amarrei meu gorro de palha, prendi o xale, peguei o embrulho e os sapatos, que ainda não havia colocado, e saí do quarto.

— Adeus, gentil Sra. Fairfax! — sussurrei, enquanto passava por sua porta. — Adeus, minha querida Adele! — falei, enquanto olhava para o quarto dela. Não podia nem pensar em entrar para abraçá-la, tinha que enganar um ouvido muito apurado que, pelo que eu sabia, podia estar ouvindo agora mesmo.

Eu teria passado pelo quarto do Sr. Rochester sem parar, mas como meu coração momentaneamente parou de bater naquele limiar, meus pés também foram forçados a parar. Não havia ninguém dormindo ali. O recluso caminhava inquieto de um lado para o outro e suspirou inúmeras vezes enquanto eu ouvia. Havia um paraíso — um paraíso temporário — naquele quarto para mim, se eu quisesse. Tinha apenas que entrar e dizer: "Sr. Rochester, vou amá-lo e viver com o senhor por toda a vida, até a morte", e uma fonte de êxtase surgiria nos meus lábios. Pensei nisso.

Esse amável patrão, que não conseguia dormir agora, estava esperando a chegada do dia impacientemente. Mandaria me buscar de manhã, e eu teria partido. Mandaria que me procurassem, seria em vão. Ele se sentiria abandonado, seu amor rejeitado. Ele sofreria e talvez se desesperasse. Eu também pensei nisso. Minhas mãos foram em direção à maçaneta, mas eu as contive.

Tristemente, desci as escadas. Sabia o que tinha que fazer, e eu o fiz mecanicamente. Procurei a chave da porta lateral na cozinha, procurei, também, um frasco de óleo e uma pena, e passei óleo na chave e na fechadura. Peguei um pouco de água e pão, pois talvez tivesse que andar muito e as minhas forças, seriamente abaladas, não podiam sumir. Fiz tudo isso no mais completo silêncio. Abri a porta, saí, fechei-a suavemente. O amanhecer escuro refletia no pátio. Os enormes portões estavam fechados e trancados, mas um deles tinha uma portinha que estava só encostada. Saí por ali, fechei-a, e agora estava fora de Thornfield.

A um quilômetro e meio de distância, além dos campos, havia uma estrada que seguia na direção contrária de Millcote. Uma estrada que eu nunca tinha percorrido, mas que já vira diversas vezes e imaginara para onde levava. Para lá fui. Agora não podia me permitir nenhuma reflexão, não poderia olhar para trás, nem para a frente. Não devia pensar mais em passado ou futuro. O primeiro era uma página tão incrivelmente doce, tão mortalmente triste, que ler uma linha sequer iria dissolver minha coragem e desfazer minha determinação. O último era um vazio terrível, algo como o mundo depois do dilúvio.

Contornei campos, cercas vivas e vielas até o nascer do sol. Acredito que era uma linda manhã de verão, sei que meus sapatos, que tinha acabado de calçar em casa, logo ficaram molhados com orvalho. Mas não olhei nem para o sol nascente, nem para o céu sorridente, nem para a natureza que despertava. Aquele que passa por um belo cenário a caminho do cadafalso, não pensa nas flores que sorriem no seu caminho, mas no cepo e no fio do machado, no corte dos ossos e veias, na sepultura escancarada no fim. Eu pensava na minha fuga terrível e na caminhada agora sem teto. E, oh! Também pensava com muita agonia sobre o que havia deixado. Não conseguia evitar. Pensava nele agora... no seu quarto... olhando o sol nascer, na esperança de que eu fosse em sua direção em breve, e dissesse que ficaria com ele e seria sua.

Eu ansiava por ser dele. Queria voltar. Não era tarde demais. Podia poupá-lo da amarga privação. Tinha certeza de que ainda não haviam descoberto a minha fuga. Poderia voltar e ser seu conforto, seu orgulho, a redentora da sua miséria, talvez da ruína. Oh, aquele medo de que ele abandonasse a si próprio — muito pior do que o meu abandono — me atormentava! Era uma flecha afiada cravada no meu peito, rasgava-me quando tentava tirá-la, e me adoecia quando a lembrança a enterrava mais. Os pássaros começaram a cantar nos bosques e matas. Eram fiéis aos seus companheiros, eram emblemas de amor. E o que eu era? Entre o sofrimento do meu coração e o esforço frenético de manter meus princípios, me detestava. Não tinha nem o consolo da autoaprovação, nem mesmo do respeito próprio. Eu tinha ferido... machucado... e deixado o meu patrão. Era odiosa aos meus próprios olhos. Ainda assim, não conseguia voltar, nem refazer um único passo. Deus deve ter me levado adiante. Se dependesse da minha vontade própria ou da consciência... dor da paixão havia pisoteado uma e sufocado a outra. Eu estava chorando descontroladamente enquanto seguia meu caminho solitário. Rapidamente me tornei delirante. Uma fraqueza interior alcançou meus membros, me agarrou, e eu caí. Deitei no chão por alguns minutos, pressionando o rosto contra a relva molhada. Tive medo — ou esperança — de morrer ali mesmo. Mas logo me levantei... ansiosa e determinada como nunca a alcançar a estrada.

Quando cheguei lá, fui forçada a sentar-me para descansar sob a cerca, e enquanto estava sentada, ouvi rodas e vi uma carruagem se aproximar. Levantei-me e acenei. Ela parou. Perguntei para onde estava indo, o motorista nomeou um lugar muito distante, onde eu tinha certeza de que o Sr. Rochester não tinha conexões. Perguntei quanto cobraria para me levar até lá, ele disse trinta xelins. Respondi que tinha apenas vinte. Bem, ele veria o que conseguiria por vinte xelins. Deixou que eu entrasse, pois o veículo estava vazio. Entrei, ele fechou a porta, e seguiu o caminho.

Caro leitor, que você nunca sinta o que eu então senti! Que seus olhos nunca derramem lágrimas tão tempestuosas, escaldantes e doloridas como os meus derramaram. Que você nunca apele aos céus em preces tão desesperadas e agonizantes como aquelas que saíam dos meus lábios naquele momento. E que nunca tema que você, como eu, venha a ser o instrumento que causou o mal daquele a quem ama mais profundamente.

CAPÍTULO 28

Passaram-se dois dias. É uma noite de verão. O cocheiro me deixou em um lugar chamado Whitcross. Não podia me levar mais longe pelo valor que paguei e eu não tinha nem mais um xelim no mundo. A essa hora a carruagem já estava a um quilômetro e meio de distância. Estou sozinha. Neste momento, descubro que esqueci de tirar meu pacote do bagageiro, onde coloquei por segurança. Lá estava, e lá ficaria, e agora, estou absolutamente sem amparo.

Whitcross não é uma cidade, nem mesmo é uma aldeia. É apenas um pilar numa encruzilhada. Pintado de branco, suponho, para que seja mais visível à distância e na escuridão. Quatro placas saem do alto: a cidade mais próxima, segundo a inscrição, está a dezesseis quilômetros, a mais distante, a trinta e dois. Pelos nomes familiares das cidades, sei que em região estou. Um Condado ao norte de Midland, coberto de charnecas e montanhas, aparentemente. Atrás de mim e ao meu lado estão vários pântanos, e montanhas se desdobrando além do vale profundo. A população aqui devia ser pouca, não vejo passageiros nas estradas que se estendem para leste, oeste, norte e sul, todas brancas, largas e desertas. No entanto, um viajante casual passa e não quero que ninguém me veja agora. Estranhos se perguntariam o que estou fazendo aqui parado ao lado do poste, claramente sem objetivo e perdida. Podem fazer perguntas, e eu não seria capaz de dar nenhuma resposta que não soaria suspeita. Nenhum lado me liga à sociedade humana nesse momento, nenhum encanto ou esperança me atraem para meus semelhantes, ninguém que me visse teria um pensamento gentil ou bondoso sobre mim. Não tenho parente, além da mãe universal: a Natureza. Em seu seio buscarei repouso.

Entrei na charneca, vi uma clareira e arrastei-me de joelhos por ela, segui as curvas e encontrei uma pedra coberta de musgo meio escondida, então sentei-me aos seus pés. Estava cercada pelo pântano, a pedra me protegia, e além dela estava o céu.

Mesmo ali, algum tempo se passou antes que eu me sentisse tranquila. Tinha um vago pavor de que houvesse gado selvagem por perto, ou de que algum caçador furtivo me encontrasse. Se uma rajada de vento soprava, eu olhava para cima, temendo que fosse a investida de um touro. Se um pássaro piava, imaginava que era um homem. Quando percebi que meus medos eram infundados e tranquilizada pelo profundo silêncio que reinou quando a noite caiu, ganhei confiança. Ainda não tinha pensado em nada. Só tinha ouvido, vigiado, temido, e agora recuperei a capacidade de reflexão.

O que devo fazer? Onde devo ir? Oh, perguntas insuportáveis, quando eu não podia fazer nada e ir a lugar nenhum! Quando minhas pernas cansadas e trêmulas

Jane Eyre

ainda tinham um longo caminho para percorrer, antes de chegar a alguma habitação humana. Quando teria que implorar por caridade para conseguir abrigo. Teria que importunar a relutante simpatia alheia, até mesmo uma recusa, antes que alguém ouvisse minha história ou atendesse qualquer uma das minhas necessidades.

Toquei o chão da charneca, estava seco, mas ainda quente com o dia de verão. Olhei para o céu, estava limpo, uma linda estrela brilhava logo acima da montanha. O sereno caía devagar, não havia nenhuma brisa. A natureza me parecia benigna e generosa. Pensei que ela me amava, mesmo exilada como eu estava. E eu, que do homem poderia antecipar apenas desconfiança, rejeição, insulto, agarrei-me a ela com devoção filial. Hoje à noite, pelo menos, eu seria sua convidada, como era sua filha. Minha mãe me alojaria sem dinheiro e cobrança. Eu ainda tinha um pedaço de pão, o resto de um pãozinho que comprei em uma cidade pela qual passamos ao meio-dia, com uma moeda que encontrei por acaso... minha última moeda. Vi mirtilos maduros brilhando aqui e ali, peguei um punhado e os comi com o pão. A forte fome que sentia antes, se não satisfeita, foi ao menos apaziguada pela refeição de eremita. Rezei quando terminei, e então escolhi um lugar para dormir.

Ao lado da pedra, a charneca era profunda. Quando me deitei, meus pés se enterravam na vegetação, deixando apenas um espaço estreito para o ar noturno entrar. Dobrei meu xale e coloquei-o sobre mim como uma colcha, um monte de mato baixo e musgoso era meu travesseiro. Assim alojada, não senti frio, pelo menos não no começo da noite.

Meu repouso poderia ter sido bom o bastante, mas foi interrompido pelo meu coração partido. Ele se queixava das feridas abertas, do sangramento interno, dos nervos partidos. Tremia pelo Sr. Rochester e sua ruína, lamentava-o com amarga piedade, clamava por ele com inesgotável saudade. Impotente como um pássaro com ambas as asas quebradas, ainda assim debatia os membros quebrados em vãs tentativas de procurá-lo.

Exausta pela tortura mental, fiquei de joelhos. A noite havia chegado, e seus planetas estavam no céu. Uma noite calma, serena demais para a companhia do medo. Nós sabemos que Deus está em toda parte, mas certamente sentimos mais a Sua presença quando Suas obras estão em grande escala, diante de nós. E é no céu noturno sem nuvens, onde Seus mundos fazem um curso silencioso, que lemos mais claramente a Sua infinitude, Sua onipotência, Sua onipresença. Eu tinha me colocado de joelhos para orar pelo Sr. Rochester. Olhando para cima, com olhos turvos de lágrimas, vi a poderosa Via Láctea. Lembrando o que era — incontáveis sistemas que cruzavam o espaço como um traço suave de luz — eu senti o poder e a força de Deus. Estava certa de Sua capacidade de salvar o que Ele mesmo havia criado, convenci-me de que a terra não pereceria, nem qualquer uma das almas que a abrigava. Transformei minha oração em agradecimento. A Fonte da Vida era também o Salvador dos espíritos. O Sr. Rochester estava em segurança, ele pertencia a Deus e por Deus seria protegido. Novamente aninhei-me no leito da colina, e em pouco tempo dormi, esquecendo a tristeza.

Mas no dia seguinte, a Necessidade veio até mim, pálida e nua. Muito depois dos passarinhos deixarem seus ninhos, muito depois das abelhas terem chegado no início do dia para colher o mel da charneca antes que o orvalho secasse, quando as sombras da noite se encolheram e o sol encheu a terra e o céu, levantei-me e olhei ao redor.

Que dia tranquilo, quente e perfeito! Que deserto dourado era essa grande charneca! O sol estava em todos os lugares. Eu gostaria de poder viver aqui. Vi um lagarto correr sobre o penhasco, vi uma abelha ocupada entre os doces mirtilos. Ficaria feliz em me transformar em uma abelha ou em um lagarto, para encontrar comida e abrigo permanente aqui. Mas eu era um ser humano e tinha os desejos de um ser humano, não devia me demorar onde não havia nada para satisfazê-los. Fiquei de pé, olhei para a cama que tinha deixado. Sem esperanças para o futuro, queria apenas que o Criador tivesse chamado a minha alma enquanto eu dormia, e que esse corpo cansado, absolvido pela morte de mais conflito com o destino, tivesse agora apenas que se decompor calmamente e misturar-se em paz com o solo. A vida, no entanto, ainda pulsava em mim, com todas as suas exigências, dores e responsabilidades. O fardo devia ser carregado, a necessidade satisfeita, o sofrimento suportado e a responsabilidade cumprida. Eu parti.

Voltando para Whitcross, segui uma estrada que ia na direção oposta do sol, agora alto e forte. Minha escolha não se baseava em mais nada. Andei muito tempo, e quando achei que já tinha feito o bastante, e poderia descansar, ceder ao cansaço que quase me dominava, que poderia diminuir aquele passo forçado, sentei-me em uma pedra e me entreguei sem resistência à apatia que tomava meu corpo e meu coração. Então ouvi um sino tocar... um sino de igreja.

Virei-me na direção do som, e ali, entre as colinas românticas, cuja beleza deixei de notar há uma hora, vi um vilarejo e uma torre. Todo o vale à minha direita estava cheio de campos de pastagem, campos de milho e floresta, um riacho corria em zigue-zague entre os vários tons de verde, entre os grãos que amadureciam, o bosque sombrio, o prado claro e ensolarado. Atraída pelo barulho de rodas na estrada diante de mim, vi uma carroça carregada subindo a colina, e um pouco adiante estavam duas vacas e seu condutor. A vida e o trabalho humanos estavam por perto. Devo continuar lutando. Lutar para viver e trabalhar, como todo o resto.

Por volta das duas horas da tarde, entrei na aldeia. No fim da única rua, havia uma lojinha com alguns pães na vitrine. Cobicei um pão. Com ele, talvez eu pudesse recuperar um pouco de força, sem isso seria difícil prosseguir. O desejo de ter alguma força e vigor voltaram para mim assim que me vi entre meus semelhantes. Achei que seria degradante desmaiar de fome na rua de um vilarejo. Não tinha nada que eu pudesse oferecer em troca de um destes pães? Pensei. Tinha um pequeno lenço de seda amarrado em volta do pescoço e tinha minhas luvas. Não sabia como homens e mulheres agiam quando estavam em situações de extrema miséria. Não sabia se algum desses objetos seria aceito, provavelmente não, mas eu tinha que tentar.

Entrei na loja. Havia uma mulher lá. Vendo uma pessoa respeitavelmente vestida, uma dama, como supunha, adiantou-se educadamente. Como poderia me ajudar? Fui tomada de vergonha, meus lábios não conseguiram fazer o pedido que havia preparado. Não ousei oferecer a ela as luvas meio gastas, o lenço amassado... além disso, senti que seria absurdo. Apenas pedi permissão para sentar-me por um momento, estava cansada. Decepcionada pois esperava uma cliente, ela friamente atendeu ao meu pedido. Apontou para um assento e desabei nele. Sentia uma enorme vontade de chorar, mas ciente de que isso seria muito inapropriado, me contive. Logo, perguntei se havia algum alfaiate ou costureira na cidade.

— Sim, dois ou três. O necessário para o trabalho que há.

Refleti. Cheguei ao ponto final, fui colocada cara a cara com a necessidade. Estava na posição de uma pessoa sem recursos, sem amigos, sem uma moeda. Precisava fazer algo. O quê? Devo me inscrever em algum lugar. Onde?

— Sabe de algum lugar na vizinhança que precisava de uma empregada?

— Não, não sei dizer.

— Qual o negócio principal daqui? O que a maioria das pessoas faz?

— Alguns eram trabalhadores agrícolas. Muitos trabalhavam na fábrica de agulhas do Sr. Oliver e na fundição.

— O Sr. Oliver contrata mulheres?

— Não, era trabalho de homem.

— E o que as mulheres fazem?

— Não sei dizer — foi a resposta. — Algumas fazem uma coisa, e outras aquilo. As pobres fazem o que puderem.

Ela parecia estar cansada das minhas perguntas. E, de fato, que direito eu tinha de importuná-la? Uma ou duas pessoas entraram na loja, evidentemente precisavam da minha cadeira. Saí.

Subi a rua olhando para todas as casas à direita e à esquerda enquanto passava, mas não consegui encontrar um pretexto ou um motivo para entrar em qualquer uma delas. Divaguei pela cidadezinha por uma hora ou mais, fui até uma certa distância e voltei. Exausta, sofrendo muito agora por falta de comida, virei uma rua e me sentei sob a sebe. Em alguns minutos eu estava de pé de novo, novamente procurando algo — um recurso, ou pelo menos um informante. Uma casinha bonita ficava no topo da rua, tinha um jardim na frente, primorosamente limpo e florido. Parei. Que desculpa eu tinha para me aproximar da porta branca e tocar a maçaneta reluzente? Que interesse os moradores dali teriam em me ajudar? Mesmo assim, toquei. Uma jovem meiga e bem vestida abriu a porta. No tom de voz que se poderia esperar de uma pessoa desesperada e quase desmaiando — extremamente baixo e vacilante — perguntei:

— Estão precisando de uma criada aqui?

— Não — disse ela — nós não temos criadas.

— Poderia me dizer onde posso encontrar qualquer tipo de emprego? — continuei. — Não sou daqui e não conheço ninguém nessa cidade. Preciso de um trabalho, qualquer coisa serve.

Mas não era problema dela se preocupar comigo ou procurar um emprego para mim. Além disso, aos seus olhos, o quão duvidosa deveria parecer a minha pessoa, minha posição, minha história. Balançou a cabeça e disse que "lamentava não poder me dar nenhuma informação", e fechou a porta branca, com bastante delicadeza e educação, mas fechou a porta, deixando-me do lado de fora. Se tivesse deixado aberta um pouco mais, acho que teria implorado por um pedaço de pão, pois agora eu estava no fundo do poço.

Eu não suportaria voltar para a aldeia sórdida, onde, além disso, nenhuma perspectiva de ajuda era visível. Era melhor desviar-me para um bosque que vi não muito longe, que parecia oferecer um abrigo convidativo em sua sombra espessa, mas eu estava tão cansada, tão fraca, tão atormentada pelas necessidades naturais, que o instinto me manteve vagando pelas casas, onde havia uma chance de conseguir comida. A solidão não seria solidão, o repouso não seria repouso, enquanto aquilo... a fome, estivesse com as garras nas minhas entranhas.

Aproximei-me das casas, saía e retornava, então novamente eu me afastava. Sempre repelida pela consciência de não ter direito de pedir nada... direito algum de esperar que alguém se interessasse pelos meus problemas. Nesse ínterim, a tarde avançou, enquanto eu assim vagava como um cachorro perdido e faminto. Ao cruzar um campo, vi a torre da igreja diante de mim, corri em sua direção. Perto do cemitério, e no meio de um jardim, ficava uma casa bem construída, embora pequena, que eu não tinha dúvidas de que era o presbitério. Lembrei-me que estranhos que chegam a um lugar onde não têm amigos e que querem emprego, muitas vezes procuram o clérigo para que os apresente e ajude. Ajudar é função do clérigo — ou pelo menos aconselhar — aqueles que desejavam ajudar a si próprios. Sentia que tinha o direito de buscar conselho ali. Recuperando a coragem e reunindo o restante das minhas forças, segui. Cheguei à casa e bati na porta da cozinha. Uma senhora abriu, perguntei se aquela era a casa paroquial, respondeu:

—É.

— O sacerdote está?

— Não.

— Vai voltar logo?

— Não, ele está fora.

— Longe?

— Não muito... uns cinco quilômetros. Foi chamado devido à morte repentina do pai. Estava em Marsh End, e provavelmente ficaria lá por mais quinze dias.

— Havia alguma senhora da casa?

— Não, ninguém além de mim, sou a governanta.

E dela, leitor, eu não suportaria pedir o alívio da necessidade em que me afundava. Ainda não consegui mendigar. De novo, arrastei-me para longe.

Jane Eyre

Mais uma vez tirei meu lenço... mais uma vez eu pensei no pão da lojinha. Ah... ao menos uma migalha! Só um pouco, para aplacar a angústia da fome! Instintivamente, voltei para a aldeia e fui até a loja novamente. Entrei e, embora outras pessoas além da mulher estivessem lá, arrisquei o pedido:

— A senhora me daria um pão por aquele lenço?

Ela olhou para mim com evidente suspeita:

— Não, não vendo as coisas assim.

Quase desesperada, pedi meio pão. Ela recusou mais uma vez.

— Como eu poderia saber onde conseguiu esse lenço?

— Aceitaria as minhas luvas?

— Não! O que eu faria com elas?

Leitor, não é agradável lembrar desses detalhes. Alguns dizem que há prazer em olhar para trás para experiências dolorosas do passado, mas até hoje eu mal posso suportar reviver os tempos a que me refiro. A degradação moral, misturada ao sofrimento físico, cria uma lembrança muito angustiante para ser deliberadamente revivida. Não culpo nenhuma daquelas pessoas que me rejeitaram. Sentia que era o que era esperado, e o que não poderia ser evitado. Um mendigo comum é frequentemente um objeto de suspeita, um mendigo bem vestido seria ainda mais. Eu mendigava um emprego, mas isso era responsabilidade de quem? Certamente não de pessoas que me viam pela primeira vez, e que não sabia nada sobre meu caráter. E quanto à mulher que não aceitaria o lenço em troca do pão, ora, ela estava certa se a oferta soasse estranha ou a troca não lucrativa. Vou resumir. Estou farta de falar sobre isso.

Um pouco antes de escurecer, passei por uma casa de fazenda, em cuja porta o dono estava sentado, jantando pão e queijo. Parei e disse:

— O senhor me daria um pedaço de pão? Estou com muita fome.

Lançou-me um olhar surpreso, mas, sem responder, cortou uma grossa fatia de pão e me deu. Creio que não achou que eu fosse uma mendiga, mas algum tipo de dama excêntrica, que se encantou pelo seu pão preto. Assim que saí de perto da casa, sentei-me e comi.

Não podia esperar conseguir abrigo sob um teto, e busquei-o no bosque a que me referi. Mas minha noite foi miserável e meu sono foi interrompido. O chão estava úmido, o ar frio. Além disso, intrusos passaram perto de mim mais de uma vez e tive de mudar de lugar várias vezes. Não sentia que estava em segurança nem conseguia ficar tranquila. O amanhecer trouxe a chuva, que permaneceu durante todo o dia seguinte. Não me peça, leitor, para contar sobre esse dia em detalhes. Fui rejeitada novamente, passei fome novamente. Comi uma vez. Na porta de uma cabana, vi uma menina prestes a jogar uma massa de mingau de aveia frio para os porcos.

— Pode me dar esse mingau? — perguntei.

Ela me olhou assustada.

— Mãe! — exclamou. — Tem uma mulher pedindo o mingau para ela.

— Bom — respondeu uma voz, lá de dentro — se for uma mendiga, pode dar. Os porcos não querem.

A menina colocou a massa dura na minha mão, e a devorei famintamente.

Conforme o chuvoso crepúsculo se aproximava, parei numa trilha solitária que percorria por uma hora ou mais.

— Estou ficando completamente sem forças — falei, sozinha. — Sinto que não posso ir muito longe. Ficarei abandonada esta noite de novo? Terei que deitar a cabeça no chão encharcado, com a chuva caindo tanto assim? Acho que não tem outra saída, pois quem me dará abrigo? Mas vai ser horrível, com tanta fome, fraqueza, frio, e desolação... com essa perda total de esperança. No entanto, é bem provável que eu morra antes do amanhecer. E por que não posso aceitar a morte? Por que luto para manter uma vida que não vale nada? Porque sei, ou acho, que o Sr. Rochester está vivo. Então, morrer de fome e frio é um destino que não posso aceitar passivamente. Oh, Providência... mantenha-me um pouco mais! Ajude-me! Oriente-me!

Meus olhos vidrados vagavam pela paisagem turva. Vi que estava distante do vilarejo, estava fora de vista. As próprias paisagens que o cercavam tinham desaparecido. Por atalhos e caminhos alternativos, mais uma vez me aproximei da charneca. Agora, apenas alguns campos, quase tão selvagens e improdutivos quanto o resto, estavam entre mim e a colina escura.

"Bem, prefiro morrer aqui do que numa rua ou num lugar movimentado", refleti. "É bem melhor que os corvos e abutres — se é que tem esses animais aqui — arranquem as carnes dos ossos do que ser aprisionada num caixão de indigente e ficar numa cova comum."

Para a colina, então, me virei. Alcancei-a. Restou agora apenas encontrar um buraco onde pudesse deitar e sentir que estava ao menos escondida, se não segura. Mas toda a superfície da mata parecia nivelada. Só as cores variavam... verde, onde os juncos e musgos cobriam os pântanos, preto, onde o solo seco estava. Apesar de estar anoitecendo, ainda conseguia distinguir isso através da luz e sombra.

Meus olhos ainda vagavam pela triste montanha e ao longo da margem da charneca, que desaparecia em meio àquela paisagem selvagem, quando num ponto escuro e distante, entre os pântanos e os montes, uma luz surgiu. "Deve ser um fogo-fátuo", foi meu primeiro pensamento, e esperei que logo desaparecesse. Mas continuou queimando, com muita firmeza, sem diminuir nem aumentar. "Será uma fogueira?" perguntei-me. Esperei para ver se se espalharia, mas não, não diminuía, tampouco aumentava. "Pode ser uma vela em uma casa", supus, "mas, se realmente for, nunca vou alcançá-la. Está longe demais. E, mesmo que estivesse a um metro de mim, de que serviria? Bateria na porta só para vê-la sendo fechada na minha cara."

E afundei onde estava, escondendo o rosto no chão. Fiquei imóvel por algum tempo. O vento noturno passou pela montanha e por mim, e morria assoviando ao longe. A chuva aumentou, molhando-me até os ossos. Se pelo menos eu desmaiasse de frio e fosse levada pelo entorpecimento amigável da morte... eu não sentiria nada, mas meu corpo molhado, ainda vivo, tremia. Então, levantei-me.

A luz ainda estava lá, brilhando, fraca mas constante através da chuva. Tentei andar de novo, arrastei as pernas exaustas em direção a ela, e isso me levou por um caminho inclinado sobre a colina, através de um grande pântano que teria ficado intransitável no inverno, porque mesmo agora, no verão, estava enlameado. Caí duas vezes, mas me levantei e recuperei as minhas forças. Aquela luz era a minha esperança perdida, precisava alcançá-la.

Depois de cruzar o pântano, vi um traço de branco sobre a charneca. Eu me aproximei, era uma estrada ou trilha e levava direto para a luz, que agora irradiava de uma espécie de colina, em meio a um grupo de árvores — pinheiros, aparentemente, pelo que pude distinguir de suas formas e folhagens na escuridão. Minha estrela desapareceu quando me aproximei, algo havia entrado entre mim e ela. Estendi a mão, para apalpar a massa escura à minha frente, distingui as ásperas pedras de um muro baixo, sobre ele havia uma espécie de cerca e dentro uma sebe alta e espinhosa. Continuei tateando. Mais uma vez, um objeto esbranquiçado brilhou diante de mim. Era um portão... uma pequena cancela, que se moveu quando a toquei. Havia arbustos de cada lado.

Entrando pelo portão e passando pelos arbustos, ergueu-se à minha frente a silhueta de uma casa, preta, baixa e comprida, mas a luz-guia não brilhava em lugar nenhum. Tudo estava escuro. Os moradores teriam ido dormir? Temia que sim. Procurando a porta, dobrei uma esquina. Lá estava a luz amistosa de novo, saindo das vidraças em losango de uma pequena janela de treliça. Parecia menor por causa de uma hera ou de alguma outra trepadeira, cujas folhas se juntavam na parede da casa. A abertura era tão protegida e estreita que cortinas ou venezianas não eram necessárias. Abaixei-me e afastei a folhagem, e assim pude ver tudo dentro. Via claramente uma sala com piso cimentado, limpo e encerado. Uma cômoda de nogueira, com placas de estanho em prateleiras, refletiam a vermelhidão de um fogo de turfa. Via um relógio, uma mesa branca e algumas cadeiras. A vela, que fora meu farol, queimava na mesa. Sob essa luz, uma senhora idosa de aparência meio grosseira, mas completamente limpa, tricotava uma meia.

Percebi essas coisas apenas superficialmente, não havia nada de extraordinário naquilo. Um grupo mais interessante estava perto da lareira, imóvel, aproveitando a paz e o calor do ambiente. Duas graciosas jovens, verdadeiras damas em todos os sentimentos, sentavam-se, uma em uma cadeira de balanço e outra num banquinho. Ambas vestiam luto fechado, em crepe e bombazina, roupas escuras que ressaltavam os pescoços e os rostos brancos. Um grande e velho cachorro perdigueiro repousava a cabeça no colo de uma das moças, e no colo da outra havia um gato preto.

Como era estranho uma casa tão humilde para pessoas com aquela aparência! Quem elas eram? Não poderiam ser filhas da senhora sentada à mesa, pois ela era rústica, e as moças eram pura delicadeza. Eu nunca tinha visto rostos como os delas, ainda assim, enquanto eu olhava para elas, parecia conhecer cada traço. Não posso dizer que eram bonitas... eram pálidas e sérias demais para essa palavra. Como se inclinavam sobre um livro, pareciam pensativas demais, quase severas. Um móvel entre elas segurava uma segunda vela e dois grandes volumes, aos quais eles consultavam o tempo todo, comparando-os, aparentemente, com os livros menores que tinham nas mãos, como pessoas que consultam um dicionário para ajudá-las em uma tradução. A cena era tão silenciosa, era como se todas as figuras fossem sombras e a sala iluminada pela lareira fosse um quadro. Estava tão silencioso, que eu conseguia ouvir as cinzas caírem na lareira e o tique-taque do relógio num canto escuro, e imaginei até que conseguia distinguir o clique-clique das agulhas de tricô de mulher. Então, quando uma voz quebrou a estranha quietude, foi perfeitamente audível para mim.

— Escute, Diana! — disse uma das estudantes absortas. — Franz e o velho Daniel estão juntos à noite, e Franz está contando sobre um sonho do qual ele acordou aterrorizado... escute! — E em voz baixa ela leu algo, não consegui entender nenhuma palavra, pois falou em uma língua que eu não conhecia. Não era francês nem latim. Não sabia se era grego ou alemão.

— Isso é forte — disse ela, quando terminou. — Eu gosto.

A outra garota, que havia levantado a cabeça para ouvir a irmã, repetiu, enquanto olhava para o fogo, uma linha do que tinha sido lido. Depois, descobri qual era a língua e o livro de que falavam. Citarei aqui o trecho, embora, quando o ouvi pela primeira vez, não tivesse significado nenhum para mim, era apenas um som metálico, sem sentido:

"Da trat hervor Einer, anzusehen wie die Sternen Nacht."

— Bom! Bom! — exclamou ela, enquanto o olho escuro e profundo brilhava. — Aí está um sombrio e poderoso arcanjo bem à sua frente! A linha vale sem páginas de observações. *Ich wage die Gedanken in der Schale meines Zornes und die Werke mit dem Gewichte meines Grimms.* Eu gosto!

Ambas ficaram em silêncio novamente.

— Existe algum país onde falam assim? — perguntou a senhora, erguendo os olhos do tricô.

— Sim, Hannah, um país muito maior do que a Inglaterra, onde só falam assim.

— Bom, não sei como conseguem entender uns aos outros. E se alguma de vocês fosse para lá, conseguiriam entender o que eles dizem?

— Provavelmente conseguiríamos entender algumas coisas, mas não tudo, pois não somos tão espertas quanto você pensa, Hannah. Não falamos alemão e não podemos ler sem um dicionário para nos ajudar.

— E qual a utilidade disso?

— Queremos ensiná-lo um dia... ou pelo menos os rudimentos, como dizem. Então vamos ganhar mais dinheiro do que agora.

— Certamente. Mas chega de estudar, já fizeram muita coisa essa noite.

— Acho que sim. Pelo menos eu estou cansada. E você, Mary?

— Exausta. Afinal, é difícil aprender uma língua sem nenhum professor, além do dicionário.

— É, especialmente uma linguagem como esse difícil, mas glorioso, alemão. Eu me pergunto quando St. John vai voltar para casa.

— Certamente não vai demorar muito. São apenas dez horas (olhando para um pequeno relógio de ouro que tirou de seu cinto). Está chovendo muito, Ana. Pode fazer a gentileza de atiçar o fogo da sala?

A mulher se levantou, abriu uma porta, através da qual eu vi, vagamente, um corredor. Logo eu a ouvi acender um fogo em um cômodo interno, então voltou.

— Ah, meninas! — disse ela — É tão difícil ir à sala agora. Parece tão solitária com a cadeira vazia e encostada em um canto.

Enxugou os olhos com o avental, as meninas que antes pareciam sérias, agora estavam tristes.

— Mas ele está em um lugar melhor — continuou Hannah — não deveríamos desejar que estivesse aqui novamente. Além disso, ninguém teria uma morte mais tranquila que a dele.

— Você disse que ele não falou nada sobre nós? — perguntou uma das damas.

— Não teve tempo, criança. Seu pai se foi em um minuto. Estava um pouco mal, como no dia anterior, mas não era nada demais. Quando o Sr. St. John perguntou se ele queria que chamasse uma de vocês, riu bastante dele. No outro dia começou a sentir a cabeça pesada de novo, quer dizer, há quinze dias, foi dormir e nunca mais acordou. Estava quase morto quando seu irmão o encontrou. Ah, meninas! Era o último dos mais velhos... as senhoritas e o Sr. St. John são diferentes deles. Parecem mais com a mãe, até mesmo pelo gosto pelos livros. A Srta. Mary é o retrato da mãe, a Srta. Diana é mais parecida com o pai.

Eu as achava tão parecidas que não conseguia dizer onde a velha criada (descobri que era isso que ela era) viu a diferença. As duas tinham a pele clara e eram altas; as duas tinham rostos cheios de distinção e inteligência. Uma, certamente, tinha o cabelo um tom mais escuro do que a outra, e havia uma diferença no estilo de usá-lo. Os cachos castanhos claros de Mary estavam partidos e trançados, Diana usava os escuros cachos grossos em tranças que cobriam seu pescoço. O relógio bateu dez horas.

— Vão querer jantar, certamente — observou Hannah. — Assim como o Sr. St. John, quando ele chegar.

E começou a preparar a refeição. As damas se levantaram, estavam prestes a ir para a sala. Até este momento, eu estava tão focada em observá-las, a aparência e conversa delas provocaram tanto meu interesse, que quase tinha esquecido da posição miserável em que estava, mas agora, lembrei-me. O contraste tornava a minha situação mais desolada e desesperadora do que nunca. Como parecia impossível fazer com que as moradoras dessa casa se sensibilizassem por mim, fazer com que acreditassem verdadeiramente nas minhas privações e sofrimentos, fazer com que me oferecessem abrigo! Quando tateava até a porta e tocava hesitantemente, achei que a última ideia era apenas uma fantasia. Hannah abriu.

— O que você quer? — perguntou ela, num tom surpreso, enquanto me examinava à luz da vela que segurava.

— Posso falar com as suas patroas? — indaguei.

— É melhor me dizer o que quer falar com elas antes. De onde vem?

— Não sou daqui.

— O que quer aqui a essa hora?

— Quero um abrigo por uma noite, aqui fora ou em qualquer lugar, e um pedaço de pão para comer.

Desconfiança, o sentimento que eu temia, apareceu no rosto de Hannah.

— Vou te dar um pedaço de pão — disse ela, depois de uma pausa. — Mas não podemos abrigar uma mendiga. Não é possível.

— Deixe-me falar com as suas patroas.

— Não, não deixo. O que elas podem fazer por você? Não deveria estar vagando por aí, parece estar doente.

— Mas para onde irei se me mandarem embora? O que devo fazer?

— Ah, garanto que sabe aonde ir e o que fazer. Só posso avisar para não fazer nada errado, só isso. Tome aqui uma moeda, agora vá...

— Uma moeda não pode me alimentar, e eu não tenho mais forças para andar. Não feche a porta... Ah, não feche, pelo amor de Deus!

— Preciso fechar, está chovendo...

— Fale com as senhoritas. Deixe-me vê-las...

— Não vou não. Você não é o que parece, ou não estaria fazendo tanto barulho. Mova-se.

— Mas vou morrer, se me expulsar.

— Não vai. Não deve ter boas intenções, vindo até a casa das pessoas essa hora da noite... Se tiver cúmplices, ladrões, ou algo assim... aqui perto, pode dizer a eles que não estamos sozinhas. Temos um homem na casa, e cães e armas. — Então a criada, honesta e inflexível, fechou a porta com força e trancou-a por dentro.

Este foi o clímax. Uma pontada intensa de sofrimento — a angústia do verdadeiro desespero — lacerou e tomou meu coração. Eu estava verdadeiramente esgotada, não poderia dar nem mais um passo. Afundei nos degraus molhados da porta. Gemi, torci as mãos e chorei aflita. Ah, o espectro da morte! Ah, a hora final se aproximando com tamanho horror! E esse isolamento... a expulsão pela minha própria espécie! Não havia perdido apenas a esperança, mas também a fortaleza moral... ao menos por um momento, mas logo me esforcei para recuperar a última.

— Só posso morrer e acredito em Deus. Vou tentar aguardar a Sua vontade em silêncio.

Eu não havia apenas pensado essas palavras, havia falado em voz alta. Recolhi toda a minha miséria no coração, e fiz um esforço para obrigá-la a ficar lá... muda e quieta.

Jane Eyre

— Todos devemos morrer — disse uma voz próxima de mim. — Mas nem todos estão condenados a enfrentar uma morte lenta e prematura, como seria a sua se morresse aqui por escassez.

— Quem ou o que está falando? — perguntei, apavorada com o som inesperado, e agora incapaz de supor que qualquer coisa que me acontecesse seria uma esperança de ajuda. Um vulto estava perto, que vulto, a escuridão total da noite e a minha visão debilitada me impediam de distinguir. O recém-chegado tocou na porta, uma batida longa e forte.

— É o senhor, Sr. St. John? — gritou Hannah.

— Sim, sim. Abra depressa.

— Bem, como o senhor deve estar molhado e com frio em uma noite dessas! Entre... suas irmãs estão muito preocupadas com você, e acho que tem gente ruim por aí. Uma mendiga veio aqui... Ah, ainda não foi embora! Está deitada aqui. Levante-se! Que vergonha! Vá embora!

— Calma, Hannah! Tenho uma palavra a dizer à essa mulher. Você cumpriu o seu dever ao enxotá-la, agora deixe-me cumprir o meu, acolhendo-a. Eu estava perto e ouvi vocês conversando. Acho que este é um caso especial... preciso investigar mais. Levante-se, jovem, e entre na casa.

Obedeci com dificuldade. Agora eu estava dentro daquela cozinha limpa e iluminada — bem diante da lareira — tremendo e enjoada. Sabia que parecia miserável, selvagem e castigada pelo tempo. As duas senhoritas, seu irmão, Sr. St. John, e a velha criada, estavam todos olhando para mim.

— St. John, quem é? — ouvi uma perguntar.

— Não sei dizer. Eu a encontrei na porta — foi a resposta.

— Ela parece pálida — disse Hannah.

— Pálida como o barro ou a morte — foi a resposta. — Ela vai cair. Deixe-a sentar.

E minha cabeça realmente girava, caí, mas uma cadeira me amparou. Eu ainda estava consciente, embora não conseguisse falar.

— Talvez um pouco de água a ajude. Hannah, vá pegar. Mas ela está esgotada. Como está magra e pálida!

— Um mero espectro!

— Está doente ou apenas faminta?

— Faminta, acho. Hannah, isso é leite? Me dê, e um pedaço de pão.

Diana (eu a reconheci pelos longos cachos que entraram entre mim e o fogo, quando ela se inclinou sobre mim) partiu um pedaço de pão, mergulhou no leite e colocou nos meus lábios. O rosto dela estava perto do meu. Vi que havia piedade nele e senti simpatia em sua respiração apressada. As mesmas emoções estavam presentes em sua voz, que como um bálsamo, falou:

— Tente comer.

— Isso, tente — repetiu Mary gentilmente. Sua mão retirou meu chapéu encharcado e levantou a minha cabeça. Provei o que me ofereceram, fracamente no início, e logo avidamente.

— Não muito a princípio... contenham-na — disse o irmão. — Já comeu o bastante. — E retirou o copo de leite e o prato de pão.

— Um pouco mais, St. John, veja a avidez nos olhos dela.

— Não mais, irmã. Tente ver se ela pode falar agora... pergunte o nome dela.

Senti que podia falar e respondi:

— Meu nome é Jane Elliott.

Ansiando não ser descoberta, havia decidido anteriormente que usaria um nome falso.

— E onde você mora? Onde estão seus amigos?

Fiquei em silêncio.

— Podemos chamar alguém que você conheça?

Balancei a cabeça em negativa.

— O que você pode dizer sobre si mesma?

De alguma forma, agora que tinha cruzado o limiar daquela casa, e estava cara a cara com seus moradores, não mais me sentia rejeitada, errante e abandonada pelo mundo inteiro. Ousei deixar o aspecto de mendiga e retomar meu caráter e minhas maneiras naturais. Comecei a me reconhecer, e quando o Sr. St. John exigiu uma explicação... que no momento eu estava fraca demais para dar, falei depois uma breve pausa:

— Senhor, não posso lhe dar detalhes esta noite.

— Mas então o que espera que eu faça pela senhorita?

— Nada — respondi.

Só tinha força para dar respostas curtas. Diana tomou a palavra.

— Quer dizer — perguntou — que agora demos a você toda a ajuda de que precisa? Que podemos mandá-la embora de volta para o pântano nessa noite de tempestade?

Olhei para ela. Tinha, pensei, um ar notável, cheio de força e bondade. Reuni coragem de repente. Respondendo com um sorriso o seu olhar de compaixão, falei:

— Confiarei em vocês. Se eu fosse um cão sem dono e perdido, sei que não me expulsariam da sua casa essa noite, então realmente não tenho medo. Façam comigo e para mim o que quiserem, mas me perdoem por não falar muito... estou sem fôlego... sinto dor quando falo.

Todos os três me examinaram, e todos os três ficaram em silêncio.

— Hannah — disse o Sr. St. John, por fim — deixe-a ficar aqui por enquanto e não lhe faça perguntas. Dê a ela o resto do leite e do pão em dez minutos. Mary e Diana, vamos para a sala de estar conversar sobre isso.

Eles se retiraram. Logo uma das senhoritas voltou, não sabia qual delas. Fui tomada por uma espécie de estupor agradável, enquanto me sentava perto da lareira. Ela deu algumas instruções para Hannah em voz baixa. Pouco depois, com a ajuda da criada, consegui subir uma escada, minhas roupas encharcadas foram tiradas e fui recebida por uma cama quente e seca. Agradeci a Deus. Em meio a uma exaustão indescritível, senti um brilho de alegria de gratidão... e dormi.

CAPÍTULO 29

Minhas lembranças dos dois ou três dias seguintes são muito vagas. Lembro-me de alguns sentimentos que tive nesse período, mas de poucos pensamentos e ações. Sabia que estava num quarto pequeno, numa cama estreita. Parecia enorme para mim. Deitei imóvel nela, como uma pedra, me tirar dali seria quase a morte. Não notava o tempo passar... não via a passagem da manhã para o meio-dia, ou do meio-dia para a meia-noite. Percebia quando alguém entrava ou saía do quarto, poderia até dizer quem era. Entendia o que diziam quando falaram perto de mim, mas não conseguia responder, abrir os lábios ou mover os membros era impossível. Hannah, a criada, era a visita mais frequente. Suas vindas me perturbavam, eu tinha a impressão de que ela queria que eu estivesse longe dali, que não entendia nem a mim, nem à situação em que eu estava, e tinha preconceito. Diana e Mary apareciam no quarto uma ou duas vezes ao dia. Ao lado da minha cama, sussurravam frases como essas:

— Foi bom que a acolhêssemos.

— Foi. Ela certamente seria encontrada morta na porta pela manhã, se tivesse ficado lá fora a noite toda. Fico imaginando o que será que ela passou...

— Algumas dificuldades estranhas, eu acho... pobre, magra, pálida.

— Pelo jeito de falar, não parece ser uma pessoa sem estudo. Tem uma pronúncia impecável. E apesar das roupas estarem molhadas e rasgadas, são novas e finas.

— Ela tem um rosto peculiar. Gostei dele mesmo magro e abatido como está. Imagino que ela tenha uma fisionomia agradável, quando estiver com mais força e saúde.

Nunca ouvi em suas conversas uma palavra sequer de arrependimento pela hospitalidade que me ofereceram, ou de suspeita e aversão por mim. Fiquei feliz por isso.

O Sr. St. John veio apenas uma vez. Olhou para mim e disse que meu estado de letargia era resultado da fadiga prolongada. Falou que era desnecessário chamar um médico... a natureza, ele sabia, cuidaria de mim sozinha. Falou que todos os nervos estavam sobrecarregados e que meu corpo ficaria entorpecido por um tempo. Não estava doente. Acreditava que assim que minha recuperação começasse, seria rápida. Disse isso com poucas palavras, em voz baixa, e acrescentou após uma pausa, no tom de alguém pouco acostumado com longos comentários:

— Uma fisionomia um tanto singular. Por certo não demonstra vulgaridade nem degradação.

— Pelo contrário — respondeu Diana. — Para dizer a verdade, St. John, meu coração sente por essa pobre alma. Queria que pudéssemos ajudá-la de forma permanente.

— Isso é pouco provável — foi a resposta. — Descobrirá que provavelmente é uma jovem que se desentendeu com os familiares e provavelmente os deixou inadvertidamente. Podemos, talvez, conseguir levá-la até eles, se ela não for teimosa. Mas vejo traços de força no rosto dela, o que me deixa cético em relação à sua docilidade.

Ficou me observando por alguns minutos, então acrescentou: — Parece sensível, mas de modo nenhum é bonita.

— Está doente, St. John.

— Doente ou saudável, sempre será comum. Faltam a graça e a harmonia da beleza nesse rosto.

No terceiro dia eu já estava melhor. No quarto, conseguia falar, mover, sentar na cama e me virar. Hannah trouxe um pouco de mingau e torrada na hora do jantar, acredito. Comi com vontade. A comida era boa, principalmente sem o sabor febril que havia envenenado tudo que eu tinha comido até então. Quando ela saiu, senti-me forte e animada. Estava cansada de repousar e o desejo de ação me moveu. Queria me levantar, mas o que poderia vestir? Tinha apenas as roupas úmidas e enlameadas que usava quando dormi no chão e caí no pântano. Sentia vergonha de aparecer vestida assim na frente dos meus benfeitores. Mas fui poupada dessa humilhação.

Em uma cadeira ao lado da cama estavam todas as minhas coisas, limpas e secas. Meu vestido de seda preta estava pendurado na parede. As manchas de lama foram removidas e os amassados causados pela chuva não estavam lá. Estava bem decente. Meus sapatos e meias estavam limpos e lustrados e agora estavam apresentáveis. No meio do quarto havia um lavatório e um pente e uma escova de cabelo. Depois de um processo cansativo, e de parar para descansar a cada cinco minutos, consegui me vestir. As roupas estavam largas em mim, pois havia perdido muito peso, mas disfarcei com um xale. E assim, estava de novo com a aparência respeitável... sem nenhuma mancha de sujeira, nenhum traço da desordem, que eu tanto odiava e que parecia me degradar, desci por uma escada de pedra, apoiando-me no corrimão, até um corredor estreito, e encontrei afinal o caminho até a cozinha.

Um cheiro de pão novo e o calor de uma lareira a inundaram. Hannah estava cozinhando. Todos sabem que os preconceitos são mais difíceis de erradicar dos corações que nunca foram tocados ou fertilizados pela educação, cresciam lá como ervas daninhas. Hannah tinha sido fria e rígida no início, é verdade. Mas, recentemente, havia começado a ceder um pouco, e quando me viu entrar, arrumada e bem vestida, ela até sorriu.

— O quê! Já está de pé? — falou ela. — Está melhor então. Pode se sentar na minha cadeira, perto da lareira, se quiser.

Apontou para a cadeira de balanço, sentei-me. Ela continuou suas tarefas, me observando de vez em quando com o canto do olho. Enquanto pegava alguns pães do forno, virou-se para mim e perguntou sem rodeios:

— Você já pediu esmolas, antes de vir para cá?

Fiquei indignada por um momento. Mas, lembrei-me de que não devia ficar com raiva e que realmente devia estar parecendo com uma mendiga para ela, respondi em voz baixa, mas não sem certa firmeza:

— Está enganada ao supor que sou uma mendiga. Não sou, não mais do que você ou as senhoritas.

Depois de uma pausa, continuou:

— Não entendo... você não tem uma casa, nem um cobre, não é?

— A falta de uma casa ou de cobre (o que suponho que signifique dinheiro), não faz com que uma pessoa seja mendiga, no sentido da palavra.

— Você tem estudo?

— Tenho, bastante.

— Mas nunca esteve em um colégio interno?

— Fiquei oito anos em um colégio interno.

Ela arregalou os olhos.

— Então como é que não consegue se sustentar?

— Eu me sustentava, e acredite, posso me sustentar de novo. O que você vai fazer com essas groselhas? — perguntei, quando ela pegou uma cesta de frutas.

— Vou fazer tortas.

— Dê-me, vou catá-las.

— Não, não quero que você faça nada.

— Mas devo fazer algo. Deixe-me catá-las.

Ela concordou e me trouxe uma toalha limpa para colocar sobre o vestido, segundo ela para que eu não o sujasse.

— Pelas suas mãos, não está acostumada com o serviço de criada. — observou ela. — Era costureira?

— Não, está errada. E agora, não importa o que eu era, não perturbe sua cabeça comigo. Qual o nome da casa em que estamos?

— Algumas pessoas a chamam de Mash End, outras de Moor House.

— É aqui que mora o Sr. St. John?

— Não, ele não mora aqui. Só veio passar uns dias. Mora na paróquia de Morton.

— Aquela aldeia a alguns quilômetros daqui?

— Sim.

— E o que ele faz?

— Ele é pastor.

Lembrei-me da resposta da velha governanta da paróquia, quando pedi para falar com o pastor.

— Então essa era a casa do pai dele?

— Era. O velho Sr. Rivers morou aqui, e o pai dele, assim como o bisavô.

— Então o nome desse cavalheiro é Sr. St. John Rivers?

— É. St. John é seu nome de batismo.

— E as irmãs dele se chamam Diana e Mary Rivers?

— Sim.

— E o pai deles morreu?

— Morreu há três semanas, teve um derrame.

— E a mãe?

— A patroa morreu há um ano.

— Você mora com a família há muito tempo?

— Moro aqui há trinta anos. Cuidei de todos os três.

— Isso mostra que deve ter sido uma criada honesta e fiel. Digo isso mesmo que tenha tido a indelicadeza de me chamar de mendiga.

Olhou para mim novamente com um olhar surpreso.

— Acredito — disse ela — que eu estava enganada em relação à senhorita. Mas há tantos trapaceiros por aí... não pode me culpar.

— E mesmo — continuei, um tanto severamente — que tenha me enxotado daqui, numa noite em que nem um cachorro deveria ser enxotado.

— Bem, isso foi cruel, mas o que eu poderia fazer? Pensei mais nas meninas do que em mim mesma... coitadinhas! Elas só têm a mim para cuidar delas. Preciso tomar cuidado.

Fiquei em silêncio por alguns minutos.

— Não deve me levar a mal — recomeçou.

— Mas eu levo, e vou dizer por quê. Não é porque se recusou a me dar abrigo, ou porque achou que eu fosse uma impostora, mas porque acabou de me censurar porque eu não tenho "cobre" ou lar. Algumas das melhores pessoas que viveram tiveram tão pouco quanto eu tenho agora. E se é cristã, não deve considerar a pobreza como um crime.

— Não vou mais — disse ela. — O Sr. St. John falou a mesma coisa, e vejo agora que eu estava errada. Tenho uma ideia bem diferente da senhorita agora. Parece ser muito decente.

— Assim é melhor... eu a perdoo agora. Aperte a minha mão.

Colocou a mão áspera e farinhenta na minha, um sorriso ainda mais cordial iluminou seu rosto, e a partir desse momento, nos tornamos amigas.

Hannah evidentemente gostava de falar. Enquanto eu catava as frutas e ela fazia a massa das tortas, ela me contou várias coisas sobre os falecidos patrões e sobre as "crianças", como chamava os jovens.

O velho Sr. Richers, disse ela, era um homem simples, mas um cavalheiro, de uma família antiga. Marsh End pertenceu aos Rivers desde que foi construída, e tinha, segundo ela, mais de duzentos anos, embora parecesse humilde e pequena quando comparada com a mansão do Sr. Oliver, lá embaixo, em Morton Vale. Ela se lembrava do pai de Bill Oliver, que era um fabricante de agulhas, enquanto os

Rivers já eram fidalgos desde os tempos dos Henriques, o que qualquer um que olhasse os registros da igreja de Morton poderia ver.

— Mas — acrescentou — reconheço que o velho patrão era como qualquer outro... não era fora do comum. Amava a caça e o trabalho do campo, coisas assim. A patroa era diferente. Gostava muito de ler e estudava bastante. Foi a ela que as crianças puxaram. Não havia ninguém como eles por aqui, e nunca houve. Todos os três gostaram de aprender quase desde o momento em que começaram a falar, e sempre tiveram o jeito próprio. O Sr. St. John foi para o colégio virar pastor assim que cresceu. E as meninas, assim que saíssem da escola, buscariam emprego como governantas, pois o pai, há alguns anos, havia perdido muito dinheiro ao confiar em um homem que acabou falindo, então não era rico o bastante para deixar herança, de modo que precisavam cuidar de si mesmas. Ficaram longe de casa por muito tempo e só voltaram agora por algumas semanas, devido à morte do pai. Mas gostam muito de Mash End, de Morton e das montanhas ao redor. Conheciam Londres e muitas outras cidades grandes, mas sempre diziam que não havia nenhum lugar como a casa delas. Além disso, se davam muito bem, nunca brigavam. Não conheço nenhuma família tão unida quanto essa.

Quando acabei de catar as groselhas, perguntei onde estavam as duas moças e o irmão.

— Foram dar um passeio em Morton, mas voltam em meia hora para o chá.

Voltaram dentro do tempo que Hannah falou. Entraram pela porta da cozinha. Quando me viu, o Sr. St. John acenou a cabeça e entrou. As duas meninas pararam, Mary, em poucas palavras, de forma gentil e calma falou como estava feliz por me ver bem o bastante para descer. Diana pegou minha mão e balançou a cabeça.

— Devia ter me esperado para descer! — falou ela. — Ainda está muito pálida e magra! Pobrezinha!

Diana tinha uma voz que soava como o arrulhar de uma pomba. Tinha um brilho nos olhos que eu adorava ver. Todo o seu rosto parecia encantador para mim. Mary também tinha um rosto inteligente, os traços também eram bonitos, mas a expressão era mais reservada, e as maneiras, apesar de gentis, eram mais distantes. Diana olhava e falava com certa autoridade, era evidente que tinha personalidade. Era da minha natureza sentir prazer em ceder à uma autoridade forte como a dela, e me curvar, o máximo que minha consciência e respeito permitissem, a sua vontade.

— E o que está fazendo aqui? — continuou ela. — Aqui não é o seu lugar. Mary e eu nos sentamos na cozinha às vezes porque gostamos de ser livres, mas você é uma hóspede e deve ficar na sala de visitas.

— Estou muito bem aqui.

— Não está mesmo, com a Hannah andando de um lado para o outro e cobrindo você de farinha.

— Além disso, o fogo está quente demais para você — interpôs Mary.

— Com certeza — acrescentou a irmã. — Venha, deve ser obediente.

E ainda segurando minha mão, fez-me levantar e me levou para a sala.

— Sente-se aí — disse ela, colocando-me no sofá — enquanto trocamos de roupa e preparamos o chá. É outro privilégio que temos na nossa pequena casa, preparar nossas próprias refeições quando queremos, ou quando Hannah está assando pão, cozinhando, lavando ou passando.

Fechou a porta, deixando-me a sós com o Sr. St. John, que estava sentado diante de mim, com um livro ou jornal na mão. Olhei primeiro a sala, depois o dono da casa.

A sala era bem pequena, mobiliada com simplicidade, mas confortável, limpa e arrumada. As cadeiras elegantes eram muito polidas, a mesa de nogueira era como um espelho. Alguns antigos e estranhos retratos de homens e mulheres decoravam as paredes manchadas, um armário de portas de vidro tinha alguns livros e um antigo conjunto de porcelana. Não havia nenhum objeto supérfluo na sala, nenhuma peça de mobília moderna, exceto uma prateleira de caixas de costura e uma escrivaninha em pau-rosa, que ficava numa mesa lateral. Tudo, inclusive o tapete e as cortinas, parecia ao mesmo tempo muito usado e conservado.

O Sr. St. John, sentado imível como os quadros nas paredes, com os olhos fixos na página que lia, os lábios cerrados, era bem fácil de observar. Se ele fosse uma estátua em vez de um homem, não teria sido mais fácil. Ele era jovem — talvez entre vinte e oito anos e trinta — alto, esguio. Seu rosto atraía o olhar, era como um rosto grego, de traços muito bem delineados. Nariz reto, clássico, boca e queixo atenienses. É raro que um rosto inglês seja tão parecido com os modelos antigos como o dele. Deve ter ficado um tanto chocado com a irregularidade dos meus traços, sendo que os dele eram tão harmoniosos. Tinha grandes olhos azuis, com cílios castanhos. A testa alta, branca como mármore, estava parcialmente coberta por belos cachos castanhos-claros.

Essa é uma descrição delicada, não é, leitor? Apesar disso, quem eu descrevi dificilmente daria a impressão de ter uma natureza delicada, generosa, submissa, ou até mesmo plácida. Quieto como estava, havia algo no nariz, na boca, na testa, que indicava que internamente era inquieto, impaciente, ansioso. Não falou uma palavra para mim, nem mesmo me dirigiu um olhar, até suas irmãs voltarem. Diana, que estava indo e voltando, pois preparava o chá, trouxe-me um pequeno bolo recém-saído do forno.

— Coma isso — disse ela — deve estar com fome. Hannah falou que você não comeu nada além de um pouco de mingau desde o café da manhã.

Não recusei, pois meu apetite estava de volta, e ávido. O Sr. Rivers fechou o livro, aproximou-se da mesa e, ao sentar, fixou em mim os olhos tão azuis que pareciam uma pintura. Havia no seu olhar uma franqueza sem cerimônia, uma perseverança decidida e perscrutadora que indicava que havia se mantido distante intencionalmente, e não por timidez.

— Está com muita fome — disse ele.

— Estou, senhor. — É o meu jeito, e sempre havia sido o meu jeito, tratar o que é breve com brevidade, e o direto com simplicidade.

Jane Eyre

— Foi a febre que impediu senhorita de comer muito nos últimos três dias. Seria perigoso ceder ao seu apetite no início. Agora pode comer, embora não excessivamente.

— Espero não comer muito às suas custas, senhor — foi minha resposta desajeitada e pouco polida.

— Não — disse ele, friamente. — Quando nos informar o endereço da sua família, poderemos escrever para eles e você poderá retornar para casa.

— Isso, devo dizer claramente, está fora do meu alcance, senhor. Não tenho família ou casa.

Os três olharam para mim, não com desconfiança, não havia suspeita em seus olhares, mas com curiosidade. Falo especialmente das damas. Os olhos de St. John, embora claros no sentido literal, eram difíceis de ler. Ele parecia usá-los mais como instrumento para indagar o pensamento das outras pessoas, do que para revelar o próprio. A mistura de agudeza e cautela era mais calculada para embaraçar do que para encorajar.

— Quer dizer — perguntou ele — que está completamente isolada de qualquer laço familiar?

— Quero. Nenhum laço me liga a qualquer pessoa viva. Não tenho direito de ser admitida sob qualquer terra na Inglaterra.

— Uma situação singular para a sua idade.

Aqui, vi que olhou para as minhas mãos, que estavam dobradas sobre a mesa diante de mim. Perguntei-me o que ele procurava ali, mas suas palavras logo explicaram a busca.

— Nunca se casou? É uma solteirona?

Diana riu.

— Ora, ela não deve ter mais que dezessete ou dezoito anos, St. John — disse ela.

— Tenho quase dezenove anos, mas não, não sou casada.

Senti um brilho ardente subir para o meu rosto, devido às amargas e caóticas lembranças que foram despertadas pela alusão ao casamento. Todos eles viram o constrangimento e a emoção. Diana e Mary gentilmente voltaram o olhar para outro lugar que não o meu rosto vermelho. Mas o irmão frio e severo continuou a encarar, até que o problema que ele citou trouxe lágrimas aos meus olhos, além do rubor.

— Onde morava antes? — perguntou agora.

— Você é muito curioso, St. John — murmurou Mary em voz baixa. Mas ele se inclinou sobre a mesa e exigiu uma resposta com o olhar firme e penetrante.

— O nome do lugar e da pessoa com quem eu morava é um segredo meu — respondi, concisamente.

— Que, na minha opinião, você tem todo o direito de guardar. Tanto de St. John, como de outros questionadores — respondeu Diana.

— No entanto, se eu não souber nada sobre você e sobre a sua história, não poderei ajudá-la, e você precisa de ajuda, não é? — indagou ele.

— Preciso. Preciso e busco, senhor, um verdadeiro filantropo que me ajude a encontrar um trabalho, que pague o bastante para que eu possa me sustentar, mesmo que apenas pague as quatro necessidades básicas da vida.

— Não sei se sou um verdadeiro filantropo, mas estou disposto a ajudá-la o máximo que eu puder nesse propósito honesto que tem. Então, me diga primeiro o que está acostumada a fazer, e o que *sabe* fazer.

Eu tinha acabado de tomar o chá. A bebida revigorou as minhas forças, assim como o vinho revigoraria as de um gigante. Deu um novo tom para meus nervos descontrolados e permitiu que eu lidasse com eles e com esse juiz com firmeza.

— Sr. Rivers — falei, virando-me para ele e olhando em seus olhos enquanto ele olhava para mim, abertamente e sem timidez. — O senhor e as suas irmãs me prestavam um grande favor, o maior favor que alguém pode fazer por outra pessoa: salvaram a minha vida. Isso dá a vocês direitos ilimitados sobre a minha gratidão, e direitos, até certo ponto, sobre o meu segredo. Contarei a vocês um pouco sobre a história da andarilha que abrigaram, o máximo que eu puder sem comprometer a minha paz de espírito, minha segurança moral e física, e a de outras pessoas.

Sou órfã, filha de um clérigo. Meus pais morreram antes que eu pudesse conhecê-los. Fui criada como uma dependente e educada em uma instituição de caridade. Posso até mesmo dizer o nome da escola, onde fiquei seis anos como aluna e dois como professora: Asilo e orfanato Lowood, no Condado, o senhor já ouviu falar dele, Sr. St. John? O Reverendo Robert Brocklehurst é o tesoureiro.

— Já ouvi falar do Sr. Brocklehurst, e conheço a escola.

— Deixei Lowood há quase um ano para me tornar uma governanta. Consegui uma boa colocação e estava feliz. Fui obrigada a deixar esse lugar quatro dias antes de vir para cá. A razão da minha partida, não posso e não devo explicar. Seria inútil, perigoso e pareceria mentira. Não cometi nenhum erro, estou tão isenta de culpa quanto vocês três. Estou infeliz e ficarei ainda por um tempo, pois a catástrofe que me tirou da casa que eu considerava um paraíso é de natureza estranha e terrível. Pensei apenas em duas coisas no planejamento da minha partida: rapidez e sigilo. Para isso, tive que deixar para trás tudo que eu tinha, exceto um pequeno pacote, que, na minha pressa e confusão mental, esqueci de tirar do veículo que me trouxe para Whitcross. Então cheguei nessa região sem nada. Dormi duas noites ao relento, e vaguei por dois dias sem entrar em uma casa. Comi duas vezes durante esses dias, e quando a fome, a exaustão e o desespero quase me levaram a dar o último suspiro, o senhor, Sr. Rivers, me impediu de morrer de fome na sua porta e me abrigou. Sei de tudo o que suas irmãs têm feito por mim desde então — pois não estava inconsciente durante meu aparente torpor — e devo à compaixão espontânea, genuína e amável delas, uma dívida tão grande quanto à sua caridade evangélica.

— Não a obrigue a falar mais agora, St. John — disse Diana, quando fiz uma pausa. — Ela evidentemente ainda não está pronta para isso. Venha para o sofá e sente-se agora, Srta. Elliott.

Estremeci involuntariamente ao ouvir o pseudônimo. Tinha esquecido meu novo nome. O Sr. Rivers, a quem nada parecia escapar, percebeu na mesma hora.

— Disse que seu nome era Jane Elliott? Observou ele.

— Disse. E é o nome que acho melhor usar no momento, mas não é meu nome verdadeiro, e quando ouço, parece estranho para mim.

— E não vai dizer o seu verdadeiro nome?

— Não. Tenho medo de que por ele tudo seja descoberto, e é o que mais temo.

— E acredito que está certa — defendeu Diana. — Agora chega, irmão. Deixe-a em paz um pouco.

Mas, após refletir por alguns momentos, St. John recomeçou mais imperturbável e perspicaz do que nunca.

— Não quer depender da nossa hospitalidade por muito tempo. Vejo que gostaria de dispensar a compaixão das minhas irmãs o mais rápido possível, assim como a minha *caridade* (estou bastante ciente da distinção feita por você, mas não a ressinto... acho justa). Quer ser independente de nós?

— Sim, como já disse. Mostre-me onde trabalhar ou como procurar trabalho. Isso é tudo que peço agora. Então, deixe-me ir, até mesmo se for para uma humilde cabana. Enquanto isso, permita que eu fique aqui, temo experimentar novamente os horrores da miséria e da falta de um teto.

— Na verdade, você *vai* ficar aqui — disse Diana, colocando a mão branca na minha cabeça.

— *Você vai* — repetiu Mary, em um tom de discreta sinceridade, que parecia ser o comum dela.

— Minhas irmãs, como vê, têm prazer em mantê-la aqui, como teriam prazer em manter e cuidar de um passarinho meio congelado de frio que algum vento do inverno mandasse através da janela. *Eu*, me sinto mais inclinado a ajudá-la a encontrar condições de se manter, e vou me esforçar para conseguir isso, mas veja, não tenho muita influência. Sou apenas o pastor da paróquia de um pequeno Condado. Minha ajuda seria humilde, e a senhoria se sente inclinada a desprezar coisas humildes, deve buscar uma ajuda mais eficiente do que a que eu posso oferecer.

— Ela já disse que está disposta a fazer qualquer trabalho que seja honesto — respondeu Diana, por mim. — E sabe, St. John, ela não pode escolher quem a ajuda, é obrigada a aceitar uma pessoa tão rabugenta como você.

— Posso ser costureira, uma operária comum, criada, babá, se não encontrar coisa melhor — respondi.

— Tudo bem — disse St. John, friamente. — Se essa é a sua vontade, prometo ajudá-la, em meu próprio tempo e maneira.

Então retomou o livro que lia antes do chá. Eu logo me retirei, pois já tinha falado e ficado sentada pelo máximo de tempo que minhas forças permitiram.

CAPÍTULO 30

Quanto mais eu conhecia os moradores de Moor House, mais gostava deles. Em poucos dias havia recuperado a saúde de tal modo, que podia ficar sentada o dia todo, e fazer algumas caminhadas. Podia juntar-me a Diana e Mary nas suas ocupações, conversar com elas pelo tempo que quisessem, e ajudá-las quando e onde me permitissem. Havia um novo prazer nessa relação, um que eu experimentava pela primeira vez: o prazer surgido da perfeita harmonia de gostos, sentimentos e princípios.

Eu gostava de ler o que elas também gostavam, o que dava prazer a elas, me encantava, o que elas aprovavam, eu reverenciava. Gostavam da casinha isolada. Eu também encontrava um encanto permanente na construção cinza, pequena e antiga, no teto baixo, nas janelas envidraçadas, nos muros em decomposição, na fileira de pinheiros, todos curvados por causa dos ventos da montanha, assim como no jardim de teixos e azevinhas, onde só floresciam as flores mais resistentes. Eles se agarraram aos pântanos roxos atrás e em torno de sua habitação, ao vale para o qual o caminho de freio de seixos que saía do portão, descia e serpenteava entre samambaias, e depois entre alguns dos campos de pastagem mais selvagens que já fizeram fronteira com uma charneca, ou alimentaram um rebanho de ovelhas cinza, com cordeirinhos de rosto musgoso. Elas se uniam a esse cenário com um entusiasmo. Eu compreendia o sentimento e partilhava sua força e verdade. Entendia o fascínio pelo local. Sentia a benção do isolamento. Meus olhos festejaram com o contorno das montanhas, com a coloração selvagem conferida às montanhas e aos vales pelo musgo, as flores das urzes, as turfas salpicadas de flores. Esses detalhes eram para mim o que eram para elas... uma fonte pura e doce de prazer. Os ventos fortes e a brisa suave, a dureza e a suavidade do dia, as horas do nascer e do pôr do sol, o luar e a noite nublada, eram fascinantes para mim assim como eram para elas.

Dentro de casa, concordávamos também. Ambas eram leitoras melhores e mais talentosas do que eu, mas ansiosamente eu segui o caminho do conhecimento que elas haviam trilhado antes de mim. Devorei os livros que me emprestaram, e gostava muito de conversar com elas à noite sobre o que havia lido durante o dia. Nossos pensamentos eram semelhantes, nossas opiniões também, em suma, combinamos perfeitamente. Se no nosso trio houvesse uma superior e líder, era Diana. Fisicamente, ela me superava muito: ela era bonita e vigorosa. Tinha uma força vital e uma confiança que me admiravam e confundiam a minha compreensão. Eu falava pouco no início da noite, mas, esgotado o primeiro ímpeto de vivacidade e fluência, gostava de sentar em um banquinho aos pés de Diana, para descansar a cabeça em seu colo, e ouvir alternadamente ela e Mary, que dissecavam o assunto no qual eu havia falado. Diana se ofereceu para me ensinar alemão. Gostei de aprender com ela. Percebi que o papel de instrutora a agradava e combinava com ela, e o de aluna me agradava e me servia da mesma forma. Nossas naturezas se encaixaram e afeto mútuo — do tipo mais forte — foi o resultado. Elas descobriram que eu sabia pintar e colocaram os pincéis e tintas à minha disposição. Minha habilidade, maior do que a delas, surpreendeu-as e encantou-as. Mary sentava-se e me observava enquanto pintava. Depois, tinha aulas, e era uma aluna dócil, inteligente e assídua. Assim, ocupadas e mutuamente entretidas, os dias passaram como horas, e semanas como dias.

Quanto ao Sr. St John, a intimidade que surgiu tão rápida e naturalmente suas irmãs e eu não se estendeu a ele. Uma das razões para a distância entre nós era que ele raramente estava em casa. Passava grande parte do seu tempo visitando os doentes e pobres da sua paróquia.

Nenhum clima parecia impedir essas excursões pastorais. Fizesse chuva ou sol, ao amanhecer ele pegaria o chapéu, e seguido pelo velho cachorro perdigueiro do pai, Carlo, saía em sua missão de amor ou de dever... não sabia sob que luz via essa tarefa. Às vezes, quando o dia estava muito ruim, suas irmãs o censuravam. Ele então diria, com um sorriso peculiar, mais solene do que alegre:

— Se eu deixar que uma rajada de vento ou um pouco de chuva me afastem de tarefas tão simples, como poderei me preparar para o futuro a que me proponho?

A resposta de Diana e Mary a esta pergunta normalmente era um suspiro e alguns minutos de triste reflexão.

Mas além de suas ausências frequentes, havia outra barreira para a amizade: ele parecia ter uma natureza reservada, complexa e até taciturna. Zeloso em seus trabalhos paroquiais, irrepreensível em sua vida e hábitos, ainda não parecia desfrutar daquela serenidade mental e alegria interior que são a recompensa de todo filantropo e cristão. Frequentemente, à noite, quando ele sentava à janela, com a mesa e papéis na frente, parava de ler ou escrever, descansava o queixo na mão, e se entregava a não sei que curso de pensamentos. Mas que eram pensamentos perturbadores e excitantes, podia ser visto no brilho e na mudança de seu olhar.

Acho, além disso, que a Natureza não era para ele o tesouro que com certeza era para suas irmãs. Uma vez, e apenas uma vez, expressou um forte sentimento de encanto pelo charme robusto das colinas, e uma afeição inata pelo telhado escuro e paredes antigas que ele chamava de lar, mas havia mais melancolia do que prazer no tom que usou. Nunca pareceu vagar pelas montanhas em busca de seu silêncio reconfortante... nem procurar ou se demorar nos prazeres que elas poderiam proporcionar.

Como era incomunicável, levou um tempo até que eu tivesse uma oportunidade de avaliar sua mente. Primeiro tive uma ideia do seu poder quando o ouvi pregar na sua própria paróquia, em Morton. Eu gostaria de poder descrever esse sermão, mas está além do meu poder. Não posso nem mesmo reproduzir fielmente o efeito que provocou em mim.

Começou calmo — e, de fato, no que diz respeito à forma que foi dito e ao tom de voz, foi calmo até o fim. Mas um sentimento sincero, um zelo sentido, mas estritamente contido, logo inspirou a pronúncia clara, e provocou a linguagem que ganhou força, mas ainda era comprimida, condensada, controlada. Meu coração estava emocionado e minha mente estava atônita, pelo poder do pregador. Não era suavizado. Havia uma estranha amargura por toda parte, uma ausência de gentileza consoladora. Alusões severas à doutrina calvinista — escolha, predestinação, reprovação — eram frequentes, e cada referência a esses pontos soava como uma sentença de condenação. Quando ele terminou, em vez de se sentir melhor, mais calma, mais iluminada pelo seu discurso, experimentei uma tristeza inexprimível. Parecia-me, não sei se igualmente para os outros, que a eloquência que eu estava ouvindo havia surgido de uma profundeza onde jaziam sedimentos turvos de decepção. Onde se moviam impulsos perturbadores de anseios insaciáveis e aspirações inquietantes. Eu tinha certeza de que St. John Rivers — um homem puro, zeloso, consciente como era — ainda não havia encontrado aquela paz de Deus que excede todo o entendimento. Não a encontrara mais do que eu, com minhas lamentações secretas e lacerantes pelo meu ídolo e meu paraíso perdido, lamentações que eu evitava trazer à tona, mas que ainda me possuíam e me tiranizavam.

Um mês se passou. Diana e Mary logo deixariam Moor House, e voltariam para a vida bem diferente que as esperava, como governantas em uma grande e elegante cidade do sul da Inglaterra, onde tinham posições em famílias cujos membros ricos e arrogantes tratavam-nas apenas como humildes empregadas, sem conhecer ou buscar seus talentos inatos. Apreciavam apenas suas habilidades adquiridas, assim como apreciavam a habilidade da cozinheira e o cuidado da arrumadeira. O Sr. St. John ainda não havia falado nada sobre o emprego que havia prometido procurar para mim, ainda assim tornou-se urgente que eu tivesse algum tipo de vocação. Uma manhã, ficando sozinha com ele por alguns minutos na sala de estar, arrisquei-me a aproximar da janela — onde sua mesa, cadeira e escrivaninha criavam uma espécie de escritório. Estava prestes a falar, embora não soubesse muito bem como perguntar isso a ele, quando ele me salvou do problema e iniciou um diálogo. Olhando para cima quando me aproximei, falou:

— Quer me perguntar algo?

— Quero. Gostaria de saber se já ouviu falar de algum trabalho que posso fazer?

— Pensei em algo há três semanas, mas como você parecia útil e feliz aqui, e como minhas irmãs evidentemente se apegaram a você e à sua companhia, achei melhor evitar interromper esse conforto até que a partida delas exigisse.

— E eles partirão em três dias?

— Sim. E quando forem, eu voltarei para a casa paroquial em Morton. Hannah me acompanhará, e esta velha casa será fechada.

Eu esperei alguns momentos, esperando que ele continuasse com o assunto principal, mas ele parecia ter entrado em outra linha de reflexão. Seu olhar denotava abstração de mim e da minha primeira pergunta. Fui obrigada a chamá-lo de volta a um tema que era para mim motivo de interesse e ansiedade.

— Qual é o emprego que tinha em vista, Sr. Rivers? Eu espero que este atraso não tenha aumentado a dificuldade de consegui-lo.

— Ah, não. Esse é um emprego que depende apenas de mim, para oferecer, e de você, para aceitar.

Pausou novamente, parecia relutante em continuar. Fiquei impaciente. Fiz um ou dois movimentos inquietos e direcionei a ele um olhar exigente, transmitindo meus sentimentos com tanta eficácia quanto palavras poderiam ter feito, e com menos problemas.

— Você não precisa ter pressa — disse ele. — Direi francamente que não tenho nada elegível ou lucrativo para oferecer. Antes que eu explique, lembre-se, por favor, meu aviso, claramente dado, que se eu ajudasse a senhorita, seria como o cego ajudando o coxo. Sou pobre, acho que quando eu pagar as dívidas do meu pai, tudo que me restará será essa casa em ruínas, a fileira de pinheiros atrás dela, e o pedaço de terra pantanoso, com teixos e arbustos de azevinho em frente. Sou obscuro. Rivers é um nome antigo, mas dos três únicos descendentes, dois ganham o sustento trabalhando para estranhos e o terceiro se considera um estrangeiro na sua própria terra, não apenas na vida, mas na morte. Sim, e considera, e é obrigado a considerar, a si mesmo honrado com essa sorte. E aspira apenas pelo dia em que a cruz da separação dos laços carnais será colocada em seus ombros, e em que o líder daquela Igreja militante, da qual ele é um dos humildes membros, dê a ordem: "Levanta-te e segue-me!"

O St. John disse essas palavras da mesma forma que dava seus sermões, com uma voz baixa e profunda, com o rosto normal e um brilho no olhar. Retomou:

— E como eu sou pobre e obscuro, só posso oferecer a você um trabalho de pobreza e obscuridade. A *senhorita* pode até achar degradante, pois vejo agora que seus hábitos são o que o mundo chama de refinado. Seus gostos tendem para o ideal, e sempre esteve entre pessoas educadas, mas eu acredito que nenhum trabalho que pode melhorar a nossa raça deve ser considerado como degradante. Afirmou que quanto mais árido e difícil for o solo destinado ao trabalho do cristão, quanto maior a luta para realizar a tarefa, maior a recompensa. Sendo assim, seu destino é o do pioneiro, e os primeiros pioneiros do Evangelho foram os apóstolos... e o líder deles, o próprio Jesus, o Redentor.

— Bem? — falei, quando ele fez uma nova pausa. — Prossiga.

Ele olhou para mim antes de prosseguir. Na verdade, parecia estar calmamente lendo meu rosto, como se os traços e linhas fossem personagens em uma página. Falou em partes a conclusão que tirou deste escrutínio:

— Acredito que irá aceitar o cargo que ofereço a você — disse ele. — E ficará nele por um tempo. Mas não permanentemente. Não mais do que eu poderia ficar no cargo estreito e limitado, tranquilo e obscuro... de cura rural inglês. Há em sua natureza algo tão contrário ao repouso quanto na minha, embora seja de um tipo diferente.

— Explique — insisti, quando ele parou mais uma vez.

— Vou explicar, e saberá como a proposta é ruim, como é simples, pequena. Não vou ficar muito tempo em Morton, agora que meu pai faleceu e que sou meu próprio mestre. Irei, provavelmente, em um ano, mas enquanto eu ficar, vou me esforçar ao máximo para que a cidade melhore. Quando cheguei em Morton há dois anos, não tinha nenhuma escola. Os filhos dos pobres estavam excluídos de qualquer esperança de progresso. Estabeleci uma para meninos, agora quero abrir uma segunda escola para meninas. Aluguei uma casa para isso, com uma cabana de dois quartos anexada a ela para a professora morar. Receberá trinta libras por ano. A casa já está mobiliada, de maneira simples, mas com o necessário, graças à gentileza de uma dama, a Srta. Oliver, a filha única do único homem rico da minha paróquia, o Sr. Oliver, proprietário de uma fábrica de agulhas e fundição de ferro no vale. A mesma dama pagará pela educação e roupas de uma órfã de um operário da fábrica, com a condição de que ela ajude a professora em algumas tarefas domésticas da casa e da escola, quando a professora não puder realizá-las pessoalmente. Aceita ser a professora?

Ele fez a pergunta apressadamente. Parecia esperar uma rejeição indignada, ou pelo menos desdenhosa. Sem saber todos os meus pensamentos e sentimentos, embora adivinhasse alguns, ele não poderia dizer como eu veria a oferta. Na verdade era humilde, mas havia um teto para mim e eu queria um abrigo seguro. Era árduo, mas se comparado com a posição de governanta em uma casa rica, era mais independente. E o medo da servidão entre estranhos entrou na minha alma como o ferro. O trabalho não era ignóbil, não era indigno, não mentalmente degradante, tomei minha decisão.

— Agradeço a proposta, Sr. Rivers, e eu a aceito com todo meu coração.

— Mas compreendeu? — perguntou ele. — É uma escola de um vilarejo. Terá como alunas apenas meninas pobres, filhas de aldeões, filhas de fazendeiros, na melhor das hipóteses. Terá que ensinar a fazer tricô, a costurar, a ler, escrever, contar. O que você fará com suas habilidades? E com a maior parte da sua mente, dos seus sentimentos, preferências?

— Guardá-los até que sejam necessários. Continuarão aqui.

— Sabe o que a espera, então?

— Sei.

Ele agora sorriu, e não um sorriso amargo ou triste, mas de alívio e gratidão.

— E quando começará a exercer sua função?

— Vou para a minha casa amanhã, e, se quiser, posso abrir a escola na próxima semana.

— Muito bem. Que assim seja.

Ele se levantou e caminhou pela sala. Parando, olhou para mim novamente. Balançou a cabeça.

— O que desaprova, Sr. Rivers? — perguntei.

— Não vai ficar muito tempo em Morton. Não, não!

— Por quê? Qual é a sua razão para dizer isso?

— Vejo em seus olhos, não são daqueles que prometem manter uma única ocupação na vida.

Jane Eyre

— Não sou ambiciosa.

Pulou ao ouvir a palavra "ambiciosa". Repetiu:

— Não. O que a fez pensar em ambição? Quem é ambicioso? Sei que sou, mas como você descobriu?

— Eu estava falando de mim mesma.

— Bem, se não é ambiciosa, a senhorita é... — pausou.

— O quê?

— Eu ia dizer apaixonada. Mas talvez você entendesse mal a palavra e não gostasse. Quero dizer, que as afeições e simpatias humanas têm uma grande influência sobre você. Tenho certeza de que não pode se contentar em passar seus momentos de lazer na solidão, nem dedicar suas horas de trabalho a um trabalho monótono e nada desafiador. Não pode gostar mais do que gosto de viver aqui, enterrado em um pântano, preso entre as montanhas. A minha natureza, que Deus me deu, está sufocada, as habilidades que recebi do céu, paralisadas, inúteis. Percebe agora como me contradigo. Eu, que prego o contentamento com o pouco, e justifico a vocação até mesmo de cortadores de lenha e carregadores de água a serviço de Deus... eu, Seu ministro ordenado, quase enlouqueço de inquietação. Bem, as propensões e os princípios devem se reconciliar de alguma forma.

Saiu da sala. Nesse breve momento descobri mais sobre ele do que em todo o mês anterior, mas ainda assim ele me confundia.

Diana e Mary ficavam mais tristes e caladas à medida que se aproximava o dia de deixarem a casa e seu irmão. Tentaram agir normalmente, mas o sofrimento contra o qual lutavam era algo que não poderia ser inteiramente dominado ou escondido. Diana disse que seria uma separação diferente de qualquer outra. Provavelmente, no que dizia respeito a St. John, seria uma separação por anos, podia até ser uma despedida para o resto da vida.

— Ele sacrificará tudo pelas decisões que tomou há muito tempo — disse ela. — Afeições naturais e sentimentos ainda mais potentes. St. John parece quieto, Jane, mas ele esconde um fogo dentro de si. Pode achar que é gentil, mas em algumas coisas ele é inexorável como a morte. O pior de tudo é que minha consciência dificilmente me permitirá dissuadi-lo de sua dura decisão. Obviamente, não posso culpá-lo nem por um momento. É certa, nobre, cristã... ainda assim, parte meu coração!

Lágrimas caíam de seus belos olhos. Mary abaixou a cabeça para o trabalho que fazia.

— Agora estamos sem pai, em breve estaremos sem casa e sem irmão — murmurou ela.

Naquele momento ocorreu um pequeno acidente, que parecia decretado pelo destino propositalmente para provar a verdade do provérbio "'infortúnios nunca vêm sozinhos", e para adicionar às angústias o tormento de que algo sempre podia acontecer e mudar os planos. St. John passou pela janela lendo uma carta. Entrou.

— Nosso tio John morreu — disse ele.

Ambas as irmãs pareciam paralisadas. Não chocadas ou horrorizadas, a notícia parecia ser para elas mais significativa do que motivo de aflição.

— Morreu? — repetiu Diana.

— Sim.

Ela fixou um olhar penetrante no rosto de seu irmão.

— E agora? — exigiu ela, em voz baixa.

— E agora o que, Di? — respondeu ele, mantendo o rosto imóvel — E agora? Bem... nada. Leia.

Ele jogou a carta no colo dela, que olhou e entregou a Mary. Mary leu em silêncio e devolveu a carta para o irmão. Todos os três se entreolharam, e todos os três sorriam... um sorriso triste e pensativo.

— Amém! Ainda podemos viver — disse Diana, por fim.

— De qualquer forma, isso não nos deixa pior do que estávamos antes — comentou Mary.

— Só reforça a ideia do que *poderia ter sido* — disse o Sr. Rivers — e contrasta mais claramente com o que de fato é.

Dobrou a carta, trancou-a na mesa e saiu novamente. Por alguns minutos ninguém falou. Diana então se virou para mim.

— Jane, deve estar se perguntando sobre nós e nossos mistérios — disse ela — e pensando que não temos coração, porque não ficamos comovidos com a morte de um parente tão próximo quanto um tio, mas nós não o conhecíamos, nunca o vimos. Ele era irmão da minha mãe. Meu pai e ele brigaram há muito tempo. Foi por um conselho dele que meu pai arriscou a maior parte de sua propriedade numa especulação, e isso o arruinou. Os dois se acusaram, afastaram-se com raiva e nunca fizeram as pazes. Posteriormente, meu tio entrou em empreendimentos mais prósperos, parece que acumulou uma fortuna de vinte mil libras. Nunca foi casado e não tinha parentes próximos além de nós e de uma outra pessoa, que não era muito mais próxima do que nós. Meu pai sempre alimentou a ideia de que ele repararia seu erro deixando suas posses para nós, aquela carta nos informou de que ele deixou cada centavo para a outra pessoa, com exceção de trinta guinéus, a serem divididos entre St. John, Diana e Mary Rivers, para a compra de três coroas funerárias. Ele tinha o direito, é claro, de fazer o que quisesse. Ainda assim, receber essa notícia fez com que fossêmos tomados por desapontamento passageiro. Mary e eu teríamos nos considerado ricas com mil libras cada, e para St. John tal soma teria sido valiosa, pelo bem que conseguiria fazer.

Dada esta explicação, o assunto foi abandonado, e nem o Sr. Rivers nem as irmãs falaram sobre isso novamente. No dia seguinte, deixei Marsh End e fui para Morton. No outro dia, Diana e Mary partiram para um lugar distante. Uma semana depois, o Sr. Rivers e Hannah voltaram para o presbitério, e assim a velha granja ficou vazia.

CAPÍTULO 31

Minha casa — agora que finalmente tenho uma — é um chalé. Uma salinha de paredes caiadas, piso cimentado, com quatro cadeiras pintadas e uma mesa, um relógio, um armário com dois ou três pratos e travessas, e um conjunto de chá azul. Em cima, há um quarto do mesmo tamanho que a cozinha, com uma cama e uma cômoda, que é pequena, mas grande demais para ser preenchida pelo meu escasso guarda-roupa, embora ele tenha aumentado um pouco graças à bondade das minhas gentis e generosas amigas.

Era noite. Dispensei, com uma laranja como pagamento, a pequena órfã que era minha ajudante. Eu estou sentada sozinha junto à lareira. Esta manhã, a escola da aldeia foi aberta. Tenho vinte alunas. Três sabem ler, nenhuma sabe escrever ou contar. Várias tricotam e algumas costuram um pouco. Elas têm o sotaque rústico das pessoas daqui. Ainda temos certa dificuldade em entender a linguagens uma das outras. Algumas delas são mal-educadas, grossas, intratáveis, bem como ignorantes, outras são dóceis, têm vontade de aprender e mostram uma disposição que me agrada. Não devo esquecer que essas pequenas camponesas pobremente vestidas são iguais aos descendentes da genealogia mais alta. E que as sementes da excelência, refinamento, inteligência e bons sentimentos, são tão prováveis de existir em seus corações quanto nos dos mais bem nascidos. Meu dever será germinar essas sementes... certamente encontrarei alguma felicidade nisso. Não espero muito prazer na vida diante de mim, se controlar minha mente e minhas vontades, sem dúvida poderia viver um dia após o outro.

E fiquei alegre, acomodada e satisfeita durante as horas que passei na humilde sala de aula, essa manhã e tarde? Para não mentir para mim mesma, devo responder: não. Sentia-me desolada, de certa forma. Sentia-me — sim, idiota que sou — humilhada. Acreditava que tinha dado um passo que me rebaixaria, em vez de me elevar, na escala da existência social. Estava desanimada com a ignorância, a pobreza e a grosseria de tudo o que ouvia e via ao meu redor. Mas não devo me odiar ou reprovar demais por esses sentimentos. Sei que são errados, que é um grande passo, vou me esforçar para superá-los. Amanhã espero conseguir lidar melhor com eles, e em algumas semanas estarão dominadas. É possível que em poucos meses a felicidade pelo progresso e melhora das minhas alunas substitua o desgosto por gratificação.

Enquanto isso, deixe-me fazer uma pergunta: O que teria sido melhor? Ter rendido à tentação, dando ouvidos à paixão, não ter feito nenhum esforço doloroso, não ter lutado, e sim ter afundado na armadilha de seda, ter adormecido nas flores que a cobriam e acordado num clima do sul, entre os luxos de uma casa de prazer... estar morando agora na França, como amante do Sr. Rochester, delirando com seu amor metade do meu tempo — porque ele teria — ele teria me amado muito por muito tempo. Ele me amava — e ninguém jamais me amará tanto novamente. Nunca mais saberei a doce homenagem prestada à beleza, à juventude e à graça, pois nunca para ninguém terei esses encantos. Ele gostava e se orgulhava de mim, o que nenhum outro homem jamais fará. Mas o que estou pensando, o que estou dizendo e, acima de tudo, sentindo? Pergunto se seria melhor ser uma escrava no paraíso dos tolos em Marselha — tomada por uma louca felicidade em um momento, e chorando lágrimas amargas de remorso e vergonha em outro — ou ser uma professora de um vilarejo, livre e honesta, num recanto montanhoso no coração da Inglaterra?

Sim... sinto agora que estava certa ao escolher os princípios e as leis, e desprezar e esmagar os impulsos insanos de um delírio momentâneo. Deus me direcionou para a escolha correta, e agradeço a Ele pela orientação!

Nesse ponto das minhas reflexões, fiquei de pé, fui até a porta e vi o pôr do sol sobre os tranquilos campos diante da minha casa, que, como a escola, ficavam a quase um quilômetro do vilarejo. Os pássaros cantavam seus últimos acordes.

"O ar era suave, o orvalho era um bálsamo."[38]

Enquanto eu olhava, senti-me feliz e fiquei surpresa ao ver que chorava... e por quê? Pela desgraça que me impediu de ficar com o Sr. Rochester, por aquele que eu nunca mais veria, pelo sofrimento desesperado e pela raiva mortal, a consequências da minha partida — que talvez estivesse tirando-o do caminho certo, e deixando-o longe demais de qualquer retorno.

Pensando assim, virei o rosto ao adorável céu noturno do solitário vale de Morton, *solitário*, pois na parte que eu conseguia ver não havia nenhuma construção além da igreja e da casa paroquial, meio escondidas nas árvores e, lá no fim, o telhado de Vale Hall, onde moraram o rico Sr. Oliver e sua filha. Cobri os olhos e inclinei a cabeça contra a moldura de pedra da porta, mas logo um leve barulho perto do portão que separava meu minúsculo jardim do prado além, me fez olhar para cima. Um cachorro, o velho Carlo, o perdigueiro do Sr. Rivers, empurrava o portão com o focinho, e o próprio St. John se apoiava nele com os braços cruzados. A testa franzida e olhar sério estavam fixos em mim. Convidei-o a entrar.

— Não, não posso ficar. Vim apenas trazer um pequeno pacote que minhas irmãs deixaram para você. Acho que tem uma caixa de tintas, lápis e papel.

Aproximei-me para pegá-lo. Era um presente de boas-vindas. Quando me aproximei, ele observou meu rosto com austeridade. Sem dúvida os traços de lágrimas estavam bem visíveis nele.

— Achou o primeiro dia de trabalho mais difícil do que esperava? — perguntou ele.

— Ah não! Pelo contrário, acho que com o tempo me darei muito bem com as minhas alunas.

— Mas talvez suas acomodações... sua casa... seus móveis... tenham desapontado suas expectativas? Na verdade, são bastante modestos, mas...

Interrompi.

---

38   Trecho do poema "The lay of the Last Minstrel".

— Minha casa é limpa e resistente, os móveis são suficientes e confortáveis. Tudo o que vi me deixou grata, não desapontada. Não sou tão tola e fútil ao ponto de lamentar a ausência de um tapete, de um sofá ou de prataria. Além disso, cinco semanas atrás eu não tinha nada... eu era uma pária, uma mendiga. Agora tenho amigos, uma casa e um trabalho. Eu admiro a bondade de Deus, a generosidade dos meus amigos, a sorte que me coube. Não reclamo.

— Mas fica oprimida pela solidão? A casinha atrás de você está escura e vazia.

— Ainda mal tive tempo de desfrutar de uma sensação de tranquilidade, muito menos ficar impaciente com a solidão.

— Muito bem. Espero que você sinta o que diz. De qualquer modo, seu bom senso lhe dirá que ainda é muito cedo para ceder aos temores vacilantes da esposa de Lot. É claro que não sei o que deixou para trás antes de nos conhecermos, mas aconselho-a a resistir firmemente a qualquer tentação de olhar para trás. Siga seu caminho atual com firmeza, por alguns meses, pelo menos.

— É o que pretendo fazer — respondi. St John continuou:

— É um trabalho difícil controlar os impulsos e a inclinação da natureza. Mas deve ser feito, sei disso por experiência própria. Deus nos deu, em certa medida, o poder para traçar nosso próprio destino, e quando nossas energias parecem exigir algo que não podem ter, quando nossa vontade quer um caminho que não podemos seguir... não precisamos morrer de fome, nem ficar parados em desespero... temos apenas que buscar outro alimento para a mente, tão forte quanto o fruto proibido que desejava provar, e talvez mais puro. E abrir para os nossos pés uma estrada tão direta e larga quanto aquela que a Sorte nos impediu de tomar, por mais difícil que seja.

Um ano atrás eu estava profundamente infeliz, achava que tinha cometido um erro ao me tornar sacerdote. Os deveres me entediavam quase até a morte. Eu ansiava por uma vida mais ativa, pela emocionante carreira literária... pelo destino de um artista, autor ou orador, qualquer outro que não o de pastor. Sim, o coração de um político, de um soldado, de um devoto da glória, de um amante da fama, de um louco pelo poder, batia sob as minhas vestes. Minha vida estava tão miserável, precisava ser mudada, ou eu morreria. Depois de uma temporada de trevas e luta, a luz rompeu e o alívio surgiu: minha limitada existência se tornou uma planície sem fronteiras. Meus poderes ouviram um chamado do Céu para que se erguessem, para que reunissem suas forças, abrissem as asas e voassem para além do horizonte. Deus tinha uma missão para mim. Para cumpri-la, precisava de habilidade, força, coragem e eloquência, as melhores qualificações do soldado, do estadista e do orador, seriam necessárias, pois todas se centram no bom missionário.

Resolvi ser um missionário. A partir daquele momento meu estado de espírito mudou, os grilhões se partiram e libertaram todas as faculdades, não deixando nada da prisão, além da dor... que só o tempo pode curar. Meu pai, na verdade, se opôs a essa decisão. Mas agora que ele se foi, não há nada que me impeça. Depois de acertar alguns negócios, arranjar um sucessor para Morton, resolver ou simplesmente um ou dois laços sentimentais... um último conflito com a fraqueza humana, que sei que superarei, porque jurei que *vou* superar... deixarei a Europa pelo Oriente.

Ele disse isso na sua voz peculiar, subjugada, mas enfática Quando parou de falar, olhou não para mim, mas para o sol poente, que eu também olhava. Estávamos de costas para o caminho que conduzia do campo até o portão. Não ouvimos nenhum passo naquela trilha coberta de grama, o único som do cenário naquele momento era a água correndo. Ficamos, então, sobressaltados quando ouvimos uma voz, doce como um sino de prata, exclamar:

— Boa noite, Sr. Rivers. E boa noite, velho Carlo. Seu cachorro é mais rápido em reconhecer seus amigos do que você, senhor. Ele levantou as orelhas e abanou o rabo quando eu estava lá no fundo do campo, e o senhor ainda está de costas para mim.

Era verdade. Embora o Sr. Rivers tivesse se sobressaltado com a voz musical como se um raio rachasse uma nuvem acima de sua cabeça, ainda estava parado da mesma forma quando a pessoa acabou de falar. Os braços apoiados no portão, o rosto voltado para o oeste. Ele se virou finalmente, com ponderada deliberação. Uma visão, como parecia-me, estava ao seu lado. A cerca de um metro dele, apareceu uma forma vestida de branco, uma jovem graciosa, cheia, mas de contornos delicados. Depois de abaixar para acariciar Carlo, levantou a cabeça e afastou um longo véu, e surgiu então um rosto perfeitamente belo. Perfeitamente belo é uma expressão forte, mas não retiro nem mudo. O termo era justificado pelos traços mais doces que o clima de Albion já tinha moldado, e por tons puros de rosa e lilás que os ventos úmidos e os céus nublados já tinham gerado ou mostrado. Não faltava nenhum encanto, nenhum defeito era perceptível. A jovem tinha traços regulares e delicados, olhos da mesma forma e cor que vemos em belas pinturas: grandes, escuros e vivos. Cílios longos e sombreados cercando olhos finos de uma forma tão suave, sobrancelhas desenhadas a lápis. A testa branca e lisa que adicionava um repouso às belezas mais vívidas de cor e brilho. O rosto oval, fresco e suave. Os lábios, frescos também, rosados e saudáveis. Os dentes uniformes e brilhantes, sem nenhum defeito, o pequeno queixo com covinhas. O ornamento de tranças ricas e abundantes... possuía todas as características que somadas, concretizavam o ideal de beleza. Fiquei maravilhada olhando aquela bela criatura, admirava-a com todo o meu coração. A natureza a modelara com favoritismo, e, esquecendo sua habitual parcimônia, concedeu tudo à sua favorita.

O que St. John achava desse anjo terrestre? Eu naturalmente me fiz essa pergunta quando o vi virar para olhar para ela, e, naturalmente, busquei a resposta em seu semblante. Ele já tinha tirado os olhos do sol, e observava um humilde tufo de margaridas que cresciam ao lado do portão.

— Uma noite adorável, mas é tarde para a senhorita sair sozinha — disse ele, enquanto esmagava as margaridas brancas com o pé.

— Ah, acabei de voltar de S... (e nomeou uma grande cidade a cerca de trinta quilômetros de distância) esta tarde. Papai me disse que você abriu a escola, e que a nova professora já tinha chegado, então coloquei meu chapéu depois do chá, e subi o vale para conhecê-la. É essa? — Apontou para mim.

— É sim — disse St. John.

— Acha que vai gostar de Morton? — indagou ela, num tom de simplicidade ingênua, agradável, apesar de infantil.

— Espero que sim. Tenho muitos motivos para gostar.

— Achou suas alunas tão atenciosas quanto esperava?

— Bastante.

— Gostou da sua casa?

— Muito.

— Acha que eu a mobiliei bem?

— Muito bem, de fato.

— E que tomei uma boa decisão ao colocar Alice Wood como sua ajudante?

— Tomou sim. Ela é inteligente e prestativa.

"Então essa é a Srta. Oliver, a herdeira", pensei. "Foi favorecida no que diz respeito à fortuna e à aparência! Que feliz combinação dos planetas presidiu seu nascimento, eu imagino."

— Irei ajudá-la na escola às vezes — acrescentou ela. — Será uma mudança para mim, visitá-la de vez em quando, e gosto de uma mudança. Sr. fiquei *tão* feliz durante minha estada em S... Ontem à noite, ou melhor, esta manhã, dancei até às duas da manhã. O regimento está estacionado lá desde os motins, e os oficiais são os homens mais agradáveis no mundo. Deixam todos os nossos jovens amoladores de faca e comerciantes de tesouras no chinelo.

Pareceu-me que o Sr. St. John projetou o lábio inferior para fora e curvou o superior por um momento. Certamente parecia ter franzido a boca e a parte inferior do rosto anormalmente severo e quadrado, quando a garota sorridente contava isso. Ergueu o olhar das margaridas e olhou para ela. Era um olhar sério, penetrante, significativo. Ela respondeu com um segundo sorriso, e o riso realçava sua juventude, as faces rosadas e os olhos brilhantes.

Enquanto ele continuava mudo e sério, ela voltou a acariciar Carlo.

— O pobre Carlo me ama — disse ela. — *Ele* não é severo e distante de seus amigos, e se pudesse falar, não ficaria em silêncio.

Enquanto ela acariciava a cabeça do cachorro, curvando-se com uma graça natural diante do jovem e austero senhor, vi um rubor tomar o rosto do reverendo. Vi seus olhos sérios se incendiarem e faiscarem de emoção. Assim, corado e emocionado, ele parecia quase tão bonito como homem, quanto ela como mulher. Seu peito se encheu, como se seu grande coração, cansado de ser restrito, tivesse se expandido contra a sua vontade, buscando liberdade. Mas ele o conteve, acho, como um cavaleiro decidido conteria um teimoso corcel. Não respondeu às insinuações gentis feitas por ela nem com palavras ou gestos.

— Papai falou que o senhor não vem mais nos visitar — continuou a Srta. Oliver, olhando para cima. — Virou um estranho em Vale Hall. Ele está sozinho esta noite, e não passa bem. Quer voltar comigo e visitá-lo?

— Não é uma hora adequada para visitar o Sr. Oliver — respondeu St. John.

— Não é uma hora adequada! Pois digo que é sim. É exatamente a hora que o papai mais quer companhia: quando as fábricas estão fechadas e ele não tem nada para fazer. Então, Sr. Rivers, *venha*. Por que é tão tímido e fechado?

Preencheu o hiato que o silêncio dele deixou respondendo a si mesma.

— Eu esqueci! — exclamou ela, sacudindo os lindos cachos, como se estivesse chocada consigo mesma. — Sou tão tonta e descuidada! Desculpe-me. Tinha escapado da minha memória que o senhor tem boas razões para não querer conversar. Diana e Mary foram embora, Moor House está fechada, e o senhor deve se sentir solitário. Eu certamente sinto pelo senhor. Venha e veja papai.

— Essa noite não, Srta. Rosamond, não esta noite.

O Sr. St. John falava quase como um autômato, só ele mesmo sabia o esforço necessário para recusar a oferta.

— Bem, se está tão decidido, vou deixá-lo. Não me atrevo a ficar mais, o sereno começou a cair.

— Boa noite!

Ela estendeu sua mão. Ele apenas a tocou.

— Boa noite! — repetiu ele, em uma voz baixa e vazia, como um eco. Ela se virou, mas voltou em um momento.

— O senhor está bem? — perguntou ela.

Bem, e tinha razão em perguntar. O rosto dele estava branco como o vestido dela.

— Muito bem — enunciou, e, fez um cumprimento e deixou o portão. Ela foi para um lado e ele para o outro. Ela, enquanto descia como uma fada no campo, se virou duas vezes para olhá-lo. Ele, enquanto caminhava com firmeza, nunca se virou.

Este espetáculo do sofrimento e sacrifício alheio tirou minha mente das minhas próprias aflições. Diana Rivers disse que seu irmão era "inexorável como a morte". Ela não tinha exagerado.

CAPÍTULO 32

Continuei com meu trabalho na escola, com o máximo de diligência e fidelidade possível. No início, foi um trabalho difícil, algum tempo depois, com muito esforço, já era capaz de compreender minhas alunas e sua natureza. Analfabetas, com as faculdades bastante entorpecidas, pareciam-me irremediavelmente estúpidas. E, à primeira vista, todas igualmente, mas logo descobri que estava errada. Havia uma diferença entre elas, assim como existe entre as crianças educadas. E quando eu as conheci, e elas a mim, essa diferença logo apareceu. Uma vez que o espanto em relação a mim, minha maneira de falar, minhas regras e minhas maneiras, diminuiu, descobri que muitas dessas garotas rústicas e boquiabertas eram perspicazes e inteligentes. Muitos se mostraram gentis e amigáveis também. Percebi entre elas não poucos exemplos de polidez natural e um amor-próprio inato, bem como excelente capacidade, que conquistou tanto minha boa vontade como minha admiração. Estas logo tiveram prazer em fazer um bom trabalho, em ficar limpas, em aprender as tarefas regularmente e adquirir maneiras quietas e discretas. Em alguns casos a rapidez do progresso foi até surpreendente. Sentia um orgulho honesto e feliz. Além disso, comecei a gostar muito de algumas das melhores meninas, e elas gostavam de mim. Tinha entre as alunas muitas filhas de fazendeiros, jovens quase crescidas. Essas já sabiam ler, escrever e costurar, e para elas eu ensinei gramática, geografia, história e os melhores tipos de bordado. Encontrei caráteres estimáveis entre elas, com fome por informação e dispostas a melhorar. Com elas passava uma hora muito agradável, em suas próprias casas. Seus pais então (o agricultor e a esposa) me encheram de atenções. Era um prazer aceitar sua simples bondade, e retribuí-la com consideração, um escrupuloso respeito aos seus sentimentos, à qual talvez não estivessem acostumados, mas que os encantava e beneficiava. Isso os elevava aos próprios olhos, e fazia com que se esforçassem para receber o tratamento diferente que recebiam.

Sentia que me tornava uma favorita na região. Sempre que saía, ouvia de todos os lados saudações cordiais e era recebida com sorrisos amigáveis. Viver em meio à consideração geral, mesmo que apenas de gente trabalhadora, era como "sentar-se ao sol, calmo e doce", sentimentos serenos brotam e florescem sob os raios. Neste período da minha vida, meu coração muito mais frequentemente se enchia de gratidão do que afundava em tristeza. Ainda assim, leitor, para ser honesta, em meio a essa calma, a esta existência, depois de um dia passado trabalhando ensinando as alunas, ou de uma noite passada desenhando ou lendo sozinha, eu costumava ter sonhos estranhos à noite. Sonhos coloridos, agitados, cheios de ideais, de movimentos, tempestuosos... sonhos onde, em meio a cenas inusitadas, carregadas de aventura, de perigos e romance, eu sempre via o Sr. Rochester, sempre em alguma crise emocionante. E então a sensação de estar em seus braços, ouvindo sua voz, encontrando seu olhar, tocando sua mão e bochecha, amando-o, e sendo amada por ele, renovava a esperança de passar uma vida inteira ao seu lado. Então eu acordava. Lembrava de onde estava e em que situação. Levantava da minha cama sem cortinas, tremendo e estremecendo. E a noite escura testemunhava a convulsão do meu desespero, e ouvia meu grito de paixão. Às nove horas da manhã seguinte, eu estava pontualmente abrindo a escola. Tranquila, resolvida, preparada para os deveres do dia.

Rosamond Oliver cumpriu a palavra de vir me visitar. Geralmente vinha à escola durante o passeio que dava pela manhã. Chegava galopando até a porta com seu pônei, seguida por um criado de libré, também montado. Dificilmente se pode imaginar algo mais belo que sua aparência, no traje roxo, com o chapéu de amazona, de veludo preto, colocado graciosamente sobre os longos cachos que beijavam sua bochecha e flutuavam até seu ombro. Era assim que ela entrava na construção rústica e deslizava pelas fileiras de crianças deslumbradas. Geralmente vinha quando o Sr. Rivers estava empenhado em dar a aula diária de catecismo. Creio que os olhos da visitante perfurassem o coração do jovem pastor. Uma espécie de instinto parecia avisá-lo da sua chegada, mesmo se ele não a via. E se estivesse olhando para outro lugar que não a porta quando ela chegasse, ele corava, e suas feições de mármore, embora se recusassem a relaxar, mudavam indescritivelmente, expressando em sua própria quietude um reprimido fervor, mais intenso do que os gestos ou olhares poderiam indicar.

Ela obviamente sabia do seu poder, na verdade, ele não escondia o efeito que ela causava, porque não seria capaz disso. Apesar de seu Estoicismo cristão, quando ela chegava e falava com ele, sorrindo de forma alegre, encorajadora e até mesmo carinhosa, as mãos dele tremiam e os olhos ardiam. Ele parecia dizer, com seu olhar triste e decidido, mesmo que não dissesse com os lábios: "Eu amo você, e sei que você também me ama. Não é o medo da recusa que me mantém afastado. Se eu oferecesse meu coração, acredito que você aceitaria. Mas esse coração já está colocado em um altar sagrado, as chamas já estão dispostas em torno dele. Em breve não será mais do que um sacrifício consumado".

E então ela fazia beicinho como uma criança desapontada, uma nuvem pensativa abrandava sua vivacidade radiante, retirava a mão da dele com rapidez e dava as costas petulantemente à sua figura ao mesmo tempo heroica e martirizada. St. John, sem dúvida, daria o mundo para segui-la, chamá-la, segurá-la, quando ela o deixava. Mas não abriria mão do céu, nem desistiria da esperança de alcançar o verdadeiro e eterno Paraíso, nem pelo seu amor. Além disso, não podia reunir tudo que tinha na sua natureza — o viajante, o poeta, o sacerdote — em uma única paixão. Não podia, e não iria, renunciar ao seu duro campo de luta missionária pelos salões e pela paz de Vale Hall. Soube disso por ele mesmo por uma investida que certa vez, apesar da sua reserva, consegui fazer em sua presença.

A Srta. Oliver me honrava com visitas frequentes. Eu já conhecia todo seu caráter, pois não tinha mistério ou disfarce. Era coquete, mas não sem coração, exigente, mas não egoísta. Tinha sido mimada desde o nascimento, mas não fora absolutamente estragada. Impetuosa, mas bem-humorada. Vaidosa (não podia evitar, quando o espelho mostrava tanta beleza), mas não afetada. Era generosa, ingênua, suficientemente inteligente, alegre, vivaz e descuidada. Era encantadora, em resumo, mesmo para uma fria observadora do seu próprio sexo, como eu. Mas não era muito interessante ou impressionante. Tinha uma mente muito diferente, por exemplo, das irmãs de St. John. Ainda assim, eu gostava dela quase como gostava de Adele, exceto que, cria-se um afeto maior por uma criança de quem cuidamos e ensinamos, do que podemos dar a uma amiga adulta igualmente atraente.

Ela assumiu um capricho amável para comigo. Dizia que eu era como o Sr. Rivers, mas, sem dúvida, admitia "nem um décimo tão bonita, embora fosse uma pequena alma pura e boa, ele era um anjo." Eu era, no entanto, boa, inteligente, composta, e firme como ele. Como professora eu era uma *lusus naturae*, afirmava. Ela tinha certeza de que minha história anterior, se conhecida, daria um romance delicioso.

Uma noite, enquanto remexia no armário e na gaveta da minha pequena cozinha com seu habitual jeito infantil e uma curiosidade irrefletida, mas não ofensiva, encontrou primeiro dois livros franceses, um volume de Schiller, uma gramática e dicionário alemães, e então meus materiais de pintura e alguns esboços, incluindo um desenho a lápis de uma linda menina bonita como um anjo, uma de minhas alunas, e várias paisagens do Vale de Morton e da charneca ao redor. Primeiro, ficou completamente surpresa, depois tomada de alegria.

— Você pintou isso? Sabe francês e alemão? Que amor, que milagre você é! Pinta melhor do que a minha professora na melhor escola de S... Poderia fazer um retrato meu? Para meu pai?

— Com prazer — respondi.

Senti a excitação de artista, pela ideia de fazer um retrato de um modelo tão perfeito e radiante. Ela estava usando um vestido de seda azul-escuro, os braços e o pescoço nus. O único ornamento eram os cabelos castanhos, que ondulavam sobre seus ombros com a graça dos cachos naturais. Peguei uma folha fina de cartolina e comecei a traçar um cuidadoso esboço. Prometi a mim mesma o prazer de colori-lo, e como estava tarde, disse que devia voltar outro dia para posar.

Ela falou de tal forma sobre mim para o pai, que o próprio Sr. Oliver a acompanhou na noite seguinte. Era um homem alto, tinha traços fortes, era de meia-idade e grisalho. Ao seu lado a adorável filha parecia uma flor radiante ao lado de uma torre vetusta. Parecia ser um homem taciturno, orgulhoso, mas foi muito gentil comigo. O esboço do retrato de Rosamond agradou-o muito, disse que daria um belo quadro. Insistiu também que eu fosse visitá-lo em Vale Hall no dia seguinte.

Fui. Achei a residência grande e bonita, demonstrava claros sinais da riqueza do proprietário. Rosamond demonstrou alegria e prazer durante o tempo que fiquei lá. O pai foi gentil, e quando começou a conversar comigo depois do chá, manifestou uma enorme aprovação pelo que eu tinha feito na escola de Morton, mas que temia, pelo que via e ouvia, que eu fosse boa demais para lá, e logo fosse em busca de algo melhor.

— Na verdade — exclamou Rosamond — ela é inteligente o bastante para ser governanta em uma família de alta classe, papai.

Pensei que preferia estar onde estou do que em qualquer família de alta classe existente. O Sr. Oliver falou do Sr. Rivers — da família Rivers — com grande respeito. Disse que era um nome muito antigo na região, que os ancestrais da casa foram ricos, que um dia foram donos de toda Morton, que mesmo agora ele considerava que o representante daquela família poderia, se quisesse, fazer uma aliança com os melhores. Achava uma pena que um jovem tão bom e talentoso tenha decidido partir como missionário, era desperdiçar uma vida valiosa. Parecia que seu pai não colocaria nenhum obstáculo entre a união de Rosamond com St.

John. O Sr. Oliver evidentemente via o bom nascimento do jovem clérigo, a família antiga e a profissão sagrada como compensação suficiente para a falta de fortuna.

Era 5 de novembro, feriado. Minha pequena criada, depois de me ajudar a limpar minha casa, foi embora, bem satisfeita com a moeda que recebeu pela ajuda. Tudo ao meu redor estava imaculado e brilhante, o piso escovado, a grelha polida e as cadeiras bem esfregadas. Também estava arrumada, e agora tinha a tarde diante de mim para passar como bem entendesse.

A tradução de algumas páginas do alemão ocupou uma hora. Depois peguei minha paleta e pincéis, e mergulhei na tarefa mais agradável, porque mais fácil, de finalizar o retrato em miniatura de Rosamond Oliver. A cabeça já estava pronta, faltava só pintar o fundo e sombrear a cortina. Também adicionar um toque de carmim nos lábios, um cacho aqui e ali às tranças, um tom mais escuro para a sombra dos cílios e sob a pálpebra azulada. Estava concentrada nesses detalhes, quando, após uma batida rápida, a porta se abriu e St. John Rivers entrou.

— Vim ver como está passando o feriado — falou ele. — Não muito pensativa, espero? Não. Isso é bom. Enquanto pinta não se sente solitária. Como vê, ainda desconfio da senhorita, embora tenha se saído maravilhosamente bem até agora. Trouxe um livro para ser um consolo noturno.

Colocou sobre a mesa um livro novo. Era de poemas. Uma daquelas produções genuínas, então muitas vezes concedida ao público afortunado daquela época — a idade de ouro da literatura moderna. Ai de mim! Os leitores atuais são menos favorecidos. Mas coragem! Não vou parar para acusar nem lamentar. Sei que a poesia não está morta, nem o gênio perdido. E tampouco Mammon[39] assumiu o poder ainda, para escravizar ou matar. Um dia ambas afirmarão sua existência, sua presença, sua liberdade e força novamente. Anjos poderosos, seguros no Céu! Sorriem quando as almas sórdidas triunfam, e os fracos choram por sua própria destruição. Poesia destruída? Gênio banido? Não! Mediocridade, não. Não deixe que a inveja a leve para esse lado. Não, eles não apenas vivem, mas reinam e redimem, e sem sua influência divina espalhada por toda parte, estaríamos no inferno... o inferno da nossa própria maldade.

Enquanto eu olhava ansiosamente para as brilhantes páginas de *Marmion* (pois era Marmion), St. John inclinou-se para examinar a minha pintura. O corpo alto ficou ereto novamente com o choque. Não falou nada. Olhei para ele, evitou meu olhar. Eu conhecia bem seus pensamentos e podia ler seu coração claramente. No momento, eu estava mais calma e tranquila do que ele, tinha essa vantagem temporária e resolvi fazer algum bem, se pudesse.

"Com toda a sua firmeza e autocontrole", pensei, "ele se cobra demais. Tranca cada sentimento e angústia dentro de si... não expressa, confessa, ou comunica nada.

---

39 Termo derivado da Bíblia, usado para descrever riqueza material ou cobiça, frequentemente personifica-do como divindade.

Tenho certeza que seria bom para ele falar um pouco sobre a doce Rosamond, com quem pensa que não deve se casar. Vou fazê-lo falar."

Primeiro falei:

— Sente-se, Sr. Rivers. — mas respondeu, como sempre, que não podia ficar.

"Muito bem" respondi mentalmente, "fique de pé se quiser, mas não irá embora tão depressa. Estou determinada. A solidão é tão ruim para o senhor quanto é para mim. Tentarei descobrir a fonte secreta da sua confiança, e encontrar uma abertura nesse peito de mármore, pela qual possa derramar uma gota do bálsamo da simpatia".

— O retrato está parecido? — perguntei sem rodeios.

— Parecido? Com quem? Não vi direito.

— Viu sim, Sr. Rivers.

Ele quase se assustou com a minha repentina e estranha atitude e olhou-me espantado. "Ah, isso ainda não é nada", murmurei para mim mesma. "Não desistirei por conta de um pouco de rigidez da sua parte. Estou determinada a ir longe". Continuei:

— Viu de perto e distintamente. Mas não tenho nenhuma objeção ao senhor olhar para ele novamente.

Então fiquei de pé e coloquei o retrato na mão dele.

— Um retrato bem feito — disse ele. — Cores suaves e claras. Um desenho muito fiel e gracioso.

— Sim, sim. Sei disso. Mas que tal a semelhança? Com quem se parece?

Controlando a hesitação, respondeu:

— Com a Srta. Oliver, suponho.

—Claro. E agora, senhor, para recompensá-lo pela resposta certa, posso prometer pintar cuidadosamente uma cópia fiel dessa mesma imagem. Desde que admita que gostaria do presente. Não quero jogar meu tempo e esforço oferecendo algo que não valorizaria.

Ele continuou a olhar para a pintura, quanto mais a olhava, quanto mais firme a segurava, mais parecia desejá-la

— Parece tanto — murmurou ele. — Os olhos estão bem feitos, as cores, as luzes, a expressão... estão perfeitos. Sorri!

— Seria um conforto ou uma tortura, possuir uma pintura dessas? Diga-me isso. Quando estiver em Madagascar, no Cabo, ou na Índia, seria um conforto ter essa lembrança? Ou a visão dela traria lembranças que deixariam o senhor nervoso ou aflito?

Ergueu os olhos furtivamente. Olhou para mim, irresoluto, perturbado, e voltou a examinar a imagem.

— Eu certamente gostaria de tê-la. Se isso seria prudente ou sensato, é a questão.

Desde que percebi que Rosamond realmente gostava dele, e que o pai dela provavelmente não se oporia ao casamento, eu — menos exaltada em meus pontos de vista do que St. John — decidi no meu próprio coração que defenderia essa união. Parecia-me que, se ele possuísse a grande fortuna do Sr. Oliver, poderia fazer tanto bem com ela quanto se fosse para o exterior desperdiçar suas forças sob o sol tropical. Por essa certeza, respondi:

— Pelo que vejo, seria mais prudente e sensato que o senhor ficasse de vez com o original.

A essa altura, ele já estava sentado. Colocara a pintura na mesa à frente, e com o rosto apoiado nas mãos, curvava-se amorosamente sobre ele. Percebi que não estava nem bravo nem chocado com minha audácia. Vi, na verdade, que falar sobre um assunto que ele considerava inabordável — e ouvi-lo ser tratado com tamanha liberdade — começava a dar-lhe prazer, um alívio inesperado. As pessoas reservadas muitas vezes precisam discutir mais francamente seus sentimentos e sofrimentos do que as pessoas expansivas. Até mesmo os mais estoicos são seres humanos, afinal. E "irromper" com audácia e boa vontade no "mar silencioso" das suas almas costuma ser como um favor para eles.

— Tenho certeza de que ela gosta do senhor — disse eu, parada atrás de sua cadeira — e o pai dela o respeita. Além disso, ela é uma moça adorável, embora um pouco desajuizada, mas o senhor tem juízo o bastante para os dois. Deve casar-se com ela.

— Ela gosta de mim? — perguntou ele.

— Certamente. Mais do que gosta de qualquer outra pessoa. Ela fala do senhor continuamente. Não há assunto que goste tanto ou de que fale tantas vezes.

— Como é bom ouvir isso — disse ele. — Muito bom. Continue por mais um quarto de hora.

E realmente tirou o relógio do bolso e colocou-o sobre a mesa para medir o tempo.

— Mas de que adianta continuar — indaguei — se o senhor provavelmente já está preparando algum firme argumento contrário ou forjando uma nova corrente para acorrentar seu coração?

— Não imagine coisas tão duras. Imagine-me cedendo e derretendo, o que estou fazendo agora. O amor humano surgindo como uma fonte aberta na minha mente e inundando docemente todo o campo que lavrei e preparei com tanto cuidado, que tão assiduamente semeei com boas intenções e renúncias. E agora está inundado por uma enchente de néctar... os brotos afogados, um delicioso veneno os sufocando. Agora me vejo estendido sobre um pufe na sala de estar do Vale Hall, aos pés da minha noiva Rosamond Oliver. Ela está falando comigo na sua voz doce, olhando para mim com aqueles olhos que suas habilidosas mãos reproduziram tão bem... sorrindo para mim com os lábios rosados. Ela é minha... eu sou dela... a vida presente e passageira me basta. Oh, não! Não diga nada... meu coração está tomado de prazer... meus sentidos estão em transe... deixe que o tempo que marquei passe em paz.

Fiz o que queria. O relógio tiquetaqueava. Ele ofegava baixinho. Fiquei calada. Em meio a esse silêncio, o quarto de hora chegou. Ele pegou o relógio, soltou o retrato, levantou-se e ficou junto da lareira.

— Agora — disse ele — esse pequeno tempo foi dado ao delírio e à ilusão. Descansei minhas têmporas no seio da tentação, e voluntariamente coloquei meu pescoço sob seu jugo de flores. Provei da sua taça. O travesseiro estava queimando, há uma serpente nas flores, o vinho é amargo. As promessas são vazias... as ofertas são falsas. Vejo e sei de tudo isso.

Olhei para ele espantada.

— É estranho — prosseguiu ele — que embora eu ame Rosamond Oliver tão descontroladamente... com toda a intensidade, de fato, de um primeiro amor, cujo objeto é primorosamente belo, gracioso e fascinante... ao mesmo tempo tenho a calma e isenta certeza de que ela não seria uma boa esposa para mim, de que não é a companheira que me convém e que descobrirei isso após um ano de casamento. E que após esses doze meses de ventura, terei uma vida de remorsos. Tenho certeza disso.

— Realmente, é muito estranho! — não pude evitar exclamar.

— Enquanto uma parte de mim é muito sensível aos seus encantos, outra é profundamente consciente dos seus defeitos. Ela não entende nenhuma das minhas aspirações, nem coopera com nada que pretendo realizar. Rosamond, uma sofredora, trabalhadora, um apóstolo em mulher? Rosamond, a esposa de um missionário? Não!

— Mas o senhor não precisa se tornar missionário. Pode abrir mão disso.

— Abrir mão? Renunciar à minha vocação? Desistir da minha grande obra? Do alicerce que construo na terra para a minha mansão no céu? Desistir da esperança de ser um daqueles que renunciam a todas as ambições pela única e gloriosa ambição de aprimorar a vida dos seus semelhantes... de levar conhecimento onde a ignorância reina... de substituir a guerra pela paz, a escravidão pela liberdade, a superstição pela religião, o medo do inferno pela esperança do céu? Devo renunciar a tudo isso? Isso me é mais valioso que o sangue que corre em minhas veias. É o que devo buscar, é para isso que devo viver.

Após uma longa pausa, falei:

— E a Srta. Oliver? O sofrimento e a decepção dela não importam para o senhor?

— A Srta. Oliver está cercada de pretendentes e bajuladores. Em menos de um mês minha imagem se apagará de seu coração. Ela me esquecerá e provavelmente se casará com alguém que a fará muito mais feliz do que eu.

— O senhor realmente fala com muita frieza, mas sofre com o conflito. Está definhando.

— Não. Se eu emagrecer um pouco, é ansiedade pelos meus projetos ainda não concluídos... pela minha partida continuamente adiada. Essa manhã mesmo fiquei sabendo que o meu sucessor, cuja chegada espero há tempos, não conseguirá vir antes de três meses. E esses três meses talvez se estendam para seis...

— O senhor treme e cora toda vez que a Srta. Oliver entra na sala de aula.

Novamente a expressão de surpresa cruzou o seu rosto. Não imaginava que uma mulher tivesse coragem de falar assim com um homem. E eu sentia-me à vontade com conversas desse tipo. Não conseguia me comunicar com mentes fortes, discretas e refinadas, fossem de homens ou mulheres, enquanto não ultrapassasse as barreiras da reserva convencional e cruzasse a soleira da confiança, conquistando um lugar nos seus corações.

— A senhorita é original — disse ele — e não é tímida. Há algo de corajoso no seu espírito e de penetrante no seu olhar. Mas deixe que eu lhe assegure que interpretou meus sentimentos erroneamente, em partes. Acredita que são mais poderosos e profundos do que são. Dá-me mais crédito do que mereço. Quando fico corada e tremo diante da Srta. Oliver, não me perdoo. Desprezo a minha fraqueza. Sei que é tolice, algo da carne, não uma convulsão da alma. Esta continua firme como uma rocha presa nas profundezas de um mar agitado. Reconheça-me pelo que sou... um homem frio e resistente.

Sorri, desacreditada.

— A senhorita descobriu meu segredo — continuou ele — e agora ele está ao seu dispor. No meu estado natural, sem o manto manchado de sangue com o qual o cristianismo cobre as deformidades humanas, sou apenas um homem, rude e teimoso. De todos os sentimentos, somente o afeto natural exerce poder sobre mim. Meu guia é a razão, e não o sentimento. Minha ambição não tem limites, meu desejo de crescer e fazer mais que os outros é insaciável. Admiro a resistência, a perseverança, a dedicação e o talento, porque são os meios pelos quais os homens alcançam grandes coisas e conquistam um alto grau de eminência. Observo sua carreira com interesse, porque a considero um tipo de mulher diligente, organizada e capaz, não porque sinto compaixão pelo que passou, ou pelo que sofre.

— O senhor se descreve como um mero filósofo pagão — falei.

— Não. Há essa diferença entre mim e os filósofos pagãos: eu tenho fé, e acredito no Evangelho. Errou. Não sou um filósofo pagão, mas um filósofo cristão... um seguidor de Jesus. Como discípulo, adoto Suas doutrinas puras, misericordiosas e benignas. Defendo o Senhor, jurei espalhar Sua palavra. A religião me conquistou na juventude e foi ela que cultivou minhas qualidades, da seguinte forma: a partir de uma pequena semente, a afeição natural se transformou em uma grande árvore, a filantropia. Da selvagem e fibrosa raiz da retidão, nasceu o senso correto da justiça divina. Da ambição de conquistar poder e fama para meu ser desprezível, formou a ambição de espalhar o Reino do meu Senhor e conquistar vitórias para o estandarte da Cruz. A religião fez isso por mim. Extraiu o melhor da matéria original, podou e aperfeiçoou a natureza. Mas não é possível erradicar a natureza por completo, não será erradicada "até que este mortal assuma a imortalidade".

Tendo dito isso, pegou o chapéu que estava sobre a mesa, ao lado da minha paleta. Olhou novamente para o retrato.

— Ela é adorável — murmurou. — O nome Rosa do Mundo, na verdade, é bem apropriado!

— E não devo pintar uma cópia para o senhor?

— *Cui bono*[40]? Não.

---

40 "Para o benefício de quem?", em Latim.

Colocou sobre a imagem uma folha de papel fino que eu usava para descansar a mão enquanto pintava para evitar manchar o papel. O que ele de repente viu nesse papel em branco, eu não era capaz de dizer, mas algo chamou sua atenção. Ele o agarrou rapidamente e olhou para a borda; em seguida, lançou um olhar para mim, inexprimivelmente peculiar e bastante incompreensível. Um olhar que parecia tomar e gravar todos os detalhes do meu rosto, do meu corpo e da minha roupa. Atravessava tudo, rápido, agudo e afiado. Sua boca se abriu, como se quisesse falar, mas tivesse reprimido o que ia dizer, fosse o que fosse.

— Qual é o problema? — indaguei.

— Nada nesse mundo — foi a resposta. E, ao recolocar o papel, vi que rasgou um pedacinho da margem, que desapareceu dentro de sua luva. Com um rápido aceno de cabeça e um "boa noite", saiu.

— Bem! — exclamei, usando uma expressão da região — fazer o quê!

Eu, por minha vez, examinei o papel, mas não vi nada além de algumas manchas de tinta feitas quando testei a tinta no pincel. Ponderei o mistério por um ou dois minutos, mas sem conseguir entender, e tendo a certeza de que não significava muito, deixei para lá e esqueci-o.

CAPÍTULO 33

Quando o Sr. St. John saiu, estava começando a nevar. A tempestade durou a noite toda. No dia seguinte, um vento forte trouxe nevascas impetuosas e torrenciais. No fim do dia o vale estava submerso em neve e quase intransitável. Fechei a janela, coloquei um tapete embaixo da porta para impedir que a neve entrasse, aticei o fogo, e sentei-me diante da lareira por quase uma hora, e fiquei ouvindo a fúria da tempestade. Depois acendi o candeeiro, peguei Marmion e comecei a ler.

O dia acabou no rochedo íngreme de Norham,
E sobre o belo rio Tweed, largo e profundo,
E as solitárias montanhas de Cheviot;
As torres maciças, o calabouço,
As paredes que os rodeiam,
Brilham em dourado esplendor

Logo esqueci a tempestade.

Ouvi um barulho. Pensei que fosse o vento sacudindo a porta. Não. Era St. John Rivers, que, abrindo a porta, saiu do furacão congelado, da escuridão uivante e ficou diante de mim. A capa que cobria sua figura alta estava toda branca como uma geleira. Fiquei confusa, pois não imaginava que receberia nenhum convidado aquela noite, com o vale bloqueado.

— Alguma notícia ruim? — exigi. — Aconteceu alguma coisa?

— Não. Com que facilidade fica alarmada! — respondeu ele, tirando o casaco e pendurando-o na porta. Recolocou o tapete que foi removido com sua entrada.

Tirou a neve das botas.

— Devo ter sujado seu piso tão limpo — disse ele — mas a senhorita deve me perdoar dessa vez.

Então se aproximou do fogo.

— Foi difícil chegar aqui, garanto — observou ele, enquanto aquecia as mãos sobre a chama. — Uma ventania quase me derrubou. Felizmente, a neve ainda está bem macia.

— Mas por que veio? — Não pude deixar de perguntar.

— Uma pergunta bastante inóspita para fazer a um visitante. Mas, já que pergunta, respondo que vim simplesmente para ter uma conversinha com a senhorita. Cansei dos livros mudos e dos quartos vazios. Além do mais, desde ontem tenho experimentado a excitação de uma pessoa a quem uma história foi contada pela metade, e que está impaciente para ouvir a continuação.

Sentou-se. Lembrei-me do seu comportamento estranho de ontem, e realmente comecei a temer que suas faculdades mentais tivessem sofrido algo. No entanto, se estava louco, a sua loucura era de um tipo calmo e controlado. Eu nunca havia visto aquele rosto belo que tinha mais parecido do que mármore do que naquele momento, enquanto ele tirava os cabelos molhados de neve da testa e deixava que a luz do fogo brilhasse no rosto pálido. Fiquei aflita ao ver ali profundos traços de sofrimento e preocupação. Aguardei, esperando que ele falasse algo que eu pudesse ao menos compreender. Ele estava pensando, tinha a mão no queixo e os dedos no lábio. Fiquei surpresa ao ver que a mão parecia tão desgastada como seu rosto. Uma inesperada onda de piedade tomou meu coração. Fui levada a dizer:

— Eu gostaria que Diana ou Mary viessem morar com o senhor. É uma pena que esteja completamente sozinho, além disso, é muito descuidado com a própria saúde.

— De jeito nenhum — disse ele. — Cuido de mim mesmo quando necessário. Estou bem agora. O que vê de errado em mim?

Isso foi dito com uma indiferença descuidada e abstraída, o que mostrava que a minha preocupação era completamente desnecessária, ao mesmo na sua opinião. Fiquei calada.

Ele ainda movia lentamente o dedo sobre o lábio superior, e os olhos ainda pousavam sonhadoramente na lareira acesa. Querendo falar alguma coisa, perguntei se sentia alguma corrente de ar frio vinda da porta, que estava atrás dele.

— Não, não! — respondeu ele, brevemente e um tanto irritado.

"Bom" refleti, "se não quiser falar, pode ficar quieto. Vou deixá-lo em paz agora e voltarei ao meu livro." Então reacendi o candeeiro e retomei a leitura de Marmion. Ele logo se mexeu. Meus olhos foram instantaneamente atraídos para seus movimentos. Pegou uma carteira de marroquim e tirou dela uma carta, que leu em silêncio, dobrou, guardou, depois recaiu na meditação. Era inútil tentar ler com uma pessoa tão imóvel diante de mim, nem podia, impaciente como era, ficar calada. Ele poderia achar ruim, se quisesse, mas eu falaria.

— Teve notícias de Diana e Mary ultimamente?

— Não desde a carta que mostrei a você há uma semana.

— Houve alguma mudança nos seus planos? Será chamado a deixar a Inglaterra mais cedo do que esperava?

— Receio que não. Seria sorte demais.

Perplexa, mudei de assunto. Pensei em falar sobre a escola e meus alunos.

— A mãe de Mary Garrett está melhor, e Mary voltou para a escola esta manhã. Semana que vem terei quatro novas alunas, da Foundry Close. Teriam vindo hoje, se não fosse pela neve.

— De fato!

— O Sr. Oliver está pagando por duas alunas.

— Ele está?

— E pretende fazer uma surpresa para toda a escola no Natal.

— Eu sei.

— Foi ideia sua?

— Não.

— De quem, então?

— Da filha dele, eu acho.

— É bem a cara dela. É tão generosa.

— É.

Novamente veio o vazio de uma pausa. O relógio bateu oito horas. Isso o despertou. Ele descruzou as pernas, sentou-se ereto e virou-se para mim.

— Deixe o livro de lado por um momento e venha para perto da lareira — disse ele.

Curiosa, e não encontrando uma saída para essa curiosidade, obedeci.

— Meia hora atrás — prosseguiu ele — falei da minha impaciência para ouvir a continuação da história. Pensando bem, acho que seria melhor se eu assumisse o papel de narrador e a senhorita, o de ouvinte. Antes de começar, é justo avisá-la de que a história vai soar um tanto banal aos seus ouvidos, mas detalhes simples muitas vezes ganham um novo frescor quando contados por novos lábios. Por fim, velha ou nova, a história é curta.

Há vinte anos, um pobre cura — não importa o nome dele neste momento — apaixonou-se pela filha de um homem rico. Ela também se apaixonou por ele e desposou-o, contra a vontade de todos os seus parentes, que consequentemente, a renegaram imediatamente após o casamento. Em menos de dois anos, os dois estavam mortos e deitados quietamente lado a lado sob a mesma lápide. (Vi o túmulo deles, fazia parte do pavimento de um enorme cemitério em torno de uma velha catedral, coberta de fuligem, de uma cidade industrial no Condado...). Deixaram uma filha, que, desde o seu nascimento, foi entregue ao colo da caridade... um colo frio como o da neve que quase me prendeu essa noite. A Caridade levou a pequena órfã para a casa dos seus ricos parentes maternos, foi criada por uma tia emprestada, chamada (agora chego nos nomes) Sra. Reed de Gateshead. A senhorita estremeceu... ouviu um barulho? Acho que é só um rato subindo pelo telhado da escola. Era um celeiro antes de ser reformada, e os celeiros geralmente são assombrados por ratos. Continuando, a Sra. Reed manteve a órfã por dez anos. Se estava feliz ou não com ela, não posso dizer, nunca me contaram, mas ao fim desse tempo ela a transferiu para um lugar que a senhorita conhece... pois se trata da Escola Lowood, onde morou por muito tempo. Parece que a carreira dela lá foi muito honrosa: de aluna, tornou-se professora, como a senhorita... realmente me parece que existem muitas semelhanças entre a sua história e a dela. Saiu de lá para ser governanta, aí está, mais uma vez seus destinos foram análogos. Ela assumiu a educação da protegida de um certo Sr. Rochester.

— Sr. Rivers! — interrompi.

— Posso imaginar o que está sentindo — disse ele — mas espere um pouco, estou quase terminando, me ouça até o fim. Do caráter do Sr. Rochester nada sei, a não ser o único fato de que ele ofereceu um casamento honroso a esta jovem, e que no próprio altar ela descobriu que ele ainda tinha uma esposa viva, embora louca. Qual sua conduta subsequente ou seus propósitos, é questão de pura conjectura. Mas quando aconteceu algo que fez com que procurassem a governanta, descobriram que ela havia partido... ninguém sabia dizer quando, para onde, ou como. Ela havia deixado Thornfield Hall durante a noite e todas as buscas para descobrir onde estava foram em vão. Reviraram o Condado e não conseguiram encontrar nem um vestígio de seu paradeiro ou de informação sobre ela. Contudo, era urgente que ela fosse encontrada. Colocaram anúncios nos jornais, eu mesmo recebi uma carta de um tal Sr. Briggs, um procurador, comunicando os detalhes que acabei de contar. Não é uma história estranha?

—Apenas me diga isso — disse eu. — E já que o senhor sabe tanto, certamente poderá me dizer: e o Sr. Rochester? Como e onde ele está? O que está fazendo? Ele está bem?

— Ignoro tudo sobre o Sr. Rochester. A carta só o menciona para contar a respeito da tentativa ilegal e fraudulenta a que me referi. Deveria perguntar o nome da governanta... e a natureza do evento que exige sua presença.

— Ninguém foi a Thornfield Hall, então? Ninguém viu o Sr. Rochester?

—Suponho que não.

— Mas escreveram para ele?

— Claro.

— E o que ele disse? Quem está com as cartas dele?

— Sr. Briggs deu a entender que a resposta ao seu pedido não era do Sr. Rochester, mas de uma senhora que assinou como "Alice Fairfax."

Fiquei gelada e pálida. Meus piores medos se tornaram realidade. Provavelmente ele tinha deixado a Inglaterra e se precipitado em desespero para algum antigo refúgio no Continente. E que opiáceo para seus sofrimentos severos... que objeto para suas fortes paixões... havia procurado lá? Não ousei responder à pergunta. Ah, meu pobre patrão — quase meu marido, em certo momento — a quem eu tantas vezes chamei de "meu querido Edward!".

— Ele deve ter sido um homem mau — observou o Sr. Rivers.

Jane Eyre

— O senhor não o conhece... não o julgue — falei, com energia.

— Muito bem — respondeu ele, calmamente. — E, na verdade a minha cabeça está ocupada com outras coisas, que não ele. Tenho uma história para contar. Já que não vai perguntar o nome da governanta, devo contar por minha própria conta. Espere! Tenho aqui... é sempre melhor ver os pontos importantes escritos, de forma clara, como preto no branco.

E pegou a carteira mais uma vez, a abriu, procurou por algo nela, e tirou um pedaço de papel surrado e rasgado às pressas de um dos seus compartimentos. Reconheci na sua textura e nas manchas de azul-marinho, carmesim e vermelho, a margem rasgada do retrato. Ele se levantou e segurou-a perto dos meus olhos. Então li, escritas com tinta, na minha própria caligrafia, as palavras *Jane Eyre*: sem dúvida algo feito em um momento de distração.

— Briggs me escreveu sobre Jane Eyre — disse ele. — Os anúncios procuravam por uma Jane Eyre. Eu conhecia uma Jane Elliott. Confesso que tive minhas suspeitas, mas foi ontem à tarde que elas se transformaram em certeza. Reconhece o nome e renuncia ao pseudônimo?

— Sim, sim... mas onde está o Sr. Briggs? Talvez ele saiba mais do Sr. Rochester do que o senhor.

— Briggs está em Londres. Não acredito que ele saiba algo sobre o Sr. Rochester, não é no Sr. Rochester que ele está interessado. Enquanto isso, a senhorita se esquece de pontos principais para ir atrás de ninharias. Não pergunta por que o Sr. Briggs está à sua procura... o que quer com a senhorita.

— Bem, o que ele quer?

— Apenas contar-lhe que seu tio, o Sr. Eyre, de Madeira, está morto. Que ele deixou todas as propriedades para a senhorita, e que agora está rica. Apenas isso, mais nada.

— Eu!... Rica?

— Sim, você, rica. Uma legítima herdeira.

Seguiu-se um silêncio.

— Precisará provar sua identidade, é claro — retomou St. John. — O que não apresentará nenhuma dificuldade, então entrará na posse imediata. Sua fortuna está investida em fundos ingleses, Briggs tem o testamento e todos os documentos necessários.

Então, as cartas mudavam! É uma ótima coisa, leitor, ser levada da indigência para a riqueza de uma hora para a outra... uma coisa muito boa. Mas não é algo que alguém possa compreender ou desfrutar tão de repente. Existem outros tipos de sorte na vida muito mais emocionantes e arrebatadoras. Mas *isso* é sólido, é algo do mundo real, não há nada de ideal, todas as suas associações são sólidas e racionais, e sua manifestação também. Quem recebe uma herança não salta e grita "Hurra!", e sim começa a pensar em responsabilidades, a ponderar negócios, percebe que sobre tamanha satisfação existem preocupações sérias, e se contém, meditando sobre a felicidade que sente com uma expressão solene.

Além disso, as palavras Legado e Herança andam lado a lado das palavras Morte e Funeral. Acabei de descobrir que meu tio havia morrido... meu único parente. Desde que descobri que existia, nutri a esperança de vê-lo um dia. Agora, nunca o veria. E então aquele dinheiro vinha apenas para mim, não para mim e para uma família que se alegrasse também. Mas, sem dúvida, isso era uma grande benção. E a independência seria gloriosa — seria, eu sabia — e esse pensamento aqueceu meu coração.

— Finalmente se moveu — disse o Sr. Rivers. — Pensei que a Medusa houvesse olhado para a senhorita e que a tivesse transformado em pedra. Talvez agora pergunte quanto vai receber.

— Quanto vou receber?

— Ah, uma ninharia! Nada, certamente, digno de ser mencionado... vinte mil libras, acredito que seja isso. Mas o que vale isso, não é?

— Vinte mil libras?

Outro susto. Eu havia calculado umas quatro, cinco mil. Fiquei sem fôlego por um momento. E o Sr. St. John, a quem eu nunca ouvira rir, agora ria.

— Bem — disse ele — a senhorita não pareceria mais espantada nem se tivesse cometido um assassinato e eu dissesse que seu crime havia sido descoberto.

— É um valor muito alto... não acha que é algum engano?

— Não há engano algum.

— Talvez tenha lido os números errado... podem ser duas mil libras!

— Está escrito com letras e não com número... vinte mil!

Mais uma vez, senti-me como um indivíduo que, avaliando mal seus poderes gastronômicos, senta-se sozinho numa mesa com comida para cem pessoas.

O Sr. Rivers levantou-se e colocou o casaco.

— Se não fosse uma noite tão terrível — disse ele — eu mandaria Hannah descer para lhe fazer companhia. Está parecendo desesperada demais para ficar sozinha. Mas Hannah, pobre mulher! Não consegue andar na neve tão bem quanto eu, suas pernas não são tão firmes. Então devo deixá-la com a sua tristeza. Boa noite.

Ele estava levantando a trava, e um pensamento repentino me ocorreu.

— Pare um minuto! — exclamei.

— Bem?

— Fiquei curiosa para saber por que o Sr. Briggs escreveu para o senhor a respeito de mim, ou como imaginou que o senhor, vivendo em um lugar tão distante, conseguisse me encontrar.

— Ah! Sou um clérigo — disse ele. — E clérigos frequentemente são consultados sobre situações estranhas.

Mais uma vez, a trava balançou.

— Não. Isso não me satisfaz! — exclamei.

E de fato havia algo na resposta apressada e nada explicativa que, em vez de satisfazer minha curiosidade, provocou-a ainda mais.

— É algo muito estranho — acrescentei. — Quero saber mais sobre isso.

Jane Eyre

— Outra hora.

— Não. Hoje à noite!

E quando foi em direção à porta, coloquei-me entre ela e ele, que parecia muito sem graça.

— Certamente não irá até que tenha me contado tudo — determinei.

— Prefiro não contar agora.

— Mas vai. Precisa contar.

— Prefiro que Diana ou Mary contem.

É claro que essas objeções levaram a minha curiosidade ao máximo. Ele deveria saciar minha curiosidade, e rápido. E eu disse isso para ele.

— Mas eu avisei que eu era um homem resistente — disse ele — difícil de persuadir.

— E eu sou uma mulher resistente... impossível de dissuadir.

— E também... prosseguiu ele — sou frio. Nenhuma emoção me afeta.

— Enquanto eu sou quente, e o fogo derrete o gelo. O fogo ali derreteu toda a neve do seu casaco. Da mesma forma, a água escorreu para o meu chão, deixando-o todo sujo. Se espera um dia ser perdoado, Sr. Rivers, por tamanho crime e indelicadeza de sujar uma cozinha areada, diga-me o que quero saber.

— Bem, então — disse ele — eu me rendo. Se não por causa da sua curiosidade, por causa da perseverança. Assim como água mole em pedra dura... Além disso, vai descobrir algum dia... melhor agora que depois. Seu nome é Jane Eyre?

— Sim. Isso já foi esclarecido.

— Não sabe, talvez, que temos o mesmo sobrenome? Que fui batizado como St. John Eyre Rivers?

— Não, na verdade não! Lembro-me agora de ver a letra E. entre as suas iniciais, escrita nos livros que me emprestou tantas vezes. Mas nunca perguntei qual era seu nome. Mas e daí? Certamente...

Parei. Não confiava em mim mesma para entreter, muito menos para expressar, o pensamento que me ocorreu... que tomou forma... que, em um segundo, se transformou em uma grande e forte possibilidade. As circunstâncias se teciam, se ajustavam, entravam em ordem. A corrente que sustentava, até então, uma sucessão de elos sem nenhum formato, organizava-se, cada elo estava perfeitamente alinhado, a conexão estava completa. Meu instinto já sabia do que se tratava, antes mesmo que St. John falasse uma palavra. Mas não posso esperar que o leitor tenha a mesmo percepção intuitiva, então devo repetir sua explicação.

— O nome da minha mãe era Eyre. Ela tinha dois irmãos, um clérigo, que se casou com a Srta. Jane Reed, de Gateshead, e o outro, John Eyre, comerciante, de Funchal, Madeira. O Sr. Briggs, sendo o advogado do Sr. Eyre, escreveu-nos em agosto para nos informar sobre a morte de nosso tio, e para dizer que ele havia deixado seus bens para a filha órfã do seu irmão, o clérigo; nos esquecendo por causa de uma briga, jamais perdoada, entre ele e meu pai. Então, escreveu novamente algumas semanas atrás para nos contar que a herdeira estava desaparecida, e perguntando se sabíamos algo sobre ela. Um nome escrito casualmente em um pedaço de papel permitiu que eu a encontrasse. O resto você sabe.

Já estava indo novamente, mas coloquei minhas costas contra a porta.

— Deixe-me falar — pedi. — Deixe-me ter um momento para respirar e refletir.

Fiz uma pausa. Ele estava diante de mim, tinha o chapéu na mão, e parecia bastante calmo. Retomei:

— Sua mãe era irmã do meu pai?

— Era.

— Logo, era minha tia?

Ele assentiu.

— Meu tio John era seu tio John? O senhor, Diana, e Mary são filhos da irmã dele, assim como eu sou filha do irmão dele?

— Inegavelmente.

— Então vocês três são meus primos, metade do nosso sangue flui da mesma fonte?

— Nós somos primos, sim.

Eu o observei. Parecia que tinha encontrado um irmão. Um do qual eu poderia me orgulhar... alguém que eu poderia amar. E duas irmãs, cujas qualidades eram tais, que, mesmo quando eu as conheci como meras estranhas, elas me inspiraram com afeto genuíno e admiração. As duas moças que, ajoelhada sobre o chão molhado, através da janela baixa da cozinha de Moor House, eu tinha olhado com uma mistura tão amarga de interesse e desespero, eram minhas familiares próximas. E o jovem e majestoso cavalheiro que me encontrou quase morrendo em sua porta, era meu parente de sangue. Que descoberta gloriosa era aquela, para uma infeliz solitária! Isso sim era riqueza de verdade! Riqueza para o coração! Uma mina de afetos puros e genuínos. Era uma bênção, brilhante, vívida e estimulante. Não como o presente derivado de ouro, rico e bem-vindo à sua maneira, mas que era pesado. Bati as mãos em repentina felicidade. Meu coração acelerou, minhas veias vibraram.

— Oh, estou feliz! Estou feliz! — exclamei.

St. John sorriu.

— Não falei que negligenciou o principal para se preocupar com bobagens? — perguntou ele. — Ficou séria quando contei que tinha uma fortuna, e agora, por uma coisa sem importância, ficou empolgada.

— O que quer dizer? Pode não ter importância para o senhor, pois tem irmãs e não liga para uma prima. Mas eu não tinha ninguém, e agora três familiares, ou dois, se preferir não ser incluído, surgiram na minha vida adulta. Repito: como estou feliz!

Andava rápido pela sala. Parei, meio sufocada com os pensamentos que surgiram mais rápido do que eu os podia receber, compreender, ajudar. Pensamentos sobre o que poderia, deveria e seria dali para a frente. Olhei para a parede branca, parecia um céu denso cheio de estrelas ascendentes, cada uma me iluminando com um propósito ou deleite. Agora poderia beneficiar aqueles que salvaram minha vida e que até então eu amava sem poder retribuir. Estavam sob um jugo... e eu poderia libertá-los, estavam separados... eu poderia reuni-los. A independência e a riqueza que eu agora tinha podiam ser deles também. Não éramos quatro? Vinte mil libras compartilhadas igualmente seriam cinco mil para cada... dava e sobrava. A justiça seria feita, e a felicidade mútua seria assegurada. Agora a riqueza não mais me pesava, agora não era uma mera herança em moedas... era um legado de vida, de esperança, de alegria.

Não sei dizer qual era a minha aparência enquanto esses pensamentos tomavam meu espírito, mas logo percebi que o Sr. Rivers tinha colocado uma cadeira atrás de mim e gentilmente tentava fazer com que eu me sentasse. Também me aconselhou a manter a calma. Ignorei a insinuação de nervosismo e distração, afastei sua mão e comecei a andar de novo.

— Escreva para Diana e Mary amanhã — falei — e diga-lhes que venham para casa imediatamente. Diana disse que elas se considerariam ricas com mil libras, então com cinco ficarão muito bem.

— Diga-me onde posso pegar um copo d'água para você — disse St. John. — Precisa se acalmar.

— Tolice! E que tipo de efeito a herança terá sobre o senhor? Será que o levaria a ficar na Inglaterra, a casar com a Srta. Oliver e a se contentar em ser um mero mortal?

— Está divagando... ficou confusa. Fui muito abrupto ao contar as notícias, isso a excitou além de suas forças.

— Sr. Rivers! O senhor está me deixando impaciente! Sou bastante racional. É o senhor que está entendendo mal, ou melhor, fingindo não entender.

— Talvez, se a senhorita se explicar um pouco melhor, eu compreenda.

— Explicar! O que há para explicar? Não é possível que o senhor não veja que vinte mil libras, a soma em questão, dividida igualmente entre o sobrinho e as três sobrinhas de nosso tio, vai dar cinco mil para cada? O que eu quero é que escreva para suas irmãs e conte sobre a fortuna que vão receber.

— Que a senhorita vai receber, é o que quer dizer.

— Já dei minha opinião sobre isso, não posso pensar de outra forma. Não sou brutalmente egoísta, cegamente injusta ou diabolicamente ingrata. Além disso, estou decidida que terei um lar e uma família. Gosto de Moor House, e vou morar em Moor House. Gosto de Diana e Mary, e me ligarei a Diana e Mary por toda a vida. Ter cinco mil libras seria algo que me agradaria e beneficiaria. Ter vinte mil libras seria algo que me atormentaria e pressionaria. Além disso, essa quantia jamais seria minha por justiça, apesar de ser pela lei. Então abro mão daquilo que é absolutamente supérfluo para mim. Não deve haver oposição ou discussão sobre isso. Vamos concordar e decidir isso de uma vez.

— Está agindo impulsivamente. Deve pensar sobre isso por alguns dias, antes que sua decisão seja levada a sério.

— Ah! Se só está duvidando da minha sinceridade, fico mais calma. Concorda que isso seria o justo?

— Vejo uma certa justiça, mas é contrária a todos os costumes. Além disso, toda a fortuna é sua por direito. Meu tio a conquistou com os próprios esforços e estava livre para deixá-la a quem quisesse. E deixou para a senhorita. A justiça, então, permite que você fique com ela. Pode considerar que é toda sua com a consciência limpa.

— Para mim — disse eu — é mais uma questão de sentimento do que de consciência. E devo ceder aos meus sentimentos, raramente tenho a oportunidade de fazê-lo. Ainda que o senhor discuta, reclame e me irrite por um ano, eu não abrirei mão do prazer do qual tive um vislumbre... o de retribuir, em parte, uma grande obrigação, e ganhar amigos para toda a vida...

— Pensa assim agora — respondeu St. John — porque não sabe o que é possuir, nem consequentemente desfrutar da riqueza. Não consegue nem imaginar a importância que vinte mil libras lhe dariam, do lugar que ocuparia na sociedade, das possibilidades que teria, não pode...

— E o senhor — interrompi — não pode imaginar o desejo que tenho por amor fraterno. Nunca tive um lar, nunca tive irmãos ou irmãs, preciso e os terei agora. O senhor não está relutante em me aceitar e me reconhecer, está?

— Jane, eu serei seu irmão... minhas irmãs serão suas irmãs... sem exigir esse sacrifício do seu direito.

— Irmão? Sim, a cinco mil quilômetros de distância! Irmãs? Sim, escravizando-se entre estranhos! Eu, rica, empanturrada de ouro que não conquistei e não mereço! Você, sem um tostão! Bela igualdade e irmandade! Grande união! Íntima ligação!

— Mas, Jane, seu sonho de laços familiares e um lar feliz pode ser alcançado de outra forma que não por esses meios... você pode se casar.

— Tolice, de novo! Casar! Não quero me casar e nunca me casarei.

— Isso é ir longe demais. Tais afirmações perigosas são prova de que está agindo por impulso.

— Não é ir longe demais. Sei o que sinto, e como tenho aversão à simples ideia de casamento. Ninguém se casaria comigo por amor, e me recuso a ser vista como uma mera especulação monetária. E não quero um estranho... antipático, estranho, diferente de mim. Quero pessoas parecidas comigo, aqueles por quem tenho afeto genuíno. Diga novamente que será meu irmão. Fiquei tão feliz quando falou essas palavras. Repita, se puder, repeti-las com sinceridade.

— Acredito que posso. Sei que sempre amei minhas próprias irmãs e sei no que se baseia meu afeto por elas... em respeito pelo seu valor e em admiração pelas suas qualidades. Vocês também valores e princípios, seus gostos e hábitos se assemelham aos de Diana e Mary. Sua presença é sempre agradável para mim, encontro conforto nas nossas conversas. Sinto que posso abrir espaço no meu coração para você, como minha mais jovem e terceira irmã, de forma fácil e natural.

— Obrigada. Isso basta para mim por hoje. Agora é melhor que vá, pois se ficar aqui por mais tempo talvez me irrite novamente com alguma moral duvidosa.

— E a escola, Srta. Eyre? Agora deve ser fechada, suponho?

— Não. Vou manter meu cargo como professora até que o senhor encontre uma substituta.

Ele sorriu em aprovação. Apertamos as mãos, e ele saiu.

Não preciso narrar em detalhes as outras lutas que tive, e argumentos que usei para que as questões da herança fossem resolvidas como eu desejava. Minha tarefa foi muito difícil. Mas, como eu estava completamente determinada — e como meus primos viram que minha mente estava realmente fixada em fazer uma divisão justa da propriedade, como devem ter sentido nos próprios corações a equidade da minha intenção, e devem, além disso, ter percebido no seu íntimo que no meu lugar teriam feito exatamente o que eu queria fazer — concordaram, por fim, a submeter o caso à arbitragem. Os juízes escolhidos foram o Sr. Oliver e um advogado. Ambos concordaram com a minha opinião, e minha decisão foi mantida. Os papéis da transferência foram feitos e St. John, Diana, Mary e eu, cada um, tornou-se possuidor de uma parte da fortuna.

CAPÍTULO 34

Quando tudo se resolveu, já estávamos perto do Natal, as férias se aproximavam. Fechei a escola de Morton, tendo o cuidado de ter uma despedida. A boa sorte abre as mãos assim como os corações, e dar algo quando recebemos tanto, é apenas encontrar uma saída para muitos sentimentos. Há muito tempo eu achava que muitas das minhas rústicas alunas gostavam de mim, e quando nos separamos, tive certeza: elas manifestaram o afeto clara e fortemente. Profunda foi minha gratificação ao descobrir que eu realmente tinha um lugar em seus simples corações. Prometi que futuramente eu não passaria uma semana sem visitá-las ou ensiná-las por pelo menos uma hora.

O Sr. Rivers apareceu quando — tendo visto as classes, agora formadas por sessenta meninas, saírem antes de mim — tranquei a porta e fiquei com a chave na mão, trocando algumas palavras especiais de adeus com cerca de meia dúzia das minhas melhores alunas: algumas das mais decentes, respeitáveis, modestas e bem informadas jovens que poderiam ser encontradas no campesinato inglês. E isso é muito significativo, afinal, o campesinato britânico é o mais bem ensinado, melhor educado e mais respeitoso de todos da Europa. Desde então, vi *paysannes* e *Bauerinnen*, e até mesmo as melhores delas me pareceram ignorantes, grosseiras e tolas, quando comparadas com as minhas meninas de Morton.

— Acha que foi recompensada por essa temporada em que fez tanto esforço? — perguntou o Sr. Rivers, quando elas se foram. — A consciência de ter feito algo verdadeiramente bom em sua época e geração não lhe dá prazer?

— Sem dúvida.

— E só trabalhou por alguns meses! Uma vida devota à tarefa de melhorar os seres humanos não seria uma vida bem gasta?

— Sim, mas eu não poderia continuar para sempre. Quero desfrutar das minhas próprias faculdades, bem como cultivar as de outras pessoas. E devo desfrutá-las agora. Não me leve para a escola nem de corpo nem de alma. Estou fora dela e disposta a ter férias completas.

Ele ficou sério.

— E agora? Que ansiedade repentina é essa? O que vai fazer?

— Vou ser ativa, tão ativa quanto puder. E primeiro devo pedir-lhe que libere Hannah e encontre outra pessoa para servi-lo.

— Precisa dela?

— Preciso, quero que ela vá comigo para Moor House. Diana e Mary estarão em casa em uma semana, e quero que esteja tudo em ordem quando elas chegarem.

— Entendo. Achei que fosse fazer alguma viagem. É melhor assim, Hannah irá com você.

— Diga a ela para estar pronta amanhã, então. E aqui está a chave da escola. Entregarei a da minha casa pela manhã.

Ele pegou.

— Você a entrega muito alegremente — disse ele. — Não entendo muito bem a sua despreocupação, porque não sei que tipo de emprego substituirá esse que renuncia. Que objetivo, que propósito, que ambição na vida você tem agora?

— Meu primeiro objetivo será *limpar* (compreende toda a força da expressão?) *limpar* Moor House, de cima a baixo. O próximo é passar cera de abelha, óleo e muitos panos, até que esteja brilhando novamente. O terceiro, organizar cada cadeira, mesa, cama, tapete, com uma precisão matemática. Depois, vou arranjar carvão e turfa para manter bons fogos em cada quarto. E por último, os dois dias anteriores à chegada das suas irmãs serão dedicados por Hannah e eu para bater de ovos, catar groselhas, ralar especiarias, fazer bolos de Natal, cortar ingredientes para tortas de carne e outros rituais culinários, que palavras só são capazes de passar uma mera ideia para os não iniciados como o senhor. Meu propósito, resumindo, é deixar todas as coisas de forma perfeita e prontas para Diana e Mary antes da próxima quinta-feira, e minha ambição é dar-lhes boas-vindas da melhor forma possível.

St. John sorriu ligeiramente, ainda estava insatisfeito.

— Está tudo muito bom, por enquanto — disse ele. — Mas, honestamente, acho que quando essa empolgação passar, você vai buscar algo maior do que prazeres e alegrias domésticos.

— As melhores coisas do mundo! — interrompi.

— Não, Jane, não. Este mundo não é um cenário de deleites. Não tente fazê-lo assim, nem de descanso. Não seja preguiçosa.

— Quero exatamente o contrário: me ocupar bastante.

— Jane, eu a desculpo por enquanto. Dou-lhe dois meses para desfrutar da sua nova posição e para aproveitar o novo e encantador parentesco que descobriu. Mas, depois, espero que comece a olhar além de Moor House e Morton, da companhia familiar, do calmo e egoísta conforto que a riqueza civilizada proporciona. Espero que suas energias voltem a deixá-la inquieta.

Olhei para ele, surpresa.

— St. John, está sendo quase perverso em falar assim. Estou disposta a ser tão feliz como uma rainha, e você tenta me incitar à inquietação! Para que fim?

— Com o fim de aproveitar os talentos que Deus lhe deu, e dos quais um dia ele pedirá conta. Jane, vou te observar de perto e com atenção... estou avisando. E tente refrear esse fervor desproporcional com que se joga aos prazeres domésticos. Não se apegue tanto tenazmente aos laços da carne, poupe sua constância e ardor para uma causa mais adequada, evite desperdiçá-los em objetos banais e transitórios. Está ouvindo, Jane?

— Sim, exatamente como se estivesse falando grego. Sinto que tenho muitos motivos para ser feliz e *serei* feliz. Adeus!

E fui feliz em Moor House, e trabalhei muito, e Hannah também. Ela ficou encantada ao ver como eu podia ser alegre no meio da bagunça de uma casa virada de pernas para o ar... como eu podia escovar, espanar, limpar e cozinhar. E realmente, depois de um ou dois dias de confusão ainda maior, era um prazer trazer ordem ao caos que nós mesmas tínhamos feito. Eu já havia feito uma viagem para S, para comprar alguns móveis novos. Meus primos me deram *carte Manche* para fazer as mudanças que eu quisesse, e reservaram um valor para esse fim. Deixei a sala de estar e os quartos comuns exatamente como estavam, pois eu sabia que Diana e Mary gostariam mais de ver as mesmas velhas mesas, cadeiras e camas do que um espetáculo de mudanças elegantes. Ainda assim, algumas novidades eram necessárias para dar ao seu retorno o toque de excitação que eu desejava imprimir. Novos tapetes e cortinas escuros, um arranjo de alguns ornamentos antigos em porcelana e bronze cuidadosamente escolhidos, novos revestimentos, espelhos e penteadeiras nas mesas dos banheiros, fizeram isso. Pareciam novos sem ser gritantes. Remodelei inteiramente uma sala e um quarto sobressalentes, com estofamento de mogno velho e carmesim; coloquei passadeiras no corredor e tapetes nas escadas. Quando tudo ficou pronto, pensei que Moor House era um modelo de conforto, modesto e brilhante por dentro, assim como era, naquela estação, um modelo de invernosa e deserta solidão por fora.

A esperada quinta-feira finalmente chegou. Eles eram esperados ao escurecer, e antes que as lareiras fossem acesas, a cozinha estava em perfeitas condições, Hannah e eu estávamos vestidas, e tudo estava pronto.

St. John chegou primeiro. Eu implorei a ele para ficar quieto fora de casa até que tudo estivesse pronto. De fato, a simples ideia da comoção, ao mesmo tempo sórdida e trivial, acontecendo entre as paredes foi o suficiente para mantê-lo afastado. Ele me encontrou na cozinha, observando o progresso dos bolos que assavam para o chá. Aproximando-se do fogão, perguntou se eu estava satisfeita com o trabalho doméstico. Respondi, convidando-o para me acompanhar numa inspeção geral do resultado do meu trabalho. Com alguma dificuldade, o convenci a fazer um passeio pela casa. Ele apenas olhava pelas portas que eu abria e depois de andar pelo andar de cima e pelo de baixo, disse que eu devia ter tido muito trabalho para fazer tantas mudanças em tão pouco tempo. Mas não falou uma palavra sequer demonstrando que gostou das melhorias feitas.

Este silêncio me desanimou. Pensei que talvez as mudanças houvessem perturbado algumas lembranças antigas que ele tinha e valorizada. Perguntei se era esse o caso, num tom meio abatido.

De jeito nenhum. Pelo contrário, observou que eu tinha respeitado escrupulosamente todas as associações. Temia, na verdade, que eu tivesse dado mais atenção ao assunto do que merecia. Quantos minutos, por exemplo, eu dediquei para estudar a disposição daquela mesma sala? Falando nisso, eu poderia dizer a ele onde estava esse livro?

Mostrei-lhe o volume da prateleira. Ele o retirou, e indo para o seu lugar habitual na janela, começou a ler.

Bem, eu não gostei disso, leitor. St. John era um bom homem, mas comecei a sentir que ele havia falado a verdade quando disse que ele era resistente e frio. As humanidades e amenidades da vida não tinham atração por ele... suas alegrias pacíficas, nenhum charme. Literalmente vivia apenas para aspirar — coisas boas e grandiosas, certamente — mas ainda assim ele nunca iria descansar, nem aprovar outros descansando ao seu redor. Enquanto eu olhava para o seu majestoso rosto, imóvel e pálido como uma pedra branca, e para seus belos traços fixados na leitura, compreendi de repente que ele dificilmente seria um bom marido, e que ser sua esposa seria uma provação. Entendi, como por inspiração, a natureza de seu amor pela Srta. Oliver, e concordei que era apenas uma manifestação de sentidos. Compreendi como ele deveria desprezar a si mesmo pela influência febril que ela exercia sobre ele, como ele deveria desejar sufocar e destruir esse sentimento, como ele deveria duvidar de que isso fosse causa de felicidade para qualquer um dos dois. Percebi que ele era do material do qual a natureza forja seus heróis — cristãos e pagãos — seus legisladores, seus estadistas, seus conquistadores: uma fortaleza inabalável para apoiar seus grandes interesses, mas, no lar, um pilar frio e desajeitado, sombrio e deslocado.

"Ele não pertence a essa sala," refleti, "A cordilheira do Himalaia, as savanas da África, até mesmo um pântano infecto na Costa da Guiné combinariam mais com ele. Faz bem em evitar a tranquila vida doméstica, pois não é o seu elemento. Ali, suas faculdades ficam estagnadas, não conseguem se desenvolver nem se destacar. É nas cenas de conflito e perigo — em que se prova a coragem, se exerce a energia, se testa a força — que ele deve agir e pregar, deve ser guia e superior. Uma criança alegre teria vantagem sobre ele nessa casa. Está certo em escolher a carreira de missionário... eu vejo isso agora."

— Elas estão chegando! Estão chegando! — gritou Hannah, abrindo a porta da sala.

No mesmo momento, o velho Carlo latiu alegremente. Eu corri para fora. Estava escuro, mas era possível ouvir o barulho das rodas. Hannah logo acendeu uma lanterna. O veículo parou no portão, o motorista abriu a porta, primeiro saiu uma forma bem conhecida, depois a outra. Em um minuto, eu estava com o rosto debaixo de suas toucas, em contato primeiro com o macio rosto de Mary, e depois com os abundantes cachos de Diana. Elas riram, me beijaram, então beijaram Hannah. Fizeram carinho em Carlo, que estava meio louco de deleite. Perguntaram ansiosamente se todos estavam bem, e quando falamos que sim, entraram na casa.

Estavam cansadas por causa da longa e sacolejante viagem vinda de Whitcross, e com frio por causa do ar gelado da noite, mas seus bonitos rostos se alegraram com a lareira. Enquanto o motorista e Hannah traziam as malas, elas perguntam por St. John. Neste momento, ele entrou na sala. As duas o abraçaram de uma vez. Ele deu um beijo silencioso em cada uma, disse em voz baixa algumas palavras de boas-vindas, parou um pouco para ouvi-las, então, dizendo que supunha que elas fossem para a sala de visitas, retirou-se para lá como para um lugar de refúgio.

Eu acendera os candeeiros para que elas levassem aos quartos, mas antes Diana precisava dar ordens a respeito da hospedagem do cocheiro, feito isso, as duas me seguiram. Ficaram encantadas com a renovação e decoração de seus quartos, com as novas cortinas e tapetes, os vasos de porcelana chinesa. Expressaram sua gratidão sem reservas. Tive o prazer de sentir que meus arranjos combinavam exatamente com seus desejos, e que o que fizera acrescentava um vívido encanto ao seu feliz retorno ao lar.

Como aquela noite foi adorável. Minhas primas, cheias de alegria, eram tão eloquentes nas histórias e nos comentários, que superaram o silêncio de St. John. Ele estava verdadeiramente feliz por ver suas irmãs, mas não podia simpatizar com todo aquele entusiasmo e alegria. O acontecimento do dia, ou seja, o retorno de Diana e Mary, agradou-o, mas os sentimentos que vinham com esse acontecimento, o tumulto alegre, a alegre tagarelice da recepção, o irritava, vi que ele desejava que o dia seguinte fosse mais calmo. No meio das alegrias da noite, mais ou menos uma hora após o chá, ouviu-se uma batida na porta. Hannah entrou dizendo que "um pobre rapaz tinha vindo, assim tarde da noite, buscar o Sr. Rivers para ver a mãe que estava morrendo".

— Onde ela mora, Hannah?

— Lá em Whitcross Brow, a seis quilômetros e pouco de distância, com pântano e lodo por todo o caminho.

— Diga a ele que irei.

— Senhor, estou certa de que é melhor não ir. Não há estrada pior para percorrer a noite. Não tem nenhuma trilha em todo o pântano. E também, está uma noite terrível... o vento mais forte já sentido. É melhor mandar dizer, senhor, que estará lá de manhã.

Mas ele já estava no corredor, vestindo o casaco, e sem uma objeção, um murmúrio, partiu. Eram nove horas, ele só voltou à meia-noite. Estava faminto e cansado, mas parecia mais feliz do que quando partiu. Tinha realizado um ato de dever, sentiu sua própria força de fazer e negar, e estava em melhores termos consigo mesmo.

Receio que durante toda a semana que se seguiu tenha sido um teste para a sua paciência. Era semana de Natal, não nos dedicamos a nada específico, passamos os dias numa espécie de alegria caseira. O ar das charnecas, a liberdade de casa, a prosperidade, agia sobre os espíritos de Diana e Maria como algum elixir vivificante, eles ficavam alegres da manhã ao meio-dia e do meio-dia à noite. Falavam o tempo todo, e a conversa, espirituosa, enérgica, original, tinha tantos encantos para mim, que eu preferia ouvir e participar, a fazer qualquer outra coisa. St. John não repreendeu nossa animação, mas fugia dela. Raramente estava em casa, sua paróquia era grande e a população dispersa, ele diariamente visitava os doentes e pobres em seus diferentes distritos.

Uma manhã no café da manhã, Diana, depois de ficar pensativa por alguns minutos, perguntou-lhe "Se seus planos ainda estavam inalterados."

— Inalterados e inalteráveis — foi a resposta.

E nos informou que sua partida da Inglaterra estava definitivamente marcada para o ano seguinte.

— E Rosamond Oliver? — sugeriu Mary, as palavras parecendo escapar de seus lábios involuntariamente, pois assim que ela as pronunciou, fez um gesto como se quisesse capturá-las. St. John estava com um livro na mão — tinha o rude hábito de ler durante as refeições — ele o fechou e levantou os olhos.

— Rosamond Oliver — disse ele — está prestes a se casar com o Sr. Granby, um dos moradores mais bem relacionados e estimados de S..., neto e herdeiro de Sir Frederic Granby. Soube pelo pai dela ontem.

As irmãs entreolharam-se, depois olharam para mim. Nós três olhamos para ele. Estava calmo como nunca.

— O casamento deve ter sido arranjado às pressas — disse Diana. — Não devem se conhecer há muito tempo.

— Apenas dois meses. Se conheceram em outubro, no baile do Condado em S... Mas, quando não há obstáculos para uma união, o que é o caso, quando a união é desejada em todos os sentidos, atrasos são desnecessários. Vão se casar logo que a casa que ganharam de Sir Frederic estiver pronta e decorada para recebê-los.

Na primeira vez em que encontrei St. John a sós, após essa comunicação, senti-me tentada a perguntar-lhe se aquilo o angustiava. Mas ele parecia necessitar tão pouco de simpatia que, longe de aventurar-me a oferecer-lhe mais, experimentei até mesmo certa vergonha ao lembrar que já havia tentado. Além disso, perdera a prática de conversar com ele. Sua reserva voltara a ser fria, e minha franqueza se congelara com ela. Não havia mantido a promessa de tratar-me como a suas irmãs, frequentemente fazia pequenas e frias distinções entre nós, o que não estimulava a cordialidade de modo algum. Em suma, agora que eu fui reconhecida como sua parenta e vivíamos sob o mesmo teto, a distância entre nós era muito maior do que quando ele me conhecia apenas como a professora do vilarejo. Quando me lembrava do quanto ele um dia já confiou em mim, mal conseguia compreender sua atual frieza.

Sendo esse o caso, não foi pouca a minha surpresa quando ele levantou a cabeça de repente da mesa sobre a qual ele estava inclinado e disse:

— Veja, Jane, a batalha está travada e a vitória ganha.

Surpresa pela abordagem, não respondi imediatamente. Mas após um momento de hesitação, falei:

— Mas tem certeza de que não está na posição daqueles vencedores cuja vitória foi cara demais? Outra vitória dessas não o destruirá?

— Acredito que não. E se destruir, não significará muito. Nunca terei que lutar por outra. O resultado do conflito é decisivo, meu caminho agora está claro, agradeço a Deus por isso! — Dizendo isso, ele voltou aos seus papéis e ao seu silêncio.

Quando nossa felicidade mútua (isto é, de Diana, Mary e minha) se tornou mais calma e retomamos nossos hábitos e estudos regulares, St. John passou a ficar mais em casa. Às vezes, sentava-se conosco na sala por horas. Enquanto Mary desenhava, Diana seguia um curso de leitura enciclopédica que ela tinha (para minha alegria e espanto) iniciado, e eu me esforçava para aprender alemão, ele se dedicava a um estudo místico: aprendia alguma língua oriental, que considerava necessário para levar adiante seus planos.

Assim comprometido, ele parecia bastante quieto e concentrado no seu canto. Mas aqueles olhos azuis tinham o hábito de deixar a gramática estranha, e vagando pelo cômodo, fixar-se em nós, suas companheiras de estudo, com uma curiosa intensidade. Se pegos, desviavam-se instantaneamente, mas sempre retornavam para a nossa mesa. Eu me perguntava o que aquilo significava. Também ficava admirada com a satisfação que ele exibia em situações que pareciam de tão pouca importância, isto é, as minhas visitas semanais à escola de Morton. Ficava intrigada quando o tempo estava ruim, com neve, chuva, ou vento forte, e suas irmãs me pediam para não ir, ele invariavelmente fazia pouco da solicitude delas e me encorajava a cumprir a tarefa sem se importar com o tempo.

— Jane não é tão fraca quanto vocês acham — dizia. — Pode aguentar subir uma montanha, enfrentar uma chuva ou alguns flocos de neve como qualquer um de nós. Ela é forte e saudável, é mais capaz de suportar variações de clima do que muitas mulheres robustas.

E quando voltava, às vezes muito cansada, e não pouco castigada pelo tempo, nunca ousava reclamar, porque sabia que iria irritá-lo. Ser forte era algo que sempre o agradava, o contrário seria um aborrecimento especial.

Uma tarde, porém, fiquei em casa porque estava resfriada. Suas irmãs foram para Morton no meu lugar. Sentei-me, lendo Schiller. Ele, decifrando os enigmáticos manuscritos orientais. Quando fui trocar uma tradução por um exercício, olhei em sua direção, e vi que estava sob a influência dos olhos azuis sempre vigilantes. Não sei dizer há quanto tempo eles me dissecavam. Era tão intensos, e ainda assim tão frios, que me senti supersticiosa, como se eu estivesse sentada na sala com algo misterioso.

— Jane, o que está fazendo?

— Estudando alemão.

— Quero que desista do alemão e aprenda hindustânico.

— Não está falando sério.

— Falo com toda a seriedade que tenho. E vou explicar.

Começou a explicar que hindustânico era a língua que ele estava estudando. Mas, que, à medida que avançava, esquecia o começo, e ter uma aluna com quem ele pudesse repassar os ensinamentos seria de grande ajuda. Que há um tempo estava decidindo entre mim e suas irmãs, mas que decidiu por mim porque viu que eu poderia me dedicar a algo por mais tempo que elas. Eu faria esse favor a ele? Não teria que fazer esse sacrifício por muito tempo, já que agora faltavam apenas três meses para sua partida.

St. John não era um homem a ser recusado levianamente. Sentia-se que cada impressão feita nele, fosse de dor ou prazer, seria gravada de forma profunda e permanente. Eu concordei. Quando Diana e Mary voltaram, Diana descobriu que a sua aluna era agora aluna do irmão. Ela riu. E as duas concordaram que St. John nunca as teria persuadido a dar tal passo. Ele respondeu calmamente:

— Eu sei.

Era um professor paciente, tolerante e, ainda assim, exigente. Esperava muito de mim. Quando eu correspondia às suas expectativas, ele, à sua maneira, demonstrava plenamente sua aprovação. Aos poucos, adquiriu certa influência sobre mim que tirou minha liberdade de espírito. Seus elogios e atenções eram mais restritivos do que sua indiferença. Eu não conseguia mais falar ou rir livremente quando ele estava por perto, pois um instinto irritantemente inoportuno me advertia que ele não gostava daquela vivacidade (pelo menos em mim). Era tão plenamente ciente de que apenas as expressões e ocupações sérias eram aceitáveis, que em sua presença todos os esforços para agir de outra forma eram em vão. Caí sob um feitiço de congelamento. Quando ele dizia "vá", eu ia, quando dizia "venha", eu vinha, "faça isso", eu fazia. Mas não gostava daquela servidão, mais de uma vez desejei que ele tivesse continuado a me ignorar.

Uma noite, na hora de deitar, suas irmãs e eu estávamos perto dele, dando-lhe boa-noite. Ele beijou cada uma delas, como era seu costume, e, também como era seu costume, estendeu-me a mão. Diana, que estava num estado de espírito brincalhão (ela não era controlada por ele, pois as suas vontades eram igualmente fortes), exclamou:

— St. John, você costuma dizer que Jane é sua terceira irmã, mas não a trata como tal. Devia beijá-la também.

Então me empurrou para ele. Achei-a muito provocativa, fiquei sem graça e confusa. Enquanto pensava e me sentia assim, St. John inclinou a cabeça, colocou o rosto grego na altura do meu, os olhos me fitaram penetrantemente, e ele me beijou.

Jane Eyre

Não existem beijos de mármore ou de gelo, então o cumprimento do meu primo não poderia ser classificado assim, mas existiam beijos experimentais, e aquele foi um desses. Depois, ele me olhou para ver o resultado. Não foi nada demais, tenho certeza de que não corei. Talvez tenha ficado um pouco pálida, pois senti que aquele beijo selava a minha prisão. Depois disso, ele não mais dispensou a cerimônia, e a gravidade e quietude com que eu a recebia parecia encantá-lo um pouco.

Quanto a mim, queria agradá-lo cada dia mais. No entanto, para fazer isso, sentia que tinha que negar a minha natureza cada vez mais, sufocar metade dos meus talentos, mudar meus gostos, deixando de lado o que naturalmente me atraía e buscando interesses para os quais não tinha nenhuma vocação. Ele queria me levar a alcançar uma altura que nunca alcançaria, e aspirar o padrão que ele apresentava era para mim uma tortura. Era tão impossível quanto moldar meus traços irregulares no seu padrão clássico e perfeito, ou trocar a inquietude dos meus olhos verdes pelo brilho tranquilo dos seus olhos azuis.

Não era só sua influência, porém, que me mantinha escravizada. Eu ficava triste com frequência, naquela época. Um mal corroía meu coração e sugava a minha felicidade na fonte: a incerteza.

Talvez pense, leitor, que no meio dessas mudanças de lugar e de sorte eu tivesse me esquecido do Sr. Rochester. Nem por um momento. Sua imagem continuava comigo, porque não era como nenhuma névoa que o sol pudesse dispersar, nem palavras traçadas na areia, que pudessem ser apagadas pelo tempo. Era um nome gravado numa pedra, destinado a durar tanto quanto o mármore em que estava escrito. O desejo de saber o que havia acontecido com ela me seguia por toda parte. Quando estava em Morton, voltava ao meu chalé toda noite pensando nisso, e agora, em Moor House, deitava no meu quarto toda noite pensando nisso.

No curso de minha necessária correspondência com o Sr. Briggs sobre o testamento, perguntei-lhe se sabia algo do paradeiro e estado de saúde do Sr. Rochester. Mas, como St. John dissera, não sabia nada sobre ele. Então escrevi à Sra. Fairfax, pedindo informações sobre isso. Tinha certeza de que isso seria o bastante, e sabia que receberia uma resposta imediata. Fiquei surpresa quando se passou uma quinzena sem qualquer notícia. Dois meses se passaram, e dia após dia o correio chegava e não trazia nada para mim, fiquei refém da mais profunda ansiedade.

Escrevi novamente. Pode ser que a minha primeira carta tenha sido extraviada. Esperança renovada veio com a nova tentativa. Brilhou como a anterior por algumas semanas, então, como ela, desapareceu. Não recebi nenhuma linha, nenhuma palavra. Quando meio ano se passou em vã expectativa, minhas esperanças morreram, e fiquei realmente triste.

Uma bela primavera brilhava ao meu redor, da qual não pude desfrutar. O verão se aproximava. Diana tentou me animar. Disse que eu parecia doente e desejava acompanhar-me à beira-mar. St. John se opôs, disse que eu não precisava de distrações, e sim de ocupação, que eu estava sem propósito na vida, e precisava de um. Para suprir essa deficiência, creio, prolongou ainda mais minhas aulas de

Hindustani, e tornou-se mais exigente. E eu, como uma tola, nunca pensei em resistir... não era capaz de resistir a ele.

Um dia, comecei meus estudos mais triste que o normal. A tristeza foi ocasionada por uma triste decepção. Hannah me disse de manhã que havia uma carta para mim, e quando desci para pegá-la, quase certa de que a espera por notícias tinha chegado ao fim, encontrei apenas uma nota sem importância do Sr. Briggs sobre negócios. A amarga decepção arrancou algumas lágrimas de mim. Agora, debruçada sobre traços ilegíveis e tropos florescentes de um escritor hindu, meus olhos se encheram de lágrimas novamente.

St. John chamou-me ao seu lado para ler, quando tentei, minha voz falhou e as palavras se perderam em soluços. Ele e eu éramos as únicas pessoas na sala. Diana estava tocando piano na sala de estar e Diana estava no jardim. Meu companheiro não expressou surpresa com essa emoção, nem me questionou quanto à sua causa. Apenas disse:

— Vamos esperar alguns minutos, Jane, até que você se recomponha.

E enquanto eu sufocava a crise com pressa, ele estava sentado calmo e paciente, encostado em sua mesa, e parecia um médico observando com os olhos da ciência uma crise esperada e totalmente compreendida na doença de um paciente. Depois de sufocar meus soluços, enxuguei os olhos e murmurei algo sobre não estar muito bem naquela manhã, retomei minha tarefa, e consegui concluí-la. St. John guardou meus livros e os dele, fechou a mesa e disse:

— Agora, Jane, deve dar um passeio. Vamos juntos.

— Vou chamar Diana e Mary.

— Não. Quero apenas uma companhia esta manhã: a sua. Pegue suas coisas, saia pela porta da cozinha e pegue a estrada para Marsh Glen. Eu vou me juntar a você num instante.

Não conheço meio-termo. Nunca na minha vida encontrei um meio-termo entre absoluta submissão e revolta determinada para lidar com personalidades positivas e duras, diferentes da minha. Sempre observei fielmente na primeira, até o momento em que explodia, às vezes com vulcânica intensidade, na outra. Mas como as atuais circunstâncias não justificavam e meu atual estado de espírito não se inclinava para a revolta, obedeci cuidadosamente as ordens de St. John, e em dez minutos percorria a trilha íngreme ao lado dele.

A brisa vinha do oeste, soprava das montanhas um doce aroma de mato. O céu era de um azul perfeito. O riacho que descia a ravina, cheio após as chuvas da primavera, fluía abundante e claro, refletindo o brilho dourado do sol e tons de safira do firmamento. À medida que avançávamos e saíamos da trilha, caminhávamos na grama macia, musgosa e verde-esmeralda, minuciosamente enfeitada por florzinhas brancas e amarelas. As montanhas quase se fechavam sobre nós.

— Vamos descansar aqui — disse St. John, quando chegamos a um rochedo, que guardava uma espécie de passagem, além da qual o rio se transformava em cachoeira. E onde, ainda um pouco além, a montanha era cheia de grama e flores, usando a mata como vestimenta e os penhascos como joias... onde exagerava o agreste até o selvagem, e o que era leve tornava-se grave. Ali, ficavam a última esperança de solidão, e o último refúgio de silêncio.

Sentei-me. St. John estava de pé, perto de mim. Olhava para a passagem e para o penhasco. Seu olhar vagueou pelo riacho e voltou a atravessar o céu sem nuvens que coloriu as águas. Tirou o chapéu, deixou a brisa agitar seu cabelo e beijar sua testa. Parecia em comunhão com o gênio do lugar. Com o olhar, ele se despedia de alguma coisa.

— E eu verei isso de novo — disse ele, em voz alta. — Em sonhos, quando dormir perto do Ganges. E novamente, em uma hora mais remota... quando outro sono me dominar... nas margens de um rio mais negro!

Palavras estranhas de um amor estranho! A paixão de um patriota pela sua pátria! Ele se sentou. Por meia hora, nenhum de nós falou. Nem ele para mim, nem eu para ele. Depois desse tempo, ele recomeçou:

— Jane, partirei em seis semanas. Comprei passagem em um navio mercante das Índias Orientais que parte no dia vinte de junho.

— Deus irá protegê-lo, pois o senhor tomou para si a obra d'Ele — respondi.

— Sim — disse ele. — Esta é a minha glória e alegria. Sou o servo de um Mestre infalível. Não vou sair guiado por homens, sujeito a leis falhas e incapazes de controlar meus fracos irmãos. Meu rei, meu legislador, meu capitão, é o Todo Perfeito. Parece-me estranho que todos ao meu redor não queiram se alistar sob a mesma bandeira... juntar-se à mesma causa.

— Nem todos têm seus poderes, e os fracos seriam loucos se pretendessem marchar com os mais fortes.

— Não falo dos fracos, nem penso neles. Refiro-me aos que são dignos do trabalho e competentes para fazê-lo.

— São poucos e difíceis de encontrar.

— É verdade. Mas, quando encontrados, é certo incitá-los... apressá-los e chamá-los para o esforço. Mostrar a eles quais são seus dons e por que foram dados... falar a mensagem do Senhor. Oferecê-los, diretamente de Deus, um lugar nas fileiras dos Seus escolhidos.

— Se realmente são qualificados para a tarefa, não seriam seus próprios corações os primeiros a informá-los disso?

Senti que um feitiço terrível estava rodando, pronto para me atacar. Tremia, com medo de alguma palavra fatal que revelasse e fixasse o encanto.

— E o que *seu* coração diz? — exigiu St. John.

— Meu coração está mudo... meu coração está mudo — respondi, afetada e emocionada.

— Então eu devo falar por ele — continuou a profunda e implacável voz. — Jane, venha comigo para a Índia. Venha como minha ajudante e colega de trabalho.

O vale e o céu giraram à minha volta. As montanhas cresceram! Era como se eu tivesse recebido um chamado do Céu... como se um mensageiro visionário, como aquele da Macedônia, tivesse anunciado: "Vem e ajuda-nos!" Mas eu não era nenhum apóstolo... não podia receber o mensageiro... não podia atender ao chamado.

— Oh, St. John! — exclamei. — Tenha piedade!

Eu apelei para aquele que, buscando cumprir seu dever, não conhecia piedade e remorso. Ele continuou:

— Deus e a natureza criaram você para ser a esposa de um missionário. Não recebeu dons do corpo e sim da mente. Foi feita para o trabalho, não para o amor. Deve ser a esposa de um missionário... e será. Será minha, reclamo-a... não para prazer, mas para o serviço do meu Soberano.

— Não estou apta para isso. Não tenho vocação.

Ele havia previsto as primeiras objeções, não se irritou com elas. Na verdade, encostou-se no rochedo atrás de si, cruzou os braços sobre o peito e fixou o semblante, vi que estava preparado para uma longa e cansativa oposição, e tinha um estoque de paciência que duraria até o encerramento da luta... decidido, no entanto, que esse encerramento marcasse sua vitória.

— A humildade, Jane — disse ele — é a base das virtudes cristãs. Está certa quando diz que não está apta para o trabalho. Quem está? Ou quem, ao ser verdadeiramente chamado, acreditou ser digno da convocação? Eu, por exemplo, sou apenas pó e cinzas. Com São Paulo, reconheço-me como um dos maiores pecadores, mas não deixo que a ciência das minhas falhas me assuste. Conheço meu Líder. Sei que é bom e poderoso. Se ele escolheu um frágil instrumento para uma grande tarefa, foi porque nas reservas ilimitadas da Sua Providência, ele suprirá a inadequação dos meios para esse fim. Pense como eu, Jane... confie como eu confio. É na Rocha das Eras que peço que você se apoie. Não duvide de que ela suportará o peso da sua fraqueza humana.

— Eu não entendo uma vida missionária. Nunca estudei trabalhos missionários.

— Nisso, humilde como sou, posso ajudá-la. Posso estabelecer seu trabalho aos poucos, ficar ao seu lado, ajudá-la a cada momento. Isso eu poderia fazer no começo. Em breve (pois conheço seus poderes) será tão forte e apta quanto eu, e não precisaria mais da minha ajuda.

— Mas meus poderes... onde estão eles para esta tarefa? Não os sinto. Nada fala ou mexe em mim quando você fala. Não sinto nenhuma luz se acendendo, nenhuma vida despertando, nenhuma voz aconselhando ou torcendo. Ah, como eu gostaria de poder fazê-lo ver o quanto minha mente nesse momento é uma prisão sombria, com um medo horrível acorrentado em suas profundidades. O medo de ser persuadido por você a tentar algo que não posso realizar!

— Tenho uma resposta para você, ouça. Eu a observo desde que nos conhecemos, é meu objeto de estudo há dez meses. Durante esse tempo, testei-a de diferentes formas, e o que descobri? Descobri que na escola do vilarejo podia desempenhar bem, pontualmente, honradamente, um trabalho contrário aos seus hábitos e inclinações. Vi que podia realizá-lo com capacidade e tato, podia conquistar, controlando ao mesmo tempo. Na calma que demonstrou quando soube que tinha se tornado rica, vi uma mente livre do vício de Dimas... o dinheiro não tem influência sobre você. Na decidida prontidão com que dividiu sua riqueza em quatro partes, guardando apenas uma para si, e abrindo mão das três outras ao reclame de uma justiça abstrata, reconheci uma alma que se deliciava na chama e excitação do sacrifício. Na docilidade com que, a meu pedido, abandonou um estudo no qual estava interessada, e adotou outro porque interessava a mim, na incansável assiduidade que desde então dedica a ele... na energia inabalável e no caráter firme com que enfrentou as dificuldades, vi as qualidades que buscava, Jane. Você é dócil, diligente, desinteressada, fiel, constante e corajosa. É muito gentil e heroica. Não duvide de si mesma... eu confio em você, incondicionalmente. Como encarregada de escolas indianas, e auxiliar entre as mulheres indianas, sua ajuda será inestimável para mim.

Minha mortalha de ferro se contraiu ao meu redor. A persuasão avançava a passos lentos e seguros. De olhos fechados como eu estava, as últimas palavras conseguiram abrir um caminho que até então estava fechado. Meu trabalho, que parecia tão vago, tão irremediavelmente difuso, condensou-se enquanto ele prosseguia, e assumiu uma forma definida sob suas mãos. Ele esperava por uma resposta. Pedi um quarto de hora para pensar, antes de novamente arriscar uma resposta.

— De bom grado — respondeu ele.

E se levantando, caminhou um pouco até a passagem, sentou-se e lá ficou parado.

"*Eu posso* fazer o que ele quer que eu faça. Sou forçada a ver e reconhecer isso" pensei. "Isto é, se a vida me permitir. Mas sinto que a minha existência não seria longa sob o sol indiano. E depois? Ele não liga para isso. Quando chegasse a minha hora de morrer, ele me entregaria, com toda serenidade e santidade, ao Deus que me deu a vida. O caso diante de mim é muito simples. Ao deixar a Inglaterra, deixaria uma terra amada, mas vazia... o Sr. Rochester não está aqui, e se estiver, o que isso significa para mim? Preciso viver sem ele agora. Nada é tão absurdo, tão fraco, como me arrastar dia a dia, à espera de alguma mudança, de algo que nos reunisse. Claro que (como St. John disse uma vez) devo procurar outra vida para repor a que deixei para trás. E não é a ocupação que ele agora me oferece a mais gloriosa que o homem pode adotar e Deus designar? Não é, pelos seus nobres cuidados e sublimes resultados, a que mais preencher o vazio deixado por afetos e esperanças destruídas? Acredito que devo dizer sim, e ainda assim, estremeço. Ai de mim! Se eu me juntar a St. John, abandono metade de mim mesma. Se vou para a Índia, vou para a morte prematura. E como o intervalo entre deixar a Inglaterra para a Índia e a Índia para o túmulo será preenchido? Ah, sei bem! Isso também está claro para mim. Esforçando-me para satisfazer St. John até cansar... eu o deixarei satisfeito, responderei ao máximo às suas expectativas. Se *eu for* com ele... se *eu fizer* o sacrifício que ele pede, vou fazê-lo inteiramente. Jogarei tudo ao altar... coração, órgãos vitais, a vítima inteira. Ele nunca me amará, mas me aprovará. Vou mostrar a ele energias que ele ainda não viu, recursos de que nunca suspeitou. Sim, posso trabalhar tanto quanto ele, e com menos rancor.

Então seu pedido é possível, a não ser por um detalhe... um terrível detalhe. Ele quer que eu seja sua esposa... e não me quer mais do que esposa do que aquela rocha gigante no riacho. Ele me valoriza assim como um soldado valoriza uma boa arma, e isso é tudo. Se não fosse casada com ele, isso nunca seria motivo de aflição. Mas posso deixar que conclua, que coloque seus planos em prática, até passar pela cerimônia do casamento? Posso receber a aliança, suportar todas as formas de amor (que estou certa de que ele cumpriria escrupulosamente) e saber que seu espírito está inteiramente ausente? Poderei suportar a consciência de que todo gesto de carinho que fizer será uma concessão dos seus princípios? Não. Tal martírio seria monstruoso. Nunca vou passar por isso. Como sua irmã, posso acompanhá-lo, mas não como sua esposa, e é o que direi.

Olhei para a colina. Lá estava ele, imóvel como uma coluna. Seu rosto se virou para mim, os olhos brilhando atentos e interessados. Começou a se levantar e se aproximou de mim.

— Estou disposta a ir para a Índia, se puder ir livre.

— Sua resposta exige uma explicação — disse ele. — Não entendi.

— Até agora o senhor tem sido meu irmão adotivo... e eu, sua irmã adotiva. Vamos continuar assim, é melhor não nos casarmos.

Ele balançou sua cabeça.

— Fraternidade adotiva não dará certo nessa situação. Se fosse minha irmã de verdade seria diferente, eu a aceitaria e não procuraria uma esposa. Mas do jeito que está, nossa união deve ser consagrada e selada pelo casamento, ou não pode existir. Obstáculos práticos se opõem a qualquer outro plano. Você não vê isso, Jane? Considere um momento... seu bom senso irá guiá-la.

Considerei. Ainda assim, meu bom senso, tal como era, mostrou-me apenas o fato de que não nos amávamos como marido e mulher deveriam se amar. E, portanto, não devemos casar.

— St. John, eu o vejo como um irmão... você vê a mim como uma irmã. Então, vamos continuar assim.

— Nós não podemos... não podemos — respondeu ele, com uma curta e cortante determinação. — Assim não podemos. Você falou que iria comigo para a Índia. Lembre-se que disse isso.

— Condicionalmente.

— Bem, bem. Vamos ao ponto principal. Você não se opõe a partir comigo da Inglaterra, a cooperar comigo nas minhas futuras tarefas. Você praticamente já decidiu, e é persistente demais para recuar. Tem apenas um objetivo para manter em vista... como melhor realizar o trabalho que fará. Simplifique os seus complicados interesses, sentimentos, pensamentos, desejos, objetivos. Funda todas as considerações em um propósito: o de cumprir verdadeiramente, com vontade, a missão de seu grande Mestre. Para fazer isso, precisa de companheiro. Não um irmão, esse é um laço fraco... mas um marido. Eu também não quero uma irmã. Uma irmã poderia ser tirada de mim a qualquer momento. Quero uma esposa, uma única ajudante que poderei influenciar de forma eficiente na vida e reter absolutamente até a morte.

Estremeci enquanto ele falava. Sentia sua influência profunda sobre mim, seu domínio sobre meus membros.

— Procure uma que não eu, St. John. Uma adequada para o senhor.

— Uma adequada ao meu propósito, quer dizer... adequada à minha vocação. Novamente eu digo que não se trata de um insignificante desejo pessoal. Não é o simples homem, com os desejos egoístas de homem, que quer casar, é o missionário.

— E eu darei ao missionário as minhas energias... é tudo que ele quer, mas a mim mesma. Seria misturar a casca do fruto com a polpa. A casa não tem utilidade, eu ficarei com ela.

— Você não pode... não deve. Acha que Deus ficará satisfeito com meia oferenda? Com um sacrifício pela metade? É a causa de Deus que defendo. É sob o estandarte d'Ele que a alisto. Não posso aceitar em Seu nome uma aliança dividida, deve ser íntegra.

— Ah! Entregarei meu coração a Deus — disse eu. — *Você* não precisa dele.

Não vou jurar, leitor, que não houvesse sarcasmo reprimido, tanto no tom em que pronunciei essa frase, quanto no sentimento que a acompanhou. Eu tinha temido St. John silenciosamente até agora, porque eu não o tinha compreendido. Ele me deixava com medo, porque me mantinha na dúvida. Até agora não conseguia dizer o quanto dele era santo e o quanto era mortal. Mas muitas revelações foram feitas naquela conversa, a análise da sua natureza acontecia diante de meus olhos. Eu via suas fraquezas, compreendia-as. Entendi, sentada onde estava, com aquele belo homem junto de mim, que eu estava diante de uma pessoa falível como eu. Caiu o véu que ocultava a dureza e o despotismo de St. John. Quando senti a presença desses defeitos, senti a sua imperfeição, e ganhei coragem. Eu estava com um igual... um com quem eu poderia discutir, a quem, se eu estivesse certa, poderia resistir.

Ele ficou em silêncio depois que eu disse a última frase, e eu logo arrisquei olhar para seu rosto.

Seus olhos, voltados para mim, expressavam ao mesmo tempo severa surpresa e uma interrogação aguda. "Ela está sendo sarcástica, e sarcástica *comigo*!" parecia dizer. "O que isso significa?"

— Não nos esqueçamos de que este é um assunto solene — disse ele, um tempo depois — do qual não podemos pensar nem falar levianamente sem cometer um pecado. Acredito, Jane, que está sendo sincera quando diz que servirá a Deus com todo seu coração. É tudo que eu quero. Uma vez afastado seu coração do homem, e entregue ao Criador, o avanço do reino espiritual do Criador na terra será seu maior deleite e dedicação de esforço. Estará pronta para fazer o que quer que promova esse fim. Verá que um impulso será dado aos seus esforços e aos meus por essa união física e mental do casamento. A única união que dará o caráter de permanente conformidade aos destinos e desígnios dos seres humanos. E, ao passar por cima de caprichos mesquinhos, todas as dificuldades e detalhes triviais de sentimentos, todo escrúpulo sobre o grau, tipo, força ou ternura da mera inclinação pessoal... você ansiará por essa união.

— Ansiarei? — falei, brevemente.

Olhei para seus traços, belos em sua harmonia, mas estranhamente formidável em sua severidade. A fronte autoritária, mas não aberta. Os olhos, brilhantes, profundos e perscrutadores, mas nunca suaves. Para sua figura alta e imponente. E me imaginei como *sua esposa*. Ah! Nunca! Como sua assistente, sua companheira, coadjutor, seu camarada, tudo bem. Cruzaria oceanos com ele, se assim fosse, labutaria sob o sol oriental, nos desertos asiáticos, admiraria e imitaria sua coragem, devoção e vigor. Ficaria confortável sob a sua direção, sorriria imperturbável à sua ambição inerradicável, diferenciaria o cristão do homem, e estimaria profundamente um, e perdoaria o outro. Sem dúvida, sofreria muito ligada a ele apenas nessa condição, meu corpo estaria sob um jugo rigoroso, mas meu coração e minha mente estariam livres. Ainda teria meu eu imaculado para recorrer e meus sentimentos livres para me amparar em momentos de solidão. Haveria lugar na minha mente que seriam só meus, aos quais ele nunca teria acesso, e ali cresceriam sentimentos, frescos e protegidos, que sua austeridade jamais poderia arruinar, nem sua marcha de soldado atropelar. Mas como sua esposa... sempre ao seu lado, sempre contida, sempre reprimida... obrigando a chama da minha natureza a ficar baixa, obrigá-la a arder cautelosamente, sem nunca proferir um grito, mesmo que a chama aprisionada consumisse as minhas entranhas... *isso* seria insuportável.

— St. John! — exclamei, ao chegar nesse ponto da minha meditação.

— Bem? — respondeu ele, friamente.

— Repito: concordo em ir com o senhor como sua companheira missionária, mas não como sua esposa. Não posso casar ou me tornar parte de você.

— Você deve se tornar parte de mim — respondeu ele. — Caso contrário, todo o negócio será nulo. Como posso eu, um homem que ainda não tem trinta anos, levar comigo para a Índia uma garota de dezenove anos, a menos que ela seja casada comigo? Como poderemos ficar sempre juntos, às vezes sozinhos, às vezes em meio a tribos selvagens, sem estarmos casados?

— Ficaremos muito bem — falei, brevemente. Nessas circunstâncias, é como eu fosse sua irmã de verdade, ou um homem e um clérigo como você.

— É sabido que você não é minha irmã. Não posso apresentá-la como se fosse. Tentar, seria lançar suspeitas prejudiciais sobre nós. E quanto ao resto, embora você tenha o cérebro vigoroso de um homem, tem um coração de mulher e... não daria certo.

— Daria sim — afirmei com certo desdém. — Completamente certo. Tenho coração de mulher, mas não no que diz respeito a você. Por você, sinto apenas a consideração de um camarada, uma franqueza, fidelidade, fraternidade, se preferir. O respeito e submissão de uma discípula ao sacerdote. Nada mais. Não tema.

— É o que eu quero — disse ele, falando consigo mesmo — é exatamente o que eu quero. Há obstáculos no caminho, mas eles devem ser vencidos. Jane, você não se arrependerá de se casar comigo, tenha certeza disso. *Devemos* nos casar. Repito: não há outro jeito. E, sem dúvida, com o tempo, depois do casamento virá amor o suficiente para tornar a união correta, mesmo aos seus olhos.

— Eu desprezo a sua ideia de amor — falei, sem conseguir me conter.

Levantei-me e fiquei diante dele, inclinando minhas costas contra o rochedo.

— Desprezo o sentimento falso que oferece. Sim, St. John, e eu o desprezo quando o oferece.

Ele me olhou fixamente, comprimindo os lábios bem desenhados. Era difícil saber se estava com raiva ou surpreso. Podia controlar completamente as emoções.

— Eu dificilmente esperava ouvir essa expressão de você — disse ele. — Acho que não fiz e falei nada que mereça desprezo.

Fiquei tocada pelo seu tom gentil e intimidada pelo seu rosto calmo.

— Perdoe-me as palavras, St. John, mas é por sua própria culpa que fui levada a falar de maneira tão descuidada. Começou um assunto sobre o qual discordamos... um assunto que nunca deveríamos discutir. O próprio conceito de amor já é fruto de discórdia entre nós. Se a realidade exigisse, o faríamos? Como nos sentiríamos? Meu querido primo, deixe de lado esse plano de casamento... esqueça.

— Não — disse ele. — É um plano há muito acalentado, e o único que pode assegurar meu grande objetivo. Mas não insistirei mais no momento. Amanhã, irei para Cambrigde, tenho muitos amigos lá a quem gostaria de dizer adeus. Estarei fora por duas semanas... use esse tempo para considerar a minha oferta. E não se esqueça de que se rejeitá-la, não é a mim que você nega, mas a Deus. Ele está abrindo um caminho nobre para você, através de mim, somente como minha esposa pode traçá-lo. Recuse-se a ser minha esposa, e se limitará a um caminho de egoísmo e obscuridade estéril para sempre. Torça para que, nesse caso, não seja incluída entre aqueles que negaram a fé, e são piores do que os infiéis!

Terminou. Afastando-se de mim, ele mais uma vez "olhou o rio e as montanhas". Mas desta vez seus sentimentos estavam todos reprimidos em seu coração, eu não era digna de ouvi-los. Enquanto caminhava para casa ao lado dele, li naquele silêncio tudo que ele sentia por mim: decepção de uma natureza austera e despótica, que encontrara resistência onde esperava submissão, desaprovação de um julgamento frio e inflexível, que descobriu no outro sentimentos e opiniões com as quais não podia simpatizar. Em suma, como homem, gostaria de obrigar a obedecer, foi apenas como sincero cristão que suportou tão pacientemente a minha perversão, e deu tanto tempo para reflexão e o arrependimento

Naquela noite, depois de beijar suas irmãs, ele pensou que seria adequado esquecer até mesmo de apertar a minha mão, e saiu da sala em silêncio. Eu, que, embora não sentisse amor, estimava muito a amizade dele, fiquei ferida por essa omissão. Tão ferida que lágrimas brotaram em meus olhos.

— Vejo que você e St. John estiveram brigando, durante a caminhada que fizeram na charneca, Jane — disse Diana. — Mas vá atrás dele, ele está se demorando no corredor esperando por você... façam as pazes.

Não sou muito orgulhosa em situações como essa. Prefiro sempre ser feliz a ser digna. Então corri atrás dele, que estava ao pé da escada.

— Boa noite, St. John.

— Boa noite, Jane — respondeu ele, calmamente.

— Vamos apertar as mãos — acrescentei.

Que toque frio e rápido deixou em meus dedos! Estava profundamente contrariado com o que acontecera naquele dia. Não seria comovido por cordialidade ou lágrimas. Não haveria nenhuma alegre reconciliação... não haveria um sorriso gentil ou palavras generosas. Mas, ainda assim, seu lado cristão era paciente e calmo, e quando lhe perguntei se me perdoava, respondeu que não tinha o hábito de alimentar rancores, e que nada tinha a perdoar, pois não estava ofendido.

E com essa resposta ele me deixou. Eu preferiria que ele tivesse me batido.

CAPÍTULO 35

Ele não partiu para Cambrigde no dia seguinte, como disse que faria. Adiou a partida por uma semana inteira, e durante isso me fez sentir o castigo que um bom, mas severo, um homem consciente, mas implacável, pode infligir a quem o ofendeu. Sem um ato aberto de hostilidade, sem uma palavra de repreensão, conseguiu imprimir em mim, a convicção de que estava excluída da sua generosidade.

Não que St. John abrigasse um espírito de vingança cristã, não que tivesse machucado um fio de cabelo da minha cabeça, mesmo que pudesse. Tanto por natureza, tanto por princípio, ele era superior ao prazer da vingança. Ele me perdoou por ter dito que desprezava a ele e ao seu amor, mas não tinha esquecido as palavras, e enquanto ele e eu vivêssemos, nunca as esqueceria. Eu via no seu olhar, quando ele se voltava para mim, que essas palavras estavam sempre escritas no ar entre nós. Sempre que eu falava, elas soavam em seu ouvido, e seu eco dava o tom de todas as respostas dele.

Não se absteve de conversar comigo, até me chamava como sempre todas as manhãs para juntar-me a ele na sua escrivaninha. Acho que o homem corrupto dentro dele sentia um inesperado prazer — não compartilhado pelo cristão puro — em evidenciar com que habilidade podia, enquanto agia e falava aparentemente como de costume, retirar de cada ação e de cada frase o espírito de interesse e aprovação que antes conferia certo charme austero à sua linguagem e maneiras. Para mim, na verdade, ele não era mais de carne, era de pedra. Seus olhos eram gemas frias, brilhantes e azuis. A língua era um instrumento de fala... nada mais.

Tudo isso era uma tortura para mim — uma tortura lenta e refinada. Isto manteve aceso uma chama de indignação e um trêmulo sofrimento que me incomodavam e dominavam completamente. Sentia que, se eu fosse sua esposa, este bom homem, puro como as profundezas de uma fonte, seria capaz de me matar, sem tirar das minhas veias uma única gota de sangue, ou sem manchar sua consciência limpa como cristal com nada de culpa. Sentia isso especialmente quando fazia qualquer tentativa de agradá-lo. Nenhuma simpatia para se juntar à minha. *Ele* não experimentou nenhum sofrimento pelo nosso afastamento, nem anseio pela nossa reconciliação. Mais de uma vez, minhas lágrimas caíram rapidamente no livro sobre o qual nos curvávamos, mas não produziam efeito nele, era como se seu coração fosse feito de pedra ou de metal. Com suas irmãs, entretanto, ele era um pouco mais gentil do que de hábito, como se temesse que a mera frieza não bastasse para me convencer de que fui completamente banida, acrescentou a força do contraste, e isso eu tenho certeza que ele não fez por maldade, mas por princípio.

Na noite anterior à sua partida, por acaso o vi andando no jardim durante o pôr do sol, e lembrando, enquanto olhava para ele, que aquele homem, distante como estava agora, foi quem um dia salvou a minha vida e que éramos parentes próximos, fiz uma última tentativa de reconquistar sua amizade. Saí e aproximei-me dele, que estava inclinado sobre o portãozinho. Fui direto ao ponto.

— St. John, estou triste porque ainda está zangado comigo. Vamos ser amigos.

— Espero que já sejamos amigos — foi sua resposta impassível, enquanto ainda assistia ao nascer da lua, que já estava contemplando.

— Não, St. John, não somos amigos como éramos. Sabe disso.

— Não somos? Está errada. Da minha parte, não lhe desejo o mal, e sim todo o bem.

— Acredito em você, St. John, pois tenho certeza de que é incapaz de desejar mal a qualquer um. Mas, como sou sua parenta, gostaria de um pouco mais de afeto do que esse tipo de filantropia que estende a meros estranhos.

— Claro — disse ele. — Seu desejo é razoável, e estou longe de considerá-la uma estranha.

Isso, dito em um tom frio e tranquilo, foi mortificante e desconcertante. Se eu tivesse dado ouvidos ao orgulho e a ira, sairia dali imediatamente, mas algo trabalhava dentro de mim com mais força do que esses sentimentos tinham. Admirava profundamente o talento e os princípios do meu primo. Sua amizade era valiosa para mim, perdê-la me custaria muito. Eu não desistiria tão cedo da tentativa de reconquistá-lo.

— Vamos nos separar dessa maneira, St. John? E quando for para a Índia, vai me deixar assim, sem uma palavra mais gentil do que essas?

Nesse momento, ele deixou de olhar para a lua e me encarou.

— Deixá-la quando eu for para a Índia, Jane? O quê!? Você não vai para a Índia?

— O senhor disse que não poderia ir, a menos que me casasse com você.

— E não vai se casar comigo! Vai manter a sua decisão?

Leitor, você sabe, como eu, o terror que essas pessoas frias podem colocar no gelo de suas perguntas? O quanto de avalanche existe em sua raiva? Ou o quanto seu descontentamento se assemelha ao quebrar do gelo sobre o mar?

— Não, St. John, eu não vou me casar com você. Mantenho a minha decisão.

A avalanche tremeu e deslizou um pouco, mas ainda não despencou.

— Mais uma vez, por que essa recusa? — perguntou ele.

— Antigamente — respondi — porque você não me amava. Agora, respondo, que porque você quase me odeia. Se me casasse com você, você me mataria. Está me matando agora.

Seus lábios e bochechas ficaram brancos, muito brancos.

— *Eu mataria você? Estou matando você?* Suas palavras são tais que não devem ser usadas: violentas, nada femininas, e falsas. Revelam um estado de espírito infeliz e merecem severa reprovação. São imperdoáveis, mas é dever do homem perdoar o seu próximo, até mesmo setenta vezes sete.

Agora completei a tarefa. Tentando, sinceramente, apagar da sua mente os traços da antiga ofensa, acabei fazendo uma impressão ainda mais dura e séria naquela superfície rígida.

— Agora realmente vai me odiar. Qualquer tentativa de reconciliação é inútil. Vejo que transformei você em um eterno inimigo.

Essas palavras foram uma nova ofensa, e pior, porque elas tinham um pouco de verdade. Aqueles lábios pálidos tremeram em um espasmo temporário. Eu conhecia a ira de aço que havia despertado. Estava de coração partido.

— Você interpretou mal as minhas palavras — continuei, pegando sua mão. — Não tenho intenção de magoá-lo ou feri-lo. Realmente não tenho.

Ele sorriu amargamente, e com determinação retirou sua mão da minha.

— E agora retira a sua promessa, não irá para Índia de nenhuma forma, suponho? — disse ele, depois de uma pausa considerável.

— Irei, irei como sua companheira — respondi.

Um longo silêncio se seguiu. Não sei dizer que luta se tratava dentro dele, entre a Natureza e a Graça nesse tempo. Somente brilhos singulares cintilavam nos seus olhos, e sombras estranhas passavam pelo seu rosto. Finalmente falou:

— Já provei antes o absurdo de uma mulher solteira da sua idade propondo-se a acompanhar no exterior um homem com a minha. Provei isso em termos que, pensei, impediram você de algum dia falar novamente desse plano. Lamento que tenha feito isso... por você.

Eu o interrompi. Uma censura tangível me deu coragem de uma vez.

— Mantenha o bom senso, St. John, está beirando o absurdo. Finge estar chocado com o que eu disse. Não está realmente chocado, pois, com a sua mente superior, não pode ser tão estúpido ou tão vaidoso a ponto de entender mal o que quero dizer. Digo novamente, serei sua companheira, se quiser, mas nunca sua esposa.

Novamente ele ficou lívido. Mas, como antes, controlava suas emoções perfeitamente. Respondeu enfaticamente, mas com calma:

— Uma companheira que não é minha esposa, nunca me serviria. Comigo, então, ao que parece, não pode ir. Mas se a sua oferta for sincera, quando estiver na cidade conversarei com um missionário casado, cuja esposa precisa de uma auxiliar. Assim, também, será poupada da desonra de quebrar sua promessa e abandonar a causa a que se juntou.

Eu não tinha, como o leitor sabe, feito qualquer promessa formal ou firmado qualquer compromisso. Aquela linguagem era muito difícil e muito despótica para a ocasião. Respondi:

— Não há desonra, nem quebra de promessa, nem abandono de causa. Não tenho a menor obrigação de ir para a Índia, especialmente com estranhos. Com você eu teria me aventurado porque admiro, confio e, como irmã, eu te amo. Mas estou convencida de que, indo quando ou com quem fosse, não viveria muito naquele clima.

— Ah! Teme por si mesma — declarou ele, franzindo os lábios.

— Temo. Deus não me deu minha vida para que eu a jogue fora. E começo a acreditar que agir da forma que você quer que eu aja, seria quase o equivalente a cometer suicídio. Além disso, antes de decidir deixar a Inglaterra permanentemente, preciso ter certeza de que não serei mais útil aqui do que em outro lugar.

— O que quer dizer?

— Seria inútil tentar explicar. Mas tenho dúvidas dolorosas sobre algo, e não posso ir a lugar nenhum até que, de alguma forma, essa dúvida seja esclarecida.

— Sei para onde seu coração se volta e ao que se apega. O interesse que você alimenta é ilegal e profano. Já deveria ter sido destruído há muito tempo. Agora, deveria corar ao falar disso. Você pensa no Sr. Rochester?

Era verdade. Eu confessei em silêncio.

— Vai procurar o Sr. Rochester?

— Preciso descobrir o que aconteceu com ele.

— Resta-me, então — afirmou ele — lembrar de você nas minhas orações, e suplicar a Deus, como toda sinceridade, para que você não se torne uma réproba. Pensei ter reconhecido você como uma das escolhidas. Mas Deus não vê como o homem, seja feita a *Sua* vontade.

Abriu o portão, passou por ele e se afastou descendo o vale. Logo estava fora de vista.

Ao voltar para a sala, encontrei Diana de pé diante da janela, muito pensativa. Diana era bem mais alta do que eu, colocou a mão no meu ombro, e, inclinando-se, examinou meu rosto.

— Jane, ultimamente está sempre agitada e pálida. Tenho certeza de que há algo errado. Diga-me o que assunto que você e St. John têm em mãos. Observei os dois daqui por meia hora. Perdoe-me por agir como uma espiã, mas por muito tempo venho imaginando algo que nem sei o que. St. John é um ser estranho...

Fez uma pausa, eu não falei nada, e logo ela retomou:

— Esse meu irmão acalenta alguns planos peculiares a seu respeito, estou certa disso. Há muito ele a distingue com uma atenção e um interesse que nunca mostrou a ninguém... por quê? Eu gostaria que ele a amasse... ele ama, Jane?

Coloquei sua mão fria na minha testa quente.

— Não, Di... nem um pouquinho.

— Então por que a segue com os olhos, por que sempre quer ficar sozinho com você e a mantém ao lado dele o tempo todo? Mary e eu achamos que ele queria se casar com você.

— Ele quer... ele me pediu em casamento.

Diana bateu palmas.

— Isso é exatamente o que esperávamos e pensávamos! E você vai se casar com ele, não vai, Jane? E então ele vai ficar na Inglaterra.

— Longe disso, Diana. O único objetivo dele ao me propor casamento, é conseguir uma companheira de trabalho adequada para seus desafios na Índia.

— O quê! Ele quer que você vá para a Índia?

— Quer.

— Loucura! — exclamou ela. — Você não viveria três meses lá, tenho certeza. Nunca deve ir. Não concordou, não é, Jane?

— Eu me recusei a casar com ele.

— E, consequentemente, o desagradou? — sugeriu ela.

— Profundamente. Temo que nunca me perdoe. Mas ofereci acompanhá-lo como sua irmã.

— Foi uma loucura desesperada fazer isso, Jane. Pense na tarefa que você empreenderia... de fadiga incessante, onde a fadiga mata até mesmo os mais fortes, e você é fraca. St. John, você sabe como ele é, iria exigir o impossível. Com ele lá não haveria permissão para descansar durante o calor, e infelizmente, já percebi que não importa o que ele peça, você se esforça para fazer. Estou surpresa que tenha tido coragem para recusar sua mão. Não o ama então, Jane?

— Não como marido.

— Mesmo assim, ele é bem bonito.

— E eu sou bem comum, veja, Di. Nunca combinaríamos.

— Comum? Você? De jeito nenhum. É bonita e boa demais para ser queimada viva em Calcutá.

E novamente ela implorou para que eu desistisse de partir com St. John.

— Vou desistir, realmente. Pois agora mesmo eu repeti a oferta de servi-lo como companheira, e ele ficou chocado com a minha falta de decência. Pareceu pensar que eu tinha cometido uma impropriedade ao propor acompanhá-lo sem nos casarmos. Como se, desde o início, eu não quisesse encontrar nele apenas um irmão, e não o visse como tal.

— O que a faz dizer que ele não a ama, Jane?

— Você deveria ouvi-lo falando sobre isso. Falou repetidas vezes que não é ele, mas o missionário, que deseja se casar. Disse que fui feita para o trabalho, não para o amor. O que é verdade, sem dúvida. Mas, na minha opinião, se não fui feita para o amor, entende-se que não fui feita para o casamento. Não seria estranho, Di, estar acorrentada pelo resto da vida a um homem que só a visse como uma ferramenta?

— Seria insuportável... antinatural... fora de questão!

— E então — continuei — embora eu sinta por ele apenas afeição de irmã, se fosse forçado a ser sua esposa, posso imaginar a possibilidade de conceber um tipo de amor inevitável, estranho e torturante por ele, porque ele tem tantas qualidades. E há, muitas vezes, uma certa grandeza heroica em sua aparência, maneiras e conversas. Nesse caso, meu destino seria indescritivelmente miserável. Ele não iria querer que eu o amasse, e se eu demonstrasse esse sentimento, me faria ver que era supérfluo, indesejado por ele e impróprio para mim. Sei que iria.

— Ainda assim, St. John é um bom homem — afirmou Diana.

— Ele é um bom e um grande homem, mas esquece, cruelmente, os sentimentos e necessidades das pessoas menores, ao perseguir seus próprios e grandes objetivos. É melhor, portanto, que os insignificantes fiquem fora do seu caminho, para que ele não os atropele quando avançar. Lá vem ele! Vou deixá-la, Diana.

E eu corri escada acima quando o vi entrando no jardim.

Mas fui obrigada a encontrá-lo novamente no jantar. No decorrer da refeição ele parecia tão composto quanto de costume. Pensei que ele dificilmente falaria comigo e tinha certeza de que tinha desistido do plano matrimonial. O que se seguiu mostrou que eu estava errada em ambos os pontos. Falou comigo exatamente da forma normal, ou o que era sua forma normal ultimamente: com escrupulosa educação. Sem dúvida havia invocado a ajuda do Espírito Santo para subjugar a raiva que despertei nele, e agora acreditava que havia me perdoado mais uma vez.

Para a leitura noturna, antes das orações, ele selecionou o capítulo vinte e um do livro de Revelação. Sempre era agradável ouvir as palavras da Bíblia através de seus lábios, nunca sua bela voz soava ao mesmo tempo tão doce e plena — nunca seus modos se tornavam tão impressionantes em sua nobre simplicidade, como quando recitava os oráculos de Deus. Nessa noite, enquanto ele se sentava no meio do círculo familiar, aquela voz assumiu um tom mais solene, as maneiras um significado mais emocionante. A lua de maio brilhava através da janela sem cortinas, tornando quase desnecessária a luz da vela na mesa. Sentado ali, curvado sobre a grande e velha Bíblia, descrevendo a visão do novo céu e da nova terra, contando sobre como Deus viria morar com os homens, como Ele limparia todas as lágrimas de seus olhos, e prometendo que não haveria mais morte, nem tristeza, nem choro, nem sofrimento, porque as coisas anteriores teriam passado.

As palavras seguintes me emocionaram de uma forma estranha, quando ele as recitou. Especialmente porque senti, pela leve e indescritível alteração no som, que ao pronunciá-las, seus olhos se voltaram para mim.

— Aquele que vencer herdará todas as coisas; e eu serei seu Deus, e ele será meu filho. Mas, (essa parte foi lida lenta e distintamente) os medrosos e os incrédulos terão sua recompensa no lago que arde com fogo e enxofre, que é a segunda morte.

Daí em diante, eu sabia que era esse destino que St. John temia para mim.

Um triunfo calmo e controlado, mesclado com uma seriedade melancólica, marcou suas palavras nos últimos gloriosos versos deste capítulo. St. John acreditava que seu nome já estava escrito no livro da vida do Cordeiro, e ansiava pelo momento em que seria admitido na cidade para qual os reis da terra trazem sua glória e honra, que não precisa do sol ou da lua para brilhar, porque a glória de Deus a ilumina, e o Cordeiro é a sua luz.

Na oração seguinte ao capítulo, reuniu todas as energias e despertou todo o severo zelo. Estava profundamente sério, lutando com Deus e decidido a vencer. Suplicou forças para os de coração fraco, orientação para os andarilhos, um retorno, mesmo na undécima hora, para aqueles a quem as tentações do mundo e da carne desviaram do caminho correto. Pediu, suplicou, clamou pela bênção da salvação da alma. O fervor é sempre profundamente solene. Primeiro, enquanto eu ouvia aquela oração, fiquei admirada por ela, então, enquanto a prece continuou e se elevou, fiquei tocada, e por fim, temerosa. Ele sentiu a grandeza e bondade de seu propósito com tanta sinceridade, que os outros que o ouviram implorar por eles, não podiam deixar de sentir também.

Terminada a oração, nos despedimos dele, que iria bem cedo pela manhã. Diana e Mary beijaram-no e saíram da sala, atendendo, eu acho, a um pedido dele. Estendi a minha mão, e desejei a ele uma boa viagem.

— Obrigado, Jane. Como eu disse, voltarei de Cambridge em quinze dias. Então ainda lhe resta esse tempo para reflexão. Se eu desse ouvidos ao orgulho humano, não diria mais nada sobre você se casar comigo. Mas escuto meu dever e mantenho-me firme tendo em vista meu maior objetivo: fazer tudo pela glória de Deus. Meu Mestre sofreu por muito tempo, também sofrerei. Não posso abandoná-la à perdição, como um vaso da ira[41]. Arrependa-se e decida, enquanto ainda há tempo. Lembre-se, devemos trabalhar enquanto é dia, advertidos de que "virá a noite em que nenhum homem trabalhará". Lembre-se do destino de Dives, que tinha coisas boas nessa vida. Deus lhe dê forças para escolher a melhor parte, que não será tirada de você!

Colocou a mão na minha cabeça enquanto pronunciava as últimas palavras. Falava com seriedade e suavidade. Não parecia alguém que ama olhando a pessoa amada, mas um pastor chamando as ovelhas errantes... ou melhor, um anjo da guarda zelando pela alma pela qual é responsável. Todos os homens de talento, sejam homens sentimentais ou não, sejam fanáticos, aspirantes, ou déspotas — desde que sejam sinceros — têm seus momentos sublimes, quando dominam e comandam. Sentia veneração por St. John, uma veneração tão forte que seu ímpeto me empurrou de uma vez ao ponto que eu evitara por muito tempo. Estava tentada a parar de resistir, a precipitar-me pela torrente de sua vontade e ser tomada pela sua existência, e ali perder a minha própria. Estava quase tão duramente coagida por ele agora como eu tinha sido antes, de forma diferente, por outro. Fui uma idiota nas duas vezes. Na primeira, ceder teria sido um erro de princípio, e agora, ceder teria sido um erro de julgamento. Penso assim hoje em dia, quando olho para trás para essa crise através do tranquilo passar do tempo, mas naquele momento, eu estava inconsciente dessa loucura.

---

41 Referência à Bíblia, livro Romanos 9:22,23.

Fiquei imóvel sob o toque do meu sacerdote. Esqueci minhas recusas, superei meus medos, interrompi a minha resistência. O Impossível, isto é, meu casamento com St. John, estava rapidamente se tornando o Possível. Tudo mudou com uma reviravolta repentina. A religião chamava, os anjos acenavam, Deus ordenava, a vida se desdobrava como um pergaminho... os portões da morte se abriram, mostrando a eternidade além deles. Parecia, que para garantir a segurança e felicidade lá, tudo aqui poderia ser sacrificado em um segundo. A sala escura estava cheia de visões.

— Pode decidir agora? — perguntou o missionário.

A pergunta foi feita de forma gentil, ele me puxou para si com a mesma delicadeza. Ah, a gentileza! Tão mais potente que a força! Eu poderia resistir à ira de St. John, mas me tornava flexível como um junco sob a sua bondade. No entanto, eu sabia o tempo todo que se cedesse agora algum dia iria me arrepender. Sua natureza não mudou com uma hora de oração solene, foi apenas elevada.

— Eu poderia decidir se tivesse certeza — respondi. — Se estivesse convencida de que é a vontade de Deus que eu me case com você, juraria casar-me com você aqui e agora... acontecesse o que quer que fosse!

— Minhas preces foram ouvidas! — exclamou St. John. — Pressionou mais a mão em minha cabeça, como se me reivindicasse. Abraçou-me *quase* como se me amasse (digo *quase* — sei a diferença — pois já tinha sentido o que era ser amada; mas, como ele, eu agora tinha tirado o amor da questão, e pensava apenas no dever). Lutei contra a minha visão turva, diante da qual ainda passavam nuvens. Desejei sinceramente, profundamente, fervorosamente fazer o que era certo, e apenas isso. "Mostre-me, mostre-me o caminho!" Implorei aos céus. Eu estava mais agitada do que nunca, e se o que se seguiu foi efeito dessa agitação, cabe ao leitor julgar.

A casa inteira estava quieta, acredito que todos, com exceção de St. John e eu, estavam deitados. A única vela estava acabando, o luar brilhava em cheio na sala. Meu coração batia rápido e forte, eu ouvia o seu pulsar. De repente parou, pois um sentimento inexplicável o tomou e percorreu todo o meu corpo. Não era como um choque elétrico, mas foi tão forte, tão estranho e tão surpreendente quanto. Agia em meus sentidos como se antes eles estivessem entorpecidos, e agora fossem chamados e forçados a acordar. Eles se levantaram com expectativa, olhos e ouvidos esperavam, enquanto meu corpo todo tremia.

— O que você ouviu? O que está vendo? — perguntou St. John.

Eu não via nada, mas ouvi uma voz em algum lugar gritar: "Jane! Jane! Jane!", e nada mais.

— Ó Deus! O que é? — suspirei.

Poderia ter dito: "Onde está?", pois não parecia vir da sala, nem da casa, nem do jardim. Não vinha do ar, nem de baixo da terra, nem de cima. Eu ouvi... onde ou de onde, era impossível saber! E era a voz de um ser humano... uma voz conhecida, amada e bem lembrada: a de Edward Fairfax Rochester. E falou em dor e aflição, de forma descontrolada, selvagem, urgente.

— Estou indo! — exclamei. — Espere por mim! Ah, eu irei!

Voei para a porta e olhei para o corredor: estava vazio. Corri para o jardim: estava vazio.

— Onde você está? — exclamei.

As colinas além de Marsh Glen enviaram uma resposta fraca de volta: "onde você está?", escutei. O vento suspirou baixinho nos pinheiros, tudo era solidão da charneca e o silêncio da meia-noite.

— Ah, a superstição! — comentei, quando aquele espectro preto se ergueu das árvores no portão. — Isso não é ilusão, não é feitiçaria. É obra da natureza. Ela despertou e fez... nenhum milagre... mas o melhor que podia.

Libertei-me de St. John, que havia me seguido e tentava me deter. Era a *minha* vez de assumir a ascendência. *Meus* poderes estavam ativos e fortes. Pedi a ele que não fizesse perguntas e observações, pedi que me deixasse, que eu queria ficar sozinha e ficaria. Ele obedeceu imediatamente. Onde existe energia para ordenar, a obediência nunca falha. Subi para meu quarto, tranquei-me, fiquei de joelhos e orei do meu modo. Um modo diferente do de St. John, mas efetivo da sua própria forma. Senti que estava próxima do Espírito Poderoso, e minha alma agradecida estava aos Seus pés. Dei graças... tomei a minha decisão e deitei-me... sem medo, esclarecida, ansiosa pela luz do dia.

CAPÍTULO 36

A luz do dia chegou. Levantei-me ao amanhecer. Passei uma ou duas horas arrumando minhas coisas no quarto, gavetas, armário, da forma que queria deixá-las durante a minha breve ausência. Enquanto isso, ouvi St. John sair do quarto. Parou à minha porta. Temi que batesse, não bateu, mas um pedaço de papel foi passado debaixo da porta. Peguei. Tinha essas palavras:

Você me deixou muito de repente ontem à noite. Se tivesse ficado um pouco mais, teria colocado a mão sobre a luz cristã e na coroa do anjo. Esperarei sua decisão quando eu voltar daqui a quinze dias. Enquanto isso, vigiai e orai, para que não caia em tentação. O espírito, acredito, está disposto, mas a carne, eu vejo, é fraca. Orarei por você todas as horas.

Seu, St. John."

"Meu espírito", respondi mentalmente, "está disposto a fazer o que é certo, e minha carne, espero, é forte o suficiente para cumprir a vontade do céu, quando essa vontade estiver clara para mim. De qualquer forma, será forte o bastante para encontrar... inquirir... tatear uma saída desta nuvem de dúvidas e encontrar o céu claro da certeza."

Era o dia primeiro de junho, ainda assim a manhã estava nublada e fria. A chuva caía forte em minha janela. Ouvi a porta da frente abrir e St. John sair.

Da janela, eu o vi atravessar o jardim. Tomou o caminho ao longo das charnecas enevoadas, em direção a Whitcross, de lá pegaria a diligência.

"Em algumas horas eu seguirei o mesmo caminho, primo", pensei. Também tenho uma diligência para encontrar em Whitcross. Também tenho algo para ver e buscar na Inglaterra, antes de decidir partir para sempre.

Ainda faltavam duas horas para o café da manhã. Preenchi o intervalo caminhando suavemente pelo meu quarto e pensando na visita que direcionou meus planos. Recordava da sensação que experimentei, em toda sua inexplicável estranheza. Recordava da voz que ouvi e novamente perguntei de onde viera, novamente em vão. Parecia estar em *mim*, não no mundo externo. Perguntava se fora uma mera impressão nervosa... uma ilusão? Não conseguia conceber ou acreditar nisso, parecia-se mais com uma inspiração. O surpreendente choque veio como o terremoto que abalou os alicerces da prisão de Paulo e Silas, tinha aberto as portas da cela da minha alma e soltado suas amarras... acordou-a de seu sono, de onde se libertou tremendo, ouvindo, perplexa. Depois vibrou três vezes nos meus ouvidos aquele grito, e no meu trêmulo coração e em todo o meu espírito. Nenhum deles tremeu ou se abalou, mas comemoraram alegremente pelo êxito do único esforço que tiveram o privilégio de fazer, independente do corpo abatido.

"Em poucos dias", pensei, ao encerrar minhas reflexões, "saberei algo sobre aquele cuja voz parecia me convocar ontem à noite. Cartas provaram ser inúteis, um inquérito pessoal deve substituí-las.

No café da manhã, anunciei a Diana e Mary que iria fazer uma viagem, e ficaria ausente por pelo menos quatro dias.

— Sozinha, Jane? — perguntaram elas.

— Sim. Vou buscar notícias ou até mesmo ver um amigo com o qual me inquietava há um tempo.

Eles poderiam ter dito, como não tenho dúvidas de que pensaram, que achavam que eu não tinha nenhum amigo além delas. Pois, de fato, eu tinha dito isso muitas vezes, mas, com sua delicadeza natural, se abstiveram de fazer comentários, com exceção de Diana, que perguntou se eu tinha certeza de que estava bem o suficiente para viajar. Disse que eu estava muito pálida. Respondi que nada doía, a não ser a ansiedade, que eu esperava aliviar em breve.

Foi fácil fazer os arranjos posteriores, pois não havia dúvidas me perturbando, nem suspeitas. Falei que não poderia ser clara sobre meus planos, e elas gentil e sabiamente aceitaram o meu silêncio, permitindo que eu agisse livremente. O mesmo direito que, em uma situação como essas, eu teria concedido a elas.

Saí de Moor House às três da tarde, e pouco depois das quatro eu estava ao pé da placa de sinalização de Whitcross, esperando a chegada da carruagem que me levaria para uma distante Thornfield. Em meio ao silêncio daquelas estradas solitárias e das montanhas desertas, ouvi-o se aproximar de uma grande distância. Era o mesmo veículo do qual, há um ano, eu havia descido nesse mesmo lugar numa noite de verão... desolada, sem esperanças e sem destino! Parou quando acenei. Entrei, dessa vez não fui obrigada a desfazer de toda a minha fortuna como pagamento de sua acomodação. Mais uma vez na estrada para Thornfield, sentia-me como um pássaro voltando para casa.

Era uma viagem de trinta e seis horas. Eu tinha saído de Whitcross numa tarde de terça-feira, e no início da manhã seguinte, a diligência parou para dar água aos cavalos numa estalagem à beira da estrada, situada em meio a um cenário de árvores verdes, grandes campos e pequenas colinas pastoris (quão suave esse cenário verde parecia, quando comparado à charneca do centro-norte, onde ficava Morton!) que surgiram aos meus olhos como traços de um rosto outrora familiar. Sim, eu conhecia essa paisagem, tinha certeza de que estávamos perto do meu destino.

— A que distância fica Thornfield Hall? — perguntei.

— Apenas três quilômetros, senhora, cruzando o campo.

"Minha viagem está encerrada", pensei.

Desci do veículo, entreguei minha mala aos cuidados do cavalariço, para ser guardada até que eu a pedisse, paguei a passagem, satisfiz o cocheiro, e fui. O dia claro brilhava sobre a placa da estalagem, e li em letras douradas: "Brasão de Rochester". Meu coração saltou, eu já estava nas terras do meu senhor. Mas de novo se abateu, foi atingido por um pensamento:

"Seu patrão pode estar do outro lado do Canal Inglês, pelo que você sabe. E se estiver em Thornfield Hall, para onde você está correndo, quem estará lá além dele? A esposa louca. Você não tem nada a ver com ele, não ouse falar com ele ou buscar sua companhia. Perdeu seu emprego. É melhor não ir mais longe", insistia a razão. "Peça informação às pessoas da estalagem, eles podem dizer tudo que quer saber, podem sanar suas dúvidas de uma vez por todas. Vá até aquele homem, e pergunte se o Sr. Rochester está em casa."

A sugestão era sensata, mas não consegui me forçar a segui-la. Temia tanto uma resposta que me atirasse ao desespero. Prolongar a dúvida era prolongar a esperança. Ainda poderia ver a mansão sob a luz das estrelas. Ali estavam os mesmos campos através dos quais eu tinha corrido, cega, surda, delirante, com uma fúria vingativa que me perseguia e açoitava na manhã em que fugi de Thornfield. Antes que eu soubesse que curso seguir, já estava no meio deles. Como andei rápido! Às vezes até corria! Como ansiava pela visão dos familiares bosques! Com que emoção vi as árvores que conhecia, e a vista familiar dos prados e das colinas entre elas!

Por fim, surgiu o bosque e ninho dos corvos. Um grasnido alto quebrou a quietude matinal. Apressei-me, inspirada por um estranho prazer. Cruzei outro campo, passei por uma alameda e vi os muros do pátio, os fundos, a própria casa ainda estava escondida. "A fachada da casa deve ser a primeira coisa que verei" determinei "onde as ameias logo impressionam os olhos, e onde posso ver a janela do meu patrão. Talvez ele esteja de pé... ele levanta cedo. Talvez esteja agora mesmo caminhando pelo pomar, ou na calçada em frente. Eu poderia apenas vê-lo! Ao menos um pouco! Certamente, nesse caso, eu não seria louca a ponto de correr em sua direção? Não sei dizer... não tenho certeza. E se eu correr... e daí? Que Deus o abençoe! O que aconteceria? Quem seria machucado se eu provasse mais uma vez a vida que seu olhar me dá? Estava delirando... talvez neste momento ele estivesse assistindo ao nascer do sol sobre o Pireneus, ou nos calmos mares do sul.

Caminhei ao lado do muro do pomar e virei uma esquina. Ali havia um portão que dava para o prado, entre duas colunas de pedra. De trás de uma coluna poderia espiar discretamente toda a frente da casa. Avancei a cabeça com cuidado, querendo ver se alguma das janelas dos quartos já estavam abertas. Daquela posição conseguiria ver tudo: as ameias, as janelas, a longa fachada.

Os corvos voando no céu talvez me observassem enquanto eu ia em direção a esse abrigo. Eu me pergunto o que pensaram. Devem ter achado que fui muito cuidadosa e tímida no início, e que gradualmente fui ficando muito ousada e imprudente. Uma espiada, e em seguida, uma olhada demorada. Então, uma saída do nicho e uma caminhada pelo prado, uma parada repentina em frente a mansão, e um olhar prolongado e forte em direção a ela. "Que afetação de timidez foi aquela no início?" podem ter perguntado, "que imprudência estúpida é essa agora?"

Ouça uma imagem, leitor.

Um amante encontra sua amada dormindo em um banco de relva. Ele deseja ter um vislumbre de seu belo rosto sem despertá-la. Caminha suavemente sobre a grama, tomando cuidado para não fazer nenhum barulho. Ele para, imaginando que ela se mexeu. Afasta-se, pois não quer ser visto por nada no mundo. Tudo está quieto. Ele avança novamente e inclina-se sobre ela. Um leve véu cobre suas feições. Ele o levanta, inclina-se mais, agora seus olhos antecipam a visão de uma beleza suave, desabrochante, adorável, em perfeito repouso. Como seu primeiro olhar foi apressado! Mas agora ele se fixa! Como se assusta! Como toma nos braços subitamente e com veemência aquele corpo em que um momento antes não ousava tocar com um dedo sequer! Como grita o seu nome, e deixa cair o fardo, e olha-o loucamente! Ele perde o controle, grita e olha assustado porque não teme mais acordá-la com qualquer som que seja. Pensava que seu amor dormia suavemente... mas descobriu que está morta.

Olhei com tímida alegria para uma bela mansão, vi uma ruína enegrecida.

Não havia necessidade de me esconder atrás de uma coluna, de fato! Nem de espiar as janelas dos quartos, temendo que a vida se agitasse atrás delas! Nem de ouvir para checar se haviam portas se abrindo... ou passos na calçada ou sobre o cascalho! A grama, os jardins estavam pisoteados e mortos. O portal vazio. A fachada, como eu já tinha visto em um sonho, não era mais que uma parede muito alta e muito frágil, furada com janelas sem vidros. Sem telhado, sem ameias, sem chaminés... tudo estava destruído.

E reinava um silêncio da morte ao redor. A solidão de um deserto morto. Não era de admirar que as cartas endereçadas às pessoas ali nunca tivessem sido respondidas, era o mesmo que mandar cartas para uma cripta numa ala de igreja. A terrível negridão das pedras dizia o que tinha derrubado a mansão... um incêndio. Mas como aconteceu? Qual era a história daquela tragédia? Quais foram as perdas, além da argamassa, do mármore e da madeira? Teriam se perdido vidas, além de bens? Se sim, vidas de quem? A pergunta terrível... e não havia ninguém ali para respondê-la. Não havia nem mesmo um sinal, nem mesmo um sem palavras.

Andando ao redor das paredes despedaçadas e do interior devastado, vi sinais de que a calamidade não era recente. As neves do inverno haviam passado pelo arco vazio, as chuvas do entraram nos peitoris das janelas. Meio aos encharcados montes de entulho, a primavera tinha feito brotar alguma vegetação. Mato e ervas daninhas cresciam aqui e ali entre as pedras e madeiras caídas. E onde estava, enquanto isso, o infeliz dono daquelas ruínas? Em que terra? Sob os auspícios de quem? Meus olhos involuntariamente foram em direção à torre cinza da igreja perto dos portões. Perguntei-me: "Será que agora ele está com Damer de Rochester, dividindo o abrigo de sua estreita casa de mármore?"

Alguma resposta deve ser dada a essas perguntas. Não poderia encontrá-las em lugar nenhum, a não ser na pousada, e para lá rapidamente retornei. O próprio anfitrião trouxe meu café da manhã para a sala. Pedi a ele que fechasse a porta e se sentasse, tinha algumas perguntas a fazer-lhe. Mas quando ele obedeceu, eu mal sabia como começar, tamanho o medo das respostas. Contudo, o espetáculo de desolação que tinha acabado de deixar, de certa forma havia me preparado para uma história triste. O estalajadeiro era um homem de meia-idade de aparência respeitável.

— O senhor conhece Thornfield Hall, sem dúvida? — consegui dizer, por fim.

— Sim, madame. Já morei lá.

— Morou?

"Não na minha época, pensei. Não o conheço", pensei.

— Eu era o mordomo do falecido Sr. Rochester — acrescentou.

O falecido! Recebi, com força total, o golpe que eu tentava evitar.

— O falecido! — engasguei. — Ele morreu?

— Não falo do atual cavalheiro, mas do pai do Sr. Edward — explicou ele.

Respirei novamente. Meu sangue voltou a fluir. Essas palavras me asseguraram que o Sr. Edward — *meu* Sr. Rochester (Deus o abençoe, onde quer que estivesse!) — pelo menos estava vivo. Era, em resumo, "o cavalheiro atual". Benditas palavras! Parecia que eu podia ouvir tudo o que estava por vir... seja qual fossem as revelações... com relativa tranquilidade. Desde que não estivesse no túmulo, eu poderia suportar descobrir até que ele estava nos Antípodas.

— O Sr. Rochester está morando em Thornfield Hall agora? — perguntei, sabendo, é claro, qual seria a resposta, mas querendo evitar fazer uma pergunta direta sobre seu paradeiro.

— Não, madame. Ah, não! Ninguém está morando lá. Suponho que não seja daqui, ou teria ouvido o que aconteceu no outono passado... Thornfield Hall está em ruínas. Pegou fogo mais ou menos na época da colheita. Uma tragédia terrível! Uma enorme quantidade de bens valiosos foram destruídos, quase nenhum móvel pôde ser salvo. O fogo começou na calada da noite, e antes que o socorro chegasse de Millcote, a mansão inteira estava em chamas. Foi um espetáculo terrível, eu mesmo testemunhei.

— Na calada da noite! — murmurei. Sim, essa sempre foi a hora das tragédias em Thornfield. — Sabem como o incêndio começou? — indaguei.

— Imaginam, madame, imaginam. Na verdade, eu diria que não há sombra de dúvidas. Talvez não saiba — continuou ele, aproximando a cadeira um pouco mais da mesa, e falando em voz baixa — que havia uma senhora... uma... uma louca, vivendo na casa?

— Ouvi algo sobre isso.

— Ela era mantida em estrito confinamento, madame. Por muitos anos nem sabiam se realmente existia. Ninguém a via, só sabiam por boatos que havia uma pessoa assim na mansão, quem ou o que era, era difícil de imaginar. Diziam que o Sr. Edward a trouxera do exterior, e alguns acreditavam que ela tinha sido sua amante. Mas, há um ano uma coisa estranha aconteceu... uma coisa muito estranha.

Eu temia agora ouvir minha própria história. Tentei fazê-lo voltar ao ponto principal.

— E essa senhora?

— Essa senhora, madame — respondeu ele — acabou por ser a esposa do Sr. Rochester! A descoberta foi feita da maneira mais estranha. Havia uma jovem, uma governanta na mansão, por quem o Sr. Rochester se...

— Mas, o incêndio... — sugeri.

— Estou chegando lá, madame. Por quem o Sr. Edward se apaixonou. Os criados dizem que nunca viram ninguém tão apaixonado quanto ele, estava sempre atrás dela. Costumavam observá-lo... criados fazem isso, a madame sabe... e gostava muito dela, embora ninguém além dele a achasse muito bonita. Dizem que ela era uma coisinha pequena, quase como uma criança. Eu nunca a vi, mas já ouvi Leah, a empregada doméstica, falar sobre ela. Leah gostava muito dela. O Sr. Rochester tinha cerca de quarenta anos e esta governanta não tinha nem vinte. Veja bem, quando cavalheiros dessa idade se apaixonam por meninas, muitas vezes é como se estivessem enfeitiçados. Bem, ele decidiu se casar com ela.

— O senhor pode me contar esta parte da história outra hora — interrompi, — agora tenho um motivo especial para querer ouvir tudo sobre o incêndio. Suspeitaram que essa louca, a Sra. Rochester, tivesse alguma participação nisso?

— Acertou, madame. É quase certo que foi ela, e ninguém além dela, que causou o incêndio. Tinha uma mulher que cuidava dela, a Sra. Poole. Era muito competente e muito confiável, exceto por um erro — um erro comum entre enfermeiras e matronas: *mantinha uma garrafa de gin com ela*, e de vez em quando, bebia um pouco demais. É desculpável, pois teve uma vida difícil, mas ainda era perigoso, pois quando a Sra. Poole estava dormindo depois do gin, a louca, que era astuta como uma bruxa, tirava as chaves do seu bolso, saía do quarto e vagava pela casa, fazendo qualquer travessura selvagem que passava pela sua cabeça. Falam que uma vez quase queimou o marido na cama, mas não sei muito sobre isso. Essa noite, no entanto, ela ateou fogo primeiro nas cortinas do quarto ao lado do dela, e então ela desceu para o andar debaixo e fez seu caminho para o quarto que tinha sido da governanta (era como se soubesse de alguma forma o que tinha acontecido, e sentisse rancor dela), e incendiou a cama, felizmente não havia ninguém dormindo nela. A governanta tinha fugido há dois meses, e por mais que o Sr. Rochester a procurasse como se ela fosse o bem mais precioso que ele tinha no mundo, nunca conseguiu saber nada sobre ela. Então ficou furioso, furioso com a sua decepção. Nunca foi um homem selvagem, mas se tornou perigoso depois que a perdeu. Quis ficar sozinho. Mandou a Sra. Fairfax, a governanta, para junto de parentes à distância, mas fez isso de forma generosa, pois estipulou uma pensão vitalícia para ela, e ela merecia... era uma mulher muito boa. A Srta. Adele, uma pupila que ele tinha, foi colocada na escola. Ele cortou relações com todos da alta sociedade e trancou-se como um eremita na mansão.

— O quê! Ele não deixou a Inglaterra?

— Deixar a Inglaterra? Meu Deus, não! Ele não cruzava a porta de casa, exceto à noite, quando caminhava como um fantasma nos jardins e no pomar, como se tivesse perdido a razão... o que, na minha opinião, ele tinha. Nunca se viu um cavalheiro mais espirituoso, mais ousado, mais perspicaz do que ele era, antes que essa governanta cruzasse seu caminho. Não era um homem dado a vinho, cartas ou corridas, como alguns são, e não era tão bonito, mas tinha coragem e força, como poucos tinham. Veja, eu o conhecia desde que era menino e, da minha parte, muitas vezes desejei que a Srta. Eyre tivesse se afogado no mar antes de vir a Thornfield Hall.

— Então o Sr. Rochester estava em casa quando houve o incêndio?

— Sim, estava. Subiu para o sótão quando tudo estava queimando acima e abaixo, tirou os criados das camas e ele mesmo os ajudou a descer. Depois voltou para tirar a esposa louca do quarto. Gritaram-lhe avisando que ela estava no telhado, em pé, acenando entre as ameias e gritando tanto que seria ouvida a mais de um quilômetro de distância. Eu a vi e ouvi com meus próprios olhos. Era uma mulher grande, tinha longos cabelos negros, podíamos vê-los voando contra as chamas enquanto ela estava de pé. Eu vi, e muitos outros viram, o Sr. Rochester subir através da claraboia até o telhado, nós o ouvimos gritar "Bertha!". Nós o vimos se aproximar dela, e então, madame, ela gritou, deu um pulo e no minuto seguinte ela estava espatifada no pavimento.

— Morta?

— Morta! Sim, morta como as pedras em que seu cérebro e sangue foram espalhados.

— Bom Deus!

— Pode muito bem dizer isso, madame. Foi assustador! — Ele estremeceu.

— E depois? — insisti.

— Bem, madame, depois a casa foi queimada até o chão. Só restaram de pé alguns pedaços de parede.

— Alguma outra vida foi perdida?

— Não... mas talvez fosse melhor se tivesse.

— O que quer dizer?

— O pobre Sr. Edward! — exclamou ele. — Nunca vi algo assim! Algumas pessoas dizem que foi um castigo justo por ele ter mantido seu primeiro casamento em segredo e ter tentado se casar de novo enquanto a outra esposa ainda estava viva. Mas eu sinto pena dele.

— Disse que ele está vivo? — exclamei.

— Sim, sim. Ele está vivo, mas muitos acham que seria melhor se ele tivesse morrido.

— Por quê? Como? — Meu sangue estava gelando novamente. — Onde ele está? Está na Inglaterra? — exigi.

— Sim... sim. Está na Inglaterra. Não pode sair da Inglaterra, acredito que ficará aqui para sempre agora.

Que agonia era essa! E o homem parecia decidido a prolongá-la.

— Ele está cego de pedra — disse ele por fim. — Sim, o Sr. Edward está totalmente cego.

Eu temia coisas piores. Eu temia que estivesse louco. Reuni minhas forças para perguntar o que havia causado essa calamidade.

— Foi tudo por causa de sua própria coragem, e sua bondade, de certa forma, madame. Não saiu da casa até que todos tivessem saído. Quando, finalmente, descia a escada, depois que a Sra. Rochester se lançou do telhado, houve um grande estrondo... tudo desabou. Ele foi retirado das ruínas, vivo, mas ferido. Uma viga caiu de forma a protegê-lo parcialmente, mas um olho foi arrancado e uma das mãos foi tão esmagada que o Sr. Carter, o cirurgião, teve que amputá-la imediatamente. O outro olho inflamou, e ele perdeu a vista dele também. Agora está completamente desamparado, na verdade... cego e aleijado.

— Onde ele está? Onde mora agora?

— Em Ferndean, uma mansão em uma fazenda que ele tem, a quase cinquenta quilômetros daqui. Um lugar bem afastado.

— Quem está com ele?

— O velho John e sua esposa. Ele não quis mais ninguém. Está bastante fraco, dizem.

— O senhor tem algum meio de transporte?

— Temos uma carruagem, madame, uma carruagem muito bonita.

— Mande prepará-la imediatamente. Se seu cocheiro puder me levar a Ferndean antes de escurecer, pagarei a vocês o dobro do valor normal.

CAPÍTULO 37

A mansão de Ferndean era uma construção antiga, média, sem nenhuma pretensão arquitetônica, no fundo de uma floresta. Eu já tinha ouvido falar dela antes. O Sr.

Rochester frequentemente a mencionava e às vezes ia até lá. Seu pai havia comprado a propriedade por causa da caça. Teria alugado a casa, mas não conseguiu encontrar inquilino, uma vez que ficava em um lugar isolado e insalubre. Ferndean, então, permaneceu vazia e sem móveis, com exceção de cerca de dois ou três quartos preparados para acomodação do senhor, quando ele ia na temporada para caçar.

Foi nessa casa que cheguei pouco antes de escurecer, numa tarde de céu triste, vento frio e uma chuvinha contínua e penetrante. O último quilômetro, percorri a pé, depois de dispensar a carruagem e o motorista com o dobro do valor que eu havia prometido. Mesmo a uma pequena distância da casa, era impossível vê-la, de tão grossa e escura a vegetação que crescia ao seu redor. Portões de ferro entre pilares de granito me mostraram onde entrar, e passando por eles, me vi na penumbra de uma fileira de árvores. Havia uma trilha gramada descendo do bosque, entre um corredor de árvores e galhos. Segui por ali, esperando chegar logo à casa, mas o caminho se estendia indefinidamente, indo cada vez mais longe, sem nenhum sinal da construção ou do terreno.

Eu pensei que tinha tomado a direção errada e estava perdida. A escuridão do entardecer natural e silvestre se fechava sobre mim. Olhei em volta em busca de outro caminho. Não havia nenhum, tudo que tinha eram troncos entrelaçados, colunares, folhagem de verão, sem abertura em lugar nenhum.

Segui em frente, finalmente meu caminho se abriu. As árvores diminuíram, vi uma cerca, depois a casa, mal visível na luz fraca, tão úmidas eram suas paredes. Passando por um portal, fechado apenas por um trinco, fiquei no meio de um terreno fechado por árvores, formando um semicírculo. Não havia flores, nem canteiros, apenas um largo caminho de cascalho cercado por grama, e emoldurado pela floresta. A casa tinha duas torres pontiagudas na frente, as janelas eram de treliça e eram estreitas, a porta da frente era estreita também, um degrau levava a ela. O todo parecia, como o estalajadeiro do "Brasão de Rochester" havia dito, "um lugar bem desolado". Era tão quieto quanto uma igreja em um dia de semana, o som da chuva nas folhas da floresta era o único som audível.

— Alguém vive aqui? — perguntei.

Sim, alguém vivia, pois ouvi um movimento. A estreita porta da frente estava se abrindo, e alguma forma estava prestes a sair da granja.

Abriu lentamente, uma figura saiu no crepúsculo e ficou parada no degrau, um homem sem chapéu. Ele estendeu-se a mão como se para sentir se chovia. Apesar da escuridão, eu o reconheci... era meu patrão, Edward Fairfax Rochester, e ninguém mais.

Detive meus passos, quase minha respiração, e parei para observá-lo, para examiná-lo, sem ser vista, e ai de mim! Invisível para ele. Foi um encontro repentino, no qual o êxtase foi mantido sob controle pela dor. Não tive dificuldade em conter uma exclamação ou impedir meus passos de avançarem.

Seu corpo tinha os mesmos contornos fortes e robustos de sempre. O porte ainda era ereto, o cabelo ainda era negro como o corvo, seus traços não haviam alterado ou cedido, sua força atlética não seria suprimida ou sua forma vigorosa seria comprometida em um ano, por qualquer tristeza. Mas no seu rosto eu vi uma mudança: parecia desesperado e taciturno... me lembrava de alguma besta ou pássaro selvagem injustiçada e acorrentada, perigosa de se aproximar em sua tristeza. A águia enjaulada, cujos olhos dourados a crueldade extinguiu, teria a aparência daquele cego Sansão.

E, leitor, acha que eu o temia em sua cega ferocidade? Se pensa isso, não me conhece. Ao meu sofrimento misturou-se uma suave esperança de que em breve eu ousaria dar um beijo naquele rosto de pedra, e naqueles lábios tão cruelmente selados abaixo, mas ainda não. Eu não o abordaria ainda.

Ele desceu um degrau, avançou lentamente e tateou em direção ao gramado. Onde estava seu andar destemido agora? Então fez uma pausa, como se não soubesse para que lado virar. Levantou a mão e abriu as pálpebras, com grande esforço ergueu o olhar vazio para o céu, em direção às árvores. Via-se que para ele tudo estava imerso em trevas. Esticou a mão direita (o braço esquerdo, o mutilado, ele mantinha escondido no casaco). Parecia querer ter uma ideia do que estava ao seu redor através do toque. Mas só encontrou o vazio, pois as árvores estavam a alguns metros de onde ele estava. Desistiu do esforço, cruzou o braço e ficou quieto e mudo na chuva, que agora caía sobre a sua cabeça descoberta. Neste momento, John se aproximou dele, vindo de algum quarto.

— Quer me dar o braço, senhor? — disse ele. — Há uma chuva forte se aproximando. Não é melhor entrar?

— Deixe-me em paz — foi a resposta.

John se retirou sem perceber que eu estava ali. O Sr. Rochester tentava andar, mas foi em vão. Tudo estava muito incerto. Tateou o caminho de volta para a casa e, entrando novamente, fechou a porta.

Eu me aproximei e bati. A esposa de John abriu para mim.

— Mary, como vai você?

Ela estremeceu como se tivesse visto um fantasma. Eu a acalmei. Ela se apressou:

— É realmente você, senhorita, nessa hora tardia, nesse lugar tão distante?

Respondi pegando sua mão. Então a seguiu até a cozinha, onde John agora estava sentado perto de um bom fogo. Expliquei a eles, em poucas palavras, que tinha ouvido tudo o que aconteceu desde que deixei Thornfield, e que tinha vindo ver o Sr. Rochester. Pedi ao John que fosse até o lugar na estrada, onde eu havia dispensado a carruagem e trouxesse a bagagem que deixei lá. E então, enquanto tirava o gorro e o xale, perguntei a Mary se poderia ser acomodada na mansão essa noite. Quando soube que seria difícil, mas não impossível, falei que ficaria. Nesse exato momento, a sineta da sala de estar tocou.

— Quando entrar, diga ao seu patrão que uma pessoa deseja falar com ele, mas não dê meu nome.

— Acho que não vai recebê-la — respondeu ela. — Ele recusa todo mundo.

Quando ela voltou, perguntei o que ele havia dito.

— Que diga seu nome e o que quer — respondeu ela.

Ela encheu um copo com água e o colocou em uma bandeja ao lado de um candeeiro.

— Foi para isso que ele chamou? — perguntei.

— Sim. Sempre pede por velas quando escurece, mesmo que esteja cego.

— Dê a bandeja para mim, vou levá-la.

Peguei-a e Mary apontou a porta da sala. A bandeja tremia enquanto eu a segurava, derramando a água. Meu coração batia com força e rapidez. Mary abriu a porta para mim e fechou-a quando passei.

A sala parecia triste. Um punhado de fogo abandonado queimava na lareira. Inclinando-se sobre o fogo, com a cabeça apoiada contra a lareira, estava o cego ocupante da sala. Seu velho cachorro, Pilot, estava de um lado, fora do caminho e encolhido como se tivesse medo de ser pisado inadvertidamente. Pilot levantou as orelhas quando entrei, então se levantou com um latido e saltou em minha direção, quando derrubando a bandeja das minhas mãos. Coloquei-a sobre a mesa, então acariciei-o e disse, suavemente:

— Deite, Pilot.

O Sr. Rochester se virou para *ver* do que se tratava a comoção, mas como não *viu* nada, voltou-se e suspirou.

— Dê-me a água, Mary — disse ele.

Aproximei-me dele com o copo agora apenas meio cheio. Pilot me seguiu, ainda agitado.

— Qual é o problema? — perguntou.

— Deite, Pilot! — falei novamente.

Conteve a água a caminho dos lábios, e pareceu ouvir. Bebeu, e desceu o copo.

— É você, Mary, não é?

— Mary está na cozinha — respondi.

Ele estendeu a mão com um gesto rápido, mas como não viu onde eu estava, não me tocou.

— Quem é? Quem é? — exigiu ele, tentando, ao que parecia, *enxergar* com aqueles olhos cegos... uma tentativa inútil e angustiante! — Responda-me... fale de novo! — ordenou ele, imperiosamente e em voz alta.

— Quer mais um pouco de água, senhor? Derramei metade do que estava no copo — falei.

— *Quem* é essa? *O que* é isso? Quem está falando?

— Pilot me conhece, e John e Mary sabem que estou aqui. Cheguei essa noite — respondi.

— Grande Deus! Que ilusão se apoderou de mim? Que doce loucura se apoderou de mim?

— Nenhuma ilusão... nenhuma loucura. Sua mente, senhor, é muito forte para ilusão, sua saúde é muito boa para frenesis.

— E onde está o alto-falante? É apenas uma voz? Ah! Eu *não posso* ver, mas preciso sentir, ou o meu coração vai parar e meu cérebro vai explodir. O que quer, quem quer que você seja, permita que eu a toque ou não poderei mais viver!

Ele tateou o ar, peguei sua mão errante e a prendi entre as minhas.

— São os dedos dela! — exclamou ele. — Seus dedos pequenos e delicados! Se for assim, deve haver mais dela.

A mão musculosa escapou das minhas. Agarrou meu braço, meu ombro... o pescoço... a cintura... Fui entrelaçada e unida a ele.

— É Jane? O que é? Esta é a forma dela... este é o tamanho dela...

— E a voz — acrescentei. — Ela está toda aqui. O coração, também. Deus o abençoe, senhor! Estou feliz por estar tão perto de você novamente.

— Jane Eyre!... Jane Eyre — foi tudo o que ele disse.

— Meu querido senhor — respondi. — Eu sou Jane Eyre. Encontrei-o... voltei para o senhor.

— É verdade? Em carne e osso? Minha Jane viva?

— Está me tocando, senhor. Segurou-me, e com firmeza. Não sou fria como um cadáver, nem vazia como o ar, sou?

— Minha querida, viva! Com certeza esses são seus membros e esses são seus traços. Mas não posso ser tão abençoado, depois de tanto sofrimento. É um sonho. Um sonho como o que eu tive à noite, quando a apertei mais uma vez contra o meu coração, como faço agora, e a beijei... assim... e senti que ela me amava e estava certo que ela não me deixaria.

— O que não farei nunca mais, senhor, a partir de hoje.

— Nunca fará, diz a visão? Mas eu sempre acordei e descobri que era uma brincadeira sem graça. E ficava desolado e abandonado... minha vida sombria, solitária, sem esperança... minha alma sedenta e proibido de beber... meu coração faminto e sem alimento. Sonho suave e gentil, aninhado em meus braços agora, você voará, também, como todas as suas irmãs fugiram antes, mas beije-me antes de ir... me abrace, Jane.

— Pronto, senhor... e pronto!

Eu pressionei meus lábios nos dele um dia brilhantes e agora apagados... tirei o cabelo de sua testa e beijei-a também. De repente, ele pareceu despertar, foi tomado pela percepção de que aquilo era real.

— É você... é, Jane? Você voltou para mim, então?

— Voltei.

— E não está morta em alguma vala sob algum rio? Não está trabalhando entre estranhos?

— Não, senhor! Agora sou uma mulher independente.

— Independente! O que quer dizer, Jane?

— Meu tio na ilha da Madeira morreu e deixou-me cinco mil libras.

— Ah! Isso é prático... isso é real! — gritou ele. — Eu nunca sonharia com isso. Além disso, há algo de peculiar nessa voz, tão animadora e provocante, e ainda assim, suave. Alegra meu coração murcho, dá vida a ele. Quê, Janet! É uma mulher independente? Uma mulher rica?

— Se não me deixar viver com o senhor, posso construir uma casa perto da sua, e o senhor poderá vir sentar-se na minha sala quando quiser companhia à noite.

— Mas como você agora é rica, Jane, sem dúvida tem amigos que se preocupam com você e não deixarão que se dedique a um cego como eu?

— Eu disse que sou independente, senhor, além de rica. Sou dona de mim mesma.

— E vai ficar comigo?

— Certamente, a menos que se oponha. Serei sua vizinha, sua enfermeira, sua governanta. Encontrei-o sozinho. Serei sua companheira... para ler para o senhor, caminhar com o senhor, sentar com o senhor, assisti-lo, ser seus olhos e mãos. Deixe de lado o ar melancólico, meu caro senhor. Não ficará sozinho enquanto eu viver.

Ele não respondeu. Parecia sério... pensativo. Suspirou, entreabriu os lábios como se fosse falar, então fechou-os novamente. Fiquei envergonhada. Talvez eu tivesse me apressado em pular as convenções sociais, e ele, como St. John, achou que fui inapropriada. Na verdade, propus isso pensando que ele quisesse e fosse me pedir em casamento. Uma expectativa, não menos certa por não ter sido expressa, tinha me levado a crer que ele iria me reivindicar imediatamente como sua. Mas não dava nenhum sinal disso e seu semblante se tornava mais sombrio. Lembrei-me de que podia estar errada, bancando a tola, então gentilmente comecei a me retirar de seus braços, mas ele ansiosamente puxou-me de volta.

— Não... não... Jane. Não deve ir. Não, eu a toquei, a ouvi, senti o conforto da sua presença... a doçura do seu consolo. Não posso renunciar a essas alegrias. Resta-me tão pouco... preciso de você. O mundo pode rir... pode me chamar de absurdo, egoísta... isso não me importa. Minha própria alma pede por você. Precisa ser satisfeita, ou se vingará mortalmente em seu próprio corpo.

— Bem, senhor, ficarei com o senhor. Já disse isso.

— Sim, mas você entende uma coisa por ficar comigo, e eu entendo outra. Você, talvez, decida ficar perto de mim... cuidar de mim como uma bondosa enfermeira (pois tem um coração afetuoso e um espírito generoso, que a levam a fazer sacrifícios por aqueles de quem você tem pena), e isso devia ser o suficiente para mim, sem dúvida. Suponho que agora eu deva nutrir nada além de sentimentos paternais por você. É o que acha? Vamos, diga-me.

— Acharei o que quiser, senhor. Estou contente em ser apenas sua enfermeira, se achar melhor.

— Mas não pode ser minha enfermeira para sempre, Janet. Ainda é jovem... deve se casar um dia.

— Não me preocupo com casamento.

— Deve se preocupar, Janet. Se eu fosse o que eu era, tentaria fazê-la se preocupar... mas... uma massa cega!

Voltou para sua tristeza. Eu, pelo contrário, tornei-me mais alegre, e adquiri nova coragem. Estas últimas palavras me mostraram onde estava a dificuldade.

E como era uma dificuldade para mim, livrei-me da vergonha. Retomei a conversa mais animada.

— Está na hora de alguém se comprometer a reumanizar o senhor — falei, afastando suas grossas e compridas madeixas não cortadas — porque vejo que se transformou em um leão ou algo assim. Certamente tem um falso ar de Nabucodonosor em você. Seu cabelo me lembra penas de águias. Ainda não percebi se as unhas cresceram como garras de pássaros ou não.

— Neste braço, não tenho mãos nem unhas — disse ele, tirando o membro mutilado do peito, e mostrando-o para mim. — É um mero toco... uma visão horrível! Não acha, Jane?

— É uma pena ver isso. Também é uma pena ver seus olhos... e a cicatriz que o fogo deixou na sua testa. E o pior de tudo é o perigo de amá-lo ainda mais por causa disso, e engrandecê-lo.

— Achei que você ficaria revoltada, Jane, quando visse meu braço e a cicatriz no meu rosto.

— Achou? Não me diga isso... para que eu não diga algo depreciativo sobre seu julgamento. Agora, deixe-me afastar por um instante para fazer um fogo melhor e mandar varrer a lareira. Consegue ver quando há um bom fogo?

— Sim. Com o olho direito vejo um brilho... uma névoa avermelhada.

— E vê as velas?

— Muito vagamente... cada uma é uma nuvem luminosa.

— Consegue me ver?

— Não, minha fada. Mas sou muito grato por ouvi-la e senti-la.

— Quando você janta?

— Eu nunca janto.

— Mas jantará um pouco essa noite. Estou com fome, acredito que você também, mas se esquece.

Chamei Mary, e logo coloquei a sala na mais perfeita ordem. Preparei-lhe uma refeição confortável. Meu espírito estava animado, e com prazer e facilidade conversei com ele durante a ceia, e por muito tempo depois. Não havia nenhuma contenção, nenhuma repressão de alegria e vivacidade com ele, pois com ele eu estava perfeitamente à vontade, porque sabia que combinava com ele, que tudo que eu dizia ou fazia parecia consolá-lo ou revivê-lo. Consciência deliciosa! Ele trazia vida e iluminava toda a minha natureza. Em sua presença, eu vivia completamente, e ele vivia na minha. Estava cego, mas os sorrisos brincavam em seu rosto, a alegria despontava na sua testa, seus traços se suavizaram e aqueciam.

Depois do jantar, começou a me fazer muitas perguntas, sobre onde estive, o que fiz, como o encontrei, mas eu dei a ele apenas respostas parciais, estava tarde demais para entrar em detalhes naquela noite. Além disso, eu não queria tocar em nenhum assunto muito emocionante, não queria abrir nenhuma fonte de emoção. Estava animado, ainda assim, apenas por acessos. Se um momento de silêncio quebrava a conversa, ele ficava inquieto, tocava-me e dizia "Jane".

— Você é inteiramente um ser humano, Jane? Tem certeza?

— Acredito que sim, Sr. Rochester.

— No entanto, como, nesta noite escura e triste, você de repente surgiu na minha solitária lareira? Estendi a mão para pegar um copo d'água de uma empregada, e ele foi entregue por você. Fiz uma pergunta, esperando que a esposa de John me respondesse, e sua voz falou ao meu ouvido.

— Porque fui eu que trouxe a bandeja, não Mary.

— E essa hora que agora passo com você parece encantada. Quem pode saber da vida sombria, triste e sem esperança pela qual me arrastei nos últimos meses? Ser fazer nada, sem esperar por nada, fundindo noite em dia; não sentindo nada além da sensação de frio quando deixava o fogo se apagar, de fome quando esquecia de comer. E então uma tristeza incessante, e, às vezes, um delírio de desejo de ver minha Jane novamente. Sim, ansiei por sua volta muito mais do que pela minha visão perdida. Como pode Jane estar agora comigo, e dizer que me ama? Será que não partirá tão de repente quanto chegou? Amanhã, temo não encontrá-la mais.

Naquele estado de espírito, senti que uma resposta comum, prática, sem nenhuma relação com seus pensamentos perturbados era a melhor saída. Passei os dedos pelas suas sobrancelhas e vi que estavam queimadas, pensei em passar algo para fazê-las nascer cheias e negras como eram antes.

— Do que adianta me fazer bem de alguma forma, espírito benevolente, se logo me abandonará, em algum momento fatal... passando como uma sombra, sem que eu saiba como nem para onde, tornando-se para sempre inatingível?

— Tem um pente de bolso aí, senhor?

— Para quê, Jane?

— Só para pentear essa juba negra e desgrenhada. Sua aparência está um tanto assustadora, principalmente quando vejo o senhor de perto. Diz que eu sou uma fada, mas estou certa de que o senhor parece mais um duende.

— Sou horrível, Jane?

— Muito, senhor. Sabe que sempre foi.

— Humph! Não perdeu a maldade, por onde quer que tenha andado.

— Mesmo assim, estive com boas pessoas. Muito melhores do que o senhor... pessoas cem vezes melhores. Donas de pensamentos e pontos de vista que jamais teve na vida. Muito mais refinadas e nobres.

— Com quem diabos você esteve?

— Se o senhor continuar se contorcendo assim, me fará arrancar seus cabelos, aí então creio que pare de duvidar da minha materialidade.

— Com quem você esteve, Jane?

— Não arrancará de mim esta noite, senhor. Deve esperar até amanhã. Deixar meu conto pela metade, será, o senhor sabe, uma espécie de garantia de que irei aparecer na mesa do café da manhã mesa para terminar. A propósito, não aparecerei com apenas um copo de água, devo trazer um ovo pelo menos, para não falar do presunto frito.

— Sua fadinha zombeteira... nasceu fada e se tornou humana! Me faz sentir como não me sentia nesses doze meses. Se Saul tivesse você como seu Davi, teria exorcizado o espírito maligno sem a ajuda da harpa.

— Pronto, senhor, está penteado e decente. Agora vou deixá-lo. Passei os últimos três dias viajando e estou cansada. Boa noite.

— Só mais uma pergunta, Jane: havia apenas mulheres na casa onde você esteve?

Eu ri e escapei. Ainda ria enquanto corria para o andar de cima. "Que ótima ideia!" pensei com alegria. "Vejo que encontrei uma forma de tirá-lo de sua melancolia por algum tempo."

Muito cedo, na manhã seguinte, eu o ouvi acordado, andando de um quarto para o outro. Assim que Mary desceu ouvi a pergunta:

— A Srta. Eyre está aqui?

E depois:

— Em qual quarto você a colocou? Estava seco? Ela está acordada? Vá e pergunte se ela quer alguma coisa e quando vai descer.

Desci assim que pensei que havia uma perspectiva do café da manhã. Entrando na sala muito suavemente, pude vê-lo antes que ele percebesse que eu estava lá. Era realmente triste testemunhar a subjugação daquele espírito vigoroso a uma enfermidade física. Ele se sentava em sua cadeira, imóvel, mas inquieto. Esperava, era evidente, os traços marcados pela tristeza que agora lhe era habitual. Seu semblante lembrava uma lâmpada apagada, esperando para ser acesa novamente... e ai! Ele mesmo não era capaz de acender o brilho da animação, dependia de outra pessoa para aquilo! Tentei ser alegre e descuidada, mas a impotência daquele homem forte tocou meu coração profundamente. Ainda assim, falei com toda a vivacidade que pude.

— Está uma manhã clara e ensolarada, senhor — falei. — A chuva veio e se foi, e deixou um brilho suave. Deve dar um passeio logo.

Eu tinha despertado o brilho, suas feições estavam radiantes.

— Ah, você realmente está aí, minha cotovia! Venha até mim. Não se foi, não desapareceu? Eu ouvi uma de sua espécie há uma hora, cantando alto na floresta, mas sua canção não tinha música para mim, assim como o sol nascente não tinha raios. Toda a melodia da terra está concentrada na voz da minha Jane ao meu ouvido (e estou feliz que não seja naturalmente silenciosa). Toda a felicidade que sinto vem da sua presença.

Meus olhos se encheram de lágrimas ao ouvir essa confissão de dependência. Assim como uma águia-real, acorrentada a um poleiro, tivesse que pedir ajuda a um pardal. Mas eu não choraria. Limpei as gotas salgadas e ocupei-me em preparar o café da manhã.

Passamos a maior parte da manhã ao ar livre. Levei-o para longe do bosque úmido e selvagem, para perto de uns belos prados. Descrevi como eram brilhantemente verdes, como as flores e sebes pareciam renovadas, como o céu brilhava, azul. Procurei um assento para ele num local coberto e adorável, no tronco seco de uma árvore. E não me recusei que ele, depois de sentado, me colocasse sobre seus joelhos. Por que eu deveria, se nós dois ficávamos mais felizes juntos do que separados? Pilot estava ao nosso lado. Tudo estava tranquilo. Ele explodiu de repente, tomando-me nos braços.

— Desertora cruel, cruel! Ah, Jane, o que eu senti quando eu descobri que você tinha fugido de Thornfield, e quando eu não pude encontrá-la em lugar nenhum. Depois de examinar seu quarto, vi que não tinha levado nenhum dinheiro, nem qualquer coisa que pudesse servir como um equivalente! O colar de pérolas que lhe dera estava intocado no pequeno estojo. A bagagem estava amarrada e fechada, assim como estava quando foi preparada para nossa viagem de núpcias. O que fará meu amor, pensei, assim pobre e sem um tostão? E o que fez? Conte-me agora.

Assim instada, comecei a narrar o último ano. Suavizei consideravelmente os acontecimentos dos três primeiros dias que vaguei com fome, porque contar isso seria apenas infligir dor desnecessária. O pouco que falei dilacerou seu coração muito profundamente.

Eu não deveria tê-lo deixado assim, disse ele, sem nenhuma forma de abrir meu caminho. Deveria ter falado qual era a minha intenção, deveria ter confiado nele. Ele nunca teria me forçado a ser sua amante. Por mais violento que parecesse em seu desespero, ele, na verdade, me amava muito e muito ternamente para ser um tirano. Preferia me dar a metade de sua fortuna, sem exigir nem um beijo em troca, do que deixar que eu jogasse nesse mundo sem ter ninguém. Tinha certeza de que eu tinha sofrido mais do que contei.

— Bem, quaisquer que tenham sido os meus sofrimentos, eles foram muito curtos — respondi.

Então comecei a contar como fui recebida em Moor House, como consegui o cargo de professora de escola, etc. A descoberta da fortuna, dos meus familiares, tudo na devida ordem. Obviamente, o nome de St. John Rivers apareceu com frequência no meu relato. Quando terminei, esse nome foi imediatamente mencionado.

— Então esse St. John é seu primo?

— Sim.

— Falou dele muitas vezes. Gosta dele?

— Ele é um homem muito bom, senhor. Não posso deixar de gostar dele.

— Um homem muito bom. Isso significa um senhor respeitável, bem-comportado, de cinquenta anos? O que quer dizer?

— St. John tem apenas 29 anos, senhor.

— *Jeune encore*[42], como dizem os franceses. É uma pessoa de baixa estatura, fleumática, sem atrativos? Uma pessoa cuja bondade consiste mais na ausência de vícios, do que nas virtudes?

— Ele é incansavelmente ativo. Vive para realizar grandes e nobres feitos.

---

42 "Ainda jovem", em francês.

— Mas e o cérebro dele? É meio mole? Tem boas intenções, mas você encolhia os ombros quando ele falava?

— Ele fala pouco, senhor. E quando o faz, vai direto ao ponto. Seu cérebro é de primeira, não acho que impressionante, mas vigoroso.

— Ele é um homem capaz, então?

— Verdadeiramente capaz.

— Um homem totalmente culto?

— St. John é um completo erudito.

— Disse que não gosta muito das maneiras dele, acredito? Pedante e meticuloso?·

— Nunca mencionei suas maneiras. Mas, a menos que eu tenha muito mau gosto, suas maneiras me agradam. São polidas, calmas e próprias de um cavalheiro.

— A aparência dele... esqueci como você disse que ele era. Um pastor meio grosseiro, meio estrangulado pelo colarinho branco e apertado em sapatos de solas grossas de cano baixo, hein?

— St. John se veste bem. É um homem bonito. Alto, belo, de olhos azuis e um perfil grego.

(À parte.) — Maldito seja! — *(Para mim.)* — Você gostou dele, Jane?

— Sim, Sr. Rochester, eu gostei dele. Mas o senhor já me perguntou isso.

Percebi, é claro, a direção dos pensamentos do meu interlocutor. Estava tomado por ciúmes. Mas o sofrimento dos ciúmes era salutar, dava-lhe uma trégua das presas da melancolia. Portanto, eu não afastei o monstro tão cedo.

— Talvez você prefira não se sentar mais no meu joelho, Senhorita Eyre? — foi a próxima observação, um tanto inesperada.

— Por que não, Sr. Rochester?

— O quadro que acaba de pintar sugere um contraste opressor demais. Suas palavras delinearam perfeitamente um gracioso Apolo. Ele está presente na sua imaginação... alto, belo, de olhos azuis e um perfil grego. Seus olhos pousam agora em um Vulcano... um verdadeiro ferreiro, marrom, de ombros largos. Cego e coxo para piorar.

— Nunca pensei nisso antes. Mas você certamente se parece com Vulcano, senhor.

— Bem, pode me deixar, madame. Mas antes de ir (e me segurou com um aperto mais firme do que nunca), peço que faça o favor de responder uma ou duas perguntas.

Fez uma pausa.

— Que perguntas, Sr. Rochester?

Em seguida, começou o interrogatório.

— St. John fez de você a professora de Morton antes de saber que era prima dele?

— Sim.

— Você o via com frequência? Ele visitava a escola às vezes?

— Diariamente.

— Ele aprovou seus planos, Jane? Sei que deviam ser inteligentes, pois você é uma criatura talentosa!

— Ele os aprovou, sim.

— Descobriu em você muitas coisas que ele não poderia imaginar? Alguns de seus talentos não são comuns.

— Sobre isso eu não sei.

— Você falou que tinha uma casinha perto da escola. Ele a visitou alguma vez?

— De vez em quando.

— À noite?

— Uma ou duas vezes.

Uma pausa.

— Quanto tempo você morou com ele e suas irmãs depois que descobriram que eram primos?

— Cinco meses.

— E Rivers passava muito tempo com as mulheres da sua família?

— Sim. A sala de trás era tanto o seu escritório quanto o nosso. Ele se sentava perto da janela, e nós, à mesa.

— Ele estudava muito?

— Um tanto bom.

— Estudava o quê?

— Hindustânico.

— E o que você fazia enquanto isso?

— A princípio estudei alemão.

— Ele a ensinava?

— Ele não sabe alemão.

— Ele não lhe ensinou nada?

— Um pouco de hindustânico.

— Rivers ensinou hindustânico a você?

— Sim, senhor.

— E para as irmãs dele também?

— Não.

— Só para você?

— Só para mim.

— Você pediu para aprender?

— Não.

— Foi ele quem quis ensinar você?

— Sim.

Uma segunda pausa.

— Por que ele queria isso? Que utilidade hindustânico teria você?

— Ele pretendia que eu fosse com ele para a Índia.

— Ah! Agora cheguei ao cerne da questão. Ele queria que você se casasse com ele?

— Ele me pediu em casamento.

— Isso é uma invenção... uma invenção descarada para me irritar.

— Desculpe, mas é verdade. Pediu-me em casamento mais de uma vez, e foi tão insistente quando o senhor seria.

— Srta. Eyre, repito, pode me deixar. Quantas vezes terei que dizer a mesma coisa? Por que continua empoleirada no meu joelho, quando eu já lhe pedi para sair?

— Porque estou confortável aqui.

— Não, Jane, você está confortável aí, porque o seu coração não está comigo, está com esse primo... esse St. John. Oh, até este momento, achei que minha pequena Jane era toda minha! Tinha certeza de que me amava, mesmo quando ela me deixou, isso sempre foi um ponto de doçura no meu amargor. Desde que nos afastamos, derramei lágrimas quentes pela nossa separação, nunca pensei que enquanto eu sofria por ela, ela estava amando outro! Mas é inútil lamentar. Jane, deixe-me. Vá se casar com Rivers.

— Então me afaste, senhor. Expulse-me, pois não o deixarei por minha própria vontade.

— Jane, eu sempre gostei do seu tom de voz. Ainda renova as minhas esperanças, soa tão verdadeiro. Quando o ouço, volto para um ano atrás. Esqueço que criou um novo laço... mas não sou tolo, vá...

— Para onde devo ir, senhor?

— Siga seu caminho... com o marido que escolheu.

— E quem é?

— Você sabe... esse tal St. John Rivers.

— Ele não é meu marido, nem nunca será. Ele não me ama, eu não o amo. Ele ama (como ele *pode* amar, e não é como o senhor ama) uma bela jovem chamada Rosamond. Queria casar comigo só porque achava que eu seria uma esposa adequada para um missionário, o que ela não poderia ser. Ele não é como você, senhor. Eu não estou feliz ao lado dele, nem perto dele, nem com ele. Ele não tem indulgência... não tem carinho por mim. Não vê nenhum atrativo em mim, nem mesmo a juventude... apenas algumas qualidades mentais úteis. Então eu devo deixá-lo, senhor, para ir com ele?

Estremeci involuntariamente e agarrei-me instintivamente mais àquele meu senhor cego, mas amado. Ele sorriu.

— O quê, Jane! Isso é verdade? É assim mesmo que estão as coisas entre você e Rivers?

— Com certeza, senhor! Ah, não precisa ter ciúmes! Eu queria provocá-lo um pouco para que ficasse menos triste, achei que a raiva seria melhor do que a tristeza. Mas se deseja que eu o ame, se pudesse ver o quando eu realmente o amo, ficaria orgulhoso e contente. Todo o meu coração é seu, senhor. Pertence ao senhor e com o senhor permaneceria, se o destino exilasse o resto de mim da sua presença para sempre.

Mais uma vez, enquanto me beijava, pensamentos dolorosos escureceram seu rosto.

— Minha visão assustada! Minha força aleijada! — murmurou ele, com pesar.

Acariciei-o, a fim de acalmá-lo. Eu sabia o que ele estava pensando, e queria falar por ele, mas não ousava. Quando virou o rosto por um minuto, vi uma lágrima escorrendo de sob a pálpebra selada, e deslizar pela bochecha viril. Meu coração inchou.

— Eu não sou melhor do que o velho castanheiro atingido por um raio no pomar de Thornfield — comentou ele, pouco depois. — E direito teria essa ruína de cobrir sua decadência com o frescor da hera?

— O senhor não é uma ruína, nem uma árvore atingida por um raio. É verde e vigoroso. As plantas crescerão em torno de suas raízes, quer queira quer não, porque gostam da sua sombra abundante. Conforme crescem, vão se inclinar na sua direção e enrolar em torno de você, porque sua força oferece a elas um suporte seguro.

Ele sorriu de novo. Eu o confortava.

— Está falando de amigos, Jane? — perguntou ele.

— Sim, de amigos — respondi, um tanto hesitante.

Eu queria dizer algo mais que amigos, mas não sabia que outra palavra usar. Ele me ajudou.

—Ah! Jane. Mas eu quero uma esposa.

— Quer, senhor?

— Quero. Isso é novidade para você?

— Claro. Não falou sobre isso antes.

— É uma notícia indesejável?

— Depende das circunstâncias, senhor... da sua escolha.

— Que você fará por mim, Jane. Respeitarei sua decisão.

— Escolha então, senhor... *aquela que o ama mais.*

— Escolherei... *aquela que eu amo mais*. Jane, quer se casar comigo?

— Sim, senhor.

— Um pobre cego, a quem você terá que guiar pela mão?

— Sim, senhor.

— Um homem aleijado, vinte anos mais velho que você, a quem você terá que ajudar?

— Sim, senhor.

— É verdade, Jane?

— É verdade, senhor.

— Oh! Minha querida! Deus a abençoe e a recompense!

— Sr. Rochester, se alguma vez já fiz uma boa ação na minha vida... se já tive um pensamento bom, se já fiz uma prece sincera e sem culpa... se já quis algo justo... agora estou sendo recompensada. Ser sua esposa é, para mim, ser tão feliz quanto eu possa ser nesse mundo!

— Porque você gosta do sacrifício.

— Sacrifício! O que eu sacrifico? A fome por alimento, a expectativa pela satisfação. Ter o privilégio de abraçar o que eu valorizo... apertar meus lábios

Jane Eyre

em que amo... apoiar em quem confio. Isso é fazer um sacrifício? Se sim, então certamente gosto do sacrifício.

— E suportar minhas enfermidades, Jane. Relevar minhas deficiências.

— Que não existem para mim, senhor. Amo o senhor ainda mais agora que posso ser realmente útil, do que quando era orgulhoso e independente. Quando você desdenhava todo papel que não o de doador e protetor.

— Até agora eu odiava ser ajudado... ser conduzido. Daqui em diante, sinto que não mais odiarei. Não gostava de dar a mão para um criado, mas gosto de senti-la junto aos dedinhos de Jane. Preferia a solidão absoluta à atenção constante dos criados... mas a atenção da minha querida Jane será uma alegria. Jane me serve, eu sirvo para ela?

— Para cada fibra do meu corpo, senhor.

— Sendo assim, não temos nada no mundo para esperar. Devemos nos casar imediatamente.

Olhava e falava com entusiasmo. Sua antiga impetuosidade estava voltando.

— Devemos nos tornar uma só carne sem demora, Jane. Falta apenas tirar a licença... então nos casamos.

— Sr. Rochester, acabei de descobrir que o sol passou de seu meridiano há muito, e Pilot voltou para casa para comer. Deixe-me olhar seu relógio.

— Prenda-o em seu cinto, Janet, e guarde-o daqui para frente. Não preciso dele.

— São quase quatro horas da tarde, senhor. Não está com fome?

— Nos casaremos em três dias, Jane. Esqueça as roupas finas e joias. Nada disso importa.

— O sol secou todas as gotas de chuva, senhor. A brisa está parada, está muito quente.

— Sabe, Jane, que eu tenho seu pequeno colar de pérolas nesse momento, preso em volta do pescoço, debaixo da minha gravata? Eu o uso desde o dia em que perdi meu único tesouro, como uma lembrança dela.

— Voltaremos para casa pelo bosque. Terá mais sombra lá.

Ele perseguiu seus próprios pensamentos sem me dar ouvidos.

— Jane! Aposto que acha que sou um cão sem religião. Mas agora meu coração se enche de gratidão ao Deus benéfico dessa terra. Ele não vê como o homem, mas com muito mais clareza. Não julga como o homem, mas com muito mais sabedoria. Eu errei... teria maculado minha flor inocente... enchido de culpa a sua pureza. O Onipotente a arrancou de mim. Eu, na minha teimosia, quase amaldiçoei a decisão. Em vez de aceitar o decreto, eu o desafiei. A Justiça divina seguiu seu curso, a tragédia pesou sobre mim, fui forçado a atravessar o vale da sombra da morte. Os castigos d'Ele são poderosos, e um deles me deixou humilde para sempre. Sabe que sempre tive orgulho da minha força, mas o que ela é agora, que preciso ser guiado pelos outros, como uma criança? Ultimamente, Jane... apenas... apenas recentemente... comecei a ver e a reconhecer a mão de Deus em minha condenação.

Comecei a sentir remorso e arrependimento, e comecei a desejar reconciliar-me com meu Criador. Comecei a rezar. Orações breves, mas muito sinceras.

Há alguns dias, não, posso contar, três... quatro. Foi na noite da segunda-feira passada, um humor singular tomou conta de mim, um cuja dor substituiu o frenesi... tristeza, mau humor. Eu tinha, há muito tempo, a impressão de que já que não consegui encontrá-la em lugar nenhum, você devia estar morta. Tarde da noite, talvez entre onze horas e meia-noite, antes de me retirar para o meu triste descanso, supliquei a Deus, que, se fosse da Sua vontade, me levasse logo dessa vida para o outro mundo, onde ainda havia esperança de reencontrar Jane.

Eu estava no meu quarto, sentado perto da janela, que estava aberta. Acalmava-me sentir o ar ameno da noite, apesar de não conseguir ver as estrelas e só soubesse da lua por uma vaga neblina luminosa. Tive saudades de você, Janet! Eu ansiava por você com corpo e alma! Perguntei a Deus, com angústia e humildade, se eu já não estava há muito tempo desolado, aflito, atormentado... se não poderia sentir felicidade e paz mais uma vez. Disse que mereci tudo que passei, mas que dificilmente poderia suportar mais. E os desejos do meu coração irromperam involuntariamente de meus lábios, entoando as palavras: Jane! Jane! Jane!

— O senhor falou essas palavras em voz alta?

— Sim, Jane. Se alguém tivesse me ouvido, pensaria que eu havia enlouquecido, tamanho desespero.

— E foi na noite de segunda-feira passada, mais ou menos à meia-noite?

— Sim, mas quando não tem importância. O mais estranho foi o que aconteceu em seguida. Vai achar que sou supersticioso... a superstição está no meu sangue, e sempre esteve. Ainda assim, isso é verdade... pelo menos é verdade o que eu ouvi e contarei agora. Quando exclamei "Jane! Jane! Jane!", uma voz... não sei dizer de onde veio, mas sei de quem era, respondeu "Eu estou chegando. Espere por mim." e um momento depois, o vento sussurrou as palavras: "Onde você está?"

Eu lhe direi, se puder, o efeito que essas palavras causaram na minha mente, mas é difícil expressar o que desejo expressar. Ferndean está enterrada, como você vê, num bosque fechado, onde o som não se propaga muito, e não existe eco. Aquele "Onde está você"? parecia ter vindo das montanhas, pois ouvi um eco delas. O vento frio soprou na minha testa, e imaginei que eu e Jane nos encontrávamos em algum cenário selvagem e solitário. Sem dúvida, nesse horário você já estava dormindo, talvez sua alma tenha se desprendido do corpo para confortar a minha, pois aquela era a sua voz... tão certo como estou vivo... era a sua voz!

Leitor, fora na segunda-feira à noite, quase à meia-noite, que eu também recebera o misterioso chamado. Eu o respondi com aquelas palavras exatas. Ouvi a história do Sr. Rochester, mas não revelei nada. A coincidência me pareceu terrível e inexplicável demais para ser contada ou discutida. Se eu dissesse alguma coisa, minha história seria tal que certamente causaria uma forte impressão em quem a ouvisse. E aquela mente, que ainda tendia à tristeza por seus sofrimentos, não precisava também da sombra do sobrenatural. Não falei nada sobre isso, e pensei sobre o assunto no meu íntimo.

— Você não pode imaginar agora — continuou meu senhor — que quando você surgiu tão inesperadamente na noite passada, tive dificuldade em acreditar que era qualquer outra coisa que não uma simples voz e visão, algo que iria derreter em silêncio e aniquilar como o sussurro da meia-noite e o eco da montanha derreteu antes. Agora, dou graças a Deus! Eu sei que é o contrário. Sim, dou graças a Deus!

Ele me tirou do colo, levantou-se e ergueu o chapéu da testa, e curvando seus olhos cegos para a terra, permaneceu em muda devoção. Apenas as últimas palavras da prece eram audíveis.

— Agradeço ao meu Criador, que, no meio do julgamento, lembrou-se da piedade. Eu humildemente imploro ao meu Redentor para que me dê forças para levar de agora em diante uma vida mais pura do que a que tenho levado até agora!

Então estendeu a mão para ser conduzido. Peguei aquela querida mão, segurei-a por um momento em meus lábios, e depois deixei-a passar pelos meus ombros, por ser muito mais baixa que ele, servia de apoio e guia. Entramos no bosque e voltamos para casa.

CAPÍTULO 38 — FINAL

Casei-me com ele, leitor. Foi um casamento discreto. Só ele, eu, o pastor e o sacristão. Quando voltamos da igreja fui até a cozinha, onde Mary preparava o jantar e John polia os talheres.

— Mary, casei-me com o Sr. Rochester esta manhã.

A governanta e seu marido eram daquelas pessoas decentes e fleumáticas, a quem se pode a qualquer momento comunicar com segurança uma notícia notável sem o risco de ter os ouvidos feridos por alguma exclamação estridente e, depois, inundados por frases sem sentido. Mary levantou o rosto e olhou para mim. A concha com a qual ela estava regando um par de frangos assando no fogo ficou suspensa no ar por uns minutos. Por esse tempo as facas de John também ficaram sem polimento. Então Mary, curvando-se novamente sobre o assado, disse apenas:

— É mesmo, senhorita? Bom, certamente!

Pouco tempo depois, continuou:

— Vi que a senhorita saiu com o patrão, mas não sabia que tinham ido à igreja para casar — e continuou a regar os frangos.

Quando me virei para John, vi que sorria de orelha a orelha.

— Falei para Mary que isso aconteceria — disse ele. — Sabia que o Sr. Edward (John era um empregado antigo e conhecia o patrão desde que ele era o caçula da família, por isso sempre o chamava pelo primeiro nome) ia fazer isso, e sabia que não demoraria muito. E fez bem! Desejo-lhe felicidades, senhorita!

— Obrigada, John. O Sr. Rochester pediu que eu entregasse isso para você e Mary.

Coloquei uma nota de cinco libras na mão dele. Não esperei para ouvir mais nada, saí da cozinha. Pouco depois passei por lá e ouvi:

— Ela dará mais certo com ele do que qualquer uma daquelas finas damas. Não é muito bonita, mas é leal e tem um bom coração. E ele acha ela bem bonita, dá para perceber isso.

Escrevi para Moor House e para Cambridge imediatamente, para dizer o que eu tinha feito e explicando completamente porque eu tinha agido dessa forma. Diana e Mary aprovaram minha atitude sem reservas. Diana avisou que esperaria apenas o tempo da lua de mel e viria me visitar.

— É melhor ela não esperar, Jane — disse o Sr. Rochester, quando li a carta dela para ele. — Se esperar, pode ser tarde demais, pois a nossa lua de mel vai durar por toda a nossa vida, só acabará no seu túmulo ou no meu.

Não sei como o St. John recebeu a notícia, nunca respondeu à carta em que contei. Escreveu para mim, seis meses depois, mas não falou sobre o Sr. Rochester ou sobre o casamento. A carta era calma e, embora muito séria, gentil. Desde então ele tem mantido uma correspondência regular, embora não muito frequente. Esperava que eu fosse feliz e confiava que eu não me tornaria uma daquelas pessoas que vivem sem Deus e pensam apenas nas coisas terrenas.

Não se esqueceu da pequena Adele, esqueceu, leitor? Eu não. Logo pedi e obtive a licença do Sr. Rochester, para ir vê-la na escola em que a colocara. Sua enorme alegria ao me ver novamente me comoveu muito. Ela estava pálida e magra, disse que não estava feliz. Achei que as regras do estabelecimento eram muito rígidas e o curso dos estudos muito severo para uma criança da idade dela. Então levei-a para casa comigo. Pretendia me tornar sua governanta novamente, mas logo vi que seria impossível. Todo o meu tempo e cuidados eram agora exigidos por outra pessoa... meu marido precisava deles. Então procurei uma escola com um sistema mais indulgente, e perto o bastante para que eu a visitasse com frequência e para trazê-la para casa às vezes. Cuidei para que não faltasse nada para seu conforto. Ela logo se estabeleceu em sua nova morada, ficou muito feliz lá, e seus estudos progrediram bastante. Conforme crescia, a boa educação inglesa corrigia seus defeitos franceses, e quando saiu da escola, encontrei nela uma companheira agradável e prestativa: dócil, bem-humorada, e de bons princípios. Desde então retribuiu bem toda gentileza que eu já pude oferecê-la.

Minha história chega ao fim. Apenas uma palavra a respeito da minha experiência com o matrimônio, e uma breve espiada na sorte daqueles cujos nomes apareceram mais nessa narrativa, e chegarei ao fim.

Agora estou casada há dez anos. Sei o que é viver inteiramente para e com o que eu mais amo no mundo. Considero-me extremamente abençoada — muito mais abençoada do que palavras podem expressar, pois sou a vida do meu marido tão plenamente quanto ele é minha. Nenhuma mulher jamais foi tão sua companheira quanto eu, nem foi mais carne da sua carne ou sangue do seu sangue. Não me canso da companhia do meu Edward, e ele não se cansa da minha. Nossos corações batem em peitos diferentes, mas são um só, por isso estamos sempre juntos. Estarmos juntos, para nós, é sermos ao mesmo tempo tão livres como na solidão, e tão alegres como em companhia. Nós conversamos o dia todo, falar um com o outro é uma forma de pensar mais animada e audível. Toda a minha confiança é concedida a ele, toda a sua confiança é devotada a mim. Nossas personalidades se completam, e o resultado é um acordo perfeito.

O Sr. Rochester continuou cego nos primeiros dois anos da nossa união. Talvez tenha sido essa circunstância que nos aproximou, que nos uniu tanto. Pois eu era então sua visão, como ainda sou sua mão direita. Literalmente, eu era (como ele muitas vezes me chamou) a menina dos seus olhos. Ele via a natureza e lia livros através de mim. E nunca me cansei de ver por ele, de colocar em palavras as cores do campo, das árvores, das cidades, dos rios, das nuvens, dos raios de sol — da paisagem diante de nós, ou do que estava ao nosso redor — imprimindo no som o que a visão não podia capturar. Nunca me cansei de ler para ele, nunca me cansei de levá-lo onde ele queria ir, ou de fazer o que ele pedisse. E havia um prazer em meus serviços, um enorme prazer, porque ele pedia ajuda sem nenhum constrangimento doloroso ou nenhuma humilhação. Ele me amava tão verdadeiramente, que não relutava em desfrutar da minha ajuda. Sentia que eu o amava com tanto carinho, que ceder a essa ajuda era satisfazer meus desejos mais doces.

Uma manhã, após dois anos, enquanto escrevia uma carta que ele ditava, Edward se curvou sobre mim, e disse:

— Jane, está com um adorno cintilante em volta do pescoço?

Era a corrente de ouro do relógio que eu usava. Respondi:

— Estou.

— E está usando um vestido azul-claro?

Eu estava. Então me contou que já há algum tempo ele achava que a escuridão que cobria seus olhos estava diminuindo, e agora tinha certeza.

Fomos para Londres. Ele consultou um renomado oculista. Finalmente recuperou a visão de um dos olhos. Não consegue ver perfeitamente, nem ler ou escrever muito, mas consegue encontrar seu caminho sem ser guiado pela mão, o céu não mais é um vazio para ele, a terra não é mais um vácuo. Quando seu primogênito foi colocado em seus braços, conseguiu ver que o menino tinha seus olhos, como eram antigamente... grandes, brilhantes e pretos. Naquela ocasião, reconheceu novamente, com o coração cheio, que Deus fora misericordioso em seu julgamento.

Meu Edward e eu, então, estamos felizes. E mais ainda, porque aqueles que mais amamos são felizes da mesma forma. Diana e Mary Rivers estão casadas e alternadamente, uma vez por ano, elas vêm nos visitar e nós vamos visitá-las. O marido da Diana é um capitão da Marinha, um oficial corajoso e um bom homem. O de Mary é um clérigo, colega de faculdade de seu irmão e, por suas realizações e princípios, digno dessa união. Tanto o Capitão Fitzjames quanto o Sr. Wharton amam suas esposas, e são amados por elas.

Quanto a St. John Rivers, deixou a Inglaterra e foi para a Índia. Seguiu o caminho que havia traçado para si mesmo, e ainda segue. Nunca um pioneiro mais resoluto e infatigável andou por aquelas montanhas e enfrentou aqueles perigos. Firme, fiel e devotado, cheio de energia, zelo e verdade, trabalha pela sua espécie, limpa seu caminho doloroso para o aperfeiçoamento, corta como um gigante os preconceitos de credo e casta existentes. Pode ser severo, pode ser exigente, pode até ser ambicioso, mas sua severidade é a do guerreiro Grande Coração, que protege seu comboio de peregrinos do ataque de Apollyon. Sua exigência é a do apóstolo, que fala apenas por Cristo, quando diz que "Todo aquele que quiser vir comigo, que negue a si mesmo, tome sua cruz e siga-me". A sua ambição é a dos espíritos elevados, que buscam preencher um lugar na primeira fila daqueles que foram redimidos da terra... e que ficam sem culpa diante do trono de Deus, que compartilham das vitórias poderosas do Cordeiro, que são chamados, os escolhidos, os fiéis.

St. John não se casou e nunca se casará. Até agora ele se bastou para a tarefa, e o trabalho se aproxima do fim: seu glorioso sol se apressa em se pôr. A última carta que recebi dele arrancou lágrimas dos meus olhos, ainda que enchesse meu coração de alegria divina. Ele previa sua recompensa certa, sua coroa incorruptível. Sei que a próxima que receber será escrita por uma mão estranha, para me dizer que o bom e fiel servo foi finalmente chamado para junto de seu Senhor. E por que chorar por isso? Os últimos momentos de St. John não serão obscurecidos por nenhum medo da morte, sua mente estará limpa, seu coração, destemido, sua esperança, certa, e sua fé, inabalável. Suas próprias palavras são uma promessa disso:

"Meu Senhor já me avisou." diz ele. "A cada dia Ele avisa com mais clareza: 'Certamente não demorarei', e a cada hora eu respondo com mais ansiedade: 'Amém. Assim seja, Senhor Jesus!'".

**ENCONTRE MAIS
LIVROS COMO ESTE**

GARNIER
DESDE 1844